# Haydns Kopf

# Haydns Kopf

Eine Schurken-Geschichte
aus der Zeit der Wiener Klassik

Historischer Roman
von
Rolf Stemmle

1. Auflage, 2024

© 2024 Rolf Stemmle / Alle Rechte vorbehalten.

Verlag: BoD • Books on Demand GmbH, In de Tarpen 42, 22848 Norderstedt
Druck: Libri Plureos GmbH, Friedensallee 273, 22763 Hamburg

info@bod.de
www.bod.de

ISBN: 978-3-7597-7911-3

Covergestaltung: Laura Kopold

Aus Pietätsgründen wurde auf dem Cover
nicht der Schädel von Joseph Haydn abgebildet.

In wörtlichen Reden werden im historischen Kontext Begriffe verwendet, die nicht mehr dem gegenwärtigen Sprachgebrauch entsprechen.

hingegen ungewöhnlich. Die Herren saßen auf guten Plätzen in den vorderen Reihen. Haydns Ruf drang bis nach Frankreich, und so nützten sie die Gelegenheit, das Werk des Meisters an seiner Wirkungsstätte zu hören.

Rosenbaum erforschte die Reihen, ob sich ein kleiner Gruß oder gar ein Lächeln anbringen ließ. Aber niemand sah zu ihm herüber. Das enttäuschte ihn. Sein Blick zog daher wieder nach vorne zum Orchester, zu den Solisten und dem Chor – links in seinem Blickfeld der Hinterkopf Haydns mit der Perücke, die jetzt offenbar ordentlich saß; zumindest hatte Haydn aufgehört, daran zu ziehen und unter den weißen Haaren zu kratzen.

Das Oratorium beschrieb weiter in Rezitativen, Arien und Chören die Schöpfungstage. Es folgte der dritte, vierte, fünfte und sechste Tag, an dem schließlich Adam und Eva dem Herrn für die Vollendung des großen Werkes dankten und ihre Zuneigung füreinander entdeckten. „Doch ohne dich, was wäre mir ...", sangen sie voller Hingabe. „Mit dir ist Seligkeit des Lebens, dir sei es ganz geweiht!" Das Werk gipfelte in einem enthusiastischen Chor. „Des Herren Ruhm, er bleibt in Ewigkeit!", jubelten die Stimmen. Antonio Salieri sprang von seiner Cembalo-Bank und dirigierte im Stehen. Trompeten schmetterten. „Amen! Amen!"

Dann brach euphorischer Beifall aus den Zuhörern. Auch die Franzosen klatschten begeistert. Die Künstler verneigten sich und genossen den Applaus. Salieri ging zu Haydn und bat ihn, vor das Publikum zu treten. Haydn zögerte kurz in seiner üblichen Bescheidenheit, doch als sich alle Blicke auf ihn richteten und die Ovation weiter anschwoll, folgte er schließlich der Einladung des Hofkapellmeisters. Die Orchestermusiker und Sänger empfingen den alten Mann. Die Gesangssolisten und Salieri nahmen Haydn in ihre Mitte und badeten im Jubel.

Dann gab Salieri ein Zeichen, und die Solisten verließen das Podium. Der Applaus endete, Chor und Orchester lösten sich auf. Haydn blieb in der Mitte des Saales, denn sofort kamen Leute aus dem Publikum auf ihn zu. Sie nutzten die Gelegenheit, ihm voller Verehrung die Hände zu drücken.

Rosenbaum wandte sich zu Catharina Salieri. Ihre Hände waren noch rot vom heftigen Applaudieren. „Ein großartiges Werk, nicht wahr? Und dein Papa ist ein großartiger Kapellmeister! Das hat er heute wieder gezeigt."

Er durfte die junge Dame duzen, denn er hatte sie als zwölfjähriges Mädchen kennengelernt. Seit seiner Heirat mit Therese gehörte er im weitesten Sinn zur Familie Salieri.

Thereses Vater, Leopold Gassmann, war Salieris Vorvorgänger im Amt des Hofkapellmeisters gewesen. Leopold Gassmann hatte den Vollwaisen Antonio Salieri im Knabenalter von Italien nach Wien geholt und ausgebildet. Einige Monate vor Thereses Geburt war Gassmann an den Spätfolgen eines Kutschenunfalles gestorben. Aus Pflichtgefühl und Dankbarkeit hatte Salieri die Vormundschaft über das neugeborene Mädchen Therese und die ältere Schwester Ninna übernommen.

„Ich möchte die Eva so bald wie möglich selber singen", schwärmte Catharina.

„Ach, das wird bestimmt nicht mehr lange dauern."

„Ich gehe hinüber zu Papa."

„Und bitte bestell ihm meinen herzlichen Dank für mein Freibillett."

„Mache ich! Und bestellen Sie Therese meine Grüße."

„Kommt bald mal wieder zum Kaffee! Therese backt wundervollen Nusskuchen!"

Catharina nickte kurz und bahnte sich dann einen Weg gegen die Menschen, die auf den Ausgang zustrebten.

Rosenbaum schaute sich um, ob er jemand entdeckte, mit dem er ein paar Worte wechseln konnte. Bei einer Säule stand Georg Werlen. Offenbar genoss er die Stimmung im Saal und ließ das Gehörte im Geiste nachklingen.

Werlen arbeitete in der Wiener Buchhaltungskanzlei des Fürsten Esterházy. Lediglich als Gehilfe. Deshalb konnte er sich nur Billetts für eine der hinteren Reihen leisten. Rosenbaum kannte den zwanzigjährigen, dicklichen Mann mit stets rotem Gesicht seit dessen Anstellung beim Fürsten und von unzähligen Theater- und Konzertabenden.

Werlen war im höchsten Grad kunstbesessen, investierte sein gesamtes, karges Gehalt in Billetts. Für seine Garderobe verwendete er nur so viel, wie nötig war, um sich unbeanstandet auch in Veranstaltungen im Großen Redoutensaal der Hofburg sehen lassen zu können. Werlen entdeckte nun auch Rosenbaum und kam sofort auf ihn zu.

„Ah, Herr Rosenbaum, schön, Sie zu sehen! Wunderbar die Musik, gell? Wunderbar!" Werlen zog ein zerknittertes Taschentuch hervor und trocknete seine feuchten Augen.

Rosenbaum pflichtete Werlen bei: „Ein Geschenk, dass wir den Haydn haben!"

„Und ein Glück für ihn, dass die Wiener zu schätzen wissen, was sie für eine Perle besitzen! In London ist ihm die Welt zu Füßen gelegen und in Wien wird er jetzt auf Händen getragen."

Rosenbaum begann zu grinsen: „Was beweist: Die verdiente Wertschätzung bekommt man nur jenseits von den Fürsten Esterházy!"

„Na ja, leicht ist es nicht im fürstlichen Haus!" Werlen schmunzelte. „Davon kann ich ein Lied singen."

Rosenbaum machte eine Geste, den Saal verlassen zu wollen.

„Darf ich Sie ein Stück begleiten?", fragte Werlen.

„Es ist mir ein Vergnügen", antwortete Rosenbaum, ohne sich tatsächlich über die Bitte zu freuen. Gerade nämlich hatte ihn im Vorübergehen ein Herr, ein Chemiker, begrüßt. Kürzlich war er ihm vorgestellt worden, und sie hatten ein interessantes Gespräch über dessen Forschungen geführt.

Aber nun war es zu spät. Werlen schlug den Weg zur Garderobe ein, und Rosenbaum musste folgen, wollte er den jungen Mann nicht brüskieren.

Es hatte während des Konzerts ein wenig geschneit. Spuren von Kutschen und Pferden durchzogen die dünne Schneeschicht. Auf dem Stück gemeinsamen Weges diskutierten sie über Napoleon und den verlorenen Krieg.

Napoleon hielt seit einigen Wochen Wien besetzt, er selbst residierte in Schloss Schönbrunn. Kaiser Franz hatte die Stadt beim Heranrücken der französischen Truppen verlassen.

Im September 1805 war die österreichische Armee nach Bayern, bis nach Ulm vorgedrungen. Frankreich erklärte daraufhin Österreich den Krieg und marschierte Richtung Wien. Napoleon, der sich ein Jahr zuvor selbst zum Kaiser gekrönt hatte, zog kampflos in die österreichische Hauptstadt. Die Armeen trafen Anfang Dezember in der Schlacht bei Austerlitz, nahe Brünn, aufeinander. An der Seite Österreichs kämpfte Russland. Napoleon entschied die Schlacht für sich, und Kaiser Franz musste einen Waffenstillstand nach den Bedingungen Napoleons akzeptieren. Darin wurde Russland zum Rückzug verpflichtet. Österreich verlor einen starken Bündnispartner. Ein Friedensvertrag sollte in Kürze geschlossen werden.

Rosenbaums Verdruss, dass er sich von Werlen hatte einfangen lassen, war rasch verflogen, denn Werlen war ein politisch gebildeter Mensch, der stets über brandneue Informationen verfügte. Werlen erzählte über die Schlacht bei Austerlitz, was er von einem Freund, einem beteiligten Soldaten, erfahren hatte. Kaiser Franz habe vor der Schlacht geweint, und seine Soldaten hätten sich geweigert, in die Hölle des Kampfes zu ziehen. „Der Zar Alexander", sagte Werlen, „hat Goldstücke unter seine Truppen geworfen, und die sind dann begeistert losgerannt und haben unsere Leute mit Fuchteln ins Feuer gegen die Franzosen getrieben. Und später hat mein Kumpan gesehen, wie über tausend Russen von den Franzosen bis in einen Teich verfolgt worden und viele darin ersoffen sind."

Rosenbaum war schweigsam und traurig geworden. „Hoffen wir, dass sie bald einen Friedensvertrag unterschreiben."

Aus einer Gasse näherte sich eine französische Patrouille. Die Soldaten marschierten an den beiden vorbei, ohne von ihnen Notiz zu nehmen. Sie bogen in die nächste Gasse und verschwanden. Ihre harten Schritte hallten in der Häuserschlucht.

„Und es wird Zeit, dass die Franzosen wieder abhauen aus Wien!", fügte Rosenbaum hinzu.

„Dass Napoleon geschlagen wird!" Werlen ballte seine Rechte zur Faust und hielt sie in die Richtung, in welche die Patrouille gezogen war. „Solang Napoleon nicht endgültig besiegt wurde, wird kein dauerhafter Friede sein. Der gibt nicht auf, bis er ganz Europa hat!"

„Da mögen Sie Recht haben, Werlen."

„Der Napoleon ist kein Aristokrat! Seine Abstammung ist keine Legitimation, an der Macht zu sein. Also muss er sie immer wieder beweisen. Und das kann er nur, indem er einen Krieg nach dem anderen führt! Nur Erfolge erhalten ihn! Also wird er nicht Ruhe geben!"

Inzwischen waren sie vor der Tür von Rosenbaums Haus angekommen. Er wohnte mit Therese und der Magd Sepherl in einer geräumigen Mietwohnung im dritten Stock. Vielleicht war Ninna, Thereses ältere Schwester, noch zu Besuch. Sie wollten für ihre Mama, die Witwe Gassmann, einen Schal und Handschuhe stricken. Sicher stand ein Topf Punsch auf dem Ofen. Genau das Richtige nach dem Heimweg durch die kalte Nachtluft. Werlen wollte nicht enden mit seinen Befürchtungen, obwohl Rosenbaum mittlerweile den Haustürschlüssel aus der Manteltasche geholt hatte.

Er fiel ihm schließlich ins Wort: „Also dann, lieber Werlen, noch einen guten Nachhauseweg! Wir sehen uns bestimmt bald im Theater. Im Burgtheater wird der *Othello* gegeben."

„Ja, den muss ich mir noch anschauen", sagte Werlen. Nun war er vom düsteren Thema Krieg und Napoleon abgebracht und ließ sich für heute abschütteln. „Gute Nacht, Herr Rosenbaum. Und schöne Grüße an die Gemahlin. Sie hat mir gestern in der Oper wieder sehr gut gefallen." Damit verabschiedete er sich.

Rosenbaum steckte den Schlüssel in das Schloss. Plötzlich erinnerte er sich an Haydns Kopf. In diesem Korpus war die Musik entstanden, die aus Therese und ihm Liebe gelockt hatte. Selten war er diesem Kopf so nahe gewesen. Und er wünschte, einmal in diesen Kopf blicken zu können. Welche Gestalt hatte der Ursprung seines Glücks?

## 2

Das Tor des Männertrakts wurde geöffnet, etwa zweihundert Strafgefangene strömten in den Hof. Kurze Zeit später öffnete sich auch das Tor auf der gegenüberliegenden Seite, und etwa hundert weibliche Gefangene kamen ins Freie; Insassen des k. und k. niederösterreichischen Provinzialstrafhauses in der Wiener Leopoldstadt. Sie wurden von Wärtern begleitet und beobachtet. Jeden Nachmittag, gleich im Anschluss an die Mittagsspeisung, verbrachten sie hier gewöhnlich eine halbe Stunde – geteilt in zwei Schichten mit männlichen und eine Schicht mit weiblichen Insassen.

Es war Sonntag. An Sonn- und Feiertagen durften sie zweimal, vormittags und nachmittags, in den Hof. Aber heute war einer jener Sonntagvormittage, an dem der Administrator der Anstalt, Johann Nepomuk Peter, alle zusammenkommen ließ. Meist wurden bei solchen Anlässen vorbildliche Insassen verabschiedet, um den Zurückbleibenden zu zeigen, dass es sich lohnte, während der Haft eine Besserung der eigenen Persönlichkeit anzustreben.

Für diesen Vormittag war den Insassen ein ungewöhnliches Programm angekündigt worden: Der Strafhausverwalter Peter wollte Musik spielen lassen, und zwar von einigen Gefangenen selbst.

Die Sonne hing an diesem März-Vormittag tief und schaffte es nur um die Mittagszeit über das Dach des Gebäudetraktes mit den Werkstätten. Die Wärter dirigierten die Gefangenen in einem Dreiviertelkreis um vier Stühle mit Notenständern. Der Platz der Musiker. Das restliche Kreisviertel war Verwalter Peter und dem obersten Gefängnisseelsorger Pater Hieronymus vorbehalten. Das demonstrierten zwei bequeme, leere Sessel aus Leder. Wer auf dem Stuhl sitzen sollte, der zwei Meter neben diesen Sesseln aufgestellt war, wusste niemand. Außer Peter. Er hatte einem der Wärter den entsprechenden Auftrag erteilt.

Die Gefangenen mussten einige Minuten warten, begannen zu frieren, denn die Hauskleidung aus eisengrauem Tuch schützte nur wenig gegen die Kälte. Endlich kamen aus dem Verwaltungsbau die Musiker: Sträflinge, ebenfalls im Hausgewand. Die drei Männer, die eine Violine, eine Viola und ein Violoncello trugen, sowie eine junge Frau mit einer zweiten Violine hatten sich in einer Stube im Verwaltungsgebäude eingespielt. Sie stellten sich vor die Musikerstühle, verharrten hier, bis schließlich auch der Strafhausverwalter Peter sowie der Geistliche Pater Hieronymus durch dieselbe Tür in den Hof kamen.

Applaus, wie er gewöhnlich beim Eintritt von Musikern losbricht, blieb aus. Die Musiker erwarteten ihn auch nicht. Niemand sah sie hier als Künstler. Man wusste vielmehr, sie waren lediglich Teil einer Inszenierung des Verwalters und nur an diesem Platz, weil sie in ihren früheren Jahren in Freiheit die Instrumente erlernt hatten. Dass sie ihre Instrumente ins Strafhaus mitnehmen und ihre Fertigkeiten weiter pflegen durften, war unüblich und ausschließlich der Leitungsphilosophie Peters geschuldet.

Wer nach einem Verbrechen nicht zum Tod oder lebenslänglicher Haft verurteilt worden war, trat eines Tages zurück in die Gesellschaft. Darauf musste der Verbrecher in seinem eigenen Interesse und im Interesse der Gesellschaft vorbereitet sein. An dieser Überlegung orientierte sich Peter. Also durfte ein Gefangener das Gute in seinem Wesen während der Haftdauer nicht verlieren; andererseits musste er das Böse tilgen, zumindest aber unterdrücken.

Peters äußere Erscheinung und sein Verhalten standen im Widerspruch zu dieser humanistischen Denkweise. Der Sechsunddreißigjährige verstörte seine Umgebung mit seinem kargen und rauen Umgangston, brüskierte gelegentlich seine Gesprächspartner. Nie steckte sein langer, dünner Körper in farbiger oder heller Kleidung. Alles war schwarz an ihm; so konsequent, als erwarte er augenblicklich seinen Tod. Schwarz waren die Beinkleider, die Weste, der Rock, der Mantel. Sogar das Haar, das weit in den Nacken reichte und wie eine dichte Matte seinen Kopf verhüllte. Stets verkniff er den Mund zu einem harten Gesicht, wie aus Marmor geschlagen. Nur wenn man ihn lange kannte, bemerkte man in seinen Augen ein sonderbares Blitzen, das Angst vermuten ließ.

Peter und der oberste Seelsorger der Anstalt standen nun vor den Sesseln. Der zusätzliche Stuhl, etwas abseits, war weiter leer geblieben.

„Guten Morgen!", rief Peter in die Menge.

Ein strammer Chor antwortete: „Guten Morgen, Euer Ehren!"

„In diesem Strafhaus fehlt ein Verbrecher: Napoleon!", fuhr Peter fort. „Er hat sich als Erster unter Gleichen an die Spitze Frankreichs gehoben, dann aber selbst zum Kaiser gekrönt und damit unser ehrwürdiges Haus Habsburg schmählich beleidigt. Kaiser Franz, Oberhaupt des Heiligen Römischen Reiches, ist einzig befugt, diesen Titel zu tragen. Napoleon überzieht die Völker mit Krieg, zwingt unser geliebtes Österreich und seine Soldaten in blutige Schlachten. Napoleon hat Wien vor einigen Wochen verlassen. An seinen Stiefeln klebt noch das Blut unserer Brüder und Schwestern. Nach schlimmen Wochen des Krieges und der Unsicherheit ist unser geliebter Kaiser Franz nach Wien zurückgekehrt. Wir bitten Gott, dass er ihm ein langes Leben schenke. Um die Rückkehr des Friedens und die Rückkehr des Kaisers angemessen zu feiern, hören wir nun ein Adagio aus einem Streichquartett des hochgeachteten Haydn. Die Melodie ist das Lied ‚Gott erhalte Franz, den Kaiser, Unsern guten Kaiser Franz!', das Haydn zu Ehren unseres Kaisers geschrieben hat."

Die Musiker wollten sich bereits setzen, aber Peter sprach weiter: „Dieser Stuhl ist aufgestellt für eine Insassin, die nach vorne treten möge: Karoline Weber."

Ein Raunen verbreitete sich durch die Reihen der Gefangenen. Sie waren es gewöhnt, dass einzelne Insassen bei solchen Versammlungen vor allen anderen gemaßregelt oder belobigt wurden, aber diese Herausstellung war seltsam.

Karoline Weber, eine junge, feiste Frau mit kurzen, rotblonden Locken, erstarrte vor Schreck. Nichts hatte im Vorfeld darauf hingedeutet, dass der Stuhl für sie bestimmt sein sollte.

„Los! Hervortreten!", befahl Peter nachdrücklich.

Ein Wärter, der in ihrer Nähe stand, schob sie an. „Mach schon!"

Karoline fasste sich nervös an den Knoten ihres Kopftuches und ging mit zitternden Beinen zum Stuhl.

„Sie möge sich setzen", sagte Peter, „und höre Sie aufmerksam zu!"

Die Frau gehorchte, wagte nicht, weiter zu Peter zu sehen. Stattdessen starrte sie auf die Musiker.

Peter gab ein Zeichen, und sie nahmen ihre Plätze ein. Gleichfalls Peter und Pater Hieronymus.

Nach kurzem Stimmen der Instrumente begann die Musik.

Die Melodie des Kaiserliedes erklang, schlicht und klar gesungen von der ersten Violine. Die zweite Violine, Viola und Violoncello begleiteten sanft mit wiegenden Figuren.

Peter hatte die Augen geschlossen und lauschte andächtig. Pater Hieronymus, ein gewichtiger Geistlicher mit Tonsur auf seinem kugeligen Kopf, fehlte ein tiefgreifendes Verständnis für die Musik, weshalb er die Aufführung mehr erstaunt als ergriffen mitverfolgte. So reagierten auch die meisten Gefangenen. Nur wenige freuten sich, nach langer Zeit etwas anderes als die geplärrten Kirchenlieder und die klägliche Orgel in der Kapelle zu hören. Die Musiker boten keinen vollendeten Kunstgenuss, aber sie mühten sich wacker und erfolgreich, die Musik weitgehend fehlerfrei und klangschön in diesem kalten Hof aufzuführen.

Karoline Weber saß so steif, als habe Peter ihren Körper mit Mörtel ausgegossen. Sie versuchte, das Gehörte aufzunehmen und festzuhalten, doch die Angst vor dem, was an Fragen und Herausstellung gewiss noch kommen würde, machte Konzentration oder gar Genuss unmöglich.

Die Melodie wanderte mit Variationen durch die Stimmen des Streichquartetts. Das Trio der Begleitinstrumente nahm den veränderten Tonfall jeweils auf. Süßlich umspielte die erste Violine nun die Linie der tiefer notierten zweiten. Ruhig und sonor sang das Violoncello. Schließlich strömte die Melodie im breiten Fluss dahin. Eine knapp zehnminütige Huldigung des Monarchen, ohne pompöse Effekte. Aus der Musik sprach der ergebene Wunsch, Kaiser Franz möge noch lange regieren.

Die vier Gefangenen, ungeübt für einen Auftritt vor größerem Publikum, setzten nach dem Schlussakkord ihre Bögen ab und warteten gespannt, was passieren würde. Auch die Zuhörerschaft wusste nicht, wie sie reagieren sollte. Peter erhob sich und begann zu klatschen, und im Nu schloss sich die Schar der Insassen an. Gehemmt, als seien sie beim Naschen in einer Speisekammer entdeckt worden, verneigten sich die Musiker. Ihre Augen waren auf Peter gerichtet, der ihnen endlich das Zeichen zum Verlassen der improvisierten Konzertbühne gab. Erleichtert verschwanden sie in der Menge.

„Und nun singen wir gemeinsam das Kaiserlied", befahl Peter. Sogleich begann er mit lauter Bassstimme: „Gott erhalte Franz, den Kaiser, Unsern guten Kaiser Franz!"

Unterschiedlich in Gesangesübung und Textsicherheit stimmten die Insassen, auch Pater Hieronymus und das Wachpersonal, in den Hymnus ein.

„Ich möchte euch noch einen Gedanken mit auf den Weg geben." Peter setzte anschließend zu einer Rede an. „Damit sollt ihr in den Sonntag, ja, in euer weiteres Leben gehen. Es ist wichtig, dass wir das Kaiserlied singen. Es soll uns verdeutlichen, dass außerhalb dieser Mauern eine Gemeinschaft von ehrenwerten Menschen lebt, geführt von Seiner Majestät, dem Kaiser. Eine Gemeinschaft, von der ihr euch durch eure Verbrechen abgesondert habt. Aber eines Tages wird jeder, der nicht zu lebenslänglicher Haft verurteilt ist, zurückkehren in diese Gemeinschaft, als verantwortungsbewusstes Mitglied, das sich würdig für die Gnade zeigt, die ihm durch den Wiedereintritt zuteilwird. Die Zeit hier im Provinzialstrafhaus ist daher keine Zeit des gedankenlosen Ausharrens, es ist vielmehr eine Zeit der Läuterung. Ihr sollt euch dessen bewusst werden, dass ihr keine Tiere, sondern Menschen seid. Ihr müsst also auch fähig sein, die höheren Eigenschaften des Menschseins zu leben. Darum haben wir heute das Kaiserlied gesungen und sogar Musik gehört, und zwar von Joseph Haydn. Der Tonsinn ist eine jener Eigenschaften, die nur dem Menschen zur Verfügung steht. Warum?"

Die Insassen hörten unbewegt zu. Der Sinn der Worte des Strafhausverwalters leuchtete ihnen ein. Doch dieser hatte schon so oft über die notwendige Besserung und Läuterung gesprochen, dass sie keinen Erkenntnisgewinn in dem Gesagten finden konnten – und daher letztlich nur geduldig und folgsam das Ende der Versammlung abwarteten. Pater Hieronymus hatte ja in der Morgenmesse nichts anderes gepredigt, wenn auch vorwiegend als Mahnung zur Hinwendung zu Gott. Dann aber erweiterte Peter seine Ansprache um eine Demonstration, die aufmerken ließ.

„Bringe Er den Hund", befahl er dem Wachposten, der einen Schäferhund an der Leine hielt.

Der Wachposten führte das Tier vor Peter und blieb so weit abseits stehen, wie es die Leine erlaubte.

Peter streichelte den Kopf des Hundes. Dieser genoss die Zuwendung und sah hechelnd hinauf zu Peters Gesicht.

„Seht den Kopf eines Tieres", rief Peter den Gefangenen zu. „Geschaffen am fünften Schöpfungstag." Dann blickte er zu Karoline. „Komme Sie her!"

Karoline ging zögernd zu Peter. Dieser dirigierte sie neben den Schäferhund.

„Nehme Sie das Kopftuch ab!"

Karoline riss es herab.

Peter fuhr mit dem Zeigefinger über ihre Stirn, vom Scheitel bis zur Nasenwurzel. „Und hier seht ihr den Kopf eines Menschen. Erschaffen am sechsten Schöpfungstag. Was unterscheidet die Lebewesen? Was schuf Gott am sechsten Tag hinzu?"

Pater Hieronymus war nervös geworden. Er wusste nicht, ob er das Erklären der Schöpfung des Menschen anhand der Physiognomie der Lebewesen gutheißen sollte. Doch er schwieg.

Einer der Gefangenen hatte den Arm gehoben.

„Ja, sprich!"

„Die Stirn!", antwortete der Gefangene.

„Richtig! Die Stirn macht uns zu dem, was Gott einem Lebewesen schenken wollte, das ein Tier überragt. Die Stirn ist Sitz der Eigenschaften, die den Menschen zum Menschen erhebt: seine Fähigkeiten zur Sprache, Philosophie und Musikausübung, sich mit Farben und Zahlen zu beschäftigen." Er legte die Hand auf Karolines Scheitel.

„Und hier ist der Thron, er ist Sitz des Bundes, den der Schöpfer mit den Menschen geschlossen hat. Das Organ der Theologie. Von hier aus regiert er über die Organe der Stirn, der Organe der Menschlichkeit. – Betastet nun euren Scheitel und eure Stirn."

Die Insassen folgten verstört der Anordnung. Auch die Wachen griffen unwillkürlich an ihre Köpfe. Selbst Pater Hieronymus konnte dem plötzlichen Drang nicht widerstehen.

„Ihr seid Menschen und keine Tiere! Ihr habt eine Stirn, und ihr besitzt den Willen, der euch die Möglichkeit verleiht, eure Affekte zu beherrschen! Ihr seid hier, um das überreizte Tierische in euch zu befrieden und das Menschliche in euch zu stärken. – Das ist mein heutiger Gedankenanstoß für euch. Ich bitte Pater Hieronymus, noch ein abschließendes Wort zu sprechen."

Der Geistliche erhob sich. „Ich möchte noch einmal an die Botschaft des Evangelisten Lukas erinnern: ‚Ich sage euch, im Himmel ist mehr Freude über einen Sünder, der Buße tut, als über neunundneunzig Gerechte, welcher der Buße nicht bedürfen.' – In diesem Sinne: Verlebt einen Sonntag, an dem ihr auf eurem Weg, bessere Menschen zu werden, ein gehöriges Stück vorankommt."

Peter bedankte sich mit einem freundlichen Blick beim Pater und fügte an: „Wir kehren nun zurück zum üblichen sonntäglichen Tagesablauf."

Das bedeutete, dass ein Teil der Gefangenen noch für eine halbe Stunde im Hof bleiben durfte, für die restlichen war ein späterer Zeitraum vorgesehen. Diese brachte man zurück in die Häuser. Pater Hieronymus verabschiedete sich von Peter mit kurzem Kopfnicken. Er schloss sich den männlichen Gefangenen an, die den Hof verließen.

Noch immer stand Karoline Weber mit dem Wachmann und dem Schäferhund bei Peter. Sie hatte sich nicht getraut, zu den anderen Gefangenen zu gehen.

Peter befahl dem Wärter: „Bringe Er die Gefangene Weber in meine Kanzleistube. Ich habe mit ihr zu sprechen."

Der Wärter nickte und gab Karoline mit einem auffordernden Blick zu verstehen, dass sie ihm folgen solle. Sie gehorchte.

Der Wärter, an der Leine den Schäferhund, und Karoline Weber warteten unmittelbar neben der Tür der Kanzleistube. Es gebot der Respekt vor dem Amt, dass die Ankunft des Verwalters abzuwarten war, bis sich die Gefangene auf den Stuhl vor dem Schreibtisch setzen konnte.

Noch nie war Karoline in diesem Zimmer gewesen. Sie fror. Der hohe, weiß getünchte Raum verfügte über einen Holzofen, aber er war nicht in Betrieb. Durch die beiden kleinen Fenster fielen zwar Sonnenstrahlen, die zwei schräge Lichtquadrate auf den Bodenplanken bildeten, doch die Wärme, die sie mit sich brachten, besaß kaum Wirkung. Auf dem Schreibtisch aus dunklem Holz, auf den Karoline unwillkürlich starrte, lag eine Akte. Ein fingerdicker Stoß Papier, eingefasst von einer schwarzen Mappe. Womöglich ihre Akte mit allen Einzelheiten ihrer Verbrechen und Strafverbüßung. Ansonsten war die Tischplatte leer. Als sollte sie das mechanische Funktionieren eines Verwaltungsapparates versinnbildlichen. Die Nüchternheit verstärkte Karolines Angst. Nichts deutete darauf hin, dass ihr hier etwas Wohlwollendes begegnen würde. Im letzten Moment, bevor der Verwalter Peter die Amtsstube betrat, entdeckte sie auf einem Seitentisch eine Violine samt Bogen.

„Warte Er im Vorzimmer", sagte Peter knapp zur Wache.

„Jawohl!", antwortete der Mann und ging mit dem Hund nach draußen. Er schloss die Tür.

Und zu Karoline: „Sie möge sich setzen."

Karoline nahm gefügig Platz.

Peter blieb stehen. Er schwieg und betrachtete ihren Kopf, dann trat er an ihre Rückseite und griff mit beiden Händen in die Locken. Seine Hände waren kalt. Karoline erschrak. Zunächst betastete Peter ihren Hinterkopf. Die Hände wanderten in den Nacken. Er wollte ihn nun betrachten. Da die Locken ihn bedeckten, schob er sie wie einen Vorhang beiseite. Karoline konnte ihr Haar nur in weiten Zeiträumen waschen, es war daher fettig und verfilzt. Peter ließ sich davon nicht abschrecken.

„Sie hat einen schlanken Hals, und der Hinterhauptbügel ist normal entwickelt. Keine Auffälligkeit. Das ist gut." Seine Hände glitten beidseits an die Schläfen. Er orientierte sich an der Oberkante der Ohren und forschte nach vorne, Richtung Stirn. „Hier muss man achtgeben, die Ausprägungen liegen eng beisammen", sagte er mehr zu sich selbst als zu Karoline. „Hier ..." Peter fand die Stellen, nach denen er gesucht hatte. Karoline schwitzte vor Angst. Ihre Schläfen waren nun feucht. Auch daran störte sich Peter nicht. Viel zu intensiv konzentrierte er sich auf die Begutachtung der Schädelform. „Der Diebessinn. Bei Räubern werden hier von der Wissenschaft Beulen beschrieben. Solche hat man auch bei Elstern und Raben gefunden. Unauffällig. Bei Ihr ist diese Hirnregion unauffällig. Das ist gut."

Dass der Verwalter Erfreuliches an ihr feststellte, beruhigte Karoline ein wenig, auch wenn sie das Gesagte weder verstand noch beurteilen konnte.

„Sie ist mir neulich bei der Inspektion der Näherei aufgefallen", erklärte Peter, während er weiter ihre Schläfen betastete und mit den Fingern behutsam nach vorne fuhr. „Diese Hügel treten so deutlich hervor, wie ich sie noch selten bei einem Schädel, noch weniger bei einem weiblichen Schädel, konstatiert habe. Mein erster Blick hat nicht getäuscht."

Endlich ließ Peter ab von ihrem Kopf und ging zu einer Waschschüssel im hinteren Teil der Stube. Er goss aus einem Krug Wasser über seine Hände und trocknete sie an einem weißen Tuch. Lang sprach er kein Wort, bis er sich an seinen Schreibtisch gesetzt hatte. Dort lehnte er sich zurück und legte die Hände auf den Bauch.

„Nun, Fräulein Weber, wie ist es Ihr beim Anhören der Musik ergangen?"

Mit einer solchen Frage hatte sie nicht gerechnet. Sie stammelte: „Ja, also, sie hat mir schon sehr gut gefallen."

Die Antwort enttäuschte Peter. „Wann hat Sie zuletzt solche Musik gehört?"

„In der Kapelle singen wir regelmäßig."

„Und davor?"

„Wirtshauslieder und Tanzmusik an Kirchweih und im Fasching."

Peter zügelte seine Ungeduld. „Und hat Sie bei dieser Musik irgendetwas bei sich bemerkt?"

„Ja, sie ist schon zu Herzen gegangen."

„Und hat Sie irgendetwas im Kopf bemerkt? An den Seiten der Stirn?"

Karoline überlegte, kam aber zu keiner Erkenntnis und brachte daher keine Antwort hervor.

„Alles unterentwickelt und überlagert", sprach Peter bitter, wieder mehr zu sich selbst.

Karoline fühlte sich schuldig. „Das tut mir leid, gnädiger Herr."

Peter lehnte sich nach vorne. „Das muss Ihr nicht leidtun, Sie kann ja nichts dafür! Aber es ist erschütternd, wie weit es kommen kann, wenn eine Eignung durch fatale Lebensumstände verschüttet wird."

„Meinen Sie meine Verfehlungen?"

„Rekapitulieren wir kurz." Peter öffnete die Mappe mit den Prozess- und Strafdokumenten.

„Was meinen der gnädige Herr?"

„Also, ich lese, Sie stammt aus einer Gastwirtschaft. Der Vater war ein ganz üblicher Wirt."

„Ja, draußen in Nussdorf."

„Dann hat Sie als Gehilfin bei einem Gärtner gearbeitet. Beim Grafen von Krowitz."

„Ich habe schon immer Blumen sehr gemocht. Darum hat es mir dort eigentlich gefallen."

Peter merkte unvermittelt auf. „Sie liebt Blumen!"

Diese Heraushebung wusste Karoline nicht zu deuten. „Ja", bestätigte sie kurz.

Sofort versenkte sich Peter wieder in die Akten. „Ich lese, dass Sie das Dienstverhältnis abgebrochen hat, ohne Angabe von Gründen."

Karoline sah beschämt auf ihre Hände. „Ja, das stimmt."

„Und warum?"

„Muss ich das sagen?"

Peter fixierte sie. Unerwartet erhielt sein Gesicht einen milden Ausdruck. „Dass wir uns recht verstehen, Fräulein Weber, es geht mir hier nicht um die justiziable Verfolgung der Verbrechen, wegen denen

Sie hier sitzt. Das war Sache des Kriminalgerichts. Es geht mir hier um die Erziehung, dass Sie als besserer Mensch eines Tages von hier entlassen wird."

Das beruhigte Karoline und sie überwand sich: „Der Gärtner, der Kreuzberger Heinrich, das war ganz ein grober Kerl, und er hat immer meinen Rock ..."

„Na ja", unterbrach Peter, „so sind die Gärtner, das weiß man! Doch noch lange kein Grund, eine gute Stelle aufzugeben und hinterher Mannspersonen in kompromittierende Affären zu locken und dann Geldbörsen zu stehlen."

„Ich habe Geld gebraucht, sonst wäre ich doch verhungert! Und es ist Winter geworden", verteidigte sich Karoline kleinlaut.

„Wie gesagt, dies zu ahnden, war Aufgabe des Kriminalgerichts. Fünf Jahre sind Ihr auferlegt, lese ich. Drei Monate ist Sie hier."

Karoline nickte traurig.

„Nach fünf Jahren ist Sie noch jung, und Sie hat, wenn Gott es will, ein langes Leben vor sich, mit dem Sie etwas Besseres anfangen kann als im bisherigen." Peter klappte die Mappe zu und lehnte sich wieder zurück. „Ich habe große Hoffnung für Sie."

Karoline sah erstaunt auf. „Hoffnung? Für mich?"

„Der erste Schritt ist die Erkenntnis. Ich sage Ihr jetzt, dass Sie einen herausragenden Tonsinn besitzt. Der gehört zu Ihr wie Ihre Nase und Ihre Ohren. Es steckt ein edler Mensch in Ihr, dem Sie ein anderes Leben schuldig ist. Der zweite Schritt ist der Wille."

„Der Wille zum Tonsinn?"

„Ganz recht. Der Wille, sich um den Tonsinn zu kümmern, ihm den Rang in den Verrichtungen des Gehirns zu geben, der ihm zusteht. Ihr Geschlechtssinn und Ihr Diebessinn sind ja nicht übermäßig ausgeprägt, also muss es für Sie ein Leichtes sein, diese Schädlinge zurückzudrängen und den vernachlässigten Tonsinn zu seinem Recht zu verhelfen."

Sie wusste nicht, was sie darauf sagen sollte. Ihr Mund stand offen, als habe ihr Peter soeben die Kaiserkrone angetragen. Endlich stotterte sie: „Und wie soll das gehen?"

„Die Geigerin, die gerade im Streichquartett mitgespielt hat, wird

Ihr fortan Unterricht geben. Die Cäcilie Kern hat Wechsel gefälscht und bleibt ebenfalls noch etwa fünf Jahre im Strafhaus." Er hob die Violine vom Seitentisch. „Diese Geige hat ein aufgehängter Mörder hinterlassen, ein Landstreicher ohne Erben. Ich kann sie Ihr als Übungsinstrument leihweise zur Verfügung stellen."

Karoline nahm die Geige und den Bogen entgegen. Ungeschickt, denn sie hatte noch nie ein solches Instrument in Händen gehalten.

„Sie weiß, jeder Insasse kann ein Gnadengesuch bei der Strafhauskommission einreichen. Ich bin Mitglied dieser Kommission. Mit der Insassin Kern habe ich bereits gesprochen. Wenn sich der Unterricht vorteilhaft entwickelt, dann werde ich in entsprechender Zeit eine Strafmilderung unterstützen. Eine Verkürzung auf vier Jahre wäre nach meinem Dafürhalten durchsetzbar." Peter freute sich mit einem selbstgefälligen Lächeln, dass er Karoline damit beeindrucken konnte.

Karoline betrachtete wortlos die Geige und strich mit ihren Fingern, die bislang in der Blumenerde gegraben hatten, über das edle Holz.

# 3

Im Kärtnertortheater ging die Oper *Das unterbrochene Opferfest* von Peter von Winter zu Ende. Eine der unzähligen Vorstellungen, denn die Oper hatte sich zum Kassenschlager entwickelt. Therese Rosenbaum sang darin die Rolle der Elvira, die weibliche Hauptrolle. Joseph Carl Rosenbaum wollte von Anfang an zuhören, aber im letzten Moment hatte ihn zuhause ein Botenjunge seines Dienstherrn, des Grafen Károly Esterházy, erreicht, und er musste sich, wie so oft, um eine dringende Angelegenheit kümmern. Der Anstreicher hatte bei der Instandsetzung einer Wohnung eine falsche Farbe verwendet! Voller Ärger, verschwitzt und nass, weil er den Weg zum Theater durch den Regen gerannt war, hatte er sich schließlich in den dritten Rang gesetzt, auf einen der wenigen freien Plätze, denn die Vorstellung war nahezu ausverkauft. Er hörte noch den Schluss der Aufführung, dann brach jubelnder Beifall los. Auch Rosenbaum applaudierte; besonders heftig und freudig, als Therese hervorgerufen wurde. Die einunddreißigjährige, korpulente Dame verneigte sich dankbar und gerührt. Rosenbaum lächelte.

Ja, Therese, seine Therese, wurde vom Publikum geliebt und gefeiert! Der Stolz auf seine Gattin, der Stolz, eine solche Gattin zu besitzen, schob seine üble Laune in den Hintergrund. Anna Gassmann, genannt Ninna, ihre ältere Schwester, hatte ebenfalls mitgesungen. Auch sie wurde vom Publikum mit viel Applaus bedacht. Rosenbaum mochte sie. Wegen ihres offenen, heiteren Wesens fand man rasch Zugang zu ihr. Zuverlässig stand sie in allen Lebenslagen auf Thereses und seiner Seite. Nur die „Mama", die Mutter der beiden, Witwe des ehemaligen Hofkapellmeisters Leopold Gassmann, ging vor. Stets.

Wenig später wartete Rosenbaum am Bühnenausgang. Es dauerte eine Weile, bis sich Therese umgezogen und abgeschminkt hatte. Der

Regen hatte aufgehört, überall waren Lachen entstanden, in denen sich die Straßenlaternen spiegelten, und ein leichter Frühlingswind zog um den Theaterbau. Rosenbaum studierte die Vorstellungsplakate für die folgenden Tage, während die übrigen Besucher aus dem Theater spazierten und bestens gelaunt in den umliegenden Straßen und Gassen verschwanden. In kurzen Abständen öffnete sich die Bühneneingangstür, und Kolleginnen und Kollegen von Therese kamen heraus. Rosenbaum kannte die meisten. Man grüßte sich, wünschte sich einen guten Abend, mit einigen tauschte er Belanglosigkeiten aus.

Schließlich verließ Ninna das Theater. „Grüß dich, Joseph. Therese ist gleich fertig. Sie muss nur noch wegen der Probe morgen mit dem Salieri reden."

„Es eilt nicht", antwortete Rosenbaum gelassen. „Zauberhaft habt ihr heute wieder gesungen."

„Ja, die Oper gefällt immer noch und liegt gesanglich sehr angenehm", gab Ninna zurück.

„Wie geht es der Mama?" Rosenbaum und die Schwiegermutter mochten sich nicht, trotzdem fühlte er sich verpflichtet, nach ihr zu fragen.

„Ihr Husten ist besser geworden. Aber der Katarrh quält sie arg. – Ich mach mich auf den Heimweg, die Mama wartet gewiss schon auf mich. Ich wünsch euch noch einen schönen Abend!" Sie lief davon.

Endlich kam Therese, zusammen mit Salieri. Sie sprachen noch immer über die morgige Probe.

„Schau dir besonders den Mittelteil der Arie im dritten Akt an. Der ist heikel, wirklich heikel. Da hast du kaum Zeit zum Schnaufen. Ungeschickt komponiert eben." Salieri bemerkte Rosenbaum. „Ah, Rosenbaum, freut mich! Lasst den Abend noch schön ausklingen."

„Danke ebenfalls, Maestro Salieri."

Salieri hob grüßend die Hand und wollte davon, doch er wurde von einem unbekannten Herrn angesprochen. Rosenbaum fasste Therese bei der Hand, und die beiden gingen los.

„Hast du gehört, der Schulz hat heute im ersten Akt ein paar Mal den Ton nicht getroffen. Das passiert ihm sonst nie!"

„Ich bin leider erst im zweiten Akt gekommen."

Joseph besuchte so häufig ihre Vorstellungen, dass sie das nicht verärgerte. Sie war vielmehr besorgt. „Warum denn? Ist was geschehen?"

„Ah, der Graf hat mich im letzten Moment rufen lassen. Der Bschaidner malt doch gerade die Wohnung von der Urbanek aus, weil die in einer Woche einziehen will. Aber er ist schwer im Verzug, weil er gleichzeitig eine andere Baustelle hat. Und was macht der Trottel obendrein? Er nimmt die falsche Farbe! Der Graf schaut nachmittags, ob alles in Ordnung ist, und natürlich ist nichts in Ordnung! Also lässt er mich rufen, und ich versäum mehr als die halbe Oper. Tut mir leid, Schatzl!"

„Ach, das ist doch nicht schlimm! Kommende Woche spielen wir das *Opferfest* schon wieder!"

Rosenbaum wollte an der nächsten Kreuzung in Richtung ihrer Wohnung in der Oberen Bräuerstraße abbiegen, aber Therese zog dagegen.

„Du, was meinst, gehen wir noch eine Kleinigkeit soupieren? Ich hab einen solchen Hunger!"

Rosenbaum war einverstanden. „Ein Bier würde mir guttun, nach dem Verdruss."

„Auf der *Mehlgrube* gibt es einen frischen Tiroler Strudel, hab ich gehört. Der würde mir jetzt schmecken."

„Also dann."

Im Gasthaus *Zur Mehlgrube* trafen sich die Künstler und ihr Publikum, auch Konzerte und Bälle wurden hier abgehalten. Um diese Zeit drängten sich daher die Besucher um die Tische. Die Kellnerinnen schleppten Bier und Wein, Würstl, Braten und Süßes herbei.

Therese und Rosenbaum schlug Tabakqualm entgegen. Sie überblickten die Gaststube, konnten aber keinen freien Tisch entdecken.

„Da drüben sitzen die Rooses", rief Therese erleichtert. „Am Tisch ist noch Platz. Ganz bestimmt dürfen wir uns dazusetzen."

Rosenbaum verzog den Mund. „Für die zwei bin ich heute nicht in Laune."

„Komm, die sind doch zum Aushalten! Und schau, sie haben uns schon gesehen."

Therese zog Rosenbaum durch die Wirtsstube, bis sie vor Betty und Friedrich Roose standen.

Das Ehepaar Roose gehörte zum Schauspielensemble der Hoftheater. Betty stammte aus Hamburg, hatte bereits in ihrer Heimatstadt sowie in Mannheim, Hannover und Bremen gespielt. Friedrich hingegen war in Limburg an der Lahn geboren worden. Engagements hatten ihn am Anfang seiner Karriere nach Heidelberg, Bayreuth, Leipzig und Regensburg geführt. Der damalige Schauspieldirektor der Hoftheater August von Kotzebue verpflichtete beide 1798 nach Wien. Hier lernten sie sich kennen und heirateten. Betty Roose brillierte in klassischen Rollen, wie 1802 als Ophelia in Hamlet. Friedrich, ein akkurater und intellektueller Mensch, verfügte über eine geschliffene Rhetorik, die ihn zum pointierten Komiker befähigte. Seine stattliche Erscheinung und Verwandlungsgabe führten dazu, dass er auch als jugendlicher Liebhaber und aristokratischer Salonlöwe die Herzen seines Publikums gewinnen konnte.

Rosenbaum hatte mit Friedrich Roose, meist in Gesellschaft mit anderen, schon manches Bier getrunken. Er war mit ihm also gut bekannt, hielt ihn aber für besserwisserisch und eitel. Betty Roose kannte er nur flüchtig.

Friedrich Roose erhob sich sofort: „Ah, das ist eine angenehme Überraschung! Setzen Sie sich! Auch noch Hunger?"

Betty Roose ergänzte: „Kommt doch her!"

Rosenbaum lächelte frostig.

„Ja, eine Kleinigkeit brauche ich jetzt." Therese zog den Mantel aus und gab ihn Rosenbaum. „Ich krieg immer einen kalten Magen von den vielen Koloraturen."

Sie setzte sich zu Betty Roose auf die Bank. Vor Betty und Friedrich standen Weingläser mit Weißem sowie zwei Teller mit Soßenresten.

Auch Rosenbaum legte ab und brachte die Mäntel zur Garderobe.

„Heute war schon wieder das *Opferfest*, nicht wahr?", fragte Herr Roose.

„Ja, die Oper zieht die Leute an wie eine Kerze die Staunzen."

„Denen gefällt halt, dass sie unter Indianern spielt." Rosenbaum war zurück. Der Stuhl neben Therese war für ihn bestimmt. „Die Dekorationen sind ja großartig, aber die Musik ist manchmal ein bisserl fad – so ehrlich muss man sein."

Betty Roose wandte sich zu Rosenbaum: „Waren Sie heute auch in der Oper?"

„Leider nur zum Finale. Ich hätte mein Schatzl liebend gerne länger singen gehört, aber ich hab überraschend eine größere Katastrophe verhindern müssen."

Madame Roose freute sich auf eine wilde Geschichte. „Ei, das klingt ja spannend."

„Es war leider weniger spannend, vielmehr dumm und ärgerlich."

Die kleine Gesellschaft wurde von der Kellnerin unterbrochen, eine resolute, ältere Frau, die ihren Zuständigkeitsbereich im Griff hatte. „Guten Abend, wissen Sie schon, was Sie wollen?"

„Habts ihr einen Tiroler Studel da?"

„Ja, ganz frisch."

„Mit ... Haben Sie eine Mandelmilch?"

„Ja, haben wir."

Rosenbaum wies auf die leeren Teller. „Was war denn das? Kann man das empfehlen?"

„Hasenbraten", erklärte Friedrich Roose. „Zart und fein!"

„Dann bitte einen Hasenbraten und dazu ein Bier."

„Machen wir", sagte die Kellnerin, räumte die Teller zusammen und ging davon.

Therese wunderte sich. „Hast du noch einen solchen Hunger?"

„Na, ich hab seit Mittag nichts mehr gegessen. Und mit Ärger und Hunger kann ich nicht schlafen." Er nahm den Faden wieder auf und erzählte den beiden Roose: „Ich muss nämlich eine Wohnung herrichten lassen, die mein Dienstherr vermieten will. Der Maler hätte um ein Haar eine Wand im Flur gelb gestrichen, obwohl grün ausgemacht war. Der Bschaidner, der ist eigentlich ein zuverlässiger Kerl, aber manchmal steckt er seinen Kopf in einen Trog, und dann hört er nur noch die Hälfte."

Betty Roose fragte nach: „Sie sind beim Fürsten Esterházy in Stellung, wenn ich mich recht erinnere."

„Oh, das ist lang her!"

Therese antwortete: „Mein Joseph war früher beim Fürsten Stallrechnungsführer. Hat sich um alle Abrechnungen der Stallungen kümmern müssen. In Wien, Eisenstadt und weiß Gott wo."

„Aber es hat da ein paar leichte ... sagen wir: Wir haben es beide für besser gefunden, wenn ich mir einen anderen Dienstherrn such."

Herr Roose schmunzelte verständnisvoll: „Bleibt alles unter uns!"

„Die Esterházys haben ja Gott sei Dank auch eine gräfliche Linie, und so bin ich jetzt der Sekretär vom Grafen Károly Esterházy de Galántha."

„Der Graf hat uns sehr geholfen", fügte Therese hinzu. „Und er ist ein fürsorglicher, umsichtiger Mann."

Die Kellnerin brachte das Bier und die Mandelmilch.

„Meistens!", brummte Rosenbaum, als die Kellnerin den Tisch verlassen hatte.

„Joseph, wir dürfen nicht über ihn klagen!"

„Nein! Natürlich nicht!"

Friedrich Roose schmunzelte erneut und hob das Weinglas. „Das bleibt alles unter uns, Rosenbaum, das bleibt alles unter uns! Wir alle haben unsere Nöte mit der Obrigkeit!"

Betty Roose, Therese und Rosenbaum hoben ebenfalls ihre Getränke.

„Auf den schönen Abend!", bestimmte Friedrich Roose, und alle tranken.

„Und was ist Ihre Aufgabe beim Grafen Esterházy?", wollte Betty Roose wissen.

„Ich kümmere mich um seine wirtschaftlichen Angelegenheiten, also seine Anwesen, seine Finanzen, seine Stallungen und Ländereien. Schafe hat er viele."

„Dem gehört das Palais in der Kärntnerstraße?", fragte Betty Roose weiter.

„Ja, das ist das gräfliche. Das Palais vom Fürsten ist das in der Wallnerstraße."

Therese wandte sich an die beiden Roose: „Und was hat es heute im Burgtheater gegeben? Die *Organe des Gehirns*, oder?"

„Ja, sehr amüsant", antwortete Betty Roose. „Ich spiele es gerne. Der Kotzebue weiß, wie man lächerliche Modeerscheinungen parodiert und treffende Pointen setzt."

Friedrich Roose fragte: „Haben Sie das schon gesehen?"

„Ich leider noch nicht, ständig Proben oder Aufführungen", klagte Therese.

Rosenbaum steckte sich eine Zigarre an. „Ich war in der Premiere. Viel Witz, aber manches ist ein bisserl arg vorhersehbar."

Die Bemerkung ärgerte Friedrich Roose. Er schätzte seinen Förderer Kotzebue so sehr, dass er Kritik an seinen Stücken als persönliche Beleidigung empfand. Doch er zügelte sich und sagte erklärend: „Ja, natürlich, es hat eben den Aufbau einer Gesellschaftskomödie. Als Hauptrolle einen Vater mit einer Eigentümlichkeit, die man zur Genüge kennt: Er hat für seine Kinder andere Ehepartner ausersehen, als diese selbst. Es folgen Konfusion und eine Hinterlist, die dann zu einem glücklichen Ende für die Liebesleute führen. Aber Kotzebue weiß, wie er die Sache angeht! Was diese Komödie heraushebt, das ist das Thema! Sie ist, wie Betty schon anmerkte, eine grandios kluge Parodie! Sie trifft eine gegenwärtige Mode auf den Kopf."

„Im wahrsten Sinne des Wortes!", warf Betty Roose süffisant ein. „Eine Komödie mit sehr vielen Köpfen!"

„Mit abgemagerten Köpfen!", lachte Rosenbaum schwarzhumorig.

Friedrich Roose nahm das Bonmot auf und lachte ebenfalls überraschend albern: „Mit sehr durchsichtigen Köpfen!"

Die beiden Herren kicherten einträchtig, erhoben schließlich sogar Weinglas und Bierkrug und stießen an.

„Ja, die Geschichte hat schon was", gab Rosenbaum zu.

Therese fühlte sich ausgeschlossen: „Geh! Jetzt lassts mich halt mitlachen! Es geht um jede Menge Schädel, gell? Um die Schädel von diesem Gall."

Friedrich Roose ergriff wieder erklärend das Wort: „Doktor Franz Joseph Gall. Ein viel beachteter Naturforscher!"

„Meinem Fritz gefällt alles, was mit Naturforschung zu tun hat", bemerkte Betty Roose mit Überdruss.

Ihr Gatte verteidigte sich: „Die Wissenschaft ist eben doch eher Männersache."

Damit war Therese nicht einverstanden: „He! Ich geh regelmäßig auf den Prater, um die Luftballonfahrten anzuschauen! Und im *Naturalien-Cabinet* war ich auch schon! Ich hab schon das Gerippe des Elefanten gesehen! Und die Wilden aus Afrika auch!" Sie nahm Friedrich Roose ins Visier. „Aber was jetzt? Sie finden es gut, dass der Kotzebue die Schädellehre parodiert, und gleichzeitig finden Sie die Schädellehre gut, oder?"

„Es wird nur das parodiert, was auch Bedeutung hat", stellte Friedrich Roose klar. „Aber, dass wir uns nicht falsch verstehen: Diese Leute, die Schädel sammeln, finde ich grauenvoll."

Therese kicherte: „Geht es in dem Stück um einen Schädelsammler? Geschmackssache!"

Rosenbaum nickte: „Ja, die Hauptfigur ist ein Schädelsammler."

„Einmal Hasenbraten, einmal Tiroler Strudel." Die Kellnerin stand am Tisch und servierte die Speisen.

„Danke", sagte Therese.

Die Kellnerin ging davon.

Rosenbaum drückte seine Zigarre aus und nahm Messer und Gabel zur Hand. „Da freu ich mich jetzt drauf!"

Friedrich Roose wartete ab, bis die Gute-Appetit-Wünsche ausgesprochen waren, dann setzte er zu einer weiteren Erläuterung an: „Der Herr von Rückenmark, der schrullige Vater im Stück, lehnt die Liebschaften seiner Kinder ab, weil sie nicht die richtigen Schädelformen aufweisen."

Das amüsierte Therese. „Der spinnt ja wirklich!"

„Die Hinterlist der Kinder besteht darin, dass sie ihm die Schädel von berühmten Persönlichkeiten besorgen, und im Gegenzug erteilt er sein Einverständnis."

Betty Roose warf ein: „Ja, die Schädel von der Jungfrau von Orléans, Cagliostro, Robespierre ..."

„Und Voltaire war doch auch dabei", erinnerte sich Rosenbaum.

Betty Roose fuhr fort: „Alles ist natürlich Lüge. In Wirklichkeit sind es völlig unbedeutende Schädel. Aber der Rückenmark glaubt es. Er ist eben ganz vernarrt in die Craniologie."

„Das ist die Schädellehre?", fragte Therese.

„Ja, die Lehre, dass sich die Eigenarten und Neigungen eines Lebewesens an der Schädelform ablesen lassen."

Es war für Friedrich Roose wieder an der Zeit, das Erklären fortzusetzen: „Das halten viele für Unsinn. Aber andere sind so besessen von der Erkenntnis, dass Kotzebue das unbedingt parodieren wollte. Köstlich, gleich am Anfang, wie sich beim Herrn von Rückenmark zwei Männer um die Stelle als Kammerdiener bewerben, Walther und Katzrabe. Rückenmark betastet die Schädel der beiden, und so hält er den Walther für einen Spitzbuben und wirft ihn sofort aus der Wohnung. Den Katzrabe stellt er ein. Später hilft ihm dann der Walther, also der vermeintliche Spitzbube, aus einer misslichen Lage, in die ihn Katzrabe betrügerisch gebracht hat. Wie sagt der Rückenmark, gleich am Anfang, wenn er den Walther untersucht: ‚Er hat ein Diebsorgan, so dick wie eine Rolle Knaster. Betrachte nur den breitgedrückten Schädel, und wie das zu beiden Seiten herausläuft.' – Da hat unser Meister Kotzebue seine scharfsinnige Ironie gezeigt. – Aber wie gesagt: Man kann nur Dinge parodieren, die auch einen Kern Wahrheit haben!"

Therese hatte, während sie genüsslich ihren Strudel aß, interessiert zugehört. „Dann kann ich also am Schädel sehen, ob mein Joseph eine diebische Eigenschaft hat."

Rosenbaum erschrak. „Therese! Bitte!"

„Komm, Joseph, hab doch ein bisserl Humor!"

Friedrich Roose griff sich an den Kopf. „Je ausgeprägter eine Neigung, desto größer das Organ. Das Diebsorgan sitzt beidseitig an den Schläfen, also vor den Ohren. Etwas höher als die Ohren, sonst ertasten Sie den Kunstsinn."

Therese befühlte Rosenbaums Schläfe. Dieser ließ es grimmig geschehen. „Und wenn er da einen extra dicken Schädelknochen hat?"

„Doktor Gall hat erforscht, dass der Schädel das darunterliegende Organ formgetreu abbildet."

Therese reizte Rosenbaum verspielt. „Na, da hast du einen gewaltigen Buckel!"

Rosenbaum bemühte sich, mitzuspielen. „Du betastest bestimmt meinen Kunstsinn."

„Es gibt etwa dreißig Organe", warf Friedrich Roose ein. „Vom Organ der Theologie, über Tonkunst und Diebessinn bis zum Organ des Geschlechtstriebes."

„Ah, jetzt wird es pikant!", kicherte Therese. „Wo ist denn der?"

Rosenbaum drohte zu explodieren. „Therese, hör jetzt auf!"

Endlich ließ sie von ihm ab. Sie strich liebevoll über seine dunklen Locken. „Das Organ des Geschlechtstriebes suchen wir nachher daheim. – Und noch eins, Herr Roose: Wie ist der Doktor Gall da draufgekommen?"

„Erforschung durch Beobachtung und Vergleich. Als erstes hat er den Wortsinn entdeckt."

Betty Roose hatte bei den Ausführungen ihres Gatten verblüfft zugehört. Jetzt bemerkte sie spitz: „Ich bin überrascht, dass du so viel über diesen Doktor Gall weißt."

Das Gesicht von Friedrich Roose rötete sich: „Na, der Ortner, der Dekorationsarchitekt Ortner, der kennt den Herrn Streicher, Andreas Streicher, einen Freund von Doktor Gall, und über den weiß er Hintergründe, die man nicht in der Zeitung liest. Und mit Ortner bin ich kürzlich ins Gespräch gekommen."

„Meinen Sie den Klavierbauer Andreas Streicher?", fragte Rosenbaum.

„Ja. Er komponiert auch ganz apart."

Therese hakte ungeduldig ein: „Und was ist mit dem Wortsinn?"

„Der sitzt genau hinter den Augen. Doktor Gall hat schon als Kind bei der Beobachtung seiner Mitschüler festgestellt, dass alle, die sich Texte besonders gut merken können, sogenannte Glotzaugen haben."

Therese kombinierte. „Weil das Organ des Wortsinns so groß ist, dass es die Augen heraustreibt. Ist das so?"

„Richtig, so argumentiert Doktor Gall. Die Folge sind Glotzaugen. Und dahinter liegt die Ursache: ein stark ausgebildetes Wortsinn-Organ. Mir fällt zum Beispiel das Textlernen schwer, und tatsächlich habe ich auch keine Glotzaugen."

Betty Roose glühte auf: „Letzte Woche hast du gesagt, du bewunderst mich, weil ich mir meine Texte so gut merken kann."

„Betty!" Nun begann Friedrich Roose zu schwitzen.

„Hast du damit sagen wollen, dass ich Glotzaugen habe?"

„Du hast ein so ausgeprägtes Organ des Sprachsinns, das ist gleich daneben, sodass sich das ausgleicht."

„Wie? Das versteh ich nicht. Der Sprachsinn müsste ja dann den Wortsinn zusätzlich drücken, und ich hätte noch ärgere Glotzaugen!"

Therese ging dazwischen, um den aufkeimenden Streit zu ersticken: „Wir könnten mit dem Doktor Gall doch mal soupieren, und er könnte uns das erklären."

„Er ist leider nicht mehr in Wien."

„Was? Alle berühmten Ärzte sind doch in Wien!"

„Der Doktor Gall ist vom Kaiser mehr oder weniger vertrieben worden. Er hat hier ja studiert, seinen Doktortitel erworben, dann in der Ungargasse, drüben auf der Landstraße, ein Haus mit Garten gekauft und einige Jahre eine bestens frequentierte Praxis betrieben. Dort hat er auch geforscht und Privatvorlesungen gehalten. Die hat aber der Kaiser vor etwa vier Jahren per Dekret verboten. ‚Moralisch verwerflich', hat er gemeint. Er hat erfahren, dass zu viele Weiber und junge Mädchen zuhören, und die wollte er vor ‚moralischen Verwerfungen' schützen." Plötzlich stockte er. „Sind wir unter uns? Ich meine: Kann ich frei reden?" Er beugte sich verschwörerisch in die Mitte des Tisches.

Rosenbaum und Therese beugten sich ebenfalls nach vorne, möglichst nahe zu Friedrich Roose. „Bleibt alles unter uns!", versicherte Rosenbaum. Betty Roose blieb aus Protest aufrecht sitzen, aber auch sie spitzte die Ohren.

„In Wirklichkeit ist es unserem geliebten Kaiser natürlich um was ganz anderes gegangen. Die Vorlesungen sind ihm suspekt geworden, weil er Angst hatte, dass sich Zirkel, ja Geheimbünde bilden, die allzu freiheitlich denken könnten. Nicht umsonst sind ja auch die Freimaurer verboten. Keiner redet zwar darüber, aber die Angst vor einer Französischen Revolution hier in Österreich ist allgegenwärtig. Und die Kirche hat mit der Lehre von Doktor Gall ebenfalls ihre Not. Immerhin behauptet er: Der Mensch hat etwa dreißig Hirnorgane und das Tier ungefähr zwanzig, und mit diesen zwanzig stimmt der Mensch mit dem Tier überein. Sowas hört die Kirche nicht gern!"

Friedrich Roose löste die vertrauliche Nähe auf. Das Folgende durfte wieder von jedermann gehört werden. „Der Doktor Gall hat nach dem Verbot seiner Vorlesungen die Praxis aufgegeben und befindet sich jetzt auf Vortragsreise. Bis nach Deutschland, Dänemark und Holland soll er kommen. Seine Frau lebt weiterhin in Wien, auf dem Anwesen in der Ungarstraße. Der Herr Streicher kümmert sich um sie."

Die Geschichte von Doktor Gall hatte Rosenbaums Laune verbessert. „Sowas tun Freunde gern!", bemerkte er schelmisch.

Friedrich Roose lachte auf: „Nicht, was Sie denken, Rosenbaum! Der Streicher ist ja gut und ehrlich mit seiner Frau Nannette verheiratet."

Betty Roose griff wieder ein: „Über die Lehre von diesem Doktor Gall mag man denken was man will, entsetzlich finde ich aber, dass der Doktor Gall und seine Anhänger Schädel von Tieren und Menschen sammeln! Zum Untersuchen! Der Herr von Rückenmark in der Komödie ist auch so ein unappetitlicher Sammler."

Therese amüsierte sich darüber: „Was den Leuten alles einfällt!"

„Das Heranschaffen von Schädeln ist jetzt durch das Dekret ebenfalls strengstens untersagt!"

Rosenbaum pflichtete bei: „Da hat der Kaiser recht getan!"

„Aber ich bin mir nicht sicher, ob sich die Craniologen, also die Schädelkundler, daran halten", meinte Friedrich Roose. „Viele in Wien sind ja immer noch begeisterte Anhänger und sammeln und untersuchen selber – habe ich gehört."

„Das ist doch pietätlos!", rief Betty Roose. „Gott sei Dank habe ich gerade kein Ochsenhirn gegessen. Ich müsste mich jetzt übergeben!"

Therese ließ sich ihren Appetit nicht nehmen. Sie genoss soeben die letzten Bissen des Tiroler Strudels. „Aber andererseits muss ein

Wissenschaftler auch an einem leibhaftigen Schädel forschen können."

Rosenbaum stimmte Therese zu: „Das müssen die Justiziare doch ermöglichen können."

„Unser Kaiser, Gott schütze ihn!, wollte das eben gerade nicht!" Und halblaut fügte Roose hinzu: „Weil der diese Gall-Zirkel ja ausrotten will! Da gibt es bestimmt einige davon!"

„Aufpassen!", bemerkte Betty Roose. „Jetzt hält der Fritz gleich wieder einen Vortrag!"

„Betty, bitte, lass mich kurz reden. Das Juristische hat mich immer interessiert. Bevor ich mich für die Karriere als Schauspieler entschied, habe ich in Mainz einige Semester Jurisprudenz und Philosophie studiert!"

„Bravo", sagte Rosenbaum, „das kann man immer brauchen. Also, was ist mit dem Heranschaffen von Schädeln?"

„Ursprünglich argumentierte man, ein Leichnam sei eine *Sache*, die niemandem gehört, also *herrenlos* ist. Darum konnte man früher mit den Leichen machen, was man wollte. Nur die Kirche war dagegen, dass man sie seziert, damit man dem Herrgott nicht allzu genau auf die Finger schaut."

„Fritz, bitte, es könnte uns jemand hören!", mahnte Betty Roose.

Friedrich Roose sprach wieder leiser, und Rosenbaum und Therese neigten sich zur Tischmitte.

„Unsere Kaiserin Maria Theresia, Gott hab sie selig!, bestimmte dann aber in ihrem Strafgesetzbuch, dass das Ausgraben von Leichen und Leichenteilen, auch das Mitnehmen von Aufgehängten, verwerflich sei und daher als Diebstahl angesehen werden müsse. Unser Kaiser erließ ja vor ein paar Jahren ein neues Strafgesetz, und darin hat er dieses Verbot vergessen! Sehr zur Freude der Craniologen! Inzwischen hat der Kaiser den Makel korrigiert. Ein Hofdekret sagt nun, dass man einen schweren Diebstahl begeht, wenn man ein Grab ausraubt."

„Und die Schädel von dem Doktor Gall?", fragte Betty Roose kritisch.

„Welche Schädel?"

„Die er für seine Vorlesungen und Untersuchungen gesammelt hat? Die waren dann laut Maria Theresia ja gestohlen!"

Friedrich Roose wusste keine Erklärung. „Das wird man wohl nicht so genau genommen haben."

Therese lachte hintergründig. „Wahrscheinlich hat der Doktor Gall auch Anhänger bei der Polizei. Die haben dann ein Auge zugedrückt – im Dienst der Wissenschaft."

Rosenbaum war nachdenklich geworden. „Ich weiß nicht, was ich davon halten soll."

„Ich finde, die Lebenden sollten die Toten in Ruhe lassen!", sagte Betty Roose forsch.

„Jaja, das natürlich schon", meinte Friedrich Roose. „Aber andererseits: Die Wissenschaft ist nicht aufzuhalten! Nichtsdestotrotz muss man denen das Handwerk legen, die Schädel nur zum Jux und aus Wichtigtuerei sammeln. Wie das der Herr von Rückenmark tut. Das hat der Kotzebue richtig erkannt und angeprangert!"

Roose verzog angewidert den Mund: „Jetzt könnten wir mal wieder von was anderem reden!"

Rosenbaum schob seinen leeren Teller beiseite: „Also, dann stoßen wir an!"

Alle hoben ihre Getränke.

Betty Roose mahnte: „Aber auf keinen Fall auf den Doktor Gall!"

„Nein, nehmen wir den Kotzebue!", schlug Rosenbaum vor.

Friedrich Roose griff den Vorschlag begeistert auf und rief: „Auf dass er uns aus dem fernen Berlin noch viele schöne Komödien schickt!"

# 4

Johann Nepomuk Peter führte Maria Kreidler in die Kuchel seiner Verwalterwohnung. Notdürftig hatte er darin alles so in Ordnung gebracht, dass er sie einer Besucherin zeigen konnte. Maria war beinahe noch ein Mädchen; zierlich und mit roten Wangen. Das lange, braune Haar hatte sie zu einem Zopf gebunden, der bis zur Mitte des Rückens reichte.

„Das ist die Kuchel", erklärte Peter.

„Oh, schön!" Die Frau begutachtete mit fachkundigem Blick den Herd sowie Töpfe, Schöpflöffel und das Porzellan im Regalschrank. „Gut ausgestattet. Da lässt sich schon was Feines kochen."

„Kann Sie denn kochen?"

Die Frau nickte eifrig: „Ja, sicher, die Frau Baronin Zechleiter war immer sehr zufrieden mit mir. Dem Herrn Baron haben meine gebackenen Hendl besonders gut geschmeckt."

Peter wies auf einen Stuhl am Küchentisch: „Setze Sie sich. Möchte Sie einen Kaffee? Ich habe gerade Kaffee gemacht."

„Ja, danke, gnädiger Herr, gerne." Maria Kreidler setzte sich.

Peter ging zum Herd. Aber er nahm nicht den direkten Weg, er umrundete vielmehr den Küchentisch und kam auf dieser Strecke unmittelbar an der jungen Frau vorbei. Er verzögerte sogar seine Schritte, als er ihren Rücken querte.

Da Maria Kreidler dachte, er komme nicht zwischen ihr und dem Küchenregal hindurch, rutschte sie mit dem Stuhl näher zum Tisch.

Peter betrachtete so lange, wie er es für unauffällig hielt, ihren Hinterkopf.

Die junge Frau spürte das Ungewöhnliche, das in diesem Augenblick lag, und drückte die kleine Tasche in ihren Armen fest gegen ihren Bauch, als könne sie sich dadurch besser schützen.

„Und warum hat Sie das Haus des Barons verlassen?" Am Herd

angekommen schüttete Peter Kaffee in zwei Tassen und brachte sie, nun auf dem kürzesten Weg, zum Tisch.

„Gnädiger Herr, das war so: Einer der beiden Söhne des Herrn Baron ist in der Schlacht gegen den Napoleon gefallen, und der andere hat inzwischen geheiratet und eine eigene Familie gegründet. Deshalb war eine Dienstperson überzählig, und die ältere Magd hat bleiben können. – Danke für den Kaffee." Sie nahm sofort einen kräftigen Schluck.

„Will Sie Milch hinein?"

„Nur wenn es keine Umstände macht."

Peter schob sich noch einmal vorbei, verzögerte und warf einen langen Blick auf ihren Hinterkopf. Währenddessen erklärte er: „Meine Frau hat bislang den Haushalt alleine geführt. Aber sie ist vor einem halben Jahr in der Donau ertrunken."

„Oh, das tut mir leid!", sagte Maria Kreidler rasch. Dass Peter hinter ihrem Rücken verweilte, irrigierte sie. Stimmte etwas mit ihren Haaren nicht? Endlich kam Peter mit einem Kännchen Milch an den Tisch und setzte sich auf den Stuhl gegenüber. Es beruhigte sie, dass er nun platzgenommen hatte.

„Ja, ein Unfall. Sehr tragisch. Sie hat sich übernommen, die Kraft hat ausgesetzt, und die Strömung hat sie abgetrieben. Als man sie herausholen konnte, war sie schon tot."

Maria Kreidler hatte unterdessen Milch in den Kaffee geschüttet und trank wieder einen kräftigen Schluck. Unwillkürlich befühlte sie ihren Hinterkopf. Womöglich hing ein Blatt in ihren Haaren. Aber nichts war auszumachen.

Peter beobachtete sie. Die junge Frau wirkte schüchtern und unsicher. Und so anständig, als könne sie keiner Fliege etwas zuleide tun. Aber Peter hatte Misstrauen befallen. Er kannte sich selbst gut genug, um zu wissen, dass diese Reaktion nichts bedeuten musste. Immer überfiel ihn Misstrauen, wenn er mit einem fremden Menschen sprach.

„Hat Sie denn Attestate dabei?"

„Ja, natürlich." Maria Kreidler hatte diese Frage erwartet und riss ein Bündel Briefe aus der Tasche.

Peter entfaltete den Packen und las.

Maria Kreidler trank hastig vom Kaffee.

„Attestate sind immer sehr gut geschrieben. Aber dieses hier ist besonders gut."

„Es freut mich, gnädiger Herr, dass es Euch zusagt."

„Sie war davor noch im Haus eines Apothekers."

„Ja, aber der hat sich selbst erschossen, weil er nicht zum Militär wollte. Das Zeugnis hat mir dann seine Gattin geschrieben. Die hat sich keine Magd mehr leisten können."

In Peter arbeitete das Misstrauen. Er musste Genaueres über die junge Frau erfahren.

„Entschuldige Sie, ich habe nicht gefragt, ob Sie auch Zucker will."

„Nein, danke", sagte sie schnell, um zu verhindern, dass er nochmals an ihrem Rücken vorbeimusste.

Peter gab nie Zucker in den Kaffee. Aber jetzt wollte er Zucker. „Entschuldige Sie." Er stand also auf und wählte erneut den längeren Weg zwischen Regalschrank und Maria Kreidler.

Als er seine Schritte wiederum verzögerte, fragte sie unsicher: „Stimmt was nicht mit meinen Haaren?"

„Alles ordentlich", antwortete Peter, „aber, wenn ich nicht irre, hat sich gerade eine Spinne unter den Zopf ..."

Sie erstarrte: „Eine Spinne?"

„Nur eine sehr kleine", beruhigte Peter. „Ich schaue nach", sagte er und hob bereits mit der Linken den Zopf empor.

Maria Kreidler wusste nicht, wie sie reagieren sollte. Doch sie hatte ohnehin keine Entscheidungsfreiheit. Der Schreck lähmte sie, und so ließ sie Peters Untersuchung hilflos geschehen.

Peter fuhr mit der Rechten unter den Ansatz des Zopfes und befühlte ihren Hinterkopf. „Da ist sie hinein", log er. „Gleich hab ich sie!" Er stieß auf eine Wölbung des Schädelknochens – wie er befürchtet hatte. Hier saß das Organ des Mordsinns. Es war auffallend ausgeprägt. Peter zog rasch die Hand zurück und ließ den Zopf fallen. „Ich hab sie schon. Wie gesagt: nur eine sehr kleine."

„Da bin ich wirklich froh! Danke!" Maria Kreidler wusste nicht, ob sie Peter glauben sollte. Aber das war egal. Sie war erleichtert, dass er von ihr abließ und endlich die Zuckerdose holte.

„Ihre Attestate sind ausgezeichnet", sagte Peter langsam, während er einen Löffel Zucker in seinen Kaffee streute, „aber, wenn Sie versteht, ich würde gerne noch ein anderes Fräulein sprechen, das mir empfohlen wurde, ehe ich eine Entscheidung treffe."

„Ja, selbstverständlich, gnädiger Herr, das ist doch selbstverständlich!" Maria Kreidler fiel ein Stein vom Herzen.

„Es kann auch sein", gestand Maria Kreidler leise, indem sie eine Schwindelei erfand, „dass mich mein Onkel zu sich nehmen möchte. Seine Dienstmagd leidet an Gliederschwamm."

Peter lächelte zustimmend.

„Da wäre der gnädige Herr nicht böse, oder?"

„Nein, keineswegs, Fräulein Kreidler, das wäre doch eine gute Sache für Sie." Er schob ihr die Papiere entgegen.

Blitzschnell verschwanden sie in der Tasche. „Das ist sehr freundlich von Euch." Sie schüttete den restlichen Kaffee in sich hinein.

Peter stand auf. „Dann bringe ich Sie hinunter auf die Straße."

Maria Kreidler sprang auf. „Gerne!"

„Ich muss wieder hinüber ins Strafhaus."

Schweigend stiegen sie in das Parterre hinab. Peters Dienstquartier befand sich in einem Nebenhaus der Strafanstalt. Er musste nur über die Gasse, um durch eine verriegelte Eisentür in den Verwaltungstrakt zu gelangen.

An der Haustür verabschiedete sich Peter von der jungen Frau. „Sie ist ein fleißiges, redliches Fräulein. Umso wichtiger ist es, dass Sie auf dem rechten Weg bleibt." Peter blickte ihr mahnend ins Gesicht. „Wenn ich Ihr raten darf: Achte Sie auf ungestüme Gedanken, die in Ihr aufkommen mögen. Sie können wie ein heftiges Feuer werden. Aber Sie muss diese Gedanken unterdrücken. Lenke Sie sich ab, das ist das Beste. Bleibe Sie auf einem gottgefälligen Weg!"

Maria Kreidler nickte. Sie war kreidebleich geworden. „Ja, das mach ich!", versprach sie tonlos. So schnell sie konnte, rannte sie davon.

Peter sah ihr nach. „So ein hübsches Mädel", klagte er leise. Er war traurig, dass er sie nicht anstellen konnte. Zu risikoreich, zu gefährlich.

Nachdem Peter die Haustür verschlossen hatte, bemerkte er Ignaz Ullmann, der gerade in die Gasse bog. Ullmann winkte ihm zu, und Peter grüßte zurück. Mit eiligen Schritten kam er heran.

Ullmann war jung und drahtig, unbeschwert und lebhaft. In seinem schmalen Gesicht saß ein winziger Lippenbart. Er leistete seinen Dienst als Amtsoffizier beim Unterkammeramt, einer Behörde der Stadt Wien. Zu seinem Zuständigkeitsbereich gehörte die Brandbekämpfung sowie die Bauaufsicht. Als Verwalter des Strafhauses hatte Peter regelmäßig mit diesem Amt zu tun.

Vor einem Jahr war ein angrenzendes Gebäude dem Gefängnis angegliedert worden, um das Lagerhaus zu vergrößern. Peter und Ullmann hatten Bautechnisches zu klären und zu regeln. Dabei kamen sie auf die Anforderungen an einen modernen Strafvollzug zu sprechen, der dem Wiedereintritt von Sträflingen in die Gesellschaft Rechnung trägt. Peter hatte bald von den Schriften von Franz Joseph Gall erzählt, von seinen Theorien zur Verhaltensbiologie, zu den Möglichkeiten und Grenzen, den Menschen zu bessern und zu erziehen, und von der Notwendigkeit einer Reform des Strafvollzuges, die sich daraus ergab. Und natürlich hatte Peter auch über den Kern der Gall'schen Forschungstätigkeit gesprochen: der Lehre von den Verrichtungen des Gehirns. Ullmann war nach wenigen Stunden und einigen Bechern Wein im *Römischen Kaiser* zum Anhänger Galls geworden.

Dieses gemeinsame Interesse verband Peter und Ullmann.

„Gut, dass ich dich gleich erwische", begann Ignaz Ullmann. „Du hast doch auch den Fallhuber gekannt!"

Peter reagierte gereizt. „Den Lehrer?"

„Du hast mir erzählt, dass der Fallhuber dein Lehrer gewesen ist; der Nämliche, der nach dem Schuldienst hinaus nach Hietzing gezogen ist."

„Der Drecksbeutel! Was ist mit ihm?"

„Gestorben ist er gestern!", verkündete Ullmann. Seine Nachricht klang wie eine „Frohe Botschaft". Er wusste ja, dass Peter den alten Lehrer hasste.

„Oh, das tut mir leid!", grinste Peter.

„Meine Schwester war gerade da. Die wohnt ja gleich im Nachbarhaus."

„Es hat auf der Welt keinen zweiten Schuft gegeben, der genau so eitel und hinterhältig gewesen ist wie der Fallhuber." Plötzlich stockte er. „Wird er am Hietzinger Friedhof eingegraben?"

„Ja, morgen früh um zehn. Meine Schwester und meine Eltern gehen als Nachbarn natürlich hin. – Aber was ich eigentlich sagen wollte: Meine Schwester meint, da bleibt jetzt eine tüchtige Dienstmagd übrig. Der Fallhuber war ja Junggeselle, und sie hat sich um den Haushalt gekümmert."

„Das wundert mich nicht, dass er keine Frau gehabt hat! Mit dem hat es niemand ausgehalten!", tönte Peter.

„Aber was meinst du zur Dienstmagd? Du suchst doch eine. Meine Schwester würde sie dir wärmstens empfehlen."

Peter überlegte. „Die müsste ich mir vorher mal anschauen. Wie sie beschaffen ist!"

„Eine Katze im Sack brauchst du ja nicht nehmen."

„Das versteht sich! – Kommt die auch zur Beerdigung?"

„Ich weiß es nicht sicher, aber die war immerhin fünf Jahre dem Fallhuber seine Dienstmagd. Da würde es sich schon gehören." Ullmann betrachtete Peter, der weiter nachdachte und einen Stein der Gefängnismauer fixierte. „Willst du hinfahren?", fragte Ullmann schließlich.

„Dem Fallhuber würde ich schon gerne das letzte Geleit geben!", feixte Peter. „Ich könnte es mir einrichten."

„Weißt was, da komm ich mit!", verkündete Ullmann. „Meine Mutter und mein Vater freuen sich, wenn ich sie mal wieder besuche."

„Das wird eine Leich, die man nicht versäumen sollte!"

Die Vormittagssonne beschien Peters Gesicht. Er saß mit dem Rücken zum Kutscher in einem offenen Fiaker. Ihm gegenüber Ullmann, der versuchte, gute Stimmung zu verbreiten. Aber es half nichts. Das grelle Licht verdüsterte Peters Laune zusätzlich. Er kniff die Augen zu und sprach kein Wort.

Der ummauerte Stadtkern von Wien, überragt vom Turm des Stephansdoms, rückte in die Ferne. Das Schloss Schönbrunn zog an ihnen vorüber, es ging bereits auf Hietzing zu. Das Schloss lockte viele hohe Beamte und Adelige an, welche die Wiesen und Äcker mit prächtigen Häusern und Villen bebauten. Das einst so beschauliche Dorf Hietzing gedieh und wuchs zur noblen Vorstadt von Wien.

„Magst dich auf meinen Platz setzen, wenn dich die Sonne so blendet?", fragte Ullmann, um ein Gespräch anzufachen.

Peter wartete eine Weile, bis er antwortete: „Nein, lass nur. Es geht schon." Wieder schwieg er, bis er endlich anfügte. „Ich hätt einen geschlossenen Fiaker nehmen sollen. Ich hab nicht gedacht, dass es noch so lange kühl bleibt. Gestern war es wärmer."

„Du wirst sehen, auf der Rückfahrt freuen wir uns, wenn wir den frischen Fahrtwind genießen können."

„Ja, da kannst du schon recht haben."

Ullmann war froh, etwas Zuversichtliches von Peter zu hören.

„Weißt du", sagte Peter schließlich, „ich kann nicht aufhören, über den Fallhuber nachzudenken. Seit du gestern erzählt hast, dass er gestorben ist, gehen mir seine Widerlichkeiten nicht mehr aus dem Kopf."

„War er denn so arg?"

„Für den waren die Köpfe seiner Schüler ausgenommene Gänse; und seine Aufgabe hat er nur darin gesehen, in die Hohlräume möglichst viel Wissen reinzustopfen. Schreiben, Rechnen, Latein. In Wirklichkeit aber hat er gewollt, dass wir allesamt dumm bleiben, damit er auf ewig der Gescheiteste bleibt. Ein eitler Pfau war das! Nur auf seinen eigenen Glanz ausgerichtet. Ich schwör dir, Ignaz, der hat ein Organ der Ruhmsucht und Eitelkeit wie einen Kürbis."

„Das sitzt am Hinterkopf, weiter oben, stimmts?" Ullmann griff an die Stelle.

„Gut, Ignaz, genau dort. Aber man hat es bei ihm nie sehen können, weil der Fallhuber eine Perücke getragen hat. – Dabei wär es wichtig für die Entwicklung der Gesellschaft, wenn es Lehrer gäbe, die sich selbst zurücknehmen."

„Na ja, aber unsere Maria Theresia, Gott hab sie selig!, hat doch schon viel getan. Sie hat Schulen für Lehrer gegründet. Ist denn das nichts?"

„Eine gute Idee, aber schlecht ausgeführt! Die Lehrer lernen darin, wie sie noch mehr Wissen in die Köpfe stopfen können, und nicht, wie sie aus den jungen Leuten Menschen formen, die eigenständig denken. Aber ich bin mir nicht sicher, ob das die Obrigkeit überhaupt ..."

Ullmann unterbrach ihn: „Johann, red nicht so daher!"

„Ach, der Kutscher, der hat keine so langen Ohren. Und, keine Angst, Ignaz, ich bin kein Revolutionär. Die Revolutionäre wären doch am liebsten selbst Könige und Kaiser. Nur deshalb revoltieren sie! Trotzdem: Wir brauchen ein Volk, das selbstständig denken kann. Die Welt wird immer komplizierter, die Moral ist gefährdet, und die Wissenschaft erfindet Großartiges. Was die Menschen aber verstehen können müssen, damit die Wissenschaft weiter fortschreiten kann. Die braucht keine vollgestopften Gänse, die braucht schlaue Füchse, die das, was erfunden worden ist, noch verbessern können."

Ullmann lachte: „Ich hör den Doktor Gall in dir heraus."

„Der Doktor Gall sagt, am wichtigsten ist es, den Aberglauben auszurotten. Mit Aberglauben erschreckt man kleine Kinder, aber das Elend auf der Welt bekämpft man damit nicht!"

„Und wo hast du das her?"

„Der Baron Moser hat mir eine Abschrift von einem Vortrag geschickt, den der Doktor Gall neulich irgendwo in Deutschland gehalten hat. Eine Schande ist es, dass man diese mahnende Stimme hier nicht mehr hören darf!" Peter beugte sich nach vorne und sprach leise. „Weil sich Leute, die abergläubisch sind, nur mit sich selber beschäftigen und den Kaiser mit neuen Ideen in Ruhe lassen. Darum ist dem Kaiser der Aberglaube lieber als die Wissenschaft; insbesondere, wenn diese sich mit der Hirnorganisation des Menschen und seiner Vervollkommnung beschäftigt. Aber das ist jetzt meine private Meinung. – Und solche Lehrer brauchen wir! Keine Geschichtenerzähler, sondern vernünftige Leute, die die Zukunft im Auge haben."

„Leihst du mir die Abschrift?"

„Komm nachher zu mir."

„Aber vorher, wenn die Beerdigung vorbei ist, gehen wir noch was essen. Ich hab jetzt schon Hunger. Neben der Lainzer Kirche soll es ein gutes Wirtshaus geben, hab ich gehört."

„Das müssen wir ausprobieren!"

Jetzt kam Peter ein Lächeln über die Lippen. Ullmann freute sich darüber.

Der Hietzinger Friedhof, erst vor wenigen Jahren außerhalb des Dorfes angelegt, wurde bereits von neu erbauten Villen eingerahmt. Die Leichtigkeit der Sommerfrische, die hier die Ausflügler an den Sonn- und Feiertagen genossen, bestimmte seinen Charakter mehr als die Schwermütigkeit, die einer Begräbnisstätte naturgemäß anhaftet.

Vor der Friedhofskapelle hatte sich eine kleine Gesellschaft eingefunden. Peter kannte niemand. Ignaz Ullmann dafür umso mehr. Seine Schwester sowie die Eltern standen bei einigen Einwohnern von Hietzing, die Ullmanns Kindheit begleitet hatten. Drum herum, in einzelnen Gruppen, warteten Verwandte, ehemalige Kollegen, Schüler und Freunde.

Für Magdalena Stockinger, Fallhubers junge Haushälterin, war die Teilnahme an der Beisetzung ihres Dienstherrn eine Schuldigkeit. Sie hatte bei dem Greis eine schwere Zeit durchlebt. Fallhuber war despotisch und egozentrisch gewesen – genau so, wie ihn auch Peter wahrgenommen hatte. Oft hatte sie überlegt, den Dienst aufzukündigen, aus Pflichtgefühl war sie dennoch geblieben. Seinen Tod empfand sie als Erleichterung. Selbstverständlich musste sie sich hier sehen lassen, um die erwartete Anteilnahme zu demonstrieren. Sie hielt sich in unmittelbarer Nähe von Ullmanns Schwester auf, der Einzigen, mit der sie eine Bekanntschaft, wenn auch nur eine nachbarschaftliche, verband.

Ullmann wurde von seiner Schwester und den Eltern herzlich

empfangen. Die Schwester wandte sich sofort Peter zu, der mit Ullmann zur Familie herangetreten war.

„Sie sind der Herr, der eine neue Dienstmagd sucht, gell? Das ist schön, dass Sie Hietzing einen Besuch abstatten", sagte die Schwester mit einem Schwung, der nicht auf einen Friedhof passte. „Lieselotte Ullmann ist mein Name."

„Sehr angenehm", antwortete Peter mit einer leichten Verbeugung. „Peter. Johann Nepomuk Peter. Verwalter des k. und k. niederösterreichischen Provinzialstrafhauses."

Bevor Ullmanns Schwester Magdalena Stockinger herbeiwinken konnte, musste sie höflichkeitshalber Peter mit ihren Eltern bekannt machen. Da sich währenddessen das Tor des Leichenhauses öffnete und der Sarg mit dem Leichnam von Fallhuber von vier schwarzgekleideten Männern herausgetragen wurde, blieb nur noch ein winziger Augenblick für diese gegenseitige Vorstellung.

„Das da ist Magdalena Stockinger", flüsterte Ullmanns Schwester kurz, indem sie auf die junge Frau wies.

Peter nickte ihr aus zwei Meter Entfernung zu.

Magdalena grüßte zurück.

Der Moment hatte Peter genügt, um ein grundsätzliches Interesse an der jungen Frau zu entwickeln. Ihm gefiel ihr Äußeres und er konnte sich gut vorstellen, wie sie in seinem kleinen Witwer-Haushalt kochte, putzte und die Wäsche in Ordnung hielt. Diese positive Haltung umschloss aber nur das, was sich aus dem ersten Eindruck der Persönlichkeit gewinnen ließ. Es fehlte selbstverständlich noch die craniologische Begutachtung.

Die Sargträger umrundeten zweimal die Kapelle. Die Trauergäste fügten sich zu einem Zug und folgten dem Sarg. Peter reihte sich hinter Magdalena in den Strom und begann ihren Hinterkopf zu fixieren. Ignaz Ullmann, der wusste, worauf es Peter ankam, gesellte sich an seine Seite und tat das Gleiche. Doch die Entfernung blieb zu groß für zuverlässige Studien.

Im Gegensatz zu Maria Kreidler, deren braunes Haar wie ein blickdichter Vorhang über dem Kopf lag, der Hinterkopf überdies mit einem Zopf verdeckt war, besaß Magdalena Stockinger feines, blondes Haar, durch das die rötliche Kopfhaut schimmerte wie der Kies in einem Gebirgsbach. Magdalena hatte das Haar außerdem zu einem Dutt gesteckt. Eine Betrachtung ihres unteren Hinterkopfes, wo sich laut Gall ihre vornehmlich triebhaften Hirnorgane abzeichneten, wäre also ohne Probleme möglich gewesen.

In der Kapelle, wo anschließend eine Trauerfeier stattfand, mussten sich die Besucher entsprechend ihrem Geschlecht aufteilen und getrennt in den Bänken einer Kirchenhälfte Platz nehmen. Während des schier unerträglichen Gesanges einer ehemaligen Schülerin von Fallhuber stierte Peter auf den kahlen Hinterkopf von Ullmanns Vater. Der Mann besaß ein auffälliges Organ der Bedächtigkeit. Peter wunderte sich nicht. Diese Ausprägung stimmte mit seiner Wahrnehmung bei der Begrüßung überein.

Wenig später umgab die Trauergemeinde das Grab von Fallhuber. Zwei dicke Bretter lagen quer über der Grube, darauf stand der Sarg. Der Pfarrer sprach seine Gebete. Eine Verwandte brach plötzlich laut in Tränen aus, und eine ältere Frau nahm sie in den Arm.

Magdalena Stockinger fühlte sich unwohl. Sie spürte, dass dicht hinter ihr Ignaz Ullmann und der Herr aus Wien verharrten. Aber sie konnte den Platz nicht wechseln. Sie war eingekeilt zwischen Ullmanns Schwester und einem dicken Herrn, der andächtig jedes Wort des Pfarrers verfolgte.

„Der Geschlechtstrieb?", flüsterte Peter hinüber zu Ullmann.

Ullmann nickte so leicht, dass es nur Peter wahrnehmen konnte. „Normal entwickelt."

„Ich denke, er ist vergrößert."

„Ein wenig."

„Zu akzeptieren. Auch die Kinderliebe."

„Sie darf vergrößert sein, bei einer Frau."

Peter war mit der Einschätzung von Ullmann einverstanden. „Hauptsächlich kein heraustretender Mord- oder Diebessinn."

„Unauffällig", meinte Ullmann.

Eine ältere Frau hüstelte und schickte einen vorwurfsvollen Blick zu Peter.

Er gab zu erkennen, dass er verstanden hatte, und schwieg.

Die Gebete waren nun gesprochen, die Träger packten die Seilenden und hoben den Sarg. Zwei Männer zogen die Bretter vom Grab, und der Sarg konnte hinabgelassen werden. Die Trauergäste warfen Blumen in die Grube, kondolierten den Angehörigen.

Peter blieb dem Grab fern. Er wollte dem verhassten Lehrer nicht in die Grube nachsehen, geschweige denn Trauer bekunden, auch keine gespielte.

Wieder war es Ullmanns Schwester, die zusammenführte und organisierte. Als Magdalena Stockinger ein stilles Gebet an der Grube beendet hatte, nahm Ullmanns Schwester sie am Arm und führte sie zurück zu Peter. Es lag ihr am Herzen, dass die Zukunft der Magd gesichert würde.

„Mag Sie denn bei mir den Dienst als Haushälterin aufnehmen?", fragte Peter. „Ich tät Sie nehmen."

Magdalena überlegte kurz. Peter war ihr unheimlich, aber andererseits musste sie irgendwo unterkommen. „Wo müsste ich da hin?"

„In die Leopoldstadt. Ich hab eine angesehene Stellung als Verwalter des dortigen Strafhauses. Und ich bin Witwer. Ich brauche jemand, der sich um meinen Hausstand kümmert. Das muss schon eine sein, die Erfahrung und flinke Hände hat."

„Ich glaube, das hätte ich!", gab Magdalena zurück.

„Also dann."

„Ich bring im Haus vom Herrn Fallhuber noch alles in Ordnung und komme morgen in die Leopoldstadt, wenn es recht wäre."

„Ist recht." Spontan holte Peter ein paar Münzen aus der Tasche und drückte sie Magdalena in die Hand. „Nehme Sie eine Kutsche für sich und Ihre Sachen und lass Sie sich zum Strafhaus fahren. Gleich daneben ist mein Quartier."

Die Großzügigkeit beeindruckte sie. „Danke!"

„Sie kommt in ein gutes Haus!"

„Noch einen schönen Tag, gnädiger Herr", sagte Magdalena und ging davon.

Ullmanns Schwester, die die Absprache zufrieden beobachtet hatte, griff wieder ein. Sie lud Peter und ihren Bruder ins Haus der Eltern zum Mittagstisch. Peter bedankte sich, aber er meinte, er habe keinen Hunger und wolle den Friedhof besichtigen. Ignaz Ullmann hakte nach, aber Peter ließ sich nicht umstimmen.

Johann ist eben sonderbar, dachte Ullmann, akzeptierte seinen Willen und folgte seiner Schwester und den Eltern.

Peter überkam regelmäßig das Bedürfnis, über Friedhöfe zu gehen und Gräber zu betrachten. Er suchte bevorzugt alte Gräber, auf denen Jahreszahlen standen, die weit in der Vergangenheit lagen. Da auf dem Hietzinger Friedhof erst seit etwa zwei Jahrzehnten Begräbnisse stattfanden, traf er lediglich auf neue Grabstätten, die ihn nicht recht befriedigen konnten. Nur im Schatten einer Eiche, deren Äste weit in die Umgebung griffen, entdeckte er Steine, die aus dem siebzehnten Jahrhundert stammten. Es fanden hier also schon Begräbnisse statt, als die Toten von Hietzing offiziell noch in Penzig bestattet wurden. Die eingemeißelten Namen konnte er kaum lesen. Frolinger, 1694, Leopold Zaller, 1676 oder 1678. Mehr ließ sich nicht entziffern. Welches Leben hatten diese Toten gehabt? Peter erdachte sich Ereignisse, die sie erduldet haben mochten. Krankheiten wie die Pest oder Kriegsgeschehnisse, schwere Verletzungen, der Tod von Ehegatten und Kindern. Und womöglich waren sie als Scheintote begraben worden.

Die Vorstellung, dass auch er eines Tages in ein Erdloch gelegt und verschüttet werden würde, beruhigte und ängstigte ihn zugleich. Die Stille und Kühle musste eine Erlösung sein, dachte Peter. Andererseits quälte ihn die Furcht, als Scheintoter elend zu ersticken. Er sprach daher oft mit Totengräbern, und einige hatten ihm versichert, sie seien beim Öffnen von Gräbern auf Skelette mit veränderter Körperhaltung gestoßen. Als habe nach dem Begräbnis ein Kampf gegen das Holz des Sarges stattgefunden, der jedoch niemals gewonnen worden war.

Peter stand nun am Rand des Grabes von Fallhuber. Der Totengräber hatte gerade damit begonnen, Erde in das Grabloch zu schaufeln. Kleine Steine knallten so laut auf das Holz des Sarges, als würden sie in der Tiefe explodieren.

„Hat Er schon einmal einen Scheintoten gehabt?", fragte er den Totengräber. Der Totengräber pausierte und überlegte. „Ich hab noch keinen gesehen, gnädiger Herr. Aber drüben in Döbling. Da soll es öfters Scheintote geben."

Peter erstarrte. Die Aussage bewies ihm, dass seine Angst berechtigt war. Er ließ sich nichts anmerken und sah dem hageren Mann zu, wie er weiter die Grube füllte.

Nach einer Weile unterbrach der Totengräber seine Arbeit und wischte sich den Schweiß von der Stirn. „Eine Erlösung, dass Gott den Fallhuber zu sich geholt hat, gnädiger Herr. Zuletzt ist er so geduckt zur heiligen Kommunion gegangen, dass man Angst haben musste, er fällt nach vorne. – Hat ihn der gnädige Herr gekannt?"

„Kann Er der Wissenschaft einen Dienst erweisen?", fragte Peter plötzlich.

Der Totengräber begriff sofort. „Aha, so einer seid Ihr! Wenn mich der Pfarrer erwischt, gibt er mir einen Fußtritt, dass ich bis über den Wienerwald flieg."

„Der Pfarrer isst gerade zu Mittag!"

„Trotzdem. Ich habe ein Weib und drei Kinder zu ernähren."

„Er will nur den Preis hinauftreiben!", knurrte Peter. „Er kann den Kopf auch nachts heraufholen, wenn der Pfarrer schläft."

Der Totengräber lenkte ein. „Und was ist Euch der Kopf eines klapprigen Lehrers wert?"

„Fünf Gulden?"

Der Mann lachte. „Ich brauch dringend neue Stiefel. Für fünf Gulden krieg ich nur die ausgelatschten vom Lehrer."

„Zehn."

Der Totengräber dachte nach. „Morgen ab Sonnenaufgang liegt er im Schuppen, versteckt in einem Sack. Der Pfarrer lehrt morgen Vormittag unseren jüngsten Schäfchen das Evangelium, drüben in der Dorfschule. Außer ein paar alten Weibern ist also niemand am Leichenhof."

„Ein Doktor Weiß wird ihn holen."

„Mir egal. Hauptsache ich krieg mein Geld."

„Fünf jetzt, fünf hinterlegt Doktor Weiß im Schuppen."

Der Totengräber war einverstanden.

Peter übergab das Geld.

# 5

Endlich schlug Graf Károly Esterházy de Galántha seine Arbeitsmappe zu. Das war für Rosenbaum ein Zeichen dafür, dass für heute alles besprochen war und er in den nächsten Minuten gehen konnte. Die Besprechung hatte länger als üblich gedauert. Der Graf hatte sächsische Schafe gekauft, die in Kürze in der Schäferei im Karmelitenhof ankommen sollten. Die Erweiterung des Stalles war aber noch immer nicht fertig. Der Graf und Rosenbaum hatten Zwischenlösungen diskutiert und einen Notplan beschlossen. Der Graf gab noch einige Anweisungen, die Rosenbaum in sein Aufgabenheft notierte, dann schloss er die heutige Morgenbesprechung.

Nun hatte es Rosenbaum eilig. Er war mit Georg Werlen am Hohen Markt verabredet. Werlen wollte Rosenbaum ein paar Neuigkeiten aus der Buchhaltungskanzlei des Fürsten Esterházy und vom Theater erzählen. Rosenbaum interessierte sich für alles, was mit Unglücken und Verbrechen zu tun hatte. Also hatte er Werlen gefragt, ob er ihn zur „Ausstellung" begleiten wolle. Auf dem Balkon des Schrannengebäudes, in dem das Kriminalgericht untergebracht war, sollte am späten Vormittag ein Mörder der Öffentlichkeit vorgeführt werden. „Ausgestellt auf der Schandbühne", wie man sagte. So konnte Rosenbaum günstig das eine mit dem anderen verbinden.

Werlen wartete bereits am Rand des Platzes. Als Rosenbaum bei ihm ankam, redete er sofort los. Ein Schauspieler des Burgtheaters sei an der Brustwassersucht gestorben, womit schon seit einigen Tagen gerechnet worden war. Und im Theater an der Wien hatte er die neue Oper *Festung an der Elbe* gesehen. Sie sei insgesamt passabel, werde sich jedoch nicht lange halten, meinte er. Rosenbaum wollte bei nächster Gelegenheit selbst eine Aufführung besuchen. Therese sang bei dieser Produktion nicht mit, deshalb war er nicht in der Premiere gewesen. Aber ihre Schwester Ninna hatte eine Hauptrolle.

Während Werlen über die Musik und die Ausstattung referierte, spazierten sie zum Schrannengebäude. Es herrschte auf dem gesamten Platz reger Betrieb. Hohe Herrschaften wie Adelige und betuchte Kaufleute in edlem Aufputz waren genauso unterwegs wie Handwerker, Händler und Straßenmusikanten. Im vorderen Teil reihte sich Bude an Bude. Es war Markttag. Hausfrauen und Dienstleute drängten um das Angebot an Kleidung, Gemüse, Obst und lebenden Tieren wie Ferkel, Hühner und Ziegen. Fiaker und Fuhrwerke bahnten sich ihre Wege durch das Gedränge. Es wurde gerufen und geschrien.

Vor der Schandbühne hatte sich bereits eine Menschentraube gebildet. Wachen waren auf dem Balkon postiert – ein sicheres Zeichen dafür, dass der Verurteilte in Kürze herausgebracht würde.

„Andreas Fölsch heißt er, habe ich in der Zeitung gelesen", erzählte Rosenbaum. „Ein Schneidergeselle aus Eisenstadt. Erst achtzehn Jahre alt."

Werlen hörte mit gemischten Gefühlen zu. Er war viel zu dünnhäutig, um mit Gerichten und Verbrechen zu tun haben zu wollen. Es genügte ihm, gelegentlich von Mördern hören zu müssen. Einen Mörder leibhaftig zu sehen, war ihm ein Graus. Aber Rosenbaum hatte ja unbedingt hierher gewollt!

„Meine liebe Mutter wohnt ja in Eisenstadt, wo mein seliger Vater zuletzt seinen Dienst verrichtet hat", fuhr Rosenbaum fort. „Sie hat den Schneidermeister gekannt, den er wegen ein paar Gulden erstochen hat. Und die Meisterin hat er schwer verletzt. Gestern ist das Urteil über ihn gesprochen worden. Ich bin sehr gespannt!"

Werlen war nur wenige Jahre älter als dieser Andreas Fölsch. Das bereitete ihm noch größeres Unbehagen. Er konnte sich nicht vorstellen, jemals ein Messer gegen einen Menschen zu erheben.

„Vielleicht hält man ihm ja sein Alter zugute", überlegte Werlen.

„Ja, mag sein. Normalerweise würde er sicher aufgehängt werden."

Endlich entstand Bewegung auf dem Balkon. Die Wachen traten vom Zugangstor zurück, und ein Ausrufer kam heraus. Es folgte der Verurteilte, gefesselt und geführt von zwei weiteren Wachen. Die Strapazen der Haft sowie des Prozesses hatten ihn erkennbar gezeichnet. Eine schmutzige, locker sitzende Jacke verhüllte seinen ausgezehrten Körper. Teilnahmslos ließ er sich an die Brüstung ziehen. Er hielt seine Augen geschlossen.

Auf dem Balkon erschienen nun noch zwei weitere Herren, die jedoch im Hintergrund blieben. Amtsträger, denn sie gaben sich würdevoll und distanziert. Für sie war die öffentliche Aufführung des Verurteilten ein Zeremoniell, das zu ihrem dienstlichen Alltag gehörte.

Die Menschenmenge war still geworden. Augen und Ohren waren auf den Balkon gerichtet.

„Kennen Sie einen der beiden Herren?", fragte Rosenbaum leise.

„Nein", sagte Werlen schnell. Der Anblick des Verurteilten hatte ihm die Sprache verschlagen. „Vermutlich die Richter", schob er nach.

Die Statur eines der Männer zog Rosenbaums Aufmerksamkeit auf sich. Er war groß und schlank, vollständig schwarz gekleidet. Da dieser mit dem Herrn neben ihm ein paar Worte wechselte, konnte Rosenbaum sein Gesicht nicht sehen. Endlich blickte er nach vorne.

Peter! Rosenbaum erschrak. Johann Nepomuk Peter!

Rosenbaum war 1770 in Wien geboren worden, wo sein Vater Georg als Portier seine Laufbahn im Dienst des Fürsten Esterházy begonnen hatte. Etliche Jahre hatte er mit Johann Nepomuk die gleiche Schule besucht. Soweit sich Rosenbaum erinnerte, war Peter ein Jahr älter als er. Ein eigenwilliger, rücksichtsloser Bursche. Er hatte ihn, den Jüngeren, in eine ungewollte Kameradschaft gezwungen, indem er ihn zum Mitwisser seiner verwegenen Streiche gemacht hatte. Da er ihn nicht vor den Lehrern verraten konnte, weil ihm das seine Mitschüler schwer verübelt hätten, schlug er sich zwangsweise stets auf Peters Seite. Peter quälte Tiere, verhöhnte Kriegsversehrte, spottete über Gott und verbreitete Lügen über Lehrer und Geistliche, um sie in Verruf zu bringen. Nach der Schule, als Rosenbaum seinem Vater in den fürstlichen Dienst folgte, verloren sie sich aus den Augen. Einmal, vor einigen Jahren, hatte er ihn im Theater in der Leopoldstadt aus der Ferne gesehen; er war ihm aber aus dem Weg gegangen. Mag sein, dass ich ihm unrecht tue, dachte Rosenbaum.

Womöglich war aus ihm ja ein ehrenwerter Mensch geworden. Dass er hier als Amtsträger auftrat und offenbar von seinem Kollegen als ebenbürtig anerkannt wurde, mochte ein Beleg dafür sein. Doch Rosenbaums Vorbehalte wogen stärker, weshalb es ihm auch diesmal lieber gewesen wäre, er hätte ihn nicht gesehen.

Der Ausrufer entfaltete ein Papierstück und verlas das Urteil. „Der hier ausgestellte Andreas Fölsch, gebürtig 1788 zu Eisenstadt, hat seinen Meister, den Schneider Konrad Heiser, erstochen sowie dessen Eheweib Constanze schwer verletzt, als er beim Diebstahl von Geld aus der Kasse des Schneidermeisters beobachtet wurde."

Einige in der Menge begannen, aufgebracht zu pfeifen und zu schreien.

„Das Kriminalgericht hat ihn wegen Raubmordes für schuldig erkannt und wegen seines Alters zu nur zwanzig Jahren schweren Kerkers verurteilt. Die Haft wird er im k. und k. niederösterreichischen Provinzialstrafhaus in der Leopoldstadt verbüßen."

Wieder wurde gerufen und gepfiffen. „Aufhängen!", schrien einige. Applaus brandete auf.

Der Ausrufer hängte eine Tafel um den Hals des Verurteilten. „Wegen Raubmord zu zwanzig Jahren schwerem Kerker", stand darauf. Anschließend verließ er den Balkon. Die Amtsträger folgten ihm. Andreas Fölsch wurde von den beiden Wachen weiter an der Brüstung gehalten und somit der Volksmenge präsentiert. Es wurde gezischt, geschrien und gejohlt, aber der Höhepunkt der öffentlichen Aufführung war vorüber, und ein Großteil der Menge verlor sich im Marktgeschehen.

Rosenbaum und Werlen hatten sich nicht hervorgetan. Werlen war ein blasser Beobachter geblieben. Rosenbaum lehnte solche Schauveranstaltungen im Grunde ab, betrachtete sie als veraltet für eine Zeit, in der vielerorts differenziertere Blicke auf das Tun der Menschen geworfen wurde, auch auf Verbrechen und Verbrecher. Dennoch besuchte er regelmäßig solche Spektakel – sicher als Voyeur, aber auch als umfassend interessierter Bürger seiner geliebten Stadt Wien. Er konnte schlicht nicht fernbleiben, wenn ein Zeitzeuge vor Ort sein musste.

„Jetzt haben wir uns einen kräftigen Kaffee verdient", sagte Rosenbaum. Dabei wandte er sich von der Schandbühne ab und schlug Werlen freundschaftlich auf die Schulter.

Werlen stimmte zu, und sie gingen los.

An einer der Marktbuden stand Joseph Haydn. Er stützte sich mit der Linken auf seinen Gehstock, mit der Rechten prüfte er die Festigkeit eines Pfirsichs. Das Geschrei an der Schandbühne war so weit entfernt, dass er davon keine Notiz nahm.

Haydn wurde von Johann Elßler begleitet. Der bedächtige, schmalschultrige Mann, etwa im gleichen Alter wie Rosenbaum, umsorgte ihn nicht nur als Diener, er kümmerte sich auch als Privatsekretär um alle geschäftlichen und organisatorischen Belange, kopierte Noten und Schriftstücke. Er wich dem betagten Meister allenfalls von der Seite, wenn dieser ausdrücklich alleine sein wollte. Bei einem Spaziergang, bei dem auch Besorgungen zu machen waren, durfte er selbstverständlich nicht fehlen.

„Von diesen Pfirschen nehmen wir zwei Pfund", bestimmte Haydn.

„Ist das nicht zu viel für Sie?", fragte Elßler besorgt. „Denken Sie an Ihre Verdauung!"

„Heute Abend kommt Neukomm zu Besuch. Er will mir ein neues Quartett zeigen und er liebt Pfirsiche."

„Oh, ja, nehmen wir also zwei Pfund."

Die Marktfrau packte das Obst in eine Papiertüte und reichte das Päckchen Elßler, der es in einer großen Tasche verstaute. Dann fingerte er eine abgegriffene Lederbörse aus dem Rock und zahlte.

„Wir wollten noch nach den englischen Büchern sehen, die ich in der *Geroldischen Buchhandlung* bestellt habe", erinnerte Haydn seinen Sekretär.

„Das ist aber ein gutes Stück Weg", gab dieser zurück. „Schaffen Sie das noch?"

„Keine Sorge, mein lieber Elßler, keine Sorge, ich fühle mich heute so jung wie ein Rehkitz!" Dabei lächelte Haydn bübisch.

„Dann ist es gut."

Sie wandten sich um. Haydn hakte sich bei Elßler ein, und die beiden Herren setzten ihren Einkaufsspaziergang fort.

„Oh, was für eine Überraschung!" Rosenbaum stand vor ihnen, an seiner Seite Werlen. „Meine Verehrung, Meister Haydn!"

„Ah, Herr Rosenbaum, die freudige Überraschung ist ganz auf meiner Seite!", antwortete Haydn. „Wie geht es der Gemahlin?" Dabei warf er einen grüßenden Blick zu Werlen, der mit Hochachtung zurückgrüßte.

„Danke, es geht ihr sehr gut. Viele Proben und Aufführungen, und das Theaterleben schwankt wie ein kleines Fischerboot bei Seesturm. Das können Sie sich bestimmt vorstellen! Aber das Publikum liegt ihr zu Füßen."

„Ich höre nur begeisterte Stimmen", bestätigte Haydn. „Leider komme ich abends nur noch selten aus dem Haus. Ich hätte sie zu gerne mal in der *Zauberflöte* gehört."

„Man möchte meinen, Mozart habe ihr die Königin der Nacht auf den Leib geschrieben", schwärmte Rosenbaum.

Haydn nickte zustimmend. „Wenn er die *Zauberflöte* ein paar Jahre später hätte komponieren können, dann hätte er das sicher getan! Bestellen Sie ihr bitte meine herzlichsten Grüße!"

Plötzlich entdeckte Rosenbaum wenige Meter entfernt Johann Nepomuk Peter. Es war zu spät, um sich abzuwenden, Peter hatte ihn bereits erkannt und kam auf die Gruppe zu.

„Joseph!" Er freute sich, den Schulfreund zu sehen. „Wie lange haben wir ..."

Zu der Unliebsamkeit des Wiedersehens kam für Rosenbaum, dass Peter sein viel zu seltenes Zusammentreffen mit Haydn störte.

„Oh, jetzt kommen viele nette Leute zusammen!", log Rosenbaum und nahm Peter gezwungenermaßen in Empfang. „Darf ich vorstellen?", sagte er zu den anderen, „Johann Nepomuk Peter, ein Freund aus meiner unschuldigen Jugend." Er lachte, und auch die Übrigen lachten höflich über das Bonmot.

Peter wandte sich an Haydn: „Darf ich meine ungeheure Vermutung äußern, mit wem ich hier die unschätzbare Ehre habe? Sie sind der verehrte Meister der *Schöpfung* und des *Kaiserliedes*!"

„Ach", antwortete Haydn verschmitzt, „wenn Sie mich für den Kompositeur Joseph Haydn halten, dann liegen Sie gar nicht so falsch. Ob ich ein Meister bin, das müssen andere entscheiden. Ich habe mein ganzes Leben lang Noten geschrieben, die offenbar den Leuten gefallen. Vielleicht hatte mich der liebe Gott ja auch zum Viehzüchter oder Landmann bestimmt, und ich habe ihn bitter enttäuscht."

Die Umstehenden amüsierten sich.

Rosenbaum nahm den Faden auf: „Bescheidene Menschen haben dem lieben Gott immer gefallen!"

„Es gibt hier in Wien ja noch eine Menge anderer vortrefflicher Komponisten", gab Haydn zu bedenken. „Ich erinnere an Salieri, Cherubini, Wranitzky, Weigl, Eybler, Hoffmeister und den ehrwürdigen Albrechtsberger! Und Beethoven macht von sich reden!"

Rosenbaum protestierte: „Aber keiner erreicht unseren Meister Haydn!"

Peter fixierte unterdessen den Kopf des alten Mannes. Haydn trug wie üblich eine Perücke, sodass er seinen Hinterkopf nicht begutachten konnte. Hier würde sich ja das Organ der Ruhmsucht und Eitelkeit abzeichnen, wie bei seinem Lehrer Fallhuber. Bei Haydn war es sicherlich völlig unauffällig. Aber sein Tonsinn, der laut Gall seitlich über den Augenbrauen saß, war deutlich zu erkennen. Das bemerkte Peter sofort.

Um Zeit für das Studium der Physiognomie zu gewinnen, stellte Peter dem Meister die naheliegende, wenn auch abgegriffene Frage: „Als Musikfreund interessiert mich brennend, wie Ihnen so wundervolle Melodien in den Sinn kommen."

Haydn fiel auf die Finte herein. „Ja, diese Frage kenne ich zur Genüge. Sie wird mir unentwegt gestellt", begann er redselig, denn er fühlte sich dennoch geschmeichelt. „Aber ich sage immer, dass sich die Melodien in jeder beliebigen Lebenslage einstellen, weil sie eben plötzlich da sind. Ich träume sie, oder sie kommen mir beim Spazierengehen oder in der Badewanne. Manchmal, wenn mir gar nichts einfallen will, dann improvisiere ich am Clavichord und bis ich schau, ist eine neue Melodie in meinen Fingern. Aber, verehrter Herr,

Sie müssen wissen, ich schreibe sie nicht mehr auf. Ich habe noch ein paar schottische Lieder bearbeitet, aber zum Komponieren fehlen mir mittlerweile die Kraft und die Konzentration."

Peter starrte den Meister weiter an.

„Sagen Sie", unterbrach sich Haydn, „stimmt etwas mit meiner Perücke nicht? Sitzt sie schief?" Er wandte sich zu Elßler. „Elßler, schauen Sie, sitzt meine Perücke richtig?"

Während Elßler seinen Herrn betrachtete, versicherte Peter: „Nein, nein, gar nicht, verehrter Meister. Mich haben nur Ihre Erläuterungen außerordentlich fasziniert."

Elßler stellte fest: „Alles in Ordnung. Alles ist gerade."

„Dann ist es gut!" Haydn war beruhigt. Doch Peters Verhalten hatte ihn verunsichert. Er fühlte sich beengt. „Aber bitte entschuldigen Sie mich, meine Herren, ich habe noch eine Menge zu erledigen. Mein lieber Elßler, ich denke, wir machen uns auf den Weg zur *Geroldischen*. Ich wünsche Ihnen einen schönen Tag, meine Herren!" Er hakte sich bei Elßler ein.

„Ich habe mich sehr gefreut!", schmeichelte Peter.

Rosenbaum und Werlen wünschten dem alten Meister alles Gute.

Haydn hob beim Gehen seinen Stock zum Abschiedsgruß.

„Man möchte gern in einen solchen Kopf hineinschauen!", sagte Peter unvermittelt. „Das Genie drängt an der Stirn heraus! Hast du gesehen?"

Rosenbaum ging auf diese Bemerkung nicht ein. Diesen Wunsch wollte er mit seinem ehemaligen Schulfreund nicht teilen. Daher meinte er nur: „Ein außergewöhnlicher Mann."

Peter beobachtete Haydn noch eine Weile, dann riss er sich los. „Joseph, schön dich zu sehen! Wien ist groß, aber trotzdem hätten wir uns schon viel früher begegnen müssen!"

„Manchmal rennt man umeinander herum", lachte Rosenbaum, möglichst verbindlich. Er dachte an die Säule des Treppenhauses im Theater in der Leopoldstadt, hinter der er gewartet hatte, bis Peter außer Sichtweite gewesen war.

„Was machst du? Dein Vater hat dich doch zum Fürsten Esterházy gebracht. Dort hast du bestimmt auch den Haydn kennengelernt."

„Das Schicksal hat mich vor ein paar Jahren zum Grafen Károly Esterházy getrieben. Ich bin sein Privatsekretär."

„Auch nicht schlecht! Dann musst du nicht immer hinaus nach Eisenstadt."

„Ich liebe Wien und seine Theater."

„Übrigens: Hast du gehört, der alte Fallhuber ist gestorben."

Der Name erzeugte in Rosenbaum ein bitteres Gefühl. „Der Fallhuber?"

„Ja, der Teufel hat ihn endlich zu sich geholt."

„Der wird nicht froh werden mit ihm!"

Beide lachten.

Rosenbaum wollte die Erinnerung an Fallhuber und die gemeinsame Schulzeit nicht vertiefen. „Und wohin hat es dich verschlagen?"

„Ich bin Verwalter einer sonderbaren Gesellschaft geworden. Ich kümmere mich um Verbrecher, vom kleinen Betrüger bis zum Mörder, und schau, dass es ihnen gutgeht. Nein, im Ernst: Ich bin Verwalter des k. und k. niederösterreichischen Provinzialstrafhauses in der Leopoldstadt. Ich wohne auch gleich neben dem Zuchthaus. Bei meinen Fenstern hat man die Gitter weggelassen!" Wieder lachte er. Aber sein Lachen wirkte bemüht. „Komm doch mal vorbei, und wir gehen gemütlich einen Wein trinken. Bei uns gibt es vorzügliche Lokalitäten."

Rosenbaum spürte die Schlinge der Vereinnahmung, die ihn schon in der Schulzeit eingeschnürt hatte.

„Ich habe mir außerdem neulich einen Garten gekauft. Noch gleicht er einer russischen Steppe, aber ich schwör dir, ich mach ein Paradies daraus!"

„Danke!", gab Rosenbaum zurück. „Ich besuche dich!" Er wusste, dass er das niemals tun würde.

„So, jetzt störe ich nicht weiter", sagte Peter schließlich. „Du bist mit einem sehr freundlichen Herrn unterwegs." Er grüßte noch einmal Werlen, der kurz antwortete: „Meine Verehrung!"

Peter verabschiedete sich und ging davon.

„Es wird Zeit, dass wir unseren Kaffee trinken."

Werlen freute sich, dass er endlich Rosenbaums uneingeschränkte

Aufmerksamkeit erhielt. „Ja, lieber Herr Rosenbaum, ich muss Ihnen nämlich noch erzählen, was ich über Mademoiselle Josephine Goldmann erfahren habe. Sie wissen schon, die entzückende Schauspielerin, die mir neulich zugelächelt hat."

Aha! Werlen hatte sich verliebt und brauchte seinen Rat! Ein verliebter Werlen, da stand Rosenbaum eine amüsante Stunde bevor!

# 6

Peter hatte vor wenigen Monaten ein Wiesengrundstück mit einem Dutzend Zwetschgenbäumen gekauft. Es schloss an der Vorderseite an den Hinterhof eines Nachbarhauses sowie zur Linken an einen hübsch bepflanzten Garten, der jedoch kaum genutzt wurde. Die hintere Seite reichte an den weitläufigen, dicht bewaldeten Park einer Villa. An der vierten Seite erhob sich die fensterlose Wand eines mächtigen Gebäudes, das das Militär als Lagerhaus verwendete. Obwohl das Grundstück inmitten der Leopoldstadt lag, war es weitgehend abgeschirmt von fremden Blicken. Wo Lücken bestanden, ließen sich Hecken pflanzen.

Seiner verstorbenen Frau Clara war das Leben an Gefängnismauern und zwischen staubigen Gassen zu eng geworden. Sie hatte sich nach einem eigenen Garten gesehnt, in dem sie Obst und Gemüse anbauen und ernten konnte. Als sie erfuhr, dass nach dem Tod eines Nachbarn das brachliegende Grundstück verkauft werden sollte, konnte sie Peter davon überzeugen, mit den Erben zu verhandeln. Peter begeisterte sich ebenfalls für das Grundstück. Sie wurden handelseins.

Wo immer es ging, legten die Bürger von Wien Gärten an. Die Aristokraten hatten es ihnen über Jahrhunderte hinweg vorgemacht. Allen voran der französische König Ludwig XIV. mit seinen Anlagen rund um das Schloss Versailles. Kaiser Franz pflegte und erweiterte die Gärten auf seinen Liegenschaften. Die Gärten von Fürst Esterházy in Eisenstadt, rund um sein Sommerschloss Esterháza sowie Auf der Landstraße in Wien wurden weit über die Grenzen Österreichs hinaus bewundert. Prächtig und fantasievoll gestaltete Grünanlagen waren Ausdruck von Mächtigkeit. Exakt gezogene geometrische Linien sowie kunstvoll gefertigte Gartentempel, Statuen und Brunnen suggerierten, dass sich in der Person des Herrschers Geist und Natur vereinigten. Das Volk durfte diese Paradiese bestaunen und in einigen Fällen sogar betreten.

Der Wind der Aufklärung und keimenden Romantik verwehte die strengen Linien in zweifacher Hinsicht: Die geometrischen Strukturen verschwanden, die Natur sollte sich freiwachsend entfalten, und jetzt nahmen sich auch die Bürger das Recht, nach eigener Lust und Laune Gärten anzulegen. Die Liebe zu Tempeln, Grotten, Statuen und Springbrunnen setzte sich in ihren Kreationen fort.

Einen solchen Garten zu besitzen und zu gestalten, beflügelte Peter. Nicht zuletzt, weil ja auch Franz Joseph Gall hier in Wien einen weitläufigen Garten besaß. Das Anwesen in der Ungargasse wurde noch immer von dessen Gattin Maria Anna bewohnt. Gall hatte darin vor seinem Weggang an Haus- und Nutztieren umfangreiche Naturforschungen betrieben. Der Garten war für ihn eine wichtige Grundlage für seine Erkenntnisse sowie Oase der Erholung gewesen.

Auch Clara war naturverbunden gewesen, sie hatte Blumen und Kräuter geliebt. Während sie überlegt hatte, welche Pflanzen in den Beeten wachsen sollten, war Peter mit dem Anfertigen von Lage- und Konstruktionsplänen beschäftigt gewesen. Ein Zaun sollte das Grundstück klar abgrenzen und versehentliche Zutritte unmöglich machen. Blickdichte Hecken mussten gepflanzt werden. Im vorderen Teil des Gartens plante er einen Teich mit Springbrunnen. Lange befasste er sich mit der Frage der Wasserversorgung. Das Wasser musste zudem mit so viel Druck an der Düse ankommen, dass eine ansehnliche Fontäne aufschießen konnte. Er beabsichtigte, auf dem Dach einer Hütte, die im hinteren Teil des Gartens stehen sollte, ein Regenauffangbecken zu installieren, das notfalls mit zusätzlichem Wasser aus Eimern aufgefüllt werden konnte. Die Hütte musste mit Herd und Ofen ausgestattet sein, damit sich darin Kaffee, Tee und kleine Speisen zubereiten ließen. Auch für den Aufenthalt an kalten Tagen, Abenden und im Winter sollte vorgesorgt sein.

Hinter der Hütte, zwischen der Rückwand und dem Park der nachbarlichen Villa, zur Seite hin an die Mauer des Militärdepots gebaut, plante Peter eine Grotte. Hades-Grotte sollte sie heißen, benannt nach dem griechischen Totengott. Im Inneren des gemauerten Gehäuses wollte er aus Stein und Gips zerklüftete Felsen sowie Stalagmiten und Stalaktiten nachbilden. In seiner Erinnerung lebte das Bild einer Tropfsteinhöhle, die er vor Jahren besichtigt hatte. In den Wänden sah er Aushöhlungen vor. Aushöhlungen für gebleichte Schädel, die er bereits besaß und die er noch erlangen wollte. Grotten, wie sie in anderen Gärten existierten, bestanden meist nur aus frei zugänglichen Steinformationen, die ein gewaltiger Fels überdachte. Peters Hades-Grotte hingegen musste verschließbar sein. Er beabsichtigte, eine kräftige Tür aus hartem Holz anzubringen.

Der Gefängnisarzt Doktor Weiß, ein junger Mann aus Berlin, hatte ihm noch zu Claras Lebzeiten angeboten, den Schädel einer Prostituierten und Kindsmörderin zu beschaffen und zu präparieren. Sie war durch den Strang hingerichtet worden, und Doktor Weiß hatte damals für die Bestattung zu sorgen. Peter war bei einer Besichtigung der Leiche vom Buckel, den das vergrößerte Organ des Geschlechtstriebes am Hinterkopf verursachte, fasziniert. Gleichzeitig ließ sich das Organ der Kinderliebe kaum erkennen. Zweifelsohne war dies ein ergiebiges Studienobjekt! Peter konnte daher nicht anders, als das Angebot anzunehmen.

Zwei Monate später erhielt er den fertigen Schädel. Da er sein Sammlerstück vor Clara verbergen wollte, um ihre meist überreizten Nerven zu schonen, legte er es, in Tücher gehüllt, in eine Truhe im Arbeitszimmer seiner Wohnung. Doch der Geruch, den der Schädel trotz langer Lagerung in Kalkwasser verbreitete, ließ sich nicht abschirmen. Clara vermutete zunächst, dass sich ein totes Tier oder verfaultes Obst hinter einem Möbelstück befände – bis sie schließlich den Schädel entdeckte. Sie fiel in Ohnmacht. Um ihre labile Persönlichkeit nicht weiter zu strapazieren, sah sich Peter gezwungen, den Kopf der Prostituierten in einer Kiste auf dem Dachspeicher zu verwahren. Hier lag er seitdem.

Inzwischen besaß Peter ja ein zweites Sammlerstück: den Schädel des Lehrers Fallhuber. Doktor Weiß hatte ihn, wie aufgetragen, in Hietzing geholt und in einem Kellerloch des Strafhauses in Kalkwasser gebleicht. Peter wollte ihn so bald wie möglich zu sich holen.

Der Unfalltod von Clara hatte alle Überlegungen und Arbeiten rund um den Garten zum Erliegen gebracht. Doch allmählich fügte sich Peters neues Leben als Witwer. Ein wichtiger Schritt war getan: Magdalena Stockinger hatte die Führung des Haushaltes übernommen.

Hurtig und fleißig erledigte sie, was er ihr auftrug. Dass sie bereits jahrelang bei einem alleinstehenden Herrn gearbeitet hatte, erwies sich als immenser Vorteil. Der alte Fallhuber war sehr viel unangenehmer, aber berechenbarer gewesen. Dennoch glaubte sie, ein Gespür dafür zu haben, wie sie mit Peter umgehen musste, um einen sicheren Stand zu finden. Sie redete wenig, hörte aber aufmerksam zu, erkannte die Marotten des Hausherrn und konnte sich ohne Gegenrede darauf einstellen. Keinesfalls durfte sie sich als nörgelnde Ehefrau gebärden, die Verhaltensänderungen durchsetzen wollte. Damit würde sie nur Widerstand hervorrufen. Sie wusste, sie arbeitete hier lediglich als Haushälterin und hatte für einen reibungslosen Ablauf des Alltags zu sorgen. Mehr nicht! Mehr wollte sie auch nicht. Um Sicherheit zu gewinnen, musste aber Peter in ihren Gaben einen unschätzbaren Wert erkennen.

Das tat Peter. Er war zufrieden mit ihr. Noch mehr: Sie belebte, ja entzückte ihn.

Wenn er am Tisch in der Kuchel saß und auf das Essen wartete, legte er oft die Zeitung beiseite, um zu beobachten, wie sie, mit dem Rücken zu ihm gewandt, am Herd hantierte. Die Ärmel hatte sie dabei zurückgeschoben, sodass ihr feiner, heller Arm bis zu den Ellenbogen freilag. Ihre feingliedrigen Hände griffen mal zum Schöpflöffel, mal zum Handtuch, mal zu einer Schale mit einem Gewürz. Dazu tanzte der Dutt am Kopf wie eine muntere weiße Taube. Darunter schaukelte der Hinterhauptknochen mit unbedenklicher Wölbung. Musste sie besonders schnell auf ein Zischen in einer Pfanne reagieren, dann verfärbte sich ihre Haut am Kopf und an den Unterarmen in lichtes Rot, als habe sie in heißes Wasser gegriffen.

Wenn es auf die Nacht zuging und Magdalena in ihrer Stube verschwand, blieb ihr Zauber im Zimmer zurück. Peter spürte, dass sie noch anwesend war.

Jetzt, nachdem er sich in seiner Wohnung wieder wohl fühlte, die einsamen Abende zuhause vorüber waren, bekam Peter wieder Lust, die Gestaltung des Gartens in Angriff zu nehmen. Zunächst sollten der Zaun, die Gartenhütte sowie die Grotte gebaut werden.

Magdalena trug er auf, die Wildnis aus hochstehendem Gras und Unkraut mit der Sense zu bekämpfen. Dann musste sie das Unkraut herausziehen, Schottersteine einsammeln, den Boden auflockern und Rasen aussäen. Währenddessen beschritt Peter mit Handwerkern das Grundstück, erklärte seine Pläne und verhandelte über die Preise. Wenig später wurden Zaunpfähle eingeschlagen sowie Querbalken und Latten angenagelt. Das Grundstück war ab jetzt nur noch über ein Gartentor zu betreten. Diese Abgrenzung hatte für Peter höchste Priorität.

Die Maurer kamen. Sie zogen die Grundmauern der Gartenhütte empor und bauten das Gehäuse der Grotte. Zimmerer und Dachdecker gingen ein und aus. Die Hütte entstand, ebenso deren Dach mit dem Regenbehältnis. Ein Rohr wurde quer durch den Mittelpunkt der Anlage verlegt und endete in einem frisch ausgehobenen Graben, in dem später die Düse für den Springbrunnen installiert werden sollte. Auch die Grotte erhielt ein Dach aus Ziegeln. Von außen wirkte sie eher wie ein gemauerter Schuppen. Das nahm Peter in Kauf. Ihm lag vornehmlich daran, dass sie im Inneren die gewünschte Wirkung entfaltete und abgesperrt werden konnte.

Für die Gestaltung bestellte Peter einen Steinmetz, der auch mit Gips umzugehen wusste. Zunächst errichtete dieser mit groben Felsensteinen die Grundformen, anschließend verfeinerte er die Struktur mit Gips. Als der Raum endlich einer Tropfsteinhöhle glich und die Aushöhlungen für die Ausstellungsobjekte ausgetrocknet waren, brachte ein Schreiner die massive Eingangstür. Zuletzt hängte Peter ein schweres Schloss daran.

Die Maurer, die Dachdecker, der Steinmetz und auch der Schreiner – alle hatten sie gefragt, welchen Zweck dieses eigenartige Gebäude erfüllen sollte. Peter wollte zunächst nicht antworten. Aber die Verwunderung der Handwerker drohte gefährliche Gerüchte auszulösen. „Ich sammle Tierpräparate", erklärte Peter schließlich. „Ich bin wissenschaftlich tätig und ich benötige einen geeigneten Raum für meine Objekte."

Damit ließen es die Handwerker bewenden. In Wien keimte die Wissenschaft. Und sie wurde von sonderbaren Persönlichkeiten vertreten. Peter war wohl eine davon.

Peter interessierte nicht, was die Handwerker von ihm dachten. Wichtig war, dass die Fragen in deren Köpfen zur Ruhe kamen.

Auch Magdalena wunderte sich. In der Wohnung befand sich kein einziges Tierpräparat. Waren sie irgendwo außerhalb gelagert? Wollte der Hausherr erst mit dem Sammeln beginnen? Sie traute sich nicht, nachzufragen, und gab sich mit der Erklärung, die die Handwerker erhielten, notgedrungen zufrieden.

Als der Bau beendet war und beide gerade störende Zweige von einem Zwetschgenbaum schnitten, pausierte Peter plötzlich und blickte hinüber zur Grotte. „Es dauert nicht mehr lange, und die Grotte wird bezogen", sagte er.

„Von Tierpräparaten?", fragte sie überrascht.

Er fixierte ihre blauen Augen, voller Bewunderung.

„Seltsame Tiere. Aber eines kennt Sie schon."

Sie wandte sich ab und rätselte, was er damit gemeint haben könnte. Er war ein sonderbarer Mensch, dachte sie. Aber sie vertraute ihrer Einschätzung, ihm letztlich gewachsen zu sein.

Peter verließ, bekleidet mit seinem besten Rock, die Wohnung und klopfte an die Tür, gleich auf der gegenüberliegenden Seite des Flurs.

„Ich komm!", rief eine Männerstimme.

„Der Ullmann ist schon mit dem Fiaker da", mahnte Peter.

„Eine Minute!" Der junge Mann war in Hektik.

Peter ging zum Flurfenster und beugte sich nach draußen. Ullmann stand neben einer zweispännigen Kutsche mit Fahrer.

„Zwei Minuten!"

Ullmann hob kurz die Hand und grinste wissend. Es war nichts Neues, dass man auf Michael Jungmann ein wenig warten musste.

Jungmann kam endlich mit fahrigen Bewegungen aus der Tür.

Die beiden kleinen Räume, die Jungmann bewohnte, waren als

Unterkunft für Magd und Hausknecht der Verwalter-Dienstwohnung gedacht. Das kinderlose Ehepaar Peter und Clara hatte jedoch kein Personal angestellt und die Räume stattdessen untervermietet. Magdalena Stockinger war im ehemaligen Haushaltszimmer der verstorbenen Hausfrau untergebracht.

Jungmann, Beamter beim Magistratsamt, hatte etwa das gleiche Alter wie Ignaz Ullmann, um die dreißig, war aber im Gegensatz zu diesem dickleibig und schwerblütig. Er liebte das Essen, was ihn stetig gewichtiger machte. Trank er zu viel Wein oder Bier, was regelmäßig vorkam, glühte sein Kopf von heißem Blut. Wegen seiner Schwerblütigkeit, die sich gelegentlich ins Melancholische, ja Depressive steigerte, hatte er Schwierigkeiten, Beziehungen aufzubauen und zu pflegen. Er war deshalb froh, dass ihn Peter in Gesellschaften einführte. Um zu den Treffen bei Baron Moser mitgenommen zu werden, hatte er vor wenigen Monaten begonnen, sich für die Schädellehre von Franz Joseph Gall zu interessieren.

Der Fiaker brachte die drei Männer nach Schönbrunn. Weit vor dem Ziel stiegen sie aus, zahlten den Kutscher und vereinbarten mit ihm einen Zeitpunkt, wann er wieder vor Ort sein musste. Dann setzten sie ihren Weg zu Fuß fort. Niemand, auch nicht ein Fiakerkutscher, sollte mitbekommen, wen sie besuchten.

In der Abenddämmerung erhob sich, gut zwanzig Meter von der Straße zurückversetzt und von einem dicht bewachsenen Garten eingerahmt, ein prächtiges Palais. Einige Fenster waren erleuchtet, der Rest lag bereits im Schlaf.

Peter, Jungmann und Ullmann durchschritten ganz selbstverständlich das Eingangstor. Ein Hund jagte heran, bellte kräftig, sprang aber sogleich schwanzwedelnd umher, denn er wusste sofort, dass es sich hier um Freunde seines Herrn handelte. Peter zog an der Hausglocke. Wie gewöhnlich dauerte es lange, bis die alte Haushälterin Marianne heranschlurfte und die drei ins Haus ließ. Der Hund durfte nicht herein, er verschwand kläffend hinterm Haus. Baron Moser begrüßte die Gäste in der Eingangshalle mit solch aristokratischem Gestus, als würden sie zur Audienz kommen.

Der untersetzte, dickbäuchige Mann hatte schon vor Jahren in großer Herrenrunde seinen siebzigsten Geburtstag gefeiert. Während der Regentschaft von Maria Theresia kämpfte er an vorderster Front gegen Friedrich den Großen von Preußen. Ein zerschossenes Knie, wegen dem er hinkte, sowie drei fehlende Finger an der linken Hand zeugten davon. Regelmäßig und ausführlich erzählte er die Geschichten seiner Verletzungen. Bei gesellschaftlichen Anlässen, so auch heute, zeigte er sich in Uniform. Obwohl ja die Gall'sche Schädellehre in Staats- und Kirchenkreisen seit dem Dekret des Kaisers tabuisiert war, bekannte sich Baron Moser ungeniert zu seiner Anhängerschaft. Stolz verwies er allerorts und jederzeit auf seine hohe Stirn und den ansehnlichen Höcker am oberen Stirnbein. Dieser bewies laut Gall, dass er über einen herausragenden Scharfsinn verfügte. Wegen der Breite des Höckers konnte sogar auf ausgeprägte, symmetrisch angeordnete Organe des „philosophischen Scharfsinns" geschlossen werden.

Mosers Palais hatte sich im Laufe der Zeit als idealer Treffpunkt eines *Craniologischen Zirkels* entwickelt. Zum einen, weil seine Villa abgeschieden lag und zum anderen ein großer Forschungsraum, der rote Salon, zur Verfügung stand. Baron Moser lebte überdies alleine, sodass keine womöglich geschwätzigen Familienmitglieder vorhanden waren. Nur die alte, nahezu taube Magd Marianne kümmerte sich um den Haushalt und das Wohl der Gäste. Und ein weiterer Grund: Moser besaß eine breit sortierte Sammlung an tierischen und menschlichen Schädelpräparaten, aus der bei Diskussionen und Analysen spontan Vergleichsobjekte geholt werden konnten.

Es gab, wie man wusste, mehrere solcher Zirkel in Wien, aber nur dieser durfte sich rühmen, dass an den monatlichen Sitzungen auch Andreas und Nannette Streicher teilnahmen. Die Eheleute waren als Inhaber einer Klavierfabrik angesehene Bürger, Andreas Streicher wurde zudem als Pianist gefeiert. Als Nachbarn in der Ungargasse hatten sie Franz Joseph Gall und seine Frau Maria Anna kennen und schätzen gelernt. Sie standen nach wie vor in engem Kontakt mit ihnen. Wenn Gall von der Öffentlichkeit unbemerkt nach Wien kam, um seine Frau und sein Anwesen zu besuchen, trafen sie ihn, um das Neueste über seine Forschungs- und Vortragstätigkeit zu erfahren.

Unmittelbarer wurde also kein anderer Wiener Craniologie-Zirkel mit Informationen über den Wissenschaftler und seine Lehre versorgt.

Baron Moser führte seine Gäste in den Speisesalon, in Jagdgrün gehalten. Im Mittelpunkt eines Treffens stand natürlich die Fortbildung in der Craniologie. Hierzu wurden Galls Schriften und Vortragsmanuskripte diskutiert sowie kürzlich erworbene Schädel erkundet und bewertet. Der wissenschaftliche Teil war jedoch eingebettet in ein kleines, kräftigendes Souper sowie eine abschließende Weinprobe. Baron Moser war ein Liebhaber und Kenner des Rebensaftes und bezog aus ganz Europa auserlesene Sorten.

Am Tisch saßen bereits das Ehepaar Streicher sowie der Dekorationsarchitekt der Hoftheater Ortner. Erwartet wurde noch Doktor Weiß samt des Schädels von Willibald Fallhuber, der heute begutachtet werden sollte.

Während Baron Moser die Anwesenden mit einer Anekdote aus dem Siebenjährigen Krieg unterhielt, tappte die Haushälterin Marianne in ihre Kuchel. Wenig später kehrte sie mit einer Terrine zurück und begann, die Suppe auszuteilen, um sogleich wieder zur Haustür zu müssen. Baron Moser hatte die Schwerhörige auf die Türschelle aufmerksam gemacht. Der verspätete Doktor Weiß hatte sich angekündigt.

Der junge Arzt wurde herzlich empfangen. Alle, insbesondere Peter, waren begierig, das Objekt zu sehen, das er in einer riesigen Ledertasche brachte. Als er es auspacken wollte, schimpfte unerwartet die Haushälterin: „Schädel haben beim Essen nichts zu suchen!" Nannette Streicher pflichtete ihr bei, und so fügten sich die Herren. Die Spannung sollte bis zur wissenschaftlichen Arbeit im großen Salon erhalten bleiben.

Doktor Weiß bekam ebenfalls Suppe, schließlich wurden gefüllte Tauben aufgetragen.

„Wundervoll", schwärmte Andreas Streicher. „Lieber Baron, Ihre Marianne übertrifft sich selbst!"

Der Baron bedankte sich für das Lob, das er als Würdigung seiner Gästebewirtung wertete, und erhob sein Weinglas: „Ich freue mich, dass wir alle wieder so gesund zusammengekommen sind."

Es wurde angestoßen, man dankte dem Gastgeber für die Einladung.

Andreas Streicher hielt sein Glas weiter festlich in die Höhe. „Und ich darf euch an dieser Stelle besondere Grüße übermitteln. Ich habe vergangene Woche einen Brief von unserem verehrten Doktor erhalten. Er lässt die Runde grüßen!"

Hingerissen wurde erneut angestoßen.

„Ist er in Paris?", erkundigte sich Baron Moser.

„Ja, und er hat beschlossen, sich in Paris niederzulassen. Er schreibt, dort begegne man ihm mit Respekt und Offenheit."

Ortner warf ein: „Da kann sich unser Wien ein Beispiel nehmen!"

„Ich sage es immer: Wien ist zu altbacken und aristokratisch!", wetterte Streicher.

Seine Frau Nannette griff nach seiner Hand. „Andreas, wir dürfen nicht auf den Kaiser schimpfen!"

„Ich schimpfe nicht auf den Kaiser! Wir alle lieben ihn, aber in puncto Fortschritt und Wissenschaft hat er Nachholbedarf!"

„Und der Kaisertitel hat nichts mit Fortschritt oder Rückständigkeit zu tun", fügte Baron Moser an. „Der Napoleon ist ja seit ein paar Jahren ebenfalls ein Kaiser, und er lässt den Gall trotzdem seine Vorträge halten!"

Streicher erinnerte: „Obwohl er die Craniologie ablehnt, wie es heißt."

Ignaz Ullmann merkte auf: „Tatsächlich?"

„Oh, ja, lieber Ullmann, Sie waren ja letztes Mal unpässlich, als ich erzählt habe, dass sich Napoleon ablehnend über Doktor Gall geäußert hat. Die Lehre sei ihm zu materialistisch. Er will nicht glauben, dass sich der Geist der Natur in Buckeln am Schädel äußert."

Ullmann meinte: „So ähnlich argumentiert auch unser Kaiser Franz."

„Oje", seufzte Baron Moser, „wenn er den Napoleon gegen sich hat, wird er in Paris bald ebenfalls Widerstände spüren, unser werter Doktor."

„Napoleon lässt ihn arbeiten", sagte Streicher, „während ihm unser Kaiser das Vortragen verboten hat!"

„Ein Jammer!", klagte Peter. „Dabei ist es kleingeistig, seine Lehre auf die reine Hirnorganisation zu reduzieren."

„Eben!", rief Baron Moser. „Das wird Napoleon noch erkennen müssen! Und der Kaiser Franz ebenso!"

„Jedenfalls lässt sich Doktor Gall nicht einschüchtern. Das schreibt er ausdrücklich!"

„Bravo!", kam es von Peter und Baron Moser.

„Er hat angekündigt", erzählte Streicher weiter, „dass er in Kürze eine umfangreiche Schrift mit seinem gegenwärtigen Forschungsstand veröffentlicht."

„In Paris?", fragte Peter.

„Ja, auf Französisch. Aber seit uns die Franzosen einen feindseligen Besuch abgestattet haben, sind wir doch in der französischen Sprache geübt! Und meine liebe Nannette wird uns gerne weiterhelfen, wenn wir uns im Näseln verirren!" Streicher lachte, und Nannette nickte zustimmend.

„Wir werden das Französische ohnehin noch brauchen!", prophezeite Baron Moser, während er die Gemüsereste auf seinem Teller aufgabelte. „Es ist blauäugig zu glauben, dass Napoleon einen Bund mit den Rheinstaaten schließt und Österreich in Ruhe lässt! Der kommt wieder! In ein paar Jahren nimmt er wieder Quartier drüben in Schloss Schönbrunn. Da hat es ihm gefallen!"

Jetzt meldete sich Doktor Weiß zu Wort: „Mein Schwager in Berlin schreibt, die Preußen werden seine Armee aufreiben. Und die Russen stehen ihnen zur Seite!"

Baron Moser legte die Stirn in Falten. „Hoffen wir es, lieber Doktor Weiß, hoffen wir es!"

Ullmann meinte: „Die Völker sind müde vom Krieg! Die folgen Napoleon nicht von Gemetzel zu Gemetzel. Auch die Rheinstaaten nicht!"

„Das haben wir damals im Siebenjährigen Krieg auch gehofft", seufzte Baron Moser. „Aber es ist trotzdem immer weitergegangen. Auf blutgetränkter Erde wächst die Rute, die die Soldaten in das nächste Blutvergießen treibt."

Auf diesen düsteren Satz wusste niemand eine Entgegnung.

Gerade kam ohnehin die Haushälterin Marianne herein, um zum Abschluss des Soupers acht Gläser mit Kräuterschnaps zu bringen.

„Hoffen wir unverdrossen, dass Österreich der Friede erhalten bleibt!", sagte Ortner schließlich.

Die Gläser wurden verteilt. Das Angebot belebte Michael Jungmann, der zu politischen Diskussionen nichts beizutragen wusste. Auch Nannette Streicher griff zu. Baron Moser widmete die Schnapsrunde mit seinem Trinkspruch dem Wunsch auf anhaltenden Frieden.

Dann drängte es die Zirkelmitglieder zu einem anderen Thema: die Craniologie und die Beschaffenheit des Schädels von Willibald Fallhuber.

Die Gesellschaft wechselte hinüber in den großen Salon. Die Haushälterin Marianne hatte unterdessen die schweren, roten Samtvorhänge zugezogen und die Kerzen an den Lüstern und Ständern entzündet. Ullmann und Ortner holten, wie sie es immer taten, wenn ein neues Objekt besprochen wurde, einen kleinen, aber gewichtigen Tisch mit Marmorplatte aus der angrenzenden Schädelbibliothek. Doktor Weiß stellte den Lederkoffer darauf, und endlich tauchte er mit seinen Händen ins Innere. Die übrigen sechs Männer sowie Nannette Streicher hatten einen Ring um den Tisch geschlossen. Doktor Weiß hob ein verschnürtes Paket aus grobem Leinen heraus und legte es auf die Marmorplatte. Baron Moser nahm die Tasche vom Tisch. Doktor Weiß löste währenddessen die Schnüre, schlug das Leinen auf, und der Schädel von Fallhuber kam zum Vorschein. Der beinahe zahnlose Unterkiefer war mit Drähten am Keilbein befestigt.

Auf der gelblich-braunen Oberfläche hatten sich bei der Präparation Flecken gebildet. Dunkle und helle, größere und kleinere. Im Idealfall verließ ein Schädel makellos und cremig-weiß das Kalkwasserbad. Das Ideal wurde nur selten erreicht, gewiss, doch der Schädel von Fallhuber war weit davon entfernt.

Peter betrachtete enttäuscht das Ergebnis. Auch der erste Schädel, den Doktor Weiß für ihn gefertigt hatte, der Schädel der Prostituierten, war fleckig. Doktor Weiß beherrschte dieses Handwerk offenkundig nur mäßig!

Dieser ärgerte sich selbst über seine schlechte Ausführung und sagte sogleich: „Leider sind ein paar Flecken entstanden. Obwohl ich gewissenhaft gearbeitet habe!"

Peter antwortete nicht darauf. Er wollte das Thema nicht ausdehnen. Immerhin hatte Doktor Weiß die Aufgabe aus reiner Gefälligkeit übernommen.

„Das ist auch schwer!", meinte Streicher. „So ein alter Lehrerkopf ist grobkörnig und brüchig. Da gehen die organischen Reste nicht so einfach heraus."

Michael Jungmann war blass geworden. Dies war erst die dritte Versammlung des *Craniologischen Zirkels*, bei der er eingeladen war. An den zurückliegenden Abenden hatten ausschließlich Vorträge von Andreas Streicher sowie einem Arzt aus Leipzig auf dem Programm gestanden. Zwar wurden auch dabei Menschenschädel aus der Sammlung von Baron Moser vorgezeigt und besprochen, aber mit dem Schädel eines kürzlich Verstorbenen war er noch nie konfrontiert worden. Jungmann wankte und drohte, in Ohnmacht zu fallen.

Nannette Streicher bemerkte seine Reaktion. „Achtung, Herr Jungmann!"

Sofort packten Ortner und Ullmann, die neben ihm standen, stützend seinen Oberkörper, und Jungmann fasste sich.

„Entschuldigung!", sagte er benommen. „Nur eine kleine Schwäche!"

„Da habe ich was für Sie, lieber Jungmann!" Baron Moser holte von einem Seitentischchen eine Flasche mit Rum und füllte damit ein Glas bis zur Kante.

Jungmann kippte einen kräftigen Schluck in sich hinein und sogleich ging es ihm besser. „Ich hatte noch nie mit einem so frischen Schädel zu tun", gluckste er.

„Diese Hürde müssen Sie überwinden!", mahnte Baron Moser. „Der Craniologe sieht im Schädel ausschließlich ein Studienobjekt!"

„Keine Sorge, es ist ja eigentlich kein Problem für mich!"

„Dann schauen Sie her!" Doktor Weiß nahm den Schädel und hielt ihn vor Jungmann. „Greifen Sie von unten in den Korpus und prüfen Sie die Dicke des Knochens."

Zögernd folgte Jungmann der Lehranweisung.

Doktor Weiß verfolgte seine Erkundung aufmerksam. „Ertasten Sie die Knochenstärke. Soweit Ihre Finger reichen. Was stellen Sie fest?"

Jungmann war überfordert. Aber er meinte: „Das ist alles sehr ebenmäßig!"

„Richtig!" Doktor Weiß freute sich. „Das ist eine wichtige Erkenntnis und Voraussetzung für die Beurteilung der Ausprägung der Organe: Die Schädelplatte ist nahezu am gesamten Korpus gleich dick. Alle Hervorragungen und Vertiefungen der Gehirnorgane bilden sich auf der Knochenplatte exakt ab und sind folglich unverfälscht äußerlich erkennbar."

Doktor Weiß hatte mit einem grundlegenden Vortrag begonnen. Der Inhalt, der nun folgen würde, war den übrigen Anwesenden natürlich geläufig. Sie ließen den Arzt aber gerne weiterdozieren, weil es ihnen am Herzen lag, dass ihr jüngstes Mitglied fundiertes Wissen erwarb.

„Bevor ich wissenschaftlich herleite, weshalb sich die Organe so präzise an der Oberfläche abbilden, noch folgender Einschub: Für die Craniologie im Sinne unseres verehrten Doktor Gall sind nur jene Schädelknochen relevant, welche das Gehirn unmittelbar umgeben und einschließen. Wir sehen hier das Stirnbein, oberhalb der Augenhöhlen gelegen." Doktor Weiß fuhr mit dem Finger den Rand des Knochens ab. „Die Scheitelbeine und Schläfenbeine sind beidseitig identisch. Sie umschließen gemeinsam mit dem Hinterhauptknochen das gesamte hintere Gehirn. Diese beiden kleineren Knochen sind ebenfalls relevant: die Keilbeine – sie ragen beidseitig an die Augen heran – sowie darüberliegend das Siebbein."

Jungmann nickte. Er hatte alles verstanden und versuchte, die Knochenbezeichnungen im Gedächtnis abzulegen. Hastig trank er vom Rum.

Baron Moser wollte sich einbringen und sagte: „Nun wird Doktor Weiß gewiss erklären, wie die Knochen entstehen!"

„Ganz recht, lieber Baron Moser, ganz recht! Denn aus dem Entwicklungsfortgang lässt sich ableiten, weshalb die Knochen so eng an den Gehirnorganen liegen. Beim ungeborenen Kind nämlich entwickelt sich gleich zu Anfang der Schwangerschaft die Gehirnmasse, die bald deutlich anwächst, ohne von einem Knochengehäuse umgeben zu sein. Stattdessen bilden sich um das Gehirn eigentümliche Häute. Sie werden schließlich knorpelartig und verknöchern allmählich. Selbst bei der Geburt und noch einige Zeit danach ist das Knochengehäuse beweglich. Es festigt sich erst nach dem siebten Monat."

Doktor Weiß hatte sich in Begeisterung geredet. Denn der logische Schluss hing nun nahezu greifbar in der Luft.

Baron Moser war ebenfalls in Wallung geraten: „Ein Wunder! Der Mensch ist ein Wunder! Ich sage es Ihnen!"

Jungmann hatte dem Doktor gut folgen können, was ihn glücklich stimmte. Die Wissenschaft zeigte sich für den Lehrling als verstehbar! Sie war kein Mysterium, zumindest für Menschen mit genügender Intelligenz. Er glaubte, den letzten Schritt der Beweisführung herleiten zu können, und wagte es, seinen Gedanken auszusprechen: „Der Knochen passt sich an die Form des Gehirns! Und nicht umgekehrt!"

„Genau, das ist es, lieber Jungmann!" Doktor Weiß freute sich, dass sein Vortrag so wirkungsvoll gelungen war. Und noch mehr: Er freute sich, eine solch schlüssige Wissenschaft zu vermitteln. „Nichts verfälscht das Abbild des Gehirns an der Knochenschale. Kein Hohlraum, keine Sehne!"

Andreas Streicher warf ein: „Ein Weiteres muss man hinzufügen!"

„Gewiss! Die unaufhörliche Verzehrungs- und Wiedererzeugungsprozedur!" Doktor Weiß ergriff abermals das Wort. Er ließ es sich nicht nehmen! „Die Wissenschaft hat erkannt, dass sich die Masse des menschlichen Körpers alle sieben Jahre vollständig erneuert. Teile des Körpers werden von ihm selbst eingezogen und durch neue ersetzt. Durch diesen Prozess könnte die Gefahr entstehen, dass sich die Gehirnorgane in ihrer Form anders entwickeln als die Oberfläche des Korpus, sodass sich im hohen Alter eine Unzuverlässigkeit der Schädelbetastung ergeben würde. Dies ist jedoch erwiesenermaßen nicht der Fall! Man hat bei Schädelverletzungen beobachtet, dass sich der Knochen wieder vollständig dem Gehirn anpasst. Sogar Vergrößerungen oder Schrumpfungen von Gehirnorganen, die sich durch die moralische Veredelung oder durch Verfall einer Ausprägung im Laufe des Lebens einstellen mögen, werden also bis zum Tod auf der Schädeloberfläche zuverlässig abgebildet."

Wieder wusste Andreas Streicher etwas hinzuzufügen: „Doktor Gall hat bei seinem letzten Besuch in Wien erzählt, er habe Reiseberichten Ungeheuerliches entnommen. Es gebe wilde Volksstämme, die wegen irgendwelcher Schönheitsbegriffe ihren neugeborenen Kindern Gehäuse aus Brettern überstülpen, um die Form des Kopfes zu beeinflussen."

Die Umstehenden waren entsetzt.

„Jawohl, ein grauenvoller Gedanke! Aber wissenschaftlich hochinteressant! Hier haben wir den Fall, dass das Knochengehäuse dem Gehirn eine zwingende Form vorgibt!"

„Gibt es auch Beschreibungen, welche Auswirkung ein solches Korsett zur Folge hat?", wollte Peter wissen.

„Eine verheerende, wie sich denken lässt! Es wird von Stupidität und Dummheit berichtet! Und zwar in höchstem Maße!"

Die Zuhörer hatten einen solchen Effekt vermutet. Trotzdem steigerte der Bericht von Streicher ihre Fassungslosigkeit.

Baron Moser fühlte sich als Gastgeber ermächtigt, der Gesprächsrunde eine neue Richtung zu geben. „Herr Peter, sagen Sie, mit wem haben wir es hier zu tun? Sie haben uns ein bemerkenswertes Studienobjekt angekündigt!"

Peter wandte sich zu Doktor Weiß: „Mein lieber Doktor Weiß, tausend Dank für Ihre Erläuterungen und die Bereitschaft, den Kopf für diese Lehrstunde zu präparieren."

Doktor Weiß antwortete: „Kein leichtes Objekt! Betagte Knochen haben ihre Tücken!"

„Jawohl!", sagte Peter, „Jawohl! – Der Herr, den wir hier sehen, ist alt! Was schätzen Sie?"

„Ich weiß es, ich halte mich zurück!", warf Ullmann ein.

Baron Moser meinte: „Über siebzig! Ich würde wohl genau so aussehen!"

„Ganz recht!", bestätigte Peter. „Über siebzig. Meines Wissens sechsundsiebzig. Willibald Fallhuber, ein äußerst gefallsüchtiger Lehrer, zuletzt wohnhaft in Hietzing. Ich konnte den Totengräber überreden, mir den Kopf zum Dienst an der Wissenschaft auszuhändigen."

Baron Moser fragte: „Sie haben ihn gekannt?"

„Leider! Ich bin durch seine harte und unbarmherzige Schule gegangen."

„Gefallsüchtig, sagen Sie?" Streicher übernahm den Schädel von Doktor Weiß. „Mir sind gleich zu Beginn diese Buckel am Hinterkopf, unmittelbar rechts und links der Pfeilnaht, aufgefallen." Er hielt die Rückseite des Schädels vor Jungmann, der sofort wieder besonders aufmerksam wurde. „An der Pfeilnaht stoßen die beiden Scheitelbeine aufeinander. Die beidseitigen Organe der Eitelkeit und Ruhmsucht werden nach oben begrenzt vom Organ der Festigkeit und Beharrlichkeit sowie nach unten vom Organ der Kindesliebe. Die Wölbung ist augenfällig."

Peter freute sich, dass auch Streicher dies so sah. „Eitelkeit und Ruhmsucht verdrängen die Kindesliebe geradezu!"

Baron Moser wandte ein: „Man darf dieses Organ aber nicht ausschließlich abwertend deuten!"

„Es ist Ausdruck von übersteigertem Stolz und äußerlicher Eitelkeit!", gab Peter zurück.

„Diese Deutung wird vornehmlich den Weibern zugeschrieben", meinte Baron Moser. „Weiber, die übertrieben aufwändige Kleidung einkaufen und den Haushalt vernachlässigen! Liebe Frau Streicher, anwesende Damen nehme ich natürlich aus!"

Nannette Streicher kannte diese Interpretation und ließ sich als wissenschaftlich verständige Frau davon nicht berühren.

„Doktor Gall deutet das Organ bei Männern völlig anders!", fuhr Baron Moser fort. „Sie vergessen, lieber Peter, dass wir uns in der Nähe des Organes des Theologiesinns befinden, ganz oben am Scheitel!"

Peter schoss dagegen: „Dieser Schädel ist am Scheitel so flach wie ein Brett! Da ist von Streben nach göttlicher Erleuchtung nichts zu sehen!"

Andreas Streicher beugte sich wieder zu Jungmann, um den Lehrgesellen nicht im Unklaren zu lassen: „Gall hat eine Ausprägung des Organs der Eitelkeit auch bei Tieren festgestellt, die sich in besonderen Höhen bewegen. Bei Adlern, Steinböcken und Gämsen beispielsweise. Weshalb oft auch vom Höhensinn die Rede ist."

Jungmann nickte heftig.

„Ich weiß noch", erzählte Peter eifrig, „wie Fallhuber sich mit dem Pater gestritten hat, der uns im Glauben unterrichtete. Sie waren sich in der Auslegung einer Passage der Johannes-Offenbarung nicht einig. Der Besserwisser wollte unbedingt Recht behalten, obwohl alles gegen seine Meinung sprach. Sie kamen in ihrem Streit zu keinem Ergebnis, aber ab diesem Zeitpunkt hat er täglich über Pater Jakob gelästert. Das zeigt den stolzen Narren, der in ihm steckte. Jawohl, der Begriff des ‚stolzen Narren' passt hierher!" Peter blähte sich auf. „Der französische Arzt Pinel, Sie kennen seine herausragenden medizinischen Schriften, hat solche Individuen in Irrenhäusern gefunden, mit enormen Eitelkeitsbeulen! Der Narr offenbart sich im maßlosen Stolz!"

„In der Wissenschaft ist gut streiten!", lachte Baron Moser. Es gelang ihm, Peter zu besänftigen. Diesem wurde durch den ironischen Hinweis des Gastgebers bewusst, dass dieser Zirkel der falsche Ort war, um seinen persönlichen Hass auf Fallhuber auszuleben. Hier galt es der Wissenschaft! Und als Teil der Wissenschaft musste er solche Uneinigkeiten aushalten.

Baron Moser übernahm den Schädel. „Darf ich die Dame und die Herren auf eine weitere Auffälligkeit aufmerksam machen? Ausgeprägter Zahlensinn, würde ich sagen!" Er deutete auf zwei Erhöhungen an den oberen, äußeren Rändern der Augenhöhlen. „Ein Beherrscher der Mathematik! Bei Isaak Newton oder bei dem Astronomen Wilhelm Herschel hat man ebensolche Beulen festgestellt."

„Darf ich kurz stören?" Die Haushälterin Marianne schlurfte herein.

Baron Moser unterbrach sich: „Ja, was ist?"

Die Haushälterin sah den Schädel: „Wen habt's denn da heut?"

„Das ist ein Lehrer von Herrn Peter."

Peter machte unwillkürlich eine Geste, als wolle er der Haushälterin seinen Lehrer vorstellen.

Baron Moser ergänzte: „Er hat vor ein paar Wochen das Zeitliche gesegnet."

Die Antwort entsetzte die Haushälterin. „Frisch gestorben?"

Peter erklärte: „Altersschwäche."

Die Magd bekreuzigte sich.

„Sie weiß doch: Wir forschen im Dienst der Wissenschaft!", murrte Baron Moser. „Was will Sie denn?"

„Ich wollte nur wissen, gnädiger Herr, welchen Wein ich für nachher aus dem Keller holen soll."

„Den Spanischen, der letzte Woche geliefert wurde!"

Sie war zufrieden und ging murmelnd davon.

Baron Moser, noch irritiert von seinem Ärger über die Störung, nahm den Faden wieder auf: „Ich sprach vom Zahlensinn, der sich hier zeigt." Und zu Peter gewandt: „Ich denke, ich liege da richtig, oder?"

Peter, zur Sachlichkeit zurückgekehrt, bestätigte: „Ja, den Zahlensinn kann man ihm nicht absprechen."

Streicher erläuterte: „Bei keinem einzigen Tier hat man je an dieser Stelle den kleinsten Höcker feststellen können. Was beweist, dass kein Tier einen Zahlensinn besitzt. Also eine originär menschliche Eigenschaft!"

„Ich habe jüngst gelesen", schob Ortner ein, „dass man ihn bei Elstern festgestellt hat. Wir wissen es: ein berechnendes Tier! Berechnend!"

Streicher protestierte: „Doktor Gall hat das nie verifiziert!"

Nannette Streicher, die neben Baron Moser stand und den Schädel aus der Nähe betrachten konnte, fuhr mit dem Zeigefinger über die rechte Schläfe. „Sehen Sie hier! Auch äußerst bemerkenswert: Hier sitzt die Schlauheit!"

„Interessanterweise", bemerkte Baron Moser amüsiert, „liegt die Schlauheit zwischen dem Mordsinn und dem Diebessinn!"

Peter fühlte sich angestachelt: „Daran sieht man, dass sie mehr als Hinterhältigkeit denn als Klugheit zu begreifen ist."

Streicher nickte: „Ja, in der Tat ist vornehmlich das Doppelseitige in einer Persönlichkeit gemeint, das Sein und das Vorspiegeln. Die Schlauheit verbreitert den Schädel. In der Tierwelt zeigt sich diese Ausprägung beim Tiger, auch beim Fuchs. Bei Menschen findet man diesen Sinn hauptsächlich bei Schauspielern, die ja eine eigene Persönlichkeit besitzen und gleichzeitig einem anderen Charakter Glaubwürdigkeit verleihen müssen. Auch Dramatiker sind Träger der Schlauheit. Sie leben in ihrer privaten Welt, aber ebenso im erdachten Spiel des Bühnengeschehens. Das obendrein durchwoben ist von Vorspiegelungen und Intrigen!"

„Intrigen!" Peter hakte nach. „Sehr gutes Stichwort! Intrigen! Darin war Fallhuber ein Meister! Niemand hat es besser beherrscht, alle gegeneinander auszuspielen und seinen Vorteil daraus zu ziehen!"

Streicher fuhr fort: „Eine Personengruppe dürfen wir nicht vergessen: die Militärs!"

Die Brust von Baron Moser weitete sich: „Richtig! Die Strategen, die durch Taktik ihren Gegner besiegen! Wie mein Feldmarschall Graf Daun in der Schlacht von Kolin! 1757! ,Die geschickte Täuschung des Feindes verdoppelt deine Armee', hat er gesagt!"

„Betrachten Sie eine Büste von Friedrich dem Großen!", sagte Streicher. „Da sehen Sie, wie stark sich das Organ der Schlauheit ausprägen kann!"

„Auch bei Feldmarschall Graf von Daun!", rief Baron Moser. „Auch Österreich verfügt über große Strategen!"

Peter ergänzte mit bösem Lächeln: „Und große Intriganten!"

Die Runde lachte.

Der Schädel von Lehrer Fallhuber wurde noch eine ganze Weile begutachtet und besprochen. Baron Moser holte den Schädel eines gewöhnlichen Soldaten, um zu zeigen, dass die taktische Schlauheit sogar bei niederen Rängen zu finden sei. Er vergaß dabei nicht, auf seinen eigenen Hügel an der Schläfe hinzuweisen. Es wurde eifrig diskutiert und gestritten, aber im Grunde waren sich alle einig, dass innerhalb der Lehre von Doktor Gall zwar vieles unterschiedlich ausgelegt werden konnte, letztlich jedoch immer wieder deren grundsätzliche Richtigkeit bewiesen wurde. Gall war ein genialer Naturforscher! Daran war nicht zu rütteln. Und die Beschäftigung mit der Craniologie, insbesondere am Schädelpräparat, empfanden sie als Bereicherung, als Notwendigkeit. Denn sie führte zu einer Neubewertung des Menschseins und damit auch zu einem veränderten Verständnis der Gesellschaft.

Doktor Weiß setzte den Schädel von Fallhuber am Ende der Untersuchung auf das Leinentuch, um ihn darin einzuschlagen.

Peter strich über den Scheitel und konnte es sich nicht verkneifen, auf die mindere Qualität der Präparation zurückzukommen: „Ich kenne einen Schädel von einem Achtzigjährigen, der hat keine Flecken."

„Ich werde den Kalk überprüfen", versprach Doktor Weiß. „Es gibt sicherlich Kalk, der besser bleicht als der meinige."

„Speckkäfer!", meinte Baron Moser. „Speckkäfer fressen alles weg, was noch übrig ist. Die Flecken kommen von Resten der Haut! Ich sage es Ihnen!"

„Gerne!", antwortete Doktor Weiß. „Sie haben diesbezüglich größere Erfahrung!"

„Ich arbeite mit Spezialisten zusammen."

Peter war zufrieden, weil sein Arztfreund bereitwillig an seiner Verbesserung arbeitete, und er half ihm, den Schädel in der Ledertasche zu verstauen.

Spätestens beim dritten Teil des Abends, der Weinprobe, wurden alle Blessuren geheilt, die während des Disputes entstanden waren.

Die Haushälterin Marianne trug eine Platte mit Käse und Salami auf. Baron Moser ließ es sich nicht nehmen, die Gläser eigenhändig mit dem neuen spanischen Wein zu füllen. „Sie werden begeistert sein!", schwärmte er. „Ein rotes Wunder aus Kastilien!" Nannette Streicher lobte sogleich die fruchtige Note.

Michael Jungmann, der sich inzwischen bestens erholt hatte, war interessiert an den Schädelstudien, mehr jedoch am edlen Getränk.

Bei der abschließenden Runde wurde gerne philosophiert und politisiert. Peter, der durch seine Beobachtungen im Strafhaus ständig zu Überlegungen über gesellschaftliche Verwerfungen angeregt wurde, nutzte den *Craniologischen Zirkel*, um seine Erkenntnisse zu verbreiten. Er wusste, seine Mitglieder waren vertrauenswürdig. Einerseits kaisertreu, aber andererseits empfänglich für das Gedankengut der Aufklärung. Man konnte sie daher mit mutigen Gedankengängen konfrontieren, ohne aufbrausendes Entsetzen befürchten zu müssen, erst recht keine Denunzierung bei der Polizei.

„Man braucht sich im Grunde nicht zu wundern", so begann er, nachdem Baron Moser ausreichend Lob für den Wein erhalten hatte, „dass der Kaiser den Doktor Gall aus Wien vertrieben hat."

„Es zeugt von seiner Angst vor dem Neuen!", meinte Ortner. „Er vermutet hinter jedem Wissenschaftler einen Gegner, der ihm ans Zeug flicken will."

„Na, und bei Doktor Gall hat er gar nicht so unrecht!", gab Peter zu bedenken.

Streicher konstatierte: „Doktor Gall ist ein Naturforscher und kein Revolutionär!"

„Aber er stellt etwas ganz Wesentliches in Frage", fuhr Peter fort. „Der Kaiser repräsentiert die Monarchie. Und worauf gründet die Monarchie? Auf der Behauptung, dass ein Nachkomme eines verstorbenen Herrschers legitimiert ist, der nächste Herrscher zu sein. Bei den Monarchen werde also etwas Besonderes, Einzigartiges mitvererbt. Geist, Bestimmung, Klugheit. Das gelte nicht nur für den Kaiser, das gelte für den gesamten Adel!"

„Sehen Sie meinen Höcker auf der Stirn, lieber Peter!", erinnerte Baron Moser. „Vererbt! Betrachten Sie im Salon das Porträt meines ehrwürdigen Vaters!"

„Was wäre, wenn Sie, verehrter Baron Moser, einen Sohn mit einer platten Stirn in die Welt gesetzt hätten? In der Stirn sitzen die Organe, die einen Menschen weit über das Tier erheben!"

„Das wäre nicht passiert!"

Ullmann, der sich trotz seiner Lebhaftigkeit nur selten in Diskussionen mischte, meinte: „Sehen Sie Graf Eisenwinkel. Ein Kopf, als wäre ihm ein Stein auf den Scheitel gefallen. Trotzdem ein Graf!"

Baron Moser rebellierte: „Nein, nein!"

„Ich habe vorhin von den Versuchen von Urvölkern gesprochen, die Form des Kopfes zu beeinflussen", sagte Streicher. „Ein Freund hat mir von einem Grafen aus der Gegend von Linz erzählt ..."

„Kennt man ihn?", fragte Ortner.

„Der Name des Geschlechtes wurde aus Rücksicht verheimlicht. Jedenfalls soll er versucht haben, den Kopf seines neugeborenen Stammhalters mittels eines Holzkorsetts zu verändern. Im Gegensatz zum Vater soll der Schädel des Kindes sehr nachteilhaft ausgefallen sein – im Sinne der Craniologie."

Nannette Streicher rief entsetzt: „Und was ist daraus geworden?"

„Er soll das Verfahren abgebrochen haben, weil das Kind unentwegt geschrien hat."

Alle waren erleichtert.

„Seien wir froh, liebe Freunde, denn auf diese radikale Weise lässt sich die Gehirnausstattung nicht beeinflussen!"

Peter übernahm wieder das Wort: „Nur durch Charakterbildung und Förderung bestimmter Eigenschaften. Wir haben von Doktor Weiß gehört, dass sich durch die beständige Metamorphose, in der sich der Körper befindet, im Laufe eines Lebens die Schädelform den etwaigen neuen Gehirnverhältnissen anpasst. Aber was folgern wir aus diesen Aussagen? Dass sich die Gehirnausstattung zwar ändern kann, aber nicht zwangsläufig vererbt!"

Baron Moser entrüstete sich: „Das ist ungeheuerlich!"

„Der Mensch erhält seinen Wert ausschließlich durch das Wollen der Natur. Und in geringem, aber lohnendem Maße durch sein eigenes Wollen!"

Streicher gefiel diese Argumentation: „Regieren soll demnach nicht ein Stammhalter einer monarchistischen Erblinie, sondern ein Mensch, der von der Natur bevorzugt ist!"

Peter verschärfte: „Wie demaskiert mag sich ein flachschädliger Aristokrat neben einem hochstirnigen Lakaien fühlen!"

Baron Moser protestierte: „Das ist Revolution in reinster Form!"

„Aber genau darum, um diese Schlussfolgerung aus dem Land zu drängen, hat der Kaiser Franz dem Doktor Gall das Dozieren verboten!", fasste Peter zusammen.

Das gab Stoff für eine lebhafte Diskussion, die vom schweren Rotwein begünstigt wurde. Baron Moser wollte Peters These erst anerkennen, nachdem Andreas Streicher seinen ungewöhnlichen Stirnhöcker in aller Ausführlichkeit gelobt hatte. Und so hatte Baron Moser am Ende des Abends wieder beste Laune.

Es wurde für Peter, Ullmann und Jungmann Zeit, zum Fiaker zu eilen, der zur Hauptstraße bestellt war. Auch Doktor Weiß, das Ehepaar Streicher sowie der Dekorationsarchitekt Ortner wollten sich auf den Heimweg machen.

Baron Moser begleitete seine Gäste zum Gartentor. Der Hund lief herbei, wurde von seinem Herrn gestreichelt und trollte sich. Beim Abschied kam Baron Moser noch ein Gedanke: „Haben Sie schon mal die Stirn von unserem ehrwürdigen Kaiser Franz betrachtet? Sie ist hoch und nobel wie eine Kathedrale. Die Krone ruht sicher darauf. Ich denke, er muss unseren Doktor Gall nicht fürchten!" Und dann, beschwipst vom spanischen Wein, begann er zu singen: „Gott erhalte Franz, den Kaiser, Franz mit seiner hohen Stirn!"

„Leise!", zischte Peter, nachdem er bemerkt hatte, dass der Baron in ungehöriger Weise vom Text des Kaiserliedes abwich.

Baron Moser sang gedämpft weiter: „Er braucht Doktor Gall nicht fürchten, ist doch Geist in seiner Birn!"

Der Fiaker hielt in der Gasse neben dem Strafhaus. Peter kletterte zuerst aus dem Wagen, stellte die Ledertasche auf den Boden und half Jungmann beim Aussteigen. Ullmann unterstützte ihn. Jungmann konnte sich nur mit großer Mühe auf den Beinen halten. Nach einer kurzen Verabschiedung fuhr Ullmann mit dem Fiaker davon.

In der Linken die Tasche, die Rechte bei Jungmann eingehakt, brachte Peter den Betrunkenen hinauf in seine kleine Wohnung. Damit war getan, was die Freundespflicht von ihm verlangte. Endlich konnte er seinem leidenschaftlichen Streben freien Lauf geben. Er rannte in seinen Garten und öffnete die Grotte. Jetzt war er allein mit dem Schädel von Willibald Fallhuber! Er gehörte ihm! Als würde er einen feierlichen Ritus zelebrieren, hob er das Leinenpaket aus der Tasche, schlug es auf und trug die Knochentrophäe in eine der Aushöhlungen, die mittigste. Er rückte sie zurecht, strich darüber, um einen Leinenfaden zu entfernen, justierte sie so lange, bis er zufrieden war.

Dann lief er nochmals los und holte aus der Dachkammer den Schädel der Prostituierten. Ihn drapierte er ebenfalls in der Grotte, jedoch in einer seitlich gelegenen Aushöhlung.

Durch sein Studium, mehr noch, durch seine Forschungen habe er das Recht erlangt, eine eigene Sammlung von Objekten zu begründen. Das sah er so. Gewiss, er habe nicht die Bedeutung von Doktor Gall, doch er durfte sich als wichtiger Vertreter seiner Lehre betrachten. Die Craniologie, die Erforschung des Menschen, seiner Qualitäten und Abgründe, begeisterte ihn. Diesem Drang musste er weiter nachgehen, niemand hatte das Recht, ihn zu begrenzen.

Es hieß, Doktor Gall habe etwa dreihundert menschliche Schädel katalogisiert, Baron Moser besaß etwa achtzig. Nein, er wollte sie nicht aus purem Eifer übertrumpfen, nicht einmal erreichen. Aber er hatte den festen Vorsatz, seine Sammlung zu erweitern.

# 7

„Joseph, wann kommt denn der Karner?", rief Therese. Sie schaute aus dem Musikzimmer, in dem sie gerade eine Gesangsschülerin unterrichtete.

Rosenbaum saß an seinem kleinen Schreibtisch am Fenster der Wohnstube und kontrollierte Futter-Rechnungen der gräflichen Stallungen. Er sah hinüber zur Flötenuhr auf der Kommode. Das mechanische Kleinod war ein Geschenk von Joseph Haydn an die Familie Gassmann zur Geburt von Therese. Es wurde von Therese sorgsam gepflegt und in Ehren gehalten.

„Es ist Viertel auf zehn. In einer Viertelstunde kommt er."

„Wir sind gleich fertig!"

„Ist recht!"

„Um halb elf steht die Josephine beim Jupiter."

„Das schaffen wir leicht, der Karner ist meistens mehr als pünktlich."

Rosenbaum arbeitete weiter. Er konnte sich heute nur mühsam konzentrieren. Immer wieder blickte er auf, kaute an seinem Bleistift und rätselte, wie er dieses oder jenes Problem beseitigen konnte. Geldangelegenheiten waren es vor allem.

Sepherl, die junge Magd der Rosenbaums, kam aus der Kuchel. Sie war gerade dabei, Marillen einzukochen. „Sind Sie den ganzen Tag außer Haus?", fragte sie. „Ich meine, wegen dem Abendessen."

Rosenbaum überlegte. „Das kann ich nicht sagen, Sepherl. Meine Frau hat abends Vorstellung, und ich geh wahrscheinlich auch hinein. Was vorher ist, weiß ich nicht so genau."

„Das ist aber dann schon etwas schwer für mich", klagte sie mit schelmischem Vorwurf. „Soll ich noch was einkaufen? Am Ende verdirbt wieder alles."

Das sah Rosenbaum ein. Er blickte erleichtert zur Tür des Musikzimmers. Die Gesangsstunde hatte geendet, Therese und ihre Schülerin, ein blasses Mädchen, traten in die Wohnstube.

„Also, Christine, wir können uns nächste Woche wieder um die gleiche Zeit sehen. Wir probieren nochmal den Gluck."

Das Mädchen nickte zufrieden und verabschiedete sich.

„Therese, Sepherl fragt wegen dem Abendessen."

„Oh mei!" Therese rätselte. „Na, wie ich uns kenn, kommen wir so bald nicht heim!" Sie ging in die Kuchel. „Was machen denn die Marillen? Sind viele faulig gewesen, gell?"

„Nein, gar nicht", sagte Sepherl und lief hinterher.

Therese kontrollierte, was die Magd inzwischen gearbeitet hatte. Eine Weile diskutierten sie über die Früchte, dann eilte Therese durch die Wohnstube in das Schlafzimmer. Sie zog die Tür hinter sich zu.

„Was ist jetzt?", schrie Rosenbaum.

„Was?", kam es durch die Tür. „Ich muss mich umziehen! Der Karner kommt ja gleich!"

„Weiß jetzt Sepherl, ob sie noch einkaufen soll?"

„Hast du meinen gelben Hut gesehen?"

„Nein! Aber der muss oben auf dem Schrank liegen!"

„Da ist er nicht!"

„Dann hast du ihn im Theater liegen lassen! Gestern hast du ihn aufgehabt!"

Therese schaute aus dem Schlafzimmer. „Gestern? Ich hab doch gestern nicht den gelben aufgehabt. Das war doch die grüne Haube, die mir die Ninna letztes Jahr ..." Sie verschwand wieder im Schlafzimmer.

Rosenbaum wusste nicht, wie er ihr helfen konnte. Aber eins war gewiss: Weiterarbeiten konnte er nicht. Er packte die Rechnungen zusammen und verstaute sie in der Schublade.

„Ich zieh heute mein neues Kleid mit den hellgrünen Blumenstickereien an!" Sie kam aus dem Schlafzimmer. „Und dazu die grüne Haube!" Sie präsentierte sich vor Rosenbaum.

„Sehr gut! Das steht dir wunderbar!"

„Gell!" Therese warf einen Blick aus dem Fenster. „Das Wetter könnte heute passen für den Ballon, oder?"

„Der Regen hat aufgehört! Endlich! Es ist noch trüb und ein bisserl windig. Aber der Robertson hat angeblich gesagt, dass es bei jedem Wetter stattfindet. Zieh dir noch einen Mantel über, auf der Tribüne kann es zugig sein."

Die Wohnungsglocke läutete.

„Ist das schon der Karner?", rief Therese.

„Bestimmt!"

Therese verschwand wieder im Schlafzimmer, Rosenbaum ging unterdessen in die Kuchel. Dort entkernte Sepherl gerade Marillen.

„Bitte lauf schnell hinunter, die Haustür ist sicher noch zugesperrt."

Sepherl kam der Auftrag ungelegen und verzog den Mund. Sie wischte die Hände an der Schürze ab.

„Weißt du jetzt, was mit dem Abendessen ist?", fragte Rosenbaum, während sie an ihm vorbeihuschte.

„Die Hausfrau hat gemeint, sie hat abends eine Vorstellung."

„Dann werde ich Essen gehen. Du hast nach dem Einsotten frei."

„Danke!" Sepherl rannte los und polterte die Stiege hinab. Sie war es gewohnt, den ganzen Tag da und dorthin zu eilen. Man konnte sich auf sie verlassen. Rosenbaum zahlte ihr einen gerechten Lohn. Er wollte sich nicht als verzopfter Dienstherr gebärden, nein, es lag ihm daran, die junge, fleißige Frau als menschlich ebenbürtig zu behandeln.

Unterdessen verließ Therese das Schlafzimmer, nun endgültig bereit für den Ausgang. Das Kleid ließ sie blühend und sommerlich wirken, aber es berücksichtigte auch ihre untersetzte, rundliche Statur. Ein geschickter Schnitt milderte die übermäßige Fülle ihres Busens und der Hüften.

„Nimmst du mich mit?", fragte sie scherzend.

Rosenbaum drückte ihr einen dicken Kuss auf den Mund. „Alle werden mich beneiden!"

Der Kuss weitete sich aus. Die beiden nutzten den stillen Augenblick in der Wohnung. Rosenbaum schlang leidenschaftlich die Arme um sie, und Therese vergaß, mit welcher Sorgfalt sie kurz zuvor ihr Dekolletee drapiert hatte.

Das Poltern von Sepherl draußen auf der Stiege zwang sie, ihren

Ausbruch zu beenden. Sie ordneten sich, Therese zog den Mantel über, und im Nu standen sie als tugendhaftes Ehepaar im Raum; bereit, einen guten Freund zu empfangen.

Sepherl ging voran und huschte zurück in die Kuchel.

Rosenbaum freute sich, seinen langjährigen, treuen Freund Johann Karner wiederzusehen. Der großgewachsene, schlanke Mann mit akkurat gepflegtem Schnurrbart war ein knappes Jahrzehnt älter als Rosenbaum. Sie kannten sich von ihrer gemeinsamen Zeit am Hofe des Fürsten Esterházy.

Karner war Rosenbaum damals, als die Auseinandersetzung mit dem Fürsten begonnen hatte, mit Rat und Verständnis beigestanden und hatte darüber hinaus so manche Krise, privat und in der fürstlichen Verwaltung, mit ihm durchlitten. Auch Karner war vor vielen Jahren mit dem Fürsten übers Kreuz geraten und hatte Eisenstadt verlassen. Einige Jahre verbrachte er in Pressburg, wo er, dem stets ein exzellenter Ruf vorauseilte, als Ratsherr und Stadthauptmann, später sogar als Stadtrichter tätig war. Der Fürst merkte, was er an ihm verloren hatte, und lockte ihn zurück, indem er ihm ein hohes Amt anbot sowie ein stattliches Gehalt zusicherte. Karner ließ sich umstimmen. Als Direktor der Zentraldirektionskanzlei arbeitete er nun hauptsächlich in Eisenstadt, hatte aber immer wieder auch in Wien zu tun. Bei solchen Gelegenheiten besuchte er regelmäßig Rosenbaum und Therese.

Rosenbaum zog einen heimlichen Vorteil aus dieser Freundschaft: Über Karner erfuhr er, was am fürstlichen Hof passierte. Nein, Rosenbaum dachte nicht im Traum daran, zurückzukehren. Vielmehr hoffte er bei jeder Plauderei, von Misswirtschaft in der Verwaltung und von Dummheiten des Fürsten zu hören. Die Nachrichten bestätigten die Entscheidung, dem Fürsten den Rücken gekehrt zu haben.

Rosenbaum und Theresa brachen mit Karner auf. Ihr Ziel war der Feuerwerksplatz des Praters. Die weitläufige Parkanlage in der Leopoldstadt war seit der Zeit Maria Theresias für die Öffentlichkeit freigegeben und entwickelte sich nun dank ihrer zahlreichen Kaffeehäuser und Attraktionen zur Vergnügungsstätte. Hier traf sich die Wiener Gesellschaft zu Spaziergängen und Kegelnachmittagen, zu kleinen Konzerten und nicht zuletzt zu den beliebten Feuerwerken von Caspar Stuwer, dem Sohn des alten, berühmt gewordenen Johannes Georg Stuwer. Auch artistische und wissenschaftliche Darbietungen waren hier zu erleben. Für heute hatten die Herren Franz Mayer und Stefan Kaspar Robertson eine Ballonfahrt mit einem Fallschirmsprung eines Zöglings von Robertson aus mindestens zweihundert Klaftern, also knapp vierhundert Metern Höhe, angekündigt.

Der belgische Zauberkünstler Robertson war in Wien kein Unbekannter. Er machte durch fantastische und schaurige optische Vorführungen von sich reden. Und er verwob seine Kunst gerne mit den Möglichkeiten der Luftschifffahrt.

Reine Ballonfahrten waren in Wien längst keine Besonderheit mehr. Schon vor über zwanzig Jahren war an gleicher Stelle der erste bemannte Fesselballon Österreichs aufgestiegen. Inzwischen hatte es so viele Fahrten gegeben, dass die Aktivitäten von der niederösterreichischen Landesregierung eingeschränkt worden waren. Sie hatte das Aufsteigen in dicht bebauten Stadtvierteln sogar verboten.

Robertson, der sich für seine Vorführungen im Prater mit dem Ballonfahrer Mayer zusammengeschlossen hatte, bot jedoch mehr als seine Vorgänger! Er verknüpfte die Luftschifffahrt mit Fallschirmsprüngen. Erst vor drei Wochen hatte er einen Hund mit einem Fallschirm aus großer Höhe abgeworfen. Das Tier war unverletzt am Boden angekommen. Heute, und das war die Attraktion, sollte sein Geselle und Zögling, ein knabenhafter Mann namens Michaud, springen.

Seine Rechnung, mit dieser Vorführung ein riesiges Publikum anzulocken und ordentliche Einnahmen zu erzielen, ging auf. Am Feuerwerksplatz hatten die Veranstalter eine Tribüne errichtet. Auf ihr drängten sich bereits die interessierten Bürger. In einer Hofloge nahm gerade Erzherzog Carl Platz, der jüngere Bruder des Kaisers, begleitet von Verwandten und Gästen. Hinter einer Absperrung standen in dichten Reihen jene Zuschauer, die keinen Eintritt zahlen wollten oder konnten.

Auf dem Weg zum Prater hatten Rosenbaum, Therese und Karner die Schauspielerin Josephine Goldmann am vereinbarten Treffpunkt, einer Jupiter-Statue, aufgelesen. Therese und die etwa gleichaltrige Josephine waren seit Jahren eng befreundet, verbrachten gemeinsam vergnügte und ernste Stunden.

Die kleine Gruppe erreichte den Ort der Darbietung. Sie lösten Billetts und fanden in der Galerie, wie der obere Bereich bezeichnet war, vier nebeneinanderliegende Plätze.

Der Aufstieg des Ballons sollte um ein Uhr mittags stattfinden. Bis dahin war reichlich Zeit. Doch zur Attraktion zählte auch das Auffüllen des Ballons.

Der Ballon lag als schlaffe Hülle aus Leinenstoff in der Wiese, daneben der angekündigte „neue Fallschirm" von Robertson, genäht aus weißem und kirschrotem Stoff. Franz Mayer, zuständig für die flugtechnische Seite des Unternehmens, hantierte an einem kleinen Ofen. Neben ihm lag ein Gerüst mit vier Pfosten. An ihnen sollte der Ballon beim Befüllen befestigt werden. Mayer schob Stroh und Holz in den Ofen. Es loderte bereits darin, und dünner Rauch stieg aus einem Rohr. Ein Helfer brachte in einem Trog weiteres Brennmaterial. Ein anderer Helfer kontrollierte die Nähte des Ballons. Da und dort pinselte er eine ölige Flüssigkeit darauf, um sie noch besser abzudichten. Abseits lagen ein mannshohes Holzgerüst sowie zwei Leitern. Herr Michaud, der junge Mann, der den Fallschirmsprung vollführen sollte, fehlte noch.

Der Zauberkünstler Robertson gab sich als Bühnenfigur namens „Professor Robertson". Mit seinen langen Beinen und Armen sowie seinem mageren Oberkörper wirkte er allein schon wegen seiner Erscheinung als Kuriosum. Sein vielfarbiger Frack und seine spinnenartigen Bewegungen verstärkten diese Wirkung. Er umkreiste zunächst kontrollierend das Fluggerät und seinen Kompagnon Franz Mayer. Dann, als sich die Reihen auf der Tribüne geschlossen hatten und angespannte Aufmerksamkeit eingetreten war, wandte er sich an das Publikum.

„Meine Damen, meine Herrschaften, verehrtes Publikum, wie freuen wir uns auf diese einzigartige Darbietung! Ich darf mich vorstellen: Man nennt mich Professor Robertson!" Er sprach in gebrochenem Deutsch. Das Publikum applaudierte. „Ja, verehrtes Publikum, Sie haben richtig in den Zeitungen und auf den Plakaten gelesen: Der großartige und unerschrockene Monsieur Michaud wird aus diesem Ballon abspringen, mit meinem neu entwickelten Fallschirm, und zwar aus einer Höhe von zweihundert Klaftern."

Das war zweifellos ein mutiges Vorhaben! Das Publikum honorierte allein schon die Ankündigung mit kräftigem Applaus.

„Es ist mir eine Ehre, Ihnen vorzustellen: Monsieur Michaud."

Der schmächtige Mann im Alter von etwa fünfzehn Jahren hatte im Korpus der Tribüne auf seinen Auftritt gewartet. Er schritt mit geschwollener Brust vor das Publikum und verneigte sich tief. Langanhaltender Beifall folgte. Als er sich wieder aufrichtete, fuhr er mit der Hand durch sein schulterlanges, blondes Haar.

Monsieur Michaud trat zur Seite und Robertson begann, die Arbeiten von Mayer und seinen Helfern zu beschreiben und zu kommentieren. Er erklärte, was ohnehin jeder wusste: Die Luft im Ballon müsse so stark erhitzt werden, bis der sich aufrichte und schließlich aufsteige.

Endlich kam ein wichtiger Moment. Im Ofen war nun so eingeheizt, dass die Füllöffnung des Ballons über ihm justiert werden konnte. Dazu zogen die Helfer die Öffnung auf die vier herausstechenden Latten des Gerüstes. Dann richteten sie das Gerüst auf und schoben es über den Ofen. Die Füllöffnung befand sich nun oberhalb der Wärmequelle, die restliche Ballonhülle hing am Gerüst herab. Die Hitze des Ofens strömte ins Innere; aber der Stoff war weit genug entfernt, um Feuer fangen zu können. Die Helfer kletterten mit Leitern hinauf zur Unterseite des Ballons und knüpften Seile daran. Die anderen Enden knoteten sie an die Pfähle. Dadurch sollte der Ballon, sobald der Auftrieb einsetzte, bis zum Start am Boden gehalten werden.

„Haben wir zu viel versprochen?", rief Robertson seinem Publikum begeistert zu. „Sie erleben, wie die heiße Luft den Ballon auf ... wie sagt man? – aufblähen wird! Und dann will er sofort losfliegen! Aber nicht ohne Monsieur Michaud!"

Die Akteure und das Publikum hatten damit gerechnet, dass der Vorgang einige Zeit in Anspruch nehmen würde. Doch alle Schätzungen waren zu optimistisch gewesen. Es dauerte und dauerte. Die erhitzte Luft blähte ein wenig den unteren Teil des Ballons am Gerüst, der obere jedoch bewegte sich nicht, hing weiter schlaff herab. Mayer und seine Helfer schoben schier unendliche Mengen von Stroh und Holz durch die Ofenklappe, das Gehäuse schien nahe am Bersten, aber die Wirkung blieb kläglich. Robertson gingen die Worte aus. Er stellte sich schließlich zur Ballonhülle, in der Hoffnung, eine Regung melden zu können. Doch nichts. Der junge Michaud gesellte sich zu ihm. Er wirkte, als hätte er den Sprung gerne so rasch wie möglich hinter sich gebracht. Aber die Physik forderte gnadenlos seine Geduld.

Beim Publikum kam zwangsläufig Langeweile auf. Die Leute wurden unaufmerksam, begannen mit Gesprächen.

„Das wird ja noch ewig dauern!", schimpfte Josephine.

Therese rätselte: „Der Mayer hat den Ballon doch erst vor ein paar Wochen aufgeblasen! Da muss er doch wissen, dass das eine Weile dauert. Der ist niemals um eins in der Luft!"

„Habt ihr die Vorführung mit dem Hund angeschaut?", fragte Karner.

„Nein, leider nicht", antwortete Rosenbaum. „Ich hab an dem Tag mit dem Grafen zu einer Stallbesichtigung fahren müssen. Aber es soll ein großes Spektakel gewesen sein. Der Robertson ist im Korb mitgeflogen, bis auf siebenhundert Klafter, dann erst hat er den Hund mit dem Fallschirm abgeworfen."

„So ein armes Viecherl!", rief Therese. „Was kann so ein Hunderl für die Wissenschaft!"

„Na ja", entgegnete Rosenbaum. „Vielleicht hat es ihm gefallen. Er ist ja sicher gelandet."

„Aber das hat er vorher nicht gewusst!"

„Der Mayer ist mit dem Ballon danach noch bis Korneuburg gekommen."

Karner staunte: „Nicht schlecht! Halb die Donau hinauf!"

Josephine hatte uninteressiert zugehört. „Ein schönes Kleid hast an, Therese", bemerkte sie schließlich.

„Ja, gell, das kennst du noch gar nicht. Habe ich selber genäht!"

Während Therese vom Schneidern des Kleides erzählte, fragte Karner seinen Freund.

„Und, wie laufen deine Geschäfte?"

Rosenbaums Gesicht verfinsterte sich. „Na ja, eine schwierige Zeit! Weißt du ja eh! Die Preise steigen und die Gewinne werden kleiner. Ich muss aufpassen, dass mir der Fond nicht zusammenschmilzt."

Rosenbaum sprach vom Pensionsfond der Beamten des Hauses Esterházy. Vor einigen Jahren war er zum Kassier der fürstlichen Institutsanstalt gewählt worden. Das durfte er sich als starken Vertrauensbeweis zurechnen lassen. Es gehörte zu seinen Aufgaben, diesen Fond zu bewirtschaften, also den Finanzsockel sicher anzulegen, nach Möglichkeit zu vergrößern oder zumindest vor Einbrüchen zu bewahren. Zu diesem Zweck organisierte er beispielsweise Bälle, deren Gewinne in das Fondsvermögen flossen. Gelegentlich gelang es ihm auch, dank seiner engen Verbindungen zum Theater, dass Vorstellungen zu dessen „Vorteil" gegeben wurden. Rosenbaum war ein geschickter Wirtschafter, kannte sich also bestens aus mit den finanzwirtschaftlichen Entwicklungen, war zudem vertraut mit dem Handel an der Wiener Börse. Nicht umsonst zog ihn auch sein Dienstherr, der Graf Esterházy, bei wichtigen finanziellen Entscheidungen zu Rate. Mit seinem kleinen Privatvermögen spekulierte Rosenbaum selbst mit Anleihen und Wechseln; und er verlieh Geld zu bestmöglichen Zinsen.

„Der Napoleon ruiniert uns!", seufzte Rosenbaum. „Die Kosten für den Krieg haben die Staatskasse arg gebeutelt. Und das wird so weitergehen, weil der Kaiser gezwungen ist, weiter viel Geld ins Militär zu stecken."

Karner pflichtete ihm bei: „Da ist kein Ende in Sicht!"

„Die Preise für Fleisch, Brot, auch der Theatereintritt steigen immer weiter an. Wie will man sich da noch was leisten und sicher in die Zukunft investieren? Weißt du noch, Karner, bevor der Napoleon nach Wien gekommen ist, im Juli 1805 war es, da haben die Leute Angst gehabt, dass es zu wenig Brot gibt. Da hat eine Bäckerin einem Handwerksburschen einen Groschenlaib nicht verkaufen wollen, und sofort haben alle gemeint, das Brot sei aus! Prompt haben die Leute den Pfauen-Bäcker gestürmt. Aufruhr! Sogar Verletzte hat es gegeben, als die Grenadiere eingeschritten sind und geschossen haben! Sowas kann jederzeit wieder passieren, Johann, jederzeit!"

Rosenbaum konnte seine Besorgnis kaum unterdrücken. Angst zeigte sich in seinen Augen.

„Und wie geht es dir? Zahlt dich der Graf anständig?"

„Ja, da kann ich nicht klagen! Der Graf ist manchmal launisch und fordert Tag und Nacht meinen Dienst, aber im Grunde ist er mir sehr gewogen und zahlt, was üblich ist. Und Therese bekommt auch ein gutes Gehalt am Theater. Aber die Aussichten! Das ist es, was mich umtreibt, Johann! Die Aussichten! Der Napoleon gibt keine Ruh, und der Braun zieht sich aus den Theatern zurück."

Peter Freiherr von Braun, ein Seidenfabrikant, der sich dank seiner Finanzkraft und Willensstärke zur wichtigsten Persönlichkeit im Theaterleben Wiens emporgearbeitet hatte, leitete als Pächter und Intendant die drei Hoftheater seit über einem Jahrzehnt. Zu den Hoftheatern gehörten neben dem Kärntnertortheater auch das Burgtheater sowie das Theater an der Wien.

„Das habe ich auch gehört."

„Ein Direktorium aus verschiedenen Eignern will die Hoftheater übernehmen. *Gesellschaft der Kavaliere* wollen sie sich nennen. Lächerlich!"

„Mein Fürst will sogar mitmachen, heißt es!"

„Ja, der ist überall dabei, wo man sich wichtigmachen kann!", schimpfte Rosenbaum. „Auch die Fürsten Lobkowitz und Schwarzenberg und sogar Esterházys aus der gräflichen Linie. Die Therese hat eine gute Reputation an der Oper, aber ich habe auch schon Gemunkel gehört, dass man sie zurückdrängen möchte. Vorzeitige Pensionierung!"

„Joseph, jetzt mal den Teufel nicht an die Wand!"

„Na ja, hast du bessere Nachrichten aus Eisenstadt?"

Karner zuckte mit den Schultern. „Um die Finanzen des Fürsten steht es auch nicht zum Besten!"

„Dachte ich mir schon, Johann! Der wirft das Geld hinaus, als wäre noch die alte Zeit. Der sollte was von seinem Großvater lernen, der hat auch schon zu viel Geld ausgegeben. Und wer hat es dann ausbaden müssen? Die Bediensteten! Die sind immer die Dummen! Aber sein Großvater hat wenigstens Niveau gehabt. Der jetzige hat nur eine Gabe fürs Geldrauswerfen."

Karner lachte: „Joseph, was hast denn heute für eine Laune? Du bringst mich nicht dazu, dass ich über meinen Dienstherrn schimpfe." Und er setzte leise hinzu. „Wo so viel Leute um uns herum sind."

„Ich hatte vorhin so gute Laune", entschuldigte sich Rosenbaum, „und ich hab mich auf dich und unseren Ausflug in den Prater gefreut. Aber wenn ich erzählen soll, wie es mir geht, fällt mir das Herz auf den Boden, Johann. Und dann habe ich noch was Furchtbares gehört. Erst gestern, als ich bei der Nachbarin Reisinger Zigarren gekauft hab. Ihr Mann ist krank, Nervenfieber. So krank, dass wir bald mit dem Schlimmsten rechnen müssen. Und ich habe ihm tausend Gulden geliehen, weil sie letztes Jahr durch ein Feuer im Hinterhof einen großen Schaden hatten. Wenn der Reisinger stirbt, dann ist das Geld dahin!"

„Eine Menge Geld!"

„Das schenkt man nicht her!"

Therese beugte sich zu den Herren. Sie hatte bemerkt, dass sich ihr Joseph in eine trübe Stimmung geredet hatte. „Joseph, was ist denn los mit dir?"

Rosenbaum richtete sich auf. „Nix ist, Schatzl, nix. Ich hab nur dem Johann erzählt, dass ein paar Sachen nicht so rosig sind."

„Das läuft bei vielen nicht gut zurzeit! Da kann man halt nichts machen. Sind wir doch froh, dass wir gesund sind!" Dann deutete sie hinunter zum Ballon, der sich zwischenzeitlich kaum verändert hatte. „Schau, so traurig, wie der herumhängt, müssen wir wirklich nicht sein!" Sie lachte. „Wisst ihr was, meine Herren? Die Josephine und ich, wir haben Hunger! Ich schlag vor, wir überbrücken die Zeit, bis aus dem Stoffschlauch ein Ballon geworden ist, mit einem Mittagessen bei den *Kurfürsten*!"

Karner war begeistert: „Ich finde, den Wunsch sollten wir den Damen nicht abschlagen!"

„Ja, mir knurrt auch schon der Magen von der Warterei!", meinte Rosenbaum.

Sie stiegen von der Tribüne. Etliche Zuschauer hatten die gleiche Idee, und so leerten sich mit ihnen die Ränge.

„Passen Sie gut auf Ihre Billetts auf!", erinnerte Robertson, während er die Damen und Herren aus dem abgesperrten Gelände ließ. „Kommen Sie in einer guten Stunde wieder! Dann springt Monsieur Michaud aus zweihundert Klaftern Höhe! Versprochen!"

Die vier machten sich auf den Weg zum Gasthaus *Zu den sieben Kurfürsten*, etwas außerhalb des Praters gelegen.

Am Ausgang des Parks erklang eine Stimme: „Herr Rosenbaum!"

Rosenbaum sah sich um und entdeckte Werlen. Gerade verließ er ein kleines Lokal. Er winkte und lief sogleich der Gruppe entgegen. Als er näherkam, begann er zu strahlen. Rosenbaum wusste, weshalb: Er hatte Josephine Goldmann erkannt, die er ja seit Kurzem verehrte – seit sie ihm ein Lächeln geschenkt hatte.

„Das ist schön, dass ich Sie hier treffe!" Werlen war außer Atem.

„Ja, Herr Werlen, warum sind Sie denn nicht bei der Ballonfahrt vom Mayer?", fragte Therese. Und zu Karner und Josephine gewandt: „Darf ich vorstellen: Das ist der Herr Werlen! Ein Theaterfreund wie mein Joseph. Überall dabei, wo es was zu bestaunen gibt!"

„Ach so, ja, die Ballonfahrt, die hatte ich ganz vergessen", gestand Werlen. Gleichzeitig versuchte er mit Blicken, aus Josephine ein abermaliges Lächeln zu locken. Aber die junge Schauspielerin reagierte nicht.

Nun ging Werlen in die Offensive. Er sprach Josephine an: „Ich freue mich, Sie wiederzusehen, verehrte Mademoiselle Goldmann."

„Sie kennen mich?" Sie blieb distanziert.

Werlen wurde unsicher. Er hatte damit gerechnet, dass sie die Begegnung glühend erfreuen würde! „Ich bin einer Ihrer größten Bewunderer!", haspelte er.

„Ach so! Sie gehen wohl viel ins Theater und kennen mich von der Bühne!"

Werlen sammelte nochmals seinen Mut: „Sie erinnern sich, wir sind uns nach einer Vorstellung der *Deutschen Kleinstädter* an der Bühnenpforte begegnet."

Josephine sagte kühl: „Ja, das mag sein. Wissen Sie, da sehe ich viele Menschen ... Kann also schon sein."

„Ach so, verstehe", stotterte Werlen enttäuscht.

Rosenbaum hatte die Szene teils amüsiert, teils mitleidsvoll verfolgt. Er wusste ja, in welchen Hoffnungen Werlen in den vergangenen Wochen geschwebt hatte. Dass ihn die Wirklichkeit mit diesem unvermuteten Zusammentreffen so schonungslos einholte, war bitter. Er konnte ihn jetzt nicht so stehenlassen. „Werlen, darf ich Ihnen meinen Freund Johann Karner vorstellen? Wie Sie im Dienst des Fürsten Esterházy. Vielleicht habt ihr euch dort schon gesehen. Zentraldirektor. Ein langjähriger Freund!"

Werlen arbeitete ja in der Wiener Buchhaltungskanzlei des Fürsten, aber auf so niedrigem Posten, dass sich die beiden nicht persönlich kannten. Er schluckte, weil er vor einem hochrangigen Vorgesetzten stand. Er riss sich zusammen und gab sich als Mann von Welt: „Das ist mir außerordentlich angenehm!"

„Werlen, wir sind gerade auf dem Weg zu den *Kurfürsten*!", erklärte Rosenbaum. „Uns plagt der Hunger! Kommen Sie mit?"

Werlen war unschlüssig. Die Ernüchterung steckte in seinen Gliedern. Vorsichtig sah er zu Josephine, aus deren Gesicht jedoch nichts zu lesen war.

Therese griff ein: „Herr Werlen, Sie schauen so verhungert aus! Kommen Sie doch mit!"

Jetzt war Werlen überredet. „Ja, wenn das so ist. Sehr gerne!"

Die Gruppe zog los, Therese und Josephine gingen voran.

„Hast du den ermuntern müssen?", raunte Josephine ihrer Freundin zu. „Ich kenn den! Der steht nach jeder Vorstellung zufällig an der Pforte. Und dann starrt er mich an, als wäre ich eine läufige Kuh! Auch die Roose soll er so anschauen! Obwohl sie verheiratet ist!"

„Na, ihr gefallt ihm halt! Sei doch froh, wenn dich einer mag! Und du kannst nicht ewig allen Männern davonlaufen!"

Josephine schwieg verbissen. Sie wusste, dass Therese recht hatte! Aber ausgerechnet Werlen?, dachte sie.

Werlen wurde von Rosenbaum und Karner in die Mitte genommen. Sie setzen ihren Weg fort. Die Damen gingen voran. Werlen sah unentwegt auf den Rücken von Josephine und wünschte, an Thereses Stelle neben ihr zu gehen. Gleichzeitig ließ er sich von seinen beiden Begleitern erzählen, was es bislang bei der Ballonfahrt-Attraktion zu erleben gegeben hatte. Und was nicht!

Plötzlich blieb Therese stehen. Sie blickte fasziniert in einen Garten voller Obstbäume und Blumen.

„Joseph, schau dir den wunderschönen Garten an!"

Alle bewunderten das gepflegte Grundstück.

Rosenbaum kannte die Sehnsucht seiner Frau und er verstand sie: „Ja, Therese, ich hätte auch gerne einen!"

„Ich finde es jammerschade, dass wir in einem Haus in einer staubigen Gasse wohnen", klagte Therese. „Nirgends ist Platz für einen Garten! Aber da heraußen in der Leopoldstadt, da haben es die Leute schön."

Rosenbaum schmiegte sich an seine Frau und umarmte sie. „Schatzl, wenn ich mal ganz reich sein sollte, dann kaufe ich dir einen solchen Garten."

„Versprichst du mir das?"

„Ehrenwort!" Und zu den anderen. „Ihr habt es gehört!"

Therese küsste ihn auf die Wange. „Und du bist der allerbeste Ehemann von allen! Das habts ihr auch gehört, gell!"

Karner, Werlen und Josephine amüsierten sich. Und sie waren gleichzeitig ein wenig betrübt, weil sie keine Therese und keinen Joseph Carl hatten.

Die *Sieben Kurfürsten* waren um die Mittagszeit gut gefüllt. Doch in einem Nebenzimmer fanden sie noch Platz. Therese manövrierte Werlen an die Seite von Josephine, wo er aufblühte. Werlen gingen niemals die Gesprächsthemen aus. Immer hatte er irgendwo etwas Einzigartiges erlebt, immer fluteten Überlegungen zu Kunst und Politik durch seinen Kopf. Und so übernahm er rasch die Unterhaltung am Tisch, natürlich mit der Absicht, Josephine zu beeindrucken. Tatsächlich schaffte er es, sie hin und wieder zu einer Nachfrage zu animieren und Staunen auszulösen.

„Vorige Woche", erzählte er, „habe ich das Panharmonikon vom Mälzel gesehen!"

„Der Mälzel, der Maschinist?", fragte Josephine.

„Ja, der hat ein prächtiges Instrument gebaut, das ohne Zutun eines Musikers spielt. Eine Orgel ohne Orgelspieler. Alles geschieht von selbst. Mälzel hat es höchstpersönlich vorgeführt und eigene Musik spielen lassen. Er hat eine Fanfare dafür komponiert und einen Walzer."

„Er ist ein erstaunlicher Erfinder!", bemerkte Rosenbaum.

„Da gehört schon was dazu, so eine komplizierte Maschine zu bauen", schwärmte Werlen. „Ein Freund hat mich in seine Werkstatt mitgenommen. Ich war einer der ersten, der sein neues Instrument erleben durfte. Ich kann jederzeit vorbeikommen, hat er gesagt." Dabei sah er zu Josephine. „Und jemand mitbringen!" Aber sie reagierte nicht.

Das bestellte Essen wurde gebracht. Die Hungrigen stürzten sich auf Lungenbraten und gebackene Hähnchen.

Werlen schwatzte weiter. Er hatte kürzlich in einem Kaffeehaus Beethoven und seinen knabenhaften Schüler Czerny erlebt. „Dieser Czerny ist ein Wunderkind!", jubelte er. „Nicht zu glauben, was ihm der Beethoven schon alles beigebracht hat."

Therese warf ein: „Vielleicht spielen die beiden ja mal wieder im Augarten bei einem Morgenkonzert! Da könnten wir ja alle gemeinsam hingehen!"

Josephine wusste, dass ihre Freundin bei diesem „Gemeinsam" insbesondere an sie und Werlen dachte. Sie wollte keine Reaktion zeigen und konzentrierte sich auf ihr halbes Hähnchen. Sie riss vorsichtig, um sich nicht zu beflecken, den Schlegel vom Rumpf und begann genüsslich, daran zu nagen. Vielleicht ja doch!, überlegte sie dabei. Dumm ist er ja wirklich nicht. Aber er redet andauernd und könnte schon ein bisserl dünner sein.

Es wurde Zeit, zu Franz Mayer, Stephan Kaspar Robertson und Monsieur Michaud zurückzukehren. Womöglich war der Ballon ja inzwischen flugbereit. Werlen schmerzte es, die Gesellschaft nicht begleiten zu können. Er war mit einem Freund zum Schachspielen verabredet. Doch er hoffte im Stillen auf ein baldiges Wiedersehen mit Josephine im Augarten. Und notfalls verfügte er jetzt ja über neue Anknüpfungspunkte bei einem Treffen an der Bühnenpforte.

Die Zuschauer strömten zurück zur Tribüne. Auch Erzherzog Carl, der ebenfalls die Hofloge verlassen hatte, saß nun wieder auf seinem Platz. Die Hoffnung, dass der Flug bald stattfinden könnte, schien sich zu erfüllen. Der Ballon hatte sich über dem Ofen und dem Gerüst aufgerichtet. Die Seile, die ihn am Boden hielten, spannten sich. Franz Mayer stand auf einer Leiter und knüpfte den gefalteten Fallschirm an die Unterseite des Luftfahrzeuges, während Monsieur Michaud danebenstand und nervös von einem Bein auf das andere trat.

Robertson nahm die Rückkehrer in aufgewühlter Stimmung in Empfang. „Eilen Sie, meine Damen und Herren! Das Abenteuer wird in Kürze beginnen! Freuen Sie sich, dass Sie dabei sein dürfen!"

Wenig später saßen Rosenbaum und Therese, Karner und Josephine wieder auf ihren Plätzen auf der Galerie der Tribüne. Die Zuschauer verfolgten nun angespannt die letzten Vorbereitungen.

Es dauerte noch eine halbe Stunde, bis der Ballon einen so kräftigen Auftrieb entwickelte, dass man den Start wagen wollte.

„Meine Damen und Herren, es geht los!", verkündete Robertson. „Monsieur Michaud, bitte, an den Ballon!"

Der junge Mann mit den langen blonden Haaren schlug rasch ein Kreuz. Dann stellte er sich unter die gefaltete Schirmkappe und schnallte das Gurtzeug um seinen Brustkorb. Nun war er fest mit dem Fallschirm und dem Ballon verbunden. Mayer und einer seiner Helfer postierten sich mit Messern bei den Spannseilen. Die vier Männer, Robertson, Mayer und sein Helfer sowie Michaud, warfen sich kurze Blicke zu. Es war so weit! Mayer und der Helfer kappten die Seile, und der Ballon war von der Erde gelöst. Mit einem Ruck wurde Michaud vom Boden gerissen und stieg mit dem Gefährt nach oben.

Spontaner Jubel setzte ein. Ja, er stieg tatsächlich! Die Physik war ein Wunder! Sie ermöglichte es, dass ein Gegenstand, ja ein Mensch fliegen konnte! Und der Mensch war ein Wunder, der es verstand, die Physik nutzbar zu machen.

Das Publikum verstummte. Die Augenpaare verfolgten fasziniert das Geschehen.

Der Ballon fuhr beruhigend langsam nach oben, wurde kleiner und kleiner. Michaud klammerte sich an die Seile. In der höheren Luftschicht erfasste ein leichter Wind das Gefährt. Es stand inzwischen auf etwa hundertfünfzig Meter und driftete von der Senkrechten ab, zog auf die Gebäude am Rand des Praters zu.

Eine erhebliche Kursveränderung würde den Absprung unkalkulierbar machen. Die Zuschauer vergaßen zu atmen. Michaud begann hektisch mit einer Hand zu winken. Nur mit Mühe ließ sich erkennen, dass er mit der anderen ein Messer gezogen hatte.

Robertson streckte eine Pistole in die Luft, mit der er das Signal zum Absprung geben wollte. Doch Michaud hatte offenbar Angst ergriffen. Er durchschnitt das Seil. Sofort danach schoss Robertson.

Michaud fiel.

Die Damen kreischten, die Herren ballten ihre Hände unwillkürlich zu Fäusten.

Michaud fiel einige Sekunden, doch endlich öffnete sich der Fallschirm. Die Kappe aus weißem und kirschrotem Stoff bremste den Fall auf ein langsames Niedergleiten herab. Während der Ballon weiter in schräger Richtung auffuhr und stadtauswärts trieb, steuerte Michaud auf eine Baumgruppe zu. Er zog die Beine an, als wollte er sich von seinem Ziel abstoßen. Aber gegen die Fallrichtung war er machtlos. Er verschwand schließlich in einer Baumkrone, die Schirmkappe legte sich über das Geäst.

Es konnte nichts Ernsthaftes passiert sein! Die Geschwindigkeit war zuletzt mäßig gewesen.

Applaus und Erleichterung!

„Das waren mindestens zweihundert Klafter!", schrie Robertson, obwohl Michaud augenfällig aus einer Höhe von maximal neunzig Klaftern abgesprungen war. Doch das interessierte die Zuschauer nicht mehr, nur Robertson wollte sein Versprechen erfüllt sehen.

Mayer, Robertson und die Helfer rannten sofort los und bahnten sich einen Weg durch die Schaulustigen am Rand des Geländes. Es dauerte nur wenige Minuten, bis sie mit Monsieur Michaud wiederkamen. Robertson trug ihn auf seinen Schultern. Er blutete an einer Wange, und der Stoff seiner Beinkleider war eingerissen, aber er lachte froh und zufrieden und winkte mit beiden Armen seinem Publikum zu.

Kronprinz Carl schritt dem Mutigen entgegen und gratulierte als Erster. Auch die Zuschauer strömten von der Tribüne. Die Attraktion, der Nachmittag hatte ein glückliches Ende gefunden!

Rosenbaum wollte Monsieur Michaud aus der Nähe betrachten. Menschen, die Gefährliches wagten und am Ende gewannen, interessierten ihn. Zusammen mit seinen Begleitern mischte er sich unter die Begeisterten, fasste Therese an der Hand und steuerte mit ihr so lange voran, bis sie den Fallschirmspringer erreicht hatten.

Aus der Nähe wirkte er noch sehr viel jünger. Er war beinahe ein Knabe. Seine blonden Strähnen klebten an der schweißnassen Stirn. Robertson, sein Ziehvater, hatte ihn sicherlich zu dem Wagnis mit kräftigem Druck gedrängt. Zwar hätte er sich verweigern können, doch er hatte es nicht getan! Und nun wurde er durch den Jubel belohnt!

Solche Gewinner machten Rosenbaum andächtig und melancholisch. Gewiss, auch er hatte in seinem Leben viel geschafft. Aus dem Praktikanten in der Hofbuchhalterei war der Privatsekretär eines Grafen sowie Verwalter eines Pensionsfonds geworden, und er hatte Therese nach unfairem, zermürbendem Ringen heiraten können, doch in solchen Momenten, wenn er neben einem unangefochtenen Sieger stand, fühlte er sich als ewiger, elender Kämpfer, der das Schicksal gegen sich hatte.

Er bewunderte Monsieur Michaud, sah zu, wie er Hände schüttelte und von Damen umschwärmt wurde. Kurz fasste auch Rosenbaum seine kalte, kleine Hand.

„Kommst du dann?", bat Therese, die eine Weile hinter ihm gewartet hatte. „Die Josephine will heraus aus dem Gewühl. Und Karner steht schon vorne am Ausgang."

Rosenbaum trennte sich von Michaud und folgte Therese. Die vier sammelten sich bei Karner.

„Das ist noch ein schöner Nachmittag geworden!" Auch Karner

war noch beeindruckt vom Erlebten. „Es ist doch wunderbar, wenn die Nerven gequält werden – und wenn es dann gut ausgeht!"

Er musste heute noch zurück nach Eisenstadt und vorher im fürstlichen Palais Geschäftliches erledigen. Auch Josephine wollte sich verabschieden. Sie hatte später eine Probe und wollte sich vorbereiten. Karner bot sich an, sie in die innere Stadt zu begleiten.

„Und wir?", fragte Therese. Sie hängte sich an Rosenbaums Arm und spazierte mit ihm los. „Ich hab abends noch *Die zwei Blinden*, aber ich muss nicht mehr heim."

Das war Rosenbaum recht. Er flanierte gerne mit Therese durch die Stadt und liebte es, mit ihr Neues zu erkunden oder bei Straßenhändlern einzukaufen. Wenn Therese etwas gefiel, saß seine Geldbörse locker.

Sie gelangten an einen Stand mit Hüten und Hauben. Therese begann sofort mit dem Anprobieren.

„Gefällt dir der?" Sie zeigte einen frühlingshaften, weißen Hut mit aufgesteckten Stoffrosen, dabei tänzelte sie vor Rosenbaum, legte die Rechte verführerisch an ihr Kinn.

Rosenbaum war entzückt. „Such dir einen aus!"

Therese entdeckte eine hutartige Haube, wie sie bislang nur sehr wenige in Wien trugen.

„Was ist das?", fragte sie die Verkäuferin.

„Schute nennt man diese Haube", antwortete die Frau. „Solche Schuten verkaufe ich sehr viele in letzter Zeit. Den Damen gefallen sie, und den Herren erst recht." Sie blickte zu Rosenbaum.

Dieser reagierte sofort. „Oh, ja, sie ist bezaubernd."

„Welche Farbe soll ich denn nehmen?"

„Diese hier finde ich besonders hübsch." Rosenbaum hob eine violette Schute aus der Auslage. An Krempe und Krone war ein nachgebildeter Lorbeerkranz genäht.

Therese nahm das Stück begeistert und setzte es auf. „Eine ungewöhnliche Farbe! Mutig!" Sie sah in einen Spiegel und lachte. „Aber sie steht mir! Du hast einen guten Geschmack!"

Sie waren für einen Moment unbeobachtet, weil die Verkäuferin mit einer anderen Kundin sprach. Rosenbaum umfasste Thereses

Hüfte und zog sie etwas heran. „Natürlich habe ich Geschmack, und was für einen! Wenn sie dir gefällt, dann kaufen wir sie!"

„Ja, und wie!" Sie drückte ihm zum Dank einen Kuss auf den Mund. „Die lass ich gleich auf!"

„Da werden die Leute staunen, was ich für eine fesche Frau hab!"

Rosenbaum zahlte die Schute. Die grüne Haube, die sie bislang getragen hatte, verstaute Therese in ihrer Handtasche. Dann schlenderten sie weiter, ließen sich von den Angeboten der Marktbuden anlocken, probierten, lästerten, kicherten und spazierten weiter.

„Schau, da ist eine Waage!", rief Therese und schob Rosenbaum zu einem Stand mit dem Werbeschild „Personenwaage – lassen Sie sich wiegen!" „Traust du dich?", fragte Therese schelmisch. „Wer von uns zwei bringt *mehr* Pfund auf die Waage?"

„Ich trau mich nicht zu wetten!" Rosenbaum spielte den Schüchternen, ahnend, dass Therese schwerer war.

„Jetzt will ich es wissen!" Therese drückte dem Standbetreiber ein paar Kreuzer in die Hand und stellte sich auf die Waagfläche. Der Mann lud Gewichte auf die zweite Plattform. Es wurden etliche, bis sich die Zeiger beider Waagflächen endlich in gleicher Höhe einpendelten.

„Und?", fragte Therese gespannt.

„Einhundertfünfundsechzig Pfund", sagte der Mann vorsichtig.

Therese amüsierte sich über das Ergebnis. „Ui, jetzt bin ich bald so schwer wie die Mama! – Jetzt du!" Sie sprang auf den Boden, die Waagfläche schoss nach oben.

Rosenbaum stieg hinauf. Sein Gewicht brachte seine Waaghälfte heftig ins Wackeln, aber sie sank nicht ab. Der Standbetreiber nahm einige Gewichte von der Gegenseite, und allmählich stellte sich wieder Gleichgewicht ein. „Einhundertfünfundfünfzig!", verkündete er.

„Ein paar Knödel bist du mir voraus!" Rosenbaum kletterte von der Waage und gab Therese einen Kuss. „Ich kann gar nicht genug von dir haben!"

Sie verließen den Stand und schlugen den Weg zum nächsten ein, eine Bude mit Töpferware. Da zischte durch Rosenbaums Herz ein Blitz. „Die Mama!", ächzte er tonlos.

Mutter Gassmann, eingehängt in den Arm von Ninna, kam auf sie zu. Die knapp Sechzigjährige ging am Stock, eine kurze Strecke zu Fuß verursachte ihr Atemnot.

„Die Mama!", wiederholte Therese. Sie freute sich, einerseits, doch gleichzeitig durchfuhr sie ebenfalls ein Blitz. Sie wusste: Ihr lieber Joseph hasste sie – nicht grundlos. Seit ihrer Hochzeit und ihrem Auszug aus der Wohnung der vaterlosen Familie, seit der Verliebte und Verlobte nicht mehr zwangsläufig die Mutter sehen musste, vermieden Joseph und auch Therese Begegnungen. Die Gefahr, ein endgültiges Zerwürfnis heraufzubeschwören, lag in der Luft. Aber vielleicht, so dachte Therese heute, war es ja auch an der Zeit, eine Wende hin zur Versöhnung einzuleiten.

„Das ist aber eine schöne Überraschung!", tönte Mama Gassmann.

Ninna lächelte angespannt.

„In eurem Alter hatte ich weder Zeit noch Geld, über den Markt zu spazieren", scherzte Mama Gassmann, jedoch mit vorwurfsvollem Unterton.

„Ich habe heute noch Vorstellung", verteidigte sich Therese. „Und Joseph hat frei bekommen, weil er letzte Woche mit dem Grafen in Pressburg war."

„Ja, schön", bemerkte Mama Gassmann und verzog den Mund. Die Erklärung hatte sie nicht überzeugt. „Wir waren gerade zu Besuch beim Grafen von Siebenstein. Du erinnerst dich sicher an ihn, Therese. Ein guter Freund deines seligen Vaters. Er hat dich als Kind oft auf den Schoß genommen."

Therese nickte vorsichtig. Sie glaubte zu wissen, von wem Mama sprach.

„Er wollte mich wieder einmal sehen. Der Graf von Siebenstein ist nach wie vor ein äußerst geistreicher Mann!"

Anna Barbara Gassmann verpasste keine Gelegenheit, ihre enge Verbindung zu Adelskreisen herauszustellen. Denn auch in ihr floss blaues Blut. Ihr Großvater war Freiherr von Damm, ihre Großmutter sogar Gräfin von Erlach. Ja, gewiss, sie hatte einen Bürgerlichen geheiratet. Aber Leopold Gassmann war Hofkapellmeister und reichte durch seine Stellung nah an die höhere Gesellschaft heran. Immerhin hatte die inzwischen verstorbene Kaiserin Maria Theresia nach dessen frühem Tod die Patenschaft für das neugeborene Mädchen Therese übernommen. Rosenbaum hingegen, den ihre ältere Tochter ja unbedingt hatte heiraten wollen, zählte fraglos zu einer untergeordneten Sphäre.

„Das freut mich, dass es dem Grafen Siebenstein gutgeht", sagte Therese. Sie hatte die Hoffnung verloren, die Begegnung könnte eine Entspannung bringen. Viel zu frostig war der Tonfall von Mama, und auch Joseph verharrte stocksteif wie eine Statue. „Wir müssen weiter, Mama, ich muss rechtzeitig im Theater sein."

Mama Gassmann überhörte dies. „Was hast du denn da auf dem Kopf?"

Therese zeigte die Haube von den Seiten. „Gefällt sie dir? Die hat mir gerade Joseph gekauft!"

Ninna bemerkte: „Mama, das ist eine Schute. Die tragen jetzt die modischen, jungen Damen!"

„Das mag ja sein", knurrte Mama Gassmann, „aber dann muss wenigstens die Farbe zu den Haaren passen."

„Therese schaut wunderschön aus mit der Haube!", gab Rosenbaum zurück und zog Therese zu sich. Er spürte einen leichten Widerstand.

„Joseph, sei mir nicht böse, aber Violett passt nicht zu Thereses Haaren. Und diese Lorbeerkränze finde ich albern."

Therese nahm die Schute vom Kopf, um sie betrachten zu können. „Meinst du wirklich?"

„Dir steht eher was Helles, das habe ich dir schon hundertmal gesagt. Aber mein Ratschlag ist ja nicht mehr wichtig!"

Therese stammelte: „Nein, gar nicht, vielleicht hätte es die Haube ja auch etwas heller gegeben."

Rosenbaum riss die Haube aus Thereses Hand und setzte diese wieder auf ihren Kopf. „Sie passt ausgezeichnet!", fauchte er dabei.

Mama Gassmann hob die Hand, als wollte sie Rosenbaums Bemerkung abwehren. „Oh! Entschuldige, Joseph, ich wollte dir nicht zu nahe treten. Aber ich glaube, ich habe in den Salons, in denen ich verkehre, schon etwas mehr Erfahrungen sammeln können, was Geschmack und Kleidung betrifft."

Therese standen plötzlich Tränen in den Augen. „Mama, bitte!"

Ninna griff ein. „Mama, ich denke, wir machen uns jetzt auf den Heimweg!"

„Oh, entschuldigt!", klagte Mama Gassmann, „Ich wollte euren trauten Nachmittag nicht stören. Du hast Recht, Ninna, gehen wir heim. Mich schmerzen die Hüften."

Therese ging auf ihre Mutter zu und umarmte sie zum Abschied.

„Mein Herzchen, sing heute eine gute Vorstellung! Dein Vater hört von oben zu!", raunte Mama Gassmann, dann zog sie mit Ninna davon.

Therese sah ihr eine Weile nach. Ratlos und traurig.

Rosenbaum stand daneben. Er wollte sie nicht noch einmal an sich ziehen.

„Steht mir die Schute wirklich?", fragte sie schließlich.

„Freilich", sagte Rosenbaum knapp. „Das kannst du mir schon glauben!"

„Warum kann denn kein Friede sein zwischen euch?"

„Weil ich für deine Mama nur ein Hofangestellter bin!"

„Das bist du aber nicht!" Therese umklammerte Rosenbaum, der sich nicht bewegte.

„Dann musst du ihr das aber auch zeigen!"

Therese entfuhr ein hilfloses Seufzen.

Therese sang die Partie der Flora, der Nichte eines blinden Musikers, in einer komischen, französischen Oper, *Die zwei Blinden von Toledo* von Étienne-Nicolas Méhul. Ein Unterhaltungsstück, witzig und charmant, kein großes Werk, doch es bot Therese eine Reihe von Passagen, ihr Können zu zeigen und berührende Momente entstehen zu lassen. Das Publikum war hingerissen.

Rosenbaum saß in seiner Loge, weit nach vorne geneigt, seine Arme lagen auf der Brüstung. Entrückt lauschte er jedem Ton. Wie so oft – und wie damals bei Haydns *Sieben letzten Worte* auf Schloss Esterházy.

Die Verletzung, die sie ihm gerade eben zugefügt hatte, schmerzte noch in ihm. Sie hatte seinen Zweifel genährt, auch Therese könnte ihn nicht als gleichwertig empfinden. Ja, sie liebte ihn, sie lebte glücklich an der Seite ihres Joseph. Aber stand sie mit ihm wirklich auf demselben, festen Grund? Oder stand nur sie auf Stein, während sich er, Rosenbaum, auf schlammigem Boden, nur in seiner Vorstellung auf gleicher Höhe hielt? Sohn eines Oberpflegers, Praktikant der Hofbuchhalterei, Kanzlist, kontrollierender Stallrechnungsführer und jetzt Sekretär eines Grafen. Er fühlte sich machtlos gegenüber dieser Angst.

Therese sang, als habe ihr Gott diese Stimme verliehen, um seinem Glanz einen Ausdruck zu verleihen. Haydns Musik hatte ihm damals diesen unverkennbaren Zusammenhang bewusst gemacht. Seither hörte er diese Stimme, so oft er konnte. Er liebte diesen göttlichen Glanz – und er litt zugleich an ihm. Nichts wünschte er sich mehr, als ein Stück näher an diese Sphäre heranzurücken, um sein Leiden an seiner Unzulänglichkeit zu lindern.

Er würde sie später, nach der Vorstellung, von der Bühnenpforte abholen, sie würden in ihre gemeinsame Wohnung gehen, würden sich in das gleiche Bett legen, würden sich lieben. Anschließend würde er sich zurück in seine Betthälfte rollen und sich fühlen, als fiele er eine Schwelle abwärts. Vor diesem Augenblick graute ihm.

# 8

Dreimal pro Woche hatte Karoline Weber bei Cäcilie Kern Violinunterricht. Täglich, nach der Tagesarbeit in der Näherei, übte sie in einem abgelegenen Winkel des Zellentrakts.

Cäcilie Kern, die Gattin eines Metzgers, saß im Strafhaus, weil sie etliche Wechsel gefälscht hatte, um den Betrieb vor einem Bankrott zu bewahren. Ihr Betrug war schließlich aufgeflogen, was eine Verurteilung zu einer Haftstrafe von fünf Jahren zur Folge hatte.

Von ihrem Vater, einem Laienmusiker in einer Tanzkapelle, war sie einige Jahre auf der Violine unterrichtet worden. Weil sie ihre Geige liebte, hatte sie von Peter die Erlaubnis erhalten, im Strafhaus weiter ihrer Neigung nachzugehen. Er sah darin eine ideale Möglichkeit, ihren Hang zum Betrug zu unterdrücken und eine hochwertige Fähigkeit zu stärken. Als ihr Peter auftrug, die musikalisch völlig unerfahrene Karoline Weber zu unterrichten und dafür eine Strafminderung in Aussicht stellte, versprach sie, ihr Bestes zu geben. Sie hatte keinerlei Erfahrung in der Weitergabe ihrer Kenntnisse, und sie war auch keine sonderlich begabte Musikerin, aber sie erkannte die Chance, die in diesem Auftrag für sie steckte.

Die beiden Frauen schlossen sich also zu einer Schicksalsgemeinschaft zusammen. Cäcilie Kerns Bemühen und Karoline Webers Fortschritte würden ihnen eine Verkürzung der Strafzeit einbringen. Und so mühten sich beide verbissen, dass Karoline hörbar vorankam.

Wie sollte sich das Violinspiel einer Anfängerin nach drei Monaten anhören, um den Nachweis zu erbringen, dass die eine gut unterrichtete und die andere über musikalisches Talent verfügte? Cäcilie und Karoline wussten es nicht – und Peter glücklicherweise ebenfalls nicht.

Dieser überwachte die Arbeit der beiden aufmerksam. Es lag ihm daran, bestens informiert zu sein, um eines Tages eine fundierte Entscheidung treffen zu können, ob er den entsprechenden Antrag an die Strafhauskommission unterstützen wollte. Noch viel mehr interessierte ihn jedoch, ob sich der Tonsinn, der sich ja an Karolines Stirn abzeichnete, durch Wille und Übung tatsächlich entfesseln ließ. Er stattete den Unterrichtsstunden daher in unregelmäßigen Abständen Kontrollbesuche ab.

Nachdem sich die Näherei um sieben Uhr abends geleert hatte, holte Karoline ihre Violine samt Notenheft aus der Zelle, die sie mit fünf Mitgefangenen teilte. Der Unterricht wurde in Anwesenheit einer Aufseherin in der Näherei abgehalten. Cäcilie kam aus der Leinweberei hinzu.

Zu Beginn spielte Karoline jeweils Übungen. Inzwischen hatte sie gelernt, den Bogen gerade zu halten und mit sanftem Druck über die Saiten zu streichen. Anfangs hatte sie nur ein Kratzen und Schaben hervorgebracht, nun kamen die Töne häufiger satt, viel zu oft jedoch verwackelt. Cäcilie korrigierte Karolines Körperhaltung und suchte mit ihr den richtigen Griff für den nächsten Ton. Mal fand Karoline ihn sofort und gleich darauf im vorgeschriebenen Rhythmus den folgenden, dann aber stockte sie wieder, orientierte sich, machte einige Fehlversuche, um endlich einen wohlklingenden Lauf zustande zu bringen.

Es war mühsam. Cäcilie hielt sich mit Kritik zurück, vorwurfsvolle oder ironische Bemerkungen verkniff sie sich völlig, denn sie wollte Karolines Ehrgeiz nicht verletzen. Das gemeinsame Unternehmen durfte nicht gefährdet werden. Cäcilie brauchte Karoline! Sie versuchte, den Gedanken zu verdrängen, dass hier womöglich eine Lahme zur Läuferin gemacht werden sollte.

Karoline klammerte sich an kleine Erfolge. Freute sich über jede Phrase, die gelang. Sie schwitzte und ihre roten Locken klebten an ihrem Kopf wie fettiges Garn.

Schritte kamen näher. Weit und forsch. Peter trat ein. Die Aufseherin, die auf einem Werktisch saß und strickte, sprang herab und sah Peter grüßend entgegen. Karoline nahm den Bogen vom Instrument, Cäcilie erhob sich.

„Nun, gibt es Fortschritte?", fragte Peter sofort.

Karoline blickte zu Cäcilie. Sie musste jetzt etwas Lobendes sagen.

„Wir arbeiten an einer Etüde. Sie verlangt große Intervalle. Keine leichte Aufgabe, aber Frau Weber arbeitet mit guten Fortschritten daran."

Über diese Bewertung freute sich Karoline.

Peter stellte sich hinter Karolines Rücken. Sie zuckte unwillkürlich zusammen. Er überragte sie um mehr als eine Kopfhöhe. Dann legte er seine Hände an ihre Schläfen, drückte sie und fuhr nach vorne zur Stirn.

Karoline lief kalter Schweiß über den Nacken. Es fühlte sich an, als würde er ihren Kopf im nächsten Moment sprengen. Der Gedanke, er sei gerade mit dem Filz in ihren Haaren in Berührung, war ihr unangenehm. Gleichzeitig aber spürte sie, dass ihn der Zustand ihrer Haare nach wie vor nicht störte.

Das war auch so. Er ging noch näher an sie heran, sodass er ihre Ausdünstungen roch. Währenddessen wanderten seine riesigen Hände weiter über ihren Schädel. Er verblieb lange in dieser Haltung und betastete Areale der Knochenplatten, die ihn besonders interessierten.

Endlich ließ er von Karoline ab und trat einen Schritt zurück. „Fortsetzen!", befahl er. Sofort korrigierte er sich: „Bitte führe Sie die Übung fort!" Er zog einen Stuhl von einem Werktisch und nahm in drei Metern Entfernung Platz.

Karoline begann wieder zu spielen. Mit unsicheren Fingern suchte sie auf dem Griffbrett nach den Tönen. Manches gelang, manches missriet.

Peter beobachtete sie. Verfolgte, wie sich ihr Körper mit den Bewegungen des rechten Armes bog. Sein Blick streifte über den Kopf zu den Brüsten, die unter der dünnen Anstaltskleidung gut abzuschätzen waren, über den Schritt hinab zu den Füßen. Sie steckten in verschlissenen Schuhen aus grobem Stoff. Karoline stand überraschend fest am Boden. Das beeindruckte ihn. Dabei hörte er aufmerksam zu, versuchte, in den brüchigen Linien ihren Tonsinn zu erkennen.

Am Ende der Stunde war er zufrieden. Er fand es nach wie vor ungeheuerlich, wie stark eine kräftig ausgeprägte Begabung durch üble Lebensumstände abgedrängt werden konnte, und er dankte im Geiste Doktor Gall, dass er ihn mittels seiner Lehre befähigt hatte, die Wahrheit zu erkennen und nun Schritte zur Korrektur hatte einleiten können. Die Erfolge, zugegeben, waren noch mäßig, aber er sah Karoline auf dem richtigen Weg.

Cäcilie Kern gab Karoline noch einige Anweisungen für die Übungen, die sie bis zur nächsten Stunde in zwei Tagen beherzigen sollte, dann verabschiedete sie sich, um in ihre Zelle zu gehen.

Während Karoline Violine und Bogen im Instrumentenkoffer verstaute, zog die Aufseherin einen größeren, flachen Korb unter einem Regal mit Stoffen hervor. Im Korb befand sich ein Dutzend Pflanzensetzlinge. Sie brachte den Korb zu Peter.

„Ah, Sie hat sie besorgen können!" Peter freute sich.

„Ja, gnädiger Herr, sie sind schon gut herangewachsen."

„Brauchen sie Sonne oder Schatten?"

„Sie wachsen überall gut."

Peter bezweifelte die Antwort. Er winkte Karoline heran. „Schau Sie die Pflanzen an! Sie war doch Gärtnerin!"

Karoline kam näher. Dass sie in dieses Gespräch eingebunden wurde, irrigierte sie. „Das sind Nelken. Sie brauchen viel Sonne, sonst verkümmern sie."

Peter stutzte. „Viel Sonne, meint Sie?"

„Ja." Karoline vermied es, der Aufseherin in die Augen zu sehen.

„Ich lege gerade einen Garten an", erklärte Peter. „Er ist umgeben von Häusern und hohen Bäumen. Das Beet, das ich mit diesen Setzlingen bepflanzen will, liegt die meiste Zeit des Tages im Schatten."

Die Aufseherin bekräftigte scharf: „Meine Schwester hat gesagt, die Nelken wachsen überall gut. Sie hat selbst einen Garten."

Karoline blieb beharrlich: „Nicht im Schatten!"

„Also gut!" Peter wollte keinen Streit zwischen einer Gefangenen und einer Aufseherin. „Ich will auch ein Beet an einer sonnigen Stelle des Gartens anlegen. Dort werde ich sie vorsichtshalber anpflanzen. Danke, Mathilde! Was bekommt Sie?"

Die Aufseherin wagte nicht, weiter zu diskutieren. „Fünfzig Kreuzer."

Karoline hob ihren Instrumentenkoffer auf und wartete, bis die Aufseherin bereit war, sie in die Zelle zu bringen. Sie beobachtete Peter.

Peter zahlte und nahm den Korb. Dann blickte er zu Karoline. „Weil Sie Gärtnerin war, werde ich Sie vielleicht gelegentlich fragen müssen."

„Gern! Tut das, gnädiger Herr."

Die Aufseherin befahl: „Gehen wir!" Dabei packte sie Karoline grob und zog sie aus dem Raum.

Die Gestaltung des Gartens machte Fortschritte. Hinter den Gartenzäunen riegelte inzwischen das dichte Nadelwerk der Eiben das Grundstück zusätzlich ab. Die Halme des jungen Rasenteppichs waren noch kurz, aber schon bald würden sie den Boden bedecken.

Peter kümmerte sich um die baulichen Anlagen. Er strich die Wände des Gartenhauszimmers, legte die Platten der Terrasse und schuf einen Schotterweg bis zum Eingangstor. Der Weg wurde mit Buchspflanzen eingefasst. Mit einem Maurer besprach er den Bau des Tempels. Das schmucke pavillonartige Gebäude mit acht Säulen, einem kuppelförmigen Dach sowie einem quaderförmigen Altar sollte seitlich der Terrasse, Richtung Nachbargarten, entstehen. Er hatte hierfür eine Serie von Skizzen angefertigt. Der Tempel war ihm wichtig. Und so dauerten die Verhandlungen mit dem Handwerker lang, bis ein Kompromiss zwischen Ideal, Machbarkeit und Preis gefunden werden konnte.

Die Bepflanzung der Beete war die Aufgabe von Magdalena. Die Nelken waren bereits gesetzt. In einem Kräuter- und Gemüsebeet wuchsen Schnittlauch, Petersilie, Rosmarin sowie Bohnen und Spargel. Peter ließ ihr freie Hand, nur auf Rautenkraut hatte er bestanden. In einem weiteren Beet pflanzte sie Erdbeeren. Im nächsten Jahr sollten sie das erste Mal geerntet werden. Dann, so Peters Ziel, musste alles fertig sein, auch der Teich und der Tempel. Und frische Erdbeeren sollten den Kaffeetisch für seine Gäste zieren.

Sie hatten bis in den Abend hinein gearbeitet. Es war Mai, und der Tag endete erst spät. Die Sonne hatte sich längst hinter der Mauer des Militärmagazins verzogen, um in einer guten Stunde gänzlich unterzutauchen. Bis dahin beschien ihr rötliches Licht noch die Fassaden der Umgebung. Die Zwetschgenbäume in Peters Garten verdunkelten sich zu schwarzen Silhouetten, es wurde kühl.

Magdalena hatte gerade ein Beet mit Veilchen entlang der Seitenwand des Gartenhauses angelegt. Nun war sie fertig. Mit einer schmalen Hacke zerkleinerte sie noch einen Erdbrocken und verteilte die Erde gleichmäßig zwischen den Pflanzen. Dann stand sie auf und streckte sich.

Peter schaufelte noch in der Teichgrube. Sein Rücken schmerzte inzwischen. Er stieß seine Schaufel in den Boden und bog sich zu einem Hohlkreuz. Dabei sah er hinüber zu Magdalena. Sie achtete nicht auf ihn, und so beobachtete er, wie sie die Hacke an die Mauer der Grotte lehnte und versuchte, durch eine Ritze in der Tür in das Innere zu lugen. Peter wusste, dass sie nichts sehen würde. Dafür war es im Raum zu dunkel.

Das Abendlicht machte auch Magdalena zur Schattengestalt. Sie trug über dem Rock, der bis zu den Füßen reichte, eine Weste. Trotz der tiefen Dämmerung glänzte ihr helles Haar, als habe sich Silber daraufgelegt. Das Leid der Einsamkeit kroch in Peter. Seine Clara war tot, so lange bereits, dass er sich wieder frei fühlen durfte, dachte er. Und Magdalena musste sich ebenfalls einsam fühlen. Das glaubte er zu erahnen. Aber er wusste auch, er war kein Mann der Komplimente, kein Mann, der Liebeszauber über einer Frau ausbreiten konnte. Das machte ihn hilflos. Und trotzdem war die Ferne zu Magdalena unerträglich. Das ständige Beisammensein, das Beisammenwohnen mit der Maßgabe, Distanz aufrecht zu halten.

„Magdalena", rief er plötzlich.

Magdalena erschrak, sah sich ertappt. „Ja?"

„Ich glaube, heute ist es Zeit, dass ich Ihr die Grotte und ihren wichtigsten Bewohner zeige."

„Ich wollte wirklich nicht ...", stammelte Magdalena.

Peter verließ den Teichgraben und ging zu ihr. „Ich verstehe Ihre

Neugier! Man kann nicht tagelang neben einem verschlossenen Raum arbeiten, ohne zu wissen, was sich in diesem Raum verbirgt. Ich hole den Schlüssel." Er verschwand für einen Augenblick im Gartenhaus und kam mit dem Schlüssel, den er dort an einem geheimen Ort lagerte. Zudem brachte er ein Tischtuch. „Es soll eine Überraschung werden." Peter faltete das Tuch zu einem langen Streifen. Er stellte sich hinter sie und legte es über ihre Augen, verknotete es unter ihrem Dutt.

Magdalena erstarrte. Sie spürte plötzlich, dass in diesem Augenblick etwas Unheimliches lag. Der übliche Tag, an dem sie nebeneinander gearbeitet hatten, war vorüber. Mit dieser Handlung hatte ihr Herr etwas Neues begonnen. Sie wehrte sich nicht. Sie wollte sich nicht wehren, denn sie wusste auch, dass ihr nichts Übles widerfahren würde. Trotz seiner Undurchschaubarkeit löste Peter Vertrauen aus.

Peter sperrte die Tür zur Grotte auf, drückte sie nach innen und schob Magdalena in den Raum. Magdalena blieb unbewegt stehen. Währenddessen entzündete er zwei Kerzen und platzierte sie rechts und links des Schädels von Fallhuber. Der Raum war nun schwach beleuchtet. Das flackernde Licht spiegelte sich auf den Gesichtsknochen und den Schläfenbeinen. Peter schloss die Tür und stellte sich wieder hinter Magdalena. Er drängte sich nah an sie, so nah, dass er sein Kinn in ihren Dutt legen konnte. Mit seinen Armen umfing er ihren Oberkörper. Seine Hüfte presste er gegen ihr Steißbein.

Magdalena ließ alles geschehen, wollte alles geschehen lassen. Sie spürte seinen Atem, der sich in ihrem Haar verfing.

Dann öffnete Peter den Knoten des Tuches. Es glitt auf ihre Schultern. Sofort danach schloss er sie wieder in seine Arme, als sei es erforderlich, sie zu beschützen.

Magdalena zuckte zusammen.

Die Bewegung, die durch ihren Körper fuhr, belebte seinen Schwanz. Er versteifte sich.

„Wer ist das?", fragte sie leise. Ihr Schreck hatte sich rasch gelegt. Angst oder Entsetzen blieben aus. Die Umarmung beruhigte sie.

„Du kennst ihn, Lenerl", flüsterte Peter. Er nahm ihre rechte Hand und schob sich mit ihr so nahe an den Schädel, dass sie über den

Scheitel hinweg an den Hinterkopf greifen konnte. Mit ihren kalten Fingern strich er entlang der Knochenplatte.

„Hier hat seine Ruhmsucht gesessen, seine widerliche Eitelkeit! Spürst du den Buckel?"

„Aber von wem, gnädiger Herr?"

„Sag Johann zu mir, Lenerl! Wenn wir so traut und heimlich beisammen sind, dann bin ich Johann!"

Sie konnte über diese Bitte nicht nachdenken, aber sie war einverstanden.

„Darunter saß die vernichtende Überheblichkeit von einem Lehrer!"

„Der Fallhuber!" Lenerl entglitt ein Schrei.

„Ich wollte einfach sehen, ob es wahr ist!"

„Was?"

„Dass er ein gemeiner, gefühlloser Verbrecher war! Und spür! Es stimmt!"

Sie befühlten noch einmal gemeinsam Fallhubers Hinterkopf, fuhren mit verschränkten Fingern über den rauen Knochen. Lenerl fühlte keine Besonderheit, doch sie akzeptierte, was Peter behauptete. Sie zogen die Arme zurück. Peter umschloss sie noch fester, drückte sich enger an ihren Leib. Langsam bewegte er seine Hüfte auf und ab, sodass sich sein Schwanz an ihrer Lende rieb.

„Er hielt mich für ein überflüssiges Stück Straßendreck, der Fallhuber. – Ich war zunächst ein guter Schüler. Dann wurde der Fallhuber mein Lehrer. Wie alle meine Kameraden hatte ich oft anderes im Kopf, aber gegen mich entwickelte er einen unvorstellbaren Hass. Er baute sich vor mir auf, um mir zu zeigen, welche Macht er über mich besaß. ‚Johann Nepomuk, du bist so dumm wie ein Strohsack', hat er gesagt. ‚Du bist eine Laus, die man wegkratzen muss.'" Peter blickte ins Leere, roch dabei an ihren Haaren, genoss ihren Duft und die zärtliche Reibung. Dann fuhr er fort: „‚Aus dir wird niemals ein gottgefälliger Mensch', hat er gesagt. ‚Niemals ein ehrbarer Handwerker oder Beamter, erst recht kein Mann der Wissenschaft! Johann Nepomuk!', hat er gesagt. Und meinen Namen so erbärmlich in den Dreck gezogen, als wäre er auf die Straße geschissen worden. – Verzeih, Lenerl, verzeih das grobe Wort. Sag *Johann Nepomuk*. Sag es so, wie du es sagst."

„Johann Nepomuk!" Ihre Stimme klang sanft.

Peter küsste zum Dank ihren Dutt, umfasste mit der Rechten ihre linke Brust.

„Und was ist aus mir geworden? Der Verwalter des k. und k. niederösterreichischen Provinzialstrafhauses in der Leopoldstadt! Wahrlich keine Stelle, die man einem Versager anvertraut! Und was bin ich noch?"

Er schwieg. Lenerl gab keine Antwort. Sie wartete.

„In den ersten Wochen, als ich im Strafhaus tätig war, ging einer der größten Wissenschaftler unserer Zeit ein und aus: Franz Joseph Gall, der Begründer der Schädellehre. Der damalige Arzt verschaffte ihm die Möglichkeit, an hochinteressante Studienobjekte zu gelangen. In den Kerkern und am Galgen starben Mörder und Raubmörder, Diebe und Aufsässige. An diesen Schädeln konnte er beweisen, dass sich Ausprägungen einer Person an der Schädelform abzeichnen. Die Craniologie war geboren! Ich unterstützte die Arbeit von Doktor Gall, bis er Wien verließ, und wurde zum Anhänger, ja zum Vertreter seiner Wissenschaft. Der Mensch giert danach, sich selbst und sein Gegenüber zu erforschen und zu erkennen. Das ist ein verständliches Anliegen, dessen Befriedigung die Lehre von Doktor Gall ermöglicht. Und noch etwas: Wenn man die Menschen, seine Feinde durchschaut, kann man sie auch besiegen! Und die Angst vor den unbekannten Menschen schwindet! Ja, Lenerl, ich habe mich inzwischen mit dieser Lehre vertraut gemacht, steuere weitere Erkenntnisse bei, sodass ich selbst zu den Wissenschaftlern gehöre. Hier liegt er nun, der Schädel von Fallhuber, als ein Studienobjekt eines seiner *verachtungswürdigsten* Schüler!" Er schrie dem Schädel entgegen: „Siehst du deinen Irrtum ein, Fallhuber? Du bist zum Objekt meiner Wissenschaft geworden! Dir, Satan, habe ich die Macht genommen!"

Lenerl schwieg weiter. Sie spürte die Bewegung in ihrem Rücken und hatte damit begonnen, sie mit einer Gegenbewegung weiter anzufachen. Sie hatte den zweiten Schädel in einer seitlichen Aushöhlung bemerkt. Er war in der Dunkelheit kaum zu sehen. „Und wer ist der andere Schädel?", fragte sie endlich.

„Eine Kindsmörderin. Sie hat ihren Körper gegen Bezahlung angeboten und das Kind eines ihrer Kunden in der Donau ertränkt. Aber sie wurde dabei beobachtet und zur Polizei gebracht."

„Sieht man am Schädel ihre Lust?"

„Ja, das Organ des Geschlechtstriebes sitzt hier im Nacken." Er nahm seine Rechte von ihrer Brust und strich entlang des unteren Randes ihres Hinterhauptknochens. „Bei der Kindsmörderin ist dieser Knochen ausgeprägt. Unnatürlich stark."

„Und bei mir?"

„Er ist schön! Unsagbar schön!" Peter bedeckte ihren Nacken mit Küssen.

Lenerl wandte sich plötzlich um, packte Peters Kopf und zog ihn zu sich herab. Sie küsste Stirn, Wangen und endlich seinen Mund. Sie sanken gemeinsam auf den Steinboden. Peter erfasste ihr rechtes Bein, fuhr aufwärts zum nackten Po und streifte dabei den Rock nach oben. Lenerl zerrte ebenfalls daran, der Stoff hinderte nur. Unterdessen entblößte Peter seinen Schwanz. Nun war alles beseitigt, sie waren frei für ihre Lust. Lenerl spreizte die Beine und Peter schob sich über sie. Sie genossen die Wallungen, die durch ihre Körper, durch ihren gemeinsamen Körper strömten, die immer noch größere Kraft aus ihm sogen, bis ins Unerträgliche, bis in den Wahnsinn. Und dann die Erfüllung, die schmerzliche Erfüllung, denn sie führte unweigerlich dazu, dass aus dem gemeinsamen Körper wieder zwei getrennte wurden.

Sie lagen am Steinboden. Die Kälte wurde spürbar, doch die Umarmung milderte sie.

Das Erlebte hatte sie verändert, das Gefühl zueinander hatte sich verändert. Lenerl glaubte, dieser erfahrenen Nähe vertrauen zu dürfen. Peters Gefühle waren bereits weitergewandert, hin zu einer diffusen Angst.

Weder Lenerl noch Peter wollten sich bewegen und die Zweisamkeit zerstören. Sie schwiegen, sahen sich in die Augen. Das Licht der Kerzen bei Fallhubers Schädel spiegelte sich auf den heißen Wangen.

Peters Arm ruhte auf ihrem Oberkörper, ihre Brüste halb entblößt, seine Finger spielten mit ihrem feinen, hellen Haar.

Lenerl merkte, dass er reden, aber die Stille nicht zerbrechen wollte. „Was willst du sagen, Johann? Sag es!" Sie erwartete liebe, tief gefühlte Worte.

Peter begann endlich: „Da meine Frau nicht mehr ist, muss ich dir eine sehr wichtige Aufgabe übertragen."

Lenerl schluckte und hörte angespannt.

„Es ist eine große Gefahr, dass man stirbt und trotzdem noch nicht gestorben ist. Weißt du, was ich meine?"

„Es ist ein ewiges Leben im Himmel, das ist doch gewiss", antwortete Lenerl verunsichert.

„Das meine ich nicht! Ich meine, es sind schon viele für tot gehalten worden, aber tatsächlich waren sie noch lebendig. Und weil man sie für tot gehalten hat, sind sie beerdigt worden, wieder zu Bewusstsein gekommen und schließlich im Sarg erstickt."

Lenerl richtete sich auf. Die Stimmung der Liebesbegegnung war für sie dahin. „Ja! Ich habe auch schon davon gehört, dass man solche Tote gefunden haben soll."

Für Peter dauerte die intime Zweisamkeit noch an. Was er sagte, war für ihn untrennbarer Teil dieser Innigkeit. Er zog sie wieder in seine Arme, küsste sie. Erregt fuhr er fort: „Und so ein Toter will ich nicht werden, Lenerl! Auf gar keinen Fall! Wenn man also glaubt, ich sei gestorben, besonders, wenn ich erfroren, ertrunken oder einen plötzlichen Herzstillstand erlitten haben sollte, so muss man prüfen, ob ich wirklich tot bin. Und zwar so, dass ich dabei nicht zu Schaden komme, also nicht bei der Überprüfung tatsächlich zu Tode komme. Manche Totengräber rammen ein Eisen in die Brust oder leiten neuerdings das Elektrische in einen Körper. Ich habe auch schon von Trepanationen gehört, also von Gehirnöffnungen. Auf gar keinen Fall! Ich will, dass man es mit einem scharfen Trompetenstoß probiert, meinetwegen auch mit heißem Wachs, das man auf die Brust träufelt. Du musst einen Lappen mit Rautenkraut-Essig tränken, hörst du, und dann auf meine Nase legen. Und der Doktor soll mir ein Klistier geben. Darauf reagieren Scheintote am besten! Hast du gehört?"

Lenerl nickte. Ja, sie hatte gehört, wusste aber nicht, was sie antworten sollte. Sie lächelte ihn an. Er wirkte in diesem Moment auf eine so unwiderstehliche Art zerbrechlich. „Ja, das mache ich", sagte sie endlich.

Peter war erleichtert. Nun war er von einer Last befreit. Dankbar und zärtlich strich er über ihr Gesicht.

# 9

Der Graf hatte Besuch von einem langjährigen Geschäftsfreund aus München, dem Baron von Eilenbach, der in großem Umfang Wolle aus dessen Schäfereien kaufte und in seinen Manufakturen verarbeitete. Auch die Baronin sowie deren siebenjährige Tochter, Baronesse Sophie, waren nach Wien gekommen. Die Baronin hatte ferne Verwandte in der Stadt, die sie bei dieser Gelegenheit kennenlernen wollte.

Es gehörte zu Rosenbaums Aufgaben als Privatsekretär, für eine standesgemäße Unterbringung zu sorgen. Das war erledigt. Für diesen Nachmittag hatte er allerdings noch einen besonderen Auftrag erhalten: Der Graf beabsichtigte, dem Baron eine seiner Schäfereien im Umland von Wien zu zeigen; die Baronin wollte sich anschließen. Baronesse Sophie sollte eine weite Kutschenfahrt erspart werden. Ihr hatte die lange Anreise schon zugesetzt. So war der Graf auf die Idee gekommen, Rosenbaum zu bitten, sich um die junge Dame zu kümmern. Er sollte sich ein angemessenes Besichtigungsprogramm für sie überlegen. Diese Aufgabe übernahm er gern.

Um zwölf Uhr musste er die Baronesse im gräflichen Palais in der Kärntner Straße abholen.

Vormittags kamen die Versorgungsempfänger, ehemalige Bedienstete des Hauses Esterházy und deren Witwen, um sich ihre Monatspensionen aus dem Institutsfond auszahlen zu lassen. Die „Kasse" war zwischen sieben und elf Uhr in Rosenbaums Wohnung geöffnet. Rosenbaum rückte dafür den Esstisch in die Mitte der Wohnstube, stellte Stühle davor und dahinter, holte sein Kassenbuch sowie eine Geldkassette herbei. Die Prozedur gehörte zu seinem Alltag, auch zum Alltag von Therese und der Magd Sepherl. Therese probierte unberührt in ihrem Musikzimmer eine Arie. Ihre Stimmübungen und

Koloraturen als Begleitmusik aus dem Hintergrund waren genau so selbstverständlich wie die häuslichen Verrichtungen von Sepherl, also das Wäscheaufhängen, Zusammenkehren, Gemüseputzen.

In unregelmäßigen Abständen keuchten die Versorgungsempfänger die Stiege herauf, klopften und warteten auf das „Herein". Saß schon jemand vor Rosenbaums Kassentisch, dann nahmen sie auf einem der Stühle in der Ecke neben der Eingangstür Platz, bis sie an der Reihe waren.

Eben hatte sich Herr Stohler auf den beschwerlichen Rückweg gemacht. Vergangenen Monat war er fünfundachtzig geworden. Ein ungewöhnlich hohes Alter. Die meisten starben vor der Pensionierung oder wenig danach. Die Liste der Krankheiten, die nicht geheilt werden konnten, war lang. Die Zahl der Pensionäre und Witwen hielt sich daher in Grenzen, im Verhältnis zu den Beamten des fürstlichen Hauses, die noch tagtäglich ihren Dienst verrichteten.

Die Warteecke war leer. Rosenbaum hatte eine kleine Pause. Er stand auf und drehte eine Runde durch den Raum, streckte sich und sah aus dem Fenster. Therese studierte ein Rezitativ aus einer Oper von Salieri. Sepherl war zur Nachbarin gelaufen, um ihr beim Entladen einer Holzlieferung zu helfen. Gerade zog der Nachbarssohn die Holzkarre in den Hinterhof. Rosenbaum beobachtete ihn eine Weile. Dann blickte er zum Himmel. Am frühen Morgen hatte noch die Sonne geschienen, jetzt wurde es zunehmend düster. Er wollte der jungen Baronesse vorschlagen, den Tiergarten in Schönbrunn zu besuchen, aber wenn es regnen würde, musste er sich etwas anderes überlegen. Vielleicht die Sammlungen von Mineralien und Schmetterlingen im *Naturalien-Cabinet*? Das gefällt sicherlich der jungen Dame, die er gestern kurz kennengelernt hatte, überlegte er. Eine etwas naseweise, schon recht selbstbewusste Adelige mit entzückender, bairischer Klangfärbung.

Schwere Schritte waren draußen im Treppenhaus zu hören, dazu das Aufschlagen eines Gehstockes. Rosenbaum kannte das Getöse. Andreas Göllinger, der in der Parallelgasse wohnte, kam immer um Punkt zehn. Man konnte nach ihm die Uhr stellen.

Ja, der gewaltige Körper erschien im Türrahmen. Göllinger hatte viele Jahre als Koch im fürstlichen Palais in der Wallnerstraße eine Unmenge an Speisen vorgekostet; seine Leibesfülle zeugte davon.

Göllinger und Rosenbaum mussten über den Anlass seines Besuches kein Wort verlieren. Nach einer freundlichen Begrüßung setzten sie sich gegenüber. Göllinger zog aus seiner riesigen, speckigen Jacke einen Geldbeutel. Rosenbaum seinerseits wusste, dass sein Name auf der vierten Listenseite ganz oben stand, kritzelte in die Spalte für den Juni 1806 sein Namenszeichen und blätterte die Guldenscheine auf den Tisch. Göllinger zählte nicht mit. Rosenbaum hatte sich noch nie vertan. Dann schob der Pensionär mit seiner prankenartigen Rechten die Scheine in seine Börse, die im Feuchtwarmen seiner Kleidung verschwand.

Gleichzeitig wechselten die beiden ein paar Worte über das Stadtgeschehen, meist über das, was in den umliegenden Gassen passierte.

Göllinger erzählte heute, dass der Sohn seiner Nichte zum Militär müsse und dass er große Angst vor einem neuen Krieg habe. Dabei quälte er sich mit Hilfe seines Gehstockes von der Sitzfläche. Plötzlich hielt er inne. „Was ich Ihnen noch sagen wollte, Herr Rosenbaum: Haben Sie schon gehört, dass der Reisinger gestern gestorben ist?"

„Der Reisinger? Der Sebastian Reisinger?" Rosenbaum versuchte, seinen Schreck zu verbergen. Er dachte an die tausend Gulden, die er ihm geliehen hatte. „Woher wissen Sie das?"

„Ja, drüben, vom Tändler in der Dorotheergasse."

Rosenbaum hakte nach: „Der war doch schon eine Weile krank?"

„Ach, ja! Der hat schon lang Flecken gehabt, überall. Mit der Armut kommt das Nervenfieber! Und seit dem Feuer letztes Jahr ist es immer weiter bergab gegangen mit ihm."

„Zuerst hat man doch gedacht ..."

„Ja, nach dem Brand hat er kräftig angepackt. Wollte alles wieder so hinkriegen, wie es vorher war. Und er hat ja eine liebe Frau. Aber mit dem Napoleon ist alles schlechter geworden in Wien, auch sein Handel. Na ja, jetzt muss man schauen, wie es weitergeht. Söhne hat er keine, und die Frau ist nicht die Gesündeste, heißt es."

„Hoffen wir das Beste!", meinte Rosenbaum leise.

„Vielleicht wird es der Herrgott doch noch irgendwie richten."
Damit wandte sich Göllinger zum Gehen.

Rosenbaum hielt ihn auf. „Ich habe noch was für Sie und Ihre Frau." Neben der Geldkassette lagen Billetts, zwei gab er Göllinger. „In drei Wochen ist das Sommerfest des Pensionsinstituts. Ihre Freibilletts!"

Göllinger freute sich. „Ja, da kommen wir gerne. Ich hoffe, Ihre Frau singt wieder für uns!"

„Überraschung, Herr Göllinger! Das wird noch nicht verraten!" Er öffnete ihm die Tür, und Göllinger humpelte ins Treppenhaus.

„Passen Sie auf, Göllinger! Es ist dunkel geworden und es wird gleich regnen."

Göllinger nickte und konzentrierte sich auf den Boden, um den Anfang der Stiege nicht zu übersehen.

Unterdessen kam eine Frau herauf, die Rosenbaum noch nie gesehen hatte. Sie zwängte sich an Göllinger vorbei.

„Sie, ich müsste zum Herrn Rosenbaum vom Pensionsinstitut!" Sie war erkennbar nervös.

„Da sind Sie richtig. Kommen Sie herein!" Er warf noch einen besorgten Blick auf Göllinger, der sich Stufe für Stufe abwärts arbeitete, und wies die Frau in seine Wohnung.

Rosenbaum war seit der Nachricht vom Tod seines Gläubigers Reisinger düster geworden. Er hatte das Gefühl, sein unbarmherziges Schicksal sei wieder hervorgesprungen und habe seine Fratze gezeigt. Nur mit Mühe konnte er sich dem Anliegen der Frau widmen.

„Sie sind zum ersten Mal hier?", fragte er. „Ich weiß leider nichts von einer neuen Versorgungsberechtigten."

„Mein Mann ist heute Nacht gestorben!", brach es aus der Frau. „Ich bin jetzt Witwe!"

Rosenbaum lotste sie fürsorglich zum Kassentisch. „Oh, das tut mir leid! Dann setzen Sie sich bitte!"

Die Frau, um die fünfzig Jahre alt, nahm Platz.

„Wie hieß Ihr Mann?", fragte Rosenbaum, indem er die Liste aufblätterte.

„Franz, wie unser Kaiser. Scholler Franz."

Rosenbaum wusste sofort, um wen es sich handelte. Ein ehemaliger Kutscher.

„Ich bekomme doch jetzt eine Pension als Witwe!"

„Wann ist er denn gestorben?"

„Na, heute Nacht! Bei mir im Bett! Plötzlich war er tot!" Sie begann, verzweifelt zu heulen. „Es hat ihm doch nichts gefehlt!"

„Mit dem Herz kann schnell was sein." Er wollte sie beruhigen, sah sich jedoch außerstande. „Haben Sie denn eine Bescheinigung vom Doktor?"

„Noch nicht! Der Doktor hat erst am Nachmittag Zeit, hat er ausrichten lassen. Ist eh nichts mehr zu machen, hat er gesagt. Aber die Leichenträger haben ihn schon abgeholt."

„Nochmal: Wir haben den 1. Juni. Ist er im Mai oder im Juni gestorben, vor oder nach Mitternacht?"

Witwe Scholler war verblüfft. Darüber hatte sie offenbar noch nicht nachgedacht. „Ich habe mich auf den Nachttopf gesetzt, und dabei habe ich gemerkt, dass mein Franz nicht mehr schnauft! Und gleichzeitig ist der Nachbar heimgekommen, der kommt immer kurz *vor* Mitternacht heim, weil er bis um elf arbeiten muss."

„Also, dann ist er vor Mitternacht gestorben, noch im Mai."

Die Frau hatte sich beim Nachdenken ein wenig beruhigt. „Ja, so wird es gewesen sein."

„Dann sind Sie ab diesem Monat Witwe. Das bedeutet, dass ich Ihnen jetzt nur die Witwen-Pension auszahlen kann. Das sind vierzig Prozent der Pension Ihres Mannes." Rosenbaum rechnete auf einem Zettel. „Also 106 Gulden." Er griff in die Geldkassette und zählte die Scheine auf den Tisch.

„106 Gulden!" Die Frau schrie klagend: „Wie soll ich denn davon die Miete bestreiten?"

„Frau Scholler, bitte seien Sie froh, dass es die Pensionskasse gibt! Sie haben einen Anspruch darauf! Die Pensionskasse zahlt, weil sie zahlen muss, nicht weil der Fürst eine Gnade gewährt! Das ist der Fortschritt!"

Die Frau räumte das Geld traurig zusammen und steckte es ein.

„Ich werde Meldung an die Institutsanstalt machen, dass Sie ab jetzt regelmäßig Ihr Witwengeld abholen können." Rosenbaum klappte die Kassette zu.

„Ist recht, ja!", murmelte die Frau. „Danke!", fügte sie hinzu.

Er wollte die Frau schon hinauskomplimentieren, da belebte ihn eine Idee.

„Sie sagen, der Arzt kommt erst noch."

„Ja, heute Nachmittag."

Rosenbaum hielt ihr zwei Billetts entgegen. „Möchten Sie zwei Freibilletts für das Sommerfest?"

Das Angebot irritierte Witwe Scholler. „Gern! Aber mein Franz ist doch schon tot!"

„Vielleicht für Sie und eine Freundin? Dann wäre es aber gut, wenn Sie dem Doktor sagen, dass Ihr Mann erst nach Mitternacht verstorben ist, damit er in den Totenschein den 1. Juni schreibt."

„Ja ... ja ... aber wieso?"

„Dann kann ich Ihnen noch zwei Billetts geben, für den Juni."

Sie steckte die Billetts ein.

„Und den Schein bringen Sie bitte, sobald Sie ihn haben."

„Ja, das mache ich."

Es hatte funktioniert! Die Frau hatte seinen Plan nicht durchschaut. Rosenbaum lachte triumphierend ins Gesicht der Fratze seines Schicksals.

Er begleitete Witwe Scholler zur Tür. „Alles Gute", sagte er mitfühlend. „Und viel Kraft!"

Die Frau schlich davon, und Rosenbaum war erleichtert, dass nun Ruhe herrschte. Auch von Therese war nichts zu hören. Vermutlich lernte sie einen Text auswendig.

Er öffnete die Geldkassette und zählte 159 Gulden heraus. Knapp sechzehn Prozent des Betrages, den ihm das Schicksal an anderer Stelle geraubt hatte, war hereingeholt. Ein Verlierer ist nur der, der sich nicht zu helfen weiß, dachte er. Die Scheine verstaute er in einer Mappe, unscheinbar zwischen anderen gestapelt, von der selbst Therese nichts wusste. In der Liste notierte er: „Laut Frau Scholler am 1. Juni verstorben, letztmals volle Pension ausbezahlt."

Es regnete inzwischen. Rosenbaum rannte zum gräflichen Palais. Vor dem Eingang warteten bereits zwei Kutschen. Die eine war für den Grafen und das Ehepaar aus München gedacht, die zweite sollte Rosenbaum und die Baronesse Sophie durch den Nachmittag begleiten.

Rosenbaum traf im Empfangssalon auf den Grafen und seine Gäste. Sie waren bereit für die Nachmittagsausflüge. Um der Regenkühle zu trotzen, hatten sie Mäntel übergezogen.

„Nun, Herr Rosenbaum, wir werden in etwa fünf Stunden zurück sein. Der Regen kommt natürlich zur Unzeit!" Der Graf wandte sich zur Baronesse Sophie. „Mein Fräulein, du kennst Herrn Rosenbaum bereits. Er hat euch ja gestern in die Gästewohnung gebracht. Ihr werdet gemeinsam den Nachmittag verbringen."

Das Mädchen strahlte. „Gehen wir eine Torte essen?"

„Ja, gerne, Baronesse", sagte Rosenbaum. „Aber zuvor schauen wir uns noch was an."

„An was haben Sie denn gedacht?", fragte der Graf.

Die Baronin ging dazwischen. „Ich habe gehört, der Kaiser zeigt in den Räumen der Hofburg eine bestaunenswerte Sammlung von Mineralien." Und zur Baronesse: „Das sind bunte, glitzernde Steine."

„Das *Hof-Naturalien-Cabinet*", bestätigte Rosenbaum. „Daran habe ich auch schon gedacht."

„Und Muscheln und Schneckengehäuse, habe ich gehört", fügte die Baronin hinzu. „Von ganz seltenen Tieren." Sie zupfte dabei am Hut der Baronesse, als gelte es, bei diesen Ausstellungsstücken einen guten Eindruck zu hinterlassen.

„Ui, ja, die will ich sehen!", rief die Baronesse. „Diese bunten Steine will ich ganz besonders gerne sehen!"

Der Graf war zusammengezuckt. „Man sieht aber auch einige Knochen und präparierte Tiere. Das will ich zu bedenken geben!"

„Ui, ja, Tiere!", jubelte die junge Dame.

Der Baron meinte: „Wir haben in letzter Zeit öfter Jagdbeute heimgebracht. Ein bisschen ist Sophie schon daran gewöhnt. Was meinst du, Josepha?"

Die Baronin neigte sich wieder zur Baronesse. „Das sind aber keine lebendigen Tiere. Die sind schon alle tot. Man hat sie so hergerichtet, dass man sie noch immer anschauen kann. Du weißt doch, der Großvater hat einen Hirschkopf an der Wand hängen. So schauen die Tiere aus, die dort ausgestellt sind."

Die Kunst des Präparierens steckte noch in den Anfängen. Doch die ersten Ergebnisse waren bereits da und dort zu bestaunen, so auch im *Naturalien-Cabinet* des Kaisers.

Die Baronesse zeigte keinerlei Erschütterung. Im Gegenteil, sie war begierig darauf, das Angekündigte zu sehen.

Der Graf nahm Rosenbaum am Arm und zog ihn sanft Richtung Tür zur Eingangshalle, während ihnen die Familie aus München folgte.

„Rosenbaum, machen Sie aber bitte einen großen Bogen um die Afrika-Sammlung, das ist nichts für so ein Kind. Und einen noch größeren um den ausgestopften Mohren, den Soliman. Eine Dame dieses Alters damit zu behelligen, würde die Grenzen des moralisch Vertretbaren sprengen!"

Rosenbaum nickte. „Ja, das sehe ich genauso."

„Dann ist es ja gut!" Er wandte sich nach hinten und rief den Münchnern zu. „Jetzt schnell in die Kutschen! Die vierspännige fährt zum Schlafferhof."

Die Anfänge des *Hof-Naturalien-Cabinets* reichten zurück ins Jahr 1748, also in die Regentschaft von Kaiserin Maria Theresia. Ihr Gatte, Kaiser Franz Stephan von Lothringen, trieb ein lebhaftes Interesse an der Naturwissenschaft, weshalb er Sammlungen von Mineralien und Fossilien ankaufte und dafür ein Kabinett in Räumen der Hofburg einrichtete. Später kamen Muscheln und Schnecken hinzu sowie physikalische und astronomische Ausstellungsobjekte, außerdem ein Münzkabinett. Abgerundet wurde die Sammlung mit einer naturwissenschaftlichen Bibliothek, die mit hohem Aufwand stets auf dem neuesten Stand gehalten wurde.

Auch Kaiser Franz interessierte sich für die Naturwissenschaft und förderte sie nach Kräften – soweit sie nicht allzu freiheitliches Gedankengut theoretisch untermauerte. Er pflegte und erweiterte die

Sammlung um ein Tierkabinett. Es lag ihm auch daran, die Öffentlichkeit, die in beschränktem Ausmaß in die Räume gelassen wurde, mit fremden Kulturen bekannt zu machen, allerdings mit der pädagogischen Absicht, die für ihn selbstverständliche geistige und sittliche Überlegenheit des hellhäutigen Abendlandes herauszustellen.

Als erstes wollte Baronesse Sophie die „bunten Steine" sehen. Damit war ihr ja der Besuch im Kabinett schmackhaft gemacht worden. Rosenbaum, der die Räume gut kannte, lotste sie also sogleich zur Mineraliensammlung.

In mehreren kleinfächrigen Schaukästen war eine riesige Menge von Steinen ausgestellt. Nur einzelnen waren Zettel mit Angaben wie Namen und Herkunft beigefügt. Diese waren Funde aus dem Fichtelgebirge, aus Sachsen, Thüringen oder Böhmen. Einige wenige stammten aus Ländern außerhalb Europas, wie ein blutroter Quarz aus dem Sultanat Marokko oder ein metallisch schimmernder schwarzer Hämatit aus Indien.

Baronesse Sophie starrte begeistert auf die Schaustücke. Da nur wenige andere Besucher durch die Räume flanierten und keine Aufsichtsbeamten zu sehen waren, befanden sich die beiden fast durchgängig alleine in der Sammlung. Rosenbaum konnte es der Baronesse erlauben, immer wieder Stücke aus dem Schaukasten zu nehmen, in der kleinen Hand zu wiegen und vor die Augen zu halten. Sie stellte dabei Fragen, die Rosenbaum nur oberflächlich beantworten konnte. Aber die Baronesse gab sich meist rasch zufrieden. Sie freute sich an den vielfältigen Farben und Formen.

Nach einiger Zeit hatte sie sich sattgesehen, und Rosenbaum zeigte ihr einen Brennspiegel, mit dem schon Kaiser Franz Stephan experimentiert hatte. Er wollte mit dem glühenden Strahl von gebündeltem Sonnenlicht kleine Diamanten miteinander verschmelzen. Letztlich aber verbrannte die Hitze die wertvollen Stücke, sodass nur noch verkohlte Reste übrigblieben.

Das Ausstellungsstück konnte Baronesse Sophie kaum begeistern. Sehr viel mehr faszinierte sie ein Meteorit mit einem Gewicht von achtundsiebzig Pfund, ein mächtiger grauschimmernder Gesteinsbrocken.

„Der ist vom Himmel auf die Erde gefallen", erklärte Rosenbaum.

„Vom Himmel runtergefallen?" Sie konnte das nicht glauben.

Sie wechselten zur kopernikanischen Planetenmaschine, die Maria Theresia einst für ihren Gatten in Auftrag gegeben hatte. Sie führte den Lauf der Himmelskörper vor.

„Wie geht das, dass die Sterne herumfahren?"

„Da unten drin ist ein Uhrwerk."

Baronesse Sophie staunte und beobachtete sprachlos das mechanische Wunder.

Sie kamen in die Räume mit Objekten tierischen Ursprungs. Die Sammlungen von Muscheln und Fossilien wurden wiederum in Schaukästen gezeigt. Nur einige großflächige und wertvolle Fossilienfunde lagen in Vitrinen. An einer Wand waren zudem heimische und exotische Schmetterlinge zu sehen.

Im Raum arbeitete ein älterer Mann. Er war dabei, die Ausstellung zu erweitern. Gerade hob er eine Platte mit Holzrahmen auf einen Ausstellungstisch, auf der ein kleines Holzgerüst stand; daran lehnte er die Platte. Die Fläche war mit Samt beklebt und mit etwa sechzig aufgespannten Schmetterlingen bestückt.

Die Farbenpracht zog die Baronesse sofort an.

„Sind die schon tot?", wollte sie wissen.

Der Mann war vertieft in seine Arbeit. Nachdem der Holzrahmen platziert war, zupfte er akribisch mit einer Pinzette an den Flügeln all jener Tierkörper, die durch den Transport aus der Senkrechten geraten waren. Er freute sich über das Interesse der jungen Dame und ließ sich bereitwillig stören.

„Ja, junge Dame, die sind für die Wissenschaft gestorben."

„Hast du die Schmetterlinge totgemacht?"

„Ja", antwortete der Mann, während er den Fühler eines blauschimmernden Exemplars ausrichtete. „Ich bin ein Schmetterlingsforscher und muss meine Fänge leider umbringen. Aber wenn ich das nicht täte, dann würde man sie hier nicht ausstellen können. Dann würden sie hier im Raum herumfliegen."

Rosenbaum hatte noch die Versteinerung einer Echse betrachtet und kam nun hinzu.

„Das ist die Baronesse Sophie. Sie ist zu Besuch aus München."

„Das ist schön, dass ich Sie kennenlerne, Baronesse!"

Die Baronesse fixierte unterdessen eines der Tiere. „Du hast ja eine Nadel durchgestochen!"

„Ich muss die Schmetterlinge ja irgendwie befestigen, sonst rutschen sie hinunter."

„Aber das tut denen doch weh!"

Der Mann amüsierte sich über die Wissbegier des Mädchens. „Das tut denen nicht weh! Die sperre ich in ein Glas und leg einen Stoff hinein, den ich vorher mit Schnaps begossen habe. Die werden dann ganz betrunken davon und schlafen ein. Wenn ich sie mit der Nadel aufspieße, merken die Viecherl nichts mehr. So einfach geht das!"

Die Baronesse blickte weiter voller Mitleid auf den Schmetterling. Der Mann, der ein Herz für die junge Münchnerin gefasst hatte, versuchte, sie abzulenken.

„Schauen Sie sich doch diese hier an!" Er zeigte auf eine Libelle mit weit ausladenden Flügeln mit braunen Längsstreifen. „Das ist eine Antlion, eine Libelle. Die habe ich drüben im Amerika gefangen."

„Da, wo die Indianer sind?"

„Ja, genau da."

„Ist es da nicht sehr gefährlich?"

„Na ja, man muss halt aufpassen!"

Rosenbaum sah vergnügt zu, wie sich der Mann und die Baronesse angeregt unterhielten. Er verspürte einen Druck auf der Blase und hielt die Gelegenheit für günstig.

„Entschuldigen Sie, Herr Schmetterlingssammler", begann er scherzhaft, „ich müsste mal schnell wohin. Darf ich Sie kurz mit der Baronesse alleine lassen?"

„Ja, das ist mir eine Ehre!", antwortete der Mann. „Fragen Sie vorn beim Pförtner, der zeigt Ihnen das Örtchen, wo sie hingehen können!"

Rosenbaum zog sich also zurück, im Glauben, für die Baronesse eine zuverlässige Obhut gefunden zu haben. Als er jedoch zehn

Minuten später zurückkam, erklärte gerade der Schmetterlingssammler einem Besucherehepaar eines seiner Ausstellungsstücke. Die Baronesse war verschwunden. Aufgewühlt lief er auf die Gruppe zu.
„Wo ist denn die Baronesse?"
Der Mann zeigte in die Richtung eines angrenzenden Raumes. „Die ist in die Afrika-Abteilung gelaufen."
Rosenbaum erschrak. „Zum Mohr?"
Das Ehepaar begann zu kichern, und der Schmetterlingssammler zuckte gelassen mit den Schultern. „An der Natur ist nichts Verwerfliches!"
Für eine bissige Erwiderung war keine Zeit. Rosenbaum eilte los.
Die Afrika-Abteilung hatte der Kaiser vor etwa zehn Jahren einrichten lassen, um seinen Untertanen die Natur dieses Kontinents näherzubringen. Sie faszinierte den Kaiser und die Besucher seines Kabinetts. Auf großen Gemälden waren Pflanzen und Tiere dargestellt: Kakteen und Palmen genauso wie Antilopen und Löwen. In den Vitrinen wurden Knochen und Schädel von Tieren sowie Schmuck, Tongefäße und Jagdwaffen der Einheimischen gezeigt. Ein Prunkstück der Sammlung war das vollständige, mit Hilfe einer Holzkonstruktion aufgebaute Skelett eines Elefanten.
Die Sammlung verfügte über eine weitere Sensation, über die allerdings heftig diskutiert wurde: der sogenannte „ausgestopfte Mohr". Vor einer gemalten Kulisse mit einer afrikanischen Landschaft standen vier Schwarze, nur mit Federgürtel und Federkronen bekleidet. Von besonderer Bedeutung war das Präparat des Angelo Soliman im Vordergrund der Gruppe. Der Körper hielt sich stramm aufgerichtet, der rechte Fuß war etwas zurückgesetzt, der linke Arm leicht nach vorne gerichtet, als würde der Mann soeben gehen. Um seinen Hals und die Fuß- und Handgelenke trug er Ketten mit Glasperlen.
Vor diesem Panorama staunte Baronesse Sophie.
Angelo Soliman stammte aus dem östlichen Zentralafrika. Sklavenhändler hatten ihn bereits als zehnjähriges Kind nach Sizilien gebracht. Hier geriet er an den noblen Hof einer Marquise, wurde unterrichtet und christlich getauft. Es zeigte sich seine Intelligenz und

sein Ehrgeiz, und so wurde er rasch geschätzt und nachgefragt. Man verschenkte ihn an Fürst Lobkowitz, und so kam er nach Wien, zur Zeit der Regentschaft von Kaiserin Maria Theresia. Hier stieg er zum Kammerdiener und Reisebegleiter auf. Nach dem Tod seines Dienstherrn übernahm ihn Fürst Wenzel von Liechtenstein. Hofmohren, insbesondere Soliman, genossen großes Ansehen. Sie galten als Luxusgut, mit dem man seinen Reichtum und Status hervorheben konnte. Kaiser Joseph II., Maria Theresias Sohn und Regentschaftsnachfolger, schätzte ihn als Gegner beim Schachspiel.

Mit seinem Aufstieg begann Angelo Soliman zunehmend selbständig zu handeln. Durch den Gewinn bei einem Glücksspiel wurde er Aktionär einer Bergbaugesellschaft. Zudem stand er dem Gedankengut der Aufklärung nahe, wurde sogar in die Freimaurerloge *Zur wahren Eintracht*, zu der auch Mozart und Haydn gehörten, aufgenommen. Er heiratete heimlich eine Wiener Bürgersfrau und kaufte mit den Erträgen aus seinen Bergbauanteilen, mit Hilfe seiner Gattin als Strohfrau, ein Haus.

Als der Fürst von der Hochzeit erfuhr, entließ er Soliman zwangsläufig. Sklaven durften nicht heiraten, doch eine kirchliche Trauung konnte nicht aufgelöst werden. So wurde Soliman zum freien Mann, der dank seiner Anstellung als Erzieher beim Neffen des Fürsten eigenständig für seinen Unterhalt sorgen konnte.

Nach dem Geschmack des Hofes, insbesondere des inzwischen regierenden Kaisers Franz, übertrieb er es jedoch mit dem Erfolg und seiner freiheitlichen Grundhaltung. Als sich der Tod von Soliman näherte, begann sich der Direktor des *Hof-Naturalien-Cabinets*, Simon Eberle, auf die Verwertung seiner sterblichen Überreste vorzubereiten: Ein Holzgerüst mit Solimans Körpergröße, verstärkt durch eine Metallschiene, wurde angefertigt. Als der berühmte Mohr schließlich einen Schlaganfall erlitt, sicherte sich Eberle die Rechte an dem Leichnam. Die schwarze Haut wurde abgezogen, vom Bruder des Direktors präpariert und über eine Holzpuppe gespannt. Aus der Totenmaske modellierte man den Kopf der Figur.

So stand nun Angelo Soliman seit zehn Jahren, umgeben von drei anderen präparierten Mohrensklaven, in diesem Ausstellungsraum.

Die Rechnung von Simon Eberle war aufgegangen: Die Figur entwickelte sich rasch zum Besuchermagnet.

Rosenbaum war am Türrahmen stehen geblieben. Wie gerne hätte er dem Kind aus behütetem Haus diesen Anblick erspart! Sicher hatte sie noch nie in ihrem Leben einen Schwarzen gesehen, vermutlich auch keinen Toten, auf gar keinen Fall einen ausgestellten toten Schwarzen! Der Graf hatte ja ausdrücklich verfügt, diesen Raum zu umgehen!

Das Mädchen bewegte sich nicht, es starrte aus nur einem Meter Entfernung auf den „ausgestopften Mohren", wie er allgemein genannt wurde.

Rosenbaum trat vorsichtig an ihre Seite. Er wartete und überlegte, wie er sich verhalten sollte. Womöglich hatte sie der Anblick völlig verstört. Wie konnte er sie aus ihrer Starre befreien und auffangen?

Sie bemerkte ihn. Offenbar war sie angespannt, denn sie griff nach Rosenbaums Hand und ließ sie nicht mehr los.

„Warum hat der einen Rock an?", fragte sie schließlich.

Rosenbaum war überrascht. „Weil Neger in Afrika einen Rock anhaben. Die haben keine Beinkleider, so wie wir."

„Sind das Federn?"

„Ja, Federn von einem Papagei oder einem anderen Vogel."

„Und warum hat der einen Rock an?"

Rosenbaum wusste nicht, was er antworten sollte. „Damit er nicht ohne Rock dasteht."

„Was ist da drunter?"

Rosenbaum schluckte. „Haben Sie denn kein Brüderchen?", fragte er hilflos.

„Nein, ich hab kein Brüderchen. Nur eine Schwester, aber die ist daheimgeblieben."

„Da ist nichts drunter", behauptete Rosenbaum nun, in der Hoffnung, die Sache sei damit erledigt. „Kommen Sie, wir schauen uns noch ein paar Schmetterlinge an." Er zog an der Baronesse, aber die Mädchenhand entschlüpfte ihm.

Diese deutete schließlich auf den Federrock. „Hat der da drunter einen Zipfel?"

Rosenbaum wurde rot. Schweiß trat auf seine Stirn. Nicht, weil er sich schämte, sondern weil ihr Gespräch die ungünstigste aller Wendungen genommen hatte. Es war sein Auftrag, dem Kind den Nachmittag zu vertreiben, nicht aber, ihm Unterricht in Geschlechtskunde zu erteilen. Das wollte er besser den Eltern aus München überlassen.

„Ja", sagte er kurz und fasste wieder die Hand der Baronesse. „Kommen Sie, Baronesse, ich wollte Ihnen noch einen besonders bunten Schmetterling zeigen."

„Warum hat er dann einen Rock an?"

„Das ist in Afrika so. Da haben alle Röcke an. – Kommen Sie jetzt!" Er legte die Hand um ihre Schulter und drängte sie vom Panoramabild.

„Dann kann man einen Zipfel haben und trotzdem einen Rock anziehen?"

In wenigen Metern würden sie die Tür zur Schmetterlingssammlung erreicht haben.

„Sag!"

„Ob man einen Zipfel hat, hängt nicht vom Rock ab."

„Wovon denn dann?"

Rosenbaum rang mit sich. An dieser Stelle war das Gespräch nicht zum Abschluss zu bringen, das war ihm klar. „Nein. Davon, ob jemand ein Mann ist. Männer haben einen ... Zipfel."

Endlich waren sie im Kabinett mit den Schmetterlingen angelangt, und Rosenbaum konnte ihr ein riesiges Exemplar mit leuchtend blauen Flügeln zeigen, das auffälligste der gesamten Sammlung. Die Ablenkung gelang. Das Mädchen lief sofort auf die Schautafel zu und ließ sich einfangen.

Der Schmetterlingsforscher polierte einen Holzrahmen. Das Besucherpaar war weitergegangen.

Rosenbaum konnte sich nicht zurückhalten und ging auf ihn zu. „Ich hatte Sie gebeten, auf das Mädchen aufzupassen. Stattdessen ..."

Den Mann focht die Schelte nicht an. „Sie meinen den Soliman? Geh! Was regen Sie sich auf, mein Herr, daran hat man sich doch schon gewöhnt!"

„Sowas ist nichts für ein Kind mit sieben Jahren!"

„Was sieht man denn schon? Wie es halt in Afrika ausschaut!"

„Die Figur war mal ein lebender Mensch!"

„Alles für die Wissenschaft!", erwiderte der Schmetterlingsforscher unaufgeregt. „Man kann ein Kind nicht früh genug mit der Wissenschaft vertraut machen!"

Rosenbaum ließ sich nicht beruhigen. „Ja, wenn es wenigstens um die Wissenschaft gehen würde!"

Nun merkte der Mann auf: „Aha, so einer sind Sie! Sie meinen also auch, dass sich der Kaiser nur an dem Soliman rächen wollte, weil er ihm zu aufklärerisch geworden ist! Und, ich sag Ihnen eins: Recht hat er! Jetzt ist der Soliman wieder das, was er schon immer gewesen ist und was er nie einsehen hat wollen: ein nackerter Neger aus dem Urwald!" Er lachte verächtlich.

„Ich hoffe, seine Tochter schafft es endlich, dass man die Figur verbietet. Wenigstens hat sie den Bischof auf ihrer Seite!"

„Die Baronin von Feuchtersleben?" Der Schmetterlingsforscher lachte nochmals auf. „Aber nur, weil der Soliman getauft worden ist – wenn auch bestimmt nicht freiwillig." Er rieb mit dem Lappen weiter an dem Holzrahmen. „Aber echauffieren Sie sich nicht, mein Herr, ich hab gehört, der Kaiser gibt aus Klugheit nach. Der Soliman soll bald runter in den Keller kommen. Dann sieht ihn keiner mehr. Aber ein Wilder bleibt er trotzdem!"

Rosenbaum gab es auf. An den Starrkopf war nicht heranzukommen. Er ging zurück zur Baronesse Sophie, die gerade eine Stecknadel samt Schmetterling vom Untergrund gezogen hatte.

„Baronesse, das dürfen Sie nicht!" Er flüsterte, um den Forscher nicht zu alarmieren. Ungeschickt steckte er das Insekt wieder auf die Schaufläche. Weil es nicht sofort gelang, zerknickte er den linken Flügel. Verschwörerisch hielt er den Finger vor den Mund. „Pst! Das bleibt unter uns!"

Das Mädchen grinste und hielt ebenfalls den Finger vor den Mund.

„Gehen wir weiter!", bestimmte Rosenbaum.

Der Mann rief. „Sie müssen unbedingt noch ins Tierkabinett! Das gefällt dem Mädel gewiss! Es sind erst kürzlich neue Jagdtrophäen eingetroffen, erstaunlich gut präpariert. Da hinüber." Er zeigte die Richtung.

Baronesse Sophie sprang begeistert los. „Ja!"

Rosenbaum folgte. Er war froh, den unangenehmen Menschen hinter sich lassen zu können.

Den Grundstock des Tierkabinetts bildeten die Jagdtrophäen der Familie Habsburg sowie die Sammlung einer aufgelösten Falknerei. Laufend kamen weitere Objekte aus anderen Quellen hinzu. Zudem machte die Kunst der Präparation bemerkenswerte Fortschritte.

Die meisten Ausstellungsstücke kannte Rosenbaum bereits. Die Sammlung bestand aus einer großen Anzahl an Vögeln, insbesondere Greifvögel wie Adler, Falken und Bussarde, aber auch Rebhühner, Enten und Singvögel. In einer Waldkulisse standen ein Hirsch, ein Reh mit Rehkitz sowie ein Wildschwein und ein Paar Wölfe. Auf einem nachgebildeten Felsen kletterten eine Gämse sowie ein Steinbock. Jagdhunde waren zu sehen, außerdem eine besondere Attraktion: ein Braunbär, der gefährlich seine Tatzen hob. In den Regalvitrinen waren die kleineren Tiere ausgestellt wie Hasen, Marder, Biber und Eichhörnchen. Neu für Rosenbaum waren Sumpf- und Wasservögel, die für das Kabinett am Neusiedlersee erjagt und präpariert worden waren.

Baronesse Sophie stürmte begeistert in den Raum. Nur knapp konnte Rosenbaum verhindern, dass sie die Objekte umarmte und womöglich umwarf. Einzig vor dem Bären schreckte sie zurück. Rosenbaum nahm sie also wieder an die Hand und führte sie von Tier zu Tier, erklärte, was zu sehen war und erzählte, soviel er wusste.

Die Baronesse hörte aufmerksam zu. „Wieso hat der so kleine Ohren?", fragte sie bei einem Biber. Oder bei einem Hasen: „Kann der auch auf Bäume klettern?" Immer öfter ging sie vor größeren Tieren in die Hocke und studierte auch deren Unterseiten. Rosenbaum zog sie dann rasch zum nächsten Tier. Aber das neu entflammende Ziel ihres Wissensdurstes ließ sich nicht ersticken. Schließlich, als sie zwischen die Beine des Rehes sah, sprudelte die Kernfrage aus ihr heraus: „Tiere haben doch auch einen Zipfel!"

Man kann einem Kind nichts vorlügen, am wenigsten, wenn es

um Fakten der Natur geht! Das war Rosenbaum bewusst. Man kann ein Kind allenfalls ablenken. Aber diese Methode war hier inzwischen offenbar wirkungslos geworden. Also antwortete er: „Die meisten schon, aber nur die Männchen."

„Wieso hat das keinen?"

„Weil das ein Reh-Weibchen ist."

„Und der Hirsch?"

„Das ist ein männlicher Hirsch."

Sophie schaute. „Der hat aber auch keinen Zipfel."

„Der ist beim Ausstopfen verloren gegangen." Rosenbaum war froh, dass das Präparat von der Wirklichkeit abwich.

Baronesse Sophie war enttäuscht und suchte bei anderen Tieren. „Unser Hund Jupiter ist ein Männchen, sagt meine Mama. Der hat einen Zipfel! Den hab ich schon gesehen!", rief sie währenddessen. Bei einem Jagdhund wurde sie endlich fündig.

Zur Erleichterung von Rosenbaum erschöpften sich nach einer Weile die Energie und der Wissensdurst der Baronesse. Sie hatte Hunger und wollte nun ein Tortenstück essen.

In einem Kaffeehaus am Stephansplatz bekam sie eine Obersschaumtorte. Anschließend besichtigten sie den Dom. Da es aufgehört hatte zu regnen, spazierten sie durch die Straßen und beobachteten dabei, wie ein männlicher Pudel auf ein Weibchen sprang – Baronesse Sophie ließ sich nicht weiterschieben – und kauften schließlich eine lange Kette aus bunten Steinen. Damit bedankte er sich bei der jungen Dame für den netten Nachmittag. Er tat dies mit ehrlichem Empfinden, aber auch mit dem Hintergedanken, die Baronesse weiter abzulenken, um das heikle Thema, auf das sie sich so beharrlich eingeschossen hatte, in Vergessenheit geraten zu lassen.

So hüpfte sie den Eltern vergnügt entgegen und zeigte die neue Kette. Baron und Baronin von Eilenbach freuten sich mit ihrer Tochter, und auch Graf Esterházy machte ein zufriedenes Gesicht.

„Und was habt ihr im *Naturalien-Cabinet* alles gesehen?", fragte die Baronin.

„Wir waren bei den Mineralien und bei den Schmetterlingen, gell!", warf Rosenbaum ein.

„Ja, und Tiere haben wir viele gesehen", schwärmte die Baronesse. „Einen Bären und einen Hirschen! Und die Knochen von einem Elefanten!"

Der Graf merkte auf. „Von einem Elefanten?"

„Ja, riesig!"

Rosenbaum ging dazwischen. „Und weißt du noch, die vielen Vögel! Schwalben, Enten und ..."

Der Graf unterbrach seinen Sekretär: „Das Elefantenskelett auch? Beim Afrika-Panorama?!"

„Das war leider so ...", begann Rosenbaum.

Aber die Baronesse plapperte weiter: „Und Neger aus Afrika haben wir auch gesehen!"

Der Graf wollte einhaken, aber er kam nicht dazu.

„Und dann haben wir bei den Tieren die Zipfel gesucht!"

Die Baronin schrie und umklammerte ihre Tochter. „Was! Kind!"

Der Baron wandte sich mit hochrotem Kopf an Rosenbaum: „Mein Herr, ich denke, Sie sind uns eine Erklärung schuldig!"

Die Baronesse wollte weiterreden, aber die Baronin presste die Hand auf ihren Mund.

„Verehrte, gnädige Herrschaften, das war nicht so, wie die Baronesse sagt!" Rosenbaum ruderte mit den Armen. „Ich musste sie in die Obhut eines Herrn geben ..."

Der Baron zürnte: „Eines unbekannten Herrn?!"

„Was hätte ich denn tun sollen?" Rosenbaum kämpfte gegen Tränen der Hilflosigkeit. „Ich musste kurz ..."

„Aha!" Der Baron ballte die Hände zu Fäusten. „Und dann sind Sie mit meiner Tochter auf die Suche nach ..."

„Ewald, bitte sprich das nicht aus – in Gegenwart deiner Tochter!"

Rosenbaum beschwor den Baron: „Sie verstehen das falsch!"

Der Graf sah sich veranlasst, der Szene ein Ende zu bereiten. „Herr Rosenbaum, wir sprechen uns noch!" Er wandte sich an seine Gäste. „Ich werde die Angelegenheit mit der nötigen Schärfe mit meinem Sekretär unter vier Augen klären, seien Sie versichert!"

Der Baron zügelte sich: „Wir vertrauen auf Sie, Herr Graf!"

„Es tut mir leid, wenn durch mein Verhalten eine Irritation entstanden ist, aber ich bin unschuldig", sagte Rosenbaum leise und untergeben.

„Herr Rosenbaum, Sie können gehen!", befahl der Graf streng. „Wir sehen uns morgen zur üblichen Zeit!"

Rosenbaum fühlte sich zutiefst beleidigt und verletzt. Diesen Mangel an Vertrauen hatte er nicht verdient! Von der Baronesse konnte er keine Hilfe erwarten. Seine Hände waren leer.

Er verbeugte sich schlicht, versuchte dabei, würdevoll zu wirken, und ging davon. Die kleine Baronesse winkte ihm nach.

Später saß Rosenbaum wieder im Kärntnertorheater. Kürzlich hatte die Opera buffa *Die heimliche Ehe* von Domenico Cimarosa Premiere gehabt, die aber vielen seiner Freunde nicht gefallen hatte. Rosenbaum sah sie heute zum dritten Mal. Wegen Therese.

Im Foyer hatte er einige Bekannte getroffen, mit ihnen diskutiert und den neuesten Tratsch erfahren. Aber er war bald auf seinen Platz gegangen. Sein Bedürfnis nach Gesellschaft war mäßig.

Kurz vor der Ouvertüre setzten sich Madame Mozart und ein fünfzehnjähriger Knabe auf die Nachbarplätze. Rosenbaum grüßte. Er kannte die Witwe ein wenig. In der Pause, nach den letzten Takten des ersten Finales, begann sie ein Gespräch.

„Darf ich Ihnen meinen Sohn vorstellen, Herr Rosenbaum. Ich glaube, Sie kennen ihn noch nicht. Franz Xaver."

„Ich habe von ihm gehört", antwortete Rosenbaum freundlich.

„Er hat jetzt Unterricht beim Salieri. Das Talent von seinem Papa ist unverkennbar."

„Das ist schön. Die Welt braucht gute Komponisten."

„Salieri hat ihn eingeladen, die Oper von Cimarosa anzuschauen. ‚Und höre besonders der Therese Rosenbaum zu!', hat er gesagt."

„Das ist schön! Das sage ich ihr nachher!"

„Wenn Ihre Frau die Königin der Nacht singt, dann ist das der reichste Ersatz für alle Leiden, die ich wegen dem musikalischen Talent von meinem lieben Wolfgang durchmachen hab müssen."

„Das haben Sie schön gesagt, Madame Mozart!"

Rosenbaum freute sich wie ein Kind über dieses Lob für seine

Therese. Zugleich spürte er in seinem Inneren die Schürfwunde, die er heute davongetragen hatte. Etwas Balsam hätte er ebenfalls gebrauchen können. Sein Licht war immer nur Thereses Zuneigung und das Licht, das an ihr vorbei auf seine Existenz fiel.

„Ich hoffe, dass Ihre Frau weiter so viel hier singen kann, wenn die neuen Gesellschafter, die Cavaliere, die Hoftheater übernommen haben."

Rosenbaum fragte verängstigt: „Haben Sie was gehört?"

„Nein, nichts Bestimmtes. Aber die noblen Herren kennen viele andere Sängerinnen, die sie auch gerne hören möchten."

„Ja, da haben Sie recht, Madame Mozart. Die Welt ist voller Wölfe, die auf Beute warten, und voller Bullen, die andere wegdrängen. Man kann sich nie sicher fühlen."

# 10

Der Totengräber von Hietzing hatte erzählt, dass es in Döbling schon öfter Scheintote gegeben habe. Diese Auskunft ließ Peter nicht los. Also doch! Peter fragte immer danach, wenn er über einen Friedhof strich, aber noch nie hatte er eine so klare Antwort erhalten.

Die Nachricht, dass die Frau eines Richters verstorben sei und am Döblinger Friedhof beigesetzt werde, versetzte ihn unter Druck, endlich in das Dorf zu fahren und dem Hinweis nachzugehen. Nach einer Beerdigung war der Totengräber am sichersten anzutreffen. Die Feierlichkeit hatte am späten Nachmittag stattgefunden, also waren die frühen Abendstunden die beste Zeit.

Die Gräber umschlossen eine kleine Kirche. Ein breiter Weg führte vom Eingangstor zum Kirchenportal. Peter beschritt diesen Weg, spähte in die Grabreihen und entdeckte unter den wuchtigen Ästen einer Eiche zwei Totengräber bei der Arbeit.

Das Portal der Kirche stand noch offen. Das Licht der milden Abendsonne legte sich über die Steine, Kreuze und Figuren.

Peter wollte ungestört mit den Totengräbern sein. Also betrat er zunächst die Kirche, um zu sehen, ob sich noch weitere Leute auf dem Gelände aufhielten. Im Kirchenhaus war ein Mesner damit beschäftigt, den Altarraum zu kehren. Er bemerkte Peter und rief mit gedämpfter Stimme: „Ich muss die Kirche gleich zuschließen."

„Ich bete noch kurz zur Heiligen Jungfrau!", antwortete Peter, ebenso verhalten.

Dem Mesner war dies recht und er setzte seine Arbeit fort.

Peter kniete sich in eine Bank und sprach einige Ave Maria. Er widmete sie seiner verunglückten Frau. Ja, er vermisste sie, und in kurzen Abständen verspürte er den Wunsch, ihre Abwesenheit als quälende Leere zu spüren. In diesem Schmerz war sie gegenwärtig. Reue kam oft hinzu, weil er sie nicht verloren hätte, wenn er damals nicht so von Starrsinnigkeit und Missionarseifer getrieben gewesen wäre. Er versuchte, seine Gefühle für Clara während seines Gebetes aus der Tiefe zu holen, aber es gelang ihm heute nicht recht. Die Zeit des Lauerns, bis der Mesner verschwand, war kein Augenblick für Besinnlichkeit.

Endlich räumte der Mesner den Besen in die Sakristei, und Peter kam zum Ende. Als der Mesner auf die Tür zukam, trat Peter aus der Bank und verließ die Kirche. Der Mesner verschloss von innen das Portal.

Die Totengräber schaufelten noch immer am Grab. Peter umrundete die Kirche. Er beobachtete, wie der Mesner durch die Sakristeitür nach draußen kam und den beiden zuwinkte. „Bis morgen!", rief er. „Braucht ihr noch lang?"

„Halbe Stunde! Bis morgen!", antwortete einer der Totengräber. Der andere hob kurz den Arm zur Verabschiedung.

Der Mesner ging davon.

Nun war es Zeit, mit den Totengräbern ins Gespräch zu kommen.

„Grüß Gott, die Herrn! Ich muss euch was fragen!"

Einer der beiden, der Jüngere, pausierte und richtete sich auf. Dabei zog er seine Kappe vom Kopf und wischte den Schweiß von der Stirn. „Ja, gnädiger Herr?"

„Habt ihr schon Scheintote gehabt, hier in Döbling?"

Der Mann dachte nach. Dann sagte er: „Wir graben die Toten ja nicht mehr aus, wenn sie mal in der Erde liegen."

„Ihr müsst doch mal eine Ehegattin zu einem Toten legen, wenn dessen Sarg schon eingebrochen ist", schob Peter nach. „Da sieht man doch, ob sich der Tote noch bewegt hat."

Nun richtete sich auch der andere Totengräber auf. Auf dem haarlosen, runden Kopf des alten Mannes spiegelte sich die Sonne. Er hörte zu.

„Oder womöglich hat einer schon bei der Beerdigung von innen an das Holz geklopft."

Der ältere Totengräber stützte sich auf den Spaten und schüttelte den Kopf. „Also ich habe sowas noch nicht erlebt."

„Ich habe neulich mit dem Totengräber von Hietzing gesprochen."

„Der Schweiniger Maximilian?"

„Ich habe nicht nach seinem Namen gefragt, aber der hat gesagt, in Döbling seien schon Fälle vorgekommen."

Jetzt erinnerte sich der Kahlköpfige: „Ja, mein Vorgänger, der hat schon davon erzählt. Immer, wenn er zu viel Wein getrunken hat. Sonst erzählt man das nicht."

Peter wurde ungeduldig. „Was hat er erzählt?"

„Ein Mann hat gewollt, dass man seine Frau nochmal ausgräbt, weil er einen teuren Ring an ihrem Finger vergessen hat. Das hat der alte Köcher, mein Vorgänger, dann anscheinend gemacht. Jedenfalls hat er erzählt, dass die Frau völlig verkrümmt im Sarg gelegen ist."

Der junge Totengräber bekreuzigte sich: „Behüte Gott, dass ich sowas erleben muss!"

Peter atmete schwer. Die Geschichte traf ihn tief. „Das behüte Gott! Wahrlich!" Dann fragte er den Älteren: „Wie lange wartet ihr, bis ihr einen Toten eingrabt?"

„Meistens schon am nächsten Tag, oder am übernächsten. Wegen dem Gestank!"

„Ihr beerdigt viel zu schnell", meinte Peter grimmig. „Man muss warten, bis die Verwesung einsetzt."

„Das ist es eben! Die Verwesung! Man muss vorher beerdigen!"

„Ihr riskiert, dass einer scheintot begraben wird."

Der Kahlköpfige sah zu seinem jüngeren Kollegen und verdrehte die Augen. Schließlich fauchte er: „Gnädiger Herr, verzeiht, aber Ihr müsst den Gestank ja nicht ertragen!"

„Und ihr müsst ja nicht in der Erde einen grausamen Tod sterben!"

Der Kahlköpfige schimpfte zurück: „Wann kommt sowas schon mal vor!"

„Prüft ihr einen Toten, indem ihr einen Spiegel vor den Mund haltet?"

Die Totengräber zeigten sich ahnungslos: „Wieso denn das?", fragte der Jüngere.

Peter musste sich mühevoll im Zaum halten, um nicht noch wütender zu werden. „Wenn er lebt, beschlägt der Spiegel! Oder ein

Glas Wasser auf die Brust stellen, damit man den leichtesten Atem sehen kann!"

„So was machen wir hier nicht!", sagte der Kahlköpfige. „Das haben wir noch nie gemacht, weil es uns niemand befohlen hat!"

Peter gab es auf, diese beiden Einfaltspinsel weiter zu belehren. Es schien aussichtslos, ein Bewusstsein für dieses Thema zu wecken.

„Die medizinische Wissenschaft diskutiert lebhaft über den Scheintod und die Möglichkeiten, Betroffene vor einem grausamen Schicksal zu bewahren, und ihr tut so, als gäbe es keine Scheintoten!"

Der Kahlköpfige wollte diese Anschuldigung nicht auf sich sitzen lassen: „Da tut Ihr uns unrecht, gnädiger Herr! Natürlich wollen wir keine Scheintoten eingraben, aber wir sind keine Wissenschaftler!"

Peter senkte entmutigt den Kopf.

„Redet doch mit dem Pfarrer!", schlug der Jüngere vor.

„Ja, das mache ich", sagte Peter noch, dann wandte er sich ab. Er beschloss, dem Pfarrer einen Brief zu schreiben. Aber er versprach sich keine Wirkung. Denn schon oft hatte er solche Briefe an die Verantwortlichen gesandt, doch meist stieß er auf Ignoranz, so dick wie eine Festungsmauer. Die Wissenschaft hatte es eben schwer im Kaiserreich, dachte er und verließ verdrossen das Kirchengelände.

„Es wird Zeit!" Peter stand an der Tür von Jungmanns kleiner Wohnung und klopfte seit Minuten. „Jungmann! Michael!"

„Ich bin schon da!"

Der Schlüssel wurde umgedreht, und Michael Jungmann kam aus der Tür. Sein rundes Gesicht glühte.

Er war in einen tiefen Nachmittagsschlaf gefallen. Von der ersten Wahrnehmung bis zum Türöffnen war es eine grässliche Hetze gewesen. Fahrig schlüpfte er in seine Jacke.

„Hat der Versuch schon angefangen?", fragte Jungmann so geistesgegenwärtig wie möglich.

„Bist du wieder nüchtern?"

„Ich war vormittags etwas spazieren und hab im *Goldenen Krug* zu Mittag gegessen, aber hinterher muss ich wieder eingeschlafen sein ..." Er strich Brotkrümel von seiner Jacke.

„Dann komm. Die Versuchshorde säuft bereits seit einer Stunde."

Sie machten sich auf den Weg hinüber ins Strafhaus.

Peter begann, Jungmann auf das Folgende vorzubereiten. „Weißt du noch, was ich dir gestern erklärt habe?"

Jungmann fand in seiner Erinnerung nur vage Zusammenhänge. Aber er gab sich größte Mühe, sie wieder zu einem schlüssigen Ganzen zu fügen. Er wusste es zu schätzen, dass ihn Peter in seine Forschungen mit einbezog, um weiter in der Craniologie voranzukommen. „Ich hatte schon ziemlich viel Wein", gestand er. „Ein bisschen weiß ich noch was. Du hast mir den Versuch beschrieben, den du heute mit Gefangenen machst."

Sie verließen das Haus, standen nun in der Gasse.

„Du weißt noch, bei einer der letzten Sitzungen bei Baron Moser hat uns Andreas Streicher erzählt, wie Doktor Gall vorgegangen ist."

„Bei was vorgegangen?" Jungmann konnte sich beim besten Willen nicht erinnern.

„Bei der Entwicklung seiner Theorie. Genauer: bei der Bestimmung der Grundfakultäten."

Ein Pferdegespann durchfuhr die Gasse. Peter kannte den Kutscher, einen Handwerker aus der Nachbarschaft, und grüßte ihn. Endlich konnten sie über die Straße wechseln. Sie erreichten den Hintereingang des Strafhauses.

„Doktor Gall ist mit äußerster Präzision vorgegangen", fuhr Peter fort, während er das Schloss aufsperrte und das schwere Tor öffnete. „Es war ja nicht einfach, aus der Fülle von Fähigkeiten und Neigungen von Lebewesen diejenigen herauszufiltern, die als Haupteigenschaften, als Grundfakultäten betrachtet werden müssen; die also bedeutsam genug sind, um als eigenes Organ gelten zu können."

Sie betraten das Gebäude und stiegen eine Treppe empor. Jungmann hatte Mühe, bei Peters Geschwindigkeit mitzuhalten. Peter hatte sehr viel längere Beine, und Jungmann war zusätzlich durch seinen Kater geschwächt.

„Die exakte Benennung eines Organs ist von höchster Wichtigkeit, weil sie ja den vorherrschenden Gedanken der anschließenden Beschreibung eines Organs vorgibt."

„Du hast gesagt, es geht heute um das Organ des Mutes, wenn ich mich recht erinnere."

Peter nickte: „Ja!"

Jungmann war erleichtert, dass die Inhalte des gestrigen Gespräches wieder auftauchten.

„Es ist auch schon als Organ des Raufsinns bezeichnet worden."

„Ja, richtig!" Jungmann erinnerte sich stolz.

Sie kamen nun durch verschiedene Räume und Flure, die zum Verwaltungstrakt gehörten.

„Es ist besonders ausgeprägt bei robusten und kräftigen Menschen. Arbeiter, Fiakerkutscher, Stallknechte. Der Fahrer des Fuhrwerkes, den ich gerade gegrüßt habe, ein Zimmermann, verfügt über ein Prachtexemplar! Aber auch Militärs, die an vorderster Front kämpfen. Da ich im Strafhaus über eine große Schar solcher Menschen verfüge, liegt es für mich nahe, diesen Versuch von Doktor Gall zu wiederholen. Um selbst mein Verständnis der Craniologie zu verbessern. Und für dich ist es ebenfalls eine gute Studienmöglichkeit."

„Ich danke dir, dass ich als Beobachter dabei sein kann. Das freut mich wirklich sehr!"

„Und ich brauche dich auch", fügte Peter hinzu.

Jungmann fühlte sich geehrt. „Ja, nur zu! Gerne!"

„Du musst mir bei der Auswertung des Beobachteten helfen. – Du weißt, wo die beiden Organe des Mutes zu finden sind?"

Jungmann blieb stehen und legte beide Hände an die Mitte seines Hinterkopfes. „Ja, da. Beidseits."

Peter prüfte seine Anzeige und verschob seine Hände ein wenig. „Auf dem Niveau der Ohren dem Hinterkopf zu. Es ist noch am Schläfenbein, oberhalb der Naht zum Hinterhauptbein. Individuen mit ausgeprägten Mut-Organen haben folglich einen breiten Kopf. Das wirkt sich auf den Stand der Ohren aus. Löwen, Wildschweine und bissige Hunde sind mutige Tiere, haben entsprechende Organe und folglich weit auseinanderliegende Ohren. Rehe, Hasen und Kaninchen sind das Gegenteil."

Sie setzten unterdessen ihren Weg fort. Vor einer Tür hielt Peter an. Lachen und Grölen war zu hören. Außerdem eine schrille Frauenstimme. Peter erklärte weiter. „Doktor Gall weist ferner auf folgendes hin: Die Mut-Organe liegen dicht am Organ des Geschlechtstriebes. Tiere werden daher in der Brunstzeit oft erstaunlich furchtlos."

Jungmann amüsierte sich. „Auch beim Menschen ist das so!"

„Ja, da hast du recht! Die robusten, kämpferischen Individuen neigen zudem zu Vergewaltigungen. Du wirst gleich ein solches Exemplar kennenlernen! Bei Feiglingen hingegen hat Doktor Gall an diesen Stellen Vertiefungen festgestellt."

„Und was erwartet mich jetzt?"

„Hinter dieser Tür ist die Schreinerei. Am Sonntag steht sie leer. Ich habe ein Dutzend Gefangene eingeladen, mit Wein meinen angeblichen Geburtstag zu feiern. Alles Insassen, die in den nächsten Monaten entlassen werden. Also eine zufällige Horde. Sie werden zwangsläufig in Streit kommen. Dafür habe ich gesorgt. Aufseher, die sie jetzt mit Zurückhaltung beaufsichtigen, greifen ein, wenn es zu Gewalt kommt. Dann beginnt unser Einsatz! Wir wollen, sagen wir, den Streit aufklären und befragen sie. Wie werden sie sich verhalten?"

Jungmann rätselte. „Sie werden sich zu verteidigen versuchen."

„Wir müssen freundlich zu ihnen sein, sodass sie sich in Sicherheit wähnen. Sie sollen sich nicht verteidigen müssen. Die Mutigen nützen dann die Gelegenheit, sich selbst als vorteilhaft darzustellen. Und: Sie schimpfen nicht über ihresgleichen, benötigen jedoch ein Gegenüber, das sie verachten können. Das sind folglich die Feiglinge. Die Feiglinge hingegen stellen ihr Licht unter den Scheffel, beklagen sich ihrerseits über die Mutigen und verbünden sich mit anderen Feiglingen. Unsere Aufgabe wird es sein, die Zielrichtungen der Beschimpfungen zu notieren und zu erforschen. Was erhalten wir auf diese Weise?"

„Ich verstehe! Die Namen der Mutigen und die Namen der Feiglinge!"

„Erkannt! Und die Schädel dieser beiden Gruppen werden wir anschließend betasten. Ich denke, wir werden auf große Buckel, breite Hinterköpfe, aber auch auf beachtliche Vertiefungen stoßen!"

Endlich öffnete Peter die Tür zur Schreinerei. Jungmann war nun hellwach. Die angespannte Erwartung hatte seine Kopfschmerzen aufgelöst.

In der Mitte des Raumes feierte, wie angekündet, eine Gruppe von Männern. Eine junge Frau füllte die Becher, wenn sie leergetrunken waren. Da die Männer seit langer Zeit keine größeren Mengen Alkohol genossen hatten, schlug er heftig an. Die Stimmung in der Runde schäumte bereits. Einer der Sträflinge erzählte soeben prahlerisch eine Anekdote, die übrigen lachten oder schrien dazwischen. In den Ecken saßen Wachen. Sie waren bewaffnet, zeigten jedoch keinerlei Reaktionen. Sie beobachteten nur.

Peter wollte nicht, dass sie beide bemerkt wurden. Er dirigierte Jungmann hinter eine raumteilende Regalwand mit Werkzeugen und Farbeimern. Hier warteten sie.

„Was ist das für eine Frau?", fragte Jungmann leise.

„Das ist ebenfalls eine Insassin. Eine Hure. Ich lehre sie, ihren Geschlechtstrieb unter Kontrolle zu behalten. Ich habe den Männern das Versprechen abgenommen, sie in Ruhe zu lassen. Aber das wird ihnen nicht gelingen. Der Wein und ihre erzwungene Keuschheit treiben sie an. Der Hure habe ich die Aufgabe gestellt, jegliches Begehren zurückzuweisen. Wenn ihr das gelingt, stehe ich einem Gesuch auf Haftverkürzung freundlich gegenüber und werde es in der Strafhauskommission unterstützen."

„Die Anordnung des Versuches ist klug erdacht, Peter! Ihre Zurückweisung wird die Männer zusätzlich anheizen."

„Du siehst, wie diese Anordnung wirkt!" Peter wies auf die Probanden. Ein kräftiger Bursche war aufgestanden, um die Frau von hinten zu umarmen. Er griff nach ihren Brüsten. Die Frau schlug auf seine Hände und entwand sich. Der Bursche packte daraufhin ihren Rock und zog sie heran. Ein anderer mischte sich ein, versuchte, den Burschen zu bändigen. Die Stimmung verschärfte sich immer mehr. Peter war zufrieden.

Sie beobachteten weiter. Eine Explosion war abzusehen; der Punkt, an dem die Wachen zum Eingreifen gezwungen wären.

„Dieser Bursche mit den schwarzen Locken ist ein Mutiger! Das sieht und merkt man!", stellte Peter fest. „Nebenbei: Ich habe kürzlich von einer Behandlungsmethode im Narrenturm gehört, angewandt vom äußerst kompetenten Arzt Doktor Nord. Er hat Spanisches Fliegenpflaster auf die Mut-Organe von Patienten geklebt, die an übersteigerten Angstgefühlen leiden. Das Pflaster hat die Organe angeregt, die Durchblutung gefördert, und die Angstgefühle ließen deutlich nach. Leider nur für kurze Zeit. Aber die Herangehensweise ist bemerkenswert!"

„Schau!", rief plötzlich Jungmann.

Der Gipfelpunkt des Experimentes war erreicht. Die Frau hatte durch ihre Selbstbeherrschung die Männer so in Rage gebracht und ihre Rivalitäten angeheizt, dass nun Fäuste eingesetzt wurden. Ein Becher zerschellte am Schädel eines anderen. Es wurde geschrien und gerauft.

Die Wärter verständigten sich mit Blicken. Dann sprangen sie auf und versuchten, die Streithähne zu trennen. Da sie mit dem Prügeln nicht aufhören wollten, schoss einer der Wachen in die Decke. Der Knall entfaltete die gewünschte Wirkung. Die Männer stoben panisch auseinander.

Nun trat Peter hervor.

„Meine Herren", begann er in gespielt freundlichem Ton. „Das ist schade, dass meine kleine Geburtstagsfeier so enden muss. Aber glaubt nicht, dass ich das nicht verstehe. Wer freut sich nicht, wenn die Haft nur noch wenige Monate dauert und endlich wieder gehörig Wein genossen werden darf!"

Die Männer waren mit der Reaktion überfordert. Sie hatten alles erwartet, nur nicht diese sanften Worte.

„Barbara Krenz, komme Sie her!"

Die junge Frau wusste nicht, ob sie ihre Aufgabe zufriedenstellend erfüllt hatte, und folgte der Aufforderung zögernd. Sie knöpfte dabei das Oberteil ihrer Anstaltskleidung bis zum Kragen zu.

„Ich bin mit Ihr zufrieden", sagte Peter knapp. Er wollte ihr Prüfungsziel nicht vor den Männern verraten. Zu einem Aufseher gewandt fügte er hinzu: „Sie soll morgen in meine Amtsstube gebracht werden."

Die Frau lächelte erleichtert und verbeugte sich mit einer raschen Bewegung. Dann wurde sie von dem Aufseher in Empfang genommen und fortgebracht.

Nun war die Standhaftigkeitsprüfung vom craniologischen Experiment getrennt, und Peter konnte ohne Beschränkung mit der Erforschung der ahnungslosen Probanden beginnen. Er stellte sich an die Stirnseite des Tisches und gab sich weiter als verständnisvoller Anstaltsvater.

„Meine Herren, es betrübt mich, wenn ich solche Ausbrüche mit ansehen muss, und es liegt mir daran, die Zerstörungskraft, die sie verschuldet, im Keim abzutöten. Es liegt mir auch nichts daran, euch dafür zu strafen. Das ist Sache des Kriminalgerichts, das ihr alle kennengelernt habt. Nein, ich will diese Zerstörungskraft ergründen. Nur so kann sie besiegt werden. Ich halte euch daher an, mich dabei zu unterstützen. Das muss unser aller Interesse sein." Er bat Jungmann an seine Seite. Dieser, ganz bei der Sache, hatte bislang beim Regal gestanden und kam an den Tisch.

„Das ist Assessor Jungmann, der mich gelegentlich bei der Bewältigung meiner Aufgaben unterstützt."

Jungmann zeigte keine Veränderung im Gesichtsausdruck, hielt sich stramm, um eine respektwürdige Erscheinung abzugeben.

„Wir werden euch zu Befragungen in die Stube von Meister Breisel holen. Unterhaltet euch unterdessen weiter ruhig und ohne Streit, bis ich jeden einzeln rufen habe lassen."

Peter führte Jungmann in ein angrenzendes Zimmer, in der der Schreinereimeister an den Arbeitstagen seine Verwaltungsarbeiten erledigte. Peter setzte sich in die Mitte der Stube, Jungmann sollte am Schreibpult Protokoll führen.

Der erste Mann wurde hereingeführt. Es war der Mann mit den schwarzen Locken; derjenige, der von hinten an die Brüste der Frau gefasst hatte. Der stämmige Körperbau und die zugleich wendigen Bewegungen verleiteten dazu, den Burschen gleich auf den ersten Blick als kraftvolle, mutige Persönlichkeit einzustufen. Zudem war sein Kopf gedrungen und breit. Doch Peter wollte kein vorschnelles Urteil fällen. Der Mann musste sich zunächst vorstellen.

„Ich heiße Christian Ochsenberger und bin hier, weil ich in meinem Wirtshaus daheim in Wolkersdorf ein paar elende Lügner durchgeprügelt hab. Es tut mir leid, dass ich so ausfällig geworden bin und die Barbara so verwerflich angefasst habe. Herr Verwalter, das tut mir ehrlich leid! Ich bin eben ein kräftiger Bursche, der aber das Herz am rechten Fleck hat, wenn Ihr versteht, was ich meine, gnädiger Herr ..."

Sofort unterbrach ihn Peter: „Ochsenberger, Er braucht sich nicht zu entschuldigen. Mich interessiert vielmehr, was Er von dem anderen hält, dem Kerl, der aufgesprungen ist, um Ihn zurückzudrängen."

Ochsenberger lachte auf: „Ach, das war doch bloß der Haller Franz. Das war schon in Ordnung. Ich kann Menschen gut einschätzen und weiß, wer ein ehrenwerter Bursche ist, Herr Verwalter. Wenn wir draußen wären, würden wir uns öfter prügeln und den Rest vom Abend in der Weinschänke sitzen. So bin ich nun mal, aber das Herz hab ich am rechten Fleck!"

Peter gefiel die Aussage und er gab Jungmann das Zeichen, sie zu protokollieren.

„Und was ist mit dem Schmächtigen, der neben Ihm saß? Ist das nicht der Paul Unger gewesen, der vor Gericht einen Meineid geschworen hat."

Der Name hatte bei Ochsenberger Abscheu ausgelöst. „Ich will nichts Schlechtes über einen Mitgefangenen sagen, gnädiger Herr, alles erbarmungswürdige Kerls, aber der Unger Paul stichelt nur an und bringt selber nichts zustande. Wir nennen ihn den König der Lästerer. Den Namen hab ich erfunden, und allen gefällt er! Aber nichts für ungut!"

„Ist schon recht, Ochsenberger. Keines Seiner Wort verlässt diesen Raum!"

Jungmann notierte die Bemerkung des Probanden.

„Und die anderen?"

Ochsenberger packte aus und erzählte freimütig, welchen der anderen er mochte und welchen er nicht leiden konnte. Jungmann bekam viel zu schreiben.

Am Ende bedankte sich Peter für das freundliche Gespräch.

„Ich werde mich gewiss noch bessern", versprach Ochsenberger.

Peter blieb bei seiner großmütigen Haltung und verabschiedete sich mit den Worten: „Er ist schon recht, Ochsenberger, aber es schadet nie, weiter nach Vervollkommnung zu streben. Ihn erwartet ja bald die Freiheit."

Dem grobkörnigen Ochsenberger traten plötzlich Tränen in die Augen. „Ja", japste er, dann begann er zu schluchzen. Hastig verließ er die Stube.

Als nächstes wurde Paul Unger zu Peter und Jungmann gebracht, der König der Lästerer, der Meineidige.

Mit öligen Sätzen war auch er schnell zum Reden zu bringen. Wie Peter es vermutet hatte, hasste er Christian Ochsenberger. „Der muss überall seine Hände dranhaben! Der kann gar nicht anders! Der hat keinen Anstand und keine Moral! Auf den freut sich der Teufel schon!"

Peter fragte weiter, wollte alles wissen, was er über die anderen der Tischrunde dachte. Jungmann protokollierte fleißig.

Franz Haller wurde hereingeführt. Insgeheim zählte Peter ihn zu den Mutigen, denn er hatte einen breiten Schädel und saß wegen Vergewaltigung der Tochter seines ehemaligen Dienstherrn. Er sprach gut über Christian Ochsenberger und noch besser über sich selbst.

Die Befragung dauerte. Die zwölf Männer versäumten die Abendspeisung und die sonntägliche Abendandacht. Das war Peter egal. Niemand durfte die Schreinerei verlassen. Er brauchte sie noch.

Endlich waren alle Aussagen gemacht und dokumentiert. Die Ergebnisse schienen Peter eindeutig. Es hatten sich, mit großzügigem Ermessen, zwei Gruppen herauskristallisiert, die sich gegenseitig nicht mochten: die Mutigen und die Feiglinge. Die Einordnung eines Mannes, Jakob Traunfärber, machte Peter jedoch Kopfzerbrechen. Traunfärber war ein hochgewachsener Schmied mit magerem Gesicht, dennoch kräftig und derb. Vor etlichen Jahren hatte er einen Beamten des Magistrats mit einer Hacke bedroht und schwer beleidigt.

Peter studierte das Protokoll. „Er hat den Paul Unger eine hinterhältige Ratte genannt und den Christian Ochsenberger und den Franz

Haller ehrenwerte und kaisertreue Österreicher. Und trotzdem, Jungmann, trotzdem ... Hast du seinen Kopf gesehen?"

Jungmann nickte. „So schmal wie ein Spargel."

Peter grübelte. „Also gut", sagte er schließlich, „dann beginnen wir mit dem letzten Teil des Experiments."

Jungmann ergänzte erwartungsvoll: „Die Schädelbetastung!"

Die Sträflinge mussten sich in einer Reihe neben dem Tisch aufstellen. Peter und Jungmann schritten die Rückseite ab und betasteten die Hinterköpfe. Zuerst Peter, dann Jungmann, der zwischendurch auf sein Protokoll lugte und die Ergebnisse der Untersuchung eintrug.

Die Männer wunderten sich über das Verfahren, aber es war im Strafhaus allgemein bekannt, dass der Verwalter eine Wissenschaft betrieb, die gelegentlich zu unverständlichen Auftritten führte. Immer ging es um die Beschaffenheit von Schädeln. Schon etliche waren im Laufe ihrer Haftzeit betastet worden.

„Stark ausgeprägt", sagte Peter beim Ersten. „Vertieft", beim Nächsten. „Wenig, aber ausgeprägt", „Tief", „Ausgeprägt bis hinüber zum Geschlechtstrieb". Dann der ungewöhnliche Fall: Jakob Traunfärber. „Keine Ausprägung! Eindeutig keine Ausprägung", befand Peter.

Am Ende der Untersuchung nahm Peter das Protokoll an sich. Die Männer durften zum Tisch zurückkehren, Peter hingegen lehnte sich an eine Werkbank und versuchte, die Einzelergebnisse zusammenzufassen. Er kritzelte und überlegte. Jungmann sah ihm über die Schulter, half, wenn Peter eine Eintragung nicht entziffern konnte.

„Doktor Gall hat recht!", stellte er schließlich fest. „Er ist ein Genie! Seine These ist erneut bewiesen! Die Organe der Mutigen sind ausgeprägt, die Organe der Feiglinge hatten keine Kraft, die Schädel an dieser Stelle zu heben." Dann wandte er sich zu Jungmann. „Aber dieser Jakob Traunfärber ist mir ein Rätsel, Jungmann. Ein Mutiger ohne Ausprägung!"

Plötzlich fiel Peters Blick auf Pater Hieronymus. Er stand in der Tür, die zum Zellentrakt führte.

„Entschuldigen Sie die Störung, Herr Peter, aber ich habe etliche Männer bei der Abendandacht vermisst. Und hier finde ich sie."

„Ehrwürdiger Pater Hieronymus, sie stehen nun dem Wort Gottes zur Verfügung", gab Peter zurück.

Pater Hieronymus blickte skeptisch auf die Männer. „Ich bin erstaunt, dass hier so haltlos gefeiert werden durfte. Mit Wein sogar. Ich fürchte, von den Männern ist keiner mehr fähig, dem Wort Gottes zu folgen."

„Ich habe Sträflingen, die uns bald verlassen, eine kleine Annehmlichkeit gegönnt."

„Herr Verwalter, ich stehe schon eine Weile hier und habe einer Schädelbetastung beigewohnt!"

Peter trat auf Pater Hieronymus zu. „Ich habe meine Freigiebigkeit mit der Wissenschaft verknüpft. Der Herr hat uns den Geist gegeben, damit wir ihn für die Vervollkommnung der Menschheit einsetzen."

„Der Geist soll die Allmacht und Liebe des Herrn erkennen, nicht die Schädel seiner Mitmenschen."

Die Gegenrede des Paters wurde Peter lästig. Bislang hatte der Kirchenmann geschwiegen, wenn der Verwalter über Doktor Gall und dessen Lehre sprach, aber heute schien er wie angeheizt. Offenbar hatte er sich Rat bei anderen Geistlichen, vielleicht sogar bei seinem Abt eingeholt. Peter versuchte, ihn loszuwerden. „Ich schlage vor, ehrwürdiger Vater, Ihr bringt die Männer jetzt in die Kapelle. Einige Lieder und Gebete würden ihren Tag gewiss im Sinne des Herrn abrunden."

„Ich halte gerne eine Andacht für sie", sagte Pater Hieronymus in friedfertigem Ton. „Sie mögen vorausgehen. Verehrter Herr Verwalter, erlaubt mir aber noch eine Bemerkung zu eurer Wissenschaft."

Peter wollte nicht, dass die Sträflinge weiter zuhörten. Sie warteten nach wie vor am Tisch. Daher gab er den Wachen den Befehl, die Gruppe in die Kapelle zu bringen. Mit schweren Beinen, unsicher und schwankend, verließen sie die Schreinerei.

Peter lud den Geistlichen ein, am Tisch Platz zu nehmen. Pater Hieronymus ließ sich mit Widerwillen nieder. Er rümpfte die Nase, als ihm der Geruch der leeren Weinbecher entgegenschlug. Jungmann kam dazu und machte sich nützlich. Er schob das Geschirr auf die andere Tischhälfte, setzte sich und begab sich in die Rolle des Zuhörers.

„Um ehrlich zu sein", so begann Pater Hieronymus, „mich besorgt, mit welcher Nachdrücklichkeit Sie in diesem Strafhaus die Lehre dieses Doktor Gall vertreten. Dass sie in die Irre führt, ist doch offensichtlich. Was nämlich den Menschen zum Menschen macht, das ist seine Seele. Und die Seele ist doch mehr als eine Fleischmasse, eingesperrt in einem Schädel. Ihr Doktor Gall reduziert die Seele, und das ist gegen Gott gerichtet!"

„Ehrwürdiger Vater, verzeiht, Ihr seid ein vorzüglicher Beistand für die Insassen dieses Hauses, aber Ihr seid kein Arzt, kein Psychologe, und noch weniger ein Naturphilosoph! Die Medizin und Philosophie, gerne auch die Theologie, haben sich immer darüber gestritten, wo die Seele angesiedelt ist. Man hat sie schon im Blut angenommen, Descartes sogar in der Zirbeldrüse, doch alle haben sie im Gehirn verortet. Doktor Gall lehrt das einzig Richtige: Er sieht die Seele als Ausdruck aller Verrichtungen des Gehirns. Gott ist in der Gesamtheit aller Organe verwirklicht. Besonders allerdings im Organ des Lebenserhaltungstriebes, gleich am Ende der Wirbelsäule. Jeder, der zur Hinrichtung durch das Beil verurteilt ist, weiß, was ihm droht: die Vernichtung seines Lebens – und ein Angriff auf seine Seele, die sich nur durch ihre Unsterblichkeit in eine andere Sphäre retten kann."

Pater Hieronymus hatte bei Peters Ausführung die Zurückhaltung verloren. Er rief mit angespannter, hoher Stimme: „Genau das beweist doch, dass die Seele nicht an den Körper gebunden ist."

„Das behauptet Doktor Gall auch nicht!" Auch Peter wurde nun laut. „Das behaupten nur diejenigen, die seine Lehre nicht kennen! Gott ist ein wirkendes Wesen! Das Gehirn ist sein Werkzeug! Das darf man nicht verwechseln! Das Gehirn ist nicht die Seele, es ist die Behausung der Seele!"

„Ich erschaudere, wie Sie als Sprachrohr von Ihrem Doktor Gall von der Seele sprechen", gab Pater Hieronymus zurück. „Sie ist kein Mieter in einem Knochenkorpus! Sie ist die Gegenwart Gottes im

Inneren des Menschen. Die Seele braucht keinen Körper. Die Göttlichkeit im Menschen wird nicht vom Gehirn verwaltet, wie ein Strafhausverwalter dies mit den Insassen seines Strafhauses tut!"

„Alles Mentale hat seine Verankerung im Materiellen! Warum ist die Seele dann nicht in gehirnlosen Lebewesen vorhanden? Wie beispielsweise in der Pflanze? Die Pflanze hat keine Seele, weil sie kein Gehirn besitzt!"

„Und was ist mit dem Tier!", fragte Pater Hieronymus angriffslustig. Er war sich seines gewiss tragfähigen Argumentes bewusst: „Es hat ein Gehirn und trotzdem keine Seele!"

„Das Tier hat ein vergleichsweise kleines Gehirn – im Vergleich zu seiner Körpergröße! Und es verfügt nur über ein Gehirn, das die Grundfunktionen des Lebens steuert. Im fehlt die Stirn! Das edelste Teil des Gehirns! Die Stirn erhebt den Menschen über das Tier! In der Stirn sitzt der Sinn für die Zahlen, die Sprache, den philosophischen Scharfsinn, die Musik. Wonach sehnt Ihr euch denn, wenn Euer Gehirn vom vielen Lesen in der Heiligen Schrift müde geworden ist? Nach Musik! Sie erfrischt Euer Gehirn! Warum? Weil die Musik Euer Gehirn *beseelt*! Die Seele in Eurem Gehirn wird erfrischt. Und erfrischen lässt sich nur, was es auch tatsächlich gibt! Und noch etwas, ehrwürdiger Vater, das dürfen wir nicht vergessen: An der höchsten Stelle der Stirn thront das Organ der Theologie! Doktor Gall hat außergewöhnliche Ausbuchtungen bei den wichtigsten Religionsgründern nachgewiesen. Und schaut in die Kirchen: Darstellungen von Heiligen und Märtyrern zeigen meist hohe Stirnen, herausgehoben durch fehlenden Haarwuchs – während Judas oft mit dichten, schwarzen Haaren gemalt wird. All das sind doch unleugbare Zeichen dafür, dass in diesen Köpfen eine weitere Größe vorhanden ist, nämlich die waltende Seele!"

Nun war es für Pater Hieronymus an der Zeit, sein stärkstes Argument einzusetzen. „Sie können viel reden, verehrter Herr Verwalter, aber haben Sie schon einmal das Skelett einer Eidechse oder eines Frosches betrachtet? Tiere ohne Seelen! Sie besitzen sehr wohl eine Stirn, eine flache zwar, aber dennoch eine Stirn! Und was entdecken Sie auf dem Stirnbein, dem gott-zugewandten Teil des Schädels? Ein

Auge! Ein *Stirnauge*, ein sanfter Krater im Knochen, der an dieser Stelle so dünn ist, dass er die Gehirnmasse kaum bedeckt. Würde man Doktor Gall glauben, dann stünde das Tier unentwegt im Gespräch mit Gottvater! Das wäre doch undenkbar! Das ist unstatthaft, ja unsinnig, die bloße Körperlichkeit des Kopfes so weit zu erheben, dass man ihn zum Sitz der Seele macht! Ich betone nochmals, der Mensch ist mehr als sein Kopf! Er ist ein Geschöpf Gottes, und seine Seele äußert sich in seinem gesamten Wesen!"

Peter verzog den Mund. Mit dem Stirnauge hatte er sich nie befasst, und seines Wissens gab es auch keine Lehrmeinung von Doktor Gall zu diesem Naturphänomen. Es war ihm zu eng geworden mit Pater Hieronymus. Einem Impuls gehorchend erhob er sich. „Ehrwürdiger Pater Hieronymus, ich fürchte, wir werden uns nicht einig. Ihr seid ein Geistlicher, der den althergebrachten Weisheiten des Glaubens und der Kirchenväter das Wort redet, ich halte mich an meine Wissenschaft, die sich durch Experimente und Untersuchungen geschärft hat."

Auch der Pater stand auf. „Die Wissenschaft kann irren, der Glaube nie!"

„Weil der Glaube in der Kirche über der Wissenschaft steht, mussten schon bedeutende Gelehrte ins Feuer gehen!"

„Manche zurecht!"

Es folgte eine kurze Stille. Keiner erhob erneut das Wort.

„Meine Schutzbefohlenen warten in der Kapelle", erklärte der Pater schließlich ruhig.

Peter schluckte seinen Ärger hinab. Er wusste, er würde weiter mit dem Geistlichen auskommen müssen. Mit sanfter Stimme sagte er: „Dann wäre es gut, wenn Ihr mit ihnen noch einige Gebete sprechen würdet."

Pater Hieronymus verabschiedete sich mit unfreundlichem Nicken von Peter und Jungmann und verließ die Schreinerei.

Peter sah hinüber zu Jungmann und bemerkte mit süffisantem Lächeln, als er sicher sein konnte, dass ihn der Geistliche nicht mehr hörte: „Er ist ein Mutiger, das sieht man auf den ersten Blick. Er hat einen breiten Hinterkopf. Doch er hat keinen philosophischen Scharfsinn. Seine obere Stirn ist flach, man könnte ohne Fugen ein Brett darauf nageln."

Jungmann amüsierte sich über diese Analyse.

„Aber, Jungmann, wer mir nicht aus dem Kopf geht, das ist Jakob Traunfärber! Ein Mutiger und ein schmaler Hinterkopf. Das schließt sich aus."

# 11

Das Gewitter, das zwischen Rosenbaum und dem Grafen getobt hatte, verzog sich, nachdem die Gäste aus München abgereist waren. In einer ruhigen Stunde konnte Rosenbaum erzählen, was sich im *Naturalien-Cabinet* zugetragen hatte, und der Graf war allzu gerne bereit, den Vorfall zu entschuldigen. Noch mehr: Er war erleichtert. Der Graf brauchte Rosenbaum dringender als Rosenbaum den Grafen, denn sein Sekretär wusste so gründlich über seine Lebensumstände, seine Wirtschaften und seine Vermögensangelegenheiten Bescheid, dass es ihm unmöglich schien, einen adäquaten Ersatz zu finden.

Und der Graf wusste, dass Rosenbaum Vertragsverhandlungen mit seinen Geschäftspartnern so geschickt führen konnte, dass seine Seite immer einen Vorteil davontrug. Darum beauftragte er ihn, einen Obstgarten in der Wiedener Vorstadt zu besichtigen, den der Eigentümer, ein Bauer, der seine Miterben auszahlen musste, abstoßen wollte. Die Besiedelung der Außenbezirke von Wien verdichtete sich. Der Graf, der sein Kapital krisensicher anlegen wollte, interessierte sich zunehmend für Grundstücke in solchen Lagen, denn hier war mit Wertsteigerungen zu rechnen. Rosenbaum dachte genauso.

Während Rosenbaum den Garten mit dem Bauern abschritt, prüfte er die Gesundheit der Apfel- und Birnenbäume, fragte nach den Erträgen und verzog bei den Antworten den Mund, um vorzutäuschen, er habe sich noch erfreulichere Fakten erhofft. Rosenbaum erklärte, dass es bei der Wirtschaftslage, die sich zusehends verschlechtere, immer schwieriger werde, Gewinn mit dem Verkauf von Obst zu erwirtschaften; dies, obwohl der Graf gar nicht plante, mit den Früchten der wenigen Bäume Handel zu treiben. Der Bauer, der offenbar keine weiteren Interessenten an der Hand hatte, schraubte seine Preisvorstellungen herab, und so kamen sie schließlich zu einer

Einigung, die Rosenbaum allerdings noch mit dem Grafen besprechen musste.

Meist befriedigten Rosenbaum solch erfolgreiche Preisverhandlungen. Ja, auch heute hatte ihm das Täuschen und Feilschen Freude bereitet. Doch schon seit dem Erwachen trug er einen Kummer mit sich herum. Er ließ sich nicht fassen. Die Träume dieser Nacht waren beklemmend gewesen, diffus, nur ein unfassbares Gespinst aus Ängsten und Verletzungen. Die Verletzungen, die bedrückten ihn am meisten. Dass man ihm immer wieder zeigen wollte, dass er auf der gesellschaftlichen Stufe, auf der er sich bewegte, nichts zu suchen hatte. Im besseren Fall sollte er dankbar dafür sein, als Ehegatte von Therese geduldet zu sein. Der Schwiegermama galt er als Übel, der Graf sah in ihm einen Lakaien, den er herumschicken konnte wie einen Landsknecht. Und Therese? Ja, sie liebte ihn. Und dennoch spürte er in bösen Momenten ihren herabwürdigenden Stolz, Tochter einer Adeligen und eines Hofkapellmeisters zu sein. Dagegen war sein kräftezehrendes Tun und Machen, sein ehrliches Bemühen, das Mögliche aus seinem Leben zu holen, wirkungslos. Auch seine Liebe. Er fühlte sich außerstande, diesen Rückstand jemals aufzuholen. Die Träume dieser Nacht zeigten keine Geschichte, erst recht keine Lösung, sie bestanden nur aus wirren Bildern, die ihn niederdrückten.

Während des Rundgangs über den Garten musste er an den Friedhof an der Hundsturmer Linie denken. Er war nur wenige hundert Meter entfernt. Ein Neffe des Grafen war hier unlängst begraben worden, Rosenbaum hatte sich um den Grabstein kümmern müssen.

Als er sich von dem Bauern mit einem Handschlag verabschiedet hatte, drängte es ihn, nach dem frischen Grab zu sehen. Er wollte dem Grafen berichten können, ob es ordentlich hergerichtet war. Aber eigentlich suchte er die Stille des Friedhofs, um seiner Traurigkeit nachzuspüren.

Er band den Schimmel, der ihm für seine dienstlichen Besorgungen zur Verfügung stand, an einen Pfahl an der Friedhofsmauer. Sein Weg führte ihn zielstrebig an die Ruhestätte des Verstorbenen. Die Engelsfigur, die auf dem Stein mit der Inschrift saß, war kunstfertig gemeißelt, die Gravur fehlerlos. Rosenbaum strich mit der rechten Hand über die Oberflächen. Alles war fein poliert. Als er auch die Rückseite des Monuments begutachtete, entdeckte er eine zentimetertiefe Kerbe, eine Handbreit unterhalb der Engelsflügel. Offenbar hatten die Handwerker beim Transport nicht achtgegeben. Er würde den Mangel mit dem Grafen besprechen müssen.

Rosenbaum verließ das Grab. Der Ärger, der ihn aufgewühlt hatte, trat rasch wieder in den Hintergrund. Die Inschriften der benachbarten Steine zogen ihn an, als wollte er Trost und Verständnis herauslesen. Denn die Toten, die hier lagen, hatten den Lebenskampf hinter sich, wussten also, was es hieß, am Ende ein Verlierer zu sein. Einige von ihnen hatten sich gewiss, wie er, Rosenbaum, auf der langen Strecke dieses Kampfes aufgerieben.

Er fand den Vornamen Georg. Georg hatte auch sein Vater geheißen. Ein ehrlicher und aufopferungsbereiter Esterházy'scher Beamter, in Wien geboren, hatte viele Jahre in seiner Heimatstadt Dienst getan, Cäcilia Hitzinger geheiratet, drei Kinder großgezogen. Ein viertes, ein Mädchen, war im Kindesalter gestorben. Irgendwann musste der Vater mit seiner Familie in die Residenzstadt Eisenstadt, verrichtete weiter seinen Dienst, pflichtbewusst und stets loyal. Bis er schließlich starb. Vor über zehn Jahren, völlig unerwartet.

Rosenbaum erinnerte sich an die Abende zuhause, wenn der Vater keinen Dienst hatte. Er hatte Violoncello gespielt. Ein Musiker aus Haydns Kapelle gab ihm Unterricht. Wenn er ein Stück gut geübt hatte, dann spielte er es seiner Frau und den Kindern vor. Und er war glücklich, wenn es ihm gelang – und er ein kleinwenig der fürstlichen Pracht in seine Dienstwohnung holen konnte. Rosenbaum wusste, er wollte damit auch ihn glücklich machen. Er liebte seine Frau und seine Kinder. Rosenbaum war es noch immer ein Bedürfnis, am Namenstag des Vaters ein Gebet für ihn zu sprechen.

Er ging weiter. Suchte einen Weg, der ihn zu einem anderen Teil des Friedhofs brachte. Gedanken an seine Mutter zogen durch seinen Kopf. Sie wohnte nach wie vor in der Dienstwohnung, zusammen mit der Schwester Nany, erhielt eine angemessene Witwenversorgung. Rosenbaum freute sich, wenn sie Pfirsiche oder Brot aus Eisenstadt schickte oder nach Wien zu Besuch kam. Er hoffte, diesen Sommer ein oder zwei Wochen bei ihr verbringen zu können. Und er hoffte, dabei dem Fürsten nicht zu begegnen.

Dann aber dachte er plötzlich an die schlimmen Stunden, als Therese ihr Kind verlor.

Rosenbaum und Therese hatten im Juni des Jahres 1800 geheiratet und endlich ein gemeinsames Leben beginnen können. Schon nach wenigen Wochen war Therese schwanger geworden. Doch dann, Mitte Oktober, an einem kalten und regnerischen Tag, begannen die entsetzlichen Stunden. Rosenbaum kam am späten Vormittag von einer Inspektionsfahrt zu einer Schäferei nach Hause. Therese hatte eine Probe abgebrochen und lag nun mit bohrenden Kopfschmerzen im Bett. Am folgenden Tag ging es ihr zunächst besser. Als sie jedoch aus dem Unterleib blutete, brachte er sie zu ihrem Arzt, Doktor Oeppinger. Nach einer eingehenden Untersuchung sprach er die Befürchtung aus, sie könnte ihr Kind verlieren. Weinend fiel sie Rosenbaum in die Arme und hütete fortan das Bett. Rosenbaum holte einen langjährigen Freund, Doktor Leopold Eckhart, ans Krankenbett. Zu Eckhart hatte er größtes Vertrauen. Dieser verschrieb Medizin, die Sepherl eilig aus der Apotheke besorgte. Thereses Zustand verbesserte sich, und der anschließende Tag verlief ruhig. Eckhart besuchte sie, blieb zum Essen, verbreitete Zuversicht. Nachts, um zwei Uhr morgens, weckte Therese Rosenbaum. Sie blutete erneut. Sepherl wurde zu Eckhart geschickt. Dieser kam sofort, versuchte, was in seiner Macht stand, aber es zeigte keine Wirkung. Am Vormittag quälten sie heftige Schmerzen im Unterleib, am Nachmittag verlor sie schließlich die Frucht.

Seitdem war Therese nicht mehr schwanger geworden. Die Hoffnung, dass aus ihrer Ehe jemals Kinder hervorgehen könnten, war sinnlos.

Als Mutter Gassmann von der Fehlgeburt gehört hatte, war Eckhart für sie der Schuldige gewesen. Sie spritzte Gift wie eine Schlange. Und weshalb? Rosenbaum wusste warum. Eckhart war sein Freund, sein Vertrauensarzt. Es entsprach ihrer Logik, dass er versagt haben musste.

Rosenbaum schlug mit der Faust gegen einen Eichenstamm. Aus

hilfloser Wut und Verachtung. Ewig würde er mit diesen grässlichen Erinnerungen leben müssen. Nichts half gegen dieses Gefühl der Minderwertigkeit. Er lehnte sich müde an den Stamm. Sein Blick wanderte über die Landschaft aus Grabstätten und Bäumen. In der Ferne erhob sich eine niedrige, breitschultrige Kirche.

Die Sitzung des Pensionsinstituts war früher zu Ende gegangen, als Rosenbaum gedacht hatte. Nach einer nur kurzen Diskussion waren alle Anwesenden mit seinen weiteren Anlageplänen einverstanden. Das Sommerfest wurde abgerechnet, und es gab keine Klagen. Rosenbaum hatte es wieder bestens organisiert, großartige Künstler für die Darbietungen engagiert und vorzügliche Speisen und Getränke anliefern lassen. Ein besonderer Höhepunkt war ein chinesisches Feuerwerk gewesen. Eine Überraschung: Rosenbaum hatte dafür Caspar Stuwer gewinnen können, der die Wiener regelmäßig mit seinen Feuerwerken im Prater begeisterte.

Es war kurz nach Mittag. Rosenbaum ging auf dem schnellsten Weg zum Bühnenportal des Kärntnertortheaters, um Therese von einer Probe abzuholen. Das Ensemble arbeitete an der Einstudierung eines Unterhaltungsstückes mit Musik mit dem Titel *Die Spiele des Paris auf dem Berge Ida*. Er wartete und las die Ankündigungen. Heute Abend wurde noch ein Lustspiel gegeben. Morgen stand wiederum *Das Opferfest* auf dem Programm.

Aus dem Theater kam Klimbke. Wie immer so eilig, als müsse er zu einem Termin, der bereits eine Stunde in der Vergangenheit lag. Klimbke war dick und klein, stets hing eine Zigarre in seinem Mundwinkel. Sein Kopf glühte wie ein Kohlenstück. Als Sekretär der Theaterkanzlei saß er nah an Direktor Baron von Braun, nah an wichtigen Informationen. Rosenbaum besuchte ihn regelmäßig, denn nichts interessierte ihn mehr als die neuesten Gerüchte, die durch die Flure der Hoftheater wanderten. Trotz der Hektik, die Klimbke bei all seinen Verrichtungen an den Tag legte, ließ er sich bereitwillig aufhalten oder unterbrechen, denn es war ihm ein Bedürfnis, diese Gerüchte einzufangen, am Köcheln zu halten und bei jeder Gelegenheit weiterzugeben.

Als er Rosenbaum erblickte, rief er: „Grüß Gott, Herr Rosenbaum!"

Rosenbaum grüßte zurück.

Klimbke wollte weiterlaufen, doch plötzlich fiel ihm etwas Wichtiges ein. Er kam auf Rosenbaum zu. Der Zigarrenqualm hüllte ihn ein, Rosenbaum sah auf seine gelben Zähne.

„Rosenbaum", begann Klimbke, „ich hab eine Neuigkeit für Sie. Aber bitte, das bleibt unter uns. Ich kann auch nicht sagen, woher ich das weiß."

„Selbstverständlich, Klimbke, bleibt unter uns."

„Ich hab erfahren, was der Baron vorhat, wenn die neue Direktion zum Jahreswechsel die Hoftheater übernimmt." Klimbke hielt die Zigarre zur Seite und neigte seinen Kopf nach vorne. „Der Baron will etliche in Pension schicken, auch Ihre Gattin, und auch die Anna Gassmann. Schändlich ist das! So viel haben die beiden für das Theater getan!"

„Ist das sicher?"

„So gut wie, Herr Rosenbaum. So gut wie!"

Rosenbaum senkte den Blick.

„Und über die Höhe der Pensionen soll auch schon gesprochen worden sein."

„Und?"

„Die Frau Rosenbaum soll sieben- oder achthundert Gulden im Jahr bekommen."

„Und ihre Schwester, die Ninna?"

„Für die Anna Gassmann sind vierhundert geplant. Recht wenig, finde ich."

Rosenbaum hob den Blick und sah wütend in Klimbkes Gesicht. „Hat man darüber mit Salieri geredet?"

Klimbke zuckte mit den Schultern. „Das weiß ich nicht."

„Ich muss mit ihm reden!"

Klimbke legte den Finger auf die Lippen. „Rosenbaum, Sie haben mir was versprochen!"

„Ja, natürlich." Er klopfte freundschaftlich auf Klimbkes Schulter. „Ich sag nicht, von wem ich das weiß."

Jetzt blitzte es in Klimbkes Augen. „Ich hab nichts erzählt! Aber ich kann auch nicht meinen Mund halten, wenn es um zwei so reizende Damen geht. Die Hoftheater ohne die Rosenbaum und die Gassmann kann ich mir nicht vorstellen!"

„Danke, Klimbke!"

„Dann noch einen schönen Tag!" Klimbke nickte Rosenbaum mit einem herzlichen Lächeln zu und eilte davon.

Wenig später verließ Ninna das Theater. Natürlich konnte sein Verschwiegenheitsversprechen nicht gegenüber den Betroffenen gelten, dachte Rosenbaum.

„Warte, Ninna", rief er Ninna zu. Sie kam näher. „Ich muss dir und Therese was erzählen."

„Sie ist gleich da", sagte sie. „Was gibt es denn?"

„Ich habe gerade von Klimbke eine vertrauliche Nachricht zugesteckt bekommen."

Sie lachte. „Der Klimbke! Der hat Ohren wie eine Eule!"

„Ja, Joseph, das ist ja eine Überraschung!" Therese trat auf sie zu. „Ist deine Sitzung schon aus? Ist euch heute nichts eingefallen, über was ihr streiten könntet?"

„Der Klimbke hat dem Joseph was zugeflüstert."

„Oje, das mag was Gescheites sein! Der hat wieder an der Tür vom Braun gelauscht!"

Joseph hängte sich bei Therese ein und zog sie vom Vorplatz der Bühnenpforte. „Gehen wir los! Auf dem Weg sind wir sicher vor fremden Ohren!"

Ninna schloss sich an die andere Seite von Joseph.

Rosenbaum erzählte also von den mutmaßlichen Pensionierungsplänen des Direktors und nannte die Summen, die sie monatlich erhalten sollten.

Therese war stehen geblieben und sah zu ihrer Schwester: „Ninna, das kann der Baron doch nicht im Ernst vorhaben! Die Undankbarkeit schreit doch zum Himmel! Ich bin die allerbeste Königin der Nacht!"

„Das lassen wir uns nicht gefallen!", gab Ninna wütend zurück.

„Und was wollt ihr machen?", ging Rosenbaum dazwischen. „Der Baron denkt nur an das Geld – und an sonst gar nichts! Und die

Neuen, die die Herren Grafen und Fürsten engagieren wollen, werden auch nicht besser sein! Vor allem nicht, wenn der Esterházy mitredet! Das ist der Unfähigste und Geizigste von allen!"

„Weißt was, Therese!" Ninna schäumte. „Wir gehen mit dem Baron zum Soupieren. Der lässt sich immer gern mit feschen Frauen sehen! Und dann fühlen wir ihm auf den Zahn. Bei gutem Essen und einem Glaserl Wein wird er redselig!"

Therese war angetan. „Das wäre ja gelacht, wenn wir den nicht ausquetschen können wie eine Zitrone!"

„Aber bitte denkt's dran, was ich dem Klimbke versprochen hab!"

Ninna zwinkerte Therese zu. „Den kriegen wir schon von einer ganz anderen Seite!"

Rosenbaum atmete schwer. Das Vorhaben der Schwestern war ihm recht – trotzdem hatte er ein ungutes Gefühl.

Die Flötenuhr, das Geschenk Haydns an Thereses Vater anlässlich ihrer Geburt, hatte soeben neun Uhr abends geschlagen. Die Sonne war an diesem Frühsommertag bereits hinter den Häusern auf der gegenüberliegenden Gassenseite verschwunden. Die Nacht vertrieb die Farben aus der Stadt. Das Lärmen des Tages ließ nach.

Rosenbaum saß an seinem Schreibtisch in der Wohnstube und schrieb in sein Tagebuch. Sepherl hatte sich in ihr kleines Zimmer zurückgezogen. Therese war mit Ninna und Baron von Braun beim Soupieren. Immer wieder unterbrach Rosenbaum seine Arbeit, wenn er glaubte, ihre Schritte draußen im Treppenhaus zu hören. Jetzt? Nein, es dauerte noch. Es brauchte gewiss Zeit, den alten Herrn gesprächig zu machen.

Rosenbaum beschrieb gerade die letzte Seite seines Bandes. Es ist der 31. Mai 1806. „So schließe ich denn heute mein fünftes Heft des Tagebuches in einer sorgenvollen Lage, mit der finsteren Aussicht einer traurigen Zukunft und mit wenig Hoffnung eines besseren Schicksals. Möchte doch die Sonne der Freude scheinen und mit einem allgemeinen Frieden die Ruhe unserer Seele wiederkehren."

Er hatte mit dem ersten Heft im Juli 1797 bei einem Besuch in Baden begonnen – abgesehen von einigen Notizen, die ins Jahr 1790 zurückreichten. Seit September 1797 schrieb er regelmäßig. Und, als hätte er es geahnt, nur einen Monat später lernte er Therese auf Schloss Esterházy kennen, womit sein Lebensthema entstanden war: der Kampf um das Glück an ihrer Seite. Den ersten, den Kampf um sie und die Heiratserlaubnis, hatte er gewonnen. Den Erfolg konnte er nur kurz genießen, denn ein anderer musste fortgesetzt werden: der Kampf um ein glückliches Leben. Ein Sieg, wenn er sich jemals erringen ließe, schien in unendlich weiter Ferne. Dabei, und das war das Gold in seiner Hand, konnte er sich der Liebe von Therese gewiss sein. Aber ihre Liebe bedeutete noch nicht das Glück. Sie war der Grundstein, auf dem er ein festes Gebäude errichten musste. Doch bislang, so empfand er es, behinderte ruinenhaftes Gemäuer den Beginn der Bauarbeiten, das Material lag ungeordnet auf einer Halde, drohte zu verrotten. So führte er das Tagebuch fort, Tag für Tag, um sein eigenes Leben und das Leben seiner Stadt festzuhalten, in der Hoffnung, dem Glück Tag für Tag näher zu kommen. In der Hoffnung, auch das Glück irgendwann in Worte fassen zu können.

Nachdem die Tinte getrocknet war, schlug er das Heft zu und räumte das Schreibzeug in die Schublade. Er lehnte sich zurück und lauschte. Ein Geräusch. Nein, es war nur die Nachbarin, die mit ihrem Hund auf die Gasse ging.

Was mochten jetzt Therese und Ninna mit Baron von Braun besprechen? Wie würde es weitergehen, wenn Therese tatsächlich aus dem Theater gedrängt würde? Ein Teil ihrer Monatseinkünfte würde wegbrechen, Therese den Kern ihrer Lebensaufgabe verlieren. Sie würde sicherlich vermehrt Unterricht geben, aber das würde sie nicht ausfüllen, schon gar nicht befriedigen.

Er holte aus der Küche eine Weinflasche, schenkte sich ein. Unruhig stellte er sich ans geöffnete Fenster, um nach Therese zu sehen. Womöglich kam sie tief getroffen von Brauns Kaltschnäuzigkeit zurück. Womöglich würde er all seine Beruhigungskünste aufbieten müssen, um sie wieder aufzurichten.

Endlich erschien Therese in der Gasse. Sie lief beinahe. Rosenbaum glaubte, Unsicherheit in ihrem Schritt wahrzunehmen. Als sie ihn am Fenster bemerkte, winkte sie. Dann verschwand sie in der

Haustür, stieg hastig herauf in den dritten Stock und erreichte die Wohnung.

„Ich weiß schon, ist spät geworden!" Sie war gut gelaunt, offensichtlich hatte sie zusammen mit Baron von Braun und Ninna einige Becher Weißwein geleert. „Hast gewartet?" Eilig streifte sie ihren leichten Mantel ab und warf ihn über einen Stuhl. Dann umarmte und küsste sie Rosenbaum. „Alles ist gut!"

Rosenbaum blieb skeptisch. „Wo wart ihr denn?"

„Beim *Knödelwirt* in der Annagasse. Riesenknödel hat der Wirt, der Narrendattel, wieder gemacht! Die Ninna und ich dazu ein Schweinernes und der Baron eine Gans."

„Ja, und erzähl! Habt's ihr ihn ein bisserl aushorchen können?"

„Er sagt, es ist noch gar nichts entschieden!"

Rosenbaum fühlte sich bestätigt: „Also, dann ist auch noch gar nichts gut! Der sagt halt bloß nichts."

„Er sagt, er will sich nicht einmischen, was seine Nachfolger mit dem Personal machen wollen. Aber er kann sich nicht vorstellen, sagt er, dass uns was passiert, weil doch der Lobkowitz, der Schwarzenberg, der Pálffy und alle anderen uns sehr schätzen."

„Ja, und auch der Trottel von Esterházy ...", schimpfte Rosenbaum.

„Alle Fürsten schätzen mich, ja, und auch die Ninna. Und man wäre blöd, wenn man so was wie uns wegschicken lassen tät!, hat der Baron gesagt."

„Sowas sagt ein so alter Sack wie der Baron schnell, wenn er mit zwei Hübschen beim Essen sitzt und wenn schon etlicher Wein gesoffen worden ist."

„Geh! Joseph! Sei doch nicht eifersüchtig!" Therese drückte nochmals einen schmatzenden, weinhaltigen Kuss auf seinen Mund. „Du brauchst nicht eifersüchtig sein, Joseph. Wenn ich solchen alten Säcken schöne Augen mach, dann immer nur, damit es dir und mir zum Vorteil wird." Sie zwinkerte Rosenbaum verführerisch zu.

Sein Unmut verflog. „Das musst du mir versprechen!"

„Das hab ich dir schon hundertmal versprochen, aber du bist halt ein Hitzkopf und vergisst es immer wieder. Das gefällt mir an dir!"

„Ich will dich halt nicht verlieren!"

„An irgendeinen solchen Laffen? Geh! Joseph! Einen solchen wie dich krieg ich kein zweites Mal."

„Aber eine klare Antwort hast heut auch nicht gekriegt?", sagte Rosenbaum traurig, indem er sie fest an sich drückte.

„Der Baron ist nicht blöd und er lässt sich nichts rauslocken. Das weiß ich selber! Da helfen auch nicht drei Becher Wein. Aber die Ninna hat noch gemeint, ich könnte zur Not zur Kaiserin gehen. Die hat mir mal gesagt, ich kann jederzeit zu ihr kommen. Sie will für mich eintreten, hat sie gesagt, weil die große Maria Theresia meine Taufpatin gewesen ist."

„Das machst, Therese! Das ist eine gute Idee von der Ninna." Der Gedanke beruhigte Rosenbaum weiter. „Wir müssen machen, was geht!"

„Das können wir auch – wir zwei!" Sie fuhr dabei mit der Rechten von seiner Brust abwärts über seinen Bauch hinein in seine Hose. „Und jetzt hab ich noch einen ganz anderen Hunger!", flüsterte sie dabei.

„Ich auch!"

Heiße Sommertage folgten. Wien heizte sich auf, der Staub der Straßen wurde aufgewühlt. Es wurde unerträglich. Wer konnte, entfloh den Stadtmauern ins Grüne.

Rosenbaum, Therese und Ninna fuhren samt einer vollgepackten Tasche ins Brünnlbad am Michelbeuerngrund in der Josefstadt. Rosenbaum lieh sich vom Grafen eine einspännige Kutsche. Die beiden Damen nahmen im Wagen Platz, Rosenbaum auf dem Kutschbock.

Vermutlich bereits in der Römerzeit, spätestens ab dem späten Mittelalter nutzte man eine Quelle für Heilbäder. Das Wasser enthielt Schwefel und Glaubersalz. Vor etwa zehn Jahren war das Bad neu gebaut und um ein Kur-Badehaus und eine Gaststätte erweitert worden. Die Donau lag am anderen Ende der Stadt, und vielen war das Schwimmen im fließenden Gewässer zu gefährlich, sodass sich in den Sommermonaten hier im Brünnlbad jede Menge Wiener tummelten. Die beiden Becken, getrennt für Frauen und Männer, waren mit Steinen ausgebaut, es gab Umkleidekabinen, und man konnte sich nach dem Badespaß im Gasthaus stärken.

Therese liebte das Schwimmen. Sie nutzte jede Gelegenheit, sich im kühlen Nass zu erfrischen. Ninna schloss sich ihr gerne an. Über eine Stunde sprangen sie in Badekleidern, die ihre Körper züchtig verhüllten, in das Damenbecken, schwammen zügig auf und ab, standen am Beckenrand und plauderten mit anderen Frauen.

Rosenbaum saß lieber auf einer der schattigen Bänke. Für eine Viertelstunde hatte er das Baden genossen, dann war er zurück in die Umkleidekabine und vertrieb sich nun, in leichter Sommerkleidung, die Zeit mit der Lektüre eines naturwissenschaftlichen Buches, das sich mit der Optik beschäftige. Dazu rauchte er Pfeife.

Immer wieder blickte er hinüber ins Damenbecken. Im Westen zogen Gewitterwolken auf, und frische Windböen wehten über das Gelände. Er versuchte Therese oder Ninna ein Zeichen zu geben, dass sie allmählich aus dem Wasser kommen sollten. Aber sie waren viel zu beschäftigt, um auf ihn zu achten.

Schließlich, als starker Wind aufkam, entstand in der Badeanstalt Unruhe. Die Besucher verließen die Becken, drängten in die Kabinen, packten zusammen. Die Schwestern gehörten zu den letzten, die sich zur Eile genötigt sahen.

Die beiden schlenderten heran, wassertriefend, und holten ihre Kleider. „Wir sind gleich fertig", rief Therese. Sie stellten sich an den Schluss einer langen Schlange vor den Kabinen.

Endlich waren sie umgekleidet. Rosenbaum, inzwischen leicht verärgert, wartete bereits unter einem vorgezogenen Dach des Badehauses, bepackt mit einer großen Tasche, vollgestopft mit allem, was sie zu diesem Ausflug mitgenommen hatten. Seit einigen Minuten fielen Tropfen.

„Wir sind schon da!" Um ihre Arme hingen die nassen Badeanzüge.

„Was machen wir jetzt?", fragte Rosenbaum ratlos.

Therese sah kein Problem. „Na, in das Gasthaus! Warten, bis das Gewitter vorbei ist."

„Da rennen seit einer Viertelstunde alle rein. Das läuft schon über!"

Der vorwurfsvolle Unterton war nicht zu überhören. „Sei nicht bös, Joseph, wir haben wirklich nicht gemerkt, dass ein Gewitter kommt."

Ninna ging fröhlich dazwischen. „Ich weiß, was wir machen! Wir sind in ein paar Minuten, wenn wir schnell fahren, in Hernals."

„Im Gasthaus bei der Rivolla?" Therese war begeistert.

Rosenbaum protestierte: „Aber es regnet gleich fürchterlich!"

„Dann dürfen wir hier nicht lange herumstehen!" Therese nahm Rosenbaum an der Hand und zog ihn aus dem Brünnlbad, schob ihn auf den Kutschbock. Die Damen kletterten auf die Bank, unter das Halbverdeck.

Die Fahrt dauerte nur wenige Minuten. Als sie das Gasthaus in Hernals erreichten, war Rosenbaum durchnässt, als sei er in ein Becken im Brünnlbad gefallen. Es regnete dicht und heftig. In rascher Folge leuchtete der Himmel auf, und die Donnerschläge kamen schneller und kräftiger.

Rosenbaum lenkte das Fuhrwerk in eine offene Scheune.

„Komm, Joseph, schnell ins Warme, damit du dich nicht erkältest", rief Therese. Sie sprang mit Ninna vom Wagen und half, das Pferd auszuspannen und anzubinden. Dann rannten die drei hinüber in das Haus. In der Wirtsstube trafen sie, wie erhofft, auf Wilhelmine Rivolla, die gerade ein Tablett mit Punsch auf einen Tisch mit einer etwa zehnköpfigen Gästerunde brachte. Der Punsch wurde mit Applaus begrüßt. Die Gäste waren, dem Wetter zum Trotz, bester Laune.

Die etwa dreißigjährige, kraftvolle Frau war eine Kollegin von Josephine Goldmann und spielte gelegentlich in der Schauspielsparte der Hoftheater, hoffte aber auf ein festes Engagement. Sie stammte aus einer Bauernfamilie und hatte einen reichen Land- und Gastwirt in Hernals geheiratet, der seine Gewinne erfolgreich in Manufakturen in der Umgebung investierte. Das Gut war inzwischen so angewachsen, dass der Betrieb von einer großen Zahl von Bediensteten geführt wurde und Rivolla ohne Beschränkung als Schauspielerin auftreten konnte. Sie war jedoch ihren Wurzeln treu geblieben. Auf der Bühne wirkte sie burlesk, weshalb sie meist mit komischen und derben Rollen betraut wurde. Andererseits fand man sie mit Leidenschaft bei der Arbeit auf dem Gut. Sie war sich nicht zu schade, die Kühe zu melken, die Gänse zu schlachten und im Gasthaus für das Wohl der Gäste zu sorgen. Über Josephine war auch Therese bestens mit ihr bekannt. Die vorzüglichen Speisen hatten Therese und Rosenbaum schon oft in der großräumigen Gaststube genossen.

„Oje! Ihr Armen seid ins Gewitter gekommen!" Rivolla verteilte rasch die Punschbecher an die Gäste, dann nahm sie die Neuankömmlinge in Empfang.

„Wir waren im Brünnlbad", erklärte Therese.

„Da setzt's euch her!" Sie dirigierte die kleine Gruppe auf einen Tisch neben der großen Gästerunde.

Sogleich erhob ein schlanker, feinerer Herr den Punschbecher und prostete den Neuen zu. „Auf das Wohl der Herrschaften! Passen Sie auf, dass Sie sich nicht erkälten."

Die anderen folgten seiner Aufforderung.

„Danke! Wir bestellen gleich", antwortete Rosenbaum. Er war mit der Situation überfordert, denn sein vordringliches Interesse galt seinen Kleidern, die nasskalt an ihm klebten. Er streifte die Jacke ab und hängte sie über den Stuhl.

„Bring uns auch einen Punsch", bat Therese. „Und ganz schnell bitte, für den Joseph."

Rivolla lief los, und sofort darauf kam sie mit süß-dampfenden Bechern wieder. Sie genossen den ersten Schluck, während ein wuchtiger Donner die Stube erschütterte.

„Ui, das tut heut wie der Weltuntergang!", meinte Rivolla, aber die Bemerkung klang eher komisch, als dramatisch. Das Unwetter war nicht außergewöhnlich, eines der üblichen Sommergewitter, das sich bald verziehen würde.

„Ich mach mir echt Sorgen, dass Ihnen was ist, Herr Rosenbaum", fuhr Rivolla fort. „Ich würd Ihnen gern Sachen von meinem Manfred zum Anziehen geben."

Rosenbaum zögerte.

„Komm, Joseph, das musst du machen!", drängte Therese. „Lass dir das nicht zweimal sagen!"

„Ja, da hast du recht!" Er folgte Rivolla in ein Nebenzimmer. Eine Magd brachte ein Handtuch und trockene Kleidung. Die nasse nahm sie mit, um sie im Speicher auf eine Leine zu hängen.

Mit wohligem Gefühl kehrte er in die Gaststube zurück. Therese und Ninna saßen inzwischen am großen Gästetisch und lachten mit den anderen. Neben Therese stand ein leerer Stuhl, herangerückt für Rosenbaum. Er reihte sich in die fröhliche Runde.

„Darf ich vorstellen? Das ist Doktor Nord, Arzt im Narrenturm!" Therese deutete auf den schlanken Herrn, der ihnen zugeprostet hatte.

„Der hat mich gleich erkannt. Er war erst vor ein paar Tagen im *Opferfest*."

Auch die anderen stellten sich vor. In der Runde saß ein Hamburger Kaufmann namens Winter, ein Herr Kibitz mit seinen zwei Brüdern sowie der Großhändler Trausmüller mit seinen zwei Schwestern, außerdem noch die Herren Wallaschek, Weidmann mit Hund Franzl sowie ein Herr Bacher. Doktor Nord war nach Hernals gekommen, um sich mit einem Kollegen zu treffen, der aber nicht erschienen war. Die anderen machten hier eine Pause auf der Wanderschaft und waren durch das Gewitter zu einem längeren Aufenthalt gezwungen worden oder hatten im Garten des Anwesens den Sommertag bei Kaffee, Kuchen und Kegelspiel genossen. Der Erste, Herr Winter, hatte sich bei Rivolla für ein paar Wochen eingemietet, um in Abgeschiedenheit eine größere philosophische Arbeit zu schreiben. Auch Herr Bacher, der zur Hochzeit seiner Nichte angereist war, wohnte hier.

„Die Rivolla vermietet an Gäste, neuerdings!", schwärmte Therese.

„Ein wirklich wundervolles Zimmer!" Herr Winter war begeistert. „Es ist eine anmutige und inspirierende Gegend. Ich hatte viel Ruhe, um mich bei Spaziergängen meinen Überlegungen hinzugeben. Und Madame Rivolla ist eine vorzügliche Zimmerwirtin!"

„Joseph, das wär doch auch was für uns! Das tät dir und mir gut, ein paar Wochen hier bei der Rivolla!"

„Ich reise in zwei Wochen zurück nach Hamburg. Sie können es gerne übernehmen."

„Bitte, Joseph! Ninna, sag auch was!"

„Ich komm euch auf jeden Fall besuchen, dass es euch nicht fad wird!"

Rosenbaum war unschlüssig. „Aber wir wollten doch wieder nach Eisenstadt zu meiner Mutter!"

„Das können wir ja trotzdem. Später!"

„Und beim Grafen stehen ein paar wichtige Arbeiten an. Der renoviert ein paar Zimmer in seinem Palais ..."

„Schau, dann sitz ich nicht alleine in der Wohnung herum und wart auf dich. Derweil kann ich mich hier erholen. Und du kommst so schnell wie möglich, wenn alles erledigt ist."

Nochmals unterstützte Ninna sie. „Die Josephine kommt bestimmt auch gern. Und dann gehen wir zu dritt ins Brünnlbad! Und hinterher zum Essen zur Rivolla."

Therese drückte einen dicken Kuss auf Rosenbaums Wange. „Joseph, denk an den Staub, der ganz Wien die nächsten Wochen einhüllt wie ein Nebel. Hier hast du eine gute Luft!"

Rosenbaum konnte sich nicht länger sträuben. Als Rivolla eine zweite Runde Punsch brachte, wurde das Geschäft abgeschlossen. Sie sollten für zehn Gulden am Tag die Nachmieter von Herrn Winter werden. Ein stolzer Preis, aber die Gegend sei es wert, versicherte Herr Winter.

Das Gewitter ging vorüber, der Regen ebenso. Die kräftige Juni-Sonne trat hinter den Wolkenresten hervor, und im Nu kehrte der Sommertag zurück. Das Glitzern der Tropfen auf der Wiese verschwand. Die Gesellschaft verließ die dunkle Stube. Die Wanderer machten sich wieder auf den Weg. Der Rest besetzte die Tische im Garten, die eilig von zwei Mägden trockengerieben wurden.

Die bunte Gesellschaft, vom Gewitter zusammengeführt, begann mit einem Kegelturnier. Da Rosenbaum einige Würfe gelangen, rangierte er bald auf einem oberen Platz. Seine Laune verbesserte sich, und er fühlte sich wohl unter den unbekannten Menschen. Nach dem Kegelspaß wurde das Abendessen bestellt. Rivolla trug ihr Bestes auf. Anschließend Bier aus eigener Brauerei und Wein aus einer Kelterei ihres Gatten. Sie brachte eine Gitarre für Agathe, eine Schwester von Herrn Trausmüller, und eine Violine für Herrn Wallaschek. Ninna sang eine heitere Arie und schließlich Therese die Arie der Königin der Nacht. Dann wurde zum Tanz aufgespielt, in den Pausen Lieder geträllert und Kanons angestimmt.

Die Dunkelheit zwang Rosenbaum mit Therese und Ninna schließlich zum Aufbruch. Sie hatten ein gutes Stück Weg nach Hause, und Pferd und Kutsche mussten noch in die Stallung von Graf Esterházy gebracht werden. Rosenbaum konnte wieder in seine eigenen Kleider schlüpfen. Die Magd hatte sie vom Speicher geholt und in die Sonne gehängt, wo sie rasch getrocknet waren.

Der Abschied fiel schwer und leicht. Ja, der Sommer fing gerade erst an. Und einige aus der Gesellschaft, auch der ungewöhnlich leutselige Doktor Nord, wollten in den nächsten Wochen öfter kommen, um diesen angenehmen Abend zu wiederholen. Therese und Rosenbaum würden auf jeden Fall anzutreffen sein, das Zimmer war ja angemietet. Inzwischen freute sich auch Rosenbaum auf die Sommerfrische in Hernals.

# 12

Auch wenn es mit den musikalischen Fertigkeiten von Karoline Weber nur zäh voranging und viele falsche und schiefe Töne zu ertragen waren, besuchte Peter in enger Zeitfolge die Unterrichtsstunden. Standen Verpflichtungen dagegen, begann er diese Besuche zu vermissen, und blieb bei der nächsten Möglichkeit länger. Cäcilie Kern arbeitete geduldig mit ihr an den endlosen, gleichartigen Figuren einer Etüde. Schon seit über einem Monat war Karoline mit nichts anderem beschäftigt, als die Töne im Notentext zu identifizieren und in den richtigen Fingersatz zu übersetzen. Gleichzeitig wurde an der Klangschönheit gearbeitet. Auch diesbezüglich war noch viel zu tun.

Heute war Peter zusammen mit einem Wachsoldaten in die Näherei gekommen. Das verunsicherte Karoline. Überwacht wurde die Unterrichtsstunde ja bereits von der Aufseherin, die wie üblich an einem Werktisch saß und strickte.

Es geschah lange nichts Ungewöhnliches. Der Soldat hockte, wie es Peter ihm befohlen hatte, auf einem Stuhl in der Ecke.

Als der Unterricht zu Ende ging, Cäcilie Kern noch die Übungsaufgabe mit Karoline besprach, stand Peter auf und stellte sich zu den Frauen.

„Karoline Weber, Sie bleibe noch. Ich möchte mir noch ein vertieftes Bild von Ihrem Fortschritt machen."

„Wie Ihr wollt, gnädiger Herr", sagte Karoline misstrauisch. Was meinte er damit?

Zur Aufseherin gewandt, befahl Peter: „Bringe Sie Frau Kern in die Zelle. Um Frau Weber kümmere ich mich weiter."

„Jawohl, Herr Verwalter."

Cäcilie Kern verabschiedete sich von Karoline und wurde fortgeführt.

Unterdessen rief Peter den Soldaten heran. „Bringe Er ihn jetzt!"

Dieser wusste, was zu tun war, und verließ ebenfalls die Näherei.

Karoline begann nun, während sie Peter im Blick behielt, die Noten zusammenzuräumen. Was erwartete sie? Wer wurde dazugeholt? Peter wirkte plötzlich unsicher. Er zögerte offenbar, mit seinem Vorhaben fortzufahren. Das beruhigte sie ein wenig. Ihr Empfinden, dass sie auf den klobigen, undurchschaubaren Menschen Eindruck machte, bestätigte sich in diesem Moment. Wie ein Junge, der in einem viel zu großen Erwachsenenkörper steckte, stand er da.

Aber es blieb nur ein Moment. Peter gab die nächste Anweisung: „Höre Sie bitte auf einzupacken. Sie soll noch einmal spielen."

„Ich fürchte, der gnädige Herr wird enttäuscht sein von meinen Fortschritten." Karoline blieb äußerlich in der Rolle der Gefängnisinsassin, die sich vollkommen dem Verwalter unterzuordnen hatte. „Ich habe Angst, ich kann diese Erwartung nicht erfüllen, und Ihr werdet bald die Geduld mit mir verlieren. Mein Weg der Besserung wird abbrechen."

„Sie denkt von der falschen Seite", entgegnete Peter. „Ich habe keine Erwartung an Sie. Die Erwartung hat Ihr Organ des Tonsinns. Nämlich, dass Sie ihm zu seiner inneliegenden Bedeutung verhilft."

„Aber es ist so schwer! Geradezu aussichtslos!", brach es aus Karoline.

„Die Mühsamkeit Ihres Weges ist nur Folge des Zustandes, in dem Sie sich am Beginn der Wanderschaft befunden hat. Die gebührende Ausgestaltung eines Organs benötigt ein entsprechendes Umfeld. An diesem Umfeld hat es Ihr in Ihren Kindertagen gefehlt! Der Vater von unserem Joseph Haydn war ein Wagner. Ein ehrenwerter Handwerker, aber kein Tonkünstler. Aber, so habe ich gehört, es wurde in seiner Familie immerhin regelmäßig gesungen. Und ein Lehrer hat sich seines Talentes angenommen. Sonst hätte es sicher länger gedauert, bis sich sein Genie entsprechend seiner Hirnorganisation Geltung verschafft hätte. Bei Ihr ist es ähnlich, aber schwieriger. Wie bei unserem Haydn: keinen Musiker als Vater, aber trotzdem gesegnet mit einem großen Tonsinn. Die Ausbildung ist sehr stark verzögert, weil Sie ja vordem keinen Lehrer gehabt hat und noch dazu erst auf einen fehlerhaften, verbrecherischen Weg geraten ist, der viel Ihrer Lebenszeit geraubt hat. Dank der heutigen Wissenschaft ist aber auszumachen, welcher derjenige Weg ist, den Sie gehen muss, auch wenn es ein schwerer sein wird. Aber Erfolg und Glück, im harmonischen Akkord mit der von Gott gewollten Hirnorganisation zu leben, wird auch Sie zusehends für die Mühen entschädigen!"

Karoline lächelte. Der Vortrag hatte sie beeindruckt. Doch sie wusste nicht, ob sie an all das glauben sollte. Im Grunde war ihre Meinung irrelevant. Sie hatte ja ohnehin keine andere Wahl. Doch solange der Verwalter von ihren Fähigkeiten überzeugt war, konnte sie sich im Strafhaus als privilegiert und geschützt fühlen.

Es klopfte an die Tür. „Ich bringe den Ochsenberger!", rief der Wachmann von draußen.

„Warte Er noch eine Minute!"

Die Wendung machte Karoline Angst. Sie kannte diesen Ochsenberger nicht.

„Ich möchte, wie ich schon gesagt habe, einen vertieften Blick auf Ihren Fortschritt werfen. Zum Fortschritt gehört auch die Zurückdrängung des Geschlechtstriebes, der mit der Förderung des Tonsinns einhergehen muss. Was nützt es, wenn Sie künftig zwar gut Geige spielen kann, aber trotzdem weiter in ehrloser Weise in Männerkreisen Ihr Unwesen treibt. Ich will Sie deshalb prüfen, ob sich der gestärkte Tonsinn inzwischen über den Geschlechtstrieb erhebt!" Dann rief er zur Tür. „Herein mit dem Ochsenberger!"

Der Wachmann führte Christian Ochsenberger in die Näherei, den stämmigen Mann, der beim Experiment mit den Mutigen und Feiglingen an die Brüste der Schankkellnerin gefasst hatte.

„Zu Diensten, gnädiger Herr Verwalter", brummte Ochsenberger.

„Ich brauche Ihn für einen Versuch." Peter wies auf Karoline, die fassungslos und ohnmächtig auf den Neuankömmling blickte. Sie kannte sein Gesicht von den sonntäglichen Versammlungen im Hof, aber hatte noch nie seine Bekanntschaft gemacht.

Peter schickte den Soldaten vor die Tür. „Ich rufe Ihn, halte Er sich bereit." Niemand, auch kein Wachmann, sollte Zeuge des Versuches werden. Dann dirigierte er Ochsenberger zu Karoline. „Stelle

Er sich hinter die Frau." Und zu Karoline: „Sie spiele die Etüde, die Sie gerade probt. So inbrünstig wie möglich. Achte Sie auf Ihren Tonsinn, spüre Sie seine Macht."

Peter trat zwei Meter zurück, um beide gleichzeitig im Blick zu haben.

Karoline gehorchte. Sie hob nervös ihre Violine auf, legte sie auf die Schulter, starrte auf die Noten und setzte den Bogen an. Zaghaft erklangen die ersten Töne. Ein Lauf von Achtelnoten aufwärts und abwärts, dann um eine große Sekunde nach oben verrückt nochmals ein Lauf, aufwärts und abwärts. Sie spürte Ochsenberger im Rücken, der offenbar nichts tat, als sie von hinten zu betrachten. Den Tonsinn spüren, all seine Macht! So hatte es der Verwalter gefordert! Sie versuchte also, sich in die Musik zu versenken. Die Läufe gerieten von Takt zu Takt besser.

Peter rief zu Ochsenberger: „Fasse Ihr jetzt an die Brüste!"

Karoline erschauderte, doch das feuerte sie an, umso intensiver zu spielen. Sie wusste, worauf es jetzt ankam!

Auch Ochsenberger war erschrocken. Das scheinbar sinnlose Herumstehen hatte ihn bereits genug verwirrt, aber dieser Befehl versetzte ihn vollkommen in Staunen. Trotzdem begann er unwillkürlich zu grinsen. Er verwandelte sich in ein lüsternes Ungeheuer, griff durch Karolines Arme, umschlang ihren Oberkörper und hielt sich an ihren Brüsten fest. Dabei drängte er sich gegen ihren Rücken, rieb sich an ihrem Steiß.

Karoline kreischte. Sie riss Violine und Bogen in die Höhe, um sie nicht zu gefährden, und versuchte, sich aus der Umklammerung zu befreien. Aber Ochsenberger ließ nicht ab.

Peter merkte umgehend, dass die Versuchsanordnung gesprengt war. „Halt! Ochsenberger!", brüllte er. Da dieser nicht reagierte, packte er Ochsenberger an den Schultern und zerrte an ihm. Doch er war nicht zu bändigen.

„Wache!", rief Peter panisch.

Sofort schoss der Wachmann herein. Dieser war geübt im Umgang mit renitenten Insassen. Ein paar gezielte Handgriffe und ein Faustschlag genügten, um Ochsenbergers Leidenschaft unter Kontrolle zu bekommen. Er ließ Karoline los. Sie stürzte auf den Boden, konnte ihren Fall aber so steuern, dass das Instrument in der Höhe blieb.

Der Wachmann hielt Ochsenberger im Würgegriff. Dieser erkannte allmählich, wie arg er sich danebenbenommen hatte, und wurde demütig. „Entschuldigt, gnädiger Herr ...", röchelte er.

„Bringe Er ihn in seine Zelle!", befahl Peter.

„Soll er mit Stockhieben bestraft werden?"

Peter überlegte kurz. „Nein", bestimmte er schließlich. „Ich hätte es wissen müssen, dass er nicht taugt. Er ist ein Mutiger und kann nichts dafür." Dann sah er scharf in Ochsenbergers Gesicht. „Er wird noch lernen müssen, seine schlechten Eigenschaften besser zu beherrschen!"

Der Wachmann löste den Würgegriff.

„Aber Ihr habt doch gesagt ..."

Stimmt!, dachte Peter. Man darf einem Mutigen keinen Freibrief ausstellen. „Darum bekommt Er auch keine Stockhiebe", antwortete Peter. Er wusste, dass seine Erklärung unschlüssig war, aber er wollte Ochsenberger loswerden. Auch wegen des Wachsoldaten, der möglichst wenig mitbekommen sollte. Er gab ihm das Zeichen, er solle Ochsenberger wegbringen.

Der Wachmann packte den Sträfling am Arm und führte ihn hinaus.

Karoline war unterdessen aufgestanden und zog ihren Anstaltsanzug zurecht. Die Violine hatte sie auf einen Arbeitstisch gelegt.

„Hat Sie sich verletzt?", fragte Peter besorgt.

Karoline rieb sich die linke Schulter. „Nicht so arg." Sie vermied es, Peter anzusehen. In welch grauenvolle Situation hatte er sie gebracht!

Peter registrierte nicht, welche Enttäuschung und Wut er hervorgerufen hatte. „Hat Sie bemerkt, dass Sie die Geige unwillkürlich schützen wollte?", fragte er fasziniert.

Karoline nickte und meinte trocken: „Ja, ihr ist nichts passiert."

„Sie hat eine große Liebe zu dem Instrument. Und warum? Weil Ihr Tonsinn will, dass er weiter gefördert wird."

„Da habt Ihr gewiss recht", erwiderte sie, ohne es selbst zu glauben.

Sie standen sich unentschlossen gegenüber.

„Es ist beruhigend, dass Sie nicht durch dieses Scheusal verletzt wurde", sagte Peter endlich. „Ich habe eine falsche Wahl getroffen." Er sah zum Boden.

Seine Unsicherheit fachte Karoline plötzlich an. „Wollen wir es nochmals versuchen? Ihr macht es bestimmt geschickter."

Peter zögerte. „Wenn Sie meint, wiederholen wir." Er gab sich nun unbeirrt und energisch. „Anders lässt sich das Stadium der Entwicklung wohl nicht konstatieren."

Karoline ging also zurück zum Notenpult, Peter stellte sich an ihren Rücken. Sie begann zu spielen. So mühsam und ungleichmäßig wie vorher. Doch sie konnte sich besser konzentrieren. Sie wusste, dass keine brutale Attacke folgen würde.

Peter verharrte lange. Er hörte zu, ohne das Gespielte wahrzunehmen. Dann überwand er sich, trat noch näher an sie heran, legte sein Kinn in ihre roten Locken und umfasste mit seinen beiden, großen Händen ihre Brüste. Er spürte, wie sie sich mit den Bewegungen des Bogens senkten und hoben. Und er spürte, wie sich die Knospen verhärteten und gegen seine Handflächen drängten.

Karoline spielte konzentriert fort. Kämpfte sich mit den Achtelnoten der musikalischen Figur aufwärts, kämpfte sich abwärts. Sprang zur nächsten Figur, eine große Sekunde nach oben versetzt.

Plötzlich nahm sie den Bogen von den Saiten.

Sofort zog Peter seine Hände zurück. Er war irritiert. „Warum geigt Sie nicht weiter? Ihr Organ des Tonsinns ist stärker geworden, stärker als das Organ des Geschlechtstriebes."

Karoline sagte, ohne sich umzuwenden. „Ich habe an Seinen Garten gedacht."

„An meinen Garten?"

„Wachsen die Nelken wie gewünscht?"

„Ja. Sie wachsen. Der gesamte Garten nimmt Gestalt an. Ein Maurer richtet gerade einen Tempel auf. Er soll der Göttin der Muse geweiht werden."

Karoline drehte sich um. „Darf ich diesen Garten sehen?"

Peters Gesicht verfinsterte sich. „Ich kann Sie unmöglich aus dem Strafhaus führen."

„Darf ich ihn sehen?"

Peter überlegte. „Wenn Sie entlassen ist. Dann zeige ich Ihr meinen Garten."

Peter war unbeirrbar davon überzeugt, dass Jakob Traunfärber, der Mann mit dem Spargelkopf, zu den Mutigen gehörte. Andernfalls wäre er von den übrigen Mutigen, also jenen mit eindeutig ausgeprägten Organen des Mutes und Raufsinns, nicht als ihresgleichen angesehen worden. Und die Feiglinge hätten ihn nicht mit ihren Aussagen aus ihrem Kreis ausgeschlossen.

Was aber war das craniologische Geheimnis von Jakob Traunfärber?

Nur der *Craniologische Zirkel* konnte helfen, insbesondere Andreas Streicher.

Peter beschrieb also beim nächsten Treffen im Palais von Baron Moser seinen Versuch sowie Traunfärbers Mut-Organ. Jungmann bestätigte die Ausführungen.

„Das ist in der Tat merkwürdig." Auch Streicher wusste zunächst keine Erklärung. Nach kurzer Überlegung kam er allerdings zu Folgendem: „Unser Doktor Gall hat bei einigen Untersuchungen der Gehirnmasse, also nicht der Schädeloberfläche, sondern des Gehirnfleisches, festgestellt, dass qualitative Unterschiede möglich sind. Die Konsistenz, also die Dichte des Organ-Materials, kann durch einen divergierenden Grad von Feuchtigkeit beziehungsweise Trockenheit verschiedenartig sein und daher die Ausprägung beeinflussen. Die Kräftigkeit eines Organes sei aber laut Doktor Gall die gleiche."

Streichers Zuhörer, die üblichen Mitglieder des *Craniologischen Zirkels*, staunten.

Um die Erkenntnis weiter zu verdeutlichen, fuhr Streicher fort: „Ameisen können ein Vielfaches ihres Körpergewichtes tragen, der Mensch hingegen nicht. Das Muskelgewebe der Ameise muss folglich konsistenter sein. Die Konsistenz eines Organes lässt sich aber natürlicherweise nicht an der Schädelform ablesen. Dazu muss man die Gehirnmasse selbst untersuchen."

Damit musste sich der Zirkel zufriedengeben. Zwangsläufig.

Peter ließ sich am folgenden Tag die Strafakte von Jakob Traunfärber kommen.

Jakob Traunfärber betrieb in der Josefstadt eine Schmiede. Wie aus dem Urteil des Strafgerichtes zu erfahren war, hatte er ohne Genehmigung durch das Unterkammeramt seine Werkstatt um einen Anbau erweitert, und zwar auf dem Grundstück seines ehemaligen Nachbarn. Ein Anwohner hatte Traunfärber denunziert, und so war ein Beamter vorstellig geworden. Dabei war es zum Streit gekommen, und Traunfärber hatte den Amtsträger beleidigt, tätlich angegriffen und sogar an der Schläfe verletzt. Die Polizei wurde alarmiert, Traunfärber verhaftet und verurteilt. Er verbüßte seither eine dreijährige Gefängnisstrafe.

Eindeutig eine mutige Tat, fand Peter, einen Beamten des Magistrats zu attackieren.

Peter forschte weiter. Er befragte Ignaz Ullmann, der ja als Erster Amtsoffizier am Unterkammeramt tätig war, zuständig für Brand- und Bauaufsicht.

Der betroffene Beamte war ein Kollege von Ullmann. Peter erfuhr, dass das Nachbargrundstück einem Bürstenmacher gehört hatte. Wenige Wochen zuvor war dessen Haus abgebrannt, mutmaßlich durch einen defekten Ofen in der Werkstatt. Ein zwölfjähriges Kind des Meisters sei in den Flammen umgekommen, erzählte Ullmann weiter. Der Bürstenmacher verlor sein gesamtes Hab und Gut und konnte sich einen Wiederaufbau nicht leisten. Der Verkauf an Traunfärber, der als Interessent aufgetreten war, sei unumgänglich gewesen.

Der Brand wurde in der Akte des Kriminalgerichtes mit keiner Silbe erwähnt. Peter empfand dies als ungeheures Versäumnis. Denn: Jeder, auch ein Feigling, sei imstande, ein Nachbargrundstück zu kaufen, um darauf seinen Betrieb zu vergrößern. Ein Kriminalkommissar, und als solcher fühlte sich Peter in diesem Fall, blickte tiefer in einen Sachverhalt und zog einen Umkehrschluss: Ein Schmied wollte seine Schmiede erweitern und benötigte ein freies Nachbargrundstück.

Die Brandursache war laut Ullmann nicht eindeutig geklärt.

Peter befahl, man solle Jakob Traunfärber in seine Stube bringen.

Traunfärber musste sich ducken, um durch den Türstock zu kommen. Dass er sich nicht leicht einschüchtern ließ, dass man ihm einen scharfen Angriff auf einen Beamten zutrauen konnte, zeigte sich auch jetzt. Eine Vorladung beim Verwalter des Strafhauses machte einen Insassen gewöhnlich demütig. Traunfärber hingegen marschierte dem Wachsoldaten zwei Meter voraus und eröffnete das Gespräch mit einem kräftigen Gruß: „Guten Morgen, gnädiger Herr Verwalter!"

„Guten Morgen, Herr Traunfärber, setze Er sich."

Traunfärber nahm vor dem Schreibtisch Platz.

Peter schickte den Wachmann vor die Tür, dann zog er die Akte heran und legte seine Rechte darauf. In der Linken hielt er einen gefalteten Zettel. „Jakob Traunfärber, wir hatten ja vor etwa zwei Wochen ein sehr aufschlussreiches Gespräch."

„Ja, gnädiger Herr Verwalter, wir sind Euch heute noch dankbar, dass Ihr uns zu dieser Geburtstagsfeier eingeladen habt. Die Streitereien wegen der Kellnerin tun uns sehr leid. Ihr müsst verstehen, gnädiger Herr Verwalter ..."

„Ich verstehe das", unterbrach Peter. „Keine Sorge, ich verstehe das. Es ist nicht leicht für euresgleichen, mit der Keuschheit umzugehen."

Traunfärber freute sich: „Ganz recht, gnädiger Herr Verwalter."

„Mir will ein Satz nicht aus dem Kopf gehen, den Er gesagt hat."

Traunfärber rückte sich auf dem Stuhl zurecht und rätselte. „Welchen Satz meinen Euer Gnaden?"

Nun entfaltete Peter den Zettel und las, was er sich notiert hatte: „Man müsse eine Gelegenheit beim Schopf packen. Und wenn ein Schopf unter einer Mütze stecke, müsse man eben die Mütze herabreißen."

„Ich kann mich gar nicht erinnern, dass ich das gesagt habe."

„Doch, doch!" Peter hielt den Zettel empor. „Er hatte nur etwas viel Wein getrunken, da mag man manches vergessen. – Der Wein hat Ihm doch geschmeckt, oder?"

„Jaja, gnädiger Herr, er war vorzüglich", schoss es aus Traunfärber. Er wollte rasch wieder auf den Satz zurückkommen, um ein etwaiges Missverständnis ausräumen zu können.

Peter ließ ihn warten: „Ich bewirte meine Gäste nur mit dem Besten!"

„Ja, sicher, gnädiger Herr."

„Aber zurück zu Seinem Ausspruch. Weil Er so ein außergewöhnlicher Mensch ist, habe ich in seiner Akte gelesen." Peter öffnete die Mappe.

Traunfärber, dem das Gespräch immer rätselhafte wurde, verlor zusehends seine Festigkeit. „Soso", brummte er, während er Peters Hände beobachtete.

Peter blieb hingegen freundlich: „Weil mir daran liegt, Ihn in seinen letzten Monaten im Strafhaus bestens auf das Leben in Freiheit vorzubereiten."

„Das ist sehr gütig, gnädiger Herr."

Peter blätterte ein wenig in der Akte, schloss dann die Mappe und lehnte sich zurück. „Was ist aus Seiner Schmiede geworden? Ich hoffe, Er kann sie weiterbetreiben."

„Ich habe einen gewissenhaften Gesellen und zwei fleißige Lehrbuben", erklärte Traunfärber stolz. „Die kümmern sich weiter um das Geschäft. Und so kann ich meine Frau und die zwei Kinder durch die schwere Zeit bringen."

„Das beruhigt mich. Sein Geschäft geht offenbar gut!"

„Ja, hochwertige Arbeit aus goldener Hand wird immer gebraucht!"

„Er war seit jeher ein Meister mit einer goldenen Hand, oder?"

„Ja, das kann man sagen! Mein Vater, Gott hab ihn selig, war ein guter Lehrherr, und mein Geselle ist ein schlauer und flinker Kerl. Und wir zusammen ..."

„Und der Erweiterungsbau?"

In den Augen von Traunfärber flatterte es. Das Thema verursachte ihm Unbehagen. „Der ruht. Das Grundstück vom Bürstenmacher

Freistätter gehört mir ja." Einsichtig fuhr er fort: „Ich muss mich wohl endlich um eine Genehmigung kümmern, damit ich weiterbauen darf. Es spricht ja im Grunde nichts dagegen. Ich war damals bloß zu ... wie soll man sagen ..."

Peter lachte mit gespieltem Verständnis: „Er dachte eben, Er brauche sowas nicht, weil er der Jakob Traunfärber ist! Stimmt's?"

Traunfärbers Ohren färbten sich rot.

Peter sprach weiter: „Ja, man denkt, für einen selbst gelten die Vorschriften nicht. Eine gewisse Überheblichkeit – aber die haben wir ja alle!"

Traunfärber nickte erleichtert.

Nun verschränkte Peter die Arme. „Ich habe von einem Bekannten gehört, das Nachbarhaus ist abgebrannt. Man mutmaßt: der Ofen in der Werkstatt."

„Ja, das war eine Katastrophe!" Die Erinnerung bedrückte Traunfärber. „Das Nachbarmädel, die Maria, ist ja oben in ihrer Dachstube erstickt."

„Hat Er damals schon an den Erweiterungsbau gedacht?"

Traunfärber antwortete schnell: „Nein!"

„Er hat erzählt, sein Geschäft sei immer besser gelaufen, dank seiner goldenen Hand und seines Gesellen." In Peters Stimme mischte sich ein bedrohlicher, lauernder Tonfall. „Da muss man doch erweitern!"

„Ein Erweiterungsbau war ja nicht möglich, weil das Nachbarhaus noch stand."

„Noch! Also war es im Wege!"

Traunfärber fühlte sich bedrängt: „Nein, das natürlich nicht! Es stand ja da!"

„Eben! Es stand noch! Und wie war dann der Satz gemeint?"

„Welcher Satz?" Er schwitzte.

„Na, dass man notfalls eine Mütze vom Kopf reißen muss, um eine Gelegenheit beim Schopf packen zu können."

„Habe ich den wirklich gesagt?"

„Erkläre Er! Was bedeutet der Satz? Weiß Er eigentlich, was er bedeutet?"

„Dass man einer Gelegenheit etwas nachhelfen kann. Aber nicht dieser ..."

Die Worte wechselten hektischer.

„Vervollständige Er den Satz: Wenn man eine Werkstatt nicht erweitern kann, weil ein Nachbarhaus daran hindert ..."

Es platzte aus Traunfärber: „Ich habe das Nachbarhaus nicht angezündet!"

Peter entgegnete mit Präzision: „Er hat gesagt, Er konnte mit dem Bauen nicht beginnen, weil das Nachbarhaus *noch* stand!"

„Ja, natürlich war das so!"

„Anders ausgedrückt: Man muss eine Gelegenheit anfeuern, wenn sie nicht von selber kommt!"

„Das habe ich *so* nicht gesagt!"

Peter beugte sich nach vorne. „Da wäre Er ja auch dumm gewesen!" Sein Blick stach in Traunfärbers Augen. „Aber gemeint hat Er es! – Aber Er ist trotzdem dumm, weil Er *mich* für dumm hält!"

„Gnädiger Herr, das tue ich doch nicht! Ich will nur sagen, dass ich das Nachbarhaus nicht angezündet habe!"

Aus Traunfärber ist also kein Geständnis zu locken, dachte Peter. Dennoch lehnte er sich befriedigt zurück. „Für diese Gegenrede ist es jetzt zu spät, Jakob Traunfärber. Er hat gerade zugegeben, dass Er es getan hat! Wozu hätte Er denn gesagt, dass er auch Mützen vom Kopf reiße, wenn Er nicht eine solche Gelegenheit, das Ergattern des Nachbargrundstücks, herbeiführen würde?!"

Traunfärber rief verzweifelt: „Ich tue sowas nicht!"

„Natürlich: Jetzt hätte Er es gerne *nicht* getan! – Ich werde der Justiz über diese Wendung in Seinem Fall Bericht erstatten müssen. Es tut mir leid! Aber ich bin verpflichtet, neue Erkenntnisse zu melden!"

„Gnädiger Herr! Bedenkt, was Ihr sagt! In dem Feuer ist ein Mädchen umgekommen! Ich werde zum Tod verurteilt!"

Peter entgegnete ruhig: „Die Wahrheit kommt immer ans Licht, Traunfärber! Die Wahrheit steckt manchmal tief drin in einem Kopf!"

## 13

Der Hamburger Kaufmann Winter räumte pünktlich das Zimmer in Hernals. Es befand sich im Stockwerk oberhalb der Gaststube. Rosenbaum und Therese richteten sich mit Hilfe von Sepherl für die Augustwochen ein. Mit einem Fiaker und einem Leiterwagen fuhren sie Koffer mit Kleidern, Büchern und Noten in das Dorf, etwa drei Kilometer von ihrer Wohnung in der Oberen Bräunerstraße entfernt. Das Zimmer war geräumig und hell. Zwar hörte man, wenn in der Gaststube laut geredet und gelacht wurde, dafür entschädigte aber der Blick hinaus in den Garten, auf einen steinalten Kastanienbaum, auf die Kräuterbeete sowie einen kleinen Stall mit Hühnern und Gänsen. Etwas seitlich standen die landwirtschaftlichen Gebäude. Das friedliche Muhen der Kühe drang bis hinauf ins Zimmer, ebenso das behagliche Grunzen der Schweine.

Als sie mit dem Einräumen fertig waren, räkelte sich Therese zufrieden auf der Gartenbank. Rivolla brachte warme Milch, frisch aus dem Stall. Auch Rosenbaum streckte die Beine aus. Er freute sich, dass sich Therese hier wohl fühlte. Sie würde über den Sommer neue Kraft finden, um gut für den Herbst und die Herausforderungen rund um den Wechsel in der Leitung der Hoftheater gerüstet zu sein.

Von morgen auf übermorgen wollten sie zum ersten Mal hier übernachten. Dazwischen hatte Therese noch einen Auftritt bei einem Konzert im Augarten, mit dem die dortige Saison abgeschlossen werden sollte.

Die Konzerte im Augarten, einer weitläufigen Gartenanlage im nördlichen Teil der Leopoldstadt, waren in den letzten Jahren des achtzehnten Jahrhunderts ein gesellschaftlicher Treffpunkt des Wiener Adels gewesen. Ab 1782 hatten die ersten Konzerte stattgefunden, jeweils sonntags um sieben Uhr morgens, geleitet von Wolfgang

Amadeus Mozart. Inzwischen hatte das Interesse der Aristokraten nachgelassen, doch für das musikbegeisterte Bürgertum boten die Veranstaltungen noch immer reizvolle Begegnungen mit den zeitgenössischen Komponisten und ihren Werken. Ganz besonders, seit die Konzertreihe vor einigen Jahren von Ignaz Schuppanzigh übernommen wurde. Der junge, brillante Geiger, gefördert vom kunstsinnigen Fürsten Lichnowsky, war eng mit Ludwig van Beethoven befreundet und scheute sich nicht, auch Progressives auf das Programm zu setzen – was oft genug zu lebhaften Diskussionen führte. Die Konzerte, von ihm selbst dirigiert, fanden nun donnerstags statt; der Beginn war um halb acht morgens.

Ort der Konzerte war ein Saal im Gartengebäude. Oft wurde seine Akustik und die Aufstellung des Orchesters bemängelt. Es saß, dicht gedrängt, entlang der Breitseite. Und es gab keine Bühne, sodass man die Musiker von den hinteren Reihen kaum sehen konnte.

Einhelligen Zuspruch für seine Küche hingegen erhielt der Pächter der benachbarten Gaststätte, der gebürtige Ungar Ignaz Jahn.

Das Konzert, das soeben zu Ende gegangen war, hatte das Publikum hungrig und durstig gemacht. An diesem wolkenlosen Sommertag bewirtete Jahn seine Gäste auf der Terrasse und im Garten des Restaurations- und Gesellschaftsgebäudes. Die Kellnerinnen und Kellner hatten alle Hände voll zu tun, die vielen Bestellungen aufzunehmen und die Getränke und kleinen Speisen auszutragen. Aber die Gäste unterhielten sich prächtig. Die Musikfreunde Wiens trafen sich, und da war stets eine Neuigkeit auszutauschen und zu diskutieren. In einem Kaffee im Prater hatte jüngst eine fabelhafte Sängerin gastiert, die Solotänzerin Mademoiselle Neumann war bei einer Probe gestürzt, und es kursierte das Gerücht, sie müsse für längere Zeit ausfallen. Vor ein paar Tagen hatte es im Theater an der Wien eine Premiere gegeben. Den Operneinakter *Ninna* eines gewissen Dalayrac fand der Großteil des Publikums langweilig und altbacken. Nur Madame Roose hatte wegen ihres dramatischen Ausdrucksvermögens begeistert. Sie trat nur gelegentlich im Musiktheater auf, immer dann, wenn die Anforderungen an die Gesangsdarbietung gering, das schauspielerische Können umso mehr gefragt war.

Ein Holzbläseroktett untermalte das Geplauder der Gäste der Restauration. Es spielte auf einer kleinen Bühne Harmoniemusiken beliebter Opernmelodien.

Rosenbaum hatte vorab einen Tisch reserviert. Er freute sich besonders, dass sich Antonio Salieri mit seiner Frau Theresia und Tochter Catharina zu ihnen setzten. Therese hatte soeben eine Arie aus seiner *Palmira* gesungen. Als Therese an den Tisch gekommen war, hatte es nochmals spontanen Applaus der Restaurantgäste gegeben.

Johann Karner hatte sich dazugesellt, auch Josephine, als treue Freundin Thereses und eifrige Beifallspenderin. Georg Werlen saß an einem benachbarten Tisch mit einigen jüngeren Männern. Als er Josephine, die er schon während des Konzertes mit seinen Blicken durchbohrt hatte, am Tisch von Rosenbaum wiederfand, konnte er sich nicht zurückhalten und schlich heran. Günstigerweise war der Stuhl neben ihr frei. „Dürfte ich mich hierher gesellen?", fragte er mit unterwürfiger Höflichkeit, mit einem Krug Bier in der Hand.

Josephine verdrehte die Augen.

Rosenbaum bemerkte dies und sagte: „Eigentlich wollte ja Thereses Schwester noch kommen."

Therese meinte verschmitzt: „Ninna sitzt drüben am Tisch des Grafen Seibel."

„Oh, dann ...", freute sich Werlen.

„Dann bitte setzen Sie sich doch!", zischte Josephine und sandte zu Therese einen strafenden Blick.

Werlen nahm schwungvoll Platz und verwickelte Josephine sogleich in ein Gespräch über eine Premiere, die nach der Sommerpause stattfinden sollte, mit Josephine in der Hauptrolle.

Ignaz Schuppanzigh kam mit einem nobel gekleideten, älteren Herrn heran und sprach Therese an. Sie saß zwischen Frau Salieri und Rosenbaum.

„Madame Rosenbaum, Baron von Hagenbach hat mich gebeten, Sie mit ihm bekannt zu machen."

Therese erhob sich. „Ich bin sehr erfreut!"

„Es ist mir eine Ehre!", erwiderte der Baron und gab Therese einen Handkuss. „Ich möchte anlässlich des Namenstages meiner hochbetagten Mutter zu einem Konzert in meinem Palais einladen und es wäre mir eine ungeheuerliche Freude, wenn ich Sie, gnädige Frau, als Sängerin dafür gewinnen könnte." Seine Blicke ruhten schmachtend auf Therese.

„Das kommt drauf an ...", antwortete Therese. Sein Verhalten irritierte sie.

Rosenbaum ging misstrauisch dazwischen. „Meine Frau singt nur ganz selten bei privaten Konzerten. Sie ist zeitlich sehr beansprucht."

„Joseph, lass den Herrn Baron bitte fertigsprechen." Und zum Baron. „Gehen wir kurz ein wenig zur Seite."

Schuppanzigh trat einen Schritt zurück. „Dann darf ich Sie alleine lassen." Er verließ den Tisch.

Therese führte Baron von Hagenbach zu einer Statuette, nur gut zwei Meter vom Tisch entfernt. Hier konnten sie verhandeln, ohne das Gespräch am Tisch zu beeinträchtigen.

Rosenbaum wollte sich dazustellen, doch Karner sprach ihn an. „Schau, Joseph, der Schuppanzigh geht hinüber zu dem Tisch beim Springbrunnen. Wenn ich das recht sehe, ist der Mann mit den wilden Haaren der Beethoven."

Während er halb nach Therese spähte, antwortete er: „Ja, das ist er."

Beethoven, 1770 geboren, im gleichen Jahr wie Rosenbaum, war gerade sechsunddreißig und in Wien bereits ein arrivierter Künstler, über den es aber höchst gegensätzliche Meinungen gab. Auch über seine Musik.

„Dass er sich nicht schämt, so ungewaschen und verlottert hierher zu kommen", schimpfte Rosenbaum. „Wie ein Landstreicher schaut er aus."

Werlen wusste ebenfalls etwas beizusteuern. „Im März hat er es ja nochmal mit seiner *Leonoren*-Oper probiert. Aber sie ist genauso schlecht gewesen wie bei der Premiere vor einem Jahr."

Rosenbaum stimmte ihm zu. „So was Düsteres wollen die Leute einfach nicht! Keine Erhabenheit, keine Pracht! Nur Gefängnismauern und viel zu ausgedehnte Singerei. Grauenhaft war das!"

Unfreiwillig war er in diese Erörterung geraten. So oft er konnte, sah er hinüber zu Therese.

Salieri widersprach: „Der Beethoven ist ein Trotzkopf! Der wird so lange probieren, wie er es für richtig hält! *Er* muss es für richtig halten, alles andere interessiert ihn letztlich nicht! Für einen Mann, in dem ein wildes Herz pocht, ist das ein verständlicher Weg!"

„Seine Klaviermusik gefällt mir", meinte Karner. „Er macht alles anders, aber gut!"

Rosenbaum, dessen Laune sich wegen des inzwischen sehr trauten Gespräches bei der Statuette weiter eingetrübt hatte, wetterte: „Aber auch nur, weil er einen famosen Schüler hat, der sie virtuos spielen kann."

Neben Beethoven saß der fünfzehnjährige Carl Czerny, der beim Konzert mit einer Sonate seines Lehrers aufgetreten war.

Werlen war anderer Auffassung: „Schon wieder sowas Düsteres. In f-Moll. Als ob man bei einem Konzert im Sommer nicht was Unterhaltsameres hören möchte! Da lobe ich mir die Stücke von unserem Haydn!"

„Ich sag euch eins", keifte Rosenbaum, „der Czerny ist ein armer Kerl. Stellts euch das vor: bei so einem Lehrer Unterricht! Das muss eine Quälerei sein!"

„Er wirkt nicht unglücklich!", entgegnete Karner. „Er lernt gewiss eine Menge bei ihm."

Rosenbaum beobachtete, wie der Baron immer näher an Therese heranging, was Therese erkennbar bereitwillig geschehen ließ. Diese plumpe Vertrautheit machte Rosenbaum rasend. Schließlich sprang er auf und trat auf die beiden zu. „Darf man fragen: Wie weit sind denn diese intimen Verhandlungen?"

Therese antwortete spitz: „Joseph, bitte, ein solches Angebot bekommt man nur selten."

„Was denn für ein Angebot?"

„Der Herr Baron von Hagenbach möchte, dass ich meine Arie aus dem *Opferfest* und die Rachearie aus der *Zauberflöte* singe, und die Arie aus *Primavera* würde ihm auch noch gefallen."

„Dem Herrn Baron gefällt sehr viel, offenbar!"

Nun fühlte sich der Baron endgültig angegriffen: „Mein Herr, ich muss Sie um Mäßigung bitten! Ich verhandle mit Ihrer Gattin nur über einen Auftritt bei einem Konzert anlässlich des Namenstages meiner geliebten Mutter!" Und dann setzte er hinzu: „Als Gatte einer gefeierten Primadonna muss man es ertragen können, dass man sie künstlerisch verehrt!"

„Verehrt!" Rosenbaum wurde spöttisch. „*Künstlerisch* ist ein sehr dehnbarer Begriff!"

Jetzt riss Therese der Geduldsfaden. „Joseph!", sagte sie mit gespielter Herzlichkeit, aber entschlossenem Unterton, „Du lässt mich jetzt bitte alleine mit dem Herrn Baron weitersprechen! Ich mach das schon so, dass es passt!"

Rosenbaum stutzte. „Sicher!", brachte er hervor. Er spürte, dass er nicht weitergehen konnte, ohne sich lächerlich zu machen. Plötzlich hatte er Angst, ungerecht gewesen zu sein und Therese mit seiner Eifersucht verletzt zu haben. Er verabschiedete sich mit einem scheuen Blick von Baron von Hagenbach.

Als er sich abwandte, stand sein Dienstherr Graf Esterházy vor ihm. Er hatte offenbar das Ende des bösen Gespräches mitbekommen und darauf gewartet, dass er mit ihm unter vier Augen sprechen konnte.

„Herr Rosenbaum, gut, dass ich Sie hier treffe!"

„Ja?" Rosenbaum war irritiert und hatte Mühe, in ein neues Gespräch zu springen.

„Ich sage Ihnen, morgen kriegen wir den Obermayer!"

Rosenbaum wusste sofort, wen der Graf meinte. Franz Obermayer diente als Hausknecht im Palais des Grafen und wurde verdächtigt, Besteck und Geschirr aus der Küche zu stehlen und an einen Trödler zu verkaufen. Eine Magd hatte ihn vor ein paar Tagen aus einem Ladengewölbe am Naschmarkt kommen sehen.

„Ich habe mich an Kriminalkommissar Müller gewandt. Ich lasse Obermayer morgen als Aushilfe in der Küche arbeiten. Wenn er wirklich stiehlt, dann wird er die Gelegenheit nutzen! Um zwei Uhr nachmittags soll er seinen Dienst beenden. Am rückwärtigen Ausgang wird Müller in ziviler Kleidung stehen, und Sie auch! Ihr beide verfolgt den Obermayer. Er wird auf dem kürzesten Weg zum Kramer gehen."

„Ich wollte morgen mit meiner Frau ins Sommerquartier nach Hernals ..."

„Da können Sie später noch hin! Bitte verstehen Sie doch, der Fall muss endlich aufgeklärt werden! Und ich will ihn bei der Tat überführen. Beim Verkauf! Wenn wir ihn gleich am Ausgang abfangen, und er hat kein Diebesgut bei sich, dann bin ich blamiert! Verstehen Sie! Wir brauchen einen sicheren Beweis!"

„Aber für morgen ist alles abreisebereit!"

„Rosenbaum, ich brauche Sie bei dieser leidigen Angelegenheit!"

Rosenbaum nickte kraftlos.

„Wir sehen uns morgen um zehn zur Aufgabenbesprechung!"

„Ja", sagte Rosenbaum.

„So, und jetzt weiter einen angenehmen Tag." Graf Esterházy grüßte noch Therese, die nach wie vor mit Baron von Hagenbach verhandelte, aber die Unterredung wahrgenommen hatte, und ging zu einem Tisch, an dem die gräfliche Familie saß.

Auch Rosenbaum kehrte an den Tisch zurück. Das Gesprächsthema hatte dort inzwischen gewechselt. Man sprach über das Wetter, den Sommer. Rosenbaum fügte sich wieder ein und erzählte von Hernals. Jeglichen Blick auf das Gespräch bei der Statuette vermied er.

Wenig später kam Therese. „Was wollte denn der Graf von dir?" Sie war noch immer gereizt.

„Ich habe für morgen Nachmittag einen dringenden Auftrag!"

„Morgen fahren wir nach Hernals!"

„Ich bin kein freier Mann", entgegnete Rosenbaum bissig. „Ich habe einen Dienstherrn, dem ich nicht so einfach auskomme!"

„Man kann auch mal dagegenreden!"

„Nicht, wenn sich der Graf einen Auftrag in den Kopf gesetzt hat!"

Damit war der scharfe Wortwechsel beendet. Endlich, man hatte lange warten müssen, wurde das Essen serviert, und die Salieris, Karner, Josephine und Werlen zogen das zankende Paar in ihre Gespräche.

Die Stimmung zwischen Rosenbaum und Therese blieb frostig. Rosenbaum wollte nicht fragen, was sie mit dem Baron letztlich vereinbart hatte, Therese fragte nicht, was Rosenbaum so Dringendes erledigen musste. Sie sprachen nur das Nötigste. Den ganzen Tag über, auch abends, noch bis zur Abfahrt von Therese nach Hernals am folgenden Vormittag. Sepherl durfte für zwei Wochen zu ihrer Mutter reisen, musste aber noch beim Einrichten des Sommerquartiers helfen.

Kurz vor zwei Uhr verließ Rosenbaum das gräfliche Palais, umrundete das Gebäude und traf auf Kriminalkommissar Müller, der bereits in der dunklen Einfahrt des Nachbarhauses wartete. Sie grüßten sich. Rosenbaum kannte den Kommissar. Immer, wenn sich der Graf bestohlen oder betrogen glaubte, wandte er sich an ihn.

Bald kam der Hausknecht aus dem Tor. Um die Schulter des jungen Mannes hing tatsächlich eine Tasche aus abgegriffenem Leder. In zügigem Schritt machte er sich auf den Weg.

Rosenbaum und Müller folgten in sicherem Abstand. Sie hatten Mühe, dem Verdächtigen hinterherzukommen. Die Beine von Franz Obermayer waren das Laufen gewohnt.

Rosenbaum hingegen quälten Magenschmerzen. Der Streit mit Therese hatte ihn die Nacht hindurch beschäftigt. Morgens hatte er versucht, Therese zu verheimlichen, wie schwer es ihm fiel, seinen Hefezopf zu verzehren. Er wollte der Streitgegner mit den stärkeren Nerven bleiben.

Endlich verlangsamte Obermayer seinen Gang. Sie waren auf dem Naschmarkt angekommen, vor einem winzigen Laden, der Trödlerware anbot. Obermayer sah sich um. Rosenbaum und Müller suchten Deckung hinter einer Bude mit Geschirr- und Blechsachen. Sie beobachteten, wie der Hausknecht im Laden verschwand.

„Wir warten jetzt drei Minuten, dann liegt das Diebesgut auf dem Tisch", sagte Müller. Sie versuchten, unauffällig zu wirken, indem sie das Angebot eines Teppichhändlers begutachteten. Dabei ließen sie aber den Ladeneingang nicht aus den Augen. Schließlich machte Müller ein Zeichen, und die beiden traten ins Gebäude.

Obermayer erschrak. Er hatte allen Grund, denn auf der kleinen, von Waren eingeengten Theke lagen drei silberne Gabeln sowie zwei Messer und fünf Löffel. Die Trödlerin, die gerade die Qualität einer Gabel prüfte, sah überrascht auf.

„Kriminalkommissar Müller. Wir interessieren uns für die Gegenstände, die Herr Obermayer zum Kauf anbietet."

Der Trödlerin war sofort klar, dass es sich um Diebesware handelte. „Ich hab nichts damit zu tun!"

Obermayer stotterte, dabei blickte er zu Rosenbaum: „Das Besteck hab ich gefunden!"

„Herr Rosenbaum", fuhr Müller unbeirrt fort, „bitte untersuchen Sie die Gegenstände." Er drängte Obermayer zur Seite, sodass Rosenbaum zur Theke gehen konnte.

Rosenbaum nahm ein Messer und betrachtete die Rückseite der Klinge. Dort befand sich eine Gravur: „EdG". „Das hier heißt: Esterházy de Galántha. Das ist eindeutig Besteck aus dem Hausstand des Grafen."

„Das lag im Weggeworfenen", behauptete Obermayer. „Das ist nichts mehr wert, drum hat es irgendjemand weggeworfen."

Die Trödlerin schob die Besteckteile von sich. „Also, das hab ich natürlich nicht gewusst."

Kommissar Müller fuhr Obermayer an: „Ach, und der Herr Graf ist so dumm und lässt Silberbesteck wegwerfen!" Er packte ihn am Arm. „Da wird jetzt nicht lange herumgeredet. Sie kommen gleich mit auf die Wache."

Der Hausknecht gab auf. „Sind Sie nicht so grob, ich komm schon mit."

Die Trödlerin schlug das Besteck in das Tuch, in dem es Obermayer gebracht hatte, und reichte das Päckchen zum Kommissar. „Das nehmen Sie bitte mit, damit will ich nichts mehr zu tun haben."

Müller steckte es ein und verließ mit Obermayer den Laden. Rosenbaum folgte ihnen.

„Das war's schon, Herr Rosenbaum", sagte der Kommissar zur Verabschiedung. „Danke für die Mithilfe! Ich schaue nach dem Verhör nochmal zum Herrn Grafen und setze ihn in Kenntnis!"

„Wir danken Ihnen, Herr Kommissar", antwortete Rosenbaum.

Dann stand er alleine auf dem Markt. Wie war er froh, dass diese elende Angelegenheit ein so rasches und erfolgreiches Ende gefunden hatte. Er betrachtete die Menschen, die an ihm vorüberliefen. Ein Uhrenhändler, ein Lavendel-Weib. Drei Sesselträger hetzten vorüber. Alte und junge Frauen plauderten vergnügt vor einer Bude mit Leinen-, Tuch- und Wollstoffen.

Nichts hätte jetzt näher gelegen, als einen Spaziergang durch die Stadt zu unternehmen und da und dort Neuigkeiten aufzuschnappen, in einem Kaffeehaus die Zeitung zu lesen. Aber er wollte und konnte nicht. Der ungeklärte Streit mit Therese lastete auf ihm. Er sollte jetzt nach Hernals fahren und beim Einrichten der Wohnung helfen, anschließend das so ersehnte Landleben genießen. Nein, das hatte bis abends Zeit. Der Gedanke an die Geschäftigkeit, mit der er dort konfrontiert würde, war ihm unerträglich. Zudem drückte der Magen. Saures stieß auf. Es trieb ihn nach Hause, ins Bett. Er wollte sich mit Kamillentee auskurieren.

Trotzdem nahm er nicht den kürzesten Weg. Es drängte ihn dazu, das Kärntnertortheater zu streifen. Den Ort, an dem Therese vornehmlich auftrat und der zu ihrer Aura gehörte.

Doch seine Melancholie wurde gestört. An der Bühnenpforte herrschte große Aufregung. Ein Totenwagen stand davor. Passanten versuchten, ins Innere des Hauses zu forschen. Aber Klimbke wehrte sie ab. „Bitte gehen Sie weiter, meine Herrschaften!", bat er.

Rosenbaum mischte sich unter die Passanten. Klimbke bemerkte ihn und winkte ihn heran.

„Was ist denn los?"

„Gleich bringen Totenträger den Jakob Osterrieder."

„Den Requisitendiener?", fragte Rosenbaum entsetzt. „Ich hab ihn vergangene Woche noch gesehen, als ich meine Gattin abgeholt hab."

Auch Klimbke rang nach Worten. „Furchtbar ist das. Hat sich vor einer halben Stunde oben an seinem Schreibpult umgebracht. Wir wissen nicht, warum. Allgemeine Verzweiflung womöglich." Klimbke rief dem Pförtner zu: „Übernehmen Sie bitte für mich."

Der Pförtner, ebenfalls verstört und bedrückt, kam aus seiner Loge und stellte sich an den Eingang.

„Kommen Sie mit, Rosenbaum, ich hoffe, Sie vertragen was!"

Sie gingen hinauf in den ersten Stock, in den Arbeitsraum des Toten. Das Zimmer war vollgestopft mit Requisiten und kleineren Bühnenbildteilen, auf einer winzigen freien Fläche befand sich ein Stehpult, übersät mit blutbeschmierten Papieren. Unmittelbar daneben lag die Leiche des älteren Mannes. Zwei Totenträger hoben sie gerade auf eine Bahre. Ein Arzt gab Anweisungen. Ein Polizeikommissar unterhielt sich abseits mit Kollegen von Osterrieder.

Der Requisitendiener hatte sich mit einer Pistole in den Kopf geschossen. Ein Polizist hielt die Waffe in Händen und untersuchte sie.

Rosenbaum betrachtete die Leiche. Der Selbstmord empörte ihn, aber es mischte sich auch Mitleid in sein Empfinden. Und biologisches Interesse. Noch nie hatte er einen Menschenkopf in einem solchen Zustand gesehen.

Das Gesicht des Mannes war aufgedunsen. Die Weste war geöffnet, das weiße Hemd ebenfalls blutverschmiert und am rechten Arm angebrannt. Die Kugel hatte den Schädel aufgesprengt. Teile des Gehirns waren herausgespritzt. Rosenbaums Blick wanderte durch den Raum. An einzelnen Requisiten, an der Wand, an der Decke, überall waren rote und bräunliche Flecken zu finden.

Rosenbaum wurde von Ekel überwältigt. Er glaubte, sich übergeben zu müssen.

Klimbke klopfte ihm beruhigend auf den Rücken. „Gelitten hat er nicht an seinem Tod", meinte er mit trüber Ironie. „Es ist ein Glück, dass der Schuss das Gehirn getroffen hat. So ein Tod geht schnell."

Rosenbaum nickte stumm.

„Gehen wir wieder hinunter", schlug Klimbke vor. „Stören wir die Herren bei der Arbeit nicht. Und der Anblick ist ja auch wirklich grauenvoll!"

Auf dem Rückweg spekulierte Klimbke über die Gründe, die zum Selbstmord geführt haben könnten. Hatte er Geldsorgen gehabt? Oder eine unglückliche Liebe? Klimbke wusste, dass er gelegentlich zu viel getrunken hatte.

Rosenbaum interessierten die Spekulationen nicht. Es drängte ihn nach Hause, ohne Umweg. Er verabschiedete sich kurz von Klimbke, der wieder die Wacht an der Pforte übernahm, und ging mit hastigen Schritten davon.

Als er die Wohnung betrat, glaubte er in ein Bühnenbild zu kommen. Die Möbel, die Wände, die Bilder an der Wand wirkten unwirklich, wie gemalt. Er tastete sich in die Kuchel, machte Feuer und kochte Wasser. Unterdessen zog er sein Nachtgewand an. Den fertigen Tee brachte er auf das Nachtkästchen, schlüpfte ins Bett. Er nippte vom Tee, aber er war noch zu heiß. Und er schmeckte nicht.

Er legte sich zurück. Man müsse die Berühmtheit seiner Gattin aushalten können, hatte der Baron gestern gesagt. Dass es Menschen gebe, die sie verehren. War es denn so, dass er die Berühmtheit von Therese nicht aushielt? Oder war es der Dienst beim Grafen, der ihm zusetzte? Die unentwegte Verfügbarkeit! War er nur eine Apparatur, die einen unterwertigen Dienst hervorbrachte?

Plötzlich wurde ihm übel. Er spürte, er würde sich im nächsten Moment übergeben. Eilig richtete er sich auf, beugte sich aus dem Bett und riss den Nachttopf hervor. Dann übergab er sich. Halbverdaute Speisen und blutiger Schleim schossen heraus. Kraftlos sank er schließlich ins Kissen. Er dämmerte vor sich hin.

„Was ist denn mit Ihnen los? Herrgott!"

Sepherl stand im Raum. Sie war von Hernals zurück und sollte eine zweite Fuhre mit Koffern abholen.

„Es geht mir nicht gut", stöhnte Rosenbaum.

„Das sehe ich!" Sepherl nahm angewidert das Nachtgeschirr und verschwand damit. Nach ein paar Minuten war sie wieder am Bett des Kranken. „Was ist denn los mit Ihnen?" Sie setzte sich an die Bettkante und wischte mit einem Tuch Schweiß von Rosenbaums Stirn.

„Ich weiß nicht. Ich hatte beim Grafen zu tun und dann ist mir schlecht geworden. Vielleicht hab ich was Falsches gegessen."

„Das glaube ich nicht. Ich spür doch, dass heut zwischen Ihnen und Ihrer Frau Gemahlin irgendwas in der Luft liegt."

„Wie geht es ihr denn?", fragte Rosenbaum vorsichtig.

„Na ja, sie packt die Koffer aus und hat jede Menge zu tun. Aber ganz die Sonstige ist sie nicht!"

Sofort spürte Rosenbaum, wie seine Liebe zu ihr zurückkam.

„Aber in dem Zustand fahren Sie nicht nach Hernals!", sagte Sepherl streng und verständnisvoll zugleich.

Rosenbaum sah das ein. „Ich glaub, ich muss mich noch ein bisserl ausschlafen."

„Und ich glaub, ich hol den Doktor Eckhart."

Rosenbaums Gesicht hellte sich auf. „Ja, Sepherl, das ist eine gute Idee! – Aber versprich mir eins: Sag der Therese nichts. Ich will nicht, dass sie sich Sorgen macht. Sag ihr, das Geschäft, das ich für den Grafen erledigen soll, dauert ein bisserl länger und ich komm so bald wie möglich hinaus zu ihr."

„Wenn Sie mir versprechen, dass Sie erst einmal gesund werden!"

Rosenbaum nickte. „Das mach ich! Versprochen!"

Leopold Eckhart kam, so rasch es möglich war. Er führte am Graben eine eigene Praxis, die er mittags für ein paar Stunden schloss. Rosenbaum besuchte sie, wenn sich an seiner Haut juckende rote Flecken zeigten, die Eckhart als rheumatischen Rotlauf diagnostiziert hatte. Und Rosenbaum hustete gelegentlich blutigen Schleim.

Heute stellte er lediglich Übelkeit fest, die durch eine Magenreizung ausgelöst worden war.

„Du brauchst Erholung, Joseph", riet er daher. „Spazierengehen, schwimmen und den Grafen aus dem Kopf bringen."

„Das wär schön", sagte Rosenbaum. Er fühlte sich schon besser. Sepherl hatte ihm, bevor sie zurück nach Hernals gefahren war, eine kräftige Brotsuppe gekocht, die er vollständig aufgegessen hatte.

„Weißt du was, Joseph, ich hab morgen Vormittag frei. Wir zwei fahren hinaus in den Tiergarten von Schönbrunn. Das Wetter ist angenehm, und wir können ein bisserl ratschen."

Die Idee gefiel Rosenbaum.

Am folgenden Morgen, Rosenbaum hatte erholsam geschlafen, stand Eckhart mit seinem Einspänner vor dem Haus. Sepherl war am späten Abend noch aus Hernals gekommen und hatte ihm ein stärkendes Frühstück zubereitet. Danach war sie zum zweiwöchigen Besuch bei ihrer Mutter aufgebrochen.

Das Interesse an der Naturkunde und die Förderung dieser Wissenschaft hatte im Herrschaftshaus der Habsburger Tradition. Beide Tugenden ließen sich überdies repräsentativ herausstellen. Der Tiergarten, etwa vor fünfzig Jahren gegründet, also während der Regentschaft von Maria Theresia, war ein Geschenk an die Wiener Bürger, das deren Verehrung für die Kaiserfamilie stärken sollte. Er demonstrierte zudem den Gelehrten die Offenheit des Herrscherhauses gegenüber der Forschung und bot eine beeindruckende Kulisse für gesellschaftliche Anlässe. Diesem Zweck diente insbesondere eine aufwändig gestaltete Menagerie, die allerdings erst nach und nach für die übrigen Besucher geöffnet wurde.

Exotische Tiere kamen sehr viel später nach Wien. Den Anfang machte 1770 ein Elefant. Dann füllten sich die Tiergehege und pavillonartigen Käfige mit Bären und Wölfen, Löwen, Tigern, Leoparden, Hyänen und Kängurus – Ausstellungsstücke fremder, ferner, ja beängstigender Naturlandschaften, für die allermeisten unerreichbar und daher Quellen von Abenteuerfantasien und Abgrenzungswünschen.

Rosenbaum und Eckhart spazierten ohne Ziel durch die Anlage. Beide kannten ja die Attraktionen. Es war nichts Neues zu entdecken, es gab nur diesen Vormittag, den Eckhart für seinen Freund freigehalten hatte. Sie blieben an Zäunen stehen, streichelten fast beiläufig Ziegen und Schafe, beobachteten Rotwild, das soeben eine Fuhre Heu erhielt. Eckhart sagte wenig und animierte dadurch Rosenbaum, über das zu sprechen, was auf seiner Seele lag. Denn Eckhart spürte, er hatte viel zu erzählen und zu lamentieren. Unverdautes hatte seinen Magen verhärtet.

„Ich bewundere diesen Löwen", begann Rosenbaum.

„Warum? Er frisst sein Fleisch und führt ein langweiliges Leben."

„Aber nichts ficht ihn an. Er hat niemandem zu gehorchen und wenn er brüllt, dann schrecken alle zusammen, und keiner kann ihm was tun."

„Hat dich dein Graf geärgert?", fragte Eckhart.

„Es ist nicht der Graf, der mich ärgert, es ist vielmehr der Umstand, dass ich an einem Faden herumtanze wie eine Marionette."

„Das tun wir doch alle!"

„Ich hab immer das Gefühl, ich furche die Erde auf, quäle mich wie ein Gaul, bringe Saat in die Erde, und niemals keimt eine Pflanze auf. Es ist alles so vergeblich. Ich komme nicht voran. Ich sitze in meinem kleinen Schiff und rudere gegen einen Strom. Meine ganze Kraft brauche ich dafür, nicht abzutreiben."

Rosenbaum tat sich schwer, seine Stimmungslage zu erklären. Jedes Wort war zu wenig, jeder Vergleich wirkte bemüht und unzureichend. Er erzählte die Geschichte mit dem Mädchen aus München und wie verletzend es für ihn war, als sich der Graf der abscheulichen Unterstellung ihrer Eltern anschloss. Und er klagte über Thereses Abkanzelung, als sie der widerliche Baron von Hagenbach umschmeichelte. „Niemand hält zu mir!", sagte er. „Immer gibt es jemand, der über mir steht. Weißt du, wie das ist, Leopold? Nie bin ich der Sieger! Und wenn ich brülle, dann lacht man, als sei ich ein Hanswurst!"

Sie saßen inzwischen auf einer Bank vor einem Gehege mit Füchsen. Eckhart wollte unbedingt auf diesen Platz. In einem nachgebildeten, durchsichtigen Waldstück streifte unruhig ein knappes Dutzend Füchse umher, versuchte, Abgeschiedenheit zu finden, war jedoch immerzu den Blicken der Besucher ausgeliefert.

„Du darfst nicht jedes Verhalten von Therese auf die Goldwaage legen", riet Eckhart. „Ich bin fest überzeugt, sie hält zu dir, als wäre sie ein Teil deiner Seele."

Rosenbaum sandte einen traurigen Blick zu Eckhart.

„In ihren Augen stehst du über allen! Glaub mir!"

„Manchmal, Leopold", entgegnete Rosenbaum zögernd, „manchmal glaube ich, meine Liebe zu ihr ist viel zu groß für mich!"

Eckhart lächelte verständnisvoll und lehnte sich zurück. „Ich wollte, dass wir uns gemeinsam diese Füchse anschauen", sagte er schließlich. „Betrachte ihre Schädelform, Joseph. Man gewinnt aus diesen Studien viel für das eigene Leben. Und du erkennst, dass sich der Mensch über das Tier erhebt."

Rosenbaum stutzte. „Und wie kommst du darauf?"

„Schau sie dir an, den Großen dort drüben am Trog und den Kleineren hinten bei der Tanne. Ihre Schädel unterscheiden sich nicht. Sie alle sind gleich geformt. Alle, ohne Ausnahme, haben sie breite Schädel."

„Ja, stimmt, aber ..." Rosenbaum blieb skeptisch.

„Ursache hierfür ist das stark ausgeprägte Gehirnorgan der Schlauheit, der Hinterlist. Es befindet sich beidseits an den Schläfen, genau auf der Naht von Schläfenbein und Scheitelbein. Du findest die Ausprägung bei allen katzenartigen Tieren. Denke an den Tiger und den Löwen."

„Das behauptet dieser Doktor Gall!"

„Das sagt die Wissenschaft, Joseph, der Chor der Wissenschaftler, der sich neuen Erkenntnissen nicht verschließt."

Der Themenwechsel enttäuschte Rosenbaum, wühlte ihn auf. „Leopold, es geht mir schlecht! Da kann mir auch dieser Doktor Gall nicht helfen!"

„Lass mich weiterreden, Joseph", erwiderte Eckhard nachdrücklich. „Ich rede jetzt nicht über Füchse, auch nicht über Doktor Gall. Ich rede über dich!"

Rosenbaum lehnte sich zurück. „Also gut, dann red weiter."

„Einerseits gleicht das Tier dem Menschen in so vielen Dingen, dass man staunen muss und das Tier keinesfalls geringschätzen darf! Es ängstigt sich wie der Mensch, es entwickelt Mutterliebe wie der Mensch. Und doch unterscheidet sich der Mensch in einem Wesentlichen: Ein Tier folgt nur seinen Instinkten. Folglich sind seine Eigenschaften, wie sie die Natur in ihm angelegt hat, ungetrübt ausgebildet. Keine falsche Erziehung und keine Verlotterung gefährden die freie Entfaltung der gottgegebenen Gehirnausstattung. Beim Menschen ist das anders, Joseph! Der Mensch ist vielfältiger und zugleich kann man ihn leichter stören. Es besteht daher immer die Gefahr, dass die angelegte Gehirnausstattung aus dem Gleichgewicht gerät. Darin liegt eine Tragik. Aber, wenn man diese Tragik erkennt, gibt es auch einen Weg, dieser Verrückung des Mittelpunktes, dieser Verkümmerung einzelner Organe entgegenzuwirken. Nämlich durch die Förderung dieser verkümmerten Organe."

„Und wo ist bei mir was verkümmert?" Rosenbaum versuchte, seinen Ärger im Zaum zu halten.

Eckhart fuhr unbeirrt fort: „Es ist eine Grundannahme von Doktor Gall, dass die Fähigkeiten und Eigenschaften eines Lebewesens angeboren sind. Ein Fuchs wird niemals das Fliegen lernen. Ein Rind wird niemals lernen, Mäuse zu jagen. Eine Katze wird niemals durch das Wasser tauchen, und eine Taube wird man niemals zur Beiz abrichten können. Ein Tier kann in beschränktem Maße dazulernen. Ja, das sicher. Wenn es einen Futterplatz oder ein Loch im Zaun findet, wird es sich die Stelle merken und am nächsten Tag an diese Stelle zurückkehren. Mehr wird es nicht zustande bringen. Ein bisschen dazulernen und Dressur, das ist alles!" Eckhart wurde feierlich. „Der Mensch aber hat die Möglichkeit, einsichtig zu werden und Willenskraft zu entwickeln. Und er kann seine verkümmerten Organe gezielt reizen, sodass sie sich kräftigen."

„Du meinst also wirklich, meine Organe sind verkümmert!"

„Joseph, betrachte meinen und deinen Schädel." Eckhart zeigte Rosenbaum sein Profil.

Rosenbaum blieb verwirrt. „Sie gleichen sich in vielem, aber sie sind auch unterschiedlich."

Eckhart wies auf Rosenbaums Schläfe: „Wir beide haben ausgeprägte Beulen am Schläfenbein, oberhalb der Naht zum Hinterhauptbein."

Rosenbaum befühlte es. „Und welches Organ befindet sich da?"

„Das Organ des Mutes!"

„Du meinst also ..."

„Joseph, ich vertraue dir ein Geheimnis an. Es darf noch nicht offen gesagt werden, aber dir sage ich es: Ich bekomme eine Stelle im Allgemeinen Spital. Ich gebe meine Praxis auf und werde Arzt in fester Stellung. Und warum? Weil ich mutig war und neulich auf einer Redoute Freiherr von Quarin angesprochen habe."

„Den Direktor höchstpersönlich!"

„Ich habe ohne Scheu meine Fähigkeiten herausgestellt. Er war angetan und hat mich zu einem Gespräch eingeladen."

Das beeindruckte Rosenbaum. „Gratulation!"

„Was ich meine: Du hast die gleiche Fähigkeit! Und du hast sie ja auch bereits bewiesen! Denke, wie du um Therese hast kämpfen müssen! Da hast du deinen Mut gezeigt! Joseph, du bist fähig, dein Leben nach deinem Willen zu gestalten! Du musst zwar den Dienst beim Grafen verrichten, und deine Therese mag ein paar alte, trottelige Verehrer haben, aber das darf dich nicht mutlos machen! Gestalte dein Leben so, wie du es haben willst!"

„Und du meinst, ich hab wirklich ein ausgeprägtes Organ des Mutes!?"

„Eindeutig, Joseph!"

Rosenbaum schwieg und überlegte. Ja, die Umstände quälten ihn, aber er war ihnen nicht hilflos ausgeliefert! Er war fähig zu handeln!

Eckhart schlug kameradschaftlich gegen seine Schulter. „In dir steckt ein Sieger! Und der will heraus!"

Abends fühlte sich Rosenbaum gestärkt genug, um zu Fuß nach Hernals zu gehen. Die Strecke war in einer knappen Stunde zu bewältigen. Die Bewegung an diesem warmen Sommertag belebte ihn zusätzlich.

Die Dunkelheit hatte sich bereits über die Landschaft gelegt. Vor dem Gasthaus luden Männer gerade Bierfässer ab und rollten sie über eine Rampe in den Keller. Ein Mädchen trieb Gänse und Hühner zusammen und lenkte sie in das Gehege. Ein Knecht schloss die Fensterläden am Stallgebäude. Ein friedlicher, lauer Abend war angebrochen.

Er fand Therese im Garten. An einem Tisch unter einem Kastanienbaum, an dem einige Laternen hingen, hatte sich eine Gesellschaft zusammengefunden. Rivolla war dabei, der Irrenhausarzt Doktor Nord sowie fünf weitere Damen und Herren, die Rosenbaum nicht kannte. Ein Mädchen in bäuerlicher Tracht hatte eine Gitarre auf dem Schoß. Offenbar war vorhin gesungen worden. Auf dem Tisch standen Krüge und Gläser mit Bier und Wein. Eine gemütliche Runde, wie es schien.

Gesprochen wurde aber soeben über Politisches. Als Rosenbaum an den Tisch herantrat, sprach Doktor Nord über den Kaiser. „Ich finde, er hat Recht! Auch wenn es ein ungewöhnlich deutlicher Schritt gewesen ist, aber Recht hat er!"

Rivolla bemerkte Rosenbaum als Erste. „Herr Rosenbaum!" Sie sprang auf und holte einen zusätzlichen Stuhl.

Therese sah auf. „Joseph!" Sie freute sich.

Rosenbaum fing ihren strahlenden Blick begierig auf. „Ja, es ist nicht eher gegangen. Tut mir leid!"

„Komm her! Wir haben leider gerade ein politisches Thema."

Man rückte etwas enger zusammen, sodass ein Platz neben Therese entstand. Rivolla kam mit dem Stuhl, und Rosenbaum setzte sich. Es war die Rückkehr in eine warme Vertrautheit. Therese legte sofort, für die anderen nicht sichtbar, eine Hand auf Rosenbaums Bein, und er wusste, dass ihre Liebe wieder in Ordnung gekommen war.

Rivolla lief ins Gasthaus. Dem neuen Gast schmeckte das Bier aus ihrer Brauerei.

Doktor Nord zog Rosenbaum in das Gespräch. „Haben Sie es schon gehört? Der Kaiser hat die Krone niedergelegt!"

Rosenbaum war betroffen: „Hat er es nun doch getan!?"

„Heute ist das Patent verkündet worden", erzählte Doktor Nord. „Man hat es ja lange schon erwartet."

Ein dicker, alter Mann mit rotem Gesicht rief über den Tisch hinweg: „Der Titel *Kaiser des Heiligen Römischen Reiches* war ja eh nur noch ein leerer Beutel, seit er sich zum Kaiser von Österreich erhoben hat."

„Was er allerdings nur gemacht hat, weil ihn der Napoleon mehr oder weniger dazu gezwungen hat", warf Rosenbaum ein. Er war ganz bei der Sache. Politisches interessierte ihn. „Sonst wär unser Kaiser Franz neben dem frischgebackenen Franzosenkaiser als König untergeordnet gewesen."

„Ein Kasperl wäre er gewesen!" Der alte Mann erregte sich.

Die Frau neben ihm ging dazwischen: „Wie redet ihr denn daher!"

„Ist doch wahr!", schimpfte der Alte. „Der Napoleon macht alle zu Hanswurschten!"

Doktor Nord meinte: „Politik ist ein Kasperltheater! Unser Kaiser Franz war gezwungen, den Napoleon als Kaiser zu legitimieren, und hat sich dann im Gegenzug selber *Kaiser von Österreich* nennen müssen. Napoleon hat mit Krieg gedroht, wenn er nicht pariert hätte, hab ich gehört."

Therese sagte: „Und so ist unser Kaiser zum Doppelkaiser geworden? Hab ich gar nicht gewusst."

Rosenbaum nickte ihr zu und fügte an: „Und jetzt ist er wieder ein Solo-Kaiser. Das ehrwürdige Heilige Römische Reich ist ja eh nur noch eine Faschingsgesellschaft gewesen, seit Napoleon ganz Europa umkrempelt."

„Die Bayern hören lieber auf den Napoleon und schon lange nicht mehr auf den Kaiser des Römischen Reiches", bestätigte Doktor Nord.

„Und Württemberg und Baden auch!", ergänzte Rosenbaum.

Und der alte Mann: „Ja, der ganze Rheinbund ist doch erst kürzlich aus dem Reich ausgetreten."

Doktor Nord griff nach seinem Weinglas: „Also ist es von unserem Kaiser Franz nur konsequent, dass er jetzt sagt, ich mag nicht mehr, weil ja eh keiner mehr auf mich hört!" Er trank.

Rosenbaum erzählte: „Ich hab gehört, dass ihn zuletzt der Napoleon unter Druck gesetzt hat. Wahrscheinlich hat er wieder mit Krieg gedroht."

Der alte Mann mit dem roten Gesicht pflichtete ihm bei: „Und unser Kaiser hat bestimmt Angst gehabt, dass sich der Napoleon die Reichskrone holt. Das trau ich dem Franzosen zu!"

„Das glaube ich nicht", meinte Rosenbaum. „Aus der hat sich der Napoleon nie was gemacht!"

Doktor Nord spekulierte: „Auf jeden Fall wird sich unser Kaiser gedacht haben, bevor sie ein anderer nimmt, leg ich sie nieder!"

Rosenbaum sagte betroffen. „Und beendet damit das Heilige Römische Reich, das über achthundert Jahre angedauert hat!"

Der Alte schimpfte: „Irgendwann ist mit allem Schluss! Auch mit so einem Reich!"

„Hauptsache, der Kaiser hat damit einen neuen Krieg verhindert", stellte Rosenbaum fest. „Alles andere ist nicht so wichtig."

Doktor Nord hob das Glas: „Und er bleibt weiter Kaiser der Österreicher! Prost!"

Rivolla kam gerade rechtzeitig aus dem Haus. Sie brachte das Bier für Rosenbaum, und alle konnten auf Kaiser Franz anstoßen.

„Jetzt lassen wir aber das Politisieren", bat Rivolla. „Komm, Lieserl, spiel uns noch was auf der Gitarre."

Liesl zog das Instrument heran und zupfte einen Ländler. Die Krüge und Gläser wurden gehoben, und die Runde genoss den herrlichen Abend.

Therese beugte sich zu Rosenbaum. „Joseph, ich will unbedingt auch so einen schönen Garten!"

„Schatzl, ja, gern. Aber der kostet einen Haufen Geld. Und in der Stadt ist es so eng, das weißt du doch!"

Doktor Nord mischte sich ein. „Herr Rosenbaum, Ihre werte Frau schwärmt schon den ganzen Abend von dem Garten!" Er schmunzelte. „Da müssen Sie was tun!"

Therese fasste Rosenbaums Hand. „Herr Doktor, wir haben neulich in der Leopoldstadt so einen wundervollen Garten gesehen!"

„Weißt du, was so einer kostet!"

Doktor Nord fuhr fort: „Ich hab einen Bekannten, der hat sich zwischen den Häusern einen Garten angelegt. Ich hab ihn angeschaut: ein Paradies!"

„Den will ich auch sehen!", rief Therese entzückt. „Wo ist der denn?"

„Gleich ums Eck beim Strafhaus. Wenn Sie den Besitzer antreffen, sagen Sie einen schönen Gruß von mir, dann lässt er Sie bestimmt hinein. Das ist der Verwalter vom Strafhaus."

„Der Peter?", schoss es aus Rosenbaum. Unvorsichtigerweise.

„Ja, der Johann Nepomuk Peter", bestätigte Doktor Nord.

„Kennst du den, Joseph?"

Rosenbaum hatte seinen Fehler bemerkt. „Aus der Schule. Lange her." Er versuchte mit einer Handbewegung, die Bekanntschaft als bedeutungslos darzustellen, aber Therese ließ sich nicht von dieser Verbindung abbringen.

„Komm, Joseph, den besuchen wir mal!"

Doktor Nord meinte: „Das ist ein sehr gebildeter Mensch. Ungewöhnlich für einen Strafhausverwalter!"

„Ich denk, der kennt mich gar nicht mehr", behauptete Rosenbaum. „Der tät schön schauen, wenn wir in seiner Gegend herumschnüffeln würden. Therese, ich versprech dir, wenn wir das Geld haben, bekommst du einen Garten. Das hab ich dir, glaub ich, schon mal versprochen!"

Therese drückte Rosenbaum einen Kuss auf die Wange. „Stimmt, das hast du mir schon mal versprochen! Dann wird es Zeit, dass wir mehr Geld haben!"

Rosenbaum war froh über diese Wendung. Er lachte und hob den Krug. „Das finde ich auch!"

Therese, Doktor Nord und die anderen lachten und stießen mit an.

Lange kamen Rosenbaum und Therese nicht zum Einschlafen. Es wurde bis nach Mitternacht unter dem klaren Nachthimmel getrunken, geplaudert und gesungen. Alleine dann im Zimmer brach die Wiedersehensfreude, die Erleichterung über die Auflösung des Streites hervor, und sie verlängerten den gemeinsamen Abend bis in die frühen Morgenstunden.

In einem stillen Moment hatte sie ihm zum wiederholten Male das Versprechen abgenommen, nie mehr eifersüchtig zu sein. Sie müsse eben lohnenswerte Einladungen annehmen, um ihre Bekanntheit zu erhalten; und die Schöntuerei der älteren Herren sei ihr völlig egal – sie habe ja ihn, Joseph.

Die Vormittagssonne strahlte bereits in den Raum, als vor dem Haus jemand schrie: „Therese!"

Rosenbaum wurde von der Stimme geweckt, die er gut kannte. Wie ein Messer stach sie in seinen Traum. Er richtete sich auf und rüttelte an Therese.

„Therese! Hast du gehört?!"

Sie öffnete die Augen. „Ja, ich hab es gehört!" Sie zog Rosenbaum in ihre Arme, an ihren weichen Busen. „Joseph, ich muss dir noch was sagen: Der Herr Bacher ist abgereist, und die Mama hat sich für zwei Wochen zusammen mit der Ninna eingemietet."

# 14

Seine Finger hüpften munter über die Tasten. Sie spielten eine Melodie in C-Dur. „Ja, so ging sie." Haydn wiederholte die Melodie und führte sie einige Takte weiter. Dann überlegte er. „Ich habe sie beim Grafen von Morzin geschrieben. Der Magd habe ich sie vorgespielt. Sie hat sie nur einmal gehört und mitgesungen. Wie hat sie geheißen? Ach, ich weiß es nicht mehr ... Weg! Einfach weg! – Doch! Eva!"

Es klopfte.

„Ja?" Haydn wusste, dass es Elßler war, und spielte weiter.

Der Sekretär trat ein. „Papa Haydn, der Botenjunge der Fürstin ist da. Sie lässt fragen, ob Sie was brauchen."

Haydn nahm die Hände von der Klaviatur und richtete sich auf. „Fällt Ihnen etwas ein, Elßler?"

„Nein. Aber Sie sollten nicht vergessen, sich für die Bezahlung der Medikamente zu bedanken, die Doktor von Hohenholz hat schicken lassen."

„Oh ja! Danke, Elßler, dass Sie drangedacht haben. Ich bin immer wieder gerührt, wie sich Fürstin Hermenegild um mich sorgt!"

„Und der Fürst selbst", ergänzte Elßler.

„Er weiß, dass er sich um mich kümmern muss, sonst schadet das seinem Ruf." Haydn verkniff das Gesicht. „Die Fürstin ist ehrlich besorgt um mich. – Aber, das bleibt unter uns, Elßler!"

Elßler lächelte. „Das versteht sich, Papa Haydn."

„Also, sagen Sie bitte dem Botenjungen, ich sei ehrerbietigst dankbar für die Zahlung der Apothekerrechnung. Und danach kommen Sie bitte nochmal, ich brauche Sie. Und die Nannerl soll das Frühstück abservieren."

„Jawohl!" Elßler ging aus der Tür und rief ins Treppenhaus: „Nannerl!" Dann lief er die Stiege hinab. Die Köchin schnaufte unterdessen empor.

„Ja, wieso essen Sie denn nichts?", fragte sie sofort, als sie hereinkam. Sie stellte die Teetasse und den Teller auf ein Tablett. Auf dem Teller lag eine angebissene Semmel. Vom Käse fehlte nur ein kleines Stück.

„Es war vorzüglich. Danke, Nannerl, aber mein Magen wird immer kleiner."

„Das bilden Sie sich ein, Papa Haydn!"

„Was gibt es denn zum Mittagessen? Bitte nichts zu Fettiges!"

„Heute ist ein normaler Werktag, da gibt es nur Gemüse."

„Das ist gut."

„Der Christian von den Nachbarn hat Schwammerl gebracht. Dazu mache ich Knödel."

„Warme und feuchte Septembertage. Da gedeihen sie!"

Nannerl stand bereits an der Tür. „Ich bring Ihnen gleich noch einen frischen Tee", sagte sie, dann verließ sie das Schlafzimmer, in dem Haydn gewöhnlich auch komponierte. Deshalb befand sich hier ein Clavichord.

Haydn legte wieder die Hände auf die Klaviatur und begann erneut, die Melodie zu spielen. Eine Passage entzückte ihn. Er wiederholte sie und erinnerte sich. „Ein Divertimento in C."

Elßler klopfte.

„Ja, kommen Sie herein!"

„Was kann ich für Sie tun?"

Haydn spielte die Melodie. „Haben wir dieses Divertimento aufgeschrieben? Wir müssen mit dem Werkverzeichnis weitermachen!"

„Ich hole es." Elßler lief durch das Speisezimmer hinüber in das Arbeitszimmer, in dem Haydn die Noten aufbewahrte, auch das Werkverzeichnis.

„Ich kann mich nicht so genau erinnern", meinte Elßler, als er zurückkam. „Sie haben viel zu viel geschrieben für meinen Kopf."

„Ja, auch für meinen!", antwortete Haydn verschmitzt. „Das ist ein Problem. Aber bitte schauen Sie nach, ob wir dieses Divertimento schon verzeichnet haben! Die Melodie ist mir gerade wieder eingefallen. Es ist gewiss völlig unbedeutend, aber schön! Wir dürfen es nicht vergessen!"

Elßler blätterte ohne Hast. Er war ein bedächtiger Mann, der seinem Dienstherrn gewissenhaft zur Seite stand. Dass ihn Haydn brauchte und schätzte, wusste er. Nichts lag ihm jedoch ferner, als sich Nachlässigkeiten erlauben oder Vorteile herausnehmen zu wollen. Denn er verehrte Haydn – dessen Meisterschaft, Fürsorge, Humor und Charakterstärke. Andererseits aber kannte er den alten Herrn so gut, dass er sich von plötzlichen Wallungen nicht aus der Ruhe bringen ließ.

„Wann haben Sie es denn geschrieben? Ungefähr?"

„Das muss ich noch beim Grafen von Morzin geschrieben haben, auf seinem Schloss bei Pilsen. Denn er hatte eine hübsche Magd namens Eva, der ich es vorgespielt habe."

„Dann war es also etwa 1760."

„Ja, bestimmt. Noch bevor ich meine Maria Anna geheiratet habe!" Er bekreuzigte sich schnell. „Gott wird sich ihrer herrschsüchtigen Seele angenommen haben!"

Elßler blätterte weiter. „Ein Divertimento, sagen Sie!"

„In C. Die Melodie könnte ein Moderato sein. Oder ein Allegro moderato. Für das Cembalo und Geigen und vielleicht ein Violoncello."

„Ich glaube, ich habe es!" Elßler brachte das Buch zu Haydn. „Schauen Sie! Ein Divertimento in C für zwei Geigen und ein Violoncello und außerdem ein Cembalo."

„Haben wir die Noten?"

„Wir haben es vor einem halben Jahr aufgelistet, mit der Bemerkung, dass die Noten vorhanden sind."

„Wann habe ich das geschrieben?"

„Etwa 1760. Sie waren zweiunddreißig."

Haydn dachte nach. „Ein gutes Jahr später habe ich bei den Esterházys angefangen, als Vizekapellmeister. Noch beim alten Fürsten Paul Anton, den aber gleich darauf der Fürst Nikolaus I. beerbt hat, sein Bruder."

„Das ist lange her, Papa Haydn. Da war ich noch gar nicht geboren."

„Es waren prächtige und anstrengende Jahre. Nicht umsonst hat man ihn den ‚Prachtliebenden' genannt. Ständig wollte er neue Musik! Hatte er Gäste – eine neue Sinfonie oder Oper. Hatte er Muße zum selber Musizieren – rasch etwas Neues für das Baryton. Aber dann ist er gestorben, und ich habe gedacht, die Welt geht unter. Aber das Unglück ist mein Glück geworden, Elßler. Man erkennt das Glück nicht immer sofort. Es versteckt sich gern im Unglück! Nachdem der Fürst Anton die Hofmusik aufgelöst hat und wir alle unglücklich waren, hat mich das Glück nach London gerufen. – Wissen Sie noch, Elßler: London!"

Elßler lächelte: „Wie könnte ich das vergessen!"

Haydns Augen glänzten: „Die wundervollen Konzerte und vielen Einladungen zum Tee! Oder wie sie mir in Oxford den Ehrendoktortitel überreicht haben. Oder das Pferderennen in Ascot. Oder die Überfahrt nach Dover, bei der ich seekrank geworden bin. Und über den Salomon und einen Tenor hab ich gedichtet: ‚Salomon und David waren große Sünder, hatten schöne Weiber, machten viele Kinder.' Und ich denke noch oft an die Witwe Schröter." Haydn fügte melancholisch hinzu: „Wenn ich frei gewesen wäre, hätte ich sie geheiratet, Elßler! Ich hätte sie geheiratet!"

Elßler wollte ihn ablenken: „Sie haben dort großartige Musik geschrieben. Die Sinfonien!"

„Ja, aber ich habe dort viel weniger komponiert als beim Fürsten." Er lachte schelmisch. „Und ich habe sehr viel mehr Geld dafür gekriegt! Und alle waren zufrieden!" Er schloss die Augen und meinte mit sanften Worten: „Aber es ist gut, dass wir wieder in Wien sind, Elßler. Hier gehöre ich her. Es ist gut, dass mich unser jetziger Fürst wieder verpflichtet hat, Messen zu schreiben und seine Oper zu leiten, und es ist gut, dass ich damit wieder habe aufhören können. Das macht jetzt der Hummel besser!"

„Sie haben unendlich viel geschaffen!", sagte Elßler leise. „Sie dürfen sich davon ausruhen!"

„Nein! Ich darf mich nicht ausruhen! Das Verzeichnis, Elßler, es ist noch nicht fertig!"

„Aber wir kommen gut voran!"

Haydn atmete erleichtert. „Das ist gut, Elßler, das ist gut! Wir kommen voran! Morgen machen wir weiter! Wir müssen fertig sein, bevor mich unser gütiger Herr zu sich holt!"

„Der muss sich eben Zeit lassen!"

„Dann sagen Sie ihm das, Elßler! Er ist manchmal sehr eigenwillig!"

Die beiden lachten.

Plötzlich hatte Haydn eine Idee: „Davor möchte ich unbedingt noch einmal das Bürgerspital zu St. Marx besuchen. Ich möchte mir selbst ein Bild davon machen, dass alles in Ordnung ist."

„Dann müssen wir bald hinfahren. Vor Wintereinbruch."

„Jaja, das machen wir, Elßler! Das machen wir!"

„Sie sorgen gewissenhaft dafür, dass meine Zuwendungen regelmäßig ankommen?"

„Ja, gewiss!"

„Das ist gut." Haydn legte seine Rechte auf die Stirn und strich hinauf zum Scheitel. Erst hier begannen seine Haare, was aber nur wenige wussten, da er sich in der Öffentlichkeit nur mit Perücke zeigte. „Ist denn meine Perücke repariert? Die Naht geflickt? Ohne Perücke fahre ich nicht ins Bürgerspital!"

„Der Perückenmacher will sie morgen bringen!"

Nannerl kam mit schweren Schritten die Stiege empor. Sie klopfte und trat sofort ein.

„Der Postbote hat zwei Briefe gebracht."

„Zwei Briefe?", rief Haydn freudig. „Ich habe heute Nacht geträumt, dass Luigia schreibt!"

„Da muss ich Sie enttäuschen – keine Post aus Italien! Der eine ist wohl die Rechnung des Schneiders für den neuen Reisemantel. Der andere ist aus Salzburg."

Die Nachricht wühlte Haydn auf. Ein Brief aus Salzburg! In Salzburg lebte sein jüngerer Bruder Michael. Als Kirchenmusiker und Komponist genoss er dort hohes Ansehen. Haydn hatte seinen Bruder zuletzt vor fünf Jahren gesehen. Er hatte Wien besucht, um bei Hofe eine Messe aufzuführen. Seitdem stand er nur in Briefkontakt mit ihm und er wusste, die Gesundheit von Michael war angegriffen. Doch er hatte seit Wochen keine Nachricht mehr erhalten; stattdessen kürzlich das Gerücht gehört, er sei verstorben. Haydn hatte an die Adresse des Bruders geschrieben und eindringlich nachgefragt. Nun also kam offenbar endlich eine Antwort!

Elßler übernahm die Briefe. „Das ist nicht seine Handschrift."

„Das bedeutet nichts Gutes! Zeigen Sie her!" Haydn kniff die Augen zusammen und betrachtete die Schrift. „Das ist die Schrift meiner Schwägerin. Lesen Sie vor, Elßler!"

Elßler öffnete und las.

„Lieber Schwager Haydn, leider muss ich dir schreiben, dass mein herzensguter Mann Michael schon am 10. August an der Auszehrung gestorben ist."

Die Nachricht ließ Haydn erstarren.

Elßler fuhr fort: „Ich habe viel um ihn geweint. Wir haben drei Tage darauf ein schönes Requiem gehabt, zu dem alle gekommen sind. Und sie haben seine Musik gesungen. Und dann wurde er in der Gruft im Friedhof von St. Peter beigesetzt. Sein treuer Freund, der Pfarrer Rettensteiner, den du kennst, der ihn nach Wien begleitet hat, hat gesagt, er schreibt dir vom Tod deines Bruders, aber der Brief ist wohl verloren gegangen. Das tut mir sehr leid, dass du jetzt erst Gewissheit bekommst. Deine Schwägerin Maria Magdalena Haydn."

Haydn saß weiter aufrecht am Clavichord. Die Augen hatte er geschlossen.

„Es wird immer stiller um mich", sagte er endlich. „War es letztes Jahr, als mein lieber, armer Bruder Hansl in Eisenstadt gestorben ist?"

„Ja, das war letztes Jahr im Mai", antwortete Elßler einfühlsam.

Johann Evangelist Haydn hatte am Hof des Fürsten als Kirchsänger und Gesangslehrer gedient und war bis zuletzt von seinem vermögenden Bruder unterstützt worden.

„Und jetzt der Michael!"

Nannerl bekreuzigte sich. „Der ewige Krieg hat Salzburg schwer gebeutelt. Das hat auch Ihren Bruder mitgenommen."

„Ja, gewiss. Achtundsechzig ist er geworden, wenn ich richtig rechne. Er ist von zwei französischen Husaren ausgeplündert worden. Sie haben ihn mit dem Tod bedroht. Sein ganzes Geld haben sie ihm genommen. Sowas zehrt am Gemüt." Plötzlich standen Tränen in

Haydns Augen. Er schämte sich vor Elßler und Nannerl. Keinesfalls wollte er sie mit einem Tuch wegwischen. Das hätte bewiesen, dass er leise weinte. Stattdessen legte er die Hände auf die Klaviatur und begann erneut, die Melodie zu spielen. Sie klang beinahe so munter wie vorhin. Dann unterbrach er. „Aber der gütige Herr weiß schon, was er tut. Es war auch für meinen Bruder die rechte Zeit."

# 15

Am 11. November 1806, einige Wochen nach der Rückkehr aus Hernals, durfte Therese bei der Kaiserin vorsprechen. Maria Theresia von Neapel-Sizilien war seit sechzehn Jahren mit Kaiser Franz verheiratet, ihrem Cousin. Die Vierunddreißigjährige hatte bislang elf Kinder zur Welt gebracht und erwartete im Frühjahr ihr nächstes. Sie liebte und förderte die Kunst, sang selbst in Messen kleinere Sopranpartien und hatte daher für Therese ein offenes Ohr. Therese erklärte ihre Furcht, der Wechsel in der Leitung der Hoftheater könnte zu ihrer Zurückdrängung führen. Die Kaiserin versprach ihr Schutz. Und sie bat Therese, wieder zu kommen, wenn sich ihre Sorge bestätigen sollte.

Zum Ende des Jahres übergab Baron von Braun die Leitung der Hoftheater an die neue Theaterdirektion, die sich aus den Fürsten Lobkowitz, Schwarzenberg, Esterházy sowie einigen Grafen zusammensetzte. Therese sprach gemeinsam mit Ninna bei den Fürsten Esterházy und Lobkowitz vor. Sie wurden mit vorzüglicher Höflichkeit empfangen. Man wolle sie auf jeden Fall weiter beschäftigen, sagten sie und boten ihnen an, künftig die Mädchenchöre zu leiten. Sie würden ein entsprechendes Dekret erhalten. Die beiden Sängerinnen waren entsetzt und wehrten sich, suchten Hilfe bei diesem und jenem, redeten nochmals mit den Fürsten.

Rosenbaum hasste es, wenn Therese zu viel mit dem Fürsten Esterházy zu tun hatte.

Eine Audienz bei der Kaiserin war inzwischen nicht mehr zu bekommen. Es hieß, sie sei schwer erkrankt. Tatsächlich starb sie am 13. April 1807, wenige Tage nach einer Fehlgeburt.

Der Status von Therese und Ninna blieb lange ungeklärt. Sie kümmerten sich also um die Chöre, immer wieder aber standen sie in ihren bisherigen und neuen Rollen auf den Bühnen der Hoftheater.

Pensionierungen mit geringen Bezügen waren abgewendet, sie durften weiterarbeiten. Doch eine befriedigende Regelung blieb aus.

Der Winter dauerte lang. Noch im April fiel Schnee.

Am Nachmittag eines dieser kalten Frühlingstage sollte eine Mörderin am Galgen hingerichtet werden. Die Richtstätte war nahe dem Schottentor aufgebaut, auf dem Glacis, einem Wiesengürtel außerhalb der Ringmauer. Hinrichtungen waren öffentlich, und trotz des Wetters versammelten sich zahlreiche Zuschauer auf dem Platz. Rosenbaum drängte es, Zeuge aller wichtigen Ereignisse seiner Stadt zu sein. Zu diesen Attraktionen zählten Premieren, Militärparaden, wissenschaftliche Vorführungen und Denkmalenthüllungen genauso wie Hinrichtungen. Also stand er ganz selbstverständlich in der Zuschauermenge.

Soldaten, ringförmig um die Richtstätte postiert, sicherten das Gelände und hielten die Schaulustigen auf Abstand. Rosenbaum hatte sich rechtzeitig vom Grafen verabschieden können und einen Platz in der ersten Reihe bekommen. So hatte er lange auf den Beginn zu warten, durfte sich aber gewiss sein, das Geschehen uneingeschränkt verfolgen zu können.

Endlich kam der Tross durch das Schottentor. Rosenbaum wusste, er war in der Leopoldstadt losgezogen, am Strafhaus, in dem die Mörderin die Zeit während des Prozesses und die letzten Tage nach der Urteilsverkündung zugebracht hatte.

Dass Peter die Exekution mitverfolgen würde, schien Rosenbaum wahrscheinlich. Sollte Peter ihn bemerken, wollte er freundlich und unverbindlich bleiben und so rasch wie möglich in der Menge untertauchen.

Der Tross bestand aus einem Karren, auf den die Delinquentin gebunden war, einer sechsspännigen offenen Kutsche, in der die Vertreter der Justiz saßen, sowie einem Einspänner. Vor dem Karren gingen zwei Geistliche, die unablässig Gebete brüllten, außerdem ein Henker, der das Pferd führte. Dahinter marschierten weitere zwei Henker, muskulöse Männer unterschiedlichen Alters allesamt, mit versteinerten Mienen. Kavalleristen umrahmten den Zug.

Die Verurteilte, eine blonde, füllige Frau, hatte ihren Gatten erschlagen. Das wusste Rosenbaum aus der Zeitung. Die Hintergründe waren ihm unbekannt. Es lag ihm fern, sich an Mordgeschichten zu ergötzen; er war zufrieden, dass die Polizei und Justiz ihre Arbeiten sorgfältig erledigten und Verbrecher gerecht bestraft wurden. Auch dem Grölen und Jubeln, das immer lauter wurde, je näher der Tross auf die Richtstätte zukam, schloss er sich nicht an. Er beobachtete und wollte Zeuge sein. Das genügte ihm.

Die Kavalleristen nahmen hinter dem Galgen Aufstellung, der Karren mit der Delinquentin hielt unter dem Querbalken. Die Schlinge reichte bis einen halben Meter über den Kopf der Frau. Die Geistlichen deklamierten weiter lauthals ihre Gebete. Aus der Kutsche, die seitlich des Galgens angehalten hatte, stiegen einige Herren in schwarzen Röcken. Aus dem Einspänner kletterte Peter. Die Herren waren lediglich als Beobachter anwesend und blieben am Rand. Nur ein Ausrufer trat aus der kleinen Gruppe und postierte sich vor der Menge. Er verlas noch einmal die Urteilsschrift. Tod am Galgen, hieß es darin. Die Menge brüllte zustimmend: „Aufhängen! Mörderin!"

Dann wurde es still, die Henker, die bislang wie unbeteiligt neben dem Karren verharrt hatten, gingen ans Werk. Zwei schwangen sich auf den Karren und forderten die Delinquentin auf, sich zu den Geistlichen zu beugen. Ein greiser Mönch mit kargem Gesicht sprach leise ein kurzes Gebet und zeichnete ein Kreuz auf ihre Stirn. Dann war auch diese letzte Handlung getan.

Die Henker banden ein Tuch um die Augen der Delinquentin und legten die Schlinge um ihren Hals. Plötzlich begann die Frau zu schreien. Sie wollte ihre Hände, die eng an ihren Körper geschnürt waren, befreien. Es gelang ihr nicht. Sofort griffen die Henker ein, schlugen sie, bis sie aufgab und widerstandslos hinnahm, was mit ihr geschah. Die Henker kletterten vom Karren. Einer gab dem dritten Henker ein Zeichen, der das Pferd, das dem Gefährt vorgespannt war, an einer Leine hielt. Dieser peitschte auf das Hinterteil des Tieres, worauf dieses nach vorne sprang. Der Karren verließ die Verurteilte. Sie verlor den Boden, und die Schlinge zog sich zu. Wild schlug sie einige Momente mit den Beinen, dann erlosch ihr Bewusstsein. Noch einige Minuten zuckten ihre Glieder, bis alle Energie verflossen war. Der Körper hing leblos am Strick.

Nur zögernd brach die Erstarrung der Anwesenden auf. Die Mörderin war hingerichtet, die düstere Veranstaltung vorüber. Einer der schwarzgekleideten Herren, ein Arzt, ging zum Galgen, betrachtete die Tote, rüttelte ein wenig an ihr und nickte schließlich dem Ausrufer zu. Dieser notierte das Ergebnis der Untersuchung auf einem Dokument, das ein anderer Herr unterzeichnete. Dann bestiegen die Männer ihre Wägen, der Tross fand sich zusammen und machte sich auf den Rückweg. Einer der Henker sowie zwei Soldaten blieben am Galgen. Die Gehängte sollte noch einige Tage zur Schau gestellt bleiben. Um eine Schändung oder einen Diebstahl der Leiche zu unterbinden, wurde die Richtstätte bewacht.

Auch der Ring der Soldaten, der die Abgrenzung zu den Zuschauern gebildet hatte, löste sich auf. Die Bürger Wiens nahmen ihre Gespräche auf und machten sich auf den Heimweg.

Rosenbaum konnte nicht beurteilen, ob Peter ihn gesehen hatte. Dessen Blick war stets auf das Geschehen gerichtet gewesen. Vor dem Besteigen seines Einspänners hatte er einige Worte mit den anderen Herren gewechselt.

Kaum war Rosenbaum losgegangen, im lockeren Schwarm mit den anderen Zuschauern, da bemerkte er an seiner Seite eine kleine Kutsche, die sich seinem Tempo anpasste.

„He, Joseph, nicht so eilig!"

Wie Rosenbaum befürchtet hatte: Es war Peter, der aus dem zweisitzigen Wagen rief. Er blieb stehen. Auch der Kutscher hielt das Gefährt an.

„Johann!", antwortete Rosenbaum mit vorgetäuschter Freude. „Das ist ja eine Überraschung!"

„Die Überraschung ist ganz bei mir! Ich bin bei einer Hinrichtung selbstverständlich dabei! Das gehört zu meinem Amt! Aber bei dir ist das nicht so selbstverständlich!"

„Man möchte wissen, was in der Stadt geschieht!"

„Komm, steig ein! Ich kann dich mitnehmen!"

„Danke! Ich wollte mir ein bisschen die Beine vertreten. Ich sitze zu viel und schreibe!"

„Komm, Joseph, red keinen Unsinn und steig ein. Es ist kalt und windig, da schlägt kein normaler Mensch eine Kutschenfahrt aus! Ich wollte dir schon ewig was erzählen!"

Mit dieser Finte köderte Peter seinen Schulfreund. Dieser konnte sich nicht mehr verweigern und kletterte schließlich in den Einspänner.

„Danke dir! Deine Beharrlichkeit kenn ich schon!", scherzte er.

„Wo willst du denn hin?"

„Zum Kärntnertortheater."

„Ah!", lachte Peter. „Du willst deine Frau Gemahlin abholen! Habe ich recht?"

„Sie hat eine Probe. Wir haben halb fünf ausgemacht."

„Das ist fein! Du musst sie mir vorstellen!"

„Da ist aber noch eine Weile hin." Rosenbaum hoffte, ihn damit abzuschütteln. Er wusste, Therese neigte dazu, bei jeder Begegnung mit einem Neuen offenherzig die Arme auszubreiten. Eine Verknüpfung dieser Lebensbereiche sollte unterbleiben!

„Ich bin nicht in Eile."

Der Kutscher hatte sich umgedreht, um eine Anweisung zu empfangen.

„Bitte fahre Er zum Kärntnertortheater", rief Peter.

Der Mann nickte, und die Peitsche knallte. Die Kutsche fuhr los.

Peter hatte nichts Wichtiges zu erzählen. Er wusste, dass ein Schulfreund geheiratet hatte, ein anderer war in der Schlacht bei Austerlitz gefallen, ein dritter sei ihm als Dieb im Strafhaus wiederbegegnet. Rosenbaum lehnte sich zurück und ließ sich unterhalten, war froh, nichts von sich preisgeben zu müssen.

Seine Hoffnung, dass er eine Begegnung zwischen Peter und Therese doch noch abwenden könnte, erfüllte sich nicht. Therese wartete bereits vor der Bühnenpforte.

„Da steht sie schon!" Rosenbaum deutete auf Therese.

„Fahr Er zu der Dame", befahl Peter dem Kutscher, und der Einspänner hielt bei Therese an.

Sie winkte ihm zu. „Joseph! Du hast ja ein Glück!"

„Ist die Probe schon aus?"

„Bei dem scheußlichen Wetter ist die Hälfte heiser oder hustet. Wir haben früher aufgehört." Dann lächelte sie Peter zu. „Sag, von wem lässt du dich herumfahren? Magst du mir den Herren nicht vorstellen?"

Rosenbaum und Peter stiegen aus dem Wagen. Peter ging wie ein Kavalier auf Therese zu und küsste ihre Hand. „Josef hat mir schon angekündigt, dass ich seine Gattin kennenlernen darf. Das freut mich unendlich!"

„Darf ich bekanntmachen? Das ist mein alter Schulkamerad Peter. Johann Nepomuk Peter", erklärte Rosenbaum.

Therese war entzückt. „Die Freude ist ganz auf meiner Seite!"

„Wir haben uns bei der Hinrichtung getroffen, und er war so aufmerksam, mich ein Stück mitzunehmen."

Therese hatte bei dem Namen aufgemerkt. „Sind Sie der Herr Peter, der in der Leopoldstadt wohnt?", fragte sie.

Peter war erstaunt. „Ja, ich bin Verwalter des dortigen Strafhauses. Kennen Sie mich?"

„Nein, aber wir haben neulich mit einem Bekannten über einen Garten in der Leopoldstadt gesprochen. Doktor Nord hat er geheißen."

„Ja", bestätigte Peter. „Dem Doktor Nord habe ich ihn gezeigt. Das ist ja ein schöner Zufall!"

„Und ich hab ihn mir auch schon angeschaut!", gestand Therese. „Der Doktor Nord hat so davon geschwärmt, dass ich ihn einfach anschauen hab müssen!"

Das verwirrte Rosenbaum.

„Er war ja nicht schwer zu finden, nur ein paar Meter vom Strafhaus entfernt. Mit einer Eibenhecke. Ich war mit meiner Freundin dort, der Josephine Goldmann, einer hiesigen Schauspielerin. Keine Angst, Herr Peter, wir haben nicht spioniert, nur ein bisserl geschaut!"

„Davon hast du ja gar nichts erzählt!" Rosenbaum wusste selbst nicht, ob dies ein Vorwurf sein sollte.

Peter amüsierte sich. „Dann müssen Sie unbedingt ganz offiziell zum Spionieren kommen!"

„Ui, ja!", Therese freute sich und hängte sich an Rosenbaum. „Das wär doch schön, Joseph. Bitte!"

„Ja, natürlich! Wenn wir schon so freundlich eingeladen werden!", antwortete Rosenbaum. Er wusste nicht, was er anderes hätte sagen können.

„Dann hoffen wir, dass der Frühling endlich anfängt, damit wir auf meiner Terrasse einen guten Kaffee und Gebackenes genießen können!"

„Das klingt wunderbar!", meinte Rosenbaum.

„Am nächsten Sonntag?", schlug Peter vor. „Nachmittags um drei?"

Therese strahlte. „Da scheint gewiss die Sonne!"

Es wurde tatsächlich ein frühlingshafter Tag. Die Sonne hatte die Regenwolken vertrieben und das Nass auf den Straßen und Dächern getrocknet, auch in Peters Garten. Sie schien kräftig, ihre Wärme schmeichelte den Pflanzen. Sie schossen in frischen Farben empor. Die weißen Blüten an den Zwetschgenbäumen entfalteten sich vollends und zeigten ihre hellgrünen Kelche.

Peter hatte für die Terrasse vor seiner Gartenhütte eine Bank, ein halbes Dutzend Stühle sowie einen Tisch gekauft. Es war ja seine Absicht gewesen, Gäste einzuladen und sein Leben, seinen Gesellschaftskreis nach der Trauerzeit wieder zu erweitern. Ullmann und Jungmann hatten den Garten bereits besichtigt, insbesondere die neue Grotte, und wollten in der anstehenden warmen Jahreszeit öfter zu Besuch kommen. Den Nachbarn, Herrn Sollberger, dessen Garten sich an der Ostseite anschloss, hatte er ebenfalls durch die Anlage geführt – ohne jedoch die Grotte zu öffnen.

Lenerl gab sich, wenn Gäste anwesend waren, als fleißiges, wortkarges Dienstmädchen, das von Peter freundliche Anweisungen erhielt, das ansonsten aber auf Abstand blieb. Diese Vereinbarung hatte sich stillschweigend ergeben. Niemand brauchte zu wissen, wie nahe sie sich gerückt waren.

Für das erwartete Ehepaar Rosenbaum hatte sie Nusskuchen gebacken. Sie holte ihn soeben im Haus. Vom Rand der Terrasse aus konnte man hinauf zum Kuchelfenster sehen.

Peter saß am bereits gedeckten Tisch und las in der Wiener Zeitung. Lenerl hatte ihm eine Tasse Tee zubereitet. Der Kaffee sollte erst aufgebrüht werden, wenn die Gäste eingetroffen waren.

Lenerl kam mit dem Kuchen zurück.

Peter hielt sie beim Vorbeigehen auf, indem er mit der Hand über ihre Hüfte strich. „Geh, zeig ihn mir!"

Lenerl hob das Tuch vom Korb.

Peter sog den Duft ein. „Hm, da läuft mir das Wasser im Mund zusammen."

„Auf die besten Sachen muss man ein bisserl warten", sagte sie neckend und tänzelte in die Hütte.

Peter sah ihr nach, bis sie in einer Ecke verschwand, die er nicht einsehen konnte. Er lächelte und vertiefte sich wieder in seine Zeitung.

„Johann!"

Rosenbaum und Therese waren angekommen. Sie standen am Gartentor.

„Kommt's herein!"

Peter sprang auf und empfing seine Gäste. Sie hatten sich sommerlich hell gekleidet. Therese trug ein Kleid aus weißem Stoff mit gelb-grünen Blumenmustern. Hinter ihrem Kopf drehte sich ein Sonnenschirm.

„Da hast du dir ja ein Paradies erschaffen!", schwärmte Rosenbaum sofort. „Das könnten die Theatermaler nicht besser!" Er verharrte am Eingang, um den Eindruck auf sich wirken zu lassen.

„Ich hab dir nicht zu viel versprochen, gell!", sagte Therese.

Peter öffnete das Tor und bat die Gäste auf das Grundstück. „Wann haben Sie denn hereinspioniert?", wollte Peter wissen.

„Das war schon am Ende vom letzten Sommer. September, schätze ich."

„Na, da hat sich noch einiges verändert. – Darf ich Ihnen das Du anbieten?"

„Ja, gerne", antwortete Therese.

Damit entstand bei allen dreien eine entspannte Stimmung. „Johann!" – „Therese!" Rosenbaum lachte dazu. Er freute sich, dass die beiden ohne unnötige Scheu aufeinander zugingen. Bei Therese war er sich vorweg sicher gewesen, dass dies passieren würde; was Peter betraf, war er überrascht, wie leutselig er sich verhielt. Er kannte den Schulkameraden zwar als ungekrönten König, der in Gesellschaften zu glänzen wusste, aber nicht als so charmanten Gastgeber. Hatte er sich wirklich gravierend gewandelt? Rosenbaum wurde für einen Moment misstrauisch. War Peters Auftritt ebenso kulissenhaft, wie sein Garten wirkte?

Peter beschäftigten keine Überlegungen. Joseph war für ihn ein Genosse aus früheren Tagen, der zusammen mit ihm an den Launen und Misshandlungen der Lehrer gelitten und sich an seinen unzähligen Streichen beteiligt hatte. Diese Zeit war jedoch Vergangenheit. Aus und vorbei. Er lebte ein anderes Leben. Dienstliche Anforderungen und Pläne, Trauer und Neuanfang bestimmten seinen Alltag.

Er rief Rosenbaum aus seinem Moment des Grübelns. „Wenn ihr wollt, dann führe ich euch durch den Garten. Danach erwartet euch vorzüglicher Kaffee und ein duftender Nusskuchen!"

Rosenbaum und Therese nahmen den Vorschlag gerne an.

„Das Grundstück ist leider etwas eingezwängt zwischen den Nachbarn und dem übermächtigen Militärgebäude dort hinten." Er zeigte auf die Mauer, die rechts vom Gartentor begann und bis hinter die Hütte reichte. „Aber ich habe versucht, das Beste draus zu machen."

„Das ist dir fraglos gelungen", schmeichelte Rosenbaum.

Therese bestaunte das Kräuter- und Gemüsebeet, das Lenerl an der Mauer des Militärgebäudes bis an den Rand der Terrasse angelegt hatte. „Was da alles wächst, wundervoll!"

„Das ist das Werk meiner Haushälterin. Und ich profitiere durch Tees, Heilkräuter und Gewürze davon! – Aber gehen wir bitte nach links."

Eingerahmt von vier Zwetschgenbäumen lag der Gartenteich. „Der ist erst vor ein paar Monaten fertig geworden. Und schaut!"

Peter bückte sich zu einem tellergroßen Rad, das am Rand des Teiches aus der Erde ragte. Er drehte daran. Daraufhin gluckste es laut hörbar in der unterhalb liegenden Rohrleitung, und eine Fontäne erhob sich aus der Mitte der Wasserfläche. Sie erreichte eine Höhe von etwa einem Meter – weniger, als Peter errechnet hatte. Trotzdem löste der flirrende Wasserstrahl bei Therese Begeisterung aus.

„Mit den Fontänen in Schönbrunn kann ich nicht mithalten, aber ich bin zufrieden", meinte Peter. Wie erhofft, fragte Rosenbaum nach der Technik der Anlage, und so konnte Peter vom Bau des Wasserspeichers auf dem Dach der Hütte und der Rohrleitung erzählen. Da ihn der Regen der vergangenen Tage gut gefüllt hatte, hielt das Wasserspiel eine ganze Weile an. Als der Druck nachließ und die Fontäne niedriger wurde, drehte Peter die Wasserzufuhr ab.

Peter führte seine Gäste anschließend zum unfertigen Tempel, der sich im mittleren Teil des Gartens, links von der Hütte, aus einem Wiesenstück erhob. Er war eingerahmt von Zwetschgenbäumen. Über zwei Stufen gelangte man auf ein kreisrundes Plateau mit etwa drei Metern Durchmesser. Ein Kranz von acht schlanken, hohen Säulen trug ein kuppelförmiges Dach. Eine Figurette aus Gips krönte das Gebäude. Soweit war der Tempel vollendet. Die Grundfläche war jedoch nur zur Hälfte mit Platten belegt, für einen Zugangsweg eine Furche aus dem Rasen gehoben.

„Der Altar wird gerade vom Steinmetz gefertigt. Er soll dem Altar eines griechischen Tempels gleichen."

Therese und Rosenbaum staunten.

„Wenn der fertig ist, wird er deinem Garten gewiss eine imposante Wirkung verleihen!", meinte Rosenbaum.

„Die Handwerker haben die Fertigstellung in zwei Wochen zugesagt."

Therese ging näher heran. „Wem soll der Tempel geweiht werden?"

„Er soll *Tempel der Musen* heißen, für die griechischen Schutzgöttinnen der Kunst."

Rosenbaum war überrascht. „Ein Tempel für die Kunst?" Er folgte Therese und umkreiste das Bauwerk.

Peter schmunzelte. „Ja, lieber Joseph, ich fürchte, das hast du mir nicht zugetraut! Auch wenn es nicht so sehr den Eindruck macht, aber ich vergöttere die Kunst. Mir fehlt vielleicht der Ansporn, regelmäßig die Theater zu besuchen, doch du darfst mir glauben, ich liebe die Musik, das Schauspiel, die Oper."

„Das habe ich nie bezweifelt", verteidigte sich Rosenbaum.

„Hand aufs Herz, lieber Joseph", gab Peter zurück, „so richtig zugetraut hast du es mir nicht." Er wies Richtung Terrasse. „Aber bitte, jetzt ist es Zeit für den Nusskuchen."

Peter beendete an dieser Stelle die kleine Führung durch den Garten. In den hinteren Bereich, wo die Grotte stand, kamen sie nicht. Rosenbaum hatte sie aus der Ferne gesehen, als er seitlich des Tempels gestanden hatte, sie aber lediglich für ein Nebengebäude, einen Schuppen gehalten. Von außen wirkte sie ja unscheinbar.

Sie nahmen am Tisch Platz. Nun brachte Lenerl eine Kanne Kaffee aus der Hütte.

„Ich darf kurz vorstellen, Magdalena, meine Dienstmagd."

„Grüß Gott, die Herrschaften", sagte Lenerl höflich und bediente die Gäste.

Rosenbaum und Therese grüßten zurück.

„Aber, lieber Joseph, ich gebe natürlich zu, du hast mich auch nie als Freund der Künste erlebt. Erweckt, sozusagen, wurde ich durch Clara, meine verstorbene Gattin."

„Du bist Witwer?", fragte Rosenbaum betroffen.

„Ja, seit einem Jahr. Ein tragisches Unglück."

„Oh, das tut mir leid", warf Therese ein.

„In der Donau ertrunken. Beim Baden. Von der Strömung erfasst."

„Eine schlimme Zeit für dich", bemerkte Rosenbaum.

Peter nickte mit traurigem Gestus und fuhr fort. „Ja, meine Clara war eine Verehrerin von Musik und Literatur, hat beständig französische Romane und griechische Tragödien gelesen, natürlich auch Shakespeare und Heiligenlegenden. Sie liebte die Komödien von Kotzebue, ja sogar Schiller hat sie etwas abgewinnen können – wenngleich sie das aufrührerische Element in seinen Stücken ablehnte. Sie war eben ein wenig, wie soll ich sagen, *zurückhaltend* in vielen

Dingen. Ganz im Reinen war sie hingegen mit den Meistern der Musik: Händel, Gluck, Salieri und natürlich unserem Haydn, den sie ganz besonders verehrte. Gut, auch mit Beethoven hatte sie ihre Nöte. Aber wer hat das nicht! Doch seit ihrem Tod habe ich das Theater gemieden. Die Erinnerungen!"

Lenerl brachte den Nusskuchen.

Rosenbaum freute sich darauf: „Der schaut ja prächtig aus!"

„Er schmeckt gewiss vorzüglich! Fräulein Magdalena hat sich gut eingeführt!" Er warf einen heimlichen Blick zu ihr. Sie dankte für das Kompliment mit verhohlenem Lächeln.

Therese biss vom Kuchen. „Hm, ein Genuss für die Götter! – Aber sag, Johann, *mich* habt ihr schon mal singen gehört, also du und deine Frau?"

„Ja, natürlich! In der *Zauberflöte* und im *Opferfest*! Grandios! Mir ist im Lauf der Jahre nicht entgangen, dass aus der großen Sängerin Gassmann eine Rosenbaum geworden ist und mein alter Schulfreund Joseph dahintersteckt!"

Sie lachten, und Joseph griff beglückt nach Thereses Hand.

„Ja, sieben Jahre sind es bald! Am 11. Juni 1800." Dann fügte Rosenbaum bitter an: „Keine leichte Geschichte! Alle haben uns geärgert, die uns ärgern haben können!"

Therese drückte liebevoll Josephs Hand. „Komm, Joseph, das ist vorbei!"

„Umso schöner, dass wir jetzt gesund und froh zusammensitzen!"

Therese pflichtete ihm bei: „Ja, da hast du recht, Johann!"

„Was die Menschen verbindet, das ist nicht eine schlimme Vergangenheit, sondern die Natur und die Musen! Und darum entsteht hier ein Tempel! Als Zeichen gegen alles, was den Menschen zusetzt! Und als hoffnungsvoller Ausblick auf die Zukunft!"

Rosenbaum hatte sich rasch gefasst. Die frühlingshafte und herzliche Stimmung in Peters Garten war viel zu erfrischend, um seiner Wunde Geltung zu geben. „Das finde ich schön, was du sagst, Johann. Du hast ja auch eine schlimme Zeit hinter dir!"

„Für heute gilt nur der Garten, der Blick auf den fast vollendeten Musen-Tempel und der großartige Nusskuchen von Magdalena!"

„Das hast du schön gesagt!", bestätigte Therese. „Das könnte aus einem Schauspiel sein!"

„Vielleicht steckt in mir ein Dichter und ich weiß es nicht!"

„Auf jeden Fall ein Mensch, dem die Muse einen saftigen Kuss gegeben hat!", scherzte Therese. „Der Mensch braucht eine Gegenwelt! Du bist den ganzen Tag im Zuchthaus! Da würde ich eingehen wie ein Blumenstock, der kein Wasser kriegt. Ich hab das größte Glück auf der Welt: Ich sing, hab die Musik, das Theater, und ich kann in den Augarten gehen oder nach Hernals fahren! Ich brauch keine Gegenwelt! Aber du hast genau das Richtige gemacht!"

Peter gefiel das Lob.

„Aber meine Therese will auch unbedingt einen Garten!", schob Rosenbaum ein.

„Wer will das nicht!" Sie fuhr liebevoll durch Rosenbaums Locken. „Einen Garten kaufen wir dann, wenn wir uns einen leisten können!"

„Ich hab gern Gäste!"

Rosenbaum freute sich. „Ist das eine zweite Einladung?"

„Ja!"

Therese applaudierte. „Oh! Die können wir nicht ablehnen!"

„Ich habe den ganzen Tag mit Gefangenen zu tun. Dieser Garten soll das Gegenteil sein: ein Ort mit einer offenen Tür!"

„Da hat wieder der Dichter in dir gesprochen!", lachte Therese.

„Bravo!", ergänzte Rosenbaum.

„Dann musst du bald wieder in die Oper gehen!"

„Natürlich nur, wenn du singst!"

„Dann besorg ich dir ein Freibillett. Ich singe im *Kalifen von Bagdad*, eine hübsche Oper von Boieldieu."

„Oh, gerne!"

Rosenbaum gefiel Thereses Initiative: „Natur und Muse gehören zusammen!"

„Ganz recht!", bestätigte Peter. „Das ist der Mensch, den wir für die Zukunft brauchen! Und das kann nur durch die Vervollkommnung des Individuums geschehen! Nur der Mensch kann den Willen zur Vervollkommnung entwickeln!"

„Große Worte!" Rosenbaum war fasziniert.

Therese hauchte ein schlichtes „Schön!"

Rosenbaum sah zu Therese und freute sich an ihrer Zufriedenheit. Schon lange hatte er sie nicht mehr so glücklich gesehen.

# 16

Die Pflichten des Tages waren vorüber. Der Graf plante, ein Anwesen zu verkaufen, ein leerstehendes Wirtschaftsgebäude in Baden. Um es für den gesuchten Käufer attraktiv zu machen, mussten schadhafte Stellen im Mauerwerk und auf dem Dach ausgebessert werden. Rosenbaum hatte die Aufgabe, mit den Handwerkern zu verhandeln und die Reparaturen zu organisieren. Zähe Verhandlungen und Ärger hatten den Tag ausgefüllt. Doch nun durfte Rosenbaum den warmen Sommerabend genießen.

Er saß auf der Terrasse von Peters Garten und blickte hinüber zu Therese. Die Zeitung, die er durchgeblättert hatte, lag zusammengefaltet auf seinem Schoß. Therese kniete am Teich und warf Brotkrumen in das Wasser. Gierige, kleine Fischmäuler streckten sich ihr entgegen. Sie wirkten, als ob sie nie genug kriegen würden. Die Abendsonne hob Thereses Gestalt inmitten der Zwetschgenbäume hervor.

In einiger Entfernung, aus den Häusern der Nachbarschaft und dem angrenzenden Hinterhof, hörte Rosenbaum gelegentlich Stimmen und Geräusche. Kinder spielten Fangen, ein Mann striegelte sein Pferd, das genüsslich schnaubte.

Inzwischen kamen sie regelmäßig in diesen Garten. Peter gefiel es. Sie wussten sogar, wo Peter den Schlüssel für das Gartentor versteckt hielt, und so konnten sie ohne Einladung und Ankündigung das Grundstück betreten und erholsame Stunden hier verbringen. Lenerl war meist nicht weit. Sie kochte dann Tee oder Kaffee, brachte Wein und Mandelmilch.

Gerade war sie aufgebrochen, um aus der Schänke *Strobelkopf* in der übernächsten Gasse gekühltes Bier zu holen. Peter hatte noch im Strafhaus zu tun.

Die Verhandlungsgespräche mit den Handwerkern hingen noch in

Rosenbaums Kopf. Hatte er sich klug verhalten? Ja, er war mit sich zufrieden. Er wusste, wie man solche Leute anpacken musste und ein Vorteil für den Grafen herausgeholt werden konnte. Der Graf hatte nach seinem Bericht geschäftsmäßig zustimmend genickt. Mehr nicht.

Er dachte immer wieder auch an die Mörderin, an deren Hinrichtung er teilgenommen hatte. Aus der Zeitung war nur zu erfahren gewesen, dass sie ihren Mann mit einer Eisenpfanne erschlagen hatte. Eine entsetzliche Tat, die ein Todesurteil rechtfertigte. Er überlegte, wie es dazu gekommen sein mochte. War die junge Frau schlicht bösartig, ja teuflisch gewesen? Oder von einem Irrsinn befallen? Oder sah sie sich in einer ausweglosen Situation und glaubte, ihre Zwangslage mit einem Mord aufbrechen zu können? Der Gedanke machte ihm Angst. Wie unergründlich der Mensch doch war!

Der Blick auf Therese beruhigte ihn. Gewiss, auch sie stritten gelegentlich. Aber in einem unbedenklichen Ausmaß. Therese stand fest zu ihm, und er stand fest zu ihr. Diese Sicherheit war ein Glück, das sein Leben im Gleichgewicht hielt. Das ihn stark machte, wenn ihn die Wut auf den Grafen verzweifeln ließ, wenn ihn die Angst vor der Zukunft ins Dunkle drängen wollte. Welcher Macht er es verdanken durfte, dass er Therese hatte gewinnen können, war ein Rätsel, das er wohl niemals lösen würde. Er liebte sie, wenn sie in der Oper sang, wenn sie gemeinsam durch den Prater spazierten, wenn sie bei ihm lag. Und er liebte sie, jetzt, wenn er sie beobachten konnte, wenn sie die Fische in Peters Teich fütterte. Ja, manchmal hatte er gemeint, auf einer niedrigeren Stufe zu stehen, aber seltsamerweise war dieses Gefühl schwächer geworden. Veränderte sich gerade ihre Liebe?

Dünnes Rumpeln und Knirschen war zu hören. Lenerl kam durch den angrenzenden Hinterhof. Sie zog eine kleine Karre, auf der ein Bierfässchen im Rhythmus der Unebenheiten des Bodens wankte.

Therese sprang auf und öffnete ihr das Gartentor.

„Ist Herr Peter schon da?"

„Nein", antwortete Therese. „Er hat wohl noch zu tun."

„Oje, der Dienst! Aber wenn Sie wollen, dann schenken Sie sich ein. Das Bier ist jetzt herrlich kühl!" Sie zerrte die Karre über den Schotterweg zur Terrasse. Rosenbaum half ihr beim letzten Stück und hievte das Fässchen auf den Arbeitstisch in der Hütte. Lenerl zapfte für Rosenbaum ein Glas. Therese probierte davon, wollte aber noch mit dem Biertrinken warten. Sie wollte Lenerl helfen, Kräuter im Beet auszusäen. Lenerl hatte Samen gekauft.

Als sich Rosenbaum wieder setzte, um weiter in der Zeitung zu lesen, erschien am Gartentor ein junger Mann. Er trug eine große graue Mappe mit einer schwarzen Schleife unterm Arm. Es war Ignaz Ullmann.

„Guten Abend!", rief er Lenerl zu, die nur ein paar Meter entfernt in der Erde wühlte.

„Kommen Sie herein, Herr Ullmann. Herr Peter ist gleich da."

Ullmann trat in den Garten. Er winkte mit der Mappe. „Ich habe wunderbare Exemplare!"

„Da wird er sich freuen!" Lenerl nahm ihn in Empfang. „Wollen Sie ein Glas Bier? Ich komm grad vom *Strobelkopf*."

„Ja, danke, das wäre fein."

Jetzt erst bemerkte er Therese. „Oh, verzeihen Sie, meine Dame! Einen wunderschönen guten Abend! Ullmann ist mein Name, Ignaz Ullmann!"

Therese ging zu Lenerl und Ullmann.

„Küss die Hand, Madame!" Er deutete einen Kuss an. Thereses Hände waren voller Erde.

„Das freut mich! Therese Rosenbaum. Ich bin mit meinem Gatten hier!"

Rosenbaum war inzwischen aufgestanden, um den unbekannten Herren grüßen zu können.

„Ich darf Sie bekannt machen", sagte Lenerl und führte Ullmann auf die Terrasse. „Herr Rosenbaum – Herr Ullmann." Lenerl verschwand in der Hütte.

„Es freut mich, Sie kennen zu lernen, Herr Ullmann!"

„Ganz meinerseits!"

„Es wäre schön, wenn Sie mir etwas Gesellschaft leisten." Rosenbaum wies auf einen Stuhl.

„Oh, ja, danke sehr!" Ullmann setzte sich. „Ich bin ein guter Freund von Herrn Peter. Und gerne zu Gast hier in seinem Garten."

„Ich kenne Herrn Peter noch aus meiner Schulzeit. Ich war mit meiner Frau Therese schon öfter hier. Wohl ein bedauernswerter Zufall, dass wir uns nicht früher begegnet sind."

Ullmann lachte. „Irgendwann musste es ja geschehen!" Er blickte hinüber zum Tempel. „Entschuldigen Sie! Herr Peter hatte mich in die Planung und Bauausführung des Tempels eingebunden, darum bin ich immer sehr neugierig, wie es vorangeht. Sie müssen wissen, ich bin Amtsoffizier im Unterkammeramt und für Bauaufsicht und Brandbekämpfung zuständig."

„Ah!", machte Rosenbaum. „Da haben wir uns sicher bereits gesehen!"

„Ja, das mag sein!"

„Ich diene als Sekretär beim Grafen Esterházy de Galántha. Beim Grafen, nicht beim Fürsten! Der Graf hat immer irgendwo etwas zu bauen und zu verändern. – Die Bodenplatten sind gelegt, stelle ich fest!"

„Oh, ja!", bestätigte Ullmann. „Das muss erst in den letzten drei Tagen geschehen sein. Dann fehlt nur noch der Altar!"

„Der Altar ist das Wichtigste!"

Lenerl brachte das Bier und ging wieder zum Beet. Therese hatte begonnen, Samen in frische Furchen zu streuen.

Rosenbaum und Ullmann prosteten sich zu.

Ullmann zog die Mappe heran, die er auf den Tisch gelegt hatte. „Darf ich Ihnen was zeigen, Herr Rosenbaum?"

„Ja, sehr gerne! Eine Zeichnung?"

„Ein Kunstdruck!" Ullmann löste die Schleife und klappte die Mappe auf. Darin lag ein kolorierter Druck, der einen scheiternden Ballonaufstieg am Prater zeigte. Der Ballon war stark zur rechten Seite geneigt. Ein stürmischer Wind hatte ihn erfasst. Das Publikum, das das Geschehen hinter drei kreisförmigen Holzzäunen rund um den Startplatz verfolgte, war in Aufregung. Die Zuschauer, die in der Nähe des Ballons standen, flohen bereits – offenbar aus Angst, vom Luftschiff mitgerissen zu werden.

Rosenbaum wusste sofort Bescheid. „Oh, eine Zeichnung von Hieronymus Löschenkohl!"

„Ganz recht!", sagte Ullmann stolz.

Beinahe jeder Wiener kannte die Bilder und Motive von Löschenkohl. Über Jahrzehnte hatte er Szenen aus dem Stadtleben zeichnerisch festgehalten. Abdrucke seiner Werke verkauften sich wie frisches Brot.

„Der Löschenkohl ist doch im Januar verstorben! Und nun raufen sich die Leute in seinem Geschäft am Kohlmarkt um die letzten Bilder. Ich habe mir zwei Schlachtszenen aus dem Feldzug gegen die Türken gekauft, und Peter hat mich gebeten, für ihn mitzunehmen, was ich krieg. Und so ist es diese Ballonszene geworden."

Rosenbaum betrachtete das Bild und las den Text darunter. „Ah, dachte ich es doch! Das ist der missglückte Versuch des Franzosen Blanchard aus dem Jahr 1791."

Ullmann war erstaunt. „Das habe ich auch gelesen. Aber Sie wissen davon?"

„Ballonfahrten haben mich schon immer interessiert!", erklärte Rosenbaum. Er freute sich, dass sein Wissen gefragt war. „Jean-Piere Blanchard hat etliche Ballonfahrten unternommen und war dabei außerordentlich erfolgreich. Er ist einmal von Frankreich aus hinüber nach England geflogen. Und oft in Deutschland." Rosenbaum studierte nochmals den Untertext. „Löschenkohl hat den ersten Versuch gezeichnet, bei dem der Ballon vom Sturm zerrissen wurde. Sehr waghalsig und unüberlegt, bei einem solchen Wetter zu starten. Ein zweiter ist Blanchard dann gelungen. Weit hinaus in den Osten ist er gekommen. Mit einem Wasserstoffballon."

„Sie kennen sich aus, Herr Rosenbaum!"

„Ich lese gerne Bücher über historische Ereignisse und Naturgeschichte."

„Das nenn ich Bildung!"

„Und ich weiß auch noch eine lustige Geschichte darüber!"

„Bitte, nur zu!"

„Unter den Zuschauern war auch der Schikaneder. Der Emanuel Schikaneder, der Theaterintendant und Schauspieler, mit dem Mozart die *Zauberflöte* geschrieben hat. Ich war selber dabei, als er das in einer Weinrunde erzählt hat, sehr ausgelassen. Der Schikaneder war von dem Ballonflug so beeindruckt, dass er gleich einen Ballon in die *Zauberflöte* hineingeschrieben hat. Darum fliegen die drei Knaben mit einem Luftballon herum. Das kommt vom Blanchard!"

„Oh! Für die Oper interessieren Sie sich auch?"

„Immer schon! Und meine Frau ist ja Sängerin an den Hoftheatern. Die berühmte Therese Rosenbaum!"

Ullmann wurde rot. „Oh! Oh, Entschuldigung! Natürlich! Die Madame Rosenbaum! Das ist mir bei der Begrüßung gar nicht aufgegangen! Entschuldigung!" Er sprang auf und rief Therese zu. „Bitte, entschuldigen Sie, Frau Rosenbaum, dass ich Sie nicht erkannt habe! Natürlich hab ich Sie schon mal gehört! Ich bin kein regelmäßiger Operngänger, aber ich hab das *Opferfest* gesehen und die *Zauberflöte*! Beeindruckend! Wie aus dem Himmel haben Sie gesungen!"

Therese lachte zurück. „Ist schon recht, Herr Ullmann. Ich bin ja auch nicht den ganzen Tag eine Opernsängerin. Aber kommen Sie mal wieder ins Kärntnertortheater, wo ich meistens sing. Das würde mich freuen!"

„Oh, ja, selbstverständlich, jederzeit!"

Rosenbaum blickte zur Gartentür. „Schauts, da kommt der Johann!"

Peter kam gerade durch die Tür, wie immer vollständig schwarz gekleidet. Er war guter Laune und winkte seinen Gästen zu. „Na, das ist schön, hier ist schon was los!"

Er begrüßte zunächst Therese mit einem Wangenkuss, lobte die beiden Frauen für ihr fleißiges „Garteln", dann gesellte er sich zu Rosenbaum und Ullmann auf der Terrasse.

„Einen wundervollen Abend haben wir wieder! Nichts ist anregender, als in einer Herrenrunde zu plaudern!", sagte er zur Begrüßung.

Ullmann zeigte sofort den Kunstdruck. „Schau, was ich für dich gekauft hab!"

„Oh, der Start von einem Ballon! Da ist ganz schön was los auf dem Bild!"

Rosenbaum erklärte: „Der Start des Franzosen Jean-Piere Blanchard ist gescheitert, weil ein Sturm aufgekommen ist. Aber ein paar Monate danach hat er es nochmal probiert, da ist es ihm dann gelungen."

„Bis weit in den Osten ist er dann geflogen!", ergänzte Ullmann. „Dein Freund kennt sich aus! Er weiß alles über die Ballonfahrt."

„Ja, in dem Joseph steckt eine Menge drin!"

Wenn sowas auch mal der Graf sagen würde!, dachte Rosenbaum. Der Graf wusste, was er ihm alles zu verdanken hatte, aber aussprechen konnte er es nicht. Wie tat es wohl, endlich als vollwertiger Mensch gesehen zu werden!

„Ich sehe, ihr trinkt frisches Bier! Die Mademoiselle Magdalena war also schon beim *Strobelkopf*! Ihr erlaubt, ich schenke mir ein!"

Wenig später saß Peter mit einem Glas Bier in der Runde. Sie sprachen weiter über den Kunstdruck, erzählten und diskutierten schließlich. Rosenbaum und Ullmann begannen, sich zu duzen.

Rosenbaum wollte mehr über die Mörderin wissen, die ihren Gatten getötet hatte. Sie hatte ja im Strafhaus eingesessen, und Peter kannte gewiss die Hintergründe.

„Sie hätte nicht unbedingt morden müssen", erklärte er. „Sie hatte zwar eine leichte Veranlagung dazu, wie man unschwer erkennen konnte, aber die Umstände, in denen sie lebte, haben die Tat zweifelsohne begünstigt. Was der Mensch tut, entspringt eben aus einem schwer zu entwirrenden Geflecht aus Neigung, den Umständen und der konkreten Situation."

„Das ist feinsinnig überlegt", bestätigte Rosenbaum.

„Ja, ich denke, wir müssen alle noch dazulernen, wenn es um das Begreifen des Menschen geht!"

Auch Ullmann bewegte das Thema. „Dringend, der Sumpf der Unkenntnis ist bedrückend!"

„Aber zurück zur Mörderin", sagte Peter. „Ihr Gatte stand in Diensten eines Grafen, dessen Namen ich vergessen habe. Unwichtig. Die Mörderin erklärte vor Gericht, ihr Gatte sei von seinem Herrn so sehr gedemütigt worden, dass er sich im Laufe der Zeit in ein Untier verwandelt habe. Er sei trunksüchtig geworden und habe sie geschlagen, als er aus der Schänke kam. Sie hatte einerseits Mitleid mit ihrem Gatten, andererseits sei die Lage für sie und ihre drei Kinder immer bedrohlicher geworden. Eines Nachts, als er wieder betrunken nach Hause kam, sei es zum Streit gekommen, der aus den Fugen geriet. Sie habe eine Eisenpfanne genommen und damit den Kopf des Gatten zertrümmert."

Rosenbaum war betroffen. „Entsetzlich!"

„Nun, ein interessanter Fall!", gab Peter zu bedenken. „Mord ist Mord, mag man sagen. So sah es auch das Gericht. Man muss aber trotzdem die Frage stellen: Wer hatte Schuld? Die Frau, der Gatte ..." Peter ließ eine Pause entstehen.

Ullmann sprach weiter: „Oder am Ende gar der Graf, der alle in diese verzweifelte Lage gebracht hatte."

„Ich neige nicht zur Trunksucht und bin kein Opfer von solch üblen Demütigungen", meinte Rosenbaum bedächtig, „aber ich kann mich ein wenig in die Mörderin und noch besser in den Gatten hineinfühlen. Hat man einen strengen, hartherzigen Dienstherrn, fühlt man sich unfrei und erdrückt."

Peter lehnte sich zurück und hob das Bierglas. „Wie schrieb doch Rousseau? *Der Mensch ist frei geboren und liegt überall in Ketten.*"

„Ein kühner, aber wohlüberlegter Satz!", bestätigte Ullmann.

Rosenbaum sprach unwillkürlich leiser. „Ein solcher Satz wird in Österreich nicht gern gehört! Die Schrecken der Französischen Revolution sind den Aristokraten gegenwärtig!"

„Ich bin kein Revolutionär", betonte Peter. „Da braucht sich der Kaiser nicht zu fürchten! Aber wir sind hier nicht bei Hofe! Das ist *mein* Garten, und jeder darf hier sagen, was er denkt! Hier gibt es keine Schraubzwinge für den Kopf."

Rosenbaum lächelte. Das gefiel ihm.

Peter fuhr leidenschaftlich fort: „Und noch etwas: Eine Revolution nach französischem Vorbild ist viel zu kurz gegriffen. Wozu hat sie geführt? Zu Chaos, Krieg unter den Brüdern – und am Ende zu einem neuen Kaiser! Joseph, Ignaz, stellt euch Folgendes vor: Man nehme ein Dutzend Menschen aus Wien – Adelige, Bürger, Dienstleute, Pfaffen, Huren und Landstreicher –, entreiße ihnen die Kleider und setze sie auf eine Insel, weit draußen auf dem Meer. Was würde passieren? Jeder würde so lange wie möglich versuchen, weiter seinen Stand zu erhalten, durch kluges und dummes Reden, durch Gesten und eingeübtes Verhalten. Aber nach einem Jahr ist alles verwachsen, alle sind gleich. Die Natur zwingt sie zurück in ihre ursprüngliche Form."

Ullmann ergänzte das Bild. „Richtig! Adam und Eva sind in keinem Schloss geboren worden, sondern zwischen Bäumen und Tieren."

„Nackt!"

„Aber die Menschen sind nicht gleich in ihrer Art", wandte Rosenbaum ein. „Es gibt trotzdem Kluge und Dumme, Sparsame und Verschwenderische, Willensstarke und Schwächlinge."

„Ja, auch das war Rousseau klar. Das ist ebenfalls die Natur. Ein Rotwein ist rot und ein Weißwein ist weiß, beide sind köstlich, und man darf beide nicht wegschütten. Das will heißen, sie haben beide das gleiche Recht, ihre Eigenheit zu entfalten."

„Das gleiche Recht!", wiederholte Ullmann.

„Der Adel hat Angst vor diesen Gedanken, das lässt sich verstehen! Unser Kaiser hat die Freimaurer verboten, weil sie die Grundsätze der Gleichheit vertreten haben, und er unterdrückt die Wissenschaft, erlaubt sie nur, wo sie zu seinem Nutzen ist. Die Medizin, solange sie seine und die Krankheiten seiner Soldaten heilt, die Ingenieurskunst, die Kriegskunst. Und die Naturforschung, aber nur, wenn er sie in sein *Naturalien-Cabinet* stellen kann. Aber alles, was neue Erkenntnisse über die Beschaffenheit des Menschen hervorbringen könnte, verbietet er!"

„Stoßen wir darauf an, dass die Spitzel des Kaisers nicht in jeden Garten lauschen können!", schlug Ullmann vor und hob das Bierglas.

Seine beiden Tischgenossen griffen die Aufforderung gerne auf. „Prost!" Die Gläser stießen gegeneinander.

„Aber", fuhr Peter fort, nachdem er sich den Schaum von den Lippen gewischt hatte, „schauen wir nochmal auf unsere Insel. Es ist ein weiteres Jahr vergangen. Wie hat sich diese Natur-Gesellschaft verändert?"

Rosenbaum überlegte. „Ich bezweifle, dass sie einträchtig zusammenleben."

Ullmann pflichtete ihm bei.

„Ja, das denke ich auch.", meinte Peter. „In jedem Wolfsrudel wird darum gekämpft, wer der Leitwolf sein darf. Das ist bei den Menschen ebenso. Jeder wird die Schwächen des anderen zu seinem Vorteil nutzen, und sie werden sich hassen, sobald sich ihre Interessen überkreuzen. Und nach diesem weiteren Jahr ist wohl mindestens einer vom Dutzend erschlagen. Auch das ist eine bittere Erkenntnis von Rousseau."

„Und was ist mit der Religion?", gab Rosenbaum zu bedenken. „Ich meine, die Religion ist ein Gegenentwurf! Sie hält uns an, den Nächsten zu lieben, oder?"

Peter antwortete: „Die Religion ist ein ehrenwerter Versuch, den Menschen zu bändigen, weil sie dieser Selbstsucht etwas Höheres entgegenstellt. Aber regiert sie im alltäglichen Leben wirklich? Hat sie den Grafen dazu veranlasst, seinen Diener zu achten? Hat es der Gatte unterlassen, sein Weib zu prügeln? Hat die Mörderin die Bratpfanne aus der Hand gelegt?"

„Nein, das wohl nicht", räumte Rosenbaum ein.

„Wir brauchen eine Stärkung der Wissenschaft, die Erkenntnisse über den Menschen hervorbringt", forderte Peter. „Wozu würden solche Erkenntnisse führen? Ein Mensch, der sich erkennt, kann dank seines Willens sein Böses besiegen und seine guten Seiten stärken. Wir brauchen eine neue Gesellschaft, die die Einzigartigkeit des Menschen begreift und akzeptiert, sodass er dort seinen Teil erfüllen kann, wo ihn die Natur vorgesehen hat. Da wird der Adelige nicht zwangsläufig im Schloss wohnen und der Landstreicher nicht im Straßengraben schlafen!"

„Das ist kühn!", bemerkte Rosenbaum.

„Du, Joseph, bist gewiss nicht zum Sekretär eines Grafen bestimmt! In dir steckt mehr, Joseph, das sehe ich dir an! Du bist kein Feigling, du besitzt den Willen und die Kraft, Großes zu bewerkstelligen!"

Diese Behauptung machte Rosenbaum verlegen. Er suchte Halt an seinem Bierglas und trank verwirrt einen Schluck. Und er erinnerte sich, was Eckhart zu ihm gesagt hatte, vor dem Gehege mit den Füchsen. „In dir steckt ein Sieger! Und der will heraus!", hatte er behauptet. Nun bestätigte Peter dies. Er dachte in diesem Moment nicht an die Lehre von Doktor Gall, obwohl er ihre Grundzüge ja kannte. Es genügte ihm, dass zwei Freunde ihn hoch einschätzten. Waren seine Selbstzweifel also tatsächlich unberechtigt?

Peter hingegen konnte nicht anders, als bei der Betrachtung eines Kopfes nach ausgeprägten Schädelregionen zu suchen. Es war unverkennbar: Rosenbaum besaß eine stattliche Beule am Schläfenbein, oberhalb der Naht zum Hinterhauptbein. Das Organ des Mutes benötigte Masse.

„Und was ist die Voraussetzung für die Fähigkeit des Menschen, seine naturgegebene Stellung zu ermitteln?", fragte Ullmann. Er gab die Antwort selbst: „Die Bildung! Die Bildung ist die beste Waffe gegen die Ungerechtigkeit und Unterdrückung, weil sie dazu verhilft, die Übel zu erkennen!"

„Und die Herstellung von Gleichheit!", ergänzte Peter. „Joseph, denke an unsere Schulzeit! Kaiserin Maria Theresia war so mutig, die Schulpflicht einzuführen. Aber gescheitert ist dieses Vorhaben letztlich an den Schulmeistern! Denk an den Fallhuber! Er sollte uns etwas beibringen, aber er wollte gleichzeitig verhindern, dass wir gescheiter werden. Und warum? Er hatte Angst vor der Ebenbürtigkeit!"

Ullmann hob den Finger. „Was steckt in der Eben-*bürtig*-keit? Die Geburt! Er hatte also Angst, sein Vorrang durch seine Geburt könnte gefährdet werden!"

„Dabei floss kein einziger Tropfen blaues Blut in seinen Adern!", eiferte Peter. „Aber solche Menschen müssen wissen: Spätestens nach dem Tod sind sie hilflos, und die Gerechtigkeit kann sie einholen!"

Ullmann kicherte auf.

Natürlich wusste Rosenbaum diese Bemerkung nicht zu entschlüsseln. Er sagte daher arglos: „Das himmlische Gericht hat immer das letzte Wort!"

Peter und Ullmann sahen sich grinsend an. Peter nickte. „Genau!"

Es war nicht der Zeitpunkt, Hintergründe preiszugeben.

Draußen, im Hinterhof, kam ein Fuhrwerk an.

Peter bemerkte dies und war erstaunt. „Oh! Das ist ja eine feine Überraschung!"

Lenerl war aufgesprungen und rief: „Herr Peter, schaut! Der Herr Langwieden!"

„Meine Freunde", sprach Peter feierlich zu Rosenbaum und Ullmann, „der Steinmetz bringt den Altar! Die Erbauung des Tempels naht der Vollendung! – Die Einweihung steht bevor!"

## 17

Es sollte ein großes Fest werden! Peter bat Rosenbaum, noch weitere Gäste mitzubringen. Neben Ullmann war natürlich auch Jungmann eingeladen. Peter fragte zudem noch zwei Schwestern aus der Nachbarschaft, die Violine und Harfe spielten.

Lenerl musste sich um das Festessen kümmern. Da dies nicht alleine zu bewerkstelligen war, brachten Rosenbaum und Therese ihr Sepherl mit. Auch Therese packte gerne mit an.

Während die Frauen oben in Peters Wohnung zu tun hatten, bereitete Peter zusammen mit Jungmann die Illumination des Gartens vor. Nach Sonnenuntergang sollte er festlich erstrahlen. Besonders der Tempel musste einen weihevollen Glanz erhalten. Rosenbaum wurde für diese Arbeit nicht benötigt und so durfte er es sich mit einem Krug Bier auf der Terrassenbank bequem machen. Peter hatte ihm ein Buch in die Hand gedrückt, von dem er bei seinem letzten Gartenbesuch geschwärmt hatte: einen Band mit Kriminalgeschichten. Rosenbaum las bereits den dritten Fall. Er hatte gut Zeit dafür gehabt, denn Peter und Jungmann waren eine Weile am Gartenteich beschäftigt gewesen. Sie hatten eine riesige Menge Lampions an die Äste der vier Zwetschgenbäume gehängt und den Weiher mit Pechpfannen umringt. Inzwischen schmückte Peter den Tempelraum mit Lorbeerzweigen und Wachskerzen, während Jungmann, auf einer Leiter balancierend, Lampions in Baumkronen verteilte. Es wäre sinnvoller gewesen, wenn beide die Arbeiten getauscht hätten, denn Jungmann war ja klein und füllig, Peter hingegen groß und schlank, doch die Ausgestaltung des Tempels hatte sich der stolze Eigentümer nicht nehmen lassen.

Rosenbaum und Jungmann hatten sich eben erst kennengelernt, aber, da sie sich als Freunde eines gemeinsamen Freundes betrachteten, waren auch sie sofort zum „Du" übergegangen.

Jungmann holte aus einem Korb, der bei der Terrasse stand, das nächste Lampion. „Was ist das für ein Buch?", fragte er Rosenbaum, der gerade eine Geschichte zu Ende gelesen hatte.

Peter antwortete für Rosenbaum: „Kriminalgeschichten von Meißner. August Gottlieb Meißner."

„Ja, Meißner, Kriminalgeschichten", wiederholte Rosenbaum. „Sehr spannend und berührend."

Peter hatte seine Arbeit unterbrochen und kam heran. „Meißner erzählt Geschichten, in denen er beschreibt, warum die Verbrechen geschehen sind. Ein sehr wichtiges Buch, finde ich, weil es zeigt, dass jeder zum Verbrecher werden kann, wenn die Umstände es so einrichten. Unsere Richter wollen sowas oft nicht hören!"

„Aha", sagte Jungmann. „Es ist dringend notwendig, dass man die Ursachen von Verbrechen untersucht!"

Peter pflichtete ihm bei. „Das Ziel der Gesellschaft muss sein, den Verbrechen die Grundlage zu entziehen. Und das tut man nicht mit höheren Strafen, sondern mit der Untersuchung der Menschen und der Umstände."

Rosenbaum nickte. Er war der gleichen Meinung, hatte sich aber noch nie ausführlichere Gedanken über dieses Thema gemacht. „Du hast da sicher im Strafhaus einen tiefen Einblick."

„Ja, das darfst du mir glauben! Und ich arbeite an Verbesserungen – soweit es in meiner Macht steht."

„Das kann ich aus eigener Anschauung bestätigen!", sagte Jungmann.

„Du machst mich neugierig!"

„Dann lade ich dich gerne zu einem Rundgang durch das Strafhaus ein. Ich zeige dir eine Gefangene, die durch Willen und Fleiß ihrem Tonsinn zur Geltung verhilft und damit ihre Liederlichkeit zurückdrängt. Und ich zeige dir einen Unglücklichen, dessen fehlgeleiteter Mut zu einem grausamen Verbrechen führte."

Rosenbaum freute sich. Zugleich lief ihm ein Schauer über den Rücken.

„Und wovon handelt die Geschichte, die du gerade gelesen hast?", wollte Jungmann wissen.

„Sie hieß", er las nach, „Unkeusche, Mörderin, Mordbrennerin, und doch bloß ein unglückliches Mädchen."

„Eine fatale Geschichte!", warf Peter ein. „Eine entsetzliche Zwangslage!"

Rosenbaum erzählte: „Ein junges, ehrbares Mädchen trifft mit seinem Vater eine Übereinkunft. Ihr Vater lässt von einem Anwärter ab, den sie nach dessen Willen hätte heiraten sollen, im Gegenzug schickt sie ihren Geliebten fort, den der Vater missbilligt. Aber dabei bleibt es nicht. Der Geliebte ist beharrlich. Mit Hilfe der bestochenen Amme schleicht er sich in ihr Zimmer. Sie will ihn abweisen. Es kommt zum Unglück, denn der Vater kehrt unerwartet nach Hause, und der Geliebte versteckt sich im Bett des Mädchens. Der Vater setzt sich auf das Bett, unglücklicherweise auf den Kopf des Geliebten, der hält still, um sich nicht zu verraten, und erstickt."

Jungmann leidet mit. „Wohin mit der Leiche? Eine Zwangslage!"

„Das Mädchen und die Amme haben eine Idee. Sie bieten einem trunksüchtigen Knecht Geld, wenn er die Leiche in den Kanal wirft. Der Knecht ist ein schamloser Kerl und beginnt, sie zu erpressen, fordert, dass sie sich ihm hingibt, was sie schließlich aus Verzweiflung tut. Dann beseitigt er die Leiche und erpresst für seine Verschwiegenheit weitere Zusammenkünfte."

„Wie soll man aus einer solchen Lage kommen?"

„Nicht genug: Der Knecht prahlt mit seinem Geld, was seine Zechkumpane auf den Plan ruft. Die erfahren das Geheimnis und beginnen nun ebenfalls, das Mädchen zu bedrängen. Das gerät so sehr in Hilflosigkeit, dass es endlich die Schänke mit den Zechern in Brand steckt. Viele sterben."

Jungmann rätselte. „Die Geschichte hat viele Schuldige!"

„Und eine Verzweifelte!", gab Peter zu bedenken.

„Der Fall kommt vor die Zarin Katharina. Die Geschichte spielt in Russland. Sie verurteilt nicht das Mädchen zum Tode, sondern die Amme. Dieser war das Mädchen schutzbefohlen, und sie hat durch ihre Unvernunft und Bestechlichkeit die Tragödie ausgelöst. Das Mädchen muss lediglich für ein Jahr ins Kloster, um ihre Sünden zu bereuen. Aber sie bleibt freiwillig dort für den Rest ihres Lebens."

Jungmann war beeindruckt: „Ich kann das Mädchen verstehen. Ich hätte die Schänke ebenfalls in Brand gesetzt! Solche Schurken muss man ausmerzen!"

Peter ergänzte: „Unsere einäugigen Richter hätten das Mädchen aufhängen lassen! Das glaubt mir!"

Sie wurden unterbrochen. Die beiden Schwestern, die Peter zum Musizieren engagiert hatte, waren in den Garten getreten. Die Ältere, ein achtzehnjähriges Mädchen mit langen, blonden Zöpfen, ging voran. Sie trug eine Violine unterm Arm. Die Andere schleppte eine Volksharfe, die sie auf den Rücken gegurtet hatte. Das sechzehnjährige Mädchen war gerade stämmig genug, um unter der Last nicht zusammenzubrechen. Peter nahm sie in Empfang. Die Harfe musste auf einem festen Untergrund stehen, deshalb kam als Podium nur die Terrasse in Frage. Der Tempel musste wegen einer geplanten Einlage und der nächtlichen Illumination unberührt bleiben. Die Musikerinnen bauten also bei der Mauer zum Militärdepot ihre Notenpulte auf, rückten Stühle dazu und begannen mit dem Einstimmen.

Rosenbaum brachte Meißners Kriminalgeschichten in die Hütte, wo Peter ein Regalfach mit Gartenlektüre aufgestellt hatte. Das Fest nahm Fahrt auf, zum Lesen war keine Zeit mehr.

Jungmann verteilte noch die letzten Lampions in den Bäumen, Peter hingegen bewirtete die Mädchen mit Limonaden. Schließlich bemerkte er einen unbekannten Mann am Gartentor. „Joseph, ein Herr ist angekommen. Hast du ihn eingeladen?"

Rosenbaum sah zu ihm. „Oh, ja, das ist Herr Werlen! Ein Freund der Musen!"

„Dann ist er richtig hier! Wir wollen ihn begrüßen!"

Peter holte den Neuankömmling herein. Die Gastfreundschaft Peters und der Zauber des Gartens vermittelten einem Besucher sofort das Gefühl, in eine Gemeinschaft zu treten, die einerseits für jeden offenstand, aber gleichzeitig Vertraulichkeit abforderte – und die das Ziel hatte, Vertrautheit zu erreichen. Das „Du" war schon nach wenigen Minuten selbstverständlich. Auch aus Rosenbaum und Werlen wurden rasch Joseph und Georg. Ihre Konzertbekanntschaft erhöhte sich zur Freundschaft.

Werlen wurde von Peter durch den Garten geführt. Rundgänge begannen immer am Teich. Die Fontänen-Apparatur beeindruckte ihn. Doch Peter ließ den Strahl nur kurz emporschießen, um noch genug Vorrat für die *Wasserkünste* zu haben, die er später zusammen mit der Illumination vorführen wollte.

„Und das ist der Griechische Tempel", sagte Peter stolz. „Bis ins Detail den antiken Tempeln nachgebaut. Wir werden ihn später den Musen weihen!"

Werlen versuchte, sich ebenfalls beeindruckt zu geben. Doch er war kunsthistorisch gebildet und so konnte er den allzu unbekümmerten Umgang mit der Architekturgeschichte, der sich in der Ausgestaltung von Peters Tempel zeigte, nicht widerspruchslos hinnehmen. Es war eben eine Nachbildung von der Art, wie sie beinahe überall in den Parks und Gärten herumstanden. „Im Allgemeinen waren doch Griechische Tempel rechteckig und geschlossen. Und der Altar stand davor, weil die Opferungen im Freien abgehalten wurden", meinte er vorsichtig.

Peter verbarg, wie schwer ihn diese Bemerkung beleidigte. „Lieber Georg, es gab auch runde."

„Vereinzelt", gestand Werlen. „Sehr vereinzelt, ja."

„Siehst du! Und ich habe mir dabei etwas überlegt! Ich widme den Tempel den Musen! Jede Säule symbolisiert eine Muse!"

Werlen zählte nach und fuhr ohne Feingefühl fort: „Aber es sind acht Säulen! Es gibt neun Musen!"

„Der neunten ist der Altar gewidmet!", sagte Peter spitz, bemüht, seine vorgespiegelte Bildung zu verteidigen.

Werlen wollte antworten, aber Rosenbaum ging dazwischen, um die Eskalation zu unterbrechen. Er kannte Werlens Beharrlichkeit und Peters Bedürfnis, als unfehlbar zu gelten. „Schaut! Es kommen Damen!"

Peter musste sich um die Besucherinnen kümmern. Und auch Werlen verwarf seine klugen Einwände, soeben kam nämlich die hübsche Schauspielerin Josephine Goldmann in den Garten, in Begleitung von Ninna. Peters Wunsch gemäß, weitere nette Leute einzuladen, hatte Therese die beiden gefragt. Sie waren sofort zu gewinnen gewesen. Hinter ihnen rannte Ullmann herbei. Er hatte noch Wein besorgt, denn gestern hatte er Namenstag gehabt, „Ignaz", gefeiert am 31. Juli. Das Ereignis sollte heute noch begossen werden.

Josephine erschrak, als sie Georg Werlen sah, noch mehr, als die Erwartung entstand, sie müsse ihn ab jetzt „Georg" nennen. Aber die Gesellschaft war inzwischen so angewachsen, dass sie glaubte, ihm aus dem Weg gehen zu können. Ninna, die die Abneigung der Kollegin und Freundin inzwischen akzeptierte, bot ihr heimlich an, sie abzuschirmen.

Die beiden Damen wurden von Peter an den Teich geführt, anschließend zeigte und erklärte er den Tempel. Es ginge ihm nicht um architektonische Details und exakte historische Zitate, meinte er, denn die könne man nach über zwei Jahrtausenden ohnehin nicht mehr sicher ausdeuten. Ihm sei es einzig wichtig, der Kunst einen Ort zu weihen, um sie für alle Zeiten im Leben der Menschen zu verankern. Er tue dies nicht zuletzt, um die Geisteswelt seiner verstorbenen Frau zu würdigen und wach zu halten.

Während Peter dies sagte, achtete er darauf, dass Werlen mithörte. Dieser stand etwas abseits, versunken in den Anblick von Josephine.

Endlich wurde das Essen gebracht – voran Lenerl, dahinter Therese und Sepherl. Sie trugen Töpfe mit Rostbraten, Soße, Erdäpfeln und gebratenen Zwiebeln. Die Gäste verteilten sich um den Speisetisch auf der Terrasse. Dazu gehörten ganz selbstverständlich die Musikerinnen. Auch für Lenerl und Sepherl war gedeckt. Getränke wurden nachgeschenkt und serviert.

Als der Hunger gestillt war und einige sich nur noch aus Lust am Essen eine zweite, kleinere Portion bringen ließen, erzählte Ullmann vom Bild, das er neulich für Peter gekauft hatte. „Und Joseph wusste sofort, was dargestellt war!", hob Ullmann hervor, noch immer von dessen Wissen beeindruckt.

„Ja, die Ballonfahrt hat mich schon immer begeistert", bemerkte Rosenbaum mit bescheidener Zurückhaltung.

„Was, Joseph?", rief Peter dazwischen, „du warst dabei, als dieser Franzose mit seinem Ballonflug gescheitert ist?"

„Ja, Blanchard hieß der Ballonfahrer. Aber nicht bei dem Flug, der wegen eines Sturms hat abgebrochen werden müssen. Ein paar Monate später hat er es nochmal probiert, da hat er einen weiten Flug geschafft, und ich habe beim Start zugeschaut. Ich war damals etwa zwanzig und habe schon in Eisenstadt beim Fürsten Esterházy als Praktikant der Hofbuchhalterei gearbeitet, konnte aber gelegentlich nach Wien fahren, um meine Großeltern zu besuchen. Und da habe ich es mir so eingerichtet, dass ich zum Prater zu der Ballonfahrt konnte."

Rosenbaum kam ins Erzählen.

„Und ich war auch dabei, als der Zauberkünstler aus Belgien, der Robertson, seinen Zögling mit dem Fallschirm hat abspringen lassen. Michaud hat er geheißen. Die Therese und die Josephine haben das auch gesehen."

„Ach, ja, ich habe es in der Zeitung gelesen", bemerkte Peter.

Die Erinnerung ließ Rosenbaum schmunzeln. „‚Aus zweihundert Klafter Höhe' war angekündigt. Na ja, zweihundert waren es nicht, aber immer noch hoch genug für einen solchen Burschen. Beim Fallen ist er in einen Baumwipfel geraten. Gottlob ist er unverletzt geblieben. – Das sind schon mutige wissenschaftliche Abenteuer! Aber nur so kommt die Wissenschaft voran! Sie braucht Leute, die sich was trauen und sogar ihr Leben riskieren!"

„Bravo!", kam es von Jungmann, den die Erzählung zutiefst beeindruckt hatte.

„Es wird bei der Ballonfahrt noch einige Verletzte und vielleicht sogar Tote geben", mutmaßte Rosenbaum, „aber irgendwann wird man mit dem Ballon so selbstverständlich weite Strecken überwinden, wie man heute mit einem Gewehr einen Adler aus den Lüften holt. Das haben sich die Griechen auch noch nicht vorstellen können!"

Ullmann erinnerte: „Oder wie der Doktor Jenner aus England jetzt verhindert, dass man die Pocken kriegt!"

„Ja, die Maria Theresia hat ja schon ihre Kinder gegen Pocken vaccinieren lassen – oder wie man das nennt", ergänzte Jungmann.

Rosenbaum meinte: „Das hätte man sich früher auch nicht vorstellen können!"

„Angeblich sollen die Chinesen schon vor vielen hundert Jahren damit angefangen haben, habe ich gelesen", wusste Ullmann.

Peter sah sich veranlasst, einen Toast auszusprechen. „Ihr seht, Freunde, es gibt viel zu lernen und zu forschen! Die Wissenschaft ist ein Segen und noch lange nicht am Ende. – Trinken wir darauf!"

Werlen nahm seinen Krug auffallend bedächtig. „Hoffen wir, dass die Wissenschaft in guten Händen bleibt!"

„Die Forschung lässt sich nicht aufhalten!", sagte Peter, „Aber, was mich betrifft, Georg, ich bin ein Verfechter der Wissenschaft, die der Menschheit zum Wohle verhilft! Und werde es immer bleiben!"

„Bravo!", kam es erneut von Jungmann.

Die Gläser und Krüge schlugen aneinander, zum Lob der Wissenschaft.

Unterdessen hatte die Dämmerung eingesetzt und die Terrasse verdunkelt. Jungmann begann, die Lampion-Girlande zu erleuchten. Sie reichte vom Hüttendach beim Musikerpodium über den Esstisch hinweg bis zu einem Baum am Teich.

Peter hob noch einmal sein Glas und dankte den Köchinnen: Lenerl, Sepherl und Therese. Er forderte die Gäste auf, mit ihm darauf anzustoßen, dass der Garten weit hinein in eine glückliche Zukunft bestehen möge! Auch diesen Trinkspruch nahmen alle gerne auf.

„Wissen wir denn, wie es weitergeht?", seufzte Werlen, als er seinen Bierkrug abstellte. Die Bemerkung klang wie die Verheißung der Apokalypse.

„Komm, Georg, lass diese Schwarzmalerei!", mahnte Peter. „Wir feiern hier ein Fest und keine Totenfeier!"

„Nein, nein, ich dachte ja nur!"

Therese fand: „Die Politik soll heute draußen bleiben!"

Doch zu spät. Ullmann hatte das Thema aufgefangen. „Du meinst Napoleon, oder?"

„Ja", bestätigte Werlen. „Wichtige Veränderungen sind im Gang! Die können Österreich noch zum Verhängnis werden!"

Werlens Worte zündeten nun auch bei Jungmann. „Plant Napoleon einen neuen Überfall?"

„Nein, soweit sind wir noch nicht!"

„Da sitzt ein Pessimist an unsrem Tisch", stichelte Peter. „Niemand kommt zweimal auf das gleiche Schlachtfeld!"

„War Österreich denn ein Schlachtfeld, bei dem sich Napoleon ein blaues Auge geholt hat?", gab Werlen zu bedenken. „Gar nichts ist ihm hier passiert! Er wird glauben, dass er ungestraft wiederkommen kann!"

Rosenbaum wusste, dass Werlen stets über verlässliche Informationen verfügte. „Was treibt dich denn um, Georg?", fragte er.

„Na, die Tatsache, dass sich Napoleon mit Zar Alexander getroffen hat, auf Booten, genau in der Mitte der Memel, in Ostpreußen. Napoleon hat den Preußen und den Russen verheerend zugesetzt und ist in Berlin eingezogen, wie ihr wisst. Die Russen wollen sich jetzt nicht weiter einmischen. Sie haben genug von Napoleon. Also hat sich Zar Alexander mit Napoleon getroffen. Der König von Preußen hat vom Ufer aus zuschauen müssen! Was für eine Demütigung! Napoleon und der Zar sind nicht zum Fischen auf die Memel, sondern um einen Vertrag abzuschließen. Sie tun sich ab jetzt nichts mehr, und jeder darf machen, was er in seiner Interessensphäre tun möchte."

„Aber Russland kämpfte doch bei Austerlitz auf unserer Seite!", bemerkte Ullmann.

„Genau das ist das Problem, Ignaz! Genau das ist das Problem!", sagte Werlen mit dramatischem Unterton und trank von seinem Bier.

Rosenbaum nahm den Faden auf. „Du meinst, wir stehen jetzt alleine da!"

„Preußen ist geschlagen, Russland mischt sich nicht mehr ein, die Bayern kämpfen ohnehin auf Seiten der Franzosen. Wir liegen ungeschützt vor den gierigen Augen eines Wolfes!"

Peter lehnte sich zurück: „Du redest, Georg, als sei unser geliebtes Vaterland ein Schaf, das wehrlos auf der Weide steht! Der vergangene Krieg hat uns viele Kräfte geraubt, das stimmt, aber er ist lange vorbei, und Österreich hat wehrhafte Soldaten und einen unbeugsamen Kaiser!"

„Und ein riesiges Loch in der Staatskasse!", gab Werlen zu bedenken.

Peter rief: „Kriege werden nicht mit Geld gewonnen, sondern mit Helden!"

„Dazu bist du doch sicher geboren, Georg!", schoss es aus Josephine hervor, die schon seit einiger Zeit, zu Ninna gewandt, die Augen verdrehte.

Die Kugel des Spottes war tief in Werlens Herz gedrungen. Der Schmerz wurde noch heftiger, als alle zu lachen begannen. Nur Rosenbaum schwieg.

Peter ergriff die Gelegenheit, die Diskussion an dieser Stelle zu beenden. Er hob den Krug. „Ich sage: Wir stoßen nochmal an! Diesmal auf unseren Kaiser und unser Vaterland!"

Alle nahmen ihre Gläser und Krüge.

Gegen diese Offensive kam Werlens Pessimismus nicht an. Um das düstere Thema endgültig zu verdrängen, verkündete der Gastgeber: „Die Nacht ist hereingebrochen! Es wird Zeit, den Tempel einzuweihen! Michael, wir müssen uns um die Illumination kümmern!"

Und sie begannen, weitere Kerzen in den unzähligen Lampions zu entzünden. Ullmann half ihnen. Gleichzeitig servierten die Frauen den Esstisch ab und brachten das Geschirr in die Hütte. Rosenbaum und Werlen trugen Tisch und Stühle von der Terrasse. Hier sollte eine Tanzfläche entstehen.

Der beschauliche Garten verwandelte sich in eine stimmungsvolle Kulisse.

Am Anfang von Peters Inszenierung stand eine Vorführung am Teich. Sein Publikum versammelte sich bei den Bäumen und sah gespannt, was sich Peter hatte einfallen lassen. Die junge Geigerin postierte sich auf der gegenüberliegenden Seite und begann, ein gespenstisches Solo zu spielen. Die Musik klang wie ein Gesang aus einer fremden Welt. Zunächst steckte Peter eine Fackel an und übertrug das Feuer auf die Pechpfannen, die den Teich einrahmten. Das flackernde Licht tanzte auf der Wasseroberfläche, als würden kleine Gestalten darüberhuschen. Dann drehte er am Hahn, aber nur wenig, sodass lediglich ein niedriger Strahl aus der Mitte des Teiches stach. Peter hatte so lange am Hahn geübt, dass er die Wassermenge und den Druck genau dosieren konnte. Es gelang ihm, mit der Musik den

Strahl steigen und sinken zu lassen. Und er wusste stets, wie viel Wasser noch zur Verfügung stand. Das Wasserspiel dauerte an, bis auch die Geigerin mit ihrem Stück zum Ende kam. Als Schlusspunkt schoss noch einmal die Fontäne auf, dann war das Wasser aufgebraucht.

Die Gäste applaudierten Peter und der Geigerin. Er war zufrieden und konnte nicht anders, als zu erzählen, wie oft er das Kunststück zusammen mit der Geigerin geprobt hatte. Immer sei ein voller Wasserspeicher am Hüttendach nötig gewesen!

„Nun folgt mir zum Tempel!", rief er schließlich mit feierlicher Stimme.

Der Tempel leuchtete, als sei er selbst eine Laterne. An den Seiten und im Hintergrund brannten Pechpfannen. Die Gäste zogen vor das neue Bauwerk.

Jungmann eilte auf die Rückseite der Hütte, verschwand aus den Blicken der Gäste. Was niemand wusste und bemerkt hatte: Hier war alles für ein chinesisches Feuerwerk vorbereitet.

Peter stellte sich in die Mitte des Tempels, hinter den Altar, und hob die Hände, als wäre er ein Priester, der zu seiner Gemeinde spricht. „Zeugen dieses Abends, hört! Ich weihe den Tempel den Musen!", verkündete er. „Die Musen mögen über unser Dasein walten und Schönheit und Weisheit auf uns herniedersenken!"

Die Umstehenden applaudierten. Niemand konnte mit Bestimmtheit sagen, ob Peter wahrhaftig in diesem Pathos aufgegangen war, oder ob er diese Zeremonie nur spielte – wie ein Schauspieler einer großen Tragödie. Alle hofften das Letztere und weil es alle hofften, blieb unter ihnen die gelöste Heiterkeit erhalten. Sie schmunzelten und spendeten ihren Beifall, als wären sie Publikum einer Privataufführung.

Für Peter verschwamm diese Grenze. Die Gestaltung von Garten und Tempel hatten ihn in den vergangenen Monaten so umfassend in Anspruch genommen, so intensiv hatte er sich in das Vorhaben eingelebt, diesen Ort zu einer besonderen Stätte zu machen, dass er sich nun, im Moment der Vollendung, tatsächlich groß und erhaben fühlte. Vom Amüsement der anderen merkte er nichts. Sie standen als flackernd beleuchtete Menschenreihe draußen im Rasen, zu weit entfernt, um den Ausdruck auf ihren Gesichtern zu erkennen.

Jungmann zündete die erste Rakete, und ein *Chinesischer Baum* zischte in die Höhe. Ein funkelnder Regen fiel herab. Dann folgten die Donnerschläge von einigen Böllern.

Fenster in der Nachbarschaft gingen auf, insbesondere an den Häuserfronten des angrenzenden Hinterhofes. Ein Hund bellte. Die Nachbarn staunten, ein Mann fluchte, wurde aber still, als die nächsten Raketen aufstiegen und den Himmel mit glitzernden Blüten füllten.

Peter sammelte sich, starrte auf den Altar, ließ dem Geschehen seinen Lauf. Dann aber riss er sich empor und begann einen Monolog zu rezitieren, die Anrufung der Muse, die Anfangsverse von Homers Odyssee: „Sage mir, Muse, die Taten des vielgewanderten Mannes, / Welcher so weit geirrt, nach der heiligen Troja Zerstörung, / Vieler Menschen Städte gesehn, und Sitte gelernt hat, / Und auf dem Meere so viel' unnennbare Leiden erduldet, / Seine Seele zu retten, und seiner Freunde Zurückkunft." Und so weiter, und so fort.

Peter rezitierte beinahe zweihundert Verszeilen. Jungmann hatte längst alle Raketen verschossen und Böller zur Explosion gebracht, die Nachbarn waren wieder in ihre Betten gekrochen, Rosenbaum und Werlen hatten sich inzwischen lautlos ihre Bierkrüge von der Terrasse geholt, als er endete. Der Gastgeber wurde wegen seiner Darbietung gefeiert, vorrangig jedoch wegen seines Fleißes, einen solch weitschweifigen und schwierigen Text auswendig gelernt zu haben, mit Applaus überschüttet.

Dann endlich durften die beiden Musikerinnen unterhaltsame Stücke erklingen lassen. Dazu gehörten graziöse Menuette, aber auch kräftige Ländler und Deutsche Tänze. Therese bat Rosenbaum, mit ihr den Tanz zu eröffnen. Zu rhythmischem Klatschen drehten sie sich über die Terrasse. Ullmann folgte mit Ninna und Jungmann mit Josephine. Werlen blieb am Rand und sah zu.

Peter wollte nicht tanzen. Er überließ das Vergnügen gerne den anderen. Wenn man ihn fragte, meinte er, die feierliche Stimmung habe ihn so wundersam ergriffen, dass er den Eindruck möglichst lange erhalten wolle. Nur für wenige Minuten kehrte er auf die Terrasse zurück, als nämlich Ullmann die mitgebrachten Weinflaschen öffnete und auf seinen Namenstag angestoßen wurde.

Etwas später, in einer Tanzpause, kam Ullmann zu Peter. Dieser lehnte gerade an einem Zwetschgenbaum und blickte melancholisch auf den Teich.

„Darf ich dich kurz stören", begann Ullmann vorsichtig.

„Ja!", antwortete Peter. Er hob den Kopf. „Ich denke über so vieles nach. Aber bitte, sprich!"

„Ich wollte sagen: Joseph beeindruckt mich. Er macht sich Gedanken, er ist kein oberflächlicher Mensch. Ich glaube, man könnte ihn für die Schädellehre gewinnen. Hast du schon darüber nachgedacht?"

„Ja, er gehört zu den Herausgehobenen. Die Herausgehobenen, das sind heute nicht mehr die Adeligen. Wir haben schon öfter darüber gesprochen: Warum ist denn der Kaiser ein Kaiser geworden? Nur, weil er ein Habsburger ist und an der Reihe war. Zeichnet ihn das aus? Die Franzosen haben mit ihrer Revolution alles falsch gemacht. Sie haben die Bourgeoisie vertrieben, im Glauben, mit ihrem bürgerlichen Haufen einen neuen Staat errichten zu können. Aber sie haben sich nur gegenseitig abgeschlachtet. Und, was haben sie jetzt? Einen weiteren Kaiser! Dümmer kann man nicht sein! Nein, die wahre Revolution wird in den Köpfen vorbereitet. Sie braucht Menschen, Genies, die die Welt wissenschaftlich durchdringen und durch ihr Wissen Leitfiguren für die Menschheit werden."

„Denkst du dabei an Joseph?", warf Ullmann ein. Er hatte nicht mit einer solch ausführlichen Antwort gerechnet. Aber Peter liebte heute das Monologisieren.

„Ignaz, wir sind in der glücklichen Lage, dass wir unserem Doktor Gall sehr nahe sein dürfen, geistig zumindest. Aber wir haben uns das auch selber zuzuschreiben. Wir sind intelligent genug, seine Größe zu erkennen und uns in seine Anhänger einzureihen. Mehr noch, Ignaz, wir sind berufen und intelligent genug, seine Lehre durch eigene Forschungen zu vertiefen. Die Welt, die sich in eine Zukunft der Wissenschaft hineinentwickelt, fordert das sogar von uns! Wir dürfen an dieser Stelle nicht stehenbleiben, Ignaz! Wir müssen weitergehen! Und Joseph ist der richtige Mann dafür! Er hat Intelligenz und Geist! Wir tragen Verantwortung für die Menschheit, Ignaz! Dieser Verantwortung müssen wir uns stellen!"

# 18

In der Hauptwache des Provinzialstrafhauses herrschte an diesem Nachmittag nur wenig Betrieb. Der Schreiber, ein speckiger Mann mit rotem Kopf, war darüber informiert, dass Rosenbaum heute zur Besichtigung kommen würde, und hatte seinen Namen bereits ins Besucherjournal eingetragen. Nun saß Rosenbaum auf einer Bank und wartete auf Peter.

Ein Fuhrmann brachte zwei Säcke Kartoffeln, der Postbote stellte eine Handvoll Briefe zu. Eine schmächtige, gedrungene Frau hatte die Erlaubnis, ihren Mann im Spital des Gefängnisses zu besuchen. Aus dem Gespräch zwischen ihr und dem Schreiber erfuhr Rosenbaum, dass er im Sterben lag. Ein Wachsoldat holte die Frau ab und führte sie ins Innere der Anstalt.

Endlich kam Peter in die Stube.

„Entschuldige, dass ich dich hab warten lassen. Ich musste bei einem Verhör anwesend sein. Eine Prügelei unter Gefangenen. Leider werden hier regelmäßig Machtkämpfe ausgetragen."

Rosenbaum war von der Bank aufgestanden. „Das ist kein Problem, Johann. Ich bin dir dankbar, dass du dir Zeit nimmst."

„Ein Mann wie du, mit einem lebhaften Interesse für den Menschen an sich und unsere Gesellschaft, muss einen Blick in diese Anstalt geworfen haben. Dadurch lässt sich vieles besser verstehen. – Komm, wir gehen gleich in die Stube, in der neue Sträflinge in Empfang genommen werden. Gerade ist ein Verurteilter hergebracht worden. Ein kleiner Fisch. Nur eine Majestätsbeleidigung. Zu den Mördern kommen wir später."

Peter ging voraus, Rosenbaum folgte.

„Momentan befinden sich etwa dreihundertfünfzig Gefangene im Strafhaus", erzählte Peter, während sie den Hof durchquerten. „Doppelt so viele Männer wie Frauen. Sie sind jetzt alle in den Manufakturen beschäftigt, außer den Kranken. Die sind im Spital untergebracht."

Sie traten in eine dunkle Stube. An einem Tisch, der in die Mitte des Raumes gerückt war, saß ein Beamter vor einem gewichtigen Buch, in das er eintrug, was er von seinem Gegenüber erfragte. Vor dem Tisch stand ein Mann, kräftig gebaut, um die vierzig. Er war vollkommen nackt. Ein Gehilfe des Beamten nahm alles entgegen, was er ablegte und abgab: Kleidung, Geld, Papiere und sonstige Habseligkeiten. Er schlichtete die Gegenstände sorgfältig in einen Karton aus grober Pappe.

Peter und Rosenbaum blieben am Rand, um nicht zu stören. „Das hier ist die Wachstube. Hier wird der Neue registriert und er muss alles abgeben."

Der Gehilfe reichte dem Mann ein Bündel Kleidung.

„Probiere Er das, ob es passt", befahl der Beamte.

Der Mann zog sich an.

Peter fuhr fort: „Unsere Anstaltskleidung ist aus grauem Tuch, im Winter etwas wärmer, im Sommer leichter. In jedes Kleidungsstück wird die Nummer des Sträflings gestickt, damit es ihm nach der Wäsche wieder zugeordnet werden kann. Denn er trägt immer dieselbe Kleidung. Bei der Entlassung erhält er seine Sachen zurück. Auch seinen Überverdienst. Was er also über das hinaus erarbeitet hat, was für ihn bemessen war. Er kann sich für den Überverdienst an einem Tag in der Woche besseres Essen kaufen – Bier, Wein, Butter, etwas Wurst – oder er kann ihn ansparen. Jeder hat auf diese Weise die Möglichkeit, ein kleines Vermögen zu erwirtschaften, um es draußen in Freiheit besser zu haben. Alles ist auf die Zeit nach der Haft ausgerichtet." Peter lachte kurz auf. „Außer natürlich bei den Lebenslänglichen oder denjenigen, die ihre Hinrichtung erwarten."

„Passt!", meldete der Sträfling.

„Auch die Leibwäsche?"

„Auch die."

„Dann bringt Ihn der Gehilfe jetzt in die Badeanstalt."

Der Sträfling nickte.

Peter fuhr fort: „Jeder wird zu Beginn gebadet. Wir achten auf

Reinlichkeit. Und dass keine Krankheiten eingeschleppt werden. Die Leute kommen ja meist aus entsetzlichen Verhältnissen! Was viel darüber sagt, unter welchen Umständen ein Großteil der Verbrechen geschieht!"

Rosenbaum fügte an: „Das sehe ich genauso."

Der Bursche führte den Sträfling aus dem Raum.

„Wenn er gebadet ist, wird er zum Arzt und Seelsorger gebracht. Der Arzt untersucht seine Konstitution und erfragt seine Fähigkeiten. Er entscheidet dann, welcher Manufaktur er zugeteilt wird. Wir verfügen über eine Tischlerei, eine Schuhmacherei, eine Drechslerei, eine Näherei und mehrere Webstuben. Diese Eingliederung ist schon zu Beginn des Aufenthaltes wichtig, weil sich die Stuben unmittelbar bei den Arbeitsstätten befinden."

„Und der Seelsorger?", fragte Rosenbaum.

„Der sieht ihn, nachdem er Bekanntschaft mit seiner Arreststube gemacht hat. – Gehen wir jetzt zu den Stuben und den Manufakturen."

Peter verabschiedete sich vom Beamten, der noch immer Notizen in das Buch kritzelte.

Die Stube, in die sie wenig später traten, beherbergte zehn Häftlinge. Die Bewohner arbeiteten soeben in der angrenzenden Schuhmacherei. Die Einrichtung des Raumes bestand lediglich aus Holzpritschen. Als Bettwäsche dienten Decken, in die etwas Stroh eingenäht war, sowie als Kissen Bündel aus Leinentüchern. Neben einer der Schlafplätze reihte sich auf einem niedrigen Regal ein Dutzend Bücher.

Rosenbaum duckte sich unwillkürlich: „Es ist eng und bedrückend hier." Er versuchte, sich das Leben in diesem finsteren Loch vorzustellen.

„Nun ja!" Peter zuckte mit den Schultern. „In diesen Stuben verbringen die Sträflinge ihre freie Zeit und die Nächte – wenn sie nicht gerade im Hof spazieren gehen. Auch das Essen wird in der Stube eingenommen."

„Was sind das für Bücher?", wollte Rosenbaum wissen.

„Die Bibel natürlich. Und Schriften, die der *Erbauung* dienen, wie der Seelsorger sagt. Ausgewählte Bücher mit Geschichten und Betrachtungen, die den Sünder bessern sollen. Zuständig dafür ist der Stubenvater oder drüben bei den Frauen die Stubenmutter. Das sind ebenfalls Sträflinge, die sich durch Zuverlässigkeit auszeichnen. Und sie besitzen die Gabe, die Sträflinge anzuleiten und für eine tadellose Führung der Stube zu sorgen. Aus den Büchern liest der Stubenvater am Sonntagnachmittag vor, wenn sie aus dem Hof zurückkommen. Dafür erhält der Stubenvater sogar einen zusätzlichen Lohn. Benimmt sich ein Sträfling regelwidrig, ist er verpflichtet, nach der Wache zu rufen." Er zeigte auf ein kleines, vergittertes Fenster, das hinaus in den Hof führte. „Da draußen gehen immer Wachen auf und ab. – Siehst du die Ringe über den Pritschen?"

„Ja. Werden die Sträflinge denn angekettet?", fragte Rosenbaum besorgt.

„Früher war das so! Aber unser Kaiser ist ein gutherziger Mensch und hat es verboten."

„Gott erhalte ihn!", entfuhr es Rosenbaum.

Peter nickte und raunte: „Solange wir keinen Besseren bekommen können."

Die Bemerkung rief bei Rosenbaum ein einträchtiges Schmunzeln hervor.

„Erzähl vom Seelsorger", bat nun Rosenbaum. „Du hast mich neugierig gemacht. Was tut ihr, um die Sträflinge moralisch zu verbessern und für den Neueintritt in die Gesellschaft fähig zu machen? Du hast ja von der Veredelung der Gesellschaft gesprochen. Von der Stärkung des Willens und der Bildung."

Peter lachte auf. „Gemeint habe ich damit gewiss nicht die Seelsorger dieser Anstalt, auch wenn ihre Arbeit nicht unnötig ist. Ganz im Gegenteil. Sie ist aber nicht genug, weil sie den Menschen nicht in seinem Wesen trifft. Aber der Reihe nach: Wenn also der neue Häftling hier seinen Platz gefunden hat, wird er zu Pater Hieronymus gebracht. Pater Hieronymus wird von weiteren Geistlichen unterstützt, denn die Seelsorge hat hier ein besonderes Gewicht. Viele Messen müssen gelesen werden, vieles ist zu beichten, vorzulesen und zu predigen. Und das Bibelwort muss in Unterrichtsstunden weitergegeben werden." Er fügte mit ironischem Ton hinzu. „Aber alle Seelsorge wird natürlich von der katholischen Kirche beherrscht! Wie sollte es anders sein! Das war schon immer so, und es wird von oben ausdrücklich gewünscht!"

„Was hast du dagegen? Du spielst auf die Mörderin an, die ihren Mann erschlagen hat. Was die Religion nicht verhindert hat!"

„Genau! Die Religion hilft, gewiss, doch ich bezweifle, ob sie dem Menschen und der Lebensgeschichte der Verbrecher gerecht wird!"

„Du meinst, die Seelsorger vermitteln keine Bildung!"

„Sie füllen die Sträflinge mit Wissen und bildreichen, moralischen Geschichten, aber die wahrhaftige Bildung widmet sich vor allem der Selbsterkenntnis. Nur ein Mensch, der seine Wesensart erkennt, wird sich vorteilhaft in die Gesellschaft einbringen können."

Rosenbaum dachte nach und ließ Peter weitersprechen.

„Der Pater macht sich im ersten Gespräch mit dem Gefangenen kundig über sein bisheriges Leben und seine Straftat. Er lotet aus, wie er selbst zu seiner Tat steht und wie er auf einen Weg zu bringen ist, auf dem er zu einem moralisch gefestigten Mitglied unserer Gesellschaft heranreifen kann. Bei der Entlassung achten wir darauf, dass ein Sträfling nicht in eine Umgebung gerät, die ihm keinerlei Halt bietet. Der Seelsorger versucht schon im Vorfeld, Möglichkeiten zu erkunden, wem ein gereinigter Sünder überantwortet werden kann. Idealerweise werden sie von Verwandten oder einem neuen Dienstherrn in Empfang genommen. Kommt dies nicht in Frage, wird er in einem Arbeitshaus angemeldet. Hier wird für Unterkunft und Speisung gesorgt, und er kann sich um sein Fortkommen bemühen. Vor der Entlassung erinnert ihn der Seelsorger nochmals an sein Versprechen, künftig die Gesetze zu achten. Dann erhält er auch sein eingelagertes Hab und Gut zurück und darf gehen. – Die Kapelle unseres Seelsorgers besuchen wir später. Besichtigen wir nun die Schuhmacherei."

„Oh ja!" Rosenbaum folgte Peter gespannt.

Bereits in der Arreststube war das Hämmern zu hören gewesen, das sich zum schmerzenden Lärm verstärkte, als sie die Werkstatt betraten. Etwa dreißig Männer arbeiteten hier, saßen an Werkbänken und klopften Nähte weich oder nagelten Absätze an die Sohlen. Andere schnitten die Schuhformen aus dem Leder, nähten die Teile aneinander und stachen Ösen für die Riemen. Der Manufakturmeister, ein Beamter des Hauses, wechselte von einem zum nächsten Platz, um die Arbeiten zu kontrollieren und Anweisungen zu geben.

„Der dort, am Schneidetisch", sagte Peter und deutete auf einen vollbärtigen Mann, der wie versteinert vor seiner Arbeit stand und lediglich die Arme bewegte, „das ist der Räuber Jakubek."

Von ihm hatte Rosenbaum gelesen. Ihn befiel ein zwiespältiges Gefühl, diesem Mann nun persönlich zu begegnen.

„Der hatte den schärfsten Richter, den wir am Kriminalgericht haben, den Richter Guglielmo", berichtete Peter. „Bei seiner Ausstellung auf der Schranne hat sich Jakubek wütend widersetzt. Er hat den Guglielmo einen ‚ungerechten Mörder' genannt. Dann hat er zu seinen zwanzig Jahren noch zwei dazu bekommen."

Über diesen Jakubek sprach Peter mit ironischem Tonfall. Rosenbaum rätselte, weshalb. Peter gab sich doch stets verständnisvoll, als würde er im Grunde auf der Seite der Insassen stehen. Denn sie seien letztlich Unglückliche, die noch einen schwierigen Weg zu gehen hatten.

„Der Jakubek ist stur wie ein Esel", erklärte Peter. „Er widersetzt sich jedem neuen Gedanken, der ihm weiterhelfen würde, ein besserer Mensch zu werden." Er beließ es bei dieser knappen Anmerkung.

„Der Wille ist also das Entscheidende?"

„Ohne Wille keine Veränderung!", bestätigte Peter.

Sie beobachteten eine Weile den Betrieb in der Schuhmacherei.

Schließlich erzählte Peter weiter: „Den Sträflingen wird hier auch eine Lehre ermöglicht, um später in Freiheit ein Handwerk ausüben zu können. Das ist sicherlich das Beste, was von offizieller Seite eingeführt wurde. Mehr wert, als alle Belehrungen! – An Werktagen werden die Sträflinge um fünf Uhr morgens geweckt. An Sonn- und Feiertagen eine Stunde später. Am Anfang des Tages steht ein Morgengebet im Arbeitsraum, und ein Frühstück wird eingenommen. Danach beginnt die Arbeit. In Gruppen werden die Sträflinge im

Laufe der Vormittagsstunden zu einer Heiligen Messe geführt, anschließend erteilt der Seelsorger Unterricht in Schreiben und Rechnen, aber auch in der Auslegung der Bibel. Als Mittagessen gibt es Hülsenfrüchte, Sauerkraut und Rüben. Dazu Brot. An den Sonntagen Fleischsuppe, Mehlspeise und manchmal etwas Rindfleisch. Nach dem Mittagessen können sie sich ausruhen und wechselweise hinaus in den Hof, natürlich Männer und Weiber getrennt. Anschließend wird weitergearbeitet bis abends um sieben. Die Arbeitsgerätschaften müssen am Ende des Tages gereinigt werden. Darauf folgen das Abendgebet und das Nachtmahl. Um acht Uhr ist Nachtruhe. An den Sonntagen ist keine Arbeit, dafür dauern die Messen länger. Nachmittags dürfen die Sträflinge in den Hof. Abends lesen die Stubenväter aus den Büchern. Wie gesagt: erbauliche Geschichten und Texte aus der Heiligen Schrift. – Wer ist dadurch jemals ein besserer Mensch geworden?"

Diese Schlussbemerkung machte Peter, als sie die Werkstatt bereits verlassen und den Weg zum Spital eingeschlagen hatten.

„Hat man die Möglichkeit, durch glaubhafte moralische Fortschritte die Haft zu verkürzen?", fragte Rosenbaum.

„Ja, und das hat große Wirkung! Einmal im Monat kommt die Strafhauskommission zusammen, der der Regierungsrat vorsteht. Mitglieder sind überdies unsere Seelsorger und Ärzte sowie ein Referent der Staatsbuchhaltung. Und ich bin selbstverständlich ebenfalls Teil dieser Kommission. Jeder Sträfling kann ungeachtet seiner Haftdauer eine Eingabe machen und um Verbesserungen, Haftverkürzung oder Begnadigung ersuchen. Ich habe schon für einige Insassen Erleichterungen durchsetzen können. Gleich werde ich dir noch eine Gefangene vorstellen, die sich durch Wille und Fortschritt besonders hervorhebt."

„Ich bin sehr interessiert daran", schob Rosenbaum ein.

„Es geht hier um Strafe, nicht um Rache. Der gute Teil eines Insassen soll erhalten und vergrößert, der schlechte besiegt werden. Das ist leicht gesagt. Mich bewegt daher die Frage: Was ist dieser gute Teil? Was ist der schlechte?"

Plötzlich hielt Peter an. Sie waren im Flur bei einer Ausbuchtung angekommen. Aus der Mitte der etwa vier Quadratmeter großen Fläche erhob sich eine stählerne Pumpe. „Das muss ich dir zeigen, Joseph! Meine Erfindung. Man nennt sie hier *Peter'sche Feuerlöscheinrichtung*."

Rosenbaum ging näher heran und probierte am Hebel.

„Ullmann, in dessen Zuständigkeit ja die Brandbekämpfung fällt, war begeistert, als ich diese Apparatur installieren ließ. Das Gebäude ist verwinkelt und an vielen Stellen so eng, dass die Feuerspritzen nicht heranreichen. Mit dieser Pumpe kann im Hause selbst Wasser mit hohem Druck gefördert und über diese Schläuche aus Leder an ein Feuer herangeführt werden."

„Du bist ein Erfinder! Respekt!"

„Nichts, was nach Verbesserung schreit, entgeht meiner Aufmerksamkeit! Und wenn es keine Lösung gibt, muss man sie erfinden." Er strich liebevoll über das Eisen. „Komm, hinter der nächsten Tür befindet sich das Spital."

Es erstreckte sich über mehrere Räume. Getrennt in Männer- und Frauen-Stuben wurden hier über dreißig Kranke gepflegt. Sie lagen ebenfalls auf einfachen Holzpritschen nebeneinander. Ärzte, unter ihnen Doktor Weiß, sowie Beamte der Anstalt und Ordensleute versuchten, ihre Leiden zu lindern, versorgten sie mit Medikamenten und nahrhaften Speisen. Rosenbaum sah die Frau wieder, die in der Hauptwache abgeholt worden war. Sie kniete am Lager eines abgemagerten Mannes und umklammerte seine Hände. Seine Augen waren ins Nichts gerichtet.

Rosenbaum blieb auf Distanz zu den Kranken. Der unangenehme Geruch in den Räumen war kaum zu ertragen, ebenso das unentwegte Klagen und Wimmern.

„Hier herrscht der Grundsatz: Wenn ein Mensch krank ist, hört er auf, Sträfling zu sein. Er erhält alles, was aus medizinischer Sicht notwendig ist. Und in seinen letzten Stunden den Beistand unseres Seelsorgers."

Sie durchschritten das Spital rasch. Rosenbaum war froh.

Im folgenden Flur kam ihnen ein Wachsoldat entgegen. Peter hielt ihn auf. „Ich habe einen Auftrag für Ihn. Hole er die Gefangene Karoline Weber aus der Näherei. Sie soll sich in zehn Minuten mit ihrer Geige in der Vorhalle der Kapelle einfinden. Begleite Er sie!"

„Jawohl, Herr Verwalter", antwortete der Wachsoldat und ging davon.

„Ich werde dir gleich zeigen, wie man gegen seine schlechten Seiten ankämpfen kann. Mit Erfolg!", fügte er hinzu.

Bis dahin führte Peter seinen Gast in die Badeanstalt, einen Raum mit fünf Waschzubern. An einer Feuerstelle wurde Wasser erhitzt, das von zwei Frauen in Abständen mit Eimern in die Behälter gegossen wurde. In den Zubern saßen, bis zum Bauch im Wasser, weibliche Sträflinge. Peter nahm auf deren Nacktheit keine Rücksicht. Während beide Männer den Badeplatz umrundeten, bedeckten sie mit den Händen oder Tüchern ihre Brüste. Rosenbaum versuchte, durch einen starren Blick zu demonstrieren, dass er nur an der Anlage, nicht aber an den Badenden interessiert war. Peter sah dafür keine Notwendigkeit.

„Hier werden täglich vierzig Insassen gebadet", sagte Peter. „Auf diese Weise wird jeder drei- bis viermal im Monat gründlich gewaschen. Es gibt selbstverständlich Badetage für Männer und für Frauen."

Neben der Badeanstalt befand sich die Wäscherei. Hier arbeiteten ebenfalls Sträflinge, hauptsächlich weibliche. Peter zeigte auf eine jüngere, kraftvolle Frau, die soeben schmutzige Wäsche heranschleppte. „Maria Feichtl."

„Die Mörderin?" Natürlich kannte Rosenbaum auch diesen Fall aus der Zeitung. Er hatte hohe Wellen geschlagen.

„Ja. Ihres Mannes", bestätigte Peter. „Ihr Urteil ist überraschend milde ausgefallen. Zwanzig Jahre Haft. Kein Todesurteil! Der Richter hat ihre Umstände in seine Erwägung mit einbezogen. Du siehst! Die Herren können, wenn sie wollen!"

Rosenbaum beobachtete sie eine Weile. So sah sie also aus, die Mörderin.

Auch in der Küche waren weibliche Häftlinge beschäftigt. Sie mussten Gemüse putzen, schälen und zerkleinern.

Schließlich erreichten sie die Hauskapelle. Da Karoline Weber noch nicht in der Vorhalle eingetroffen war, traten sie in den Kirchensaal. Der kahle Raum mit seinen schmucklosen Holzbänken ähnelte dem Inneren einer ärmlichen Dorfkirche. Rosenbaum bemerkte sofort die stattliche Orgel auf der schmalen Empore. Er ging zum Altar und betrachtete ihn.

„Den haben Häftlinge gezimmert und geschnitzt, an Sonntagen", erklärte Peter.

Die Holzfiguren waren allesamt kunstvoll gearbeitet. Neben Christus am Kreuz und der Heiligen Familie zeigte der Altar einen Hirten, der inmitten seiner Herde stand und ein Schaf in den Armen hielt.

„Er bildet alles ab, was die Kirche unseren armen Sündern zu sagen hat. Der Herr sucht und findet das verlorene Schaf, Jesus Christus ist für uns am Kreuz gestorben, auch für dich, also sei ein guter Mensch und liebe deinen Nächsten."

Rosenbaum setzte sich in eine Bank und hörte ihm zu. Peter war es nach einer Predigt.

„Man muss aber die Grenzen der Religion kennen. Die Tat wird nur als Verfehlung des einzelnen Menschen gesehen. Er ist danach Sünder vor Gott. Was die Religion übersieht, ist der Zustand der Gesellschaft, die den Verbrecher umgibt, und seine Eigenschaft, die ihm die Natur mitgegeben, gleichsam aufgezwängt hat. Die Natur bestimmt die Organisation des Gehirns. Der Pater arbeitet nur mit Schuld und Gewissen, ignoriert die angeborene Struktur. Und warum? Weil er sie nicht erforschen darf und folglich nicht gezielt beeinflussen kann. Das verlorene Schaf wird wiedergefunden. Etwas anderes wissen die Geistlichen nicht. Über dem Apollotempel von Delphi stand: *Erkenne dich selbst!* Die Griechen waren klüger als unsere Pfaffen!"

Rosenbaum betrachtete Peter und dachte nach.

„Was ist mit dir?" Peter setzte sich zu ihm. „Habe ich deine Liebe zur Religion unterschätzt und dich jetzt verärgert?"

„Nein", antwortete Rosenbaum. „Ich besuche zwar gerne reformierte Kirchen und höre dem Prediger Cleynmann zu, aber ich bin ein weltoffener Mensch, Johann. Ich weiß um die Macht und Grenzen der Kirche. Und ich weiß jetzt, nachdem du von der *Organisation des Gehirns* gesprochen hast, welcher Lehre du anhängst."

„Bist du ein Gegner der Schädellehre von Doktor Gall?"

„Ich kenne ihre Grundzüge und weiß, was man im Spott über sie verbreitet."

„Das glaubst du hoffentlich nicht!"

„Ich bin der Wissenschaft zugetan!"

„Dann zeige ich dir, wie sie dem Menschen nützt! Gehen wir nach draußen."

Im Vorraum der Kapelle wartete inzwischen Karoline Weber mit ihrer Geige. Der Wachsoldat stand abseits und behielt sie im Auge.

Sie freute sich, Peter zu sehen. Er war für sie mehr als der gnädige Herr und ihr Wohltäter geworden.

Auch Peter wandelte sich durch ihre Gegenwart. Aus dem nüchternen Verwalter und selbsternannten Wissenschaftler wurde ein aufmerksamer, nobler Herr, der sich Mühe geben musste, nicht allzu begehrend zu wirken. Insbesondere vor dem Wachsoldaten, aber auch vor Rosenbaum. Er sollte ihn weiter als kühlen Vordenker wahrnehmen.

Den Wachsoldaten schickte Peter sogleich vor die Tür.

„Das ist die Gefangene Karoline Weber", erklärte Peter. „Sie ist wegen einiger sittlicher Vergehen und kleinerer Diebstähle inhaftiert." Und zu ihr gewandt: „Ich darf Ihr Herrn Rosenbaum vorstellen. Ein wissenschaftlich gebildeter Freund, der sich für die Methodik interessiert, die Sträflinge auf ihrem Weg der Selbsterforschung zu unterstützen."

„Grüß Gott, Herr Rosenbaum", sagte Karoline artig. Sie wusste, dass sie sich vor dem Gast ihres Förderers als besonders freundliches und gelehriges Objekt präsentieren musste.

Peter trat hinter Karoline.

Sie wusste, was nun folgen würde, und hielt ihren Kopf starr und gerade.

„Tritt heran!"

Rosenbaum ging zu Peter. Ihm war es gegenüber der jungen Frau peinlich, ihr so nahe zu kommen, und so glich sein Gehen mehr einem zögernden Schleichen. Als er aber erkannte, dass diese Prozedur eingeübt und offenbar einvernehmlich war, verlor sich seine Scheu.

Peter begann mit der Schädelbetastung und erklärte dazu: „Du weißt, Doktor Gall hat erforscht, dass das Gehirn aus etwa dreißig Organen besteht. Über manche Organe wird in der Wissenschaft noch diskutiert, ob sie mit benachbarten gemeinsam zu betrachten sind, sodass die Zahl in den Schriften divergiert. Fest steht, dass sich hier am Hinterhauptbein das Organ des Geschlechtstriebes befindet." Er hatte Karolines Locken emporgeschoben und fuhr am unteren Rand des Schädels entlang. „Bei der Insassin Weber ist erstaunlich, dass dieses Organ, das sich ja durch eine Erhebung abzeichnen würde, wenn es übermäßig ausgeprägt wäre, völlig unauffällig ist. Dies, obwohl sie sich gezielt eines unsittlichen Verhaltens schuldig gemacht hat."

Rosenbaum hörte aufmerksam zu und nickte, um sein Interesse zu unterstreichen.

„Sogar der Hals ist schlank." Er strich mit einem Finger, beinahe zärtlich, über die Halswirbelsäule. Dann legte er die Hände an ihre Schläfen. „Hier hat Doktor Gall den Diebessinn lokalisiert. Verschaffe dir selbst eine Meinung!"

Peter trat etwas zurück, und Rosenbaum musste Karolines Schläfen betasten. Da seine Hände auf Anhieb nicht richtig lagen, verschob sie Peter ein wenig korrigierend.

„Was ertastest du?"

„Ich bin nicht geübt ...", antwortete Rosenbaum unsicher. „Aber, offen gesagt, ich finde die Schläfe nicht auffällig."

Peter lachte begeistert auf. „Genau! Das sehe ich ebenso!"

Rosenbaum war erleichtert und freute sich, die zutreffende Diagnose gestellt zu haben.

„Ist das nicht erstaunlich!" Peter war nun in seinem Element. „Wir haben es hier mit einer Frau zu tun, die mit unmoralischen Angeboten Männer in ihre Falle gelockt und ausgeraubt hat. Da sollte man vermuten, dass der Geschlechtstrieb und Diebessinn vergrößert sind! Aber das ist nicht der Fall! Was folgern wir daraus?"

„Sie ist eigentlich ..."

„Ganz recht! Sie ist im Grunde ihrer Seele weder eine Diebin noch eine Person, die aus sich heraus zur Unmoral strebt. Beides ist entstanden und verstärkt durch die Umstände, in die sie geraten ist. Wo nun muss eine Besserung im Sinne der Gall'schen Schädellehre ansetzen?"

„Bei der Zurückdrängung."

„Richtig, Joseph, sehr gut erkannt! Die betreffenden Organe sind überreizt. Und wie ist diese Fehlbeanspruchung der Organe zu korrigieren?"

„Durch Ermahnungen, vielleicht ..." Rosenbaum wusste keine bessere Antwort.

„Das wäre zu kurz gegriffen. Ermahnungen verflüchtigen sich wie eine Predigt von Pater Hieronymus. Nein, die wirksamsten Waffen sind, wie gesagt, der Wille und die Förderung von Organen, die durch diese Überreizung vernachlässigt wurden. Betrachten wir die Stirn der Insassin Weber. Hinter der Stirn liegen die Organe, die mit höhergeistigen Dingen befasst sind."

Sie wechselten an die Vorderseite von Karoline. Diese schloss die Augen und ließ die Untersuchung weiter gehorsam und auch amüsiert geschehen.

„Siehst du diesen Hügel?" Peter berührte eine Stelle an der Seite der Stirn. „Dort sitzt das Organ des Tonsinns. Unverkennbar tritt es deutlich hervor!"

„Du stärkst ihren Tonsinn!", erkannte Rosenbaum. „Daher die Geige."

„Aus der Erweckung des völlig verkümmerten Tonsinns ist inzwischen eine Stärkung geworden. Entscheidend aber: Die Gefangene Weber bringt hierzu den dringend erforderlichen Willen auf. Sie übt seit zweieinhalb Jahren regelmäßig und unter Anleitung einer Lehrerin. Ihre Fortschritte sind so beträchtlich, ihre Willenskraft so beständig, dass ihr Anliegen einer Haftverkürzung in der nächsten Sitzung der Strafhauskommission verhandelt wird. Wir dürfen hoffen, dass sie in zwei Jahren ihre Strafe verbüßt und – man darf es so nennen! – als geheilt entlassen werden kann."

„Und in die Gesellschaft zurückkehren darf."

„Als gewiss wertvolles Glied, das zur Aufwertung der Gesellschaft beiträgt."

Die Schlüssigkeit von Peters Worten überzeugte Rosenbaum.

„Spiel Sie uns vor!", bat Peter.

Karoline legte die Geige auf die Schulter und begann, eine graziöse Melodie vorzutragen. Nicht perfekt, aber durchaus passabel. Peter überhörte, was er überhören wollte. Rosenbaum, der laufend meisterhaft dargebotene Aufführungen besuchte, erschrak zunächst. Nach zweieinhalb Jahren Unterricht hatte er sich ein höheres Niveau erwartet. Doch er dachte wohlwollend. Er kannte ja weder die Lehrerin, noch konnte er einschätzen, unter welchen Bedingungen sie hier im Strafhaus tatsächlich ihr Instrument erlernte. Er lächelte daher milde, verschränkte die Arme und hörte zu.

Peter neigte sich zu ihm und flüsterte. „Sie spielt inzwischen auch mit aller Konzentration, wenn man sie durch eine unzüchtige Annäherung abzulenken versucht."

Rosenbaum gab durch Nicken zu erkennen, dass er den Satz verstanden hatte. Mit einer Vorstellung, wie eine solche Prüfung vonstattengehen sollte, tat er sich schwer. Er zerstreute seine Gedanken.

Als das kleine Stück zu Ende war, wandte sich Peter zu seinem Freund. „Du siehst, der Weg ist steinig, aber er ist zu bewältigen. Entscheidend ist jedoch, dass man weiß, wohin der Weg führen soll. Das Ziel! Für die Ermittlung des Zieles braucht es die Wissenschaft, die Hirnlokalisationslehre von Doktor Gall."

Dem konnte Rosenbaum zustimmen.

„Weiter viel Durchhaltevermögen!", wünschte Peter der Inhaftierten. „Ich werde Ihr mitteilen, was die Kommission beschlossen hat."

Dann rief er den Wachsoldaten herein. Karoline musste zurück in ihren Sträflingsalltag, was sie traurig machte. Die Wache begleitete sie aus der Tür.

„Haydn müsste ein besonders großes Organ des Tonsinns haben", sagte Rosenbaum unvermittelt. „Ich frage mich gerade."

„Gewiss! Alle Tonmeister haben Beulen an der Stirnseite. Mozart, Gluck."

„Ich hoffe, ich treffe Haydn in nächster Zeit. Ich muss darauf achten!"

„Ich habe ihn schon lange nicht mehr aus der Nähe gesehen. Zuletzt damals, am Markt. Ich fand es beachtlich. Glücklicherweise wird es von der Perücke nicht verdeckt!"

Rosenbaum überlegte und erzählte schließlich: „Ein Freund hat neulich gemeint, ich hätte ein auffallend ausgeprägtes Organ des Mutes."

„Ja, das ist mir ebenfalls schon aufgefallen. Erlaube!" Er griff an sein Schläfenbein, etwas oberhalb der Naht zum Hinterhauptbein. „Diese Beule ist markant!"

Rosenbaum fühlte sich geschmeichelt.

„Aber es kommt in seltenen Fällen vor, dass sich trotz eindeutiger Charaktereigenschaften keine Erhebung zeigt. Dieses überaus interessante Phänomen ist bislang nur wenig erforscht."

„Und wie ist das zu erklären?"

„Wir nehmen an, dass diese Organe eine dichte Konsistenz aufweisen. Dichte Konsistenz kommt in der Natur öfter vor. Denk an Ameisen. Sie tragen – im Verhältnis zu ihrer Körpergröße – wesentlich schwerere Gegenstände als der Mensch. Also muss ihr Muskelgewebe stark verdichtet sein. Eine solche Verdichtung ist daher bei Organen zwangsläufig, die sich deutlich im Verhalten des Besitzers äußern, aber kaum an der Schädeloberfläche hervortreten. Ich studiere gerade einen Gefangenen, bei dem es sich um einen Musterfall handeln dürfte. Eine Verifizierung war bislang nicht möglich." Peter öffnete die Tür. „Komm, ich zeige dir den Kerker."

Sie mussten durch einige Flure und Räume, bis sie eine Stiege erreichten, die steil nach unten führte. Hier befanden sich die Kellerverliese, in denen Sträflinge saßen, denen erschwerte Haftbedingungen auferlegt waren; auch die Gefangenen, die auf die Vollstreckung ihrer Todesurteile warteten.

Peter und Rosenbaum durchquerten die düsteren, kalten Gänge, bis sie vor einer bestimmten Zelle haltmachten. Der Schein einer Fackel zuckte auf dem Eisen der Zellentür. Peter ging zum Kerkermeister, der eben eine leere Schale und einen Krug aus einer Nachbarzelle geholt hatte. Von ihm ließ er sich einen Schlüsselbund aushändigen.

„Wir betreten jetzt das Verlies eines Mörders", sagte Peter mit dunkler Feierlichkeit. „Er wird in der kommenden Woche stranguliert."

Rosenbaum atmete schwer und sammelte sich.

Peter sperrte auf und öffnete die Tür.

„Er ist angekettet. Es besteht keinerlei Gefahr."

Peter ging voraus, Rosenbaum folgte zögernd. Der Boden des kleinen Raumes war mit groben Steinplatten belegt. Nur in einer Ecke häufte sich etwas Stroh. Darauf kauerte der Verurteilte. Durch einen dünnen Schacht in der Decke, der weit hinauf zum Tageslicht führte, fiel ein Schimmer von Helligkeit auf den hageren Mann. Er schlief.

Peter und Rosenbaum stellten sich an sein Lager.

„Was hat er getan?", fragte Rosenbaum.

„Er hat das Nachbarhaus in Brand gesteckt. Das Mädchen des Nachbarn starb im Feuer."

„Warum tut man sowas?"

„Er betrieb eine Schmiede, war mit ihr sehr erfolgreich, sodass er sie vergrößern wollte. Da ersann er den fatalen Plan, das Haus des Nachbarn abzubrennen, seinen Grund zu kaufen und darauf seine Schmiede zu erweitern. Sein Plan ging zunächst auf. Das Haus brannte nieder, der Nachbar musste das Grundstück verkaufen, und er begann mit dem Bau der Vergrößerung – ohne sich allerdings um eine Genehmigung durch das Unterkammeramt zu kümmern. Ein Beamter wurde vorstellig, sie kamen in Streit, der Mann hat den Beamten attackiert, worauf er in die Hände der Polizei geriet und nach seiner Verurteilung hierher gebracht wurde. Nur wegen der Bedrohung des Beamten – denn seine Brandstiftung blieb unbekannt. Man ging allgemein davon aus, der Brand sei durch einen schadhaften Ofen entstanden. Durch unvorsichtiges Reden kam schließlich die Wahrheit ans Licht, das Kriminalgericht hat sich seines Falles nochmals angenommen, und so erwartet ihn nun die gerechte Strafe."

„Das ist eine entsetzliche Geschichte!"

„So, und nun schau dir den Mörder an! Was er getan hat, ist erschreckend kühn. Er fasste einen teuflischen Plan, legte Feuer, nahm den Tod von Menschen in Kauf, begann ohne Genehmigung mit dem Bau, stritt mit einem Beamten des Magistrats, verheimlichte seine Taten, bis er sich selbst verriet. So handelt nur eine Kreatur, die von der Natur mit kraftvoller Rücksichtslosigkeit ausgestattet wurde. Benennen wir diese kraftvolle Rücksichtslosigkeit hier ohne moralische Wertung, nennen wir sie Mutigkeit! Gerne auch: fehlgeleitete Mutigkeit. Was fällt dir auf?"

Peter setzte einen Fuß an die Schulter des Mannes und rollte ihn ein wenig, sodass Rosenbaum das Gesicht sehen und die Form des Schädels besser einschätzen konnte.

Der Gefangene öffnete müde die Augen. „Ich bin unschuldig", flüsterte er.

„Höre nicht auf ihn!", bat Peter. „Wie beurteilst du seinen Schädel?"

Rosenbaum versuchte, unbeirrt ein Wissenschaftler zu sein. „Er ist schmal."

„Und die Schläfen?"

„Schmal. Unauffällig. Beinahe eingedrückt."

„Sehr gut, Joseph!"

Der Mann stöhnte: „Ich bin kein Brandstifter!"

„Lassen wir ihn. Er fantasiert", bemerkte Peter und schob Rosenbaum an der Schulter, zum Zeichen, dass sie die Zelle jetzt verlassen sollten.

Sie gingen hinaus auf den Gang. Peter versperrte die Tür und gab den Schlüsselbund zurück an den Kerkermeister.

„Ich habe lange und viel über die Physiognomie dieses Mörders, dieses Mutigen nachgedacht, Joseph. Es muss so sein, dass die Gehirnmasse an seinen Schläfen stark verdichtet ist."

Rosenbaum stimmte ihm zu. Eine andere Erklärung konnte er, nach allem, was er heute gelernt hatte, nicht beisteuern.

Sie waren inzwischen wieder im Erdgeschoss des Gebäudes angelangt und standen in einem menschenleeren Teil des Flures. Peter wurde sehr ernst. „Ich vertraue darauf, dass du verschwiegen bist."

„Ja", antwortete Rosenbaum mit dem gleichen Ernst. „Ich verwahre viele Geheimnisse."

„Ich habe mit Ullmann, Jungmann und anderen gesprochen. Wir sind Mitglieder eines *Craniologischen Zirkels*, der sich mit Fragen der Schädellehre befasst und eigenständig forscht."

„Der Kaiser hat solche Zirkel verboten", gab Rosenbaum zu bedenken.

„Darum spreche ich im Vertrauen mit dir. Der Kaiser wird die Kraft der Wissenschaft nicht aufhalten können! – Wir halten dich für würdig, diesem Zirkel beizutreten."

Rosenbaum fühlte sich durch diese Beurteilung geehrt. Die Erfahrung, als geringwertig eingestuft zu werden, kannte er allzu gut. Peter und seine Freunde sahen ihn anders, wussten seine Qualitäten zu schätzen. Natürlich sagte er zu.

„Ich bin ein Freund der Naturwissenschaft!", schoss es aus Rosenbaum.

Peter ging nah an ihn heran. „Wenn alles nach Plan verläuft, werden wir am Donnerstag kommender Woche das Rätsel lösen."

Rosenbaum erschrak. War das Peters Ernst?

Dieser ergänzte, nachdem er die Reaktion seines Freundes wahrgenommen hatte: „Die Wissenschaft kommt nur voran, wenn sie unmittelbar an der Natur forscht. Theorien und Mutmaßungen helfen nicht weiter! Wir sind der Natur verpflichtet!"

Das leuchtete Rosenbaum ein.

Dann entließ Peter seinen Freund aus der Spannung. „So, und nun haben wir uns eine kleine Stärkung beim *Strobelkopf* verdient. Ich lade dich ein!" Noch einmal wurde er ernst. „Und wenn du danach noch Zeit hast ..."

„Ich habe Zeit."

„... dann würde ich mich sehr freuen, wenn wir gemeinsam das Grab meiner Frau besuchen."

„Natürlich, Johann, natürlich, das machen wir! Das ehrt mich!"

Sie standen lange wortlos an Peters Familiengrab am Währinger Friedhof. In den schlichten Stein waren zwei Namen eingraviert: Clara Mathilde Peter, gestorben am 13. Juli 1804, sowie Sophie Amalia Peter, verstorben bereits im Jahr 1790.

Rosenbaum, der stumm neben Peter der Toten gedachte, erinnerte sich. Sophie war Peters jüngere Schwester, die er damals, in der Schulzeit, kennengelernt hatte. Von ihrem Tod wusste er nichts. Er hatte sie aus den Augen verloren.

„Ich hoffe, Clara hat friedlich in ihrem Sarg geschlafen, ist nicht mehr aufgewacht, falls sie noch am Leben war", flüsterte Peter unvermittelt.

Die Aussage verwunderte Rosenbaum. „Wieso soll sie noch am Leben gewesen sein?", fragte er vorsichtig.

„Wissen wir, ob die Toten wirklich tot sind? Es kümmert sich niemand darum. Niemand schaut nach. Und wenn man den Tod eines Angehörigen in Zweifel zieht, wird man von den Totengräbern und Friedhofsverwaltern nur mit großen Augen angesehen. Sie sagen es nicht, aber sie halten dich für verrückt!"

„Man kann es wirklich nicht wissen, aber die tatsächliche Gefahr ist doch gering", sagte Rosenbaum, um Peter zu beruhigen.

„Ich habe sie noch gespürt, ihr Leben gespürt, noch Tage, nachdem sie eingegraben war. Ich habe den Verwalter gebeten, das Grab nochmals zu öffnen, aber er hat mein Bitten, mein Flehen abgewiesen." Schweiß war auf Peters Stirn getreten. Die Erinnerung loderte in ihm. „Nach drei Tagen sei man ohnehin tot, hat er gesagt. Machen könne man jetzt eh nichts mehr. Und die Totengräber hielten den bestialischen Geruch nicht aus. Ich habe ihm angeboten, für künftige Begräbnisse eine Apparatur zu konstruieren und zu spenden, die meldet, wenn sich ein Begrabener bewegt. Damit dieses Leid, diese Ungewissheit in der Zukunft vermieden werde. Aber auch das wollte er nicht!" Peter ballte die Faust. „Ich sage dir: Diese Friedhofsverwalter sind Ignoranten und Verbrecher!"

Rosenbaum ging darauf nicht ein. Stattdessen fragte er, um ihn abzulenken: „Sophie, das war deine Schwester, ja? Ich erinnere mich an sie."

Peter schwieg eine Weile, bis er fähig war zu antworten. „Ja, ein großes, schlankes Mädchen mit roten Backen. Schleimfieber, noch keine achtzehn Jahre."

Rosenbaum spürte, dass Peter noch mehr über seine Frau Clara sprechen wollte, ja, musste. „Und deine Clara ist in der Donau ertrunken?", sagte Rosenbaum, um ihn wieder anzuregen.

„Du hast Clara nicht gekannt, Joseph. Schade. Sie war eine sehr sanfte, gutmütige Frau. Sie hat als Kerzengießerin im Geschäft ihres Vaters gearbeitet. Ich habe sie kennengelernt, als ich noch im Unschlitthandlungsamt meinen Dienst tat. Aber sie neigte zur Melancholie, war manche Tage gänzlich unfähig zu arbeiten und den Haushalt zu führen. Nur die Kunst hat sie dann beleben können." Plötzlich begannen Peters Augen zu leuchten. „Aber ihr Verhalten war erstaunlich, denn alles deutete darauf hin, dass in ihr große Kräfte schlummerten. Die Organe der Lebenskraft, des Geschlechtstriebes und der Kindesliebe waren gut entwickelt, auch das Organ der Erziehungsfähigkeit." Er stockte. „Und trotzdem gebar sie keine Kinder, ja, sie litt sogar an Antriebslosigkeit in ehelichen Dingen – das erzähle ich dir als Freund ganz offen und mit der Bitte um Verschwiegenheit."

„Ja, natürlich! Johann, hab keine Sorge!"

„Freilich, auch das Organ der Bedächtigkeit war auffallend vergrößert. Das bezeugte ihre Ängstlichkeit und Zurückhaltung. Die Franzosen haben meist eingedrückte Scheitelbeine, woran man sieht, dass sie zum Gegenteil, zum Leichtsinn neigen. Bei scheuen Rehen ist es ausgeprägt, oder beim Hamster, der um seinen Wintervorrat besorgt ist. Aber gleichzeitig, und das ist bemerkenswert, besaß sie ein voluminöses Organ des Mutes, ein Stück unterhalb gelegen. – Diese beiden Eigenschaften kämpften in ihr; sie mussten zwangsläufig gegeneinander kämpfen, auch wenn die Kraft des Mutes sehr viel weniger hervortrat. Darum hielt ich sie beinahe unablässig an, diese offenkundig verkümmerte Seite ihres Wesens herauszufordern. Sie folgte dem Aufruf bereitwillig. Tat an günstigen Tagen, was sie tun konnte." Wieder stockte er. Mit kurzen Atemzügen sprach er weiter: „Auch an jenem unglücklichen Sommertag. Wir waren an die Donau gefahren, um uns an diesem heißen Tag zu erfrischen.

Gewöhnlich badeten wir nahe am Ufer, um nicht von der Strömung abgetrieben zu werden. Sie war keine gute Schwimmerin. Plötzlich rief sie, sie spüre heute einen ungewöhnlichen Mut in sich und sie wolle hinüber auf die andere Seite. Und sie schwamm los. Ich rief ihr zu, sie solle vorsichtig sein. Aber von Vorsicht wollte sie nichts hören. Schließlich wurde sie schwächer, kam nicht mehr gegen die Strömung an. Ich versuchte, zu ihr zu gelangen. Als auch mich die Strömung erfasste und sie inzwischen unerreichbar weit abgedriftet war, schwamm ich zurück ans Ufer und alarmierte die Polizei. Man suchte sie und fand sie schließlich – angespült und ohne Leben."

„Das tut mir sehr leid!", sagte Rosenbaum sanft.

Peter blickte starr auf den Grabstein. „Ich will nicht daran denken, dass sie womöglich noch am Leben war. Ein Arzt hat sie untersucht und ihren Tod beurkundet. Aber sie haben es mir untersagt, einen Spiegel vor ihren Mund zu halten oder einen Lappen mit Rautenkraut-Essig auf ihr Gesicht zu legen! Man wollte auch nicht den Beginn der Verwesung abwarten!" Plötzlich drängte er. „Komm, Joseph, lass uns von hier fort."

„Ja, gehen wir." Rosenbaum fand es ebenfalls besser, hier fortzukommen.

„Sie haben mich einen Verrückten geheißen!", rief Peter, so wütend und verzweifelt, als sei es eben erst geschehen.

Rosenbaum nahm Peter am Arm und schlug mit ihm den Weg zum Ausgang ein.

„Wenn ich einmal hier begraben werde, Joseph, dann wird diese Apparatur installiert sein. Das schwöre ich dir!"

Auf der Rückfahrt von Währing in die Leopoldstadt beruhigte sich Peter. Es war selbstverständlich geworden, im Anschluss an Unternehmungen den Tag im Garten zu beschließen. Die Sommerabende wurden jetzt im August bereits kühl. Die beiden Männer holten sich Decken aus der Hütte und wickelten sich darin ein. Lenerl kochte Kräutertee und brachte eine Flasche Himbeerschnaps. Sie hatte auch frischen Zwetschgenkuchen gebacken.

Peter erzählte noch eine Weile von Clara und den Schädel-Forschungen des *Craniologischen Zirkels*. Da Rosenbaum mit Interesse zuhörte und fundierte Fragen stellte, fühlte sich Peter animiert, immer tiefer in das Thema zu tauchen. Zwangsläufig aber gerieten sie in Geschichten aus ihrer gemeinsamen Schulzeit. „Weißt du noch?" – „Wie hieß doch gleich ..." – „Was wohl aus Bertram geworden ist?" So begannen die Sätze, mit denen sich die Unterhaltung fortspann. Sie erinnerten sich an die selbstgefälligen Ausbrüche von Fallhuber und die langweiligen Predigten von Pater Jakob, an die derben Streiche, die sie den Mädchen gespielt hatten, und die Schurkereien ihrer Bande – angeführt von Peter.

Rosenbaum empfand dieses Erinnern und Erwecken behaglich. Er lebte sich darin ein. Da Peter nicht nur Erzählungen seiner vorgeblichen Heldentaten zum Besten gab, wie er es noch vor wenigen Wochen erwartet hätte, sondern von Rosenbaum, seinem Freund, wissen wollte, wie er dieses und jenes in Erinnerung behalten hatte, fühlte er sich in Peters Leben aufgenommen. Ja, er fühlte sich aufgenommen – und angekommen.

Beim Reden und Zuhören schob sich jedoch immer drängender ein Vorfall in seinen Kopf, der diese Freundschaftsharmonie eintrübte. Ein Vorfall, der ihn tief verletzt hatte. Er hatte wesentlich dazu beigetragen, dass er sich nach Ende der Schulzeit, als es möglich geworden war, rasch aus Peters Umfeld zurückgezogen hatte. Rosenbaum musste ihn ansprechen, die stabile Gesprächsatmosphäre machte ihm Mut. „Weißt du noch, Johann, wie wir bei Pater Jakob eingestiegen sind?"

„Oh, ja, der Adalbert und wir beide! Der Adalbert kannte sich in der Wohnung von Pater Jakob aus, weil sein Vater Mesner war und Adalbert den Vater öfter begleitet hat. Wir wollten seine Katze umbringen und haben es ja auch getan! Einen unglaublich hässlichen Kater! Wir waren arge Spitzbuben!"

„Sei mir nicht bös, Johann, aber ich habe mich damals über euch geärgert."

„Joseph, sag warum! Die Geschichte ist zwanzig oder fünfundzwanzig Jahre her. Wir sind erwachsen geworden. Ich will wissen, was dich geärgert hat!"

„Wir haben davor ausgemacht, dass wir alle drei einsteigen. Ich wollte dabei sein, wenn wir den Kater aufhängen. Aber dann hat plötzlich der Adalbert gesagt, ich muss draußen im Garten Wache halten. Das ist nichts für dich, hat er gemeint."

Johann wehrte ab. „Das musst du den Adalbert fragen. Ich hab das nicht gesagt!"

„Der Adalbert hat mich ja damals kaum gekannt. Er war neu in der Klasse. Warum hat er mich für einen Feigling gehalten?"

„Das weiß ich nicht! Ehrlich!" Peter log.

„Ich hab immer gemeint, dass du mich bei ihm schlecht gemacht hast. Dass du ihm gesagt hast, dass ich ein Feigling wär!"

Natürlich hatte Peter das getan. Aber der alte Schulfreund hatte gerade begonnen, ihn zu bewundern. Diese Entwicklung wollte er nicht gefährden. Also sagte er: „Joseph, da tust du mir unrecht! Ich hätte nie so eine Unwahrheit über dich in die Welt gesetzt. Dafür haben wir gemeinsam zu viele derbe Streiche verübt! Wenn es einer gesagt hat, dann war das der Siegfried. Der war ein hintertriebener Kerl!"

Siegfried! Rosenbaum hatte ihn völlig vergessen. „Meinst du wirklich?"

„Na ja, der Siegfried hat doch über jeden schlecht geredet."

Rosenbaum war bedächtig geworden. „Na, der könnte es auch gewesen sein."

„Der ist gewiss neidisch auf dich gewesen, weil wir fanden, dass du der Mutigere bist."

„So könnte es gewesen sein."

Johann füllte die Schnapsgläser, wie bereits etliche Male davor. „Hat sich diese Frage über zwanzig Jahre in dich hineingefressen? Haben wir deshalb die vergangenen Jahre nur flüchtig geredet, wenn wir uns gesehen haben?"

„Na ja, die Geschichte damals hat mich schon ziemlich gewurmt!"

„Dann müssen wir sie jetzt endlich hinunterspülen!"

Die Gläser klirrten, und der Schnaps floss in ihre Kehlen. Die alte Sache war bereinigt, Rosenbaum schämte sich ein wenig, dass er sie so wichtig genommen und aufgewärmt hatte. Aber Peter hatte sein Nachhaken nicht als Zeichen eines fortdauernden Misstrauens, sondern als Beweis seiner Offenheit gewertet. So schien es ihm.

„Wenn du magst, dann zeig ich dir was! Du bist der Einzige, der die Bedeutung einschätzen kann!", sagte Peter, als er nachgoss.

„Du machst es spannend!"

Peter schälte sich aus seiner Decke, leerte sein Glas und stand auf.

„Wir müssen hinter die Hütte, zur Grotte." Der Schlüssel hing im Zimmer der Hütte, an einem Nagel neben der Eingangstür. Peter packte ihn, nahm auch eine brennende Laterne von der Wand und verließ die Terrasse.

Rosenbaum trank rasch den Schnaps und folgte ihm.

Als Peter die Tür zur Grotte öffnete, war im Raum nichts zu erkennen. Peter ging voraus, am ausgestreckten Arm leuchtete die Laterne. Ein halbes Dutzend Schädel, lose aufgereiht auf den Ausstellungsflächen, hob sich aus der Dunkelheit. Peter hatte seinen Bestand zwischenzeitlich erweitert; von Doktor Weiß hergestellte, aber auch durch die Vermittlung von Baron Moser zugekaufte Präparate.

Rosenbaum erschrak, doch nicht allzu heftig. Peter hatte während der wenigen Schritte auf dem Weg zur Grotte eine dramatische Spannung aufgebaut, die in einer solch gruseligen Enthüllung gipfeln musste. Zudem wusste er ja von der Sammelleidenschaft der Gall-Anhänger und war inzwischen zum nächsten Treffen des *Craniologischen Zirkels* eingeladen. Und trotzdem wirkte die Gegenwart von präparierten Köpfen, in privater Nähe, schaurig. Rosenbaum brauchte einige Augenblicke, um sich zu fassen.

„Das ist meine Schädelbibliothek", erklärte Peter stolz.

Rosenbaum schluckte. Er wusste nicht, wie er sie finden sollte.

„Wichtige Stücke, die viel von ihren Persönlichkeiten verraten. Einen Schädel kennst du bereits!"

„Wie? Kennen?", entfuhr es Rosenbaum.

Peter hob den Schädel von Fallhuber herab.

Unwillkürlich trat Rosenbaum einen Schritt zurück.

„Kennst du die Fratze?"

Rosenbaum riet: „Kaum Zähne. Ein alter Mann."

„Damals war er etwas älter als fünfzig. Da hatte er noch Zähne!" Peter drehte den Schädel und zeigte den Hinterkopf. Er klopfte auf den Knochen. „Hörst du? Jetzt klingt es hohl, weil sie weg sind – die beidseitigen Organe der Eitelkeit und Ruhmsucht. Widernatürlich vergrößert. Damit hat er uns leiden lassen. Hat nicht gewollt, dass wir klüger werden als er. Hat uns beim Lernen eher behindert!"

„Der Fallhuber!" Rosenbaum durchströmte ein Grausen. Im nächsten Moment aber lachte er. „Der Fallhuber!" Dass ihm Peter den verhassten Fallhuber als Schädel entgegenstreckte, war ungeheuerlich! Ja, er lachte. In seinem Lachen steckte der Ausdruck von Befreiung. Als sei eine Mauer gesprengt. Fallhuber war bloßgelegt und durchschaut. Besiegt. In die Gegenwart geholt, in der nun Peter und er, Rosenbaum, die Mächtigen waren.

# 19

An diesem Abend saßen in der Kutsche nach Schönbrunn vier Männer: Johann Nepomuk Peter, Ignaz Ullmann, Michael Jungmann und erstmals Joseph Carl Rosenbaum. Um Therese nicht zu beunruhigen, hatte er ihr erzählt, er sei mit Peter auf einem Billard-Abend eingeladen. Er hatte ein flaues Gefühl im Magen. Sein Interesse, die Mitglieder des *Craniologischen Zirkels* kennenzulernen und tiefer in die Schädellehre eingeführt zu werden, konnte die Angst, die Forschung am „frischen" Objekt würde unerträglich werden, nicht zurückdrängen. Aber er hatte zugesagt, womöglich leichtfertig, und wollte zu seinem Wort stehen. Jungmann, so erfuhr er auf der Fahrt, habe ebenfalls eine Zeitlang gebraucht, um die erforderliche Distanz aufzubauen.

Aber auch er war heute nervös, denn bislang waren allenfalls kürzlich präparierte Schädel untersucht worden. Welche Anblicke und Gerüche er an diesem Abend zu erwarten hatte, konnte er nicht gänzlich abschätzen.

Wie üblich hielt die Kutsche eine kurze Wegstrecke entfernt vom Palais Moser. Am Eingangstor angekommen, schoss der Hund heran, bellte, sprang umher, beruhigte sich rasch und zog davon. Nach dem Läuten wurde überraschend schnell geöffnet. Baron Moser stand in der Tür. Er begrüßte die Gäste, besonders Rosenbaum. „Ich freue mich, dass sich unser Zirkel erweitert. Ein Beweis für die Überzeugungskraft der Schädellehre!" Dann erklärte er, seine Haushälterin Marianne liege mit einer starken Erkältung oben in ihrer Kammer. „Das ist sicher besser so", fügte er mit Augenzwinkern hinzu. „Ihre Nerven sind nicht mehr die besten. Auf diese Weise zieht der Abend an ihr vorüber."

Sie gingen über die Eingangshalle in den Flur. Baron Moser lotste sie Richtung Salon. „Wir müssen den Ablauf ein wenig verändern", sagte der Baron. „Doktor Weiß hat den Kopf im Keller abgelegt und er hat darum gebeten, die Sektion möglichst zügig vorzunehmen – wegen der Beschaffenheit des Objektes. Marianne konnte natürlich heute kein ausgiebiges Abendessen vorbereiten, aber unsere liebe Nannette Streicher hat Schweinswürste mitgebracht, die sie für uns nachher in der Kuchel anwärmt."

Im Salon traf Rosenbaum zu seiner großen Überraschung auf Friedrich Roose, der Schauspieler von den Hoftheatern und Gatte der umjubelten Betty Roose. Damals, bei der Diskussion über Franz Joseph Gall im Gasthaus *Zur Mehlgrube,* war ja bereits sein Interesse an dieser Wissenschaft aufgeflackert, aber dass er tatsächlich zum Mitglied dieses Zirkels geworden war, verwunderte Rosenbaum nun doch. Er saß auf einem Sofa und trank ein Glas Wein, ins Gespräch vertieft mit dem Dekorationsarchitekten Ortner. Dieser war ja schon länger als Anhänger Galls Mitglied des Zirkels und hatte Roose hierher gebracht.

Roose wurde rot und fühlte sich ertappt, als er Rosenbaum bemerkte. „Oh, Herr Rosenbaum! Das freut mich, Sie hier zu sehen!" Mit gedämpfter Stimme fügte er hinzu: „Die Mitgliedschaft ist eine Sache der Diskretion, nicht wahr?"

Er hatte offenbar Sorge, dass Theaterkollegen und seine Frau Betty von seiner Aktivität erfuhren. Da ja Rosenbaum ebenfalls größtes Interesse daran hatte, dass nichts nach außen drang, versicherte er: „Keine Frage, Herr Roose! Ehrensache!"

Sie waren jetzt beide Jünger einer grauen Wissenschaft, von der Kirche verpönt und den Behörden argwöhnisch beäugt, und damit ganz selbstverständlich Vertraute und Genossen.

Peter führte Rosenbaum schließlich zu Nannette und Andreas Streicher und machte sie miteinander bekannt. Nannette Streicher war gerade damit beschäftigt, Rasierschaum in einer Schüssel anzurühren. Das Ehepaar kannte den Konzert- und Theatergänger Rosenbaum flüchtig, und so fiel es allen dreien leicht, ein Gesprächsthema zu finden: Beethoven und seine Klavierkompositionen. Die Streichers schätzten sie, Rosenbaum fand sie fragwürdig. Aber der Meinungsaustausch wirkte eher anregend als trennend und er war bestens geeignet, die Spannung, die über der Versammlung lag, ein wenig abzumildern.

Ullmann und Ortner holten unterdessen den Tisch mit der Marmorplatte aus der Schädelbibliothek. Die schwarze Ledertasche von Doktor Weiß mit den Operationsgeräten stand schon bereit. Baron Moser bat Jungmann, ihm in die Küche zu folgen. Da Baron Moser am Stock ging, brauchte er Hilfe. Sie kamen mit einer großen, aber flachen Metallwanne zurück. Ullmann breitete ein grobes Leinentuch über den Tisch, darauf stellte Jungmann die Wanne.

„So, dann dürfte alles vorbereitet sein", meinte Baron Moser.

Peter machte sich auf den Weg. „Dann hole ich jetzt Doktor Weiß."

Der Baron nickte und fragte Rosenbaum: „Darf ich Ihnen noch rasch meine Schädelbibliothek zeigen?"

„Ja, sehr gerne!" Er folgte Baron Moser in den Nebenraum. Friedrich Roose schloss sich an.

Auf den Schauflächen der Vitrinen und offenen Schränke reihten sich Schädel von Menschen und Tieren. Einige glänzten wie frisch poliert, andere wirkten schmutzig und verkommen. „Das sind alte Römer", behauptete Baron Moser. „Die kann man nicht mehr besser herrichten." Er zeigte Rosenbaum weitere Stücke: einen „Wahnsinnigen aus dem Narrenturm", eine „alte Hexe" und einen „Kirchenvater", was man an der Erhabenheit des Scheitels erkennen könne. Dann aber hob er ein gut erhaltenes Präparat aus der Mitte eines Schrankes, gelagert auf einem Seidenkissen. „Den hat mir der kürzlich verstorbene Totengräber vom St. Marxer Friedhof vor Jahren verschafft und ausgeputzt. Kennen Sie den?" Er hielt den Schädel vor Rosenbaum und Roose.

Beide verneinten.

„Das ist der Mozart. Niemand weiß, dass der Kopf gerettet ist. Und niemand soll jemals wissen, dass ihn sich der Baron Moser genommen hat." Er legte den rechten Zeigefinger auf die Lippen.

Rosenbaum und Roose nickten. Stillschweigen war Ehrensache!

„Sie kommen!", rief Jungmann aus dem Salon.

„Dann wenden wir uns jetzt unserem neuesten Mitglied zu",

scherzte Baron Moser. Er bettete Mozarts Schädel auf das Seidenkissen und ging voran.

Peter hielt Doktor Weiß die Tür auf, denn dieser trug den Kopf in einer massiven Holzkiste. Er brachte sie zum Tisch. Andreas Streicher schob rasch einen Stuhl heran, auf dem er die Kiste abstellte. Die übrigen Mitglieder des Zirkels kamen und umringten wie gewöhnlich den Tisch.

Es war keine Eile geboten, schließlich traf man sich in sicherer Abgeschiedenheit, und die Haushälterin Marianne wusste man in ihrer Kammer. Aber Doktor Weiß war sichtlich nervös und wollte zügig vorangehen. Auch wegen des Objektes. Der Mann war gestern gehängt worden, heute Morgen hatte Doktor Weiß die Leiche abnehmen und enthaupten können. Die Verwesung war bereits im Gange, mit all ihren Erscheinungen und Gerüchen.

Baron Moser wollte dennoch vorab etwas sagen: „Liebe Nannette Streicher, werte Herren, ich darf Sie kurz zu unserer Versammlung begrüßen und Johann Peter sowie Doktor Weiß danken, dass sie es diesem Zirkel ermöglichen, eine Untersuchung anzustellen, wie sie bestenfalls in unserer Universität den Studierenden zugutekommt. Wir haben ein eng gefasstes Forschungsziel, das uns Herr Peter kurz erläutern möchte."

„Danke, lieber Baron", begann Peter. „Wie Sie wissen, liebe Frau Streicher, werte Freunde, versuche ich den Geist der Lehre unseres verehrten Doktor Gall auch in das k. und k. Strafhaus in der Leopoldstadt zu tragen. Und gelegentlich erlaube ich mir, Experimente durchzuführen, um mein Verständnis für die Schädellehre zu vertiefen. Doktor Gall hat vor einigen Jahren, um die Lokalisierung des Organes des Mutes zu verifizieren, eine Anzahl von derben Persönlichkeiten in seinem Haus versammelt. Er brachte sie mit Wein in Stimmung und hat sie anschließend einzeln befragt, was sie von den anderen wüssten und hielten. Dabei haben sich eindeutig zwei Gruppen herausgebildet, die sich untereinander lobten und jeweils schlecht über die andere Gruppe urteilten. Sie erinnern sich, wir haben über diesen Versuch vor etlichen Monaten disputiert. Meinen Freund Rosenbaum, der heute erstmals einer Versammlung beiwohnt, habe ich mit der Vorgehensweise von Doktor Gall bereits vertraut gemacht, Herrn Roose werde ich gerne anschließend noch genauer unterrichten."

Herr Roose lächelte dankbar. Er versuchte, aufmerksam zu sein. Aber wie jeder im Raum, so hoffte auch er, dass Peter rasch auf das Wesentliche käme.

„Diese beiden Gruppen sind die *Mutigen* und die *Feiglinge*; erkennbar, was Doktor Gall durch diesen Versuch bestätigt erhalten konnte, an markanten Erhebungen beidseits am Scheitelbein, nur wenig über der Naht zum Hinterhauptknochen – oder eben nicht! Wir sehen nun gleich den Kopf eines *Mutigen*! Er war bei dem Versuch, den ich im Strafhaus durchführen konnte, eindeutig dieser Gruppe zuzuordnen. Doch erstaunlicherweise ist sein Kopf an der fraglichen Stelle schmal, sogar vertieft. Es stellt sich also die Frage, woher bezieht die Eigenschaft des Mutes ihre materielle Kraft?"

Peter blickte in die Runde und traf auf ratlose und interessierte Gesichter.

„Wir wissen, dass die Gehirnmasse an manchen Stellen eine ungewöhnliche Konsistenz aufweisen kann. Die Kraft entsteht dort durch Qualität. Ob dies auch beim vorliegenden Objekt der Fall ist, wird die folgende Untersuchung ergeben. Uns erwartet ein wissenschaftlicher Gipfelpunkt!" Mit dieser Ankündigung schloss Peter.

Damit war Doktor Weiß aufgefordert, mit der Schädeloperation zu beginnen. Zunächst holte er aus seiner Ledertasche die Gerätschaften und legte sie an den Rand des Tisches: Schere, Pinzette, diverse Messer, eine Kopfsäge, einen Metallstift, einen Meißel sowie einen Hammer und eine Beißzange. Zuletzt auch eine Zwinge, um den Kopf fixieren zu können. Er stellte sie in die Metallwanne. Dann nahm er den Deckel von der Kiste. Ein beißender Geruch stieg auf. Die Umstehenden kämpften gegen Ekel an. Doktor Weiß griff ins Innere und hob den Kopf, eingewickelt in Tücher, heraus. Andreas Streicher half beim Abwickeln, sodass der Doktor weiterhin einen Wust aus Stoff gegen die Schnittstelle drücken konnte. Endlich hielt er den Kopf in Händen. Er war fast vollständig leergeblutet, aber unterschiedliche Säfte traten noch aus. Das Gesicht des Toten war weiß und fleckig geworden. Die Haut hing schlaff an den Rundungen der Schädelknochen. Doktor Weiß fügte den Kopf nun in die Zwinge, mit dem Gesicht zur Tischplatte, denn die Öffnung sollte ja in den unteren Hinterkopf geschnitten werden. Doktor Weiß hatte sich entschieden, das linke Organ des Mutes freizulegen. Streicher zog die Schrauben der Zwinge so fest an, dass es an den Scheitel- und Gesichtsknochen knackte.

Als dies geschehen war, löste sich die Anspannung der Umstehenden ein wenig. Der Anblick des Gesichtes, das an die verloschene Lebenskraft des Hingerichteten erinnerte, war ausgestanden. Ab jetzt war nur noch der behaarte Hinterkopf zu sehen. Die Schnittwunde am Hals wurde weiterhin vom Stoffwust bedeckt.

Nun war Nannette Streicher an der Reihe. Sie hatte sich bereiterklärt, die Haare an der Operationsstelle zu beseitigen. Sie schlug also Schaum auf den Hinterkopf und begann mit der Rasur.

Doktor Weiß wollte nicht, dass die Anwesenden die Operation als bloße Abfolge von chirurgischen Handlungen erlebten, schließlich war der *Craniologische Zirkel* ja eine Zusammenkunft, die zur Bildung ihrer Mitglieder beitragen wollte. Also erklärte er, was folgen und sichtbar werden würde.

„Ich werde als Nächstes die Kopfhaut vom Schädel schneiden. Dann folgt der schwierigste Teil: das Aufsägen des Knochens. Das muss so geschehen, dass das Gehirn sowie die Häute, die es umschließen, so wenig wie möglich in Mitleidenschaft gezogen werden. Ich werde zunächst einen Metallstift an mehreren Stellen einschlagen, um so viel Knochenmasse herauszubrechen, dass ich die Säge ansetzen kann; hauptsächlich in die Fuge zwischen Hinterhauptknochen und Scheitelbein. Ich denke, da ist es am leichtesten. Aber das ist meine erste Trepanation! Wenn ich den Knochen geöffnet habe, treffen wir auf die Rindensubstanz, die direkt am Schädelknochen anliegt. Darunter befindet sich die sehr viel feinere Spinnwebenhaut. Das Gehirn selbst ist eine weißliche, breiartige Substanz. Die Hirnhaut dient dazu, es beisammen zu halten. Wenn wir weiter vordringen, finden wir Blutgefäße, Nervenstränge und Sehnen. Doktor Gall legt in seinen Schriften Wert darauf, dass man mit größter Vorsicht zu Werke gehen solle, mehr durch Schaben als durch Schneiden. Nur so lasse sich die Struktur erkennen. Eine Struktur übrigens, die deutlich zeigt, dass es der Natur dran gelegen war, das Gehirn in einzelne Organe zu gliedern."

Das Warten machte Baron Moser unruhig. Auch das Erklären. Den Gestank des Forschungsobjektes hatte er unterschätzt. „Wir müssen die Fenster öffnen", sagte er schließlich. Er verließ kurz den Tisch und sorgte dafür, dass kühle Abendluft hereinströmen konnte. Eine Wohltat für alle.

Dann endlich war Nannette Streicher, die tapfer und sauber gearbeitet hatte, fertig, und Doktor Weiß legte das Messer an. Er schnitt ein Stück Haut von der Größe einer Banknote heraus. Nun war die Schädelfläche zu sehen, deutlich auch die Naht zwischen den beiden Knochen. Hier setzte Doktor Weiß den Metallstift an und schlug mit dem Hammer darauf. Zunächst leicht und vorsichtig, bald etwas heftiger, denn die Knochenschicht erwies sich als härter als erwartet.

„Der war noch keine vierzig. Das merkt man. Seine Knochen sind widerstandsfähig."

„Wirkt sich das Organ des Mutes auch auf die Widerstandskraft des Knochenmaterials aus?", fragte Friedrich Roose. „Vielleicht zeigt sich daran schon die Mutigkeit des Mannes."

Peter gefiel die Idee. „Das kann durchaus sein."

„Doktor Gall hat hierzu nichts geschrieben", warf Andreas Streicher ein. „Bislang."

Roose freute sich, dass er eine interessante These entworfen hatte.

„Es geht schwieriger, als ich dachte!", gestand Doktor Weiß. Er klopfte und klopfte, und es knirschte an den Haltepunkten der Zwinge. „Ich habe Angst, der Kopf könnte sich lösen."

„Sie sind viel zu vorsichtig, Doktor Weiß!", fand Baron Moser. „Der Kopf eines Verbrechers braucht einen richtigen Schlag!"

Doktor Weiß verteidigte sein Vorgehen: „Wenn wir nicht umsichtig arbeiten, zerstören wir die Gehirnstruktur!"

Ein Nachtfalter kam hereingeflogen und umkreiste den Operationstisch.

„Die Viecher kommen schon herein!", klagte Baron Moser. „Wir müssen schneller machen!"

Endlich gelang es Doktor Weiß, ein Stück herauszuschlagen, etwa so groß wie ein Fingernagel. „Jetzt kann ich gleich die Säge ansetzen." Er schlug, und ein zweiter, winziger Splitter löste sich.

Das Drängen von Baron Moser, der Nachtfalter, nach dem Roose und Ortner abwechselnd erfolglos jagten, und der schleppende Fortgang führte zu Unruhe unter den Anwesenden. Das machte Doktor Weiß nervös, sodass die folgenden Schläge misslangen.

Baron Moser verlor die Geduld. „Streicher, pressen Sie die Zwinge an den Schädel!", befahl er schließlich. Dann nahm er den Meißel und entriss Doktor Weiß den Hammer. Andreas Streicher parierte, umklammerte die Zwinge und drückte somit die Zargen gegen den Schädel. Baron Moser legte den Meißel an die Naht und knallte mit dem Hammer auf das Metall. Der Meißel stach tief in das Gehirn, doch gleichzeitig sprang das linke Scheitelbein in die Höhe, nur gehalten von der Kopfhaut. „So! Erledigt!", verkündete er abschließend und trat zur Seite.

Aufgewühlt und verärgert übernahm wieder Doktor Weiß die Operation. Er schob das Knochenstück so zurecht, dass es den Blick ins Innere nicht behinderte, dann begutachtete er das freiliegende und beschädigte Gehirn. Die Jagd nach dem Falter wurde vernachlässigt, und die Köpfe der Umstehenden rückten zusammen, um ebenfalls in das Loch sehen zu können. Allen voran Peter, getrieben von der Anspannung, endlich eine Antwort auf seine Frage zu erhalten.

„Vor uns liegt das Organ des Mutes", sagte Doktor Weiß. Er bemühte sich um einen festlichen Ausdruck. „Gleich darüber die Mordlust. Und der Mitte zu: das Organ von Freundschaft, Geselligkeit und Liebe." Er griff nach einem Messer mit schlanker Klinge und begann, mit der Breitseite in die Masse zu drücken.

„Das Gewebe besteht aus feinen Membranen", erklärte Doktor Weiß. „Bei Gehirnwassersucht wird die Struktur sichtbarer."

„Und? Was stellen Sie fest?", fragte Peter forsch.

Der Falter flog vorüber und verschwand sogleich Richtung Schädelbibliothek.

Doktor Weiß schwieg und drückte weiter, verglich die Festigkeit der zugänglichen Organe.

„Und?"

„Alles sehr fügsam!" Er hielt Peter das Messer entgegen.

„Ach!", fauchte Peter und prüfte selbst.

Die Übrigen waren gleichsam erstarrt und verfolgten die Erforschung der Gehirnkonsistenz.

„Sie haben recht, Doktor Weiß!", knurrte Peter. Er war maßlos enttäuscht. „Das Organ der Freundschaft ist genau so weich wie das Organ der Mutigkeit!"

„Pst!", machte plötzlich Baron Moser. Er hatte ein Geräusch im Flur gehört.

Niemand gab einen Laut von sich.

„Das ist Marianne! Sie geht in die Kuchel und macht sich wohl einen Tee."

Es herrschte absolute Stille, als sei gerade ein Mord verübt worden und die Polizei stünde vor der Tür. Nur das Flattern des Falters an einem Kerzenlüster und das Ächzen der Fußbodenbretter, über die Marianne schlurfte, war zu hören. Die Schritte kamen näher – und die alte Frau trat herein.

„Entschuldigt, Herr Baron, ich wusste gar nicht, dass Ihr heute Gäste habt!", sagte sie irritiert. Jungmann, der mit seinem breiten Rücken den Operationstisch verdeckte, wandte sich um, und Marianne konnte nun die Zarge mit dem geöffneten Schädel sehen. Sie schrie auf und im nächsten Moment sank sie auf den Boden.

Doktor Weiß als einziger anwesender Arzt musste handeln. Sofort warf er alles hin und lief zu der Frau. Nannette Streicher eilte hinzu, auch Rosenbaum und Ortner.

Baron Moser war außer sich und umkreiste die Ersthelfer: „Marianne! Was ist mit ihr?"

„Sie lebt!", verkündete Doktor Weiß endlich. „Bringen wir sie hinauf in ihre Kammer."

Rosenbaum und Ortner packten an. Friedrich Roose ging voraus, um die Türen zu öffnen, und Marianne wurde davongetragen.

Baron Moser, Andreas Streicher, Jungmann und Ullmann waren

zurückgeblieben. Auch Peter. Er stand noch am Untersuchungsobjekt und drückte das Messer auf diese und jene Stelle.

Endlich fasste sich Baron Moser und sagte: „Ich denke, die Untersuchung ist beendet." Der Falter kam gerade so günstig herangeflogen, dass ihn der Kriegsveteran mit einer flinken Handbewegung aus der Luft holen konnte. Während er mit seinem Taschentuch die Handfläche reinigte, wandte er sich zu Streicher: „Bringen wir den Kopf nach draußen."

„Wohin damit?", fragte Streicher, der einverstanden war.

„Ins Gebüsch. Das erledigt der Hund. Und Ratten sind unterwegs. Am Morgen kommen die Vögel." Er vertrieb Peter und löste zusammen mit Streicher den Kopf aus der Zarge. Der Schädel sank in die Metallwanne. Dann umklammerten die beiden die Griffe und trugen sie hinaus.

Peter war in sich versunken und überlegte. Schließlich brach er wütend hervor: „Er war nur ein erbärmlicher Feigling, der durch Nachahmung Mut vorgetäuscht hat! Wohl nur fähig, einen Beamten mit Drohungen zu belästigen!" Er rief Ullmann und Jungmann zu. „Hat Gall den Nachahmungs-Mutigen schon beschrieben?"

Ullmann und Jungmann wussten keine Antwort.

„Ich muss Streicher fragen! Der kennt sich am besten aus!"

Eine halbe Stunde später, nachdem der Operationstisch aufgeräumt und die Gerätschaften gereinigt waren, saßen die Mitglieder des *Craniologischen Zirkels* vereint im Speisesalon. Nannette brühte in der Kuchel die Würste. Baron Moser hatte Wein aus Italien aus dem Keller geholt.

Andreas Streicher zeigte die erste vollständige Veröffentlichung von Doktor Gall, die kürzlich in Paris erschienen war, ein dunkelbraunes Buch mit über dreihundert Seiten und ausklappbarer Schädelkarte. Auf Französisch. Nach dem Essen wollte Nannette Passagen übersetzen und vorlesen.

Peter war gespannt, ob sich Erkenntnisse über Nachahmungs-Mutige darin finden ließen. Streicher nämlich wusste nichts darüber.

Die Laune von Baron Moser hatte sich gebessert, seit er wusste, dass seine Haushälterin Marianne nur einen harmlosen Ohnmachtsanfall erlitten hatte. Doktor Weiß hatte ihr Bettruhe verordnet. Inzwischen erzählte der Baron von Feldmarschall von Wurmser, den er bei einer Schlacht im Siebenjährigen Krieg erlebt hatte. Seinen Schädel hatte Doktor Gall wegen seines besonders ausgeprägten Organes des Mutes in seine Sammlung aufgenommen.

Nannette Streicher servierte endlich die Schweinswürste, die Baron Moser mit größtem Genuss verspeiste. Die Übrigen hatten keinen rechten Appetit.

## 20

Peters Garten blieb über den gesamten Sommer hinweg, bis weit hinein in den Herbst, ein Treffpunkt. Wie bisher war es nicht nötig, sich zu verabreden. Rosenbaum, Ullmann und Jungmann kamen zu Besuch, wenn sie Zeit dazu hatten. War Peter nicht anwesend, so wussten sie, wo die Schlüssel zum Gartentor und zur Hütte versteckt lagen, und setzten sich auf die Terrasse, um zu lesen und in Gesellschaft zu plaudern. Bald entdeckte Lenerl die Gäste und brachte Tee, Bier oder Wein. Therese hatte sich von Anfang an in diesen idyllischen Ort verliebt. Sie begleitete ihren Joseph, so oft sie konnte, und half Lenerl beim Anpflanzen und Ernten. War nichts zu tun, breitete sie beim Teich eine Decke aus, schlief ein wenig, lernte Operntexte oder blätterte in Zeitschriften.

Einige Male traf sich der *Zirkel*, wie er sich bald nannte, zu weiteren Gartenfesten. Hierzu kamen zusätzlich Josephine und gelegentlich Ninna.

Auch Georg Werlen wurde immer wieder eingeladen. Peter vergaß nicht, dass er ihn bei der Tempel-Einweihung mit seinen besserwisserischen Bemerkungen grob angeschossen und seine historischen Kenntnisse in Abrede gestellt hatte. Aber er wollte demonstrieren, dass ihn Werlens Reden nicht tangierten. Wer einen Kritiker in seine Nähe holt, zeigt, dass er die Kritik nicht fürchtet – und auch nicht fürchten muss. Auch weidete sich Peter gerne an Werlens unglücklicher Miene, wenn er hinüber zu Josephine spähte. Einen leidenden Kritiker zu sehen war zweifelsohne besser, als ihn abzudrängen.

Nach den meist üppigen Soupers wurde bis spät in die Nacht hinein geplaudert und gesungen. Werlen erwies sich als vorzüglicher Begleiter auf der Gitarre. Spät abends, im Schein der Kerzen, wurden rührende, aufwühlende und skandalträchtige Kapitel aus Romanen vorgelesen und dramatische Szenen aus Tragödien deklamiert. Peter tat sich hier besonders hervor. Aber das waren die anderen inzwischen gewohnt. Sie ließen ihn gewähren. Er war der Gastgeber, den niemand verärgern und hinter die Grenze des Erträglichen drängen wollte. Ohne ihn hätte dieser Hort, diese wunderbare Oase nicht existiert.

Diese „Gartenstimmung" versuchten sie gegen den Herbst so lange wie möglich aufrecht zu erhalten. Eine Weile waren noch kleinere Zusammenkünfte in der Hütte auszuhalten, als auch hier die Kälte nach kurzer Zeit unter die dicken Mäntel kroch, verlagerten sich die Treffen in Peters Wohnstube. Sie reduzierten sich natürlicherweise, doch der Garten blieb in der Nähe, und die Stimmung konnte weiterhin wirken.

Der *Zirkel* fügte sich schließlich so fest, dass er auch ohne Verortung lebte. Die Lust am Schauspielen ging so weit, dass sich eine Theatergruppe herausbildete. Die Einakter *Totenansager seiner selbst* und *Heirat durch ein Wochenblatt* wurden einstudiert und einige Male in einem privaten Theater aufgeführt. Man traf sich in Konzerten, Theatern und besuchte Faschingsbälle – zu zweit, zu dritt, in größerer Gemeinschaft. Auch mit weiteren Personen, denn der Kreis war kein geschlossener oder gar konspirativer Zusammenschluss. In seiner ungeschriebenen Verfassung stand lediglich, dass Peter das Zentrum bildete und die Kunst, das Element der Musen, ihre Unternehmungen und Gedanken leitete. Sicherheit einerseits und Ausflüge in die Fantasie andererseits – dies schuf Rückhalt in einer Zeit des Umbruches, in einer Zeit der latenten Bedrohung. Über einen möglichen Krieg wurde nicht weiter gesprochen. Auch Werlen hielt sich zurück, weil er merkte, dass niemand mit dem Thema in Berührung kommen wollte. – Und trotzdem dachten alle daran.

„Ich bin nervös", gestand Haydn. „Ich bin so nervös, als würde zum ersten Mal eine Komposition von mir gespielt." Er wartete mit Elßler vor dem Haus auf die Kutsche, die Fürst Esterházy schicken wollte. Es war später Vormittag im Frühjahr 1808, um zwölf Uhr sollte das Konzert beginnen. Ein leichter, milder Wind erwärmte die Luft. Haydn trug unter dem Mantel seinen besten Frack.

„Haben wir wirklich den 27. März?"

„Ja, ganz sicher! Soll ich den Hut bringen? Es ist kälter, als ich dachte."

„Ich brauche keinen Hut. Die Perücke macht mir den Kopf schon heiß genug!"

„Lieber Papa Haydn, Sie werden in einer halben Woche sechsundsiebzig. Da ist es anzuraten, bei einem kühlen Lüftchen nicht ohne Hut aus dem Haus zu gehen."

„Ich weiß, dass ich bald Geburtstag habe!", knurrte Haydn. „Darum findet ja das ganze Spektakel statt! Wegen mir hätte diese Gesellschaft des Liebhaber-Concertes nicht ein solches Aufheben machen müssen!"

„Das sagen Sie jetzt und hinterher freuen Sie sich!"

„Natürlich freue ich mich!", gestand Haydn. „Und meine *Schöpfung* höre ich auch mal wieder gerne."

„Dann hole ich jetzt den Hut!" Elßler verschwand im Haus.

Haydn stand allein auf der Straße. Er zitterte leicht. Sein bisheriges Leben war er ein Diener des Adels gewesen, und nun sollte er als König der Musik geehrt werden. Gut, in England hatte man ihn ebenfalls gefeiert, vorwiegend von den Bürgern. Trotzdem kannte er also das Gefühl, nicht nur mit einem Werk, sondern auch als Meister im Mittelpunkt zu stehen. Aber hier in Wien ging man eben noch einen Schritt weiter. Er sollte als Künstler dieser Stadt herausgehoben werden, wenn nicht gar als Mensch! Als Mensch, der eine Lebensleistung vollbracht hatte! Welchem Tonkünstler war vor ihm eine solche Ehre zuteilgeworden? Er würde sich heute nicht vor dem Fürsten verneigen, nein, der Fürst schickte eine Kutsche, um ihn abzuholen. Um den geschätzten Meister so bequem wie möglich in die Aula der Universität zu bringen.

Elßler kam mit dem Hut. Haydn hatte inzwischen akzeptiert, dass er ihn tragen musste, und setzte ihn auf.

„Ist er gerade?", fragte er Elßler.

„Ja, wie gemalt."

„Und die Perücke? Schaun Sie nochmal! Je älter ich werde, desto stärker wird das Gefühl, wie ein Landstreicher daher zu kommen."

Elßler umrundete Haydn und prüfte jede Kleinigkeit an seinem Äußeren. „Kein Landstreicher hat je eine goldene Medaille am Knopfloch getragen!"

„So eine Medaille ist nicht alles! Man wird tuscheln, wie alt und unansehnlich ich geworden bin. Bin ich gut rasiert?"

„Ich habe Sie vor einer halben Stunde rasiert!"

Elßler mühte sich, nicht genervt zu klingen.

Endlich, die Kutsche bog in die Kleine Steingasse. Sie fuhr ruhig und gemächlich heran. Der Fürst hatte eines der komfortabelsten Gespanne aus seinem Marstall geschickt. Der Kutscher, in Livree, sprang vom Bock und öffnete für Haydn die Tür des Wagens. Elßler half dem alten Herrn beim Einsteigen, und die Kutsche ratterte los.

Vor der Aula der Universität herrschte bereits großer Trubel. Die Kutsche hielt bei einer Menschenmenge, die auf die Hauptperson des Abends gewartet hatte. Ganz vorne stand Antonio Salieri, der das Konzert dirigieren sollte, etwas im Hintergrund der Hoftheaterkapellmeister Adalbert Gyrowetz sowie Johann Nepomuk Hummel, der Haydn im Amt des Hofkapellmeisters des Fürsten Esterházy beerbt hatte. Neben vielen hochrangigen Persönlichkeiten aus Adel und Bürgertum war auch Beethoven mit seinem Freund Ignaz Schuppanzigh gekommen sowie der junge Komponist Conradin Kreutzer und der Violinvirtuose Franz Clement.

Rosenbaum und Werlen standen ebenfalls in der Menge. Sie arbeiteten sich nach vorne, um möglichst gute Sicht zu haben.

Als sich die Kutschentür öffnete, wurde das Gedränge so heftig, dass Salieri gegen den Wagen geschoben wurde. Die Militärwache musste eingreifen und nötigte die Anwesenden, einen Halbkreis zu bilden. Jetzt endlich stieg Elßler aus der Kutsche. Er reichte dem Meister die Hand und dirigierte seine Füße auf die kleine Trittleiter. Dann wurde er in der Türöffnung sichtbar. Sofort brach Jubel aus. Ein tragbarer Armstuhl stand bereit, zu dem Haydn von Elßler und Salieri vorsichtig geführt wurde. Zwei Lakaien hoben den Stuhl, und so wurde Haydn in den Saal gebracht.

Hier nahm ihn das Fürstenpaar in Empfang: Nikolaus II. mit seiner Gattin Hermenegild. Unterdessen eilte Salieri zum Orchester und gab Trompeten und Pauken das Zeichen, und eine Begrüßungsfanfare erklang. Der Saal war dicht bestuhlt und überfüllt. Begeistert wurde gerufen: „Vivat Haydn!"

„Lieber Herr Haydn, ich freue mich so sehr, dass Sie uns heute die Ehre geben!", schmeichelte der Fürst.

„Mir ist das eine unendliche Ehre, Euer Gnaden!"

„Wie üblich, die Bescheidenheit in Person", scherzte Fürstin Hermenegild. Sie beugte sich und drückte seine Hände. „Wir stehen so tief in Ihrer Schuld!"

Die schönen Worte überforderten Haydn. Er winkte Elßler heran. Dieser half ihm aus dem Stuhl und stützte ihn, während er den Mantel auszog. Haydn wollte auch den Hut abnehmen, doch Fürstin Hermenegild griff ein. „Nein, bitte behalten Sie den Hut auf. Wir möchten nicht, dass Sie sich erkälten!"

„Aber, man nimmt den Hut ab, wenn man einen Saal betritt!"

„Das gilt nicht für Sie!", antwortete der Fürst und er lächelte dazu.

Haydn gab sich geschlagen. Die Lakaien übernahmen seine Garderobe und brachten den Stuhl hinaus.

Dann wurde er auf seinen Platz geführt. Er sollte nicht auf einem einfachen Saalstuhl sitzen, man hatte einen breiten, bequemen Sessel mit hoher Armlehne herbeigetragen. Fräulein Magdalena von Kurzböck, eine hübsche Dame um die vierzig, wartete hier auf ihn. Der leidenschaftlichen Verehrerin und Pianistin war es zu verdanken, dass sich Haydn hatte überwinden können, die Strapazen eines solchen Konzertabends auf sich zu nehmen. Sie hatte daher für sich in Anspruch genommen, den Stuhl neben dem Meister zu erhalten. Auf der anderen Seite nahmen der Fürst sowie seine Gattin Platz. Elßler zog sich nun zurück. Für ihn hatte man einen Stuhl etwas abseits reserviert. Die Plätze rund um Haydn waren allesamt der adeligen Gesellschaft vorbehalten. Jeder wollte so nahe wie möglich bei ihm sitzen.

Kaum hatte sich Haydn zurechtgerückt und ein paar beruhigende Worte von der Edlen von Kurzböck gehört, da kam der französische Botschafter heran, Graf Andréossy.

„Ich freue mich unendlich, Ihre Hand zu drücken, werter Meister!", sprach er feierlich und umschloss Haydns Rechte, die dieser auf die Armlehne seines Sessels gelegt hatte.

Haydn lächelte hilflos. Er wusste erst nach einer Zuflüsterung von Fräulein von Kurzböck, um wen es sich bei diesem Herrn handelte.

„Und ich sehe, Sie tragen stolz die goldene Medaille des Concert des Amateurs zu Paris!"

Haydn hob die Auszeichnung ein wenig empor. „Für die Schöpfung! Ich bin sehr dankbar dafür."

„Nicht allein diese Medaille!", flötete der Botschafter. „Sie müssen alle Medaillen, die in ganz Frankreich ausgeteilt werden, empfangen!"

„Zu viel der Ehre!" Haydn neigte den Kopf, um seine Dankbarkeit auszudrücken, dabei zupfte er verunsichert an seinem Kragen.

„Ist Ihnen kalt?", fragte sogleich das Fräulein von Kurzböck. „Sie haben recht, es ist zugig hier!"

Die Fürstin sprang herbei und drängte den Botschafter zur Seite. „Herr Haydn darf sich nicht erkälten!", rief sie panisch. Sie brachte einen weinroten Shawl, den sie um Haydns Kragen wickelte. Eine Dame, die diesen Vorfall beobachtet hatte, kam ebenfalls mit ihrem Shawl gelaufen. Haydn konnte unmöglich ablehnen. Eine weitere Frau bot ein Tuch, auch ihre Freundin. Und so zierte rasch ein dicker Ring aus edlem Stoff Haydns Hals.

Endlich begann die Aufführung, und Haydn kam etwas zur Ruhe. Konzentrieren konnte er sich kaum. Wie gerne hätte er entspannt den wundervollen Sängern zugehört. Der Bassist Carl Weinmüller, den er so schätzte, war als Raphael zu erleben. Doch in Haydns Kopf kreiste das Erlebte wie ein unendlicher Traum. Er fand keinen Abschluss. Seit Monaten, ja, seit Jahren lebte er in der Stille seines Hauses und Gartens, erhielt allenfalls Besuch von einzelnen Personen, und nun hatte ihn eine Welle aus Begrüßung und Begeisterung, aus Lärm und Farben umspült. Seine Augen wurden feucht. Er wollte sich beherrschen und vor den Besuchern des Konzertes würdevolle Distanz bewahren. Das war ihm schon bislang kaum gelungen, und nun, als die Überforderung in ihm aufstieg, erst recht nicht! Er holte ein Tuch hervor und führte es zu den Augen.

Fräulein von Kurzböck bemerkte die Reaktion und legte eine Hand auf Haydns Arm. Der Arm zitterte leicht. Auch die Fürstin, deren Sinne ohnehin mehr auf Haydn denn auf die Musik gerichtet waren, zeigte sich um den betagten Herrn besorgt. Sie winkte einen Saaldiener herbei, der leise heranschlich. Er solle ein Glas Wein bringen, trug sie ihm auf. Bald konnte sich Haydn mit einigen Schlücken erfrischen.

Trotz der Fürsorge und Stärkung fühlte sich Haydn immer weniger imstande, die Aufführung durchzustehen. Die Solisten und der Chor jubelten inzwischen den Lobgesang: „Die Himmel erzählen die Ehre Gottes!" Und mit hymnischem Glanz endete der erste Teil des Oratoriums. Applaus brach aus. Nach einer kurzen Stimmpause sollte der zweite Teil beginnen.

Aber Haydn schob sich am Sessel nach vorne und mit größter Mühe kam er auf die Beine.

„Was ist mit Ihnen?", fragte sofort Fräulein von Kurzböck.

„Bitte entschuldigen Sie mich", stammelte Haydn. „Es ist zu viel für mich. Bitte seien sie mir nicht böse, aber ich muss nachhause!"

Fürst und Fürstin waren aufgestanden, der Fürst stützte ihn. Elßler, der seinen Herrn nicht aus den Augen gelassen hatte, lief herbei.

„Es wird mir zu viel", wiederholte Haydn. „Ich fühle mich nicht wohl!"

„Das ist sehr schade", sagte die Fürstin, „aber wir bringen Sie natürlich nach Hause. Es ist so schön, dass Sie gekommen sind!"

Die Nachricht, dass der Meister das Konzert verlassen wollte, verbreitete sich unverzüglich im Saal. Der französische Botschafter kam noch einmal gelaufen und wünschte Haydn alles erdenklich Gute. Währenddessen erhoben sich die Zuschauer von den Stühlen, auch die Musiker und Sänger, und dankten dem Komponisten eines imposanten Lebenswerkes mit brausendem Beifall.

Haydn stand, als wäre er eine Statue. Er wagte es nicht, sich abzuwenden und seinem Publikum den Rücken zu zeigen. Dann hielt er es nicht mehr aus. Er wollte fort, wollte aber noch etwas hinterlassen. Etwas Bedeutendes. So hob er den rechten Arm. Der Applaus endete.

Er beschrieb das Kreuzzeichen und segnete damit die Anwesenden, mit einer winzig kleinen Bewegung. Eine größere Bewegung hätte er als Anmaßung empfunden. Er war ja kein Geistlicher; nach seinem Empfinden war er lediglich ein fleißiger und gewiss talentierter Kompositeur.

Im Saal herrschte eine andächtige Stille, jeder bekreuzigte sich und spürte das Endgültige in diesem Augenblick. Es war ein Abschied für immer.

Nun wandte sich Haydn mit einer plötzlichen Geste zum Gehen. Sofort brach der Applaus erneut los. Die Lakaien brachten den tragbaren Armstuhl. Zügig schlüpfte er mit Hilfe von Elßler in den Mantel. Die Fürstin und Fräulein von Kurzböck versuchten, ihn zu unterstützen, aber so viele helfende Hände, wie angeboten wurden, waren nicht nötig. Haydn setzte sich in den Stuhl, hob noch einmal grüßend die Hand, dann trug man ihn aus dem Saal. Elßler folgte. Die Fürstin, an ihrer Seite der Fürst, Fräulein von Kurzböck sowie das gesamte Publikum verfolgten ihn mit Blicken, bis die Saaltür hinter ihm geschlossen wurde.

„Das war ein Moment, der in die Geschichte der Musik eingehen wird, Georg, glaub mir das!", sagte Rosenbaum.

Werlen standen vor Rührung Tränen in den Augen. „So bescheiden und so genial!", schwärmte er.

„Es ist ein Jammer, dass so ein Genie in einem Körper gefangen ist, der unweigerlich zerfällt. Das ist ein Jammer! Man müsste so ein Genie in einen jungen Körper umpflanzen können."

Werlen nickte zustimmend. „Das hat die Natur schlecht eingerichtet!"

„Aber schau, es geht weiter."

Das Orchester hatte die Instrumente nachgestimmt. Salieri saß wieder am Cembalo und hob die Hand. Aufmerksamkeit kehrte zurück, und der zweite Teil begann. Gabriel verkündete in einem Rezitativ: „Und Gott sprach: Es bringe das Wasser in der Fülle hervor webende Geschöpfe, die Leben haben, und Vögel, die über der Erde fliegen mögen in dem offenen Firmamente des Himmels."

Eine gute Stunde später jubelte der Chor das abschließende

„Amen", getragen von der Kraft des Orchesters, begleitet von schmetternden Trompeten.

Nach Applaus und Verbeugungen ließen sich Rosenbaum und Werlen mit der Menge auf den Ausgang zutreiben.

Es war Nachmittag geworden und beide hatten Hunger. Sie schlenderten los, um sich ein Wirtshaus oder ein Kaffeehaus zu suchen.

Rosenbaum ging eine Zeitlang schweigend dahin. Werlen wollte den Eindruck der Aufführung, der noch immer stark nachhallte, nicht zerstören und hielt sich zurück. Doch schließlich musste er die Stille aufbrechen.

„Gehen wir Richtung Prater oder Richtung Graben?"

„Was hältst du vom Naschmarkt?", sagte Rosenbaum nach kurzer Überlegung.

„Ja, gerne. Das *Rosenstüberl*, das wär doch was."

„Ja, gute Idee."

Sie spazierten weiter.

„Ist dir was, Joseph?", fragte Werlen nach einer Weile.

Rosenbaum blieb stehen. „Ich weiß nicht. Aber immer, wenn ich die Musik vom Haydn höre, und noch schlimmer, wenn ich ihn sehe, werde ich hinterher ganz wehmütig."

„Das ist doch schön! Du kannst die Musik in ihrer Größe in dir aufnehmen. Das können nicht viele in Wien! Für die meisten ist das ein unterhaltsames Getöse!"

„Ich muss immer dran denken, wie die Therese im Schloss vom Fürsten Esterházy ein Oratorium gesungen hat. Das kennst du garantiert: *Die sieben letzten Worte des Erlösers am Kreuz*. Eine Musik, wie von den Göttern gemacht. Aber in Wirklichkeit hat sie nur ein Mensch geschrieben – der Haydn. Und seine Musik ist so wunderbar, dass sie mich, wie ich sie gehört hab, in die Therese hat verlieben lassen. Und sie hat sich ebenfalls in mich verliebt."

„Das ist doch wirklich ein Wunder, Joseph. Aber sei mir nicht bös: Gefallen hat sie dir sicher vorher schon. Und du hast ihr bestimmt auch gefallen!"

„Jaja. Wenn wir beide entsetzliche Kreaturen gewesen wären, wär das sicher nicht passiert. Aber die Musik hat die Liebe durch den Raum getragen, wie wenn ein Schmetterling hin- und hergeflogen wär."

„Das hast du schön gesagt!"

„Und jetzt grad bin ich zudem traurig, weil ich gesehen hab, wie alt und gebrechlich der Haydn geworden ist. Ich frag mich, wie kann es möglich sein, dass ein Mensch, der sowas Lebendiges schreibt, verfällt wie ein Haus, an dem man nichts macht?"

„Das ist die Natur, Joseph! Der Lauf der Dinge."

„Das leuchtet mir schon ein, Georg, und trotzdem begreif ich es nicht!"

„Es wär doch schlimm, wenn man alles im Leben begreifen würd, findest du nicht?"

Rosenbaum hob den Kopf. „Na ja, ein bisserl ein Geheimnis muss wohl sein auf der Welt!"

„Mir ist das letzte Woche so ähnlich gegangen."

„So? Wo denn?"

„Ich hab mich nicht verliebt, aber ich hab mich auch gefragt, wie sowas möglich ist. Hast du schon den *Macbeth* im Kärntnertor angeschaut?"

„Nein, aber ich will bald hin."

„Wir gehen miteinander! Ich muss es unbedingt nochmal sehen! Die Betty Roose spielt die Lady Macbeth! Sowas Großartiges werden wir hier in Wien kein zweites Mal erleben!"

„Ich hab schon gehört. Die Leute schwärmen davon."

„Zurecht, Joseph! Vollkommen zurecht! In der Roose, da steckt auch was drin, was wir niemals verstehen werden. Niemals!"

# 21

Nach einem strengen Winter erwachte mit den warmen Frühlingstagen das „Gartengefühl". In ihrer ruhigen und gewissenhaften Art holte Lenerl die Pflanzen aus dem Winterschlaf, säuberte und lockerte die Oberflächen und brachte Saatgut in die Erde der Beete. Therese half ihr, denn sie fühlte sich für das Gedeihen der Anpflanzungen mitverantwortlich.

Peter kümmerte sich um die Gebäude und den Teich. Kleine Reparaturen waren auszuführen. Eine Planke am Zaun hatte sich gelöst, der Abfluss des Regenbeckens am Hüttendach war mit Laub verstopft, er musste das Teichbett prüfen und reinigen, Fische einsetzen.

Taten sich im Gespräch mit Lenerl und Therese Fragen zur Pflege der Pflanzen auf, dann versprach er, sich bei einer Gärtnerin, die er kenne, zu erkundigen. Einige Tage später, nachdem er einer Geigen-Unterrichtsstunde beigewohnt hatte, kam er mit der Antwort.

Rosenbaum rückte einen Stuhl an den Rand der Terrasse, sodass ihn die Sonnenstrahlen erfassen konnten, las Zeitungen, naturkundliche Abhandlungen und Romane. Immer öfter kamen Ullmann und Jungmann dazu. Sie diskutierten, ob sie die einstudierten Theaterstücke noch da und dort spielen sollten, Peter deklamierte aus griechischen Tragödien. Sie spotteten über dieses und jenes Mitglied der Hoftheater, verabredeten sich zu Theaterbesuchen und schwärmten von Betty Roose als Lady Macbeth.

Schließlich strahlte die Sonne so intensiv, dass die Stühle in den Schatten gerückt wurden. Endlich war es Zeit für ein Sommerfest.

Bis zum Souper sollte es noch etwas dauern, und Peter, Rosenbaum, Ullmann und Jungmann vertrieben sich die Zeit mit einem Kartenspiel. Bald gesellte sich Werlen zu der Runde. Er sagte bei einer Einladung immer zu, wenn er erfuhr, dass auch Josephine erwartet wurde. Beim Kartenspiel verlor er an diesem Tag, wie so oft, denn er konnte sich nicht konzentrieren. Josephine saß nämlich mit Ninna gleich neben der Terrasse auf einer Decke im Rasen. Sie probierten einen Kanon, den sie später aufführen wollten. Josephine wusste die Melodie so einfühlsam zu gestalten, dass ihre Stimme hervortrat. Jedenfalls hörte dies Werlen so. Und sie trug ein neues, leichtes Sommerkleid mit Schleifen und Rüschen. Für Werlen ein Magnet.

Therese hatte den beiden Dienstmägden Lenerl und Sepherl in der Küche geholfen. Nun kam sie zurück in den Garten und schlug vor, Personen-Raten zu spielen. Die Herren brachten die Partie zu Ende, und Peter meldete sich für die erste Darstellung. Er nahm ein Stuhlkissen und hob es mit einer Hand vor sein Gesicht, dann tat er so, als würde er mit dramatischem Gestus mit ihm sprechen.

„Hamlet!", rief Josephine.

Sie hatte recht, und Peter wurde für seine effektvolle Vorführung beklatscht.

Werlen wurde gedrängt, die zweite Person zu mimen. Er zierte sich ein wenig, doch schließlich stellte er sich kerzengerade vor die anderen, als habe er einen Stock verschluckt, prüfte den Sitz eines imaginären Hutes, blickte finster drein und steckte in Bauchhöhe die rechte Hand in die Knopfreihe seiner Jacke.

Therese wusste die Lösung: „Napoleon!"

Nun folgten Therese und Ninna. Sie gestalteten zwei Frauen nach, die auf einem Druck von Hieronymus Löschenkohl zu sehen waren. Das war keine leichte Aufgabe, aber nach einigen Versuchen konnte Ullmann das Rätsel knacken.

Eine halbe Stunde später kam Lenerl mit der Meldung, die Buchteln seien fast fertig! Auch sie wurde beklatscht. Eilig wurde angepackt. Jungmann und Rosenbaum rückten Tisch und Stühle zurecht, Therese und Ninna deckten die Tafel, Ullmann und Josephine schenkten die Getränke nach. Unterdessen entzündete Peter Laternen, welche die Terrasse einrahmten. Dann war es soweit: Lenerl und Sepherl brachten die warmen Buchteln, dazu gab es Vanillesoße.

Das Tischgespräch sprang von einem zum nächsten Thema. Da

Ninna und Josephine schon länger nicht mehr in Peters Garten zu Gast waren, hatten sie viel Neues zu erzählen.

„Joseph, wie geht es eigentlich deinem Bruder, dem Jean?", fragte Josephine. „Ist er noch im Dienst bei Doktor Malfatti?"

„Oje", flocht Therese ein, „das ist ein trauriges Stück!"

„Wieso? Ist ihm was passiert?"

„Noch nicht", sagte Rosenbaum dunkel, „aber das könnte noch kommen! Er ist eingezogen worden."

Die Information löste bei allen Bestürzung aus.

„In die Landwehr?", brach es aus Werlen.

„Ja, er ist bei der 4. Kompanie, beim Hauptmann Rotter!", bestätigte Rosenbaum. „Ich habe für ihn schon Bittbriefe geschrieben, damit sie ihn loslassen. Aber es hat nichts geholfen. Es wird streng rekrutiert."

Werlen war den Tränen nahe.

„Ist dir was?", fragte Jungmann besorgt.

„Die werden mich auch holen!"

Peter rief über den Tisch hinweg: „Georg, was sollte denn die Landwehr mit dir anfangen?"

„Ich bin nur ein kleiner Buchhalter beim Fürsten Esterházy! Auf die Unteren haben sie es abgesehen! Habt ihr das nicht gelesen: Der Kaiser hat neulich ein Patent erlassen, dass die Landwehr aufgerüstet werden soll, zur Unterstützung der Armee! Und da bin ich dran!"

„Georg, verdirb uns jetzt bitte nicht den schönen Abend mit deinem Herumjammern!", schimpfte Peter forsch. „Du bist ein Hasenfuß, Georg, das sieht man dir an! Und der Esterházy wird nicht zulassen, dass man ihm die Leute wegnimmt!"

„Denkt doch mal nach, was das bedeutet!" Werlen ließ sich nicht abwürgen. „Wieso macht denn der Kaiser sowas? Der Napoleon ist weit weg! Der will gerade Spanien erobern, um den englischen Schiffen besser den Weg abschneiden zu können. Aber er kämpft verbissen und erfolglos, weil ihm die Spanier mit keiner geschlossenen Armee im Feld gegenübertreten."

„Der Napoleon wird die Spanier besiegen, wie er alle besiegt hat!", meinte Ullmann.

Werlen schüttelte den Kopf: „Das Kämpfen im Feld, das kann er. Aber mit Partisanen, da weiß er nicht, was er machen soll. Und darum hängt er fest in Spanien."

„Ist doch gut!" Peter hob seinen Bierkrug. „Dann können wir hier in aller Gemütlichkeit den Sommer genießen! Vorzügliche Küche!"

Lenerl freute sich über das Lob und lächelte Peter zu.

Die Runde stieß an.

Nur Werlen trank nicht. „Und warum rüstet der Kaiser dann die Landwehr auf? Weil er die Lage ausnützen wird!"

Rosenbaum war düster geworden. „Das wär ein Wahnsinn! Ohne die Russen ist das nicht zu schaffen!"

„Also, Georg", rief Peter voller Überdruss. „Der Kaiser rüstet nur allgemein auf – und ganz sicher ohne den fürstlichen Buchhalter Werlen! Und damit ist es gut!"

Jetzt wurde Werlen still. Sein Argument war verbraucht und beruhte ohnehin nur auf Sorge und Angst, nicht auf Beweisen.

„Ungewöhnlich ist es schon!", fügte Rosenbaum gedankenvoll an, dann wollte auch er das Thema verlassen.

Dieses „Ungewöhnlich" hatten die anderen gehört, und es blieb in der Luft. Ein Wort von Rosenbaum wog in der Runde schwerer als ein Wort von Werlen.

Peter mühte sich, die Stimmung aufzufangen. Er bat Lenerl, Zwetschgenschnaps zu servieren, und kündigte an, dass es später noch Erdbeergefrorenes geben sollte.

Bald wurde gesungen und musiziert. Werlen hatte seine Gitarre dabei. Da er im Vorfeld des Festes versprochen hatte, für die Begleitung der Sängerinnen zu sorgen, musste er jetzt, trotz seiner gedrückten Laune, spielen. Und es führte dazu, dass sich seine Laune allmählich besserte.

Es wurde Nacht. Um die Dunkelheit zu vertreiben, entzündete Peter weitere Kerzen, Laternen und Lampions. Am Teich steckte er einen Ring aus Pechpfannen an. Jungmann half. Der Tempel leuchtete so hell wie bei seiner Einweihung. Die Bäume verwandelten sich zu Schatten und Silhouetten, sie wirkten wie abgemagerte Gespenster, die den Garten bevölkerten.

Lenerl und Sepherl brachten schließlich das Erdbeergefrorene vom *Strobelkopf.* Sie wurden mit Applaus empfangen. Rasch wurde die Leckerei verteilt, erneut entstand eine Plauderei.

Peter fragte Werlen, ob er inzwischen eine *Macbeth*-Aufführung ausgelassen habe.

„Keine!", beteuerte er. Als gehorche er einem Automatismus, begann er wieder von Betty Roose zu schwärmen. „Sie ist göttlich!"

„Ja, das wissen wir schon!", bemerkte Josephine kühl.

„Ich versteh den Georg, dass er so begeistert ist!", sagte Rosenbaum. „Sie ist ein Phänomen! Diese Kraft der Sprache und diese Gestaltung der Mimik!"

„Besonders die Szene, wenn ihr Mann den König umbringen soll. Oder ihr Nachtwandeln, wenn sie das schlechte Gewissen umtreibt!" Werlen blühte auf. „Ihre langen schwarzen Haare völlig in Unordnung. Sie hat Mut, auch das Hässliche darzustellen."

„Na, wenn ich frisch aus dem Bett komm, sind meine Haare auch ganz wirr!", scherzte Peter.

„In ihrem weißen Nachthemd wirkt sie wie ein Gespenst!"

Peter grinste: „Georg, du musst uns nachher unbedingt die Szene vorspielen! Georg Werlen als Lady Macbeth!"

Josephine wandte ein: „Unter uns gesagt: Ich finde, die Roose spielt nur sich selber!"

Therese stupste sie an den Arm: „Geh, Josephine, sei doch nicht neidisch auf sie. Die größere Lady Macbeth, das wärst ohnehin du!"

Josephine trank vom Wein. „Na ja, die Roose würde ich tief hinein in die Kulisse treiben!"

„Dann musst du die Lady spielen – und Georg den Macbeth!" Peter lachte. „Ihr zwei seid doch ein schönes Paar!"

„Ich verrate euch eins", sagte Josephine mit gedämpfter Stimme, „die Roose wird die Lady ohnehin nicht mehr lange spielen!"

Werlen wurde blass: „Wieso? Ist sie krank?"

„Nein", antwortete Josephine, „aber schwanger! Ganz deutlich! Schaut mal hin, wie sich der Bauch schon am Nachtgewand abzeichnet."

„Das war der Friedrich!", kam es von Peter.

Werlen war erleichtert. „Aber danach spielt sie bestimmt wieder!"

Peter rief: „Das hoffen wir! Das hoffen wir! Entschuldige, Josephine, aber ich fand sie ebenfalls phänomenal. Über der Roose haben die Musen ihr Füllhorn ausgeschüttet! Und das müssen wir hier feiern! Wir räumen jetzt hier zusammen, und dann spielt ihr beide die Mordszene."

Josephine begann, sich mit der Idee anzufreunden: „Aber nur zum Spaß!"

„Nein, ich kann nicht!", warf Werlen ein, obwohl ihn der Gedanke, gemeinsam mit Josephine zu spielen, verlockte.

„Du musst!", bekräftigte Peter. „Sei ein Held, Georg! Dann kannst du gleich das Menschen-Umbringen ausprobieren!"

Auf den bösen Scherz ging niemand ein. Auch Werlen tat so, als habe er ihn nicht gehört. „Aber ich brauche einen Text!"

„Den bring ich dir!" Peter verschwand in der Hütte. Hier befand sich ja seine „Gartenbibliothek" mit den wichtigsten Shakespeare-Dramen.

Josephine sagte: „Ich kann es ungefähr auswendig. Wenn man es so oft hört, weiß man, was kommt."

„Ein bisschen muss ich noch nachschauen", gestand Werlen. Er war rot geworden, aber mehr wegen Josephine als wegen seiner Textunsicherheit.

Peter kam zurück und drückte Werlen eine Ausgabe der Tragödie in die Hand. Er brachte zudem eine Wolldecke. Dabei verkündete er: „Was uns noch fehlt, das ist ein Goldmann-Monument!"

Alle lachten. Auch Josephine gefiel die Idee, obwohl sie nicht einschätzen konnte, ob Ernst oder Ironie dahintersteckte.

Peter packte zwei Stühle und trug sie in den hinteren Bereich des Gartens, auf ein leeres Wiesenstück rechts neben dem Tempel. Er stapelte die Stühle verschränkt aufeinander, sodass eine brusthohe Säule entstand. Über die vier aufragenden Stuhlbeine stülpte er einen Trog, darüber breitete er die Decke. Auf diese Weise imitierte er einen aufrechtstehenden Steinquader. Rasch umringte er ihn mit Kerzen, die er aus dem Tempel holte. Das „Goldmann-Monument" krönte er mit einer Laterne.

„Fertig!", rief er schließlich. „Zu Ehren unserer Muse Josephine Goldmann!"

Peter verteilte an alle Kerzen, und eine Prozession formierte sich. Mit Josephine und Peter an der Spitze. Peter nahm ihre Hand, als wolle er sie zum Altar führen, und zog mit ihr in gespielter Andacht und Feierlichkeit um das Monument. „Geehrt sei sie, die göttliche Muse Josephine", skandierte er dazu. Die anderen folgten und fielen in den Spruch ein, sodass ein Sprechchor nach antikem Vorbild entstand.

Dann drängten alle danach, endlich Werlen als Macbeth und Josephine als Lady zu erleben. Als Bühne wurde die Wiese vor dem Tempel und dem Monument bestimmt. Die Stelle vermittelte wegen des Symbolgehalts ihrer Hintergrundkulisse die ideale Atmosphäre. Die starke Beleuchtung sollte es Werlen ermöglichen, aus dem Buch zu rezitieren.

Werlen begann mit dem Monolog, nachdem Macbeth von der Lady überzeugt worden war, dass ihm nur die Ermordung von König Duncan auf den Thron helfen könne. „Wär' es auch abgethan, wenn es gethan ist, / Dann wär' es gut, es würde rasch gethan!", sprach er mit dramatischem Gestus. Er zeigte sich als miserabler Schauspieler, umso mehr versuchte er, seine mangelhafte Verwandlungsfähigkeit mit Übertreibung wettzumachen. Das amüsierte die Umstehenden und steigerte deren Stimmung.

Als sein Monolog in einen spaßhaften Applaus geendet hatte, trat Josephine zu ihm.

Das Ehepaar Macbeth besprach den Mordplan. Die Lady beschimpfte ihren Gatten, weil er fortwährend von Bedenken überwuchert wurde. Sie heizte ihn an. Ein vergnüglicher Dialog, wenn man Werlen und Josephine vor sich hatte, das ungleiche und skurrile Paar. Josephine beherrschte den Text schlechter als behauptet, weshalb sie immer wieder den Kopf in Werlens Buch stecken musste, was Werlen anstachelte, umso großspuriger zu spielen.

Schließlich kamen sie zu der Passage, in der Macbeth den König in seinem Gemach ermordet hat und die Lady im Vorsaal wiedertrifft. Peter ging mit einer Schale auf die Bühne. In ihr hatte er geschmolzene Erdbeersoße mit Wein vermischt. Er bestand darauf, dass Werlen seine Hände damit beschmierte. „Ein Macbeth ohne blutige Hände ist kein Macbeth!"

Werlen gehorchte widerwillig und tauchte die Hände in die klebrige Flüssigkeit. Allmählich merkte er, dass ihn die Blutrünstigkeit dieser Szene überforderte. Unwillkürlich dachte er daran, dass ihm ein Soldatenschicksal drohte. Aber er wollte sich nichts anmerken lassen und spielte weiter.

Werlen-Macbeth trat aus dem Königsgemach, das im Hintergrund zu vermuten war. „Sie ist gethan, die That! Vernahmst du kein / Geräusch?"

„Die Eule hört' ich schreien und / Die Grillen singen – Sagtest du nicht was?"

Die Bühnen-Eheleute rätselten darüber, ob die Diener des Königs zu Zeugen ihrer Tat geworden waren. Aufsteigende Ängste machten Macbeth schließlich handlungsunfähig.

Werlen und Josephine steigerten sich. Werlen verlor sich vollkommen in der Darstellung. Nur so gelang es ihm, alle hinderlichen Nebengedanken zu ignorieren. Immer öfter drängte er sich an Josephine, legte den Arm auf ihre Schulter, umfasste sie sogar, als es glaubhaft schien, Macbeth suche den mütterlichen Schutz in der Lady. Josephine ließ diese Berührungen zu, denn sie fühlte sich in ihrem Element, hielt sich für eine göttliche Schauspielerin.

Die Umstehenden lachten und grölten vor aufgekratzter Begeisterung.

Die Lady ergriff nun selbst die Initiative und ging in die imaginäre Kammer der Königswachen. Peter hatte die Schale mit der roten Soße im Hintergrund aufgestellt. Josephine badete darin ihre Hände, nahm dabei auf ihr Sommerkleid keine Rücksicht, und kam zurück zu Werlen mit den Worten: „So ist die blut'ge That von uns hinweg / Gewälzt, und jene tragen unsre Schuld / Auf ihren Händen und Gesichtern!"

Niemand war aufgefallen, dass sich Peter unterdessen aus dem Publikum entfernt hatte. Plötzlich schritt er von der rechten Seite kommend auf die Bühne zu, bislang verdeckt von der Hütte. Mit seiner großgewachsenen, schlanken Gestalt wirkte er wie ein Phantom. Er trug, weit emporgehoben, den Schädel von Fallhuber. Dieser schimmerte matt im Licht der Lampions.

„Ich bin König Duncan!", dröhnte er mit tiefer Stimme. „Ich werde mich rächen!"

Josephine sprang entsetzt zur Seite und wurde von Werlen aufgefangen. Therese kreischte auf, mehr belustigt als schockiert. Überfordert stürzte Sepherl zu Lenerl, die gelassen lächelte.

Die Männer waren an den Anblick von Schädeln gewöhnt und grölten begeistert. Sie wunderten sich allerdings, dass Peter in dieser Runde ein Stück aus seiner Sammlung präsentierte. Alle Männer kannten Fallhubers Schädel, außer Werlen! Dieser gab sich, Josephine in den Armen, unerschrocken. Nachdem sich Josephine gefangen hatte, verließ er augenblicklich die Bühne, packte auf der Terrasse seine Jacke, die er dort abgelegt hatte, und lief Richtung Gartentor.

„Georg! Bleib da! Sei kein Feigling!", rief ihm Rosenbaum hinterher.

Aber Werlen reagierte nicht. Er rannte und rannte. Das Geräusch seiner Flucht verlor sich in der Ferne.

Die Wirkung des schaurigen Auftrittes, der Peter fraglos gelungen war, hielt nicht lange an. Die *Macbeth*-Szene hätte ohnehin nach wenigen Worten mit dem Abgang des Paares geendet, denn gemäß dem Drama wäre nun gleich ein Pförtner in die Szene getreten, dem es nicht begegnen wollte. Zwar ärgerte sich Josephine, weil sie Peter um die Schlusswirkung und den Applaus gebracht hatte, sie versuchte, durch Verneigen Aufmerksamkeit zu erringen, aber der Schädel von Fallhuber zog sehr viel mehr das Interesse auf sich.

„Wo hast denn diesen Kopf her?", fragte Therese.

„Darf ich vorstellen: Das ist mein ehemaliger Lehrer, der Fallhuber aus Hietzing!", erklärte Peter.

Therese wandte sich zu Rosenbaum: „Hast du das gewusst?"

„Na ja, der Peter ist ein Anhänger von der Gall'schen Schädellehre. Auch Ignaz und Michael."

„Und du jetzt auch?" Therese störte das nicht.

„Weißt ja, die Naturwissenschaft hat mich immer angezogen."

Therese lachte: „Ihr machts Sachen!"

Inzwischen standen alle um den Schädel und bestaunten ihn.

Peter deutete auf dessen Hinterkopf: „Da hat mal seine Eitelkeit und Ruhmsucht gesessen! Damit hat er den Joseph und mich gequält!"

„Und ist denn das erlaubt?", wollte Ninna wissen. „Ich meine, ist das nicht Leichenfledderei?"

Ullmann und Jungmann schüttelten die Köpfe. Peter übernahm die Verteidigung. „Eine Leiche ist immer noch eine herrenlose Sache. Der Kaiser sieht das ein bisserl enger. Mag sein. Und sicher: Man kann sich drüber aufregen, dass man die Köpfe von Verstorbenen nicht in Ruhe lässt. Aber ich denke mir, das ist der Fortschritt: Wenn es dem Beethoven erlaubt ist, die Formen der Musik aufzusprengen, dann muss es der Wissenschaft erst recht erlaubt sein, die Gesetze großzügig auszulegen!"

Das leuchtete Therese ein. „Der spürt ja eh nichts mehr davon!"

Ninna und Josephine waren noch unschlüssig. Aber durchaus geneigt, das Zukunftsgerichtete in dieser Denkweise anzuerkennen.

## 22

Es war wieder Herbst geworden. Später Oktober. Die Zeit der Treffen im Garten, die Zeit der Feste war vorüber. Vergangenes Jahr hatte der *Zirkel* die „Garten-Stimmung" scheinbar mühelos in die dunklen Monate hineintragen können, durch Zusammenkünfte in den Stuben, durch Theaterabende, schließlich auch durch den Besuch von Faschingsbällen und ihre eigenen Komödienaufführungen. Ja, sie trafen sich weiterhin, um gemeinsam Geburtstage und Namenstage zu feiern, Karten zu spielen und Therese und Ninna in der Oper, Josephine Goldmann im Schauspiel zu erleben – und doch lag über diesem Herbst ein Schatten. „Ungewöhnlich ist es schon." Das war Rosenbaums Bemerkung gewesen, nachdem Werlen die Frage aufgeworfen hatte, ob es eine Verbindung zwischen Napoleons Feststecken in Spanien und dem Dekret zur Mobilisierung der Landwehr von Kaiser Franz gäbe. Diese Frage war nicht beantwortet. Noch immer wurde rekrutiert.

Rosenbaum sah hinüber zu Georg Werlen. Er saß drei Parkettreihen vor ihm, ganz am Rand, wo die Plätze billiger waren. Offenbar hatte man ihn bislang nicht eingezogen. Aber seit dem Gartenfest waren sie sich nicht mehr begegnet. Rosenbaum wusste also nicht, wie es ihm ging. Er wollte in der Pause mit ihm reden, um den Faden wieder aufzunehmen.

Es wurde die Oper *Cäsar auf Pharmacusa* von Antonio Salieri gegeben. Therese hatte keine Rolle. Rosenbaum war trotzdem hineingegangen, weil er sich schlichtweg jede Oper ansah. Aber er war nicht in Stimmung dafür. Einige Darsteller missfielen ihm, die Bühneneffekte, wie das Abbrennen von Schiffen, befriedigten ihn nicht. Obwohl die Musik von Salieri in den Zeitungen gelobt worden war, langweilte sie ihn. Er dachte vielmehr an den Ballonfahrer Francesco Zambeccari, der in den nächsten Tagen eines seiner Luftschiffe im großen Redoutensaal ausstellte. Er hatte sich bereits mit Peter für übermorgen verabredet. Auch Therese wollte mitkommen.

Endlich war der erste Aufzug der heroisch-komischen Oper zu Ende, und Rosenbaum konnte Werlen abfangen, als er gerade den Zuschauerraum verließ.

„Georg, wie geht es dir? Ich freue mich, dass wir uns wiedersehen."

Werlen gab sich zurückhaltend. „Du siehst, ich lebe noch."

„Ich habe mir Sorgen um dich gemacht."

„Das brauchst du nicht. Der Kaiser hat mich bislang nicht geholt. Aber die Gefahr ist nicht vorüber, für mich und unser Land – auch wenn das dein Freund Johann Nepomuk ignorieren mag." Wie er von Peter sprach, zeigte seine Wut, die er seit jenem Abend mit sich herumtrug.

Rosenbaum ging nicht darauf ein. „Weißt du was Neues von Napoleon?"

„Hast du nicht gelesen? Vor ein paar Tagen hat er sich mit seinen Rheinbund-Fürsten in Erfurt getroffen. Und der Zar Alexander ist auch gekommen. Politik wurde nicht viel gemacht, aber Napoleon hat der Welt gezeigt, wie die Fürsten um ihn herumschwänzeln und wie brav der Zar geworden ist. Von dem hat er nichts mehr zu befürchten, und – wie gesagt – Österreich steht alleine da. Sobald er Spanien in die Knie gezwungen hat, wird er sich an seinen Erzfeind erinnern. Oder unser Kaiser schlägt schon vorher los."

„Da magst du recht haben", sagte Rosenbaum bedrückt.

„Ich zittere jeden Tag, wenn der Postbote kommt. Ich will nicht an vorderster Front dabei sein, verstehst du? Und mir tun alle leid, die geholt werden. – Wie geht es deinem Bruder?"

„Er übt sich im Schießen."

„Na, hoffentlich ist er schneller und besser als ein Franzosenbursch – ein armer Kerl, der ebenfalls nur gezwungen worden ist."

Rosenbaum ließ sich noch eine Weile von Werlen Details über Napoleon und seine Kriegsführung erzählen. Nach der Oper trafen sie sich erneut am Ausgang des Zuschauerraums.

Diesmal fragte Werlen: „Weißt du was Neues über die Roose?"

„Na ja, ich hab gehört, dass sie vor etwa vier Wochen mit dem Iffland aus Berlin im Augarten deklamiert hat und abbrechen musste, weil die Wehen so stark geworden sind. Und dass das Kind bei der Geburt gestorben ist."

Werlen erzählte: „Es soll eine Zangengeburt gewesen sein. Sie soll sehr unglücklich verlaufen sein. Dem Doktor Guldner werden schwere Vorwürfe gemacht."

„Sie tritt ja immer noch nicht auf. Ich hab mir schon gedacht, dass sie einige Zeit brauchen wird, bis sie sich erholt. Weißt du mehr?"

„Mehr weiß ich auch nicht. Ich wundere mich nur, weil es schon so lange dauert."

Rosenbaum entdeckte Klimbke, den Theatersekretär.

„Fragen wir doch den Klimbke. Der muss es ja wissen."

Der kleine, dicke Mann hatte die Vorstellung ebenfalls besucht und unterhielt sich gerade im Foyer mit einem Herrn. Aber das Gespräch ging soeben zu Ende, und so konnte Rosenbaum ihn ansprechen. Als er den Namen Betty Roose hörte, legten sich Falten auf seine Stirn. „Im Burgtheater fällt morgen die *Aussteuer* aus, weil der Koch nicht auftreten kann. Er kümmert sich Tag und Nacht um seine Tochter. Sie wohnt bei ihm! Und ihr Gatte, der Friedrich Roose, kann auch nicht spielen."

„Das ist ja fatal!" Rosenbaum war schockiert.

Klimbke fuhr mit gedämpfter Stimme fort: „Ganz unter uns, es schaut sehr übel aus mit ihr! Sie hat das Kindbettfieber. Und es soll schon die Wassersucht eingetreten sein."

Werlen wurde blass. „Mein Gott!", seufzte er. „Die arme Roose! Das darf das Schicksal nicht zulassen!"

Das Schicksal durfte das nicht zulassen! Der Satz beschäftigte Rosenbaum. Wie konnte es möglich sein, dass diese geniale Schauspielerin mit dem Tod kämpfte? Mit nur dreißig Jahren! Hunderte von Theaterabenden waren noch zu erwarten, die Roose zu Festen der Darstellerkunst erheben würde! Sollte diese Linie abrupt enden, weil ihr Körper zerbrach? Was war der menschliche Körper gegen die Vollkommenheit der Kunst? Und doch herrschte er über alles!

Am folgenden Tag hatte Rosenbaum Geschäfte für den Grafen zu erledigen. Es war kühl, aber der späte Oktober zeigte sich von seiner schönsten Seite. Nachdem er mit einem Maurer über den Neubau eines Stalls verhandelt hatte, war für diesen Vormittag alles getan. Es trieb ihn auf dem Rückweg unwillkürlich vor das Haus von Rooses Vater Siegfried Gotthelf Koch. Im Hausstand wohnte auch seine jüngere Tochter Henriette, ebenfalls eine Schauspielerin. Hier musste die Schwerkranke liegen. Vielleicht war auch Friedrich bei ihr.

Das Haus mit Kochs Wohnung lag außerhalb der Stadtmauer am Glacis. Rosenbaum kannte die Familie, auch den alten Koch; doch nicht gut genug, um unangemeldet läuten zu können. Stattdessen blieb er in einiger Entfernung, halb verdeckt von einem Baum, und beobachtete das Haus. Eines der Fenster war geöffnet, womöglich das Zimmer der Kranken.

Als sich die Haustür öffnete, trat Rosenbaum gänzlich hinter den Baum. Er schämte sich plötzlich für seine Neugier. Ein junger Pastor kam heraus. Rosenbaum wusste, dass die Familie Koch und Roose der evangelischen Kirche angehörte. Der Weg des Pastors führte an ihm vorbei. Da Rosenbaum eindeutig als Beobachter zu erkennen war, musste er die Deckung verlassen und sich offen bekennen.

„Entschuldigen Sie, wenn ich Sie anspreche, Herr Pastor, ich bin in Sorge um Madame Roose."

Der Pastor hielt an und sagte in ruhigem Tonfall: „Das sind wir alle, mein Herr."

„Wie geht es ihr?"

Er zögerte mit einer Auskunft, doch dann berichtete er: „Sie fantasiert und hat mich eben kaum wahrgenommen. Sie hat in Panik geschrien: ‚Tut mir den Schirm weg, damit ich das Kind dort oben sehe, das mir winkt, mich ruft.' Der Brand hat begonnen, und Todesschweiß steht auf ihrer Stirn. Ihre Finger zucken. Ich denke, wir müssen hinnehmen, dass der Herr sie bald holen wird."

„Danke für die offenen Worte, Herr Pastor", erwiderte Rosenbaum leise.

„Sie sind in ehrlicher Sorge, ihre Fragen quellen aus reinem Herzen. Behüte Sie Gott!" Damit verabschiedete sich der Pastor.

Rosenbaum und Therese saßen gerade zusammen mit Sepherl am Abendessenstisch, als Josephine zu Besuch kam. Sie war im Burgtheater bei einer Probe gewesen und auf dem kürzesten Weg hierher gelaufen.

„Die Roose ist tot!", rief sie beim Eintreten.

Rosenbaum bat sie an den Tisch, Sepherl brachte ein Glas Wasser. Nachdem sie etwas zur Ruhe gekommen war, berichtete sie, was im Theater erzählt wurde: „Heute Nachmittag soll der Brand so heftig geworden sein, dass es Blut aus der Nase und den Ohren herausgedrängt hat. Es heißt, sie habe nach Iffland und Holbein geschrien. Aber dann sei sie plötzlich entkräftet zusammengesunken."

Therese begann zu weinen. Sie stand ihr zwar nicht sonderlich nahe, aber die unheilvolle Spannung der vergangenen Tage hatte sie stark angegriffen. Auch Josephine konnte nun ihre Tränen nicht zurückhalten. Der Stern Betty Roose war verloschen.

Es drängte Rosenbaum ins Theater. Er hoffte, auf Klimbke zu treffen. Die Frage, was es denn noch Weiteres zu erfahren gäbe, stellte er sich nicht. Und im Grunde ging es ihm nicht um Neuigkeiten, vielmehr wollte er zu dem Ort, an dem der Verlust am deutlichsten zu spüren war.

Er besuchte die Aufführung des Lustspieles *Wendungen* im Kärntnertortheater, das kurzfristig angesetzt worden war. Natürlich langweilte er sich. Nicht wegen des Stückes, sondern wegen seiner Ungeduld, die jedes andere Stück ebenfalls unerträglich gemacht hätte. Sein Blick streifte durch die Zuschauerreihen, aber niemand war zu entdecken, den er für geeignet fand, seine Fassungslosigkeit aufzufangen.

Er glaubte schon, so unverankert den Heimweg antreten zu müssen, wie er gekommen war, als er am Ausgang doch noch auf Klimbke traf. Auch er war fahrig, doch er freute sich, als er Rosenbaum kommen sah. Offenbar war er gleichfalls auf der Suche nach Menschen, mit denen er seine Bestürzung teilen konnte. Gewiss hatte er heute im Theater bereits unentwegt über Roose gesprochen, doch es schien nicht genug gewesen zu sein. Klimbke musste und wollte in seinen Eigenschaften als Sekretär der Theaterkanzlei und als Privatmann Siegfried Gotthelf Koch und seiner Tochter Henriette, beide ja Mitglieder der Hoftheater, einen Kondolenzbesuch abstatten. Dort hoffte er, zudem Friedrich Roose anzutreffen. Klimbke fragte Rosenbaum, ob er ihn begleiten wolle. Rosenbaum sagte gerne zu.

Als er nachhause kam, fand er Therese bereits im Bett. Sie lag wach.

„Ist dir was?"

„Komm, leg dich her zu mir." Ihre Stimme klang gedrückt.

Rosenbaum schlüpfte rasch in sein Nachtgewand und legte sich zu ihr. Sofort schmiegte sich Therese an ihn. Er strich sanft über ihr Gesicht und küsste eine Träne von ihrer Wange. „Was hast du denn? Ist es wegen der Roose?"

„Nicht allein. – Was wär gewesen, wenn ich damals auch gestorben wär?"

Damals – das war im Oktober 1800, drei Monate nach ihrer Hochzeit, als sie ihr Kind verloren hatte.

„Ich hab viel und lang geblutet, und es ist mir ganz entsetzlich gegangen!"

„Wir haben den Eckhart gehabt."

„Aber was wär gewesen, wenn ich damals auch gestorben wär?"

Rosenbaum drückte sie an sich. „Daran möchte ich gar nicht denken, Schatzl. Du bist noch da, das ist doch die Hauptsache!"

Therese weinte, und je mehr sie Rosenbaum mit Zärtlichkeiten zu trösten versuchte, desto mehr Tränen flossen über ihr Gesicht.

„Wenn ich für immer die Augen zugemacht hätte", schluchzte sie, „dann wärst du nicht mehr da gewesen. Ich wäre in die Ewigkeit eingegangen – und allein gewesen!"

Ein noch viel stärkerer Weinkrampf kam über sie, und Rosenbaum drückte sie fester an sich. Er spielte liebevoll und ruhig mit ihren Locken und gab ihr damit das Gefühl, ohne Zurückhaltung ihre Traurigkeit und Angst herausweinen zu können.

Ihre Worte hatten für ihn einen unschätzbaren Wert. Am meisten schmerzte sie also der Gedanke, ihn zu verlieren. Er spürte das reine Gefühl, das dahinterstand. Ja, Therese hatte oft bekräftigt, wie unverbrüchlich sie miteinander verbunden seien, welche unersetzbare Bedeutung er für sie habe. Aber nun endlich glaubte er diese Beteuerungen. Diese Wahrnehmung bestätigte sein eigenes Empfinden, das sich in den vergangenen Monaten stetig verstärkt hatte: Er war gewachsen, er hatte an Format gewonnen, ja, er war Therese ebenbürtig geworden! Das verdankte er ohne Zweifel Peter. Er war nicht mehr der verbissene Einzelkämpfer von früher, sondern Teil einer einträchtigen Gemeinschaft.

Nachdem Klimbke an der Klingelschnur gezogen hatte, dauerte es lange, bis sich ein Fenster der Wohnung von Koch öffnete. Henriette sah herab. Sie wirkte abwesend, gezeichnet von vielen schlaflosen Nächten.

„Wir möchten Ihnen und Ihrem Vater kondolieren."

Sie nickte und verschwand vom Fenster. Wenig später kam sie an die Haustür und führte Klimbke und Rosenbaum hinauf in die Wohnung. Der alte Siegfried Koch schien, als sei er binnen weniger Tage um Jahre gealtert. Er empfing die beiden in der Küchenstube, in der Hand eine Tasse Tee. Sein Gesicht war unrasiert, und die Haare standen wirr von seinem Kopf.

„Das ist schön, dass Sie kommen. Als wir uns zuletzt gesehen haben, waren wir noch glücklich, haben uns auf das Kind gefreut, und jetzt hat das Schicksal alles über den Haufen geworfen! Alles!" Seine Stimme war leise und zittrig.

Klimbke überbrachte mündlich die Kondolenzgrüße der Theaterleitung und von diesem und jenem Kollegen. Koch kämpfte mit den Tränen. Henriette, die nicht von seiner Seite wich, beruhigte ihn.

„Wir würden auch gerne Friedrich Roose kondolieren. Ich habe seit Tagen nichts von ihm gehört."

Henriette antwortete: „Wir auch nicht! Das hat er alles nicht ertragen und sich in seiner Wohnung eingesperrt. Ein Botenjunge hat ihn unterrichtet, damit er wenigstens zur Beisetzung kommt."

Koch hatte sich inzwischen etwas gefangen und lud Rosenbaum und Klimbke zum Begräbnis ein. „Morgen um halb drei wird Superintendent Wächter hier im Sterbehaus meine Betty in Empfang nehmen, anschließend wird sie am Hundsturmer Leichenhof beigesetzt. Wir freuen uns, wenn Sie uns die Ehre geben."

Rosenbaum und Klimbke sagten sofort zu.

Die Hausklingel läutete, und Henriette blickte aus dem Fenster. „Doktor Guldner steht unten, mit noch einem Herrn."

„Lass sie herauf", bat Koch seine Tochter. Henriette ging nach unten.

Dann wandte er sich zu seinen Besuchern. „Die Ärzte werden jetzt die Leiche öffnen und beschauen, um zu klären, woran meine Betty gestorben ist."

„Dürfen wir Ihre Tochter noch einmal sehen?", fragte Klimbke vorsichtig.

Rosenbaum war dankbar für diese Frage. Ihr Aussehen nach diesem langen Todeskampf interessierte ihn.

Koch trank von seinem Tee und überlegte. Schließlich antwortete er: „Seien Sie mir nicht böse, meine Herren, aber ich möchte Ihnen diesen Anblick ersparen. Ihr Leichnam ist noch nicht gewaschen, und Sie sollen meine Tochter so in Erinnerung behalten, wie sie gewesen ist: eine blühende, schöne Frau."

Rosenbaum nickte enttäuscht. Klimbke bekundete sein Verständnis.

Unterdessen kam Henriette mit den Ärzten in die Wohnung. Koch wurde unruhig. Klimbke reagierte sofort und sagte: „Wir verabschieden uns, lieber Herr Koch, und sehen uns morgen."

Koch bedankte sich und ging mit ihnen hinaus in den kleinen Flur. Die beiden Ärzte begrüßten Koch, der sie in die Wohnstube bat. Henriette wollte Rosenbaum und Klimbke hinunter zur Haustür bringen.

Für einen kurzen Moment, gerade als Koch für die Ärzte die Tür zur Wohnstube öffnete, konnte Rosenbaum einen Blick auf Betty Roose werfen. Sie lag auf einem breiten Sofa, das mit einem weißen Tuch belegt war. Ihr Körper war unbedeckt, nur mit einem weitgeschnittenen Nachtrock aus Leinen bekleidet. Der Kopf ruhte auf einem Kissen. Es war mit dunklen Flecken übersät. Rosenbaum glaubte, auf ihrem Gesicht Brandschaum zu erkennen. Der ganze

Körper schien noch in Anspannung zu sein. Als ringe sie nach wie vor mit dem Tod.

Dann traten die Herren durch die geöffnete Tür und verdeckten die Sicht. Koch zog die Tür von innen zu.

Wie schwer sich die Seele einer solch genialen Tragödin tut, ihren Frieden zu finden, dachte Rosenbaum betroffen und folgte Klimbke und Rooses Schwester.

Rosenbaum und Peter bestaunten am Nachmittag des gleichen Tages im großen Redoutensaal der Hofburg den Ballon des Grafen Zambeccari, der jedem, der Details über die Technik des Fliegens erfahren wollte, bereitwillig alle Fragen beantwortete. Therese hatte sich der Besichtigung angeschlossen. Zambeccari und sein Ballon waren gerade umringt von einer Schar von Neugierigen, sodass sie wenig sehen konnten.

Peter war außerordentlich interessiert an Rosenbaums Bericht über den Besuch bei Koch, noch mehr über den kurzen Blick auf den Leichnam. Die Todesnachricht hatte auch ihn fassungslos gemacht. Ihn berührte außerdem das Schicksal von Friedrich Roose, seinen Forscherkollegen im *Craniologischen Zirkel*. „Komm halt mit, wenn sie eingegraben wird", schlug Therese Peter vor. „Morgen um halb drei im Sterbehaus. Der Koch hat den Joseph ja zur Trauerrede vom Wächter eingeladen. Ich geh natürlich auch hin. Auf einen mehr oder weniger kommt es nicht an!"

„Die Strafhauskommission trifft sich morgen leider zu einer Sitzung."

„Das ist schade!"

„Aber ich möchte natürlich so rasch wie möglich hören, wie es gewesen ist", sagte Peter. Er wandte sich zu Rosenbaum. „Aber eine Bitte, Joseph: Am Donnerstag, also übermorgen, will ich mal wieder auf das Grab nach Währing. Nächste Woche ist Allerheiligen, und da möchte ich schauen, ob alles in Ordnung ist. Magst du mitkommen und mir ein bisserl helfen?"

Joseph wusste, dass ihm der Grabbesuch in Währing schwerfiel, darum wollte er ihm beistehen.

„Ja, natürlich!", antwortete Rosenbaum.

Endlich lichtete sich der Ring der Wissbegierigen, und sie kamen an den Flugpionier heran.

Das Wetter hatte sich verschlechtert. Nebel lag über der Stadt. Es war unangenehm feucht und kalt. Spätherbst. Ein passenderes Wetter hätte die Natur zu einem solchen Begräbnis nicht beisteuern können, dachte Rosenbaum.

Josephine hatte sich Rosenbaum und Therese angeschlossen. Sie erreichten das Haus von Koch sehr knapp. Die beiden Fenster der Wohnstube standen offen. Die Rücken derer, die der Trauerfeier im Inneren beiwohnten, waren zu sehen. Vor dem Haus warteten vier Totenträger am Sargwagen auf das Ende der Feierlichkeit. Entlang des Weges reihten sich weitere Wagen mit ihren Kutschern.

Die Haustür war unversperrt, sodass sie eilig hinauf in die Wohnung steigen konnten. Bereits am Eingang drängten sich die Trauergäste. Die meisten kannten sie, denn sie arbeiteten an den Hoftheatern oder gehörten zu deren Umfeld. Ensemblemitglieder, Bedienstete vor und hinter der Bühne wie Klimbke, Freunde der Künstlerin, aber auch ihre Verehrer und Anhänger wie Werlen.

Rosenbaum, Therese und Josephine gelang es, sich so weit in den Flur zu schieben, dass sie in die Wohnstube blicken konnten. Der Superintendent der evangelischen Kirche Johann Wächter, ein angesehener, etwa vierzigjähriger Mann, hielt vor dem geschlossenen Sarg eine Rede. In seiner unmittelbaren Nähe verharrten Koch, nun in einem schwarzen, gepflegten Frack, seine Tochter Henriette sowie Verwandte und enge Freunde. Friedrich Roose fehlte.

Wächter hob mit ruhigem Duktus die Größe der mimischen Darstellung und die Lieblichkeit des Tones der Verstorbenen hervor. Es sei unbegreiflich, sagte er, dass so seltene Talente hinweggerafft würden, während der Menschheit ganz unnütze, ja sogar schädliche Geschöpfe erhalten blieben. Nun, und damit schloss er, der Vorhang sei über ein bewegtes Leben gefallen, aber die Stadt, ja die Welt der Kunst möge das Andenken an sie bewahren.

Die Trauernden sprachen Gebete. Koch kniete vor dem Sarg

nieder und brach in Tränen aus. Henriette stützte ihn beim Aufstehen und reichte ihm ein Taschentuch. Er wirkte aber insgesamt gefasster als am Vortag. Unterdessen wurden die Totenträger heraufgerufen. Schließlich kam Bewegung in die Trauergäste und sie machten sich auf den Weg nach unten.

Nachdem der Sarg auf den Wagen geladen war und in feierlichem Tempo den Weg Richtung Hundsturmer Friedhof einschlug, bildete sich ein langer Zug aus Kutschen und Fußgängern. Auf der Strecke schlossen sich weitere an. Rosenbaum schätzte die Zahl der Wagen auf einhundertfünfzig.

Die Grube war an der äußeren Friedhofsmauer, neben dem Grab von Hieronymus Löschenkohl ausgehoben, dem hochgeschätzten Maler und Kupferstecher, der knapp zwei Jahre davor verstorben war. Die Totenträger stellten den Sarg neben die Grube und warteten, bis sich die Familie mit Johann Wächter sowie die schier unüberschaubare Zahl der Trauergäste um die letzte Ruhestätte von Betty Roose gruppiert hatten. Auch Mitglieder der Theaterdirektion waren nun dazugekommen. Rosenbaum erkannte die Fürsten Lobkowitz und Schwarzenberg sowie die Grafen Ferdinand Pálffy und Stephan Zichy. Der Fürst Esterházy war nicht zu sehen. Rosenbaum war erleichtert, er legte keinen Wert darauf, ihm zu begegnen.

Zusammen mit Therese fand er nah bei der Grube Platz, und sie konnten das Geschehen unmittelbar mitverfolgen.

Nun hielt Wächter eine zweite Rede, in der er dunklere Töne anschlug. Er sprach von der Vergänglichkeit des Lebens und vom Verwelken der Natur im Herbst. Seine abschließenden Worte rührten die Umstehenden zu Tränen: „Nun, so haben wir sie denn bis zur Ruhestätte begleitet, wo die Teure in den Schoß der Erde versenkt wird."

Auch Therese wurde davon überwältigt. Josephine und Rosenbaum stützten sie. Nur so ertrug sie den entsetzlichen Augenblick, als die Totenträger den Sarg über die Grube hoben und an Seilen hinabließen.

Die Feier endete. Koch und Henriette erhielten Beileidsbekundungen. Ein Dichter verteilte Trauergedichte. Rosenbaum überflog sie, aber er fand sie zu mäßig, um der Würde der Schauspielerin und ihres Abschiedes gerecht zu werden.

Therese wollte zügig nach Hause. Sie wirkte fiebrig und schwach. „Ich gehe mit Josephine voraus", sagte sie. „Lass dir Zeit, Joseph, du willst bestimmt noch mit den Leuten reden."

Therese verschwand mit Josephine im Strom der Menschen, die nun vom Friedhof zogen. Doch Rosenbaum war nicht nach Geplauder. Das Begräbnis hatte ihn melancholisch gemacht. Er verabschiedete sich kurz von Koch und Henriette, dann stellte er sich neben das Grab von Löschenkohl, um unbehelligt die Totengräber beobachten zu können. Zwei Männer in Arbeitskleidung waren hinter den Büschen hervorgekommen. Dort hatten sie offenbar darauf gewartet, bis das Zuschütten der Grube nicht als pietätlose Geschäftigkeit empfunden wurde.

Der eine war ein älterer und dickbäuchiger Mann, der andere sein jüngerer Helfer. Mit kraftvollen Handbewegungen schaufelten sie die Erde in die Grube, bis sich ein kleiner Hügel bildete. Dann gingen sie davon, froh, die Arbeit getan zu haben.

Rosenbaum verließ seinen Beobachtungsplatz und trat vor das Grab. Nein, er empfand keine niederdrückende Trauer. Aber ihr Tod war ihm nach wie vor unbegreiflich.

Am folgenden Tag stand Rosenbaum noch einmal mit Peter am Grab seiner Frau sowie der Schwester. Lenerl war mitgekommen, um die notwendige Arbeit zu erledigen. Sie entfernte Unkraut, goss aus einem Eimer Wasser über die Grabplatte und schrubbte mit einer Bürste die Oberfläche. Blütenstaub, verwelkte Blätter sowie Vogelkot klebten darauf.

Peter gab ihr zunächst Anweisungen. Als er sicher sein konnte, dass sie alles nach seinen Vorgaben ausführte, sprach er mit Rosenbaum ein Gebet. Daran schloss er ohne Gedankenpause die Frage: „Weiß man, dass sie wirklich tot gewesen ist, als sie begraben wurde?"

„Ja, ganz gewiss", antwortete Rosenbaum.

Sie richteten die Blicke weiter nach vorne, verfolgten das fleißige

Putzen von Lenerl und verharrten, als wären sie nach wie vor im Gebet.

„Ich stelle mir vor, wie sie die Augen öffnet und zurück auf die Bühne möchte, aber schließlich erkennt, dass sie im Sarg eingeschlossen ist. Sie schlägt gegen das Holz über ihr, doch es klingt dumpf, weil Erde darüber liegt."

„Sie ist tot, da darfst du dir sicher sein! Im Raum stand der Geruch von Verwesung."

„Aber du hast gesagt, der Körper machte den Eindruck, als stecke noch Kraft in ihm."

Rosenbaum wandte sich zu Peter. Er wollte die gedankenvolle Situation nicht zerstören, jedoch war Peters wirklichkeitsfremde Spekulation nur schwer zu ertragen: „Johann! Sie wurde nach meinem Weggehen von zwei Ärzten geöffnet. Es wurde in ihren Unterleib geschaut. Spätestens da wäre sie aufgewacht!"

„Das ist wahr, Joseph! Das ist wahr! Also können wir davon ausgehen, dass die große Elisabeth Roose tatsächlich gestorben ist."

Rosenbaum war erleichtert. „Ja, das dürfen wir!"

Sie schwiegen. Nur das Geräusch des Schrubbens war zu hören.

Peter unterbrach die Stille. „Die Vorstellung, dass nun Würmer und Maden in das edle Gehirn dringen und es ausfressen wie Schmeißfliegen einen Kuhhaufen, ist mir unerträglich! In diesem Schädel wurden Shakespeare und Kotzebue zum Leben erweckt!"

Rosenbaum nickte. Auch er fand diese Vorstellung entsetzlich.

Peter fragte: „Du hast sie oft aus der Nähe gesehen, nicht wahr?"

„Ja, ich kannte sie ein wenig. Aber nicht sehr gut."

„Ich kenne sie nur von der Bühne. Da gewinnt man keinen vollständigen Eindruck von einer Person. Perücken und Gesichtsschminke verfälschen ihn. Aus den Augen ließen sich Rückschlüsse ziehen, aber dafür ist die Entfernung zur Bühne zu groß."

„Ich finde, sie hatte ganz übliche Augen."

„Unmittelbar hinter den Augen befinden sich die Organe des Sprachsinns und, etwas unterhalb, die des Wortsinns. Man könnte meinen, sie seien eins."

Peter redete von der Schädellehre ohne Zurückhaltung vor Lenerl.

Sie war in alles eingeweiht, musste ja auch die Grotte einschließlich des Inventars regelmäßig reinigen.

„Der Wortsinn", erklärte Peter, weiterhin unbewegt, „ist eher eine oberflächliche Gabe. Er führt dazu, dass wir Worte gut behalten können. Oft ist er bei Sammlern und Bibliothekaren herausragend ausgeprägt. Sie kennen viel, ohne viel zu wissen. Das Organ schiebt, wenn es vergrößert ist, den Augapfel nach oben und nach vorne, sodass sogenannte Glotzaugen entstehen. Die sind erwartungsgemäß oft bei Schauspielern anzutreffen, weil sie ja exorbitante Textmengen bevorraten müssen."

„Glotzaugen habe ich bei der Roose nicht bemerkt."

„Das dachte ich. Ihre Gabe zeigte ja, dass sie den tieferen Sinn der Texte verinnerlicht hat, folglich einen großen Sprachsinn besessen hat. Dieses Organ liegt oberhalb der Augenhöhlendecke und drückt den Augapfel nach unten. Er kann so gewaltig sein, dass er sogar einen starken Wortsinn ausgleicht. Es entsteht dann ein schlaffer Blick. Der Blick von sogenannten Schlapp- oder Schwappaugen."

„Das könnte sein."

„Da die Organe tief in der Gehirnschale liegen, sind sie kaum zu ertasten. Die Fähigkeiten der Roose sind also wissenschaftlich unerforscht."

Rosenbaum stutzte. Peter hatte kein „Geblieben" an den Satz gehängt. Er ahnte, worauf er hinauswollte.

„Lenerl, hier ist noch Vogeldreck", schob Peter ein und wies auf eine weiße Stelle am Grabstein.

Sofort nahm sich Lenerl dieser Stelle an. Nicht, ohne aufmerksam weiter zuzuhören.

Peter fuhr fort: „Von besonderem Interesse wäre das Organ der Darstellung. Gelegen am oberen Stirnbein, nahe bei der Fuge zum Scheitelbein. Die Organe von Witz und Scharfsinn befinden sich in unmittelbarer Nachbarschaft. Der Darstellungssinn verleiht die Gabe, in fremde Charaktere zu schlüpfen. Schauspieler sollten ihn zuvörderst besitzen, aber auch Dramenschreiber, die sich die Personen ihrer Stücke anverwandeln müssen. Auch Maler, die mit ihrem Pinsel die Erscheinung anderer auf der Leinwand sichtbar machen. Schau dir

Iffland an! Und Kotzebue! Das schwarze Haar der Roose hat dieses Areal der oberen Stirn verdeckt. Und unser Friedrich wird es nie aus wissenschaftlichem Antrieb betastet und erforscht haben. Auch hier ist der Wissenschaft eine Klärung versagt geblieben."

Rosenbaum wartete angespannt, ob Peter den Satz erweitern würde. Doch er schwieg. „Bislang!", sagte Rosenbaum unüberlegt. Ein Schauer lief durch seinen Körper.

„Joseph, die Geschichte der Wissenschaft hat uns eine Aufgabe aufgebürdet! Du spürst sie?"

„Ja", antwortete er schnell.

„Dann werde ich morgen mit Michael und Doktor Weiß sprechen."

„Und Ignaz?"

„Ullmann ist verreist, er besucht seinen Bruder. Und sonst braucht niemand davon zu wissen."

„Was ist mit Baron Moser?"

„Es ist besser, die Unternehmung bleibt im kleinen Kreis! Erfährt es Baron Moser, erfährt es Friedrich Roose! Ich fürchte, er könnte unser Tun nicht zu würdigen wissen!"

Das leuchtete Rosenbaum ein.

Lenerl war mit der Arbeit fertig. Sie lächelte verschmitzt.

Peter nickte ihr zufrieden zu. Er wusste, er konnte sich auf sie verlassen.

Mit festen Schritten verließen Rosenbaum, Peter und Lenerl den Friedhof. Die Erkenntnis, ein wichtiges Werk vollbringen zu müssen, war einerseits eine Last, andererseits jedoch eine Herausforderung, die sie stärker machte.

## 23

Rosenbaums Tatendrang wurde am folgenden Morgen behindert, weil ihn der Graf Esterházy zu sich rief. In einer Liegenschaft war nachts eingebrochen worden, und Rosenbaum musste die Gespräche mit der Polizei führen. Er konnte also nicht mit Peter zum Hundsturmer Leichenhof fahren, um mit dem Totengräber zu verhandeln. Aber Michael Jungmann, den Peter gleich nach dem Beschluss für das Vorhaben begeistern hatte können, stand für diese erste Unterredung zur Verfügung.

Wenige Tage vor dem Allerheiligenfest herrschte auf dem Friedhof reger Betrieb. Die Gräber wurden geputzt und geschmückt. Auf dem Platz vor der Kapelle errichteten Handwerker einen Altar.

Peter und Jungmann, die ja nicht am Begräbnis von Betty Roose teilgenommen hatten, wussten nicht, wie der zuständige Totengräber aussah. Die Handwerker verwiesen auf den älteren, dickbäuchigen Mann, der eben mit einer Schubkarre aus einer Grabreihe kam. Peter und Jungmann gingen auf ihn zu.

Der Totengräber stellte die Schubkarre ab und wischte sich mit dem Handrücken über die Stirn. Trotz der nebeligen Kälte schwitzte er.

„Dürfen wir Ihn kurz bei der Arbeit stören?", begann Peter. Er sprach höflich und versuchte gleichzeitig, sich so würdevoll wie möglich zu geben.

„Bitte, was wünschen die Herren?"

„Ich bin Doktor der Medizin und Professor an der hiesigen wissenschaftlichen Akademie, Doktor Johannespeter. Und das ist mein Kollege, Doktor Großmann." Jungmann lächelte ein wenig und grüßte.

„Sehr angenehm, die Herren! Demuth ist mein Name, Jakob Demuth, hiesiger Totengräber. Was wünschen die Herren?"

„Wir kommen wegen der Hofschauspielerin Elisabeth Roose", sagte Peter und machte sich noch etwas größer.

Jungmann wollte bekunden, dass er nicht nur als Begleiter, sondern auch als Akteur gekommen war, und fügte hinzu: „Wir wissen, dass sie kürzlich hier begraben wurde."

Demuth deutete auf zwei Pappeln. „Da, rechts von den Bäumen ist ihr Grab, an der Mauer. Links vom Löschenkohl. Es ist noch frisch, ohne Grabplatte."

„Wir haben einen vertraulichen Auftrag für Ihn."

In Demuths Miene zeigte sich Skepsis. „Aha, solche Herren sind die Herren!"

Jungmann schob mit Nachdruck ein: „Wir verfolgen ein universitäres Interesse!"

„Da war schon mal jemand da!"

Peter erschrak. „Jemand da? Wegen dem Kopf von der Madame Roose?"

„Nö! Wegen einem General. Letztes Jahr. Drüben, gleich neben der Kapelle."

„Dann ist ja alles gut", sagte Peter. „Vermutlich wurde Er getäuscht, und es hat sich nur um irgendwelche After-Wissenschaftler gehandelt, die in geheimen Zirkeln ihr Unwesen treiben. Er muss versprechen, dass er von nun an ausschließlich für die wissenschaftliche Akademie arbeitet!"

„Und Er hat den Kopf des Generals heraufgeholt?", fragte Jungmann.

„Ja, schon, Herr Doktor. Die Herren haben hochanständig bezahlt, das muss ich ehrlicherweise zugeben. Aber der Herr Pfarrer wäre mir beinahe auf die Schliche gekommen. Der sieht sowas nicht gern."

„Er dient zwar dem Pfarrer, aber im Sinne der künftigen Menschheit ist er dem Fortschritt der Wissenschaft verpflichtet", mahnte Peter.

„Aber ich hab Weib und Kinder, und die ernährt nun mal der Pfarrer und nicht die künftige Menschheit." Demuth kratzte sich am Kopf und überlegte. „Na ja, die Roose war ja evangelisch. Aber ich fürchte, dass ich trotzdem eine Predigt bekommen würde."

Peter ärgerte sich inzwischen über die Unwilligkeit von Demuth. „Auch wir zahlen gut", knurrte er schließlich.

Die Aussage gefiel Demuth und er wurde zugänglicher. „Na, die Herren Professoren, ich will es mir überlegen. Aber ich sag es gleich: Vor Allerheiligen habe ich keine Zeit für sowas! Mir steht es bis hierher!" Er zeigte eine Linie weit über den Augen. „Jeder will die Tage was von mir."

Peter gab sich freundlich: „Dann kommen wir nach dem Fest wieder."

„Ja, ist mir recht. Vielleicht am späten Nachmittag, wenn alles vorbei ist. Da muss ich dann nur noch aufräumen, aber an nichts mehr denken."

„Das ist gut", sagte Peter.

Demuth hob die Schubkarre auf. „Dann noch einen schönen Tag, die Herren!" Er stapfte davon.

„Gleichfalls!"

Peter und Jungmann blickten sich an. Grimmig, weil sie sich die Verhandlung sehr viel unkomplizierter vorgestellt hatten.

„Oje, oje!", seufzte Jungmann „Schwer einzuschätzen, der Bursche!"

„So ein widerlicher Umstandskramer!", schimpfte Peter.

Mehr konnten sie an diesem Tag nicht für ihre Unternehmung tun. Sie besuchten noch das Grab von Betty Roose, erspähten die Umgebung, um für das hoffentlich Kommende gerüstet zu sein, und verließen dann den Friedhof.

Rosenbaum trieb es um. Er wollte unbedingt wissen, ob Peter und Jungmann mit dem Totengräber einig geworden waren. Am Samstag erhielt er keine Nachricht, keiner der beiden kam bei ihm vorbei. Vermutlich, so dachte er, sahen sie die Gefahr, dass auch Therese zuhause sein würde und alles mitbekäme. Es war ja strengste Geheimhaltung vereinbart. Auch am Sonntag erschien jedoch keiner. Er ärgerte sich, fühlte sich außer Acht gelassen. Als sei er für das Vorhaben verzichtbar.

Nachmittags brach er zu einem Spaziergang auf, schlenderte auf dem Graben und dem Kohlenmarkt umher, schaute in die Kaffeehäuser, in denen Jungmann öfter den Sonntagnachmittag verbrachte, fand ihn jedoch nicht.

Es war ihm inzwischen drängend wichtig geworden, den Kopf der Roose zu erlangen, ja, zu retten, um ihn für die Ewigkeit erhalten zu können. Der Wunsch kochte wie ein Fieber in ihm.

Schließlich beschloss er, hinüber in die Leopoldstadt zu gehen. Einer von beiden war hoffentlich anzutreffen und ohne Mithörer zu sprechen. Da die Haustür abgesperrt war und Jungmann, der ja nur in Untermiete bei Peter wohnte, keine eigene Hausglocke besaß, läutete Rosenbaum zwangsläufig bei Peter.

Er war zuhause und saß bei seiner Zeitung. Lenerl hatte für ihn Kuchen gebacken und Kaffee gekocht.

„Joseph, das ist schön, dich zu sehen!", sagte er zur Begrüßung. „Setz dich her!"

Lenerl brachte auch für ihn Kaffee und Kuchen. Da Lenerl noch in der Stube zu tun hatte, erzählte Peter Neuigkeiten aus der Zeitung.

Natürlich war Lenerl auf dem Laufenden – was aber nicht offenkundig werden sollte.

Peter las vor: Am Donnerstag beabsichtige der Uhrmacher Jakob Degen, mit einem neuen Fluggerät im Prater aufzusteigen. Rosenbaum wusste bereits davon und hatte vor, den Versuch anzusehen. Peter wollte sich anschließen.

Endlich verließ Lenerl den Raum, um im Keller Ofenholz zu holen.

„Und?", platzte es aus Rosenbaum. „Habt ihr mit dem Totengräber reden können?"

„Ja", verkündete Peter stolz, „die Angelegenheit ist so gut wie geregelt."

Die Nachricht überwältigte Rosenbaum.

„Er hat um Aufschub bis nach Allerheiligen gebeten, weil er bis dahin überlastet ist. Wir sollen am Nachmittag des Festes die Details mit ihm besprechen. Komm mit, wenn du Zeit hast."

„Ja, selbstverständlich!", sagte Rosenbaum mit Nachdruck.

Zwei Tage später war der Allerheiligentag. Endlich.

Sie erblickten Jakob Demuth in der Nähe der Kapelle. Er sprach gerade mit dem Pfarrer. Den wollten sie meiden, also begannen sie einen Spaziergang über den Friedhof. Die Nachmittagsmesse war vor einer halben Stunde vorübergegangen. An den geschmückten Gräbern standen noch viele Angehörige der Verstorbenen, hielten Andacht oder führten Gespräche. Aber die Anlage leerte sich. Auf den schmalen Alleen kamen ihnen die Besucher entgegen, die den Friedhof verließen.

Am Grab von Betty Roose blieben sie stehen. Der Grabhügel war dicht belegt mit Blumensträußen. Die meisten stammten noch von der Beerdigung und welkten bereits, weitere waren dazugekommen. Am Grab betete ein junger Mann. Vielleicht ein Verehrer ihrer Kunst. Sie kannten ihn nicht und warteten geduldig im Hintergrund, bis er davonging.

„Redet der Totengräber noch mit dem Pfarrer?", fragte Peter Jungmann, der so stand, dass er hinüber zur Kapelle sehen konnte.

„Ich glaube, sie kommen zum Ende. – Ich hole ihn her." Jungmann brach auf.

Rosenbaum starrte betroffen auf das Blumenmeer. „Ich kann es nach wie vor nicht fassen!"

„Wir haben jetzt keine Zeit für Gefühlsaufwallungen!", knurrte Peter. „Allerheiligen hat viel Zeit gekostet. Die Verwesung ist fortgeschritten. Der Kopf muss vor dem Ungeziefer gerettet werden!"

„Es ist unsagbar wichtig, dass wir das tun!", bestätigte Rosenbaum.

„Wir tun es für alle, die sie geliebt und verehrt haben! Und für die Wissenschaft!"

„Es ist so unsagbar wichtig!", wiederholte Rosenbaum. Er konnte es selbst nicht glauben, dass er Teil eines Unternehmens war, dessen Bedeutung größer als seine Vorstellungskraft sein musste.

Endlich kam Jungmann mit Jakob Demuth. Es war ihm anzumerken, dass ihn der Trubel rund um das Allerheiligenfest erschöpft hatte. Aber heute war er deutlich gelassener als bei der ersten Unterredung.

„Grüß Gott, die Herren! Aha, heute sind Sie zu dritt!"

Peter übernahm ganz selbstverständlich die Verhandlungsführung. „Wir haben noch Professor Doktor Rosner mitgebracht, Professor der Schädelkunde."

Die Titulierung amüsierte Rosenbaum, aber er blieb ernst und hob den Kopf, um würdevoll zu wirken.

„Sehr angenehm!", erwiderte Demuth.

„Wir kommen auf unser Gespräch vom vergangenen Samstag zurück. Hat Er es sich überlegt?"

„Ja, also, grundsätzlich schon. Es ist halt eine Frage der Bezahlung. Das versteht sich!"

„Wäre Er mit zehn Gulden einverstanden?"

Demuth lachte. „Also, verzeihen Sie, der Herr, aber das ist schon arg wenig. Die Preise steigen wegen den schlechten Staatsfinanzen! Und die Herren müssen die Gefahr bedenken, der ich mich aussetze! Und die Tote ist schon ein paar Tage tot, da ist das Aufgraben und Kopfabschlagen keine angenehme Sache ..."

Peter sah zu Rosenbaum und Jungmann. Beide nickten ihm einträchtig zu.

„Fünfzehn. Unser Äußerstes!"

„Zwanzig wäre so ein guter Anfang", sagte Demuth. „Eher fünfundzwanzig. Die Herren müssen wissen, der Pfarrer ist die Tage nicht gut auf mich zu sprechen, weil ich am Sonntag etwas viel getrunken hab und in der Messe eingeschlafen bin."

„Das interessiert uns alles nicht!" Die Ungeduld verschärfte Peters Ton. „Zwanzig und dazu noch Trinkgeld!"

Demuth überlegte. Er schien zu merken, dass die Preisverhandlung ausgereizt war. „Dann bin ich einverstanden!"

Peter, Rosenbaum und Jungmann atmeten erleichtert auf.

„Und wann?", fragte Peter. „So bald wie möglich!"

„Das ist ganz in meinem Interesse!", betonte Demuth. „Die Herren wissen ja, dass die Verwesung ..."

„Wann?"

Wieder überlegte Demuth. „Morgen ist hier noch sehr viel los. Und ich muss auf meinen Schwiegersohn aufpassen. Der arbeitet in einer Bierschänke und muss schon sicher zuhause sein und schlafen, sonst merkt er, dass ich nachts aus dem Haus bin."

„Wann also?"

„Sagen wir in der Nacht von Donnerstag auf Freitag. Um Mitternacht hier am Grab. Die Herren müssen über die Mauer klettern, weil das Tor verschlossen ist."

Peter sah hinüber zur Mauer. „Die Mauer ist niedrig, das schaffen wir!"

„Aber es wäre gut, wenn wir uns nochmal kurz vorher absprechen. Falls mein Schwiegersohn ..."

Jungmann warf ein: „Ich kann das erledigen."

Alle waren einverstanden.

„Dann entschuldigen die Herren mich bitte", sagte Demuth. „Der Anton wartet bestimmt schon auf mich. Wir müssen den Altar abräumen."

„Tue Er das!", erwiderte Peter. „Und denke Er daran: Er dient der Wissenschaft!"

Demuth kratzte sich am Kopf. „Nehmen Sie es mir nicht krumm, die Herren, aber ich mache es eigentlich nur wegen dem Geld."

Noch zwei Tage, Mittwoch und Donnerstag. Peter war angespannt, aber keineswegs nervös. Nach der erfolgreichen Beschaffung der Schädel von Fallhuber und Traunfärber war er mittlerweile routiniert. Was sollte schiefgehen? Nachdem sie mit Jakob Demuth handelseins geworden waren, vertraute er darauf, dass dessen Geldgier alles andere überwiegen würde. Peter hatte daher genügend freien Kopf, um das Erhabene, das diesem Unternehmen zweifelsohne innewohnte, zu genießen. Und er überlegte, in welcher Weise das Andenken an Betty Roose bewahrt, verstärkt und schließlich mit dem edlen Schädel gekrönt werden konnte.

Jungmann tat seinen Dienst im Magistratsamt noch sehr viel fleißiger als sonst, mit dem Ziel, so wenig wie möglich über die Nacht von Donnerstag auf Freitag nachdenken zu müssen. An den Abenden trank er ausgiebig Wein, um die Widerstände, die von vielfältigen Ängsten angefeuert wurden, zu unterdrücken.

Ablenkungen griffen bei Rosenbaum nicht. Er war seiner Nervosität schutzlos ausgeliefert. Das Addieren der Abrechnungen für den Pensionsfond war ihm nahezu unmöglich, nur mit Mühe konnte er die Anweisungen des Grafen behalten und daraus die notwendigen Aufgabenschritte ableiten. Besonders schwer fiel es ihm, seine Stimmung vor Therese zu verheimlichen. Diese lebte unbeschwert ihren Alltag. Sie schwatzte munter mit Nachbarinnen, besprach und plante mit Sepherl die Hausarbeit, gab Gesangsstunden und probte im Theater. Nachts versank sie in tiefen, seligen Schlaf – während Rosenbaum beinahe jede Stunde das Glockenschlagen der umliegenden Kirchen hörte.

Der Donnerstag kam, der 3. November 1808. Der Tag hielt glücklicherweise eine Abwechslung bereit, die Rosenbaums größtes Interesse erregte und dadurch die schier unerträgliche Spannung des Tages zumindest ein wenig dämpfte.

Der Flugpionier Jakob Degen wollte am Feuerwerksplatz im Prater einen neuen Apparat vorführen. Schon im April hatte er mit einem Flug in der Reithalle der Hofburg Furore gemacht. Nun sollte er im Freien wiederholt werden.

Therese begleitete Rosenbaum, Josephine schloss sich an. Peter und Jungmann wollten dazukommen, nicht zuletzt, um noch einige Details für die Nacht zu besprechen.

Das sonnige, wenn auch kühle Wetter lockte das Publikum, und so füllte sich die Zuschauertribüne rasch. Die Frau von Jakob Degen kassierte den stattlichen Eintritt. Der Bau des Gerätes sei teuer gewesen, erklärte sie entschuldigend. Rosenbaum hatte Verständnis für den Preis und kaufte zudem eine Beschreibung des Apparates. Er bewunderte den Konstrukteur.

Nur wenige der Zuschauer konnten wohl ermessen, welcher Sternstunde der Wissenschaft sie beiwohnen würden. Während die übrigen Flugpioniere noch an der Perfektionierung ihrer mit Heißluft oder Wasserstoff gefüllten Luftballons tüftelten, dachte Jakob Degen weiter. Der gebürtige Schweizer, der als junger Mann mit seinen Eltern nach Wien gekommen war, betrieb im Hauptberuf eine Uhrmacher-Werkstatt. Das erwirtschaftete Geld steckte er in die Entwicklung seines sogenannten Schlagflügelapparates. Mit dem Ziel, das Schlagen von Vogelflügeln auf eine Maschine zu übertragen, hatte er ein Gerippe aus Schilfrohren konstruiert, an dem über dreitausend Flügelklappen aus Papier befestigt waren. Diese öffneten und schlossen sich durch eine ausgeklügelte Mechanik beim Schwingen der beiden Flügel, sodass das Fluggerät vertikal aufsteigen und horizontal gleiten konnte. Bewegt wurden die Flügel durch die Muskelkraft des Piloten, also des knapp fünfzigjährigen Jakob Degen, mittels einer Hand- und einer Trittstange. Die Muskelkraft reichte jedoch nicht aus, um das Gewicht von Mensch und Fluggerät emporzuheben. Zur Unterstützung benötigte Degen daher einen Luftballon von immerhin noch sechs Meter Durchmesser. Dass ein Teil des Auftriebes durch Flügelbewegungen erzeugt wurde, war nur ein Stück des Fortschritts. Ein weiteres, dass der Pilot seine Flugrichtung beeinflussen konnte und nicht allein der Luftbewegung ausgeliefert war.

Jakob Degen, ein schlanker, leicht ergrauter Mann, traf auf dem Startplatz Vorbereitungen. Er kontrollierte soeben einige Flügelklappen, hob das Gerät auf und vollführte Flügelbewegungen, um zu probieren, ob die Elemente der Konstruktion zuverlässig funktionierten. Der Ballon wurde noch mit Wasserstoff befüllt, driftete aber bereits in die Höhe.

Peter und Jungmann erreichten unterdessen ebenfalls den Platz. Sie zahlten, bestiegen die Tribüne und fanden rasch zu den anderen. Nachdem sie die beiden Damen gegrüßt hatten, stellten sie sich neben Rosenbaum.

„Alles in Ordnung bei dir, Joseph?", fragte Peter.

„Alles in Ordnung."

Peter prüfte mit einem umherschweifenden Blick, ob er offen reden konnte. Therese und Josephine sahen hinunter zu Jakob Degen und plauderten dabei. Die beiden waren also abgelenkt.

„Michael war beim Totengräber", fuhr Peter mit gedämpfter Stimme fort.

Jungmann berichtete: „Er ist Schlag Mitternacht am Grab, hat er mir versichert. Er ist eigensinnig und zweiflerisch, aber er hat mir hoch und heilig versprochen, dass alles nach Plan geschehen wird."

„Er ist ein Trottel!", schimpfte Peter. „Aber ohne ihn ist das Unternehmen nicht zu machen."

„Das ist leider so!", bestätigte Rosenbaum. „Wir müssen noch eines bedenken: Unser Rückweg führt durch die Linie."

Zwischen Wien und seinen Vorstädten wie Hundsturm verlief eine Grenze, „Linie" genannt. Wer sie durchqueren wollte, musste an den Kontrollstellen der Linienämter Steuern entrichten. Die Tore waren nachts geschlossen. Man konnte den Beamten jedoch jederzeit mittels einer Glocke aus seiner Wohnung holen. Polizeiwachen, die auf den Wällen patrouillierten, standen ihm zur Seite.

„Um diese Zeit wird genau kontrolliert. Wir haben einen abgeschlagenen Kopf dabei!"

„Ja", flüsterte Peter, „darüber haben Michael und ich auch gerade geredet. Wir müssen den Kopf noch am Friedhof belassen und am nächsten Morgen abholen. Am Tag ist viel Betrieb, da wird wenig geprüft."

Rosenbaum nickte zustimmend.

„Wann gehen wir los?", fragte Peter seine Kumpane.

„Heute tritt Koch erstmals wieder im Burgtheater auf. Die Vorstellung endet um halb neun", sagte Rosenbaum.

„Etwas früh", meinte Jungmann.

Peter schlug vor: „Wir können vorher in Gumpendorf bei der *Schäferin* einkehren."

Der Vorschlag gefiel Rosenbaum und Jungmann.

„Also, wir holen dich ab. Doktor Weiß begleitet uns."

Rosenbaum, Peter und Jungmann wechselten Blicke. Es gab keinen weiteren Klärungsbedarf. Das Thema war abgeschlossen. Peter und Jungmann sahen hinunter auf den Startplatz, Rosenbaum schaute zur Seite, zu Therese und Josephine. Ihre Plauderei hatte geendet. Therese redete mit einem Herrn in der vorderen Reihe, Josephine blickte Rosenbaum entgegen. Sie grinste – offenbar hatte sie gelauscht.

„Ihr holt euch den Kopf der Roose!" Auch sie sprach mit gedämpfter Stimme – glücklicherweise!

Rosenbaum beruhigte, dass bereits aus diesen wenigen Worten

Begeisterung zu vernehmen war, und er erwiderte das Grinsen. „Du hältst den Mund!", sagte er halb streng, halb scherzend. „Sonst schlag ich *dir* den Kopf ab!"

Josephine musste lachen. Es war so ungeheuerlich, was sie eben erlauscht hatte, dass sie nichts anderes konnte, als zu kichern. Sie wandte sich nach vorne und versuchte, sich unter Kontrolle zu bringen. Es gelang ihr schließlich.

Rosenbaum fiel ein Stein vom Herzen. Die Situation war gerettet.

Überraschend war leichter Wind aufgekommen. Jakob Degen hatte sich mittlerweile in seinen Schlagflügelapparat geschnallt, der Ballon stand über ihm. Erkennbar war seine Kraft nicht stark genug, um den Aeronauten samt Gerät emporzuheben. Der Flügelschlag musste also das Restliche beitragen. Angespannt verfolgte das Publikum, wie Jakob Degen die Flügel bewegte. Doch eine Böe neigte den Ballon, und einer der Flügel hob sich ohne Degens Zutun. Ein Helfer lief herbei. Die beiden berieten sich, und schließlich musste Degen verkünden, dass die Vorführung nicht stattfinden könne. Sie solle so bald wie möglich nachgeholt werden.

Ein enttäuschtes „Oh!" ging durch die Menge. Die Zuschauer stiegen von der Tribüne, erhielten an der Kasse ihr Geld zurück und strömten vom Gelände.

„Schade", meinte Peter beim Verabschieden. „Aber das Forschen und Erfinden ist ein schwieriger Weg, gepflastert mit Misserfolgen, Enttäuschungen und neuen Anläufen."

„Ich bewundere ihn", fügte Rosenbaum hinzu. „Er macht, was er für richtig hält und wagt alles! Solche Pioniere braucht die Welt!" Als er das sagte, wuchs er. Dabei blickte er zu Peter und Jungmann, deren Oberkörper ebenfalls schwollen. Vorsichtig sah er auch zu Josephine, die sich freute, als stünde ein prächtiges Fest vor der Tür.

Abends wurde im Burgtheater das historische Drama *Die Taubstumme* gegeben, die Bearbeitung eines französischen Textes durch August von Kotzebue. Rooses Vater spielte darin die Hauptrolle – eine große Last und Herausforderung für ihn, zehn Tage nach dem fürchterlichen Verlust.

Rosenbaum hatte sich diese Rückkehr auf die Bühne nicht entgehen lassen wollen und saß tief beeindruckt in einer Loge, hörte angespannt jedes seiner Worte, verfolgte seine Gesten. Ja, dachte er bei sich, was er heute noch unternehmen würde, tat er auch für ihn, den unglücklichen Vater. Denn alles, was zur Huldigung der Tochter geschah, würde zur Freude des Vaters geschehen – selbst wenn er nie davon erfahren durfte!

Der Applaus am Ende der Vorstellung hielt lange an. Koch wurde immer wieder hervorgerufen. Mit Tränen in den Augen nahm er den Beifall entgegen. Ein Beifall, den er stellvertretend für seine Tochter empfing. Das war ihm klar, und es war Balsam auf sein wundes Herz.

Rosenbaum war erleichtert, dass er alle Bekannten, die ihm in der Vorstellung begegnet waren, bereits im Inneren des Hauses hatte abschütteln können. Völlig frei und ohne Verabschiedungen konnte er ins Freie treten. Am Rand des Platzes vor dem Theater warteten Peter, Jungmann und Doktor Weiß – etwas abseits, halb in einer Gasse. Der trübe Schein des Mondes und das Licht der Laternen reichten kaum, um die Menschen unterscheiden zu können. Doktor Weiß, an dessen Schulter seine große Ledertasche hing, entdeckte ihn in der ausströmenden Menge und winkte ihn herbei. Peter und Jungmann grüßten ihn wortlos.

Der Fußweg ging durch das Kärntnertor nach Gumpendorf. Die Route führte durch die Kleine Steingasse.

Vor einem größeren, fein gepflegten Anwesen hielt Rosenbaum plötzlich an.

„Was ist denn los?", fragte Peter.

„Schaut, das ist das Haus von Haydn. Hier wohnt er!", antwortete Rosenbaum. Er war ehrfürchtig geworden.

„Woher weißt du das?", wollte Jungmann wissen.

„Ich habe ihn schon mit Therese besucht, und wir haben mit ihm Tee getrunken. Das ist viele Jahre her. Er hat auf unserer Seite gestanden, als alle gegen unsere Heirat waren, und er wollte beim Fürsten ein Wort für uns einlegen. Ich weiß nicht, ob er es getan hat – jedenfalls ist er ein wahrhaftiger Mensch!"

„Da kommt einer!", bemerkte Peter.

Die Tür von Haydns Anwesen öffnete sich, und ein Mann trat heraus. Es war Elßler. Erstaunt blickte er zu der Gruppe.

Rosenbaum winkte ihm zu. „Guten Abend, Herr Elßler!"

Elßler rief: „Ah, Herr Rosenbaum!" Er kam näher.

„Entschuldigen Sie, ich habe nur gerade ein paar Freunden das Haus von unserem Papa Haydn gezeigt. Wir sind zum Souper in der *Schäferin* verabredet."

„Dann wünsche ich einen guten Appetit, die Herren", sagte Elßler und grüßte die anderen.

Peter, Jungmann und Doktor Weiß grüßten zurück.

„Ich hoffe, er ist wohlauf." Rosenbaums Bemerkung war als Frage gemeint.

Auf Elßlers Gesicht entstanden Kummerfalten. „Doktor von Hohenholz war gerade zu Besuch. Der Papa Haydn ist erkältet, aber er ist tapfer und hält sich gut!"

„Das freut mich zu hören, Herr Elßler! Übermitteln Sie ihm bitte meine Genesungswünsche!"

Die anderen nickten, um zu zeigen, dass sie sich anschlossen.

„Sehr gerne!"

„Dann noch einen guten Abend, Herr Elßler!"

„Gleichfalls, die Herren!" Er ging in die entgegengesetzte Richtung davon.

Jungmann legte die Hand auf seinen Bauch. „Es wird Zeit, dass wir zur *Schäferin* kommen."

Peter quälte ebenfalls der Hunger. „Dann los!"

In der *Schäferin*, einem kleinen, verrauchten Vorstadtwirtshaus, hockten ein paar Stammgäste beim Kartenspiel beisammen, die sich mit Wein bereits kräftig in Stimmung gebracht hatten. Der Wirt konnte den späten Gästen nur noch Würste und Käse auftischen. Sie begnügten sich notgedrungen damit.

„Wir hätten uns ein nobleres Haus suchen sollen", murrte Peter. „Wir sind keine Verbrecher, die sich vor ihren Taten in halbseidenen Lokalitäten zwischen Säufern herumtreiben. Wir sind Wissenschaftler, denen es aufgegeben ist, zur Mitternacht zu forschen!"

Sie fühlten sich besser, als sie schließlich mit den Stammgästen ins Gespräch kamen. Diese waren allesamt gut situiert und hier eben sehr privat: ein Obristwachtmeister, ein Hauptmann und ein Seidenfabrikant sowie zwei wohlhabende Bürger. Bald kam das Gespräch auf Betty Roose und den gewaltigen Leichenzug, der vor wenigen Tagen durch die benachbarten Straßen gezogen war. Die Stammgäste lästerten über sie, noch mehr über Superintendent Wächter, der seine inhaltslose Predigt inzwischen als Druckwerk herausgegeben hatte. Als sich Peter als großer Verehrer der Schauspielerin zu erkennen gab, wurde über ihre Bedeutung diskutiert und gestritten. Aber launig und herzlich, denn der Wein, von dem auch die Jünger Galls mittlerweile reichlich genossen hatten, entfaltete seine Wirkung.

„Freunde, es geht auf Mitternacht zu!", mahnte schließlich Doktor Weiß, der Ernsthafteste unter ihnen.

Sie brachen auf. Peter kaufte vom Wirt noch eine Flasche Wein, für den Fall, dass der Totengräber mit einer Dreingabe gefügig gemacht werden musste, und verstaute sie in der Ledertasche von Doktor Weiß.

Der Mond hatte den Weg der vier während der ersten Stunden dieser Nacht milde beschienen, aber nun, als sie auf der Straße standen, war er hinter einer Wolkendecke verschwunden. Es gab keinerlei Straßenbeleuchtung, die Fenster ringsherum waren zu schwarzen Höhlen geworden.

Nach einer kleinen Wanderung erreichten sie Hundsturm. Der Friedhof lag am Rand der Ansiedlung. Sie verließen die Straße, um entlang der mannshohen, grobsteinigen Mauer an dessen rückwärtige Seite zu gelangen. Sie stiegen über Wurzeln und herabgebrochene Äste, mussten Zweige aus dem Weg drücken. In zwanzig Metern Entfernung wurde das Haus des Totengräbers sichtbar. Es lehnte wie ein aufgerichteter Sarg an der Mauer. Auf dem Kamin des brüchigen Gebäudes rastete eine Eule und beobachtete die Männer. In der Ferne begann ein Hund zu bellen. Waren sie entdeckt? Sie lauschten, ob das Tier näherkam. Nein, das Bellen blieb in der Ferne und verstummte schließlich.

„Hier ist die Stelle bei Rooses Grab", flüsterte Peter.

Jungmann erklärte: „Der Totengräber hat gesagt, es gibt einen

Grenzstein, der so dicht bei der Mauer steht, dass man über ihn bequem nach oben kommt. Auf der anderen Seite kann man auf einen Grabstein treten."

Unterdessen begann die Kirchturmuhr von Hundsturm zu schlagen. Mitternacht.

„Wir sind pünktlich!", stellte Rosenbaum zufrieden fest.

Sie tasteten sich vorsichtig Meter um Meter voran und trafen tatsächlich auf einen kniehohen Stein.

„Wer ist der Erste?", fragte Peter, der wieder ganz selbstverständlich die Führung übernommen hatte.

Alle waren furchtlos und wagemutig geblieben, aber keiner wollte vor den anderen mehr riskieren, als zu vermeiden war. Da niemand eine entschlossene Reaktion zeigte, erklärte sich Peter bereit. Er bestieg also den Grenzstein und schwang sich auf die Mauerkrone. Kleine Steine brachen heraus und rasselten auf den waldigen Boden. Wie erhofft, fand er auf der anderen Seite Tritt auf dem Kopf eines Engels, dann unmittelbar daneben auf einem breiten Stein. Von dort aus war es nur ein kurzer Sprung, und Peter stand im Friedhof.

„Los!", rief er hinauf zu Rosenbaum, der bereits auf der Mauerkrone lag.

Sie halfen sich gegenseitig beim Aufsteigen und Herabklettern, brachten auch die Ledertasche mit dem Wein sicher über das Hindernis, und schneller als gedacht, waren alle wieder beisammen.

Es waren nur wenige Meter entlang der Mauer bis zum Grab von Betty Roose. Hinter dem mächtigen Stamm einer Eiche kam es zum Vorschein.

Die Wolken hatten den Mond freigegeben. Er warf einen Schein auf eine Gestalt, die auf dem Grabhügel saß. Es war Jakob Demuth.

Erleichtert gingen die vier auf ihn zu. Doch er bewegte sich nicht.

„Der Trottel schläft!", schimpfte Peter.

Rosenbaum rüttelte ihn. Sein Schlaf war so tief, dass er nicht reagierte. Erst als Peter wütend gegen seine Schulter schlug, sodass er in die verwelkten Blumen auf dem Hügel kippte, öffnete er die Augen. Er orientierte sich und erkannte seine Geschäftspartner. Mühevoll und mit unsicheren Bewegungen stand er auf.

„Hat Er getrunken?", knurrte Peter zur Begrüßung.

Demuth stammelte: „Oh, ich muss wohl eingeschlafen sein. Ich bitte um Entschuldigung, die Herren!"

Peter holte aus der Ledertasche die Weinflasche und hielt sie ihm entgegen. „Er bekommt die Weinflasche, wenn Er augenblicklich mit dem Graben anfängt!"

„Haben die Herren einen Erlei... einen Erlaubniszettel dabei?"

„Wofür denn?", fragte Peter barsch.

„Na, ich habe mir überlegt, wenn die Herren von der Ako... von der Akademie sind, dann müssen sie doch eine Urkunde vorlegen können, eine ... eine amtliche, dass es erlaubt ist, den Schädel abzunehmen."

Jungmann fauchte: „Wir brauchen sowas nicht!"

„Aber die Moral!", jaulte Demuth. „Es ist doch nicht moralisch, wenn man einer Leiche den Kopf davonträgt!"

Peter packte ihn am Kragen: „Was macht Er für elende Schwierigkeiten! Ist es denn moralisch, wenn man es zulässt, dass ein so genialer Kopf von Maden und Würmern durchwandert und aufgefressen wird?"

Demuth wurde unsicher. „So habe ich das noch gar nicht betrachtet!"

„Überlasse Er *uns* das Denken!", wetterte Peter. „Kümmere Er sich nur um das Heraufholen!"

Der Totengräber verzog das Gesicht. Neue Zweifel schienen ihn zu überkommen.

Rosenbaum, der die Aktion in Gefahr sah, drängte sich an ihn: „Ich lege noch fünf Gulden drauf, also fünfundzwanzig, wenn Er jetzt endlich anfängt!"

Demuth schüttelte Peters Hände ab und richtete sich auf. „Meine Herren, ich bin ein Ehrenmann! Es gebührt sich, mit mir mit einer gewissen Haltung zu sprechen!"

Die vier traten ein wenig zurück und bemühten sich um Sachlichkeit, mit dem Ziel, den derben Streit auf die Ebene eines ehrlichen, gediegenen Handels mit einer marginalen, aber gewiss lösbaren Meinungsdifferenz zu heben.

Demuth fuhr fort: „Also gut, ich akzeptiere die Vereinbarung, trotz größter Bedenken."

Peter wischte sich den Schweiß von der Stirn. „Das ist sehr freundlich!" Aus seinen Worten flammte böse Ironie.

„Aber heute kann ... kann es leider nichts werden."

Die vier blickten sich entrüstet an.

„Es ist nämlich so: Mein Schwiegersohn ist noch nicht nach Hause gekommen! Er ist ein Halunke! Wer weiß, wo er sich herumtreibt. Er müsste längst im Bett meiner Tochter liegen."

„Was heißt das?", fauchte Jungmann.

„Er kann jederzeit heimkommen, sieht, dass ich nicht bei meiner Frau schlafe, hat Sorge, weckt meine Frau, sie suchen mich ... und finden mich hier beim Graben! Er hat einen Freund, der ist bei der Polizei! Verschieben wir es auf morgen! Das muss ganz im Sinn der gnädigen Herrschaften sein."

Rosenbaum schlug vor: „Dann warten wir, bis er heimkommt!"

„Oh, nein!", rief Demuth. „Es dauert lange, bis er im Bett liegt und schläft!"

Peter trat wieder auf ihn zu, wollte ihn erneut am Kragen packen, aber Demuth wich zurück, stolperte und fiel über das Grab. „Meine Herren, ich bitte, mir das zu glauben, es geht heute nicht!"

Doktor Weiß, der die Auseinandersetzung wortlos, aber aufmerksam beobachtet hatte, sagte: „Der Mann ist besoffen wie ein Schwamm. Der holt heute keinen Kopf aus der Erde."

Peter, Rosenbaum und Jungmann mussten ihm Recht geben. Das Reden hatte keinen Sinn!

„Also gut!", rief ihm Peter zu. „Wir kommen nächste Mitternacht wieder!"

„Ja, da ist alles besser! Oder schon früher, weit bevor er nachhause kommt. Es ist bald finster. Wir können um acht beginnen!"

Die Aussicht, nicht eine zweite Nacht weitgehend schlaflos verbringen zu müssen, machte es den vieren leichter, den Vorschlag anzunehmen.

„Wenn du uns nochmals unverrichteter Dinge wegschickst, schlag ich dir die Weinflasche über den Schädel!", drohte Peter.

Jakob Demuth nickte einsichtig. „An diesem Abend steh ich zuverlässig zu Diensten!" Er krabbelte vom Grab, verneigte sich schief und wankte seinem Haus entgegen. Die Dunkelheit verschluckte ihn nach wenigen Metern.

Die Männer sahen ihm machtlos nach.

„Er ist ein elender Säufer!", schimpfte Jungmann.

Peter fühlte sich berufen, ein ermutigendes Wort zu sprechen. „Man scheitert nur, wenn man nicht an ein erfolgreiches Morgen glaubt, meine Freunde! Der wackere Aeronaut Jakob Degen wird das Fliegen so oft probieren, bis er in die Lüfte steigt. Unsere Wissenschaft muss gegen die Furien des Hades kämpfen, aber auch sie wird zu ihrem Ziel vordringen!"

„Napoleon lässt sich nicht von Niederlagen entmutigen", fügte Rosenbaum an.

„Ganz recht!", sagte Peter. „Auf diese Weise hat er die halbe Welt erobert!"

„Die ganze Welt!", fuhr es aus Peter.

Jungmann stimmte zu: „Das schaffen wir auch!"

„An diesem Abend steh ich zuverlässig zu Diensten!", hatte Jakob Demuth versprochen. Er hielt Wort.

Doktor Weiß musste für diesen Abend kurzfristig absagen. Ein Patient, ein Gefangener auf der Krankenstation, lag im Sterben. Er könne jetzt unmöglich fort, sagte er entschuldigend zu Peter. Was dieser jedoch nicht recht glauben mochte, weil er gewöhnlich keine solchen Umstände wegen eines Gefangenen machte. Aber er nahm die Entschuldigung hin. Schließlich brauchte er ihn noch zum Mazerieren und Bleichen des Schädels.

Um sich einen Teil des Weges zu ersparen, fuhren Peter, Rosenbaum und Jungmann diesen Abend mit einem Fiaker. An der Hundsturmer Linie stiegen sie aus, um den Rest zu Fuß und ohne Zeugen zurückzulegen.

Die Kirchturmuhr schlug acht, als sie über die Friedhofsmauer kletterten und das Grab erreichten. Auch Jakob Demuth war pünktlich. Er trat gerade aus dem Mondschatten seines Hauses, den Spaten in der Hand, in der anderen eine Laterne. Seine Schritte waren schwer, aber er wankte nicht. Offenbar war er nüchtern.

Es gab nichts mehr zu besprechen. Man begrüßte sich kurz. Demuth wollte eine Anzahlung. Die vorgeblichen Wissenschaftler der Akademie waren damit einverstanden, und Rosenbaum drückte ihm zehn Gulden in die Hand.

„Ich brauche einen Schluck Wein", sagte er noch, „sonst ist das nicht zu schaffen." Er deutete auf die Flasche, die aus einer Tasche ragte, die Peter um die Schulter trug.

Da sich Demuth fähig und entschlossen zeigte, die Arbeit anzugehen, gestand ihm Peter auch diesen Vorschuss zu. Der Totengräber trank auf einem Zug ein Viertel der Flasche leer, dann stieg er auf den Hügel, stellte die Laterne neben sich, schob die Blumenkränze beiseite, die den oberen Teil des Grabes bedeckten, und rammte den Spaten in das Erdreich. Ohne zu pausieren, grub er sich voran, geübt und geschäftsmäßig. Eine Vereinbarung war zu erfüllen. Nichts mehr und nichts weniger.

So schabte der Spaten bald auf Holz. Der Sarg wurde freigelegt. Er winkte seine Auftraggeber heran, denn sie sollten Zeuge der folgenden Tat sein. Ein ehrliches Geschäft musste offen abgewickelt werden. Mit einem kräftigen Stoß fuhr Demuth unter den Deckel und fand einen stabilen Ansatz. Als er den oberen Teil des Deckels aufhebelte, zersplitterte das Holz an der Linie zum unteren, vergrabenen Teil. Rooses Kopf lag frei. In der Dunkelheit war er kaum erkennbar. Doch der beißende Geruch, der heraufstieg, ließ erahnen, dass die Verwesung bereits weit fortgeschritten war. Die drei Auftraggeber pressten unwillkürlich Tücher vors Gesicht, um sich gegen den Gestank zu schützen. Demuth hielt schließlich die Laterne über den Kopf, und jeder bekam nun ein Bild davon, in welcher Körpermasse die Gerüche ihren Ursprung hatten.

Demuth blieb unbeirrt bei der Sache. Er suchte mit den Füßen auf Schollen links und rechts des Sarges Halt und lehnte sich gegen die Erde in seinem Rücken. Dann setzte er die Spatenkante an die Kehle der Leiche. Er verharrte einige Augenblicke, sammelte Kraft in seinem Oberkörper, sodass sich alles an ihm spannte. Mit einem gewaltigen Schub stieß er den Spaten senkrecht nach unten. Es folgte ein entsetzliches Geräusch: ein dunkles, weiches Gurgeln, das Splittern eines Knochens, ein harter Schlag auf Holz. Es war erledigt.

## 24

Gestern hat Friedrich Roose erstmals wieder im Burgtheater gespielt, dachte Rosenbaum in diesem Moment. Was hier geschieht, das geschieht zu ihrem Ruhm! Er, der stolze Witwer einer Theaterlegende, würde es gutheißen!

Dieser würdevolle Geistesblitz half Rosenbaum, den Ekel im Zaum zu halten. Edles ist oft mit grauenvollen Bildern und Gerüchen gepaart.

Demuth kletterte noch weiter in die Grube und hob den triefenden Kopf mit bloßen Händen herauf. Als wollte er ein Geschenk überreichen, hielt er ihn Peter entgegen. „Da, mein Herr, schaut ihn an, dass es auch der richtige ist."

Es war zweifelsohne der Kopf von Betty Roose. Wer sie gut kannte, fand ihre Gesichtszüge wieder. Wer sie nur flüchtig kannte, hatte ihr langes, schwarzes Haar in Erinnerung.

„Hier, nehmt!", sagte Demuth.

Peter schreckte zunächst zurück, doch dann überwand er sich. Das Bedürfnis, den Schatz der langwierigen Jagd in Händen zu halten, war schließlich stärker als die Abscheu. Voller Ehrfurcht nahm er den Kopf. „Wir haben ihn gerettet!", sprach er mit pathetischem Ton. „Er ist der Vergänglichkeit entrissen!"

Rosenbaum und Jungmann waren ebenfalls ergriffen. Doch als ihnen Peter anbot, das Stück zu übernehmen, wehrten sie ab. Sie taten so, als seien sie innerlich noch nicht für eine solche Annäherung bereit.

Demuth war unterdessen aus der Grube gestiegen und hielt Rosenbaum, der für das Finanzielle zuständig war, die Hand entgegen. Er zahlte den Rest der vereinbarten Summe und legte fünf Gulden als Trinkgeld obendrauf.

„Wie besprochen, holen wir ihn morgen", sagte Peter und gab den

Kopf zurück an Demuth. „Er hat seine Arbeit letztlich zu unserer Zufriedenheit ausgeführt!"

„Besten Dank die Herren Professoren!" Er war erleichtert. „Ich verstecke den Kopf im Leichenhaus in einer Blumenschale. Morgen früh findet Ihr mich hier bei der Arbeit." Er schlug den Kopf in ein Leinentuch und legte ihn hinter den Stein des Löschenkohl-Grabes, im Schatten des Mondlichtes. Dann nahm er wieder den Spaten zur Hand und begann, die Grube zuzuschütten.

Peter, Rosenbaum und Jungmann verabschiedeten sich und verließen über die Mauer den Friedhof.

Auf der Heimfahrt in einem Fiakerwagen berieten sie das weitere Vorgehen. Es war Freitagabend. Morgen sollte der Kopf also geholt und in Peters Garten gebracht werden. Unverzüglich musste die Mazeration erfolgen.

„Das Ausstechen wird Doktor Weiß vornehmen", erklärte Peter. „Aber die Bleichung werde ich selbst übernehmen. Michael, du erinnerst dich?"

Jungmann wusste, worauf Peter anspielte.

Rosenbaum blickte fragend.

„Der Schädel von Fallhuber ist fleckig. Haut und Fleisch hat Doktor Weiß nicht vollständig entfernt, sodass beim Lagern in Kalkwasser Flecken daraus wurden. Unschöne Flecken! Das muss bei der Roose anders werden!"

„Baron Moser hat damals Speckkäfer vorgeschlagen, die alles herausfressen", erinnerte Jungmann.

Peter knurrte: „Speckkäfer kann der Baron über Verbrecherschädel herfallen lassen! Wir können die Roose nicht den Maden entreißen, um sie dann den Speckkäfern zum Fraß vorzuwerfen!"

Das leuchtete Jungmann ein.

„Also: Doktor Weiß soll das Gehirn herausnehmen; den Schädel der Roose zu bleichen, das ist *meine* Sache! Mir fällt schon was ein!"

Peters Ankündigung klang in den Ohren von Rosenbaum und Jungmann zwar großspurig, aber sie wollten seinen Überlegungen und Fertigkeiten vertrauen.

„Reden wir über das Gehirn!"

Die drei waren sich rasch einig. Für den dienstfreien Sonntag, am frühen Abend, nachdem die Dunkelheit hereingebrochen war, planten sie die Beisetzung der vergänglichen Teile des Kopfes, also der Gehirnmasse und, gesondert, der Zunge. In ihr sahen sie das fleischliche Symbol ihrer phänomenalen Sprechfertigkeit. Die Beisetzung sollte nach einem vorbestimmten Ritus vonstattengehen, dessen Gestaltung Rosenbaum übernehmen durfte. Sie beschlossen, Therese und Josephine einzuweihen und einzuladen. Alle mussten in Schwarz erscheinen.

Obwohl am folgenden Morgen dichter Nebel über den Gräbern lag, die Sonne als kalte Scheibe teilnahmslos durch die graue Fläche des Himmels wanderte, wirkte der Friedhof wie eine sanfte Landschaft. Nur heftige Windböen störten die Ruhe.

Die drei waren schon früh vor Ort und machten sich auf die Suche nach Jakob Demuth. Sie sahen zum Grab. Die Blumen waren zwar wieder über den gesamten Hügel verteilt, aber im oberen Bereich so lieblos, dass es auffiel. Auch war das Erdreich hier sehr viel lockerer geschichtet.

Jakob Demuth hatte sie bemerkt und kam dazu.

„Man sieht, dass Er hier gegraben hat!", mahnte Peter sofort. „Die Blumen liegen wie hingeworfen! Wir legen größten Wert darauf, dass niemand Verdacht schöpft!"

„Entschuldigen die Herren Professoren! Ich werde das sogleich in Ordnung bringen." Dann sprach er mit gedämpfter Stimme, als ob ab jetzt die Gefahr bestünde, sie könnten belauscht werden. „Ich werde die Herren samt Kopf ein Stück begleiten. Es ist zu gefährlich! Die Herren sind nicht geübt, der Kopf könnte auf den Boden fallen, und mein Weib ist heute überall! Den ganzen Tag schon rennt sie herum, als ob sie einen Verdacht hätte. Sie hat mich schon gefragt, wo ich gestern gewesen bin!"

Tatsächlich marschierte die Frau des Totengräbers heran, einen Besen in der Linken und einen Wassereimer in der Rechten, als Demuth aus dem Leichenhaus kam. Den Kopf verbarg er unter seinem Mantel. Die Frau stellte den Wassereimer ab und sah Demuth fragend an.

„Mathilde, das sind drei Herren vom Arbeitshaus. Sie wollen sich dafür bedanken, dass ich seit neun Tagen auf die Kerze am Grab ihres kürzlich verstorbenen Kochs aufpasse. Sie soll Tag und Nacht brennen. Die Herren laden mich zu einem Frühstück ein."

Die drei erkannten sofort, wie genau der Tag von Jakob Demuth beobachtet wurde, und gaben sich nun als Verwaltungskräfte des genannten Arbeitshauses aus. Trauer stand wegen des Todes ihres Kollegen auf ihren Mienen.

Die Frau Demuths blickte dennoch zweifelnd, aber sie traute sich nicht, die Erklärung zu hinterfragen. „Allenfalls ein Stündchen!", bestimmte sie. „Der Pfarrer braucht dich um zehn!"

„Ja, spätestens", versprach Demuth. Er war erleichtert, als sie den schweren Eimer aufhob und in der Sakristei verschwand.

Schweigend verließen die vier den Friedhof und marschierten die Straßen Richtung Wien. Sie passierten ohne Überprüfung die Kontrollstelle an der Linie. Die Männer hatten weder Waren noch Gepäck bei sich, und das einzige, das sie bei sich hatten, war sicher unter dem Mantel von Demuth versteckt.

In einer dunklen Durchfahrt, deren Weg weit in beide Richtungen zu überblicken war, wanderte der Kopf schließlich von Demuths Mantel unter Peters Mantel. Es fiel kein Wort. Demuth machte sich auf den Rückweg, die drei riefen einen Fiaker herbei, mit offenem Wagen, um sich nicht durch Gestank zu verraten. Dieser fuhr sie zu Peters Garten.

Das Leinentuch mit Rooses Kopf war inzwischen durchfeuchtet. Nachdem der Kutscher sein Geld erhalten und sich verabschiedet hatte, standen sie unbeobachtet am Gartentor. Peter war froh, dass sich Rosenbaum anbot, das Bündel zu übernehmen. Es musste nun nicht mehr verborgen werden. Der Garten war dank der Bäume und Hecken gut genug vor fremden Blicken geschützt, sodass sie sich hier sicher fühlen konnten. Dies galt besonders für den Bereich des Tempels.

Rosenbaum legte den Packen auf den Altar, als sei er ein kultischer Gegenstand. Heiterkeit kam auf, sowohl bei Rosenbaum als auch bei Peter und Jungmann. Ja, sie hatten es geschafft! Es war ihnen eine tollkühne Tat gelungen! Während sich die Theaterwelt nur langsam aus der Schockstarre befreite und das Zentrum der Verehrung, Rooses Kopf, in einem stillen Grab am Hundsturmer Leichenhof vermutete, hatten sie dieses Zentrum der Erde entrissen, um es zum Gegenstand ihrer eigenen, privaten Verehrung zu machen. Jetzt, in diesem Augenblick, waren alle Hindernisse überwunden! Anspannung und Angst der vergangenen Tage durften sich lösen.

Hier, unter dem Tempeldach und umringt von acht Säulen, waren sie abgeschirmt, und das Licht dieses trüben Tages war stark genug, um den erbeuteten Schatz bei idealen Bedingungen betrachten und untersuchen zu können. Rosenbaum öffnete das Tuch, und ein verunstalteter Kopf mit langen, schwarzen Haaren lag vor ihnen. Der süßliche Leichengeruch, vermengt mit dem Gestank von Fäulnis, schlug ihnen heftig entgegen.

Jungmann wurde bleich. „Ich bin jetzt schon einiges gewöhnt, aber der Anblick ist schon arg grauslich." Er hielt ein Taschentuch vor Mund und Nase.

„Die Betty Roose!", flüsterte Rosenbaum. Er war plötzlich ehrfürchtig geworden.

„Wir müssen unsere Befindlichkeiten hintanstellen", mahnte Peter. „Wir handeln hier im Dienst der Wissenschaft!"

Die Haut hatte sich inzwischen vollständig verfärbt. Die linke Seite und die Stirn waren grün und schwarz, die rechte hingegen weißgelb. Die ursprünglichen Züge ließen sich kaum erkennen. Die Augen waren geschlossen, aber vergrößert. Der Mund stand leicht offen, sodass ihre Zähne zum Vorschein kamen. Die Nase, so fanden die drei, hatte sich am wenigsten verändert.

Peter strich mit einem Finger über die Nasenwurzel. „Ihr seht, die Stelle ist erhöht. Ich habe es vermutet!"

„Das Organ der Erziehungsfähigkeit!", warf Jungmann ein.

„Das ist bislang sicher nicht wahrgenommen worden", fuhr Peter fort. „Sie war getrieben von einem starken Kinderwunsch und wäre eine gute Mutter geworden." Er drehte den Kopf zur Seite, hob ein

Büschel Haare vom Nacken. „Hier, das Gegenstück: das Organ der Kinderliebe. Ebenfalls stark ausgeprägt."

„Der Sprachsinn ist nicht sichtbar, die Augen verdecken ihn", bemerkte Rosenbaum.

Peter nahm den Faden auf. „Das gilt auch für den Wortsinn. Die Augen quellen hervor. Das deutet darauf hin, dass sich diese Organe nun besonders ausgiebig mit Wasser füllen, also nach so vielen Tagen des Todes noch Kräfte in ihnen walten."

Rosenbaum und Jungmann nickten zustimmend.

„Morgen Nachmittag kommt ja Doktor Weiß und wird endlich mit der Mazeration beginnen. Es wird Zeit damit! Bei dieser Gelegenheit werden wir nochmal dieser Frage nachgehen."

„Lasst uns nun das Organ der Darstellungskunst untersuchen!", schlug Jungmann vor.

Peter drehte den Kopf wieder gerade und zog an den Haaren, sodass die gesamte Stirn zu sehen war. Dann legte er seine beiden großen Hände über den Vorderkopf und bewegte sie leicht, um die Erhebungen genaustens wahrzunehmen. Er schloss die Augen. „Wie vermutet", sagte er endlich, „alles stark ausgebildet. Die Darstellung. Wir wissen nun, sie war fähig, tief in die Rollen und Charaktere zu versinken und sie aus ihrer Seele heraus zu verkörpern. Witz und vergleichender Scharfsinn. Ihre Darstellung war gepaart mit einer geistigen Durchdringung der Materie. Auch hier, nahe der Schläfe, das Organ des Kunstsinns, stark ausgeprägt! Wir wissen es: Dies erzeugt weniger den bloßen Kunstgeschmack als vielmehr die Kunstfertigkeit, also die Gabe, komplizierte, künstliche Konstruktionen zu entwickeln und zu erfassen, also die Welt in einer anderen Sphäre nachzuerschaffen. Mechaniker besitzen diese Fähigkeit. Auch bei den meisterhaften Baumeistern Hamster, Biber, Schwalbe und Schneidervogel ist dieses Organ vorherrschend. Damit haben wir ferner ihre ganz praktische Kunsthandwerklichkeit nachgewiesen!"

Die Verehrung für Betty Roose wuchs mit dieser Diagnose ins schier Unendliche.

„Sie war nicht nur eine grandiose Schauspielerin", folgerte Peter, „sie besaß die Qualitäten einer Heiligen der Kunst!"

Jungmann stellte fest: „Heilige sterben oft sehr früh!"

„Freunde, wir tun recht, ihr Gehirn morgen hier im Tempel der Musen zu weihen!" Peter behielt die Hände auf dem Kopf, als spende er dem vom Cranium umschlossenen Gehirn damit eine erste Segnung.

„Was gibt es denn Feines?", rief es plötzlich. „Frisch geschlachtet?" Der Nachbar Sollberger, der sonst kaum in seinem Garten zu sehen war, stand auf einer Leiter und stutzte einen Apfelbaum.

Jungmann reagierte schnell und schob sich in die Blickachse. Günstigerweise war der Altar von der Position des Nachbarn ohnehin schlecht einsehbar.

„Fasan!", antwortete Peter geistesgegenwärtig.

„Gesegnete Mahlzeit!" Damit ließ es der Nachbar bewenden. Er widmete sich seiner Arbeit.

Aufgeschreckt verschloss Peter den Kopf im Leinentuch. Der Ort war also unsicherer als gedacht. Die drei brachten daher ihren Schatz in die Grotte. Peter hatte ein Schaff mit Deckel bereitgestellt. Hier sollte er vorerst verwahrt und später gebleicht werden. Um das Gewebe aufzuweichen, goss er Wasser in das Gefäß.

Auf dem Weg nach Hause überfiel Rosenbaum die Angst, Therese könnte sich gegen alles stellen. Gegen die Aneignung des Kopfes, gegen die für morgen geplante feierliche Beisetzung des Gehirns. Ekel und Abscheu könnten sie packen. Oder moralische Bedenken. Das Weitere müsste er dann gegen ihren Willen tun – mit schmerzenden Gefühlen. Sie könnte ihn zwingen, sich von der Runde, vielleicht sogar von Peter, loszusagen. Undenkbar!

Als er nachhause kam, traf er auf Josephine. Rosenbaum erschrak. Aber zugleich freute er sich. Sie sollte er ja ebenfalls einladen, und sie war nicht in Entsetzen ausgebrochen, als sie den Plan erlauscht hatte.

Sepherl hatte ihr ein Haferl Kaffee gekocht. Sie blätterte in einer Zeitung und wartete auf Therese. In deren Musikzimmer wurden Tonleitern auf- und abwärts geträllert.

„Grüß dich", sagte sie.

Aus den beiden Worten hörte Rosenbaum eine Erwartung – was ihn nicht wunderte.

„Wo ist Sepherl?"

„Die wollte noch zum Markt gehen. Ich will die Therese nur fragen, ob sie mich morgen Nachmittag in den Prater begleitet. Im *Grazer Kaffeehaus* singt morgen ein junger Tenor, der vielleicht ans Theater kommt. Den wollte ich mir anhören."

Rosenbaum zog den Mantel aus und hängte ihn an den Haken. Hier im geschlossenen Raum bemerkte er den Leichengeruch, der an ihm hing.

„Hast du danach Zeit?"

„Ja, schon!" Sie sah ihn forschend an. „Darf ich was fragen, ohne dass du mir den Kopf abschlägst?"

Rosenbaum nickte. Und er begann zu grinsen. Stolz und spitzbübisch zugleich.

Josephine wusste sofort Bescheid. „Ihr habt ihn!"

Rosenbaum nickte nochmals.

„Den Kopf von der Roose!" Sie gluckste. „Ihr seids wahnsinnig!" Die Nachricht war so unglaublich und unfassbar, dass sie nur lachen konnte.

„Die Therese weiß noch nichts davon!"

Sie beherrschte sich kurz. „Na, die wird Augen machen!" Sie kicherte wieder los.

Therese sah aus der Tür. „Könnts ihr bitte ein bisserl leiser sein?"

„Entschuldige!", japste Josephine. „Es ist einfach nicht möglich!"

„Na ja, dann will ich es auch wissen." Sie blickte zurück ins Zimmer. „Amalie, wir sind dann eh fertig." Sie wartete an der Tür, bis die junge Sängerin ihre Noten eingepackt hatte. „Wir sehen uns am nächsten Samstag."

„Ja, danke, Frau Rosenbaum."

Nachdem die Schülerin die Wohnungstür hinter sich geschlossen hatte, setzte sich Therese an den Tisch. Josephine kicherte noch immer.

„So, und was ist jetzt so lustig?" Dass sich ihre Freundin nicht beruhigen konnte, machte sie misstrauisch.

„Na los, Joseph!", kam es aus Josephine. „Jetzt musst du raus mit der Wahrheit!"

Rosenbaum sammelte sich. „Also, Therese, ich war vorgestern Nacht nicht mit dem Peter im Bierhaus, und gestern war ich nicht im Theater."

„Sondern?"

„Ich war mit dem Johann und dem Michael auf dem Leichenhof in Hundsturm."

„Bei der Roose?" Therese rätselte. „In der Nacht?"

Ungebändigtes Lachen brach aus Josephine. „Sag's!"

Therese befiel eine Ahnung. Ihre Augen wurden groß wie Kastanien. „Wie der Johann den alten Lehrer!"

„Genauso!" Rosenbaum schluckte. Jetzt war es gesagt.

Therese atmete nicht. „Ihr habts den Kopf von der ..."

„Er liegt in einem Schaff in der Grotte."

Sie konnte nicht sprechen.

Rosenbaum redete sofort weiter: „Morgen Nachmittag wird ein Doktor das Gehirn herausnehmen. Das wollen wir am frühen Abend mit einem feierlichen Ritus im Garten beisetzen. Zu Ehren der Roose und der Musen! – Ihr seid beide eingeladen!"

„Und der Schädel?", fragte Therese tonlos.

„Der wird dann gebleicht und für die Ewigkeit erhalten!"

„Der Schädel von der Roose!"

Das sagte sie mehrmals vor sich hin, in der Hoffnung, das Unfassbare auf diese Weise zu erfassen. Aber es war nicht möglich, nicht in diesem Moment! Und so begann auch sie zu lachen, ungezügelt zu lachen, gemeinsam mit Josephine. Rosenbaum fiel ein.

Die beiden Frauen waren bereit, das Ihre zum Festakt beizutragen. Nach dem Konzert des Tenors wollten sie in schwarzer Kleidung in Peters Garten kommen.

War es kurioser Ernst, war es ein tragischer Spaß am Rande eines Abgrunds, war es ein Versuch, in dieser aufgeladenen Zeit durch Wahnsinn die Luft einer schrankenlosen Sphäre einzuatmen? Sie wussten es nicht. Auch Rosenbaum wusste es nicht.

Josephine wollte den Kopf noch an diesem Nachmittag sehen. Therese traute sich nicht.

Peter war ausgegangen, aber Lenerl verfügte über den Schlüssel zur Grotte. Sie musste ja die Sammlung sauber halten. Sie selbst blieb draußen im Garten stehen, während Rosenbaum und Josephine den Deckel des Schaffs aufhoben.

Natürlich war Josephine im ersten Moment schockiert – obwohl Rosenbaum sie vorgewarnt hatte: Rooses Physiognomie habe sich in den zwei Wochen seit dem Tod völlig verändert! In den Stunden an der Luft und nunmehr im Wasser war dies jetzt noch sehr viel mehr der Fall! Aber nachdem sie den ersten Schreck verkraftet hatte, konnte sie den geborgenen Schatz mit offenem Interesse betrachten.

Ja, sie entdeckte noch die Wesenszüge, die über viele Jahre hinweg Teil ihres Alltages gewesen waren. Rührung überkam sie. Wie gebannt kniete sie eine Weile vor dem Schaff, ignorierte in ihrer Wallung tapfer den Geruch, der aus dem Wasser stieg, und musste sich schließlich Tränen aus den Augen reiben. Wie sehr hatte sie diese Frau verehrt! Wie eifersüchtig und wütend war sie zu Lebzeiten auf diese Frau gewesen, als sie weitaus mehr Applaus erhielt – trotz größter Anstrengung und Hingabe. Roose war auf der Bühne schlicht eine Göttin gewesen!

Josephine erkannte das Kluge, Mutige und Zukunftsweisende in dieser Tat. Der Hundsturmer Leichenhof war für ihr edelstes Körperteil ein denkbar unwürdiger Ort! Es war zwingend, das Gehirn gesondert zu bestatten und das Cranium vor dem Verfall zu bewahren!

Als sie mit Rosenbaum aus der Grotte trat, kam ihnen Jungmann entgegen. Er hatte eine Urne besorgt, ein kunstvoll gearbeitetes Gefäß aus Nussbaumholz, sowie ein Glas für die Zunge.

„Ihr seid Helden im Dienste der Kunst!" Mit diesen Worten ging Josephine auf ihn zu und richtete den Blick dabei auch auf Rosenbaum.

Beide fühlten sich geschmeichelt und schätzten sich glücklich, dass sie nicht die Einzigen waren, die so dachten.

Jungmann brachte die Gefäße in die Grotte. Seine Neugier trieb ihn zum Schaff. Wie hatte sich der Kopf in den zurückliegenden

Stunden verändert? Und auch Josephine wollte noch einmal Rooses Züge betrachten, ehe sie gänzlich zerfielen. Sie hoben den Deckel. Es war so unglaublich! Hier lag ihr Kopf!

Lenerl blieb an diesem Nachmittag so weit wie möglich davon entfernt. Sie sperrte die Grotte auf und sperrte sie wieder zu, wenn die Besucher ihre Besichtigung beendet hatten, aber der zu erwartende grauenvolle Anblick und der Gestank, ja die Atmosphäre, die nun im Grottenraum herrschte, schreckten sie ab. Peter verbrachte den Abend mit Jungmann im Theater an der Wien. Als er nach Hause kam, sie mit ihm alleine war und er ihr den Kopf, ganz im Stillen, zeigen wollte, änderte sich ihre Einstellung.

Sie traten in die Grotte. Peter trug eine Laterne, die er über dem Schaff an einen Nagel hängte, sodass ein milder Schein darauf fiel. Langsam hob er den Deckel an, schob ihn so zögernd zur Seite, sodass sich Lenerl allmählich mit dem Inhalt vertraut machen konnte. Sie zuckte, verspannte sich. Übelkeit stieg in ihr auf. Peter legte den Deckel schließlich beiseite und stellte sich an ihren Rücken, umfasste sie zärtlich, fing ihre Regungen auf. Die Übelkeit ließ nach. Je enger er sich an sie drückte, desto mehr begann sie, den Anblick zu ertragen.

Am Nachmittag des folgenden Sonntags kamen die Männer in der Grotte zusammen: Peter, Rosenbaum und Jungmann natürlich, Ullmann war von seiner Reise zurück, informiert und mit Begeisterung bei der Sache. Auch Doktor Weiß fügte sich endlich wieder in den Kreis – der Wichtigste für die nächsten beiden Stunden.

Peter und Jungmann brachten aus dem Gartenhaus einen Tisch, um für Doktor Weiß eine geeignete Arbeitsplatte zu schaffen. Rosenbaum hatte drei Pechpfannen gekauft, die er in Tischnähe in den Regalen verteilte. Mit dem Rauch sollte der Leichengeruch überdeckt werden. Die Urne sowie das Zungenglas standen bereit. Dann schloss Peter die Tür zur Grotte und sperrte sie von innen zu, um vollkommen sicher zu sein, dass sie ungestört blieben. Ullmann übergab er eine Spirituslampe, mit der er den Operationstisch beleuchten sollte.

Doktor Weiß versicherte sich, dass er die Aufgabe richtig verstanden hatte. „Es geht also darum, die Zunge als Erinnerungsstück aus dem Mund zu nehmen und anschließend das Gehirn auszustechen. So vorsichtig, dass einerseits das Schädelgehäuse unbeschädigt bleibt, dass aber andererseits noch eine Organuntersuchung erfolgen kann."

„Ja, vornehmlich die Organe von Sprach- und Wortsinn", bestätigte Peter.

„Hinter den knöchernen Augenhöhlen gelegen." Doktor Weiß kannte die Schädelkarte Galls.

„Ja, sehr richtig! Sie müssen diese Knochen aufbrechen, sonst sehen wir sie nicht."

„Das muss ich ohnehin, um einen Ausgang für die Entfernung des Gehirns zu schaffen."

„Richtig. Diese Beschädigung ist unerlässlich."

„Und der Schädel soll wieder gebleicht werden." Doktor Weiß deutete auf den Schädel Fallhubers im Regal. Sein Werk.

„Ja, wir werden Kalk in das Schaff geben." Peter sagte dies sehr rasch, in der Hoffnung, Doktor Weiß würde das Thema damit auf sich beruhen lassen. Aber gefehlt.

„Aha!" Er sah Peter fragend an. „Ich kann das wieder übernehmen."

„Danke! Ich möchte darin selbst ein Meister werden", antwortete Peter doppelzüngig.

Doktor Weiß hatte nun verstanden. „Wie Sie meinen." Das entzogene Vertrauen verstimmte ihn. „Dann werde ich mich jetzt den Weichteilen widmen", sagte er und nahm ein langes, schmales Messer zur Hand.

Rosenbaum entzündete die Pechpfannen, und sofort verbreitete sich eine dichte, schwarze Wolke im Raum. Die Männer husteten und hielten Taschentücher vor Münder und Nasen. Jungmann hatte in kluger Voraussicht eine Flasche Schnaps mitgebracht. Er nässte damit die Taschentücher, was jedoch nur wenig Erleichterung bewirkte. Doktor Weiß hingegen hatte keine Hand frei, um seine Atemwege zu schützen. Er ging sachgemäß und entschlossen ans Werk. Das Klagen passte weder zu seinem Metier noch zu seinem Charakter.

Als Erstes schnitt er die Zunge aus dem Leichenkopf. Der Fleischlappen war zu einem schrumpeligen, dunkelgrauen Gebilde geworden, aber er war noch immer das Körperteil Betty Rooses, mit dem sie die Sätze großer Dramen formuliert hatte, und daher eine Reliquie. Jungmann streckte Doktor Weiß das dafür vorgesehene Glas entgegen, und die Zunge glitt auf dessen Grund.

„Nun werden wir uns die Organe in den Augenhöhlen ansehen", verkündete der Arzt.

Die Männer drängten sich hinter seinem Rücken zusammen und verfolgten den nächsten Operationsschritt. Doktor Weiß nahm die Augen heraus und warf sie in das zweite Gefäß, die Urne. Mit einem starken Eisen brach er die Schalen der Augenhöhlen auf. Dann hielt Ullmann die Lampe dicht vor die Höhlen, um möglichst tief in sie hineinzuleuchten. Aber die Masse, die nun sichtbar wurde, besaß keinerlei Struktur.

„Ich fürchte, die Verwesung ist schon sehr weit fortgeschritten", stellte Doktor Weiß fest.

Peter ärgerte sich. „Sie meinen ...?"

„Na ja", fuhr Doktor Weiß fort, „mit jedem Tag des Todes verändert sich die Beschaffenheit des Fleisches. Es bilden sich Säfte, die Proportionen der Organe verändern sich."

„Die Proportionen verändern sich!" Diese Aussage ernüchterte Peter.

Rosenbaum hatte eine solche Auskunft erwartet. „Sie ist zwei Wochen tot!", sagte er vorsichtig.

„Das heißt, dass diese Untersuchung im Hinblick auf die Schädellehre sinnlos ist!"

Jungmann bemerkte zur Beruhigung: „Peter, wir haben gestern schon die wesentlichen Erkenntnisse durch Betastung gewonnen!"

Doktor Weiß zuckte mit den Schultern. „Es tut mir leid! Der Mörder, den ich bei Baron Moser untersucht habe, kam frisch vom Galgen. Die Natur nimmt keine Rücksicht auf die Wissenschaft! Sie schreitet unbeirrt zügig voran, will die Leichen so bald wie möglich in Staub zerfallen lassen."

Peter kapitulierte vor dem Willen der Natur. „Also gut!"

„Sie war eine wunderbare Schauspielerin!", bekräftigte Jungmann. „Wie hätten da die Organe von Wort- und Sprachsinn spärlich ausfallen können?"

Peter nickte und befahl Doktor Weiß: „Machen Sie weiter!"

Das Folgende, der abscheuerregendste Teil der Operation, nahm eine Stunde in Anspruch. Im dichten Rauch, bei schlechter Sicht und schier unerträglichem Gestank schabte Doktor Weiß die Haut vom Kopf. Die Sehnenbänder am Kiefergelenk ließ er unangetastet, sodass der Unterkiefer weiter am Schädel hing. Anschließend holte er durch die Augenhöhlen die Gehirnmasse aus dem Korpus. Die Knochensubstanz durfte so wenig wie möglich beschädigt werden. Er stach, schnitt, löffelte und kratzte, bis er sich machtlos gegen einige Reste erklärte. „Mehr ist nicht herauszubekommen", sagte er, während er das letzte Stück in die Urne warf, die ihm Jungmann entgegenhielt. Dann verschloss Jungmann das Gefäß.

„Das wäre jetzt was für die Speckkäfer", schob Doktor Weiß nach.

„Das ist in Ordnung so", erwiderte Peter und entsperrte die Grottentür. „Um das Weitere kümmere ich mich selbst!"

Doktor Weiß gab keine Antwort und begann, seinen Arbeitstisch aufzuräumen.

Peter öffnete die Tür, und frische Luft strömte herein. Die Männer konnten die Rauchkammer verlassen. Ihre Gesichter waren rußgeschwärzt. Jungmann und Ullmann brachten den Tisch zurück in die Gartenhütte, Doktor Weiß reinigte seine Geräte im Teich, bis alle Spuren beseitigt waren. Peter erneuerte das Wasser im Schaff und rührte Kalk ein, legte den Schädel in das Bad und schloss den Deckel darüber.

Doktor Weiß wollte für seinen Dienst kein Geld annehmen. „Ich tue es für die Wissenschaft", sagte er knapp. Die Einladung für die anschließende Bestattungsfeierlichkeit schlug er zunächst aus. Als ihn hingegen Rosenbaum noch einmal bat, sagte er schließlich zu.

Als am frühen Abend Therese und Josephine vom Konzert im Prater kamen, hatte Peter bereits auf der Wiesenfläche rechts vom Tempel eine Grube für die Urne ausgehoben. Das Gefäß stand zusammen mit dem Zungenglas davor, beleuchtet in der weit fortgeschrittenen Dämmerung von einer Spirituslampe.

Josephine war heute deutlich zurückhaltender als gestern. Sie hatte eine Nacht über ihre Begeisterung für die Tat geschlafen, und es war keine gute Nacht gewesen. „Ich hab Albträume gehabt!", klagte sie und sank auf einen Stuhl auf der Terrasse. „Gott sei Dank hat mich die wunderschöne Musik gerade aufgemuntert! Sonst wär ich nicht gekommen! Der Anblick und der Gestank!"

„Ich weiß schon, warum ich die Roose nicht mehr sehen wollte", fügte Therese hinzu.

Lenerl brachte eine Tasse Kamillentee, den Josephine bedächtig zu schlürfen begann.

Peter beschäftigte sich unterdessen weiter mit der Grube, indem er sinnlos mit dem Spaten darin herumstocherte. Der Geruch, der aus der Urne trat, verbreitete sich über den gesamten Garten, und Peter sorgte sich, dass er die Nachbarn misstrauisch machen könnte. Er bat Rosenbaum, die Pechpfannen nochmals anzuzünden. Bald zogen rußige Schwaden umher. Rosenbaum und Jungmann steckten ihre Pfeifen an.

Peter kam zur Terrasse, auf der Ullmann und Jungmann den beiden Frauen von der Mazeration berichteten und die Unerschrockenheit von Doktor Weiß lobten.

„Wir müssen beginnen!", sagte Peter. „Der Geruch lässt sich nicht eindämmen."

Rosenbaum hatte ja die Aufgabe erhalten, den Ablauf des Bestattungsrituals festzulegen. Davon wollte Peter jetzt aber abweichen.

„Wir wollten ursprünglich die Urne am Ende des Rituals beisetzen", fuhr Peter fort, „aber wir müssen sie sofort begraben."

Das leuchtete allen ein. Sie versammelten sich um die Grabstätte und nahmen eine feierliche Haltung ein. Peter hob die Urne auf, versuchte seine Abscheu gegen die Ausdünstungen zu unterdrücken und sprach rasch ein Gebet: „Euch, oh Musen, bitte ich, nehmt die göttliche Betty Roose, Allgewaltige der Dramatik und Sprachkunst, auf in euren edlen Kreis!" Dann versenkte er die Urne. Das Zungenglas hielt er ebenfalls in die Höhe, sagte jedoch nichts dazu. Er gab es zur Urne und begann eilig, das ausgehobene Erdreich in die Grube zu schaufeln. Der Geruch verlor an Intensität. Als Peter den kleinen Hügel mit dem Spaten verfestigte, hatte er sich nahezu vollständig verflüchtigt. Jetzt waren die Pechpfannen nicht mehr nötig, und Rosenbaum löschte sie. Die Festgemeinde konnte sich mit etwas mehr Ruhe dem nächsten Akt des Rituals widmen.

Der Schädel sollte im Tempel geweiht werden.

Rosenbaum und Doktor Weiß holten das Schaff aus der Grotte und stellten es auf den Altar. Peter entzündete mit Ullmann Laternen und Fackeln. Die Tempelanlage erleuchtete wie ein Kirchenraum an einem hohen Feiertag.

Als alles vorbereitet war, führte Rosenbaum in der Eigenschaft als Zeremonienmeister die Frauen, also Therese, Josephine und auch Lenerl, vor den Altar. Jungmann goss eine Flasche Schnaps in eine Schale und bespritzte mit einem Nadelzweig den Tempel und seine Besucher.

Der Deckel des Schaffs blieb verschlossen. Niemand wollte den Schädel sehen. Peter sollte jetzt eine Ansprache halten, eine Predigt mit anschließendem Gebet. So sah es die Planung vor. Er stellte sich hinter den Altar, legte die Hände auf den Deckel des Schaffs und sammelte sich. Die angespannte Stille dauerte lange. Anstatt endlich zu beginnen, färbte sich sein Gesicht weiß. Er senkte den Kopf und schluckte schwer, trat einen Schritt zurück und blickte nun in das Gewölbe des Tempeldaches. Wieder schluckte er schwer.

„Dem ist schlecht!", bemerkte Therese.

Peter schwankte. Jungmann brachte ihm die Schnapsflasche, in der sich noch ein Rest befand. Peter trank, aber sein Zustand verschlechterte sich weiter.

„Es war alles ein bisschen viel", flüsterte er. „Ich muss die Rede halten!", fügte er an, um sich aufzubauen. „Und das Gebet sprechen!"

Therese ging zu ihm und nahm seine Hand. „Du musst jetzt gar nichts, Johann!"

Auch Rosenbaum lief dazu. Zusammen mit Jungmann führten sie den leicht zitternden Mann zu einem Stuhl auf der Terrasse. Lenerl tupfte seine Stirn und flößte ihm Kamillentee ein.

Peter fühlte sich elend. Nicht nur, weil Übelkeit und Schwindel auf seinen Körper drückten, sondern weil ihn diese Schwäche ausgerechnet in diesem bedeutenden Augenblick erfasst hatte. Was er am wenigsten ertrug, war der Verlust der Kontrolle über das Geschehen, das doch im Wesentlichen von ihm geschaffen war!

Er schloss die Augen, um sich für einen Moment von allem abzuschirmen. In seinem Kopf erklang eine Violine. Sie wurde virtuos gespielt von Karoline Weber, die nun im Fantasienebel sichtbar wurde. Obwohl er sei regelmäßig drüben im Strafhaus sah, war sie unerträglich weit entfernt. Sie gehörte zu einer anderen Welt. Einer Welt, die sich mit diesem Lebensraum nicht vereinen ließ. Noch nie hatte er diese Unvereinbarkeit so bitter wahrgenommen wie in diesem Augenblick. Er vermisste sie. Warum konnte sie jetzt nicht bei ihm sein?

Die Stimme von Rosenbaum holte ihn zurück in das Gartenfest.

Dieser schlug vor: „Es wird kalt und unangenehm hier im Garten. Weihen wir noch die Grabstätte von Hirn und Zunge der Roose und gehen wir dann ins Warme."

Peter war einverstanden. „Ja. Lenerl hat Salami und Käse gekauft. Im Keller ist guter Wein." Er stemmte sich empor. Die Beine trugen ihn. Beim Weiheakt wollte er nicht fehlen.

Die Spirituslampe erhellte noch immer den Grabhügel. Jungmann steckte erneut die Pechpfannen in Brand. Rosenbaum hielt Josephine eine Fackel entgegen. „Du, Josephine, bist diejenige, die der Roose am nächsten stand. Es sei also an dir, das Licht der Ewigkeit an ihr Grab zu bringen!"

Josephine freute sich über diese Auszeichnung. Sie nahm die Fackel und trat auf das Grab zu. „Oh, ihr Musen!", rief sie mit pathetischem Gestus. „Hebt die Verschiedene in eure Mitte, auf dass sie in Ewigkeit den Schaffenden beiseitestehe!" Sie umschritt das Grab und verbeugte sich davor. Nun erhielt Rosenbaum die Fackel und auch er umrundete die Stätte. Die Fackel wurde weitergereicht.

Es folgten Peter, Therese, Jungmann, Ullmann, Doktor Weiß und schließlich auch Lenerl.

Die Mitglieder des *Zirkels*, auch sein Gast Doktor Weiß, stiegen, so empfanden sie es, mit dieser rituellen Gleichförmigkeit in eine höhere Sphäre. Der Mond, der stumm und kühl als Symbol der Unendlichkeit über den Pappeln des angrenzenden Parks stand, verstärkte diese Stimmung. Peters Übelkeit war vorüber, und die Irritation, die sie hervorgerufen hatte, löste sich auf.

Die Zeit war angehalten in diesem kleinen Garten in der Leopoldstadt. Der *Zirkel*, angeführt von Peter, würdigte die verstorbene Roose, aber betäubte sich dabei im Grunde lediglich selbst, um der bedrohlichen Unsicherheit, die in diesen Jahren pulsierte, für einige Minuten zu entkommen.

Jetzt war alles getan, was sie für erforderlich hielten. Sie konnten hinauf in die Wohnung wechseln. Jungmann und Doktor Weiß brachten das Schaff zurück in die Grotte. Josephine folgte ihnen. Die grelle Erinnerung an die Albträume war verflogen, und sie wollte den ausgehöhlten Kopf noch einmal sehen.

Oben in Peters Wohnstube wurde unterdessen aufgetragen. Als Josephine mit Jungmann und Doktor Weiß dazukamen und der Wein in die Gläser floss, fühlte sich Peter wieder imstande, eine Tischrede zu halten. Aber er wurde niedergezischt. Peter lachte zaghaft. Er verstand und akzeptierte die Erleichterung und den Spaß, die hinter dieser Ablehnung steckten. Doch einen wichtigen Plan musste und durfte er mit großem Ton verkünden: „Die Stelle, wo die Roose begraben ist, darf kein schlichter Hügel bleiben! Etwas Bedeutendes soll hier erbaut werden! Das Roose-Monument!"

Applaus brach aus, die Weingläser wurden erhoben.

## 25

Jakob Degen kündete in den Zeitungen einen neuen Versuch an. Die Voraussetzungen waren erheblich günstiger. Es herrschte vollkommene Windstille. Der morgendliche Nebel löste sich um die Mittagszeit auf.

Peter und Rosenbaum hatten sich am Feuerwerksplatz am Prater verabredet. Josephine hatte eine Probe, Therese wollte zunächst mitkommen, doch sie hatte abends eine Vorstellung und musste sich nachmittags ausruhen. In der vergangenen Nacht war auch sie von Albträumen heimgesucht worden.

„Sie ist schweißgebadet hochgeschreckt, weil sie gemeint hat, die Roose stehe neben ihrem Bett", erzählte Rosenbaum, während er mit Peter den Eintritt zahlte. „Und dann hat sie nicht mehr einschlafen können." Er lächelte sanft. „Mir und der Josephine ist es ja nicht besser gegangen. Man muss sich erst daran gewöhnen."

Sie stiegen hinauf zur Tribüne.

„Das ist möglich", erwiderte Peter. „Ich hab schon sehr lange mit den Toten und den Schädeln zu tun. Da berührt mich das weniger. Und ich seh das mit den Augen der Wissenschaft! Das setzt natürlich einen Sinn für den Fortschritt voraus!"

Rosenbaum verkniff verärgert den Mund. Als ob er, Rosenbaum, keinen Sinn für den Fortschritt habe! Er wurde den Eindruck nicht los, Peter nage noch an seinem Einbruch beim Bestattungsritual und müsse sich daher besonders aufblähen.

Sie fanden einen Platz, auf dem sie ohne Beeinträchtigung die Wiese vor der Tribüne überblicken konnten. Auch war die Tribüne sehr viel voller als vor wenigen Tagen, denn heute würde Degen ganz gewiss seinen Schlagflügelapparat vorführen können.

Jakob Degen, in himmelblauer, enganliegender Kleidung, und sein Helfer waren bereits bei den Vorbereitungen. Der schlanke, leichtgewichtige Uhrmacher spannte sich in das Fluggerät. Der Helfer befestigte seine Füße, die in speziellen Sandalen steckten, an der Trittstange. Dann schnallte er das Flügelpaar, gefertigt aus rotem und gelbem präpariertem Papier, an seinen Oberkörper. Mit den Händen umklammerte Degen die Handstange, mit der er den Flügelmechanismus betätigen konnte. Im Hintergrund füllte sich der Ballon, der für den Auftrieb ergänzend benötigt wurde, zusehends mit Wasserstoff. Als er sich vom Boden löste, verband der Helfer ihn mittels zweier Seile mit dem Brustgürtel Degens. Der Ballon trieb auf, besaß aber erwartungsgemäß zu wenig Kraft, um Degen mit dem Schlagflügelapparat zu heben.

Das Publikum hielt den Atem an. Kein Windhauch störte. Jetzt konnte und musste der Uhrmacher zeigen, wozu seine Maschine fähig war!

Vorsichtig begann er, die Handstange auf und ab zu bewegen. Die Flügel hoben und senkten sich. Bei der Aufwärtsbewegung öffneten sich die über dreitausend Flügelklappen, sodass Luft hindurchströmen konnte. Bei der Gegenbewegung schlossen sie sich. Die Flügel bildeten eine dichte Fläche und drückten die Luft. Der Schub war stark genug, um den erforderlichen Auftrieb zu erzeugen. Degen und seine Maschine hoben ab.

Ein Raunen ging durch die Menge. Doch sogleich kehrte wieder Stille ein.

Degen stieg auf eine Höhe von etwa fünf Metern. Einige Minuten blieb er in dieser Höhe. Es gelang ihm, sein Gerät so gut unter Kontrolle zu behalten, dass er eine Runde über den Platz drehen konnte. Sehr knapp überflog er die Tribüne. Die Zuschauer beobachteten aus der Nähe, mit welcher Kraftanstrengung Degen die Handstange bedienen musste, wie sich die Flügelklappen mit diesen Bewegungen öffneten und schlossen. Unwillkürlich zogen die Zuschauer die Köpfe ein. Ein erstauntes, begeistertes „O-h-h-h!" schwoll auf. Einige applaudierten.

Dann landete Degen in einiger Entfernung von der Tribüne. In kontrollierbarem Tempo und sicher fing er sich mit den Beinen ab. Der Helfer lief zu ihm und gab ihm zu trinken. Degen machte eine kurze Pause. Schließlich setzte er zum zweiten Flug an. Wieder bewegte er die Flügel zunächst behutsam, beschleunigte das Schlagen und hob dann ab. Diesmal lag es ihm daran, möglichst weit aufzusteigen. Er hielt die Position und fuhr nahezu senkrecht nach oben. Immer höher.

Applaus brach los. „Bravo!", wurde gerufen.

Auch Peter und Rosenbaum starrten fasziniert nach oben.

„Er hat die Höhe vom Stephansturm erreicht", schätzte Peter. „Mindestens!"

„Das denke ich auch!"

„Wahrlich ein Mutiger!"

Degen blieb in dieser Höhe. Er konnte es sich sogar erlauben, mit dem Flügelschlagen zu pausieren und seinem Publikum zuzuwinken.

Die Zuschauer winkten zurück und jubelten ihm zu.

Plötzlich geriet er ins Wanken, sank herab. Die Zuschauer schrien auf. Rasch hatte Degen seinen Apparat wieder unter Kontrolle und stabilisierte ihn in weiterhin enormer Höhe. Aber der Vorfall zeigte die Gefährlichkeit der Unternehmung. Wie nah er sich an der Klippe zum Scheitern und damit dem tödlichen Absturz bewegte.

Peter überkam eine pathetische Wallung: „Joseph", sprach er feierlich, „wir leben in einer großen Zeit! Und das Größte ist: Wir sind Teil dieser Zeit! Der unbeugsame Wille des Menschen befähigt ihn zu grandiosen Taten! Die Menschheit bewundert Jakob Degen! Sie wird uns ebenfalls bewundern! Und das müssen wir ihr ermöglichen!"

Rosenbaum ließ sich einfangen. Er atmete so tief ein, dass auch ihn das Gefühl von Erhabenheit durchströmte. Doch ein Funke Realitätsbezug blitzte auf. „Aber wir müssen wachsam sein, Johann! Nicht jeder mag unser Tun gutheißen. Es gibt das Dekret des Kaisers ..."

„Ja, wir müssen ein wenig wachsam sein. Gegenüber Friedrich Roose, zum Beispiel. Aber wer der Wissenschaft dient, kann nichts Schlechtes tun!"

Dagegen konnte Rosenbaum nichts einwenden.

Jakob Degen hielt inzwischen die Flügel in oberer Stellung, sodass die Flügelklappen geschlossen und die Unterseiten eine dichte

Fläche blieben. Langsam und in einer weiten Schleife segelte er in dieser Haltung abwärts, bis er wieder sicher den Boden erreichte.

Der Helfer lief zu ihm, sie besprachen sich, Jakob Degen trank einen kräftigen Schluck, er bewegte einige Male die Flügel, aber schließlich brach er ab. Seine Kräfte waren verbraucht.

Degen löste die Riemen, die ihn an das Gestänge banden, und stieg aus seinem Apparat. Noch einmal gab es lebhaften Applaus.

Dann reihten sich Rosenbaum und Peter in die Schlange zum Ausgang, die sich auf der Tribüne bildete. Doch Peter entdeckte einen Richter des Kriminalgerichts, den er begrüßen wollte, und bat Rosenbaum, kurz auf ihn zu warten.

„Herr Rosenbaum!", rief eine weibliche Stimme.

Rosenbaum wandte sich um. Vor ihm stand eine junge Frau, eingehüllt in einen Mantel. Ihr Haar hatte sie unter einem Wolltuch verborgen. Sie wirkte angespannt und müde. Es war Nanette Feiglin, die Verlobte seines Bruders Jean. Erst vor wenigen Wochen hatte er sie Therese und ihm vorgestellt. Sie war in Begleitung ihrer Mutter.

„Das freut mich, Sie zu sehen, Nanette!"

„Ich möchte Sie mit meiner Mutter bekanntmachen."

Rosenbaum begrüßte die Frau neben Nanette mit einem angedeuteten Handkuss. „Es ist mir eine Ehre!"

„Sehr erfreut, Herr Rosenbaum", sagte Frau Feiglin. „Ein mutiger Mensch, dieser Degen! Nicht wahr? Erstaunlich!"

„Ich bin begeistert von seiner Erfindung! – Aber darf ich fragen, ob Sie Neuigkeiten von meinem Bruder haben? Er hat mir lange nicht geschrieben."

Nanette atmete schwer. „Ich fürchte Schlimmes! Er war für die Versorgung der Truppe vorgesehen. Aber er hat sich jetzt für den Sturm gemeldet. Ich versteh nicht, warum er solche Dummheiten macht!"

Das Thema erregte auch Frau Feiglin: „Wir sind sicher, dass er es inzwischen bereut! Dass er Angst gekriegt hat, als ihm Kameraden erzählt haben, wie es wirklich zugeht in der Schlacht!"

„Und man weiß ja nicht, wie sich die Lage zuspitzt! Am Ende muss er tatsächlich in den Krieg!"

Rosenbaum pflichtete den beiden Frauen bei. „Ja, er ist manchmal ein arger Narr und weiß nicht, was er tut!"

„Können Sie nicht irgendwas unternehmen, damit er losgelassen wird?", flehte Nanette.

Frau Feiglin sprang der Tochter bei: „Meine Nanette vergeht vor Kummer! Schauen Sie das Mädel an, sie isst immer weniger!"

„Und der Jean ist ja auch nicht der Kräftigste. Der hält einen Krieg nicht aus!"

Rosenbaum nickte. „Ja, ich werde mein Möglichstes tun! Ein Freund, der Karner, der Direktor der Zentraldirektionskanzlei beim Fürsten Esterházy, kennt hohe Militärs. Den werde ich bitten, dass er sich der Sache annimmt. Wir müssen den Jean vor sich selber retten!"

Nanette drückte Rosenbaum dankbar die Hände! „Ja, bitte, bitte, tun Sie das!"

„Ein verliebtes Mädchenherz dankt es Ihnen, Herr Rosenbaum", sagte die Mutter.

„Dann mach ich es doppelt gern!"

Rosenbaum verabschiedete sich von den beiden Damen und ging auf die Suche nach Peter. Aber er hatte ihn aus den Augen verloren. Stattdessen entdeckte er den Steinmetz Langwieder, der am Geländer der Tribüne stand und Jakob Degen beim Überprüfen seines Flugapparates beobachtete. Rosenbaum war mit Langwieder gut bekannt. Schon oft hatte er ihn im Namen des Grafen Esterházy beauftragt.

„Schönen guten Tag, Herr Langwieder!"

„Oh, Herr Rosenbaum! Freut mich! Bei so einem Spektakel darf man nicht zuhause bleiben!"

„Als interessierter Mensch ist man geradezu verpflichtet zu kommen!"

„Dieser Mann riskiert sein Leben für die Wissenschaft!", schwärmte Langwieder. „Er bläht sich nicht auf, arbeitet gewissenhaft an seinen Verbesserungen und bleibt bei alldem demütig. Ein Vorbild für uns alle! Solche Menschen braucht ..."

Rosenbaum unterbrach ihn: „Herr Langwieder, ich denke, ich kann Ihnen einen Auftrag verschaffen."

„Das würde mich freuen! Wieder für den Herrn Grafen?"

„Nein, eher was Privates. Für einen Freund, der in seinem Garten ein Monument aufstellen will. Ich könnte Sie gleich mit ihm bekanntmachen."

Der Steinmetz, ein muskulöser, aber feinsinniger Mann um die vierzig, rückte seine Kappe zurecht. „Ich bin für alles offen! – Insbesondere für das Übliche." Diese rätselhafte Formulierung war als Signal für Rosenbaum gedacht, die dieser sofort richtig interpretierte.

„Wir sind uns einig?", fragte Rosenbaum halblaut.

„Beim Gartenbrunnen für den Grafen hatten wir zehn Prozent vereinbart."

Rosenbaum nickte zustimmend. Dann sah er sich um und entdeckte Peter am anderen Ende der Tribüne. Dieser hielt gerade Ausschau nach ihm.

„Johann!"

Peter hörte und kam heran.

„Das ist Herr Langwieder, ein zuverlässiger und patenter Steinmetz. Ich kann ihn dir wärmstens für das Monument empfehlen."

Peter freute sich über die Vermittlung. „Die Empfehlung nehme ich gerne in Anspruch."

„Und Herr Langwieder macht dir gewiss einen guten Preis." Rosenbaum zwinkerte dem Handwerker zu, um ihm zu verdeutlichen, dass der Preis im Hinblick auf seine Provision nicht allzu günstig sein musste.

„Ich möchte in meinem Garten in der Leopoldstadt ein Monument zur Erinnerung an die große Schauspielerin Betty Roose errichten. Der Sockel soll diese Höhe haben." Peter hielt die flache Hand an seinen Bauch. „Und ein Rahmen für ein Bildnis der Künstlerin soll eingearbeitet werden."

Steinmetz Langwieder hörte aufmerksam zu und gab zu erkennen, dass die Ausführung keine Probleme bereiten würde.

„Und auf dem Sockel soll eine Statue der Melpomene stehen!"

Langwieder wusste den Namen nicht einzuordnen.

„Das ist eine der Musen! Die Muse der Tragödie!"

„Die Melpomene mach ich Ihnen", bestätigte Langwieder. „Musen hab ich schon viele gehauen!"

Langwieder kam wenige Tage später in den Garten und besichtigte den Standort. Um dem Sockel einen festen Stand zu geben, sollte ein breiter Grundstock gemauert und tief im Erdreich verankert werden. Peter erklärte, er wolle für den Aushub selbst sorgen, da ja in diesem Bereich die Urne vergraben war. Der Steinmetz nahm die Maße und einigte sich mit Peter auf den Preis sowie den Liefertermin. Alles geschah zu Peters Zufriedenheit. Im Frühjahr sollte begonnen werden.

Die Bleichung des Schädels hingegen machte Probleme. Dies lag zum einen daran, dass der Winter hereinbrach und kein kältesicherer Raum zur Verfügung stand. Nach wie vor verbreitete der ausgehöhlte Kopf einen solch stechenden Geruch, dass an eine Lagerung im Keller des Hauses nicht zu denken war. Zum anderen war es Doktor Weiß in seiner einstündigen Operation nicht gelungen, das Gehirn rückstandslos zu entfernen. Selbst bei flüchtiger Betrachtung entdeckte man da und dort noch Teile von Fleisch und Sehnen. Im Kalkbad wurde zwar vieles davon verätzt, aber längst nicht alles. So bildeten sich über den ganzen Schädelknochen verteilt gelblich-braune Flecken. Immer wieder holte Peter den Schädel aus dem Bad und arbeitete nach, indem er in den schwer erreichbaren Winkeln mit einem Metallstück kratzte und mit einer harten Bürste die Oberfläche schrubbte. Doch der Erfolg blieb mäßig.

Als Peter und Rosenbaum bei strengem Frost nach dem Cranium sahen, mussten sie feststellen, dass es im Kalkwasser eingefroren war. Sie schlugen es mit Pickeln aus dem Schaff und schütteten kochendes Wasser darüber. Um es besser zu schützen, lagerten sie das Schaff, wieder gefüllt mit Kalkwasser, an der tiefsten Stelle des leeren Teichbeckens, legten mehrere Decken darauf und häuften Stroh und Pferdemist darüber.

So überwinterte der Schädel hinein ins Jahr 1809.

Als der ärgste Frost überstanden war und den Frühlingsboten vertraut werden konnte, wollte Peter gemeinsam mit Rosenbaum, Jungmann und Ullmann die Winterruhe beenden. Um Blicke von Nachbarn auszuschließen, trugen sie das Schaff in die Grotte. Dann griff Peter in das Wasser und hob das Cranium ins schummrige Licht. Die

Sehnen am Kiefer hatten sich inzwischen so sehr aufgelöst, dass der Unterkiefer dabei abfiel. Peter wollte ihn später mit Draht befestigen.

„Gut schaut er aus!", behauptete Peter. Er tat so, als gäbe es die grässlichen Flecken nicht. Die anderen drei widersprachen nicht, um keine Diskussion mit Peter zu entfachen und um sich selbst das Gefühl zu erhalten, an einer rundum gelungenen Aktion mitgewirkt zu haben. Denn der gebleichte Schädel war ja nicht nur Wissenschaftsobjekt und Reliquie, sondern auch Beweisstück einer Willens- und Mutprobe und damit Trophäe.

Sie stellten das triefende Stück auf einen uneinsehbaren Platz, der von der Sonne viele Stunden beschienen wurde, sodass er im Lauf der folgenden Tage austrocknen konnte. Dann erhielt es seinen endgültigen Ehrenplatz in Peters Schädelbibliothek.

Endlich konnte Peter einen langjährigen Freund und Verehrer von Betty Roose, Assessor am Kriminalgericht, in die Grotte führen. Der Freund war ebenfalls ein Anhänger der Gall'schen Schädellehre und zeigte sich überwältigt von der Rettung des Craniums. Er durfte die Oberfläche nach Herzenslust betasten, was ihn stark erregte. Die Lage der Ausbeulungen bestätigte seine Vermutungen über die künstlerischen Qualitäten und Charakterstärken der Verstorbenen. Ohne die Tat von Peter und seinen Wissenschaftskollegen wäre dieser Erkenntnisgewinn nicht möglich gewesen! Der Assessor drückte Peter beim Abschied dankbar die Hände.

Im *Craniologischen Zirkel*, der nach wie vor monatlich tagte, sprach er keine Einladungen aus. Mit Rücksicht auf Friedrich Roose, wie er gegenüber seinen Kumpanen sagte. Aber insgeheim fürchtete er die Kritik von Baron Moser und den Streichers, wenn sie die Flecken sehen würden.

Das Bedürfnis, den Schatz zu zeigen, erfasste auch Rosenbaum. Nach einer Aufführung von *Emilia Galotti* im Kärntnertortheater traf er auf Klimbke. Sie unterhielten sich über die Pläne der Hoftheater für die folgenden Monate und bedauerten, dass Betty Roose diese und jene Rolle nicht mehr übernehmen könne; Rollen, die ihr gleichsam auf den Leib geschrieben gewesen wären.

Im Glauben, dem ehemaligen, engen Kollegen von Roose eine freudige Nachricht zu verkünden, erzählte er: „Ganz im Vertrauen, lieber Klimbke, aber das teuerste Stück der Roose ist nicht verloren."

Klimbke sah ihn fragend an. Daraufhin fasste Rosenbaum mit wenigen Worten zusammen, was er mit seinen Freunden bewerkstelligt hatte. Er schloss: „Wenn Sie möchten, lieber Klimbke, kommen Sie gerne vorbei und erweisen Sie der Roose die Ehre!"

„Sie meinen ...?"

„In Kürze wird auch das Monument eingeweiht, das mein Freund Peter bauen lässt!"

Klimbkes Augen hatten sich in wässrige Kugeln verwandelt. Wut, Entsetzen, menschliche Enttäuschung und das Klagen eines Verletzten sprach aus diesem Blick.

„Herr Rosenbaum ...!", stammelte er. Mehr brachte Klimbke nicht heraus. Er wandte sich ab und flüchtete ins Gedränge der ausströmenden Zuschauer.

Rosenbaum blieb verblüfft zurück. Mit einer solchen Reaktion hatte er nicht gerechnet.

Aus dieser Verblüffung zog Rosenbaum keineswegs die Mahnung, künftig vorsichtiger mit der Überraschungsnachricht umzugehen. Vielmehr entdeckte er darin die Lust, derbe Späße zu treiben. Der Schauereffekt, der in dem Stoff steckte, sowie das Gefälle zwischen seinem Vorwissen und der Ahnungslosigkeit von anderen war so enorm, dass solche Späße im höchsten Maße gelingen mussten.

Es war also Zeit, auch Georg Werlen einzuweihen.

„Ich vermisse den guten Freund in unserem Kreis!", meinte er gegenüber Peter.

Sie waren gerade dabei, das Loch auszuheben, in den die Maurer den Grundsockel für das Monument setzen sollten.

Peter wusste sofort, worauf Rosenbaum hinauswollte. „Ja, wir hätten seine Begleitung mit der Gitarre oft brauchen können! Und wir dürfen ihn nicht länger im Unwissen halten! Er war ein Verehrer der Roose! Wir müssen ihm ein besonders freudiges Wiedersehen ermöglichen!"

Rosenbaum lachte auf und rammte vergnügt den Spaten ins Erdreich. Er stieß dabei versehentlich in die Holzurne, die der Frost brüchig gemacht hatte. Sie platzte auf und Reste von Betty Roose quollen hervor. Erneut verbreitete sich beißender Gestank.

„Wir müssen sie unter den Sockel legen", bestimmte Peter. „Da gehört sie auch hin!"

Sie gruben also noch tiefer und schufen eine Höhle, versenkten die Urne und schoben Erde darüber. Auf dieser Stelle sollte die Unterseite des geplanten Sockels ruhen.

Schon am folgenden Tag traf Rosenbaum den stets melancholischen Freund im Burgtheater. Es wäre schön, wenn er zu einem Becher Punsch in den Garten käme, bat Rosenbaum. Peter sei daran gelegen, die vorhandenen Unstimmigkeiten zu überwinden und die Freundschaft zu erneuern. Werlen nahm die Einladung zögernd an.

Sie zeigten ihm die Baustelle des Roose-Monuments und erläuterten ihre Pläne. Werlen freute sich außerordentlich, dass die Erinnerung an die Schauspielerin mit solch großem persönlichen Einsatz wachgehalten werden sollte. Anschließend plauderten die drei eine Weile auf der Terrasse und tranken dazu den versprochenen Punsch.

„Georg, ich möchte nicht, dass weiter Zwietracht zwischen uns steht. Wo man hinkommt, wird Krieg befürchtet. Deine Voraussagen werden sich erfüllen!" Peter gab sich als einsichtiger Freund, der mit seinen Grobheiten einen Fehler gemacht hatte.

Werlen war zu verletzt, um das Angebot zur Aussöhnung freimütig annehmen zu können. Er schlürfte von seinem Punsch und blieb in sich gekehrt.

„Besteht die Gefahr, dass sie dich holen, Georg?", fragte Peter mit überraschender Fürsorglichkeit.

„Ich bin beim Fürsten Esterházy ausgeschieden und nun im Dienst des Fürsten Liechtenstein. Sekretär in der Hofkanzlei. Man wollte mich rekrutieren, aber der Fürst hat sich für mich eingesetzt und die Katastrophe verhindert."

Auch Rosenbaum war erleichtert. „Das freut mich für dich!"

„Ich habe das Gerücht gehört, der Kaiser lässt heimlich Geld drucken, damit er einen Krieg finanzieren kann", fuhr Werlen in düsterer Stimmung fort. „Es soll inzwischen bedeutend mehr Geld im Umlauf sein, als Werte und Leistungen dagegenstehen. Darum steigen die Preise so arg. Die Löhne stagnieren, aber die Preise steigen. Den Krieg zahlen die einfachen Leute wie ihr und ich."

„Du wirst sehen, Georg", meinte Peter beruhigend, „auch der Napoleon ist nur eine Sternschnuppe in der Geschichte. Er leuchtet kräftig, aber dabei verbraucht er viel Kraft. Das hält er nicht lange durch, und die ewige Sonne wird das Heilige Römische Reich wieder wachküssen. Es wird wieder wachsen, bis hinüber nach Frankreich!"

Werlen wiegte skeptisch den Kopf.

Es wurde unterdessen dämmrig und kühl. Die Schatten der Bäume lösten sich auf. Diese Stimmung hatten Peter und Rosenbaum abgewartet.

„Wir möchten dir eine Freude bereiten!"

Da diese Worte von Rosenbaum kamen, glaubte Werlen, ihn erwarte tatsächlich etwas Angenehmes.

„Komm mit zur Grotte!", ergänzte Peter.

Obwohl Werlen ja annehmen konnte, dass Peter damals bei der *Macbeth*-Szene den Schädel von König Duncan aus diesem Anbau geholt hatte, überfiel ihn kein Argwohn.

An der Tür angekommen, bat Peter Werlen, kurz zu warten. Die beiden schlüpften hinein, um ihre vorab besprochene Inszenierung in die Tat umzusetzen. Peter nahm den Schädel vom Regal und postierte sich damit an der Tür, Rosenbaum stellte sich mit einer brennenden Kerze daneben. Außerdem hielt er ein gedrucktes Bildnis von Betty Roose neben den Schädel.

Dann rief Peter: „Komm herein! Aber halte die Augen geschlossen!"

Werlen, der sich noch immer auf die Überraschung freute, folgte gerne und tastete sich durch die Tür.

„Tür jetzt zumachen!"

Werlen schloss die Tür.

„Augen öffnen!"

Rosenbaum und Peter grinsten ihm entgegen. Rooses Schädel bewegte sich in Peters Händen. „Ich freue mich, dass ich dich wiedersehe, Georg!", flötete Peter mit verstellter Stimme.

Von Werlen kam kein Entsetzensschrei. Er zuckte zusammen, fasste sich rasch, um schließlich in abgründige Traurigkeit zu sinken. Lange stand er vor dem Schädel, so lange, dass Rosenbaum und Peter Mühe bekamen, das inszenierte Bild zu erhalten. Endlich sagte Werlen gedankenverloren, poetisch und in philosophischer Stimmung: „So war sie, so ist sie nun!" Er fügte hinzu: „Diesen Tag vergesse ich nie!" Dann wandte er sich um, verließ die Grotte wortlos und setzte sich zurück auf die Terrasse. Er füllte seinen Becher mit Punsch und wartete, bis Peter und Rosenbaum dazukamen.

Diese erzählten die Geschichte vom Beschluss, den Schädel zu retten, bis zur geplanten Einweihung des Monuments. Werlen hörte interessiert zu, fragte nach, machte aber keinerlei Bemerkung, aus der seine Haltung zu erkennen gewesen wäre. Auch, als er mit Rosenbaum ein längeres Stück den Heimweg teilte, vermied er jegliche Wertung. Stattdessen monologisierte er über Kriege – zurückliegende und künftige.

Dieses Verhalten verunsicherte Rosenbaum. Es war ihm, als spräche Werlen aus einer anderen Welt zu ihm. Beim Abschied an einer Straßenecke bewunderte er ihn plötzlich. Warum nur? Das überlegte Rosenbaum, während er allein dahinschritt. Weil der derbe Spaß an Werlens Festigkeit verpufft war.

Dass Rosenbaum auch seinem Freund Leopold Eckhart von Rooses Schädel erzählen würde, lag in der Luft. Beide pflegten seit vielen, vielen Jahren ein intensives Vertrauensverhältnis. Obwohl Eckhart inzwischen am Allgemeinen Wiener Spital arbeitete, stand er Rosenbaum und Therese weiter als Arzt zur Seite und kannte all ihre Sorgen. Und seit dem gemeinsamen Besuch im Tiergarten von Schönbrunn wusste Rosenbaum, dass der Freund die Lehre von Franz Joseph Gall vertrat.

Bei einem seiner Spaziergänge durch die Stadt, auf der Suche nach Neuigkeiten, Eindrücken und Gesellschaft, traf er auf Eckhart, der sich gerade auf dem Heimweg vom Spital befand. Eckhart hatte Zeit für Kaffee und Torte im nächstgelegenen Kaffeehaus. Es dauerte kaum zehn Minuten, bis Rosenbaum von der Rettung und Bleichung des „edelsten Körperteils" von Betty Roose zu erzählen und schwärmen begann.

„Das ist ja großartig!" Eckhart wollte den Schädel so rasch wie möglich sehen. „Wenn es erlaubt ist, würde ich ihn gerne eigenhändig betasten!"

„Selbstverständlich!" Rosenbaum freute sich, dass Eckhart so großes Interesse zeigte.

Tags darauf waren Rosenbaum und Eckhart zu Gast bei Peter. Dass seine Schädelbibliothek sogar die Aufmerksamkeit eines Arztes des Allgemeinen Wiener Spitals erregte, genoss er. Stolz führte er Eckhart in die Grotte.

Die Sammlung war inzwischen auf etwa zwanzig Objekte angewachsen. Peter holte zunächst diesen und jenen Schädel aus den Aushöhlungen des Regals, verwies am Schädel der Prostituierten auf die Beule, die der ausgeprägte Geschlechtstrieb verursacht hatte, und erklärte das Cranium von Fallhuber. Dann endlich kamen sie zum Schädel von Betty Roose. Er legte ihn vor Eckhart, sodass er ihn eingehend untersuchen konnte. Der Arzt drehte das Cranium, um es von allen Seiten betrachten zu können, und begann schließlich mit der Betastung. Langsam wanderten beide Hände über Stirn, Schläfen- und Scheitelbein. Dazu nickte er fachmännisch und flüsterte vor sich hin: „Kinderliebe", „Schlauheit", „philosophischer Scharfsinn", „Theologie". Er entdeckte alles, was er finden wollte. „Habt ihr die Organe von Wort- und Sprachsinn in Augenschein nehmen können?"

„Ja, konnten wir! Beides außerordentlich ausgeprägt!", schoss es aus Peter, obwohl es ja nicht stimmte.

Rosenbaum schwieg dazu.

Eckhart strich mit seinem Zeigefinger über einen Fleck auf der Stirn. „Verstehen Sie mich nicht falsch, aber das ließe sich verhindern!"

Peter fuhr die Zornesröte ins Gesicht, doch er hielt sich unter Kontrolle. „Wir haben lange und hochkonzentriert gebleicht!"

Eckhart war Peters Reaktion nicht entgangen. Um nicht unhöflich zu erscheinen, ergänzte er: „Ich meine, der Schädel ist insgesamt äußerst gelungen. Aber nur an dieser Stelle scheint noch Fett angelagert gewesen zu sein." Er gab den Schädel zurück in Peters Hände, um sich davor zu schützen, weitere Flecken zu monieren.

„Wissen Sie, Herr Eckhart, wir sind noch keine Meister der Kunst, gewiss, auch der Doktor nicht, der mir dabei hilft, aber wir lernen bei jedem Schädel dazu."

Obwohl der sonnige Märztag zum Verweilen auf der Terrasse anregte, sprach Peter keine Einladung aus. Wegen einer dringenden Erledigung im Strafhaus müsse er fort, erklärte er plötzlich. Er verabschiedete sich kühl von Eckhart und lief davon.

„Dann komm noch auf einen Kaffee zu uns!", schlug Rosenbaum vor. Das Verhalten von Peter irritierte ihn.

Eckhart nahm diese Einladung gerne an.

Als sie in die Wohnstube traten, fand Rosenbaum einen Brief am Tisch. Er stammte von Karner, abgesandt in Eisenstadt.

„Du entschuldigst, eine vielleicht wichtige Mitteilung", sagte er zu Eckhart.

„Les ihn ruhig!"

Sepherl streckte den Kopf aus der Kuchel. „Ihre Frau ist im Theater, soll ich ausrichten."

„Danke. Mach uns bitte Kaffee."

„Ist gleich fertig. Mohnkuchen ist auch noch da." Sie schloss die Tür zur Kuchel.

Rosenbaum ging zum Schreibtisch und öffnete den Brief. Er war plötzlich nervös geworden. Aber je länger er das Geschriebene las, desto entspannter wurde er. „Er ist ein Fuchs!", lachte er schließlich.

„Jetzt musst du mir sagen, worum es geht!"

„Der Karner hat erreicht, dass der Jean aus der Landwehr entlassen wird! Sie sind schon ausgezogen, Richtung Budweis!"

„Da bleibt deinem Bruder wohl einiges erspart!"

„Ja! Wir können Karner nicht genug danken."

Eckhart hatte unterdessen am Tisch Platz genommen. Rosenbaum setzte sich zu ihm.

„Ich hoffe, ich hab vorhin deinen Freund, den Peter, nicht beleidigt." Das Thema beschäftigte ihn noch stark.

Rosenbaum verzog den Mund. „Es ist manchmal etwas schwierig

mit ihm. Er wollte den Kopf auf Teufel komm raus selber bleichen und er weiß, dass der Schädel missraten ist."

„Der Schädel ist voller Flecken, und die werden nicht mehr weggehen! Schlimm, bei einer so bedeutsamen Person wie der Roose."

Rosenbaum nickte betrübt.

Sepherl brachte Kaffee und Mohnkuchen.

„Ihr könnt damit jederzeit zu mir kommen, Joseph!"

„Das wird Peter nicht zulassen!"

„Wir im Spital haben viel Erfahrung damit. Ich hab schon jede Menge Schädel ausgehöhlt, und unsere Totenträger kennen sich aus mit dem Bleichen. Der Doktor Gall ist früher bei uns ein- und ausgegangen."

Rosenbaum lächelte ratlos und nippte vom Kaffee.

„Überleg es dir, Joseph! Mein Angebot steht! Wenn du wieder einen Schädel hast, der es wert ist, gut hergerichtet zu werden, dann komm zu mir!"

Ein zweiter Schädeldiebstahl? Das Bleichen vor Peter geheimhalten?

„Danke, Leopold", sagte Rosenbaum. „Das mache ich!" Doch niemals wollte er auf das Angebot zurückkommen.

# 26

Georg Werlen behielt Recht.

Die politischen und militärischen Spitzen Österreichs diskutierten kontrovers, ob die Armee gut genug gerüstet sei für einen Angriff gegen Frankreich und die Staaten des Rheinbundes, wozu auch das Königreich Bayern gehörte. Napoleon glaubte man so verletzlich wie nie zuvor, da er sich auf die Kämpfe in Spanien konzentrierte und in den deutschen Nationen nur etwa zweihunderttausend Soldaten kampfbereit standen, einschließlich der Truppen der Rheinbund-Staaten. Zudem war zu hoffen, dass sich diese Staaten rasch Österreich anschließen würden, um gemeinsam die Vorherrschaft Napoleons abzuwerfen. So argumentierten die Befürworter eines Angriffes, insbesondere Außenminister Johann Philipp von Stadion. Erzherzog Carl, Bruder des Kaisers, hingegen warnte vor einer Katastrophe. Österreich war ohne verlässliche Verbündete. Nur Großbritannien befand sich auf seiner Seite, das aber nicht militärisch eingreifen und lediglich Finanzmittel zuschießen wollte.

Die Kriegspartei gewann die Oberhand, und so brachte sich die österreichische Armee mit dreihunderttausend Soldaten und weiteren dreihunderttausend Mann der Landwehr in Stellung. Die Front, an der Napoleon angegriffen werden konnte, war die Grenze zu Bayern, aber auch zum Großherzogtum Warschau und zu Tirol. Erzherzog Carl sah sich trotz seiner Vorbehalte verpflichtet, die Korps, die über Bayern an den Rhein vordringen sollten, als Generalissimus zu führen.

Am 10. April 1809 überschritten österreichische Truppen zwischen Passau und Braunau den Inn. Eine zweite Streitmacht marschierte von Böhmen aus Richtung Oberpfalz. Gleichzeitig erfolgte der Angriff auf Tirol und das Großherzogtum Warschau. Die Truppen verteilten dabei Proklamationen mit der Aufforderung, sich dem Kampf gegen Napoleon anzuschließen. Aber niemand reagierte darauf, die deutschen Nationen blieben passiv. Österreichs Rechnung, ein Befreiungssturm würde losbrechen, ging nicht auf. Nur in Tirol kam es zu einem Aufstand, letztlich erfolglos, angeführt von Andreas Hofer.

Die Kriegsvorbereitungen Österreichs waren viel zu langsam und offensichtlich vonstattengegangen, um Napoleon und die Rheinbund-Staaten überraschen zu können. In Eilmärschen zogen Truppen heran und verstärkten die vorhandenen Korps. Eine größere Einheit sammelte sich in Regensburg. Binnen weniger Tage entstand eine beinahe ebenso große Verteidigungsarmee – geführt von Napoleon, der am 17. April in Donauwörth zu seinen Soldaten stieß.

Die beiden österreichischen Verbände errangen anfangs Erfolge. München konnte besetzt werden, ein Korps unter der Führung von Erzherzog Carl vertrieb einige Tage später die Franzosen aus Regensburg. Doch die französische Armee, vereint mit bayerischen Truppen, marschierte inzwischen den Angreifern entgegen. Es kam zu verlustreichen Schlachten bei Abensberg, Landshut und Eggmühl. Die österreichische Hauptarmee floh nach Regensburg. Napoleons Truppen stürmten die Stadtmauern und drängten die Besatzer über die Donau, Richtung Böhmen. Die restlichen Korps, angeführt von General Johann von Hiller, zogen sich über Niederbayern zurück. Bei Burghausen verließen sie Bayern.

Die österreichische Armee war geteilt und entkräftet. Planlos, ja handlungsunfähig, trieb sie zurück in die Heimat.

Seit Napoleon im Jahr 1805 aus Wien abgezogen war, hatte Österreich alle Mühen darauf verwendet, seine Ohnmacht zu überwinden und seine Stellung als Führungsmacht Europas zurückzugewinnen. Mit einem glorreichen Feldzug sollte der Erzfeind besiegt werden! Doch bereits nach wenigen Tagen war es Napoleon gelungen, diesen Plan zu durchkreuzen. Die französischen Truppen agierten schneller und wendiger, ihr Feldherr war der weitaus bessere Stratege.

Auch die Rückzugsgefechte entschied Napoleon für sich. Das letzte wurde in Ebersberg, fünfzig Kilometer westlich von Wien, durch die Truppen von General Hiller und Soldaten der Landwehr geschlagen. Die verbliebenen österreichischen Truppen zogen sich daraufhin auf die linke Seite der Donau zurück. Sie sammelten sich bei Korneuburg, etwa zehn Kilometer nordöstlich von Wien, um sich mit der Böhmen-Armee von Erzherzog Carl zu vereinigen – die allerdings auf sich warten ließ. Auch der Kaiser, der die militärische Katastrophe in seinem Hoflager in Schärding mitverfolgt hatte, verlegte seinen Aufenthalt zurück nach Strengberg und schließlich nach Wolkersdorf, zwanzig Kilometer nördlich von Wien.

Für Napoleon war der Weg in die Hauptstadt frei.

In der Stadt herrschte Chaos. Viele hatten davor gewarnt, dass der Angriff auf das Königreich Bayern scheitern könnte, aber dass Wien zum Kriegsschauplatz werden würde, hatte kaum jemand für möglich gehalten. Zudem in so kurzer Zeit. Nur ein Monat war seit der österreichischen Offensive vergangen!

Die schlechten Nachrichten von der Front hatten zu Panik geführt. Wer konnte, verließ die Stadt. Vornehmlich der Adel, der über Güter in Ungarn verfügte. Auch die Familie des Kaisers floh dorthin. Aus Angst vor Plünderungen wurden Geld und Wertgegenstände weggeschafft. Lebensmittel verteuerten sich, Hamsterkäufe leerten die Geschäfte.

Die Verteidigung der Stadt lag in den Händen von Erzherzog Maximilian d'Este, dem sechsundzwanzigjährigen Bruder der Kaiserin. Er war beauftragt, die Stadt so lange zu halten, bis Erzherzog Carl eintreffen und die Truppen Napoleons vertreiben würde.

Erzherzog Maximilian konnte auf reguläre Truppen zurückgreifen, die in der Stadt stationiert waren, zudem auf Einheiten der Landwehr sowie Bürgergarden. Leidenschaftliche Aufrufe des Erzherzogs an die Bürger, ebenfalls zu den Waffen zu greifen, vergrößerten die Verteidigungsarmee. Auch war das Wiener Zeughaus mit Gewehren gut gefüllt.

Die Vorstädte, das wussten die Militärs, wären nur durch einen verlustreichen und zerstörerischen Häuserkampf zu verteidigen. Diesen schloss man aus. Also galt es, die Zeit bis zum Eintreffen Napoleons zur Rüstung der Stadtmauer zu nutzen. Das Mauerwerk war marode, aber es umgab den Kern der Stadt Wien vollständig. In den Artilleriebastionen standen Geschütze bereit, um feindliche Truppen, die den vorgelagerten, unbebauten Glacis-Ring durchqueren mussten, zu beschießen. Im Prater wurden unzählige Bäume gefällt, wodurch man ein freies Feld auch in dieser Richtung schuf.

Doch die österreichische Armee war im Zustand der Orientierungslosigkeit und Lethargie erstarrt. Auch die Verteidigungsmacht in Wien – allen hastigen Vorbereitungen zum Trotz.

In der Nacht vom 9. auf den 10. Mai kam es in den westlichen Vorstädten zu vereinzelten Gefechten, begonnen von Bürgertrupps und rasch beendet von französischen Soldaten. Die Vorstädte wurden nahezu vollständig besetzt, auch Schloss Schönbrunn. Am frühen Morgen gingen bei Mariahilf, nahe Gumpendorf, Haubitzen in Stellung und feuerten in die Ansiedlung – ohne militärischen Nutzen, vornehmlich zur Abschreckung.

Als Elßler das Schlafzimmer betrat, blickte ihm Haydn bereits aus den Kissen entgegen.

„Sind Sie schon da, Elßler? Was ist los auf den Straßen?"

„Die Leut rennen in Panik hin und her. Keiner weiß, was er machen soll."

„Ich hätte nicht in eine Vorstadt ziehen dürfen!", klagte Haydn. „In der Stadtmitte, am Graben, wäre es besser gewesen. Aber hier ist es halt schön und ruhig – wenn nicht gerade der Napoleon kommt! – Ist Ernestine noch hier?"

Ernestine, seine sechzehnjährige Großnichte, lebte im Hausstand.

„Wir haben sie gestern nach Baden schicken können, zur Familie einer Freundin."

„Das ist gut! Das Mädel muss in Sicherheit sein!"

„Wie geht es Ihnen?"

„Ich hab kaum geschlafen!"

„Trösten Sie sich, ich auch nicht." Elßler öffnete die Vorhänge. Sonnenlicht fiel herein.

„Wie weit sind denn die Franzosen?", fragte Haydn. „Ich hab schon Kanonenschüsse gehört."

„Die Nachbarin hat erzählt, sie sammeln sich bei der Mariahilfer Linie."

Haydn klammerte sich an seine Bettdecke. „So nah?"

„Es ist ein sonniger Tag. Die Amseln singen auf dem Dach gegenüber."

„Die haben es gut! Niemand tut ihnen was, wenn ein Krieg hereinbricht."

Elßler schob einen Stuhl heran und setzte sich an Haydns Bett. „Wollen Sie versuchen, noch eine Stunde zu schlafen?"

„Bei dem Kanonendonner kann ich nicht schlafen. Wir müssen den Tag so leben, als wäre es ein ganz normaler Tag. Mein Haus ist für den Krieg nicht wichtig. Die Franzosen werden andere Ziele beschießen. Wir müssen weiter meine Noten katalogisieren, Elßler. Nur das ist heute wichtig!"

Elßler atmete schwer. „Hoffen wir, dass Sie recht haben!"

„Was ist heute für ein Wochentag?"

„Mittwoch. Morgen ist der Himmelfahrtstag."

„Morgen schon? Kommen Sie, Elßler, Sie müssen mich rasieren." Haydn streckte einen Fuß aus dem Bett. Die Hilfe Elßlers war gefragt. Dieser zog und hob, griff unter die Arme, und wenig später saß Haydn auf seinem Rasierstuhl. Elßler ging los, um das Rasierzeug zu holen. Haydn lauschte unterdessen. Wieder waren Schüsse aus den Haubitzen zu hören.

Die Köchin Nannerl kam herein. „Geht es Ihnen gut?", fragte sie besorgt.

„Was machen die Nachbarn?" Er war plötzlich unruhig. Vielleicht war es doch keine gute Idee, so zu tun, als sei ein normaler Tag.

„Die haben Angst, dass die Franzosen die Häuser in Brand schießen und hereinstürmen. Gott weiß, wie sie sich aufführen!"

„Vor vier Jahren haben sie uns nichts getan!", erinnerte Haydn.

„Ja, vor vier Jahren!", rief Nannerl aufgebracht, „da haben sie auch nicht hereingeschossen!"

„Jaja, das ist wahr!"

Nannerl schlug vor: „Wollen Sie in den Keller? Da sind Sie sicherer!"

„Nein! Später vielleicht. Elßler muss mich zuerst rasieren. Ich will nicht unrasiert herumlaufen."

Nannerl zuckte ratlos mit den Schultern. „Wie Sie wollen! – Es wird schon nichts geschehen."

„Wie verhält sich Paperl?" Haydn meinte seinen Graupapagei, den er aus London mitgebracht hatte. Er lebte in einem Käfig im unteren Stockwerk in der Hofdurchfahrt zum Garten.

„Er ist unruhig. Ich hab ihm vor einer Stunde seine Körner gegeben. Er hat sie nicht angerührt."

„Papageien merken, wenn eine Gefahr in der Luft liegt!"

Als Nannerl das Zimmer verließ, kam ihr Elßler mit dem Rasierzeug entgegen.

Haydn rief ihr nach: „Fragen Sie bitte in der Nachbarschaft herum, was wir machen sollen." Zu Elßler sagte er: „Jetzt aber bitte rasieren!"

Elßler legte ein großes Tuch um Haydns Oberkörper, dann begann er mit dem Einseifen.

Haydn unterbrach. „Wie weit schießen die Kanonenkugeln der Franzosen?"

„Ich weiß es nicht", antwortete Elßler. „Im Feld benützen sie meist Kartätschenkugeln. Die sind aus Schrot, Eisensplittern und gehacktem Blei. Die Teile schießen breit in die gegnerischen Linien und richten viel Schaden an. Vielleicht beschießen sie Wien aber mit richtigen Eisenkugeln."

„Aber ich denke, solche Geschosse fliegen nicht so weit. Jedenfalls nicht bis hier auf das Haus."

„Hoffen wir es!" Elßler schob Haydns Kopf nach hinten und pinselte Schaum auf sein Kinn, dann öffnete er das Rasierklappmesser. „Ja, aber bitte bleiben Sie jetzt ruhig." Haydn entschuldigte sich mit einer Geste, und Elßler schabte vorsichtig an Haydns rechter Wange.

Ein dumpfer, heftiger Knall rüttelte an den Wänden. Die Schlafzimmertür sprang auf. Die Fensterscheiben vibrierten. Eine Blumenvase am Sims krachte zu Boden und zerbarst. Von unten kam das Kreischen des Papageis.

Elßler zog sofort das Messer zurück und horchte. Haydn saß wie versteinert. „Wo ist die eingeschlagen?"

Aus dem Erdgeschoss drang ein schriller Schrei. Nannerl!

Elßler lief zur Tür und rief. „Nannerl, ist dir was?"

„Im Hof!" Schrie sie herauf. „Eingeschlagen!" Sie stürmte die Stiege empor.

„Ist was passiert?", fragte Haydn tonlos.

Nannerl fuchtelte mit den Armen. „Eine Kugel ist im Hof eingeschlagen und auseinandergekracht. Überall sind Splitter herumgeflogen!"

„Bist du verletzt?", wollte Elßler wissen.

Nannerl setzte sich an die Bettkante und versuchte, ihr heftiges Atmen unter Kontrolle zu bringen. „Nein, mir ist nichts geschehen. Glück hab ich gehabt, dass ich nicht im Garten war. Gerade bin ich reingegangen."

„Und der Paperl?", rief Haydn besorgt.

„Der hat auch Glück gehabt. Aber die Splitter sind an ihm vorbeigepfiffen!"

Plötzlich wurde Haydn ruhig. Sein Gesicht färbte sich und er schmunzelte. Er sprach wie entrückt: „Kinder, fürchtets euch nicht! Denn wo der Haydn ist, kann nichts geschehen!"

Nannerl stand auf, ging zu ihm und strich liebevoll über seine Hände. „Da haben Sie Recht, Papa Haydn."

Haydn sah sie an, lächelte noch einmal. Doch nun begann er zu zittern. Zuerst an den Händen, dann an Brust und Bauch, schließlich am ganzen Leib. Nannerl umarmte ihn, drückte ihn mit ihrem weichen Oberkörper. „Ist alles gut, nur ein paar Kratzer am Haus, aber sonst nichts."

„Meint ihr, der liebe Gott ist bös auf mich?"

„Warum sollte er denn bös auf Sie sein?"

„Manchmal hab ich Angst, er könnte mir das eine oder andere nachtragen! Wenn man viele Jahre lebt, begeht man auch viele Sünden! Es ist Zeit und Gelegenheit dazu! Da haben es die Leute besser, die jung sterben."

„Sie haben Ihr langes Leben über nichts Schlimmes getan!"

„Ich erinnere mich noch, wie ich aus der Domkapelle geworfen worden bin. Da war ich vielleicht siebzehn. Weil ich einem anderen

Chorknaben den Zopf abgeschnitten hab. Ich hab Stockschläge bekommen, zur Strafe. Meinen Sie, Nannerl, das ist damit vor Gott abgegolten? Der Herrgott erinnert sich an sowas und er wird mich fragen, warum ich das gemacht hab."

„Solche Kleinigkeiten vergisst der liebe Gott! Da müsst er sich viel merken! Und Sie haben es doch gewiss auch gebeichtet."

Haydn nickte: „Ja, stimmt. Ich hab es gebeichtet."

„Dann ist doch alles gut!"

„Ich hab schon noch mehr angestellt …"

„Auch das hat der Herrgott längst verziehen!"

Haydn dachte nach, schließlich wandte er sich beruhigt zu seinem Sekretär: „Elßler, wenn wir mit dem Rasieren fertig sind, möchte ich am Clavichord das Kaiserlied spielen. Dann erst machen wir mit dem Katalogisieren weiter."

„Ja, das ist eine gute Idee!", gab Elßler zurück.

Die Melodie spielte Haydn mehrmals am Tag. Die Wiederholung war zu einem Ritual geworden, das ihm Kraft verlieh.

Nannerl verkündete: „Und ich mach Ihnen einen Englischen Tee."

Immer mehr französische Einheiten erreichten das Umfeld der Stadt. Weitere Vorstädte wurden besetzt. Es kam zu Scharmützeln, die aber nichts veränderten.

Napoleon traf am Abend ein und machte Schloss Schönbrunn zu seinem Hauptquartier. Eine Aufforderung, die Stadt kampflos zu übergeben und damit vor Zerstörung zu bewahren, wurde von General O'Reilly im Sinne des Erbprinzen Maximilian zurückgewiesen. Der Stellvertreter des Kaisers verharrte in der Hofburg, umgeben von einem Beraterstab.

Am folgenden Tag bewegten sich die französischen Truppen südlich der Stadt über Simmering auf den Prater und die Donau zu. Die Vermutung lag nahe, Napoleon wolle den Fluss überschreiten, um sofort eine Entscheidung mit den österreichischen Truppen von General Hiller zu suchen – noch bevor die Armee von Erzherzog Carl einträfe. Aber die Donau führte Hochwasser. Ungünstige Voraussetzungen also.

Am Abend, kurz nach acht Uhr, schlug Peter gegen die Tür von Jungmanns Wohnung. „Michael! Komm heraus! Es wird schon um das Lusthaus gekämpft, und die Franzosen besetzen den Prater!"

Peter hatte sich aus dem Strafhaus gestohlen. Die Leopoldstadt lag ungeschützt zwischen Stadtmauer und Donaukanal. Jederzeit konnten die Franzosen die Vorstadt in Schutt und Asche legen. Sollten sie eindringen, würden sie zuallererst das Strafhaus erobern, so seine Überlegung, denn dort gab es bewaffnete Wachen. Und in ein solches Gefecht wollte er nicht geraten.

Jungmann öffnete. Die Angst stand in seinem Gesicht. Er hielt sich seit gestern in seinem Zimmer versteckt. In seine Dienststube im Magistratsamt im Inneren der Stadtmauer konnte er nicht.

„Was willst du?", fragte er hektisch.

„Die Franzosen könnten einfallen und plündern!" Auch Peter sprach schnell und fahrig.

„Willst du fliehen?"

„Nein, Michael, wir müssen die Schädel verstecken! Ich will nicht, dass die Franzosen meine Sammlung in die Finger kriegen!"

„Die werden sich nicht dafür interessieren!"

„Michael, du bist mein Freund!", flehte Peter. „Du musst mir helfen! Es sind auch deine Schädel! Die Roose!"

Jungmann wusste nicht, was er antworten oder tun sollte. „Und wo willst du sie verstecken?", fragte er hilflos.

„Wir legen sie in das Teichwasser!"

„Du bist verrückt!"

Peter war so erregt, dass er Jungmann am Kragen packte und schüttelte. „Bitte! Michael! Wir haben eine Verantwortung gegenüber der Nachwelt!"

Die Mahnung fand Jungmann angesichts der Gefahrenlage überzogen, aber er wusste andererseits nicht, wie er sich aus dieser Erwartung befreien sollte. Also nickte er kurz, zum Zeichen, dass er sich seiner Pflicht als Kamerad bewusst war.

Sie liefen hinüber in den Garten.

„Es ist noch viel zu hell!", gab Jungmann zu bedenken. „Man wird uns beobachten!"

„Die Leute haben andere Gedanken im Kopf!"

„Warten wir noch, in einer guten Stunde ist es dunkel!"

„Nein, wir machen es sofort!"

Peter schloss die Tür zur Grotte auf.

In einiger Entfernung krachte ein Kanonenschlag.

„Hast du das gehört?", flüsterte Jungmann.

Sie lauschten. Ein zweiter Donner.

Ein Mann schrie: „Die Franzosen beschießen die Stadt!" Es war Sollberger, der Besitzer des Nachbargartens. „Sie haben bestimmt fünfzig Haubitzen im Prater in Stellung gebracht und schießen die Stadt sturmreif! Schaun Sie! Es brennt schon hinter den Mauern!"

Häuser standen dem Blick auf den Wall im Wege, aber am Horizont zeichnete sich roter Schimmer ab. Es wurde in der Ferne geschrien und aus Gewehren und Kanonen geschossen.

Nachbar Sollberger war ebenfalls höchst erregt. Er lief vor seiner Gartenhütte auf und ab. „Kommen Sie! Wir müssen den Franzosen in die Flanke fallen!"

Peter und Jungmann verschlug es die Stimmen.

„Wir bilden eine Bürgerwehr, Peter. Ich hab genügend Flinten!"

Peter rief verwirrt: „Aber wir sind doch nur drei?"

„Irgendjemand muss anfangen! Und auf dem Weg zum Prater finden wir noch mehr Leute! Wir dürfen nicht zuschauen! Unsere Nachfahren werden uns fragen, was wir gegen die Franzosen unternommen haben!"

Jungmann war dem Heulen nahe. „Aber wir können doch nicht einfach so ..."

Sollberger hob aus seiner Hütte zwei Flinten und hielt sie über den Gartenzaun. „Da gibt es jetzt kein Zaudern, meine Herren!"

„Nein!" Peter wurde wütend. „Ich bin nicht lebensmüde!"

Auch Sollberger geriet in Zorn: „Los! Sofort! Ich sage Ihnen, meine Herren, es gibt eine Zeit nach diesem verdammten Krieg, und da wird man fragen, wer sich dem Widerstand verweigert hat! Und Sie beide sind Beamte!"

Peter und Jungmann sahen sich ohnmächtig an. Jungmann ging schließlich verwirrt zum Gartenzaun. „Ich habe noch nie einen

Schuss abgefeuert!", klagte er und nahm die beiden Flinten entgegen, dazu zwei Patronentaschen.

„Wie man damit umgeht, erkläre ich euch auf dem Weg zum Prater!"

Peter verschloss die Grotte und griff mit zittrigen Fingern nach der Flinte, die ihm Jungmann brachte.

„Los jetzt! Das Vaterland braucht uns!"

Noch immer zögernd, aber so sehr in die Ecke getrieben, dass sie nicht anders konnten, verließen Peter und Jungmann den Garten und trafen sich auf der Straße mit Sollberger. Dieser glühte vor Begeisterung und Verlangen nach Feindberührung. Er stapfte im Eilmarsch durch die Gassen der Leopoldstadt und erklärte dabei, wie man die Flinten lud und die Schüsse abfeuerte. In groben Zügen kannten die beiden Debütanten natürlich die Technik, aber es fehlte ihnen jegliche Praxis.

Auf dem Weg schloss sich der Wirt des Gasthauses *Strobelkopf* an, der ebenfalls einen Beitrag zur Verteidigung Wiens leisten wollte. Er war ausgestattet mit einem Säbel.

Gedeckt von Sträuchern schlichen sie an eine Praterwiese heran. Die Bäume ringsumher waren gefällt. Hier stand die Artillerie der Franzosen, eine breite Batterie von etwa zwanzig Haubitzen, die von gut hundert Soldaten bedient wurden. Flink, aber ohne Hektik liefen die Männer um die Geschütze, steckten die Geschosse in die Rohre, schoben sie mit Ladestöcken tief in den Lauf, feuerten die Granaten ab, die am Ziel explodierten und Feuer entfachten. Der Rückprall katapultierte die Haubitzen über einen Meter zurück. Aber die Soldaten reagierten entsprechend darauf. Jeder wusste, welchen Handgriff er als Nächstes zu tun hatte. Sie waren Meister ihres Kriegshandwerks.

Die Mauern von Wien waren lediglich zwei- bis dreihundert Meter entfernt. Einige Geschosse trafen den Wall, ohne größere Schäden anzurichten. Der größere Teil überflog ihn.

Aus der Stadt wurden nur vereinzelte Schüsse abgegeben. Kirchturmglocken läuteten, auch Feuerglocken. Flammen schlugen über die Mauern. Der rote Schimmer am Horizont wuchs. Die Schwärze der hereinbrechenden Nacht machte die Brandkatastrophe, die sich dort ereignen musste, von Minute zu Minute sichtbarer.

Der kleine Verteidigungstrupp sammelte sich hinter der Sichtmauer aus Gestrüpp und beobachtete wie gebannt das Geschehen. Die Distanz zur nächstgelegenen Haubitze betrug allenfalls einen Steinwurf. Pausenlos wurde aus ihr geschossen. Es lag also nahe, die fünfköpfige Besatzung zu attackieren. Doch ebenso pausenlos ritten Kavalleristen umher, die für Schutz sorgten. Schon nach wenigen Metern wäre ein Sturm der Bürgertruppe bemerkt worden.

„Was machen wir?", fragte der Wirt.

Peter verschaffte sich Gehör: „Wenn wir losrennen, ist das Selbstmord!"

„Niemand ist damit gedient!", pflichtete Jungmann verzweifelt bei.

Sollberger schimpfte: „Ihr seid Feiglinge!"

„Ich bin Erfinder und Wissenschaftler! Ich habe für das Strafhaus eine Wasserpumpe erfunden und plane an einer Rettungsapparatur für Scheintote! Ich habe meinem Vaterland noch viel zu geben!", erklärte Peter mit Nachdruck.

„Das spielt jetzt keine Rolle!", blaffte Sollberger zurück.

„Und als Privatperson liebe ich die Literatur! Ich habe noch vieles nicht gelesen und ich habe nicht vor, mich durch einen sinnlosen Tod davon abhalten zu lassen!"

Sollberger deutete auf die Stadtmauer: „Da drinnen sitzen auch viele Literaturliebhaber, die auch noch nicht sterben wollen!"

Jungmann ging dazwischen: „Begreifen Sie doch! Wenn es wenigstens etwas verhindern würde!"

„Jede Kugel, die nicht über die Mauer fliegt, hat einen Sinn!"

Der Wirt mischte sich ein: „Wir sind hier nicht, um zu philosophieren, sondern um Napoleon anzugreifen! Also los!"

„Los!", rief Sollberger euphorisch und hob seine Flinte. Er wollte auf die Wiese stürmen, doch in diesem Moment knallte ein Schuss in einen Baumstumpf, unmittelbar neben dem Strobelkopf-Wirt. Ein Dutzend französischer Reiter preschte auf sie zu. Einer von ihnen hielt seinen Karabiner auf das Gebüsch.

Jungmann schrie panisch: „Sie haben uns entdeckt!"

Peter warf die Waffe von sich: „Weg hier!"

Auch Sollberger und der Wirt wurden von Angst befallen.

„Geordneter Rückzug!", befahl Sollberger, und alle liefen davon, so schnell, wie sie noch nie im Leben gerannt waren. Sie sahen nicht nach hinten. Da aber keine weiteren Schüsse auf sie abgefeuert wurden, durften sie hoffen, dass die Reiter den Angriff abgebrochen hatten. Ohne Verabschiedung flüchtete jeder nach Hause.

Unterdessen feuerte die Haubitze, die ins Visier der Bürgerwehr geraten war, eine Granate über die Mauer, die in die Straße vor Rosenbaums Haus schlug. Sie explodierte in einem Feuerball. Splitter schossen umher, Fensterscheiben gingen zu Bruch. Glücklicherweise war die Straße menschenleer, sodass niemand verletzt wurde.

„Joseph, das war bei uns!" Therese war kreidebleich geworden.

Rosenbaum saß mit den Hausbewohnern im Keller. Sie waren etwa fünfzehn Personen, darunter Sepherl und andere Dienstleute. Nach dem Einschlagen der ersten Granaten waren sie in diesen dunklen Raum geeilt. Sie hatten Krüge mit Wasser sowie Brot, Käse, Wurst und Obst mitgebracht, für den Fall, dass der Beschuss länger andauern sollte. In den Kellerabteilen gab es genügend Wein und Eingemachtes. Rosenbaum war nur mit einem leichten Schlafrock bekleidet, so eilig hatten sie es zuletzt gehabt. Er fror. Auch Therese trug lediglich ein Hauskleid, viel zu dünn für die Kälte, in der sie ausharren mussten.

„Das war auf der Straße!", sagte Herr Werner aus dem Parterre beruhigend. „Da kann nichts passieren!"

Therese blieb aufgekratzt: „Aber ein Feuer kann entstehen und alles abbrennen!"

„Ich schau mal nach oben!", verkündete Rosenbaum.

„Nein, Joseph, so hab ich das nicht gemeint! Du darfst dich nicht in Gefahr bringen!"

„Wir brauchen eh was Wärmeres zum Anziehen. Ich hol mein Nachtleibl und für dich eine Decke." Dann fragte er in die Runde. „Hat jemand an eine Uhr gedacht?"

Ihm blickten nur verängstigte Augen entgegen. Die Nachbarn

klammerten sich an ihre Becher mit Wasser, als würden sie ohne diesen Halt fortgerissen. Sie erschraken bei jedem Geräusch.

„Das ist eine gute Idee", sagte Herr Werner endlich. „Ohne Uhrzeit ist alles noch schlimmer."

„Herr Rosenbaum", rief Herr Schauer aus der dunkelsten Ecke. „Es fehlt der Schneider mit seinem Gesellen aus dem fünften Stock. Vielleicht sind die zwei besoffen und hören nichts!"

„Ja, ich klopf bei den beiden an", versprach Rosenbaum und trat zur Tür.

Sofort sprang Therese auf und fiel um seinen Hals: „Joseph, pass auf dich auf!"

„Versprochen, Schatzl!"

Rosenbaum stieg hinauf. Das kleine Fenster neben der Haustür war zerschlagen. Splitter verteilten sich über den vorderen Flur. Im ersten Stock das Gleiche. Rosenbaum ging vorsichtig, um sich nicht zu verletzen, ans Fenster. Durch die Straße liefen einzelne Soldaten der Landwehr. Am Ende der gegenüberliegenden Häuserfront schlug Feuer aus dem Dachstuhl. Eine Gruppe Menschen stand in einer Kette, in der Wassereimer weitergereicht wurden. In kurzen Abständen pfiffen Granaten durch die Luft, explodierten in der Nähe und Ferne. Die Franzosen schossen offenbar vorwiegend vom Prater herein. Aber auch der Himmel über dem westlichen Teil der Stadt schimmerte rot.

Die Wohnung war unversehrt. Rosenbaum packte Kleidung und Decken in einen Korb und holte seine Taschenuhr aus dem Schreibtisch, steckte sie ein. Dann rannte er in den obersten, den fünften Stock.

„Sind Sie zuhause?", schrie er und pochte dabei gegen die Tür. Er hörte Geräusche. „Kommen Sie in den Keller!"

Die Tür wurde aufgeschlossen, und ein junger Mann öffnete. Der Geselle, ein verwahrloster Kerl, der deutlich nach Schnaps roch, sah Rosenbaum mit glasigen Augen an. „Wir sind unpässlich!", brummte er leise.

Rosenbaum schob die Tür nach hinten und konnte nun einen Blick in die Wohnung werfen. In der Stube, die zugleich Werkstatt war, herrschte unbeschreibliche Unordnung. Kleidungsstücke und Stoffe häuften sich da und dort, überall standen Weinflaschen und Essensreste, dazwischen das Nachtgeschirr. Der Schneidermeister schlief in einem Sessel.

„Sie müssen in den Keller! Da sind Sie sicher!"

„Jaja", stotterte der Geselle, „das ist eine gute Idee!" Er stolperte zum Meister, um ihn zu wecken und zum Aufstehen zu bewegen.

Rosenbaum warf unterdessen einen Blick durch das Fenster auf den Dachstuhl des Nachbarhauses. Er bemerkte ein brennendes Stück Stoff, das offenbar vor Kurzem dorthin geschleudert worden war. Sofort riss er die Flügel auf und versuchte, es mit einem Besenstiel zu fassen und auf eine Zinne zu hieven, wo es abbrennen konnte, ohne Schaden zu verursachen. Aber das Manöver misslang. Das Feuer würde sich weiter ausbreiten, wenn nichts unternommen wurde.

Er brauchte Hilfe! Von den beiden Schneidern war nichts zu erwarten. Der Geselle war vollauf damit ausgelastet, seinen Meister auf den Weg Richtung Keller zu bringen. Rosenbaum stürmte los, überholte sie an der Tür, packte vor seiner Wohnungstür den Korb mit den Kleidern und schlug bei seinen Nachbarn im Keller Alarm.

Therese sprang auf, auch Herr Werner und Herr Schauer. Frau Hemberg wollte ins Nachbarhaus laufen.

Wenig später wurde in allen verfügbaren Eimern Wasser aus dem Brunnen im Hinterhof in den fünften Stock geschleppt. Herr Werner war der Kräftigste unter den Bewohnern, weshalb es ihm am besten gelang, das Wasser weit hinüber auf das Dach, über den lodernden Stoff, der sich bereits in die Schindeln fraß, zu schütten. Endlich wurde aus dem Inneren des Gebäudes ein Loch in das Dach gestoßen, knapp neben der Feuerstelle. Ein junger Mann schob sich heraus, flink und gewandt, und kroch auf die Fläche. Durch das Loch wurden Eimer gereicht. Mit gezielten Güssen nässte er die Schindeln. Das Feuer zischte auf, die Flammen sanken in sich zusammen. Werner glückte durch das Fenster des Schneiders ein Volltreffer, und das Feuer erlosch.

Erleichtert und freudig winkten sich die beiden Nachbarn zu. Rosenbaum, der gerade den nächsten Wassereimer brachte, viel ein

Stein vom Herz. Er jubelte – völlig entkräftet. Beide Häuser waren gerettet!

Auf dem Rückweg zum Keller rief die Nachbarn heftiges Klopfen an die Haustür. Ein Junge mit rußgeschwärztem Gesicht stand auf der Straße. „Bitte, kommen Sie! Wir brauchen jede Hand! Im ganzen Stiegenhaus ist Feuer!"

Werner und Schauer waren inzwischen vollkommen in ihrer Aufgabe aufgegangen. Ohne zu zögern, liefen sie in die Richtung, die ihnen der Junge anzeigte.

Rosenbaum blickte in Thereses Gesicht. Verzweifelte Angst spiegelte sich darin.

„Nochmal: Pass bitte auf dich auf, Joseph! Bitte ...! Wir müssen gut durchkommen, weil sonst ..." Ihre Stimme versagte.

„Das schwör ich dir!" Er sprach plötzlich ruhig und innig. Dann drückte er einen Kuss auf ihre Stirn und folgte den anderen.

In den frühen Morgenstunden ließ der Beschuss nach. Erzherzog Maximilian und die Militärs mussten sich eingestehen, dass die Stadt nicht bis zum Eintreffen der Hauptarmee zu halten war. Trotzdem gab der Erzherzog gegen vier Uhr noch den Befehl, das Lusthaus im südlichen Teil des Praters zurückzuerobern. Der unglückliche, sinnlose Versuch, ein wenig von der Kriegsehre zu retten, scheiterte und kostete dreihundert Soldaten das Leben.

Nun verließ den Erzherzog endgültig der Mut. Er überquerte mit einem kleinen Trupp die Donau und rettete sich damit ins Hauptlager. Die Geschicke der Stadt überließ er seinem General O'Reilly.

Vor diesem erschien kurz darauf eine Abordnung des Magistrats. Sie erklärte, dass sich die Bürgerschaft außer Stande sehe, die Stadt zu halten. Ein Dutzend Tote und etwa dreißig Verletzte waren zu diesem Zeitpunkt zu beklagen. Die Bürger wollten weitere Zerstörungen verhindern. Und aus Erfahrung wussten sie, eine Besatzung durch die Franzosen würde das geringere Übel sein. Sie baten den General, die Kapitulation auszusprechen.

General O'Reilly befragte eine Deputation der k. und k. Hofkommission und die verbliebenen Generäle. Sie alle befürworteten die Aufgabe der Stadt. Ab elf Uhr morgens bis zum Abend wurde mit den Franzosen über die Kapitulationsbedingungen verhandelt. Die österreichischen Verteidigungssoldaten sollten demzufolge mit „Kriegsehren" die Waffen niederlegen, ebenso die Kämpfer der Bürger- und Landwehr. Vereinbart wurde ferner die Gefangennahme von zweitausend Soldaten, einschließlich dreizehn Generäle. Die Franzosen erhielten sämtliches Kriegsgerät. Hinzu kamen Vorräte an Bekleidung, Lebensmittel und Futter.

Die Bewahrung Wiens vor weiterem Unheil wurde teuer erkauft. Aber die Waffen schwiegen, die Stadt konnte ihre Wunden lecken und die Rückkehr zum Alltag versuchen.

Am folgenden Nachmittag trieb die Neugier Peter in den inneren Bezirk. Er traf Rosenbaum an, der gerade an seinem Arbeitstisch saß und einen Brief mit allen Neuigkeiten an den Grafen nach Pressburg schrieb. Bereits gestern und diesen Vormittag hatte er die Liegenschaften seines Dienstherrn inspiziert, um die Schäden aufzunehmen und das Notwendige zu veranlassen. Am Palais in der Kärntnerstraße hatte eine Granate einige Scheiben zu Bruch gehen lassen, ein Gebäude mit vermieteten Wohnungen war durch den Brand des Nachbarhauses schwer in Mitleidenschaft gezogen. Rosenbaum musste den Mietern ersatzweise und vorübergehend Räume im Palais zur Verfügung stellen.

Rosenbaum, den es ebenfalls unentwegt hinaus auf die Straßen und Plätze trieb, ließ sich von Peter sofort dazu verleiten, zu einem weiteren Rundgang aufzubrechen. Es war ein trockener, warmer Tag. Staub und Brandgeruch wehte durch die Häuserschluchten.

Die Folgen der Schreckensnacht waren überall erkennbar. Sie trafen auf Menschen in Ausnahmesituationen: in Erleichterung, Orientierungslosigkeit, Verzweiflung. Der stundenlange Granatenhagel hatte das Gewohnte zerschlagen. Für die einen hieß es, das Bisherige im Chaos wiederzufinden, zurückzuholen, erneut zum Alltag zu machen. Die anderen standen vor einer unvorhersehbaren Zukunft: Eine Existenz war vernichtet, ein Tod hatte eine Familie zerrissen, Gefangenschaft drohte oder das Leben war das Leben als Versehrter geworden.

Rosenbaum und Peter gehörten zu den Glücklichen, an denen alle Schüsse vorbeigegangen waren. Sie konnten als Betrachter und Zeugen die Stadt durchstreifen, aus der Ferne zusehen, wie verkohltes Holz, verrußte Stoffe und angesengte Möbel durch die Stadt gekarrt und in den Mauergraben geworfen wurden. Sie traten zur Seite, als eine erste französische Patrouille durch die Gasse marschierte. Eine Gruppe von Soldaten der Landwehr trug ihre Waffen eilig zu einem Sammelplatz. Ein Bettler, ein Invalide aus dem Krieg gegen das Osmanische Reich, dem Rosenbaum fast täglich begegnete, war zurück am Stephansplatz und bat schon wieder um Almosen. Eine Mutter suchte nach ihrem Sohn. Er hatte sich gestern einer Bürgerwehr angeschlossen und war seither verschollen. Rosenbaum und Peter sahen eine weiße Fahne, die auf der Rotenturm-Bastion wehte, einen feingekleideten Herrn, der durch die Ruine eines Hauses stapfte und in den Resten seiner Möbel wühlte, zwei Soldaten, die sich in einem Hinterhof in Zivil kleideten, um der Kriegsgefangenschaft zu entgehen.

Peter nahm die Geschehnisse wie ein Reisender wahr, der eine antike Stätte besucht. Er gab knappe Kommentare ab und setzte jeweils hinzu: „Das ist eben der Krieg!" Oder: „Eine Schande für die Monarchie, die Kaiserstadt so billig fahren zu lassen." Dann ging er weiter. Seine großen Schritte zwangen Rosenbaum zum Weitergehen. Bei jeder Beobachtung sackte Rosenbaum tiefer in sich selbst. Seine Augen hafteten am Elend und er konnte sich nur schwer davon trennen.

Vor einem Haus, in dem Amtsstuben der Magistratur untergebracht waren, trafen sie auf Ullmann. Als Amtsoffizier des Unterkammeramts war er ja für Bau- und Brandangelegenheiten zuständig, also war er an diesem Tag unentwegt im Einsatz. Eine Granate hatte das Hauptportal des Amtsgebäudes stark beschädigt. Plünderer waren eingedrungen. Es galt, den Schaden zu besichtigen und abzuschätzen. Womöglich war das Chaos der Kriegsnacht dazu genutzt worden, wichtige Dokumente zu entwenden.

Ullmann grüßte seine Freunde kurz: „Das freut mich, dass ihr alles unbeschadet überstanden habt!"

„Herr Ullmann, bitte!", schrie ein Herr aus einem Fenster im oberen Stockwerk. „Wir würden auf Sie warten!"

„Entschuldigt!"

Rosenbaum umarmte Ullmann. „Bitte, Igraz tu deine dienstliche Pflicht!"

„Das ist eben der Krieg", meinte Peter wiederum und ging weiter.

„Ich will nach Eckhart schauen", rief Rosenbaum ihm hinterher. „Er wohnt am Graben."

Rosenbaum erschrak, als sie auf das Haus zukamen. Eine Detonation hatte alle straßenseitigen Fenster von Eckharts Parterrewohnung eingedrückt. Die Fensterlöcher waren mit Ruß umrandet. Es hatte also auch im Inneren gebrannt.

Sie liefen in den Flur. Die Wohnungstür war aufgebrochen. Sie zogen die Glocke.

Eckhart war noch vom Schock gezeichnet, als er in der Tür erschien.

„Mein Gott, Leopold! Ist dir was passiert?", wollte Rosenbaum sofort wissen.

„Kommt herein!" Er führte die beiden Besucher in die Wohnstube. Der Raum war größtenteils verwüstet. „Die Vorhänge sind in Brand geraten, und das Feuer ist auf den Teppich und einen Teil der Möbel übergesprungen", berichtete er. „Ich war nicht zuhause. Ich musste die vergangenen Tage im Spital meinen Dienst tun." Das Allgemeine Spital lag ja außerhalb der Mauer. „Gott sei Dank haben die Nachbarn eingegriffen und alles schnell löschen können."

„Puh!", machte Rosenbaum. „Wenigstens das!"

„Und ist bei euch alles in Ordnung?"

„Ja, es war eine schlimme Nacht, aber uns ist nichts geschehen."

Eckhart wandte sich an Peter, der mit finsterer Miene nahe der Tür wartete. „Und bei Ihnen? Ist die Leopoldstadt schon besetzt?"

Peter ließ Eckhart spüren, dass er ihn nicht mochte, und antwortete daher so knapp wie möglich: „Heute Morgen."

Eckhart fragte unberührt weiter: „Aber ich denke, sie werden sich anständig benehmen, oder?"

Peter wurde redseliger: „Sie haben den Soldaten im Strafhaus die

Waffen abgenommen und eigene Wachen aufgestellt. Ansonsten mischen sie sich nicht ein."

„Es heißt, Napoleon habe feierlich proklamiert, dass die Einwohner von Wien nichts zu befürchten haben. Person und Eigentum stünden unter seinem Schutz. Er erwarte dafür, dass wir seine Soldaten einquartieren und gut bewirten. Morgen Vormittag sollen sie in die Stadt ziehen, habe ich gehört."

„Es wird so sein wie beim letzten Mal", mutmaßte Rosenbaum. „Napoleon ist schlau. Wenn den Wienern damals großer Schaden durch die Besatzer entstanden wäre, hätten sie sich diesmal heftiger verteidigt, und Napoleons Truppen wären geschwächt worden. Er braucht seine Soldaten noch – die Schlacht gegen Erzherzog Carl steht noch aus."

„Eine Schande ist das!", brummte Peter. „Den Wienern geht es nicht um die Ehre, sondern nur um ihre heile Haut und heile Möbel! Das Vaterland und die Monarchie sind ihnen wurscht!"

Eckhart schüttelte den Kopf: „Warum sinnlos Blut vergießen und Schaden heraufbeschwören? Früher oder später hätte Wien kapituliert. Auf die Armee von Erzherzog Carl hätten wir nicht warten können!"

„Wien wäre auch ohne den Erzherzog zu verteidigen gewesen!", schimpfte Peter. Er genoss es, anderer Meinung als Eckhart zu sein. „In den Straßen haben sich die Soldaten der Landwehr und die bewaffneten Bürger gedrängt! Sie hätten die Stadt liebend gerne verteidigt – wenn der Erzherzog Maximilian nicht so feige gewesen wär!"

„Waren Sie schon mal in einer Kriegsnacht im Spital, Herr Peter? Haben Sie schon aufgeschlitzte Bäuche operiert und zerfetzte Beine amputiert? Und erlebt, wie Ihnen die Patienten unter den Händen wegsterben?" Eckhart redete sich in Rage.

Peter antwortete beherrscht und kühl: „Ich kenne das menschliche Leid!"

Rosenbaum ging dazwischen. Er wollte nicht, dass aus dem Disput ein offener Streit wurde. „Komm, Peter, wir schauen weiter!"

Auch Eckhart wollte sich nicht länger mit Peter auseinandersetzen. „Entschuldigen Sie, ich muss mich um meine Sachen kümmern! In ruhigeren Zeiten tauschen wir uns gerne über das Thema aus."

Eckharts Reaktion erleichterte Rosenbaum.

Peter nickte und gab sich plötzlich höflich: „Viel Glück, Herr Eckhart! Belassen wir es dabei!"

Sie verabschiedeten sich, und Peter ließ sich von Rosenbaum aus der Tür schieben, aber nicht, ohne eine Bemerkung fallen zu lassen: „Für einen Arzt, der in einem Wiener Spital seinen Dienst tut, sehr merkwürdig!"

Das Haus, dem Eckhart wohnte, besaß einen hohen Giebel mit einem Fenster, das einen weiten Ausblick über den Graben und die benachbarten Gebäudekomplexe bot. Als Stadtspaziergänger kannte Peter das Fenster, hatte es oft von unten begehrlich betrachtet. Nun wollte er die Gelegenheit nutzen, von dort aus den inneren Bereich Wiens in Augenschein zu nehmen. Also stieg er hinauf. Rosenbaum folgte ihm.

Peter stellte sich breitbeinig an die Fensterbrüstung und inspizierte wortlos das Treiben auf dem Graben, dann wanderte sein Blick entlang der Rauchsäulen, die noch immer da und dort aufstiegen. Für Rosenbaum war kein Platz am Fenster. Er hielt sich im Hintergrund und sah an Peters Schulter vorbei.

„Das ist eben der Krieg", wiederholte Peter. Dabei legte er die rechte Hand auf den Bauch. Sie glitt allmählich zwischen zwei Knöpfe seiner Jacke und verblieb dort. Peter machte sich größer, als er ohnehin war. In seinem Gesicht entstand ein zufriedenes Lächeln und er sprach: „Das ist eben der Krieg!"

Rosenbaum beobachtete das Gebaren seines Freundes. Er war zu ausgelaugt, um darauf reagieren zu können. Schon viel Merkwürdiges, ja Absonderliches hatte er von ihm erlebt, doch dieses Verhalten erregte seinen Ekel.

Rosenbaum schrieb abends noch lange in sein Tagebuch, um die Ereignisse, die vielen entsetzlichen Eindrücke nicht zu verlieren. Dazu trank er die doppelte Menge an Bier als gewöhnlich. Er fürchtete, trotz seiner Übermüdung nicht schlafen zu können.

Tatsächlich fand er im Bett keine Ruhe. Er wälzte sich von einer zur anderen Seite, starrte an die Decke.

Auch Therese schlief unruhig und wurde schließlich wach.

„Kannst nicht schlafen?"

„Mir geht so viel durch den Kopf. Das viele Elend. Beim Eckhart ist viel kaputt, und das Stögerische Haus ist vollkommen abgebrannt. Und die vielen Toten! ‚Das ist eben der Krieg', hat der Johann gesagt. Als wär so eine Katastrophe was Notwendiges. Therese, es wird mir immer klarer, dass er ein fürchterlicher Idiot ist. Wie er heut den Eckhart blöd angeredet hat! Den Peter möchte ich sehen, wenn ihm oder seinem Garten was passiert wär!"

„Komm, Joseph, lass ihn reden! Er hat einen schönen Garten, aber sonst ist er ein Kasperl! Lass nicht zu, dass er dir den Schlaf davonträgt!"

„Und Therese, weißt du, was das Schlimmste ist: Das Sterben geht jetzt erst richtig los. Der Napoleon steht auf unserer Donauseite und der Erzherzog Carl auf der drüberen. Die Kriegsherren warten aufeinander!"

# 27

Napoleon führte zwei Kriege gleichzeitig. Die Spanier wehrten sich verbissen gegen eine Eroberung, und Österreich war noch immer nicht besiegt.

Auf der anderen Donauseite trafen die Truppen aus Böhmen ein, die Armee sammelte und formierte sich nach den zermürbenden Tagen des Rückzugs. Knapp achtundneunzigtausend Soldaten. Napoleon standen etwa neunzigtausend Mann zur Verfügung. Nur unbedeutend weniger.

Der französische Feldherr wollte vorankommen, hatte keine Zeit, sich hier an der österreichischen Front unnötig aufzuhalten. Also ging er neun Tage nach der Eroberung von Wien, am 21. Mai 1809, Pfingstsonntag, in die Offensive.

Die Herausforderung für ihn und seine Armee bestand darin, die Donau sicher zu überqueren. Die bestehenden Brückenverbindungen waren von den Österreichern zerstört worden. Napoleon war gezwungen, eine Behelfsbrücke zu bauen.

Der Fluss, noch immer durch Hochwasser verbreitert, durchquerte die Landschaft im Südosten von Wien mit vielen, verzweigten Armen. Napoleon konzentrierte seine Truppen auf einer Insel namens Lobau und ließ von dort aus einen Übergang zum Dorf Aspern errichten. Boote wurden hierfür zusammengebunden und mit Holzplanken belegt. Zunächst überquerten siebenundzwanzigtausend Infanteristen und neuntausenddreihundert Kavalleristen die Brücke. Doch viel zu wenig, um der österreichischen Armee mit entscheidender Wirkung entgegentreten zu können. Angriff und Gegenangriff folgten, die Schlacht verdichtete sich zu einem Gemetzel um die Dörfer Aspern und Eßling. Auch der fragile Donauübergang geriet ins Feuer – Napoleons Achillesferse. Der Steg wurde von den Österreichern im Verlauf des Kampfes zerstört, aber in der folgenden Nacht von den Franzosen erneuert. Weitere Truppen, vierunddreißigtausend Infanteristen und tausenddreihundert Reiter, zogen über den dünnen Pfad in die Schlacht. Doch die militärische Lage blieb für Napoleon ungünstig. Der Feldherr, den der Nimbus der Unbesiegbarkeit umgab, konnte das Blatt nicht mehr wenden. In der Nacht zum 23. Mai verließen die französischen Truppen das linke Donauufer. Etwa dreiundzwanzigtausend Österreicher und siebenundzwanzigtausend Franzosen hatten ihr Leben auf dem Schlachtfeld gelassen.

Deprimiert wegen des verheerenden taktischen Fehlers versuchte Napoleon, seine Niederlage in einem Bulletin als Rückzug aus Gründen der Vernunft kurz vor dem Sieg darzustellen. Doch die Wahrheit verbreitete sich rasch, und Österreich, aber auch das ferne Preußen, das nach dem verlorenen Krieg von 1806 auf Rache sann, brachen in Jubel aus.

Erzherzog Carl wagte keinen Gegenangriff; wissend, dass der Donauübergang auch für seine Seite ein Schwachpunkt wäre und seine Truppen für einen nächsten Waffengang nachgerüstet werden mussten. Die österreichische Armee lagerte daher weiter auf der linken Seite der Donau.

Napoleon setzte sich in Wien fest und wartete auf Verstärkung. Seine Italienarmee rückte heran.

Die Bevölkerung von Wien vollführte weiter einen Balanceakt zwischen Ausnahmezustand und Normalität. Das Kärntnertortheater nahm bereits am Tag nach dem Einmarsch der Franzosen seinen Betrieb wieder auf, mit Mozarts *Entführung aus dem Serail*. Auch das Theater an der Wien spielte, ebenso das Burgtheater und das Leopoldstädter Theater. Nur das Theater in der Josefstadt blieb noch geschlossen. Auf den Programmen standen neben den Stücken des bisherigen Spielplans nun häufig Ballette und französische Komödien. Die Wirts- und Kaffeehäuser empfingen Gäste, die Märkte öffneten, das übliche Treiben auf den Plätzen und Straßen kehrte zurück. In öffentlichen Gebäuden und Bürgerwohnungen waren französische Soldaten einquartiert. Die höhere Gewalt der Politik und des Krieges zwang Einheimische und Besatzer unter gemeinsame Dächer. Man arrangierte sich. Nur vereinzelt kam es zu Zwischenfällen.

An den beiden Tagen der Schlacht waren viele Wiener auf die Bastei gestiegen, hatten fassungslos hinüber zum etwa fünf Kilometer entfernten Dorf Aspern gespäht. Schüsse und Detonationen waren zu hören gewesen. Über den Häusern des Dorfes waren Rauchsäulen emporgestiegen. In der Nacht hatten Feuersbrünste geleuchtet.

Nun war die Stadt voller Verwundeter: Franzosen und gefangene Österreicher, einfache Soldaten und Generäle. Aus Kirchen, Arbeitshäusern und Sälen wurden Lazarette. Es hieß, es seien allein in das Allgemeine Wiener Spital dreitausend Verletzte gebracht worden. Wer konnte, versorgte Wunden, reinigte die Verbände und Krankenlager, bereitete Essen und schaffte die Fäkalien davon, sprach Gebete und spendete Trost. Es wurde operiert, amputiert und gestorben. Inmitten der zerbrechlichen Normalität herrschte der Schrecken des Krieges, in seinem Zentrum der Tod.

Der Einschlag der Kanonenkugel war das einzige Kriegsgeschehnis geblieben, das Haydns Hausstand getroffen hatte. Auch bei der Besetzung der Vorstädte hatte es kein Franzose gewagt, in das Haus einzudringen. Niemand wurde hier einquartiert, niemand forderte Proviant. Im Gegenteil. Den Eroberern und Besatzern war bekannt, dass Haydn hier wohnte. Napoleon wusste den großen Tonkünstler zu schätzen und ließ das Haus rund um die Uhr bewachen.

Zum Schrecken von Haydn, der sich nicht beschützt, sondern gefangengesetzt glaubte. Er war inzwischen bettlägerig geworden. Fieberschübe schwächten ihn zusätzlich. Mit dem Krieg, mit den Franzosen, mit Napoleon wollte er nichts zu tun haben. Ihre Nähe, ja, ihre Gegenwart unmittelbar vor dem Hauseingang bedrückte ihn. Sein Leben hatte sich in die Wände seines Schlafzimmers zurückgezogen.

Elßler klopfte und trat leise herein. Heute war der 25. Mai, nur drei Tage nach dem Ende der Schlacht.

„Kommt der Doktor?", fragte Haydn, der wachlag.

„Nein, französische Offiziere würden Ihnen gerne ihre Aufwartung machen. Sie haben mich dringend gebeten, Sie um diese Freundlichkeit zu bitten."

„Seit wann sind die Franzosen so freundlich? Als sie in Wien einmarschiert sind, haben sie auch nicht gefragt. Was wollen sie denn?"

„Sie verehren Ihre Musik und möchten den Meister kennenlernen!"

Haydn atmete schwer. „Wenn es sein muss", stöhnte er schließlich.

Wenig später standen vier Husarenoffiziere in prächtigen Paradeuniformen im Raum. Ihr Anführer stellte sich als Clement Sulemy und leidenschaftlicher Sänger vor. Die ungebetenen Gäste umschmeichelten den alten Meister mit Huldigungen, erkundigten sich nach seinem Befinden, waren aber sehr viel mehr vom eigenen Interesse gedrängt, sich selbst zu produzieren. Einer setzte sich an das Clavichord, und jener Clement Sulemy begann, eine Tenorarie aus der *Schöpfung* zu singen. Unpräzise, aber voller Begeisterung schrie er auf Haydn ein: „Mit Würd' und Hoheit angetan, mit Schönheit, Stärk' und Mut begabt, gen Himmel aufgerichtet steht der Mensch, ein Mann und König der Natur."

Nachdem sich Haydn höflich bedankt hatte, ließen sie sich von Elßler aus der Tür schieben. „Bitte haben Sie Verständnis, die Herren", bat Elßler, „der Meister ist für den Rest des Tages unpässlich!"

Danach kam kein fremder Besuch mehr zu Haydn.

Elßler, der gewöhnlich nur untertags bei Haydn arbeitete, ansonsten bei seiner Frau wohnte, hatte sich für diese Tage im Haus einquartiert, um rund um die Uhr bei Haydn zu sein. Auch Nannerl blieb unentwegt in seiner Nähe. Ebenso die Großnichte Ernestine. Sie war zurück aus Baden. Der Leibarzt Doktor von Hohenholz stärkte Haydn mit Medizin, so gut es eben ging. Ein zweiter Arzt, der Medikus Doktor Böhm, wurde hinzugeholt. Doch gegen das Schwinden der Kräfte war auch er machtlos. Über Stunden dämmerte Haydn dahin.

An einem dieser Tage trat Elßler mit einem Brief in der Hand an das Bett und betrachtete den kranken Mann. Sollte er ihn damit noch behelligen? Doch es war ein persönlicher Brief, er durfte ihm nicht vorenthalten werden.

Haydn erwachte und sah das Papier in Elßlers Hand. „Hat der Postbote einen Brief gebracht?" Er war klar und aufmerksam.

„Ihre Schwägerin hat aus Salzburg geschrieben."

„Die Maria Magdalena!" Haydn freute sich. „Sie erkundigt sich bestimmt, wie es mir geht. Lesen Sie bitte vor."

Elßler öffnete den Brief und las. „Mein lieber Schwager Haydn, ich hoffe sehr, es geht dir gut. Ich habe eine Nachricht für dich, die dich freuen wird. Ich konnte den Schädel deines geliebten Bruders Michael bekommen." Elßler unterbrach und prüfte, ob er richtig gelesen hatte.

„Weiter!" Auch Haydn war verdutzt.

„Letzte Woche wurde die Gruft auf dem Petersfriedhof geleert und in Ordnung gebracht. Ich konnte den Totengräber, den alten Zeitler, dazu überreden, dass er mir den Schädel gibt. Er hat ihn sogar für mich geputzt, sodass ich ihn nun neben mein Bett legen kann. Ich habe ihm ein schönes Kissen genäht. Neben meinem Bett halte ich meinen Michael und deinen Bruder in Ehren, und der Schädel geht nicht verloren." Wieder unterbrach Elßler das Vorlesen.

„Weiter, Elßler!"

„Ansonsten habe ich bittere Not, komme mit der kleinen Pension nicht aus. Aber der Herrgott wird es schon rechtmachen mit mir. Ich hoffe, es geht dir gut! Deine Schwägerin Maria Magdalena Haydn."

Elßler faltete betreten das Schreiben. „Es tut mir leid, dass ich den Brief vorgelesen habe."

„Danke, Elßler, das konnten Sie ja nicht wissen. Meine Schwägerin ist seltsam geworden. Das Witwentum bekommt ihr nicht. Aber wie sollte man da helfen?" Haydn grinste ein wenig. „Ich danke Gott, dass *meine* Gattin *vor* mir gestorben ist. Aber sie hätte auch bestimmt nicht gewollt, dass mein Schädel neben ihrem Bett liegt! Allzu große Liebe und Verehrung kann fatal sein! Ich möchte meinen Kopf behalten!" Er lachte über seinen schaurigen Scherz. Das löste Husten aus.

„Machen Sie sich keine Sorgen, Papa Haydn. Ihren Kopf holt sich niemand!"

„Das ist gut!", sagte er und schloss kraftlos die Augen.

Es war der 30. Mai, abends um neun Uhr, als sich Nannerl an sein Bett setzte.

Haydn bemerkte sie. Er blickte ernst und nachdenklich.

„Möchten Sie was essen? Oder Tee?"

Er schüttelte den Kopf und begann zu sprechen: „Nannerl, Sie kennen doch das sechste Gebot."

„Ja, natürlich", antwortete sie verwundert. „Du sollst nicht Ehe brechen!"

„Und im zehnten heißt es, man soll nicht das Weib des Nachbarn begehren."

Nannerl sah ihn lächelnd an. „Sie machen sich doch nicht etwa Sorgen? Wegen der Madame Polzelli?"

Luigia Polzelli, etwa fünfundzwanzig Jahre jünger als Haydn, kam 1779 als Sängerin an das Hoftheater des Fürsten Esterházy. Ihr Gatte spielte im Orchester Violine. Beide erwiesen sich als wenig talentiert. Auf Initiative von Haydn wurden ihre Verträge jedoch immer wieder verlängert.

Haydn klagte: „Auch wegen einigen anderen – offen gesagt. Die Madame Schroeter in London und die Josefa ..."

„Etwa gar die Josefa Hammer, die Sängerin? Ich hab es mir schon gedacht." Sie zwinkerte ihm zu.

„Nannerl, scherzen Sie nicht! Bitte! Alle sagen liebevoll ‚Papa Haydn' zu mir, aber in Wirklichkeit bin ich ein ‚Sünder Haydn'!" Auf seiner Stirn bildete sich Schweiß „Der Herrgott kennt die Wirklichkeit! Und ich werde ihm bald begegnen!"

„Beruhigen Sie sich, lieber Papa!"

„Mit der Luigia Polzelli hab ich zehn Jahre die Ehe gebrochen! Zehn Jahre hab ich für sie Arien umgeschrieben und einfach gemacht, damit sie weiter angestellt blieb. Damit wir weiter Ehe brechen konnten ... Ich die meine und sie die ihrige! Und der Antonio ist von mir – höchstwahrscheinlich – sicher! Seine Gesichtszüge sind der Beweis – oder etwa nicht?"

Nannerl nickte. Sie kannte die beiden Söhne von Luigia Polzelli, Pietro und Antonio. Haydn hatte sich nach seiner Rückkehr aus London um beide gekümmert, nachdem ihre Mutter, inzwischen

Witwe, nach Italien zurückgekehrt war, in der Hoffnung, dort wieder eine Anstellung als Sängerin zu finden.

„Aber es war Sein Wille, dass Er uns das späte Glück versagt hat!", flüstere Haydn traurig.

„Weil die Polzelli in Italien geheiratet hat?"

„Obwohl ich ja ebenfalls frei geworden bin."

Nannerl sah ihn eindringlich an: „Sagen Sie, Papa Haydn, ganz ehrlich: Hätten Sie denn wirklich nochmal heiraten wollen?"

Haydn schloss die Augen. „Ich bin alt, schwach und krank geworden."

„Hätten Sie es ausgehalten, dass eine so viel jüngere Frau durch Ihr Leben wirbelt?"

Er öffnete wieder die Augen und lächelte Nannerl entgegen. „Genau das hab ich mir auch schon gedacht."

„Und was den Herrgott angeht: Der hat bestimmt auch Ihre schöne Musik gehört, die vielen Messen und die *Schöpfung*. Da kann er Ihnen doch nicht ernsthaft bös sein! Vor allem weiß er ja auch, dass Ihrer Frau die Geschichte mit der Polzelli ziemlich wurscht gewesen ist."

„Meinen Sie wirklich, Nannerl?"

„Papa Haydn, überlegen Sie doch! Da wär doch niemand im Himmel, wenn der Herrgott so nachtragend wär!"

Die Worte von Nannerl gefielen ihm. Er wurde wieder still und schlief weiter.

Zwei Stunden später sah Elßler nach ihm. Er atmete ruhig und gleichmäßig.

Um halb eins kam wieder Nannerl an sein Bett. Er nahm ihre Hände und drückte sie. Bevor Nannerl eine halbe Stunde danach selbst schlafengehen wollte, blickte sie nochmals durch die leicht geöffnete Schlafzimmertür. Nun hatte Haydn aufgehört zu atmen.

# 28

„Das ist ein gutes Pferd", klagte der Stallknecht des Grafen, als er Rosenbaum den Strick reichte.

„Ja, Ehwalder, das ist eine Tragödie. Aber wir sind die Verlierer, und die Besatzer nehmen sich, was sie brauchen."

„Ausgerechnet den Hannibal!" Der Stallknecht strich liebevoll über den Bauch des Rappen. „So ein seidiges Fell! – Das wird dem Herrn Grafen das Herz brechen!"

„Ich werde es ihm so behutsam wie möglich schreiben. Aber, Ehwalder, wir können insgesamt von Glück reden, dass die Franzosen nicht den ganzen Stall plündern. Da kommen wir mit dem einen Ross glimpflich davon."

„Wenn Sie meinen, Herr Rosenbaum."

Rosenbaum führte das Pferd aus der Stallung, saß auf und ritt entlang des Glacis in einen Hof, hinter dem Hauptgebäude einer Brauerei gelegen. Hier wurde er bereits erwartet.

„Schönes Tier!", sagte der Mann. Seine lederne Haut glänzte in der Sonne des warmen Tages. „Sie haben nicht zu viel versprochen!"

„Vom Burschen eines französischen Offiziers, der in der Schlacht gefallen ist", log Rosenbaum. „Mehr darf ich nicht verraten!"

„Versteh schon! Aber brauchen die Franzosen nicht jedes Pferd?"

„Das hab ich mich auch gefragt. Die finden hier in Wien wohl genügend!"

Der Mann nickte. „So wird es sein. Wahrscheinlich kommen sie wieder zu mir!" Er zog ein Bündel Gulden-Scheine aus der Tasche und gab es Rosenbaum. „Dann melde ich mich wieder!"

„Bleibt alles unter uns!"

„So ist halt die Zeit! Da muss man schauen, dass man den Kopf über Wasser behält!"

„Wem sagen Sie das!"

Trotz der guten Einnahme hatte Rosenbaum das Geschäft traurig gemacht. Er hasste es, den Grafen oder jemand anderes zu bestehlen oder zu betrügen, aber das schmerzende Gefühl, Anweisungsempfänger, Unterprivilegierter und Gesichtsloser zu sein, war erheblich stärker als seine Loyalität. Dabei wies seine Schädelform eindeutig darauf hin, dass er zu sehr viel mehr befähigt war. Mut steckte in ihm. Peter und Eckhart hatten das unabhängig voneinander bestätigt. Doch er fand keinen Weg dafür. Nur der Zugewinn aus schwarzen Geschäften half weiter.

Er vergrub seine Hände in den Taschen seiner Beinkleider und stapfte in die innere Stadt. Es trieb ihn zum Kärntnertortheater. Therese leitete eine Nachmittagsprobe des Chores. Vielleicht war sie ja bald zu Ende, und er konnte sie nachhause begleiten.

„Warten Sie einen Moment, Herr Rosenbaum, ich frage nach", sagte der Pförtner und verschwand durch eine Tür, die in das Stiegenhaus führte.

Die Sonne stach herab. Rosenbaum blieb im Schatten des kleinen Flures und sah von dort hinaus auf den Platz. Ein französischer Soldat stand bei einem fesch gekleideten Mädchen mit Sonnenschirm. Was ihr der Franzose erzählte, schien ihr zu gefallen. Sie lachte und ließ lustig ihren Schirm kreisen.

Der Pförtner kam zurück. „Es kann nicht mehr lange dauern. Ich glaub, Sie können auf Ihre Frau Gemahlin warten."

„Danke, danke!"

Anstatt wieder in seiner Loge Platz zu nehmen, stellte sich der Pförtner zu Rosenbaum. Auch er blickte auf das turtelnde Paar.

„Keinen Anstand haben unsere Mädels", meinte er. „Na ja, schneidig ist er ja, der Franzos!"

Das Paar verschwand in einer Gasse.

„Jetzt hat er sie bestimmt ins Kaffeehaus eingeladen", mutmaßte der Pförtner. „Ein Glück für ihn, dass er bis jetzt heil durch den Krieg gekommen ist. – Haben Sie schon gehört, Rosenbaum, heute Nacht ist er gestorben."

„Wer?", fragte Rosenbaum überrascht.

„Na, der Marschall Lannes. In der Schlacht haben ihm unsere

Leute beide Beine abgeschossen. Eines hat man noch amputiert, aber die Wunde hat keine Ruh gegeben."

„Brand?"

„Ja. Das hat der Rest vom Marschall nicht mehr mitgemacht. Der Napoleon war bei ihm, draußen in Kaiserebersdorf. War ja ein enger Freund von ihm, heißt es. Per Du soll er mit ihm gewesen sein, und geweint soll der Napoleon haben. Na ja, kann ich schon verstehen."

Klimbke kam aus dem Gebäude. Noch immer stutzte er, wenn er Rosenbaum sah, den Dieb des Schädels der Madame Roose. Der Schock hatte sich in ihm festgesetzt; wenngleich er inzwischen ein wenig verblasst war.

„Wir haben vom Marschall Lannes geredet", erklärte der Pförtner.

„Ich habe gerade von einem weiteren Todesfall gehört", begann Klimbke. „Ein sehr trauriger! Unser Papa Haydn hat heute Nacht für immer die Augen geschlossen. Unser Theaterarzt, der Doktor Sorben, hat es vorhin erzählt."

Die Nachricht traf Rosenbaum zutiefst. „Der Haydn?!"

„Siebenundsiebzig Jahre ist er worden. Ein stolzes Alter. Aber trotzdem ist man fassungslos, wenn man es hört. Auch das scheinbar Ewige kann verlöschen!"

Rosenbaum brachte kein Wort hervor.

„Morgen um vier soll in seinem Haus Aussegnung sein und danach eine Messe in der Gumpendorfer Kirche."

Ein fremder Herr trat von außen in den Flur. Er hatte offenbar eine Frage, weshalb sich der Pförtner um ihn kümmern musste.

Klimbke war nun alleine mit Rosenbaum. Er nutzte die Gelegenheit und ging vertraulich nahe an ihn heran: „Ich möchte Sie bitten, Herr Rosenbaum: Lassen Sie ihm seinen Frieden!"

Rosenbaum nickte, ohne ihn anzusehen. „Er war ein herzensguter Mensch und wie ein Freund. Kommen Sie zur Aussegnung?"

„Ich will es versuchen. Aber im Theater herrscht gerade ein Chaos, als sei es gerade von unserem Herrgott erschaffen worden. Die Franzosen wollen, dass wir ihre albernen Komödien spielen, also müssen wir einstudieren und umplanen. Und wen trifft es als Ersten? Mich!"

Eine Schar von Damen strömte aus dem Theater. Die Probe des Chores war zu Ende gegangen. Therese war unter ihnen.

„Hast du schon gehört, dass der Haydn ..." Auch sie bewegte die traurige Nachricht. „Morgen soll schon die Beerdigung sein, am Hundsturmer Friedhof."

„Der ist ja gleich bei ihm in der Nähe", ergänzte Rosenbaum.

„Und stell dir vor, Joseph, ich kann nicht hin, weil wir eine wichtige Probe haben! Der Haydn tot! Ich kann es noch immer nicht glauben!" Therese seufzte und legte ihre Hände in die Hände von Rosenbaum. „Weißt du noch, wie sehr ihn das geärgert hat, dass der Esterházy gegen unsere Heirat war?"

„Ich bin sicher, dass er mit ihm geredet hat."

„Und jetzt muss er naus auf den Hundsturmer Friedhof!", klagte Therese.

Klimbke blickte Rosenbaum scharf in die Augen: „Immerhin ist er dort nicht allein. Der Löschenkohl liegt dort – und ja auch die Madame Roose."

Rosenbaum wartete eine Weile vor Haydns Haus, in der Hoffnung, Klimbke würde zu ihm stoßen. Aber er kam nicht. Auch Therese hatte dringend im Theater zu tun. Im besetzten Wien herrschte Ausnahmezustand. Zu einem ungünstigeren Zeitpunkt hätte Haydn nicht sterben können!

Am Haustor standen vier französische Gardegrenadiere. Sie kontrollierten die Besucher. Er musste seinen Rock öffnen, um zu beweisen, dass er keine Waffe trug, dann wurde er eingelassen.

Im Hof war niemand. Rosenbaum blickte geradeaus in den fein gepflegten Garten. Auf einer Leine bewegte sich Wäsche im leichten Wind. Rosenbaum stieg über die schmale Treppe hinauf in den ersten Stock. Es war still im Haus. Endlich hörte er Gebetsgemurmel aus dem größten Raum der Etage, dem Speise- und Empfangszimmer. Hier war der Verstorbene aufgebahrt, schwarz gekleidet, mit Perücke. Zu seinen Füßen waren sieben Ehren-Medaillen aufgereiht. Man hatte ihm die Totenmaske abgenommen. Die Larve lag noch auf einem Seitentisch, um vollends auszuhärten.

Am Totenlager betete ein Geistlicher. Ernestine stand mit verweinten Augen an der Tür und nahm die Besucher in Empfang. Sie grüßte Rosenbaum wortlos und bat ihn mit einer Geste, an den Verstorbenen heranzutreten. Zwei Herren erwiesen Haydn soeben die letzte Ehre. Rosenbaum kannte sie flüchtig. Es waren hohe Bedienstete des Fürsten Esterházy. Weder der Fürst noch seine Gattin, die sich ja fürsorglich um den ehemaligen Kapellmeister gekümmert hatte, wagten es, sich gleichzeitig mit Napoleon in Wien aufzuhalten. Außer der Großnichte waren keine Verwandten anwesend. Sämtliche Geschwister Haydns waren bereits verstorben, und entferntere Angehörige wie der Neffe Mathias Fröhlich, der Haydn verwandtschaftlich am nächsten stand, befanden sich außerhalb von Wien.

Rosenbaum stellte sich zu den Herren. Es störte ihn, dass er die Gegenwart mit dem Leichnam ausgerechnet mit Bediensteten des Fürsten teilen musste. Kein klarer Gedanke wollte aufkommen. So verharrte er und betrachtete das Gesicht des Toten. Sein Blick wanderte hinauf zur Stirn und er versuchte abzuschätzen, ob sich die Bereiche oberhalb der äußeren Augenränder außergewöhnlich erhoben, dort, wo sich der Tonsinn abzeichnete. Er kam zu keinem Ergebnis.

Vor der kleinen St.-Ägid-Kirche in Gumpendorf versammelten sich nur wenige Leute. Rosenbaum fand Nannerl, welche die Trauerfeier mit dem Pfarrer vorbereitet hatte. Sie hatte die Aufgabe übernehmen müssen, da Elßler untergetaucht war. Er habe, so wurde gemunkelt, seine Angst vor den Franzosen nur ertragen, um seinen Herrn in Würde verabschieden zu können. Danach habe ihn nichts mehr gehalten. Nannerl zeigte sich tief enttäuscht, dass so wenige Gäste kamen. Am heutigen Fronleichnamstag waren keine Zeitungen erschienen, und so war der Tod Haydns bislang nicht öffentlich bekanntgemacht worden. Zudem zog die Neuigkeit vom Heldenende von Marschall Lannes alle Aufmerksamkeit auf sich.

Der Sarg aus Eichenholz wurde schließlich mit einem Leichenwagen vom Wohnhaus hierher gebracht. Vier Männer trugen ihn dreimal um die Kirche, gefolgt von der Trauergemeinde. Unter ihnen waren Ernestine, das Hauspersonal sowie einige Freunde, Nachbarn und Musiker. Rosenbaum erkannte auch Mitglieder des Fürstlichen Hauses wie den Geiger Otto Grell, den Sänger Philipp Ludwig Möglich, den Obergärtner Mathias Pölt sowie drei höhere Beamte, von denen sich Rosenbaum abseits hielt. Vertreter der Stadt sowie namhafte Kapellmeister, Künstlerkollegen oder dergleichen waren nicht unter ihnen.

Nach der Messfeier zog die Trauergemeinde zum Hundsturmer Friedhof. Jakob Demuth wartete bereits neben der Grube, die er eben an der äußeren Mauer ausgehoben hatte. Sie lag rechts der letzten Ruhestätte von Hieronymus Löschenkohl, die sich ihrerseits rechts von Rooses Grab befand. Die Besucher stellten sich halbkreisförmig um die Grube und lauschten der kurzen Rede des Pfarrers, sprachen mit ihm Gebete.

Rosenbaum warf gelegentlich Blicke hinüber zu Rooses Grab. Er wunderte und ärgerte sich. Friedrich Roose und Siegfried Koch hatten es bislang nicht zuwege gebracht, einen Grabstein setzen zu lassen. Es war eine Schande! Peter hingegen erwartete heute noch die Anlieferung der Statue für sein Gartenmonument.

Schließlich kam der Pfarrer mit der Andacht zu Ende, und die vier Männer ließen den Sarg mit den sterblichen Überresten Haydns hinab in die Tiefe.

Dieser Augenblick versetzte Rosenbaum einen Stich. Der große Haydn verließ nun endgültig die Welt, Rosenbaums Welt. Die Musik, die aus ihm entsprungen war, existierte fortan losgelöst von diesem humorvollen und gütigen Menschen. Ihre Gottesnähe, ja, ihre Göttlichkeit würde Haydn sicher nicht benötigen, um weiterzuwirken, so ging es Rosenbaum durch den Sinn. Aber gleichzeitig hatte der Gedanke etwas Beängstigendes. War nicht der Mensch Haydn, sein Kopf, die Quelle dieser Musik, untrennbar mit seinen Schöpfungen verbunden?

Unweigerlich erinnerte sich Rosenbaum wiederum an die Aufführung der *Sieben letzten Worte unseres Erlösers am Kreuz* auf Schloss Esterházy. Haydns Musik hatte einen Liebesfunken erzeugt, der ihn mit Therese für ewig zusammengeführt hatte. Noch immer rätselte er an diesem Wunder, trotzdem wissend, dass es zu den Eigenheiten von Wundern gehört, dass sie ihr Geheimnis nicht preisgeben. Er konnte sich nicht damit abfinden, Uneingeweihter bleiben zu sollen. Und war das Rätsel des Wunders für ihn nicht lösbar, so musste er zumindest dafür sorgen, dass die Behausung des Mysteriums erhalten blieb. Wenigstens der Schädel. Vielleicht trat ja irgendwann die Erkenntnis hervor!

Und eine Angst trieb ihn an: Die Gefahr, dass mit dem Zerfall der Behausung auch deren Wirkung auf Therese und ihn zerfiel.

Kaiser Franz, Kaiser Napoleon und andere hatten Galls Schädellehre kritisiert, weil sie das Nicht-Fassbare materialisierte, also behauptete, in einem Stück Gehirnfleisch sei der Sitz einer Gabe, einer Eigenschaft, einer höheren, genialen Bestimmung. Aber machten nicht auch die Mächtigen Gegenstände wie Krone und Zepter zu Insignien, denen sie Charaktereigenschaften zuschrieben? Zum Beispiel die Berechtigung zur Gewalt und die Strahlkraft in die Ewigkeit. Und sahen nicht auch die Kirchenväter in Reliquien, Heiligtümern und geweihten Glaubenssymbolen Stücke und Stätten, in denen mutmaßlich Göttliches und Mysterien beherbergt waren?

Er, so unterstellte Rosenbaum, war nicht weniger als diese Zeitgenossen! Er glaubte an die Wirkung dieser jahrhundertelangen kulturellen Selbstverständlichkeit und spürte daher keinerlei Skrupel.

Nachdem die Weggefährten von Joseph Haydn Blumen auf den Sarg geworfen und den Heimweg angetreten hatten, leerte sich die Trauerstätte. Nur Rosenbaum blieb, etwas abseits, im Schatten einer Pappel.

Jakob Demuth nahm seine Schaufel. Er hatte Rosenbaum längst bemerkt und erkannt. Anstatt mit der Arbeit zu beginnen, rief er Rosenbaum zu: „Grüß Gott, Herr Professor."

„Grüß Gott, Herr Demuth!", antwortete Rosenbaum. Er trat auf das Grab zu.

„Wenn ich was für Euch tun soll, dann sagt es bitte gleich! Seid mir nicht bös, Herr Professor, aber so lange wie bei der Roose möchte ich nicht nochmal warten! Einen solchen Gestank will ich nicht nochmal erleben!"

„Würden Sie es bis morgen erledigen?"

„Für Euch mach ich das gern! Ihr seid ein anständiger Mensch mit Manieren! Entschuldigt, aber Euer Kollege, der große, war mir recht unangenehm!"

„Diesmal bin ich Sein Auftraggeber!"

„Dann ist es recht."

„Zum gleichen Preis?"

Demuth zögerte kurz. „Wart hier heute schon beim Bäcker? Die Semmel kostet beinahe das Doppelte wie letzte Woche!"

„Da hat Er recht, aber ich werde gleichzeitig nicht vermögender! Wir alle leiden an der Verteuerung! Und Er hat einen Vorteil gegenüber dem letzten Mal: Weil ich früher daran denke, bekommt Er es mit weniger Gestank zu tun!"

Demuth knurrte einsichtig.

„Also: gleicher Preis?"

Demuth nickte.

„Übergabe morgen Abend um acht?"

„Ich habe zwei Franzosen im Haus. Die machen ständig Ärger, und ich muss auf sie aufpassen. Sagen wir Samstag früh, gegen neun."

„In Ordnung!"

Sie nickten sich zu. Dann packte Demuth die Schaufel, und Rosenbaum verließ den Leichenhof.

Es drängte ihn zu Peter. Er fürchtete zwar dessen Verärgerung, wenn er ihm sagen würde, was er mit dem Schädel vorhatte, aber trotzdem lag es ihm fern, seine Aktion vor ihm geheim zu halten.

Er fand Peter im Garten. Dieser hatte gerade mit dem Steinmetz Langwieder die Statue der Melpomene auf den Sockel gehoben. Sie war hervorragend gelungen. Die Muse der Tragik versteckte ihr Gesicht unter einer Maske, die Verzweiflung zeigte. Auf dem Kopf trug sie eine Krone, zum Zeichen ihrer göttlichen Herkunft. Der Dolch in ihrer Hand war auf ihr Herz gerichtet. Jederzeit also konnte sie sich den Todesstoß geben. Die Gipsfigur hatte Langwieder mit Bronze überzogen. Sie wirkte hochwertig und war voller dramatischer Energie, genauso, wie Peter sie gewollt hatte.

„Schau sie dir an!", rief er Rosenbaum entgegen. „Diese Würdigung hat die Roose verdient!"

Glücklich umrundeten sie Melpomene und betrachteten die Details. Es fehlte nur noch die Bepflanzung rund um das Monument, dann würde es vollendet sein.

Rosenbaum konnte es kaum erwarten, bis auch Langwieder zufrieden war. Dieser polierte noch ein wenig, putzte den Sockel. Endlich wurde das Werkzeug in die Karre geworfen, und Langwieder zog die Kappe zur Verabschiedung. „Ich schicke Ihnen in den nächsten Tagen die Rechnung", sagte er beim Gehen. Dann waren Rosenbaum und Peter unter sich.

„Johann, ich muss dir was erzählen!", quoll es aus Rosenbaum.

Doch Peters Sinne waren nach wie vor auf die Statue der Melpomene gerichtet.

„Johann, hör mir zu!"

„Ja, ich hör schon", antwortete er schließlich. „Komm, setzen wir uns auf die Terrasse."

Sie nahmen am Tisch Platz. Peter holte aus der Gartenhütte Limonade. Dann endlich war Peter aufmerksam.

„Weißt du, wer gestorben ist?"

„Der Marschall Lannes!"

Rosenbaum ärgerte sich. „Ja, auch! Aber um den geht es nicht! Der Haydn ist tot!"

„Der Haydn?" Die Nachricht interessierte ihn, versetzte ihn aber nicht in Bewegung. „Na ja, er war ja schon recht alt!"

„Ich war auf seiner Beerdigung! Rate, wo?"

„In Gumpendorf hat er gewohnt", rätselte Peter. „Na, vielleicht auf dem Hundsturmer."

„Rechts vom Löschenkohl. Erst die Roose, dann der Löschenkohl und dann der Haydn." Rosenbaum konnte nicht begreifen, dass in Peter kein Tatendrang erwachte.

„So ein Zufall", meinte er nur.

„Und der Leichengräber war wieder der Jakob Demuth."

„Der gute Haydn hätte einen besseren verdient!", scherzte Peter müde.

„Johann, hör zu! Wir können am Samstag in der Früh, also übermorgen, den Kopf holen!"

„Was?" Endlich fuhr Peter auf, aber nicht in Rosenbaums Sinn. „Bist du ... bist du narrisch!", schimpfte er. Sofort drosselte er seine Stimme. „Jetzt?" Er spähte kurz hinüber in den Nachbargarten, in dem sich glücklicherweise nichts regte, und schob nach: „Die ganze Stadt ist voller Franzosen! Wenn die uns erwischen, dann ... weißt du denn, wie die reagieren? Wir sind schneller erschossen, als du denkst!"

„Die Franzosen haben andere Sorgen!", hielt Rosenbaum dagegen.

„Und wir haben jetzt gleichfalls andere Sorgen, Joseph! – Und was willst du dann mit dem Kopf machen? Hier im Garten ausnehmen und bleichen, wo jeden Augenblick ein Franzos hereinschauen könnte?"

Jetzt musste Rosenbaum mit dem unangenehmen Teil seiner Neuigkeit herausrücken. „Johann, ich meine ...", begann er vorsichtig, „ich meine der Haydn-Schädel soll doch schön werden ..."

Peter fühlte sich wie erwartet angegriffen: „Aha, und die Roose ist nicht schön, oder?"

„Ich möchte den Eckhart fragen."

Peter verstummte.

„Sei mir nicht bös, Johann, aber der Haydn, das war ein wichtiger Mensch für mich, und ich bin es ihm schuldig, dass ich das Beste aus ihm mach ... aus seinem Schädel, meine ich."

„Meine Arbeit ist dir also nicht gut genug!"

„Johann, bitte ... Du hast doch selber auf den Doktor Weiß und die Flecken auf der Roose geschimpft!"

„Aber ich habe mich immer um alles gekümmert!"

„Na und? Diesmal halt nicht!"

„Ohne mich wärst du nie auf eine solche Idee gekommen!"

Rosenbaum saß ratlos vor Peter. Dieser hatte sich mit verschränkten Armen zurückgelehnt und starrte vor sich hin. Es brodelte in ihm.

Durch das Gartentor kam Lenerl. Rosenbaum war froh. Ihre Gegenwart würde die verfahrene Situation sicherlich auflockern.

Auch Lenerl wirkte seltsam gedrückt. Aber sie grüßte so herzlich wie immer. „Ich hab gesehen, dass Sie gekommen sind, Herr Rosenbaum. Möchten Sie einen Kaffee?"

„Nein, danke, Lenerl", antwortete Rosenbaum und blickte zu Peter, der noch immer dasaß, als sei er ein General, der eine Schlacht verloren hatte, und nicht wusste, wohin er jetzt reiten sollte. „Ich muss jetzt dann heim zur Therese", verkündete Rosenbaum schließlich.

„Ich schenk Ihnen nochmal nach", sagte Lenerl und füllte Rosenbaums Glas mit Limonade.

Dabei fiel sein Blick auf ihr dunkelgrünes Kleid. Sie hatte dieses noch nie in seiner Gegenwart getragen. Es war weit geschnitten. Als sich Lenerl für einen Augenblick mit der Hüfte gegen die Tischkante lehnte, bemerkte er, dass sich ihr Kleid wölbte. Rosenbaum bedankte sich für das Nachschenken und wartete, bis Lenerl den Garten wieder verlassen hatte.

Peter, der Lenerl beobachtet hatte, war nicht entgangen, wie deutlich sich die Rundung vor den Augen seines Freundes gezeigt hatte.

Rosenbaum begann zu grinsen.

Peter antwortete mit einem gewichtigen Atemzug.

„Jetzt versteh ich, Johann, dass du andere Sorgen hast!"

„Ich hab ihr gesagt, sie soll aufpassen, dass man nichts sieht!", platzte es aus Peter.

„Johann, komm, irgendwann wär es eh rausgekommen! Ich freu mich für euch!"

Peter schluckte.

„Wann kommt es denn?"

„Wir schätzen in drei Monaten, aber das ist schwer zu sagen ..."

Rosenbaum lachte. „Weil es so viele Anfänge geben kann!"

Peter sank immer tiefer in seinen Stuhl. „Wir wohnen halt eng beieinander ... Und bei ihr ist alles eher unregelmäßig ..."

„Das ist doch schön – auch wenn die Pfaffen anderer Meinung sind." Rosenbaum trank kräftig von der Limonade, stand auf und stellte sich hinter Peter. Er sah zu ihm hinab und legte die Hand auf seine Schulter. „Meldet euch, wenn ich was helfen kann."

„Dank dir, Joseph!" Er blickte zu ihm hinauf. „Bist ein guter Freund!"

Rosenbaum verließ die Terrasse Richtung Gartentor. Er dreht sich um. „Und wenn du mitkommen willst, am Samstag um acht fahre ich zum Hundsturmer Leichenhof!"

Peter nickte unschlüssig.

Mit leichten, beinahe schwebenden Schritten ging Rosenbaum davon.

Therese lachte laut auf, als sie von Lenerls Umständen erfuhr. „Oje! Ein Kind vom Johann! Die Ärmste!" Sie brachte aus der Küche eine Terrine mit Gemüsesuppe. „Aber eine Überraschung ist das nicht! Ich glaub, die zwei brauchen unsere Hilfe. Die beiden allein, das wird nichts. Ich schau morgen mal bei ihr vorbei."

Sie verteilte die Suppe und setzte sich an den Tisch.

„Morgen übrigens, morgen am Vormittag sing ich ein Requiem für den Haydn. Ich bin gefragt worden, und es ist eine Ehrensache, dass ich da mitsinge! In der Gumpendorfer Kirche machen ein paar Musiker ein Requiem von seinem Bruder, dem Michael aus Salzburg. Es war nicht viel Zeit, einige kennen es, und die Noten sind da. Soll recht apart klingen."

„Das ist schön", antwortete Rosenbaum und löffelte die Suppe. „Ich hab schon Angst gehabt, der Tod von unserem Papa Haydn wird ganz vergessen."

„Kommst mit?"

„Ja, natürlich."

„Du, wie war eigentlich die Beerdigung?"

„Erbärmlich! Wenig Leute!" Rosenbaum sah vom Teller auf und grinste schelmisch.

Therese wunderte sich. „Was lachst denn ...?" Aber nur kurz. Sie wusste sofort, diesen Gesichtsausdruck zu deuten. „Bist du narrisch?!"

„Das sind wir ihm schuldig! Am Samstag hol ich ihn!"

Therese überwand den Schock sehr schnell. Dann kicherte sie. „Aber lass nicht zu, dass er so versaut wird wie die Roose!"

„Ich frag morgen den Eckhart. Der hat es mir angeboten!"

Die Ankündigung beglückte Therese. „Da ist er in guten Händen!"

Auch das Konzert war schlecht besucht. Für Chor und Orchester hatte man so viel Sänger und Instrumentalisten zusammengeholt wie unbedingt erforderlich waren, um das Werk von Haydns Bruder aufführen zu können. Alle gaben sich Mühe, aber die Flüchtigkeit, mit der man es vorbereitet hatte, ließ sich nicht kaschieren.

Vor dem Kirchenportal, wo Rosenbaum auf Therese wartete, traf er Josephine. Sie war schon zeitig mit Therese gekommen und hatte sich in die erste Reihe gesetzt.

„Joseph, grüß dich! Hab dich schon in der Kirche gesehen!"

„Ja, da darf ich natürlich nicht fehlen!"

„Die Therese kommt gleich, soll ich dir ausrichten."

Rosenbaum wünschte rasch einem Bekannten, einem regelmäßigen Operngänger, der ihn beim Vorbeigehen gegrüßt hatte, einen schönen Tag, dann konnte er sich weiter mit Josephine unterhalten.

Sie ging nah an ihn heran: „Du, ich hab's schon gehört!"

Rosenbaum fragte irritiert: „Was denn?"

„Na, komm, mir gegenüber brauchst kein Geheimnis draus machen!"

Rosenbaum wusste nicht, ob er sich über Therese ärgern sollte. „Das mit dem Kopf?"

„Ja!" Josephine freute sich.

Therese kam aus der Kirche. Sie rief einem Kontrabassisten, der sich mit seinem riesigen Instrumentenkasten an ihr vorbeischlängelte, ein „Wiederschaun!" zu, dann gesellte sie sich zu Rosenbaum und Josephine. „Ich bin froh, dass wir einigermaßen durchgekommen sind", ächzte sie. „War schon arg wackelig!"

„Ich wünsch viel Glück, dass alles gutgeht!", schob Josephine ein.

„Mit dem Kopf? Da hab ich bei meinem Joseph keine Sorge!"

Rosenbaum dankte für die Vorschusslorbeeren. Er konnte sich jetzt nicht mehr über Thereses Plauderfreudigkeit ärgern.

„Du besuchst jetzt den Eckhart?"

„Ja. Er müsste gerade im Spital sein."

„Gut." Sie blickte zu Josephine. „Dann gehen wir zum Mittagessen."

Josephine nickte zustimmend.

Auf dem Wiesenstück vor dem Hauptportal des riesigen Gebäudekomplexes hockten an diesem schwülen Juni-Tag zuhauf Patienten, überwiegend französische Soldaten. Opfer der Schlacht von Aspern, die noch keine zwei Wochen vorüber war. Sie genossen die milden Strahlen der Sonne, die hinter einer dünnen Wolkenschicht stand. Köpfe, Arme oder Beine waren verbunden. Bei einigen fehlten Gliedmaßen. Sie spielten Karten, tranken Wasser oder rauchten Pfeifen. Die österreichischen Patienten, Soldaten und ehemalige Mitglieder von Landwehr und Bürgerkorps, saßen zwanglos zwischen den Franzosen.

Auf den Zugangswegen und im Eingangsbereich herrschte ein reges Kommen und Gehen. Rosenbaum konnte ungehindert das Gebäude betreten. Sofort schlugen ihm stickige Luft und ein durchdringender Geruch entgegen, obwohl viele Fenster geöffnet waren. Das Haus war überfüllt. Sogar hier auf den Fluren lagen Kranke auf Strohmatten. Pflegerinnen, Wundärzte, Verwaltungsbedienstete und Besucher eilten von Tür zu Tür, von einem Patienten zum nächsten. Auch Totenträger mit leeren und belegten Bahren machten ihre Arbeit.

Rosenbaum fragte sich durch, musste drei Gebäudeteile und zwei Innenhöfe durchqueren und fand Eckhart schließlich auf einem Flur. Er kam soeben aus einem Krankenzimmer.

„Joseph, das ist ja eine Überraschung! Ist was passiert, weil du hierher kommst?"

„Kann ich dich was fragen?"

„Ja, selbstverständlich! Gerade passt es."

„Du hast mir doch mal angeboten, dass du mir hilfst – beim Mazerieren und Bleichen."

Eckhart grinste: „Ja, sowas! Wen bringst du denn?"

„Den Haydn!"

„Den Papa Haydn höchstpersönlich?! Na, da müssen wir uns aber Mühe geben! Ich werde ihn sezieren, und um den Rest wird sich der Kreiper kümmern." Er zeigte auf eine Stiege. „Komm mit, wir gehen in die Totenkammer zu unserem Leichen-Direktor." Eckhart führte seinen Besucher hinab in das Kellergeschoss des Spitals. Dabei erklärte er weiter: „Wir nennen den Kreiper so, weil er unsere Totenträger befehligt und für das Überführen zu den Leichenhöfen zuständig ist. Mit den vielen Franzosen haben wir natürlich auch viele Leichen. Da muss er dafür sorgen, dass sie die Franzosen wieder zurücknehmen. Und er arbeitet eng mit der Medizinischen Fakultät von der Universität zusammen. Die Herren sind begeistert, welch außergewöhnliche Fundstücke er immer wieder bringt."

Sie betraten eine Halle, deren Gewölbe von breiten Säulen getragen wurde. Sofort schlug ihnen der süßliche Leichengestank entgegen, den Rosenbaum inzwischen zur Genüge kannte. Es war so düster hier, dass er die Menschen und Gegenstände lediglich schemenhaft wahrnehmen konnte. Durch die hochgelegenen Fensterschächte fiel nur spärliches Licht. Auch die Fackeln, die an den Wänden loderten, trugen kaum dazu bei, den Raum zu erhellen.

Sie standen noch an der Tür, als sie gebeten wurden, etwas zur Seite zu treten. Zwei Träger brachten eine neue Leiche, die sie in den hinteren Teil des Raumes schleppten. Rosenbaums Augen gewöhnten sich an die Lichtverhältnisse, und so konnte er dort eine Reihe von etwa dreißig Leichen erkennen, darunter drei Frauen. Sie waren alle unbekleidet. Sogar die Verbände hatte man abgenommen, und so lagen auch ihre schlecht verheilten, mit Wundbrand überwucherten Verletzungen und Verstümmelungen frei. Die beiden Träger rollten die Leiche von der Bahre und fingen an, auch sie zu entkleiden. Neben ihnen tat der Totenbeschauer sein Werk. Er untersuchte den Körper eines Mannes und diktierte einem Gehilfen seine Feststellungen, die dieser in ein kleines Buch kritzelte.

Eckhart führte Rosenbaum zu einem bulligen und kahlköpfigen, gut sechzigjährigen Mann, der an einem Stehpult Papiere studierte. Im Hintergrund waren Särge aufgestapelt. Als er die beiden Besucher bemerkte, sah er auf. „Doktor Eckhart, was kann ich für Euch tun?"

Eckhart wies auf Rosenbaum: „Ich möchte Ihm meinen Freund Joseph Carl Rosenbaum vorstellen."

„Das ist mir eine Ehre, mein Herr!"

„Er ist ein Anhänger unseres alten Freundes Gall."

Sofort begannen die Augen von Kreiper zu leuchten. „Oh, wissenschaftlicher Kollege, sozusagen! Freut mich! Ich hab mit dem werten Doktor eng zusammengearbeitet, bevor ihn unser Kaiser vertrieben hat. Ich krieg ja auch die Leichen von drüben, vom Narrenturm, und ich sag Euch, da sind erlesene Stücke dabei, die den guten Doktor Gall vor Begeisterung aufglühen lassen würden! – Was habt Ihr denn für eine Frage, mein Herr?"

„Doktor Eckhart hat Ihn empfohlen, weil er offenbar sehr geübt darin ist, Schädel so gekonnt zu bleichen, dass sie hinterher ohne Flecken sind."

„Kein Problem, mein Herr! Meine Schädel werden so glatt und appetitlich wie das Hinterteil einer Jungfrau! Das schwöre ich Euch!"

„Ich habe einen Auftrag für Ihn. Ich bekomme morgen einen bedeutenden Kopf, den Er mir herrichten soll. Er muss gelingen!"

Eckhart warf ein: „Ich werde die craniologische Untersuchung und die Sezierung vornehmen, Ihm soll dann der Schädel zur Bleichung überlassen werden. Wir würden ihn dann zu Ihm nachhause bringen, wie üblich."

Der Leichen-Direktor nickte zustimmend und erklärte, zu Rosenbaum gewandt: „Wissen der Herr, das Bleichen mache ich zuhause auf eigene Rechnung. Das gehört ja nicht zu meinen Dienstpflichten. Womit wir leider beim Preis wären, mein Herr! Können wir uns auf zehn Gulden einigen, das wär mein üblicher Preis?"

„Das können wir", antwortete Rosenbaum. „Die Angelegenheit ist mir sehr wichtig, es geht um unseren geschätzten Haydn." Er glaubte damit, bei Kreiper Ehrfurcht auszulösen, um ihn für seine anstehende Aufgabe zu sensibilisieren, aber er schüttelte den Kopf und rätselte: „Den kenn ich nicht! Ich hatte, glaube ich, mal einen, der ist am Veitstanz gestorben, der hieß so ähnlich."

Rosenbaum unterdrückte sein Entsetzen: „Nein, mit dem war er nicht verwandt."

Eckhart fügte ein: „Meister Kreiper gelingt jede Arbeit!"

Ein Totenträger kam an das Pult. „Ich bitte die Störung zu entschuldigen, aber die beiden Leichen aus Simmering würden jetzt abgeholt werden."

„Und was ist mit den Franzosen? Die sollten sich auch mal wieder blicken lassen!"

Der Totengräber zuckte die Schultern.

„Die Herren entschuldigen mich bitte!", bat Kreiper. „So eine Schlacht bringt uns ins Schwitzen!"

„Auf morgen!", sagte Rosenbaum, zufrieden, dass der Kopf Haydns in die Hände eines Meisters seines Fachs kommen würde.

Eckhart wies zur Tür. „Ich begleite dich hinauf, Joseph. Meine Patienten erwarten von mir, dass ich sie vor diesem Gewölbe bewahre! Das kostet Kraft und Zeit!"

Am folgenden Morgen stand Peter vor Rosenbaums Wohnungstür. Der Drang, bei dieser Unternehmung dabei zu sein, hatte seine Vorbehalte in den Hintergrund geschoben. Der Zorn auf seinen Freund, der so anmaßend über sein Geschaffenes hinwegpreschte, saß tief, aber letztlich sah er ein, dass er mit der Qualität, die Eckhart bieten würde, nicht mithalten konnte.

Sie fuhren also gemeinsam zum Hundsturmer Friedhof und fanden ihre schlimmste Befürchtung eingetreten: Jakob Demuth war nirgends zu finden, erst recht nicht bei den Gräbern von Roose, Löschenkohl und Haydn.

„Ich bring ihn um!", fluchte Peter. „Diesmal bring ich ihn um!"

Rosenbaum hatte ebenfalls Aufregung befallen, fürchtete er doch, sein Plan könnte sich zerschlagen. Er wollte an seine Haustür klopfen. Dass sie auf seine neugierige Frau oder französische Soldaten stoßen könnten, war ihm einerlei.

Der Schwiegersohn öffnete. Er wirkte, als habe er soeben erst das Bett verlassen und sei gestern volltrunken hineingefallen.

„Was gibt es?", knurrte er.

„Verzeihung, uns schickt der Magistrat", log Peter. „Wir inspizieren die Friedhöfe und suchen den Totengräber Jakob Demuth."

Der Schwiegersohn kratzte sich am Bauch. „Ich weiß nicht, wo er ist", antwortete er in etwas freundlicherem Ton. „Er hatte gestern Ärger mit den beiden Franzosen, die hier einquartiert sind. Sie haben ihn tüchtig verprügelt. Und heute haben sie ihn auf Botengänge geschickt."

„Wann kommt er denn zurück?", fragte Rosenbaum.

Der Schwiegersohn kratzte sich erneut, diesmal zwischen den Beinen. „Tut mir leid, gnädige Herren, woher soll ich das wissen?"

„Richte Er ihm bitte aus, der Professor kommt morgen zur gleichen Zeit", sagte Rosenbaum.

„Ist recht!"

Sie verabschiedeten sich und beschlossen, nochmals zu den Gräbern zu gehen.

„Es ist eine Schande, dass die Roose immer noch keinen Grabstein hat", meinte Rosenbaum.

Auch Peter sah das so. Eine Schande! „Joseph", sagte er schließlich, „da kümmern wir uns drum! Das Monument ist fertig, jetzt bauen wir noch einen Grabstein!"

„Herr Professor!", wurde plötzlich gerufen. Jakob Demuth kam gelaufen. Er war außer Atem. Er erschrak, als er den Herrn neben Rosenbaum wiedererkannte.

Rosenbaum fuhr ihn an: „Was haben wir ausgemacht?!"

Demuth buckelte. „Bitte vielmals um Vergebung, die Herren Professoren, aber die Franzosen setzen mir zu! Ich musste für sie Besorgungen machen!"

„Wann kriegen wir den Kopf?", fragte Rosenbaum scharf.

„Morgen! Ganz bestimmt morgen! Um die gleiche Zeit! Heut Nacht hol ich ihn heraus!"

Demuth wirkte so elend, dass Rosenbaum und Peter glaubten, was er vorbrachte – das Leid mit den Franzosen und sein Versprechen.

Rosenbaum war also genötigt, alles auf morgen zu verschieben. Sie ließen sich vom Fiakerkutscher zum Allgemeinen Spital fahren, wo Eckhart schon auf sie wartete. Eckhart blieb gelassen und meinte, morgen könne man den Kopf genauso gut sezieren wie heute. Er schickte einen Botenjungen zu Kreiper.

Am folgenden Morgen, es war Sonntag, der 4. Juni, es ging auf acht Uhr zu, saß bereits Josephine bei Therese in der Wohnstube und wurde von Sepherl mit Kaffee bedient. Sie wollte unbedingt mitkommen.

Rosenbaum blickte nervös aus dem Fenster. Der bestellte Fiaker bog soeben in die Gasse. Das beruhigte ihn ein wenig. Vom anderen Gassenende näherte sich Peter, begleitet von Jungmann. Auch er wollte nicht, dass die grandiose Unternehmung ohne ihn stattfand.

„Wir kommen!", rief Rosenbaum hinab.

Josephine schlürfte den Rest des Kaffees aus der Tasse, Therese, die lieber zuhause bleiben wollte, verteilte Abschiedsküsschen an Gatten und Freundin. Dann ging es los!

Wie von Rosenbaum gewünscht, besaß der Fiaker einen geschlossenen Wagen. Den Kutscher hatte er sich nicht aussuchen können, aber auch er verfügte über günstige Eigenschaften: Er war steinalt und schwerhörig, er kauerte müde auf seinem Bock und nahm die Anweisungen teilnahmslos zur Kenntnis.

Im Wagen herrschte eine sonderbare Stimmung. Sie sprachen nur das Nötigste. Rosenbaum fieberte der Erfüllung eines Wunsches entgegen, konnte sich aber nicht davon frei machen, immer wieder zu Peter zu blicken, mit dem Bemühen, dessen Befindlichkeit abzuschätzen. Dieser lächelte großmütig und zugleich geschmerzt. Auch er war voller Erwartung – und froh, aus seinem neuerdings problembehafteten Alltag durch etwas Großes gehoben zu werden. Doch in ihm nagte auch weiter der Groll, in die Rolle des passiven Teilnehmers abgedrängt worden zu sein. Josephine war nervös. Unsicher, ob sie sich nicht zu viel zumutete – in Anbetracht der Grässlichkeiten, mit denen sie heute noch konfrontiert werden würde. Jungmann hingegen hatte schon eine halbe Flasche Wein geleert und war daher angenehm entspannt.

Sie wurden in ihrem Schweigen und Sinnieren gestört. Die Kutsche hielt an. Französische Soldaten blockierten den Weg. Eine Straßenkontrolle.

Ein Offizier klopfte an die Tür des Wagens. Rosenbaum schob die Scheibe zur Seite.

„Wohin fahren Sie?", fragte der Offizier, beachtlich akzentfrei.

„Zum Leichenhof in Hundsturm." Er fügte mit Trauermiene hinzu: „Eine Familienangelegenheit."

Der Franzose öffnete die Wagentür. Sein strenger Blick zog über die Gesichter von Peter, Josephine und Jungmann. Alle zeigten sich ernst und leidend. Die Angst ließ ihre Herzen heftig schlagen.

„Mein Beileid!", sagte der Franzose, nickte mit einem höflichen Lächeln und schloss die Wagentür.

Es ging weiter.

Ab jetzt beherrschte sie der Schreck, den ihnen die Überprüfung versetzt hatte. Dass es ein hohes Risiko mit sich brachte, inmitten einer besetzten Stadt einen frischen Kopf abzuholen, wussten sie im Grunde, doch die Gefahr hatten sie im Eifer bislang weitgehend verdrängt. Mit der Wiener Polizei konnte man im Ernstfall gewiss reden und verhandeln, denn die Schädel-Forschungen waren ja in aller Munde – zwar gesetzeswidrig, aber nicht so unverzeihlich, als dass man nicht auf ein Auge-Zudrücken hoffen durfte. Aber wie sollten sie auf dem Rückweg einem französischen Offizier erklären, weshalb sie ein solch ungewöhnliches Gut mit sich führten? Würden sie verhaftet oder unverzüglich erschossen werden?

Der Moment, als sie an Haydns Haus in der Steingasse vorbeifuhren, verstrickte Rosenbaum in weitere Gedanken. Die französischen Wachposten waren abgezogen, das Haus würde sicher bald ausgeräumt werden. Nannerl fegte gerade den Plattenweg vor dem Hauseingang und nahm von der Kutsche keine Notiz.

Rosenbaum wurde klar, dass er der Haushälterin und auch Elßler, sollte er wieder auftauchen, niemals von der Rettung des Craniums ihres „Papa" erzählen konnte. Sie würden sicherlich genauso borniert reagieren wie Klimbke. Nein, er tat mit seinen Freunden nichts Böses, davon war er zutiefst überzeugt. Ganz im Gegenteil! Aber es würde unmöglich bleiben, die meisten Menschen von der Bedeutung ihrer Mission zu überzeugen. Momentan zumindest.

Jakob Demuth wartete mit seiner Karre bereits vor dem Leichenhaus. Er mühte sich, beschäftigt zu wirken, indem er Unkraut zupfte. Sofort sprang er auf, nicht ohne über den Hof gespäht zu haben.

„Alles in Ordnung, meine Herren!", rief er zur Begrüßung. Er winkte seine Handelspartner auf die Rückseite des Gebäudes, dann verschwand er samt seiner Karre im Inneren, um nach wenigen Augenblicken wiederzukommen. Auf der Karre lag nun ein Bündel aus grobem Leinen.

„Da ist er!", sagte er stolz. „War nicht leicht – diesmal. Aber da ist er!"

Rosenbaum atmete tief durch, erleichtert und ehrfürchtig zugleich. Auch Josephine, Peter und Jungmann überkam ein Gefühl der Erhabenheit. In diesem Bündel, das sich an seiner Unterseite inzwischen schwarzrot gefärbt hatte, steckte also der Kopf des genialen Haydn, ein Forschungsgegenstand, eine Reliquie von unschätzbarem Wert!

Der Totengräber hielt seinem Auftraggeber die Hand entgegen. Rosenbaum zahlte wortlos dreißig Gulden, mehr als das Vereinbarte.

„Vielen Dank, Herr Professor!" Er nickte ergeben. „Ich stehe der Wissenschaft gern weiterhin zur Verfügung!"

„Wir kommen auf Ihn zu!", bemerkte Peter, um zu demonstrieren, dass er ebenfalls zu den Auftraggebern gehörte.

Dann kam für Rosenbaum der große Moment: Er hob den Packen vom Karren und umschloss ihn mit den Armen. Er roch heftig, doch er versuchte, seinen Ekel zu ignorieren.

Nach einer kurzen Verabschiedung trottete Jakob Demuth mit seiner Karre davon. Rosenbaum und seine Begleiter machten sich auf zum Wagen, der unter einer schattigen Baumgruppe vor dem Friedhofstor wartete. Kaum waren sie eingestiegen, da überkam Rosenbaum solche Übelkeit, dass er das Bündel weiter zu Jungmann schob und aus dem Wagen sprang. Er übergab sich hinter einem Baum. Aber darin sah er kein Unglück, keinen Grund, an dieser Unternehmung zu zweifeln. Es war eine natürliche Reaktion seines Magens gegen den Leichengeruch, der zu ihrer Wissenschaft gehörte wie das ohrenbetäubende Hämmern zur Arbeit eines Steinmetzes.

Auch Peter, Jungmann und Josephine fühlten sich an der äußersten Grenze dessen, was sie ertragen konnten. Aber sie hielten durch! Als Rosenbaum wieder zugestiegen und für Zugluft im Wageninneren gesorgt war, gaben sie dem Kutscher das Zeichen, die sonntagmorgendliche Fahrt fortzusetzen.

Die Strecke von Hundsturm zum Alsergrund war fast völlig frei von Franzosen. Eine Patrouille, die ihnen auf halbem Weg entgegenkam, kümmerte sich nicht um sie.

Vor dem Allgemeinen Wiener Spital wurde der Kutscher entlohnt und entlassen. Sie konnten nicht abschätzen, wie lange das Folgende dauern würde.

In den Gängen des Spitals, auf dem Weg zu Eckharts Arztzimmer, erregten sie mit dem Packen kein Aufsehen. An den Anblick von blutbesudelten Stoffbündeln war man hier gewöhnt.

Sie waren erleichtert, dass sie Eckhart in seinem Zimmer bei Schreibarbeiten antrafen. Er hatte sich an diesem Vormittag von Operationen und sonstigen festen Verpflichtungen freihalten können. Die Erwartung, einen der berühmtesten Köpfe seiner Zeit untersuchen zu dürfen, hatte auch ihn in Spannung versetzt.

„Dann sehen wir uns den Kopf mal an!", sagte er mit Forscherbegeisterung und fixierte das Bündel in Rosenbaums Händen. Mit Erstaunen hatte er registriert, dass sich eine Frau unter den Besuchern befand. „Wollen Sie wirklich dabei sein?", fragte er Josephine vorsorglich.

Aber Josephine dachte nicht daran, an dieser Stelle auszuscheren, und nickte. Ihre anfänglichen Bedenken waren verschwunden. Sie hatte ja auch Rooses Schädel kurz nach der Sezierung erlebt und vertraute daher auf ihre Erfahrung.

„Fein! Dann los!"

Eckhart führte die kleine Gruppe in einen Operationsraum am Ende des Flures. Er war groß und hell. An den Wänden reihten sich einige hohe Schränke mit Gerätschaften, in einer Ecke befand sich ein Waschtisch. In der Mitte stand eine hölzerne Patientenliege. Erkennbar hatte man versucht, den Raum so schlicht wie möglich einzurichten. Das Spital gehörte zu den modernsten Häusern der Welt und wurde allenfalls von den Pariser Krankenanstalten übertroffen.

Die Besucher waren beeindruckt. Sogar Peter, der ansonsten so tat, als habe er das Neueste schon gesehen.

Rosenbaum legte das Bündel auf die Liege und trat zurück. Das Weitere überließ er dem Freund und Arzt.

Der Kopf war bereits grünlich geworden, aber natürlicherweise noch in einem sehr viel besseren Zustand als im vergangenen November der Kopf von Betty Roose. Haydns Tod lag vier Tage zurück. Alle, die das Untersuchungsobjekt umringten, hatten ihn ausschließlich mit Perücke erlebt. Sie war im Grab verblieben. Dass er nur noch einen schmalen Haarkranz am Hinterkopf besessen hatte, überraschte sie. Der bis zuletzt stattliche, stets auf sein Äußeres bedachte Mann wirkte wie ein gebildeter, aber gewöhnlicher Bürger – ein Rechtsgelehrter, ein hoher Beamter, ein reicher Kaufmann. Er hatte die Epoche überlebt, die ihn charakterisiert hatte, und er war nun seiner Würde beraubt.

Die Perücke hatte die Schläfen nie verdeckt, immer lagen sie vor den Betrachtern frei. Ebenso vor den Anhängern der Gall'schen Schädellehre. Eckhart, Jungmann und auch Josephine hatten sich nie um Gelegenheiten zum Studieren dieser Körperstellen bemüht beziehungsweise Gelegenheiten ungenutzt vorüberziehen lassen. Für sie war der Blick auf die Schläfen, an denen sich der Tonsinn abzeichnen sollte, etwas Neues. Doch auch Rosenbaum und Peter, die die Stirnseiten ja bereits eingehend geprüft hatten, richteten ihr Augenmerk sofort auf die Schläfen. Als wären sie nun andere.

Eckhart fuhr mit dem Daumen über die Schläfe der rechten Stirnseite, plötzlich ehrfürchtig und feierlich. „Eine Protuberanz! Eindeutig!"

Peter flüsterte erklärend: „Eine Vorwölbung des Knochens!"

„Eindeutig", wiederholte Eckhart.

Eine sakrale Stille kehrte ein. Sogleich standen alle Daumen bereit, ebenfalls über die rechte Schläfe zu streichen. Rosenbaum war der Zweite, dann durfte Peter die Stelle berühren. Jungmann ließ Josephine den Vortritt, zuletzt betastete auch er den Knochen, der sich so beeindruckend nach außen gestülpt hatte, um dem voluminösen Organ des Tonsinns Raum zu geben. Unterhalb dieser Stelle mussten die genialen Melodien und geistreichen Ideen für Rhythmus, Formgebung und Instrumentation förmlich explodiert sein. Ja, das Gehirnwerk war zum Erliegen gekommen, aber seine Aura, seine Energie war für die kleine Gruppe noch immer zu spüren.

Weitere Untersuchungen folgten. Die Craniologen wollten selbstverständlich wissen, wie es um Haydns Wort- und Sprachsinn stand. Wie stark waren sein Geschlechtstrieb und sein Sinn für die Theologie ausgeprägt? Hatte er darunter zu leiden, einen vitalen Rauf- oder gar Mordsinn zu kontrollieren? Fundamentale Erkenntnisse kamen hierbei nicht zutage. Wort- und Sprachsinn ließen sich überdies von außen kaum erkunden, wie sie bei der Untersuchung von Rooses Kopf hatten erkennen müssen. Die Bestätigung, dass Haydn über einen außergewöhnlichen Tonsinn verfügt hatte, reichte für ein tragendes Glücksempfinden – und das Gefühl, für die Wissenschaft einen wichtigen Beitrag geleistet zu haben.

Eckhart übernahm wieder die Leitung und fragte Rosenbaum: „Lieber Joseph, wir müssen uns nun entscheiden, ob wir das Gehirn freilegen und dessen Organisation eingehender untersuchen wollen oder ob das knöcherne Gehäuse in seiner unbeschädigten Schönheit erhalten und in seiner Gänze gebleicht werden soll. Ich nehme an, das Letztere. Kreiper wartet auf dich."

Rosenbaum hatte sich ja bereits entschieden. Er wollte zugunsten einer schmuckvollen Schädelreliquie auf eine genaue Begutachtung verzichten.

Auch Peter und die anderen waren mit dieser Vorgehensweise einverstanden, und so holte Eckhart zwei hohe Schüsseln aus einem Schrank mit medizinischen Gerätschaften. In die breitere legte er Haydns Kopf, die schmälere war für das Gehirnfleisch bestimmt, das nun aus dem Knochengehäuse zu holen war.

Rosenbaum, Peter und Jungmann verfügten ja inzwischen über Erfahrungen, um mit den zwangsläufigen Bildern, Gerüchen und Geräuschen zurechtzukommen. Und sie waren Zeugen von Schlimmerem gewesen. Die Operationshandlungen von Doktor Weiß, damals in der Grotte, würden in ihrer Entsetzlichkeit gewiss nicht übertroffen! Dagegen waren nun jene von Doktor Eckhart, immerhin ein versierter Arzt am Allgemeinen Spital, von geradezu beispielgebender Perfektion und daher mehr vom Charakter einer universitären Lehrtätigkeit geprägt. Josephine, die diesen Unterschied nicht kannte und auch nicht schätzen konnte, trat unwillkürlich von der Patientenliege zurück, setzte sich auf einen Stuhl in der äußersten Ecke des Raumes und harrte dort aus, bis das Werk vollendet war.

Haydns Kopf lag nun als blutiger Schädel in der Schüssel. Eckhart hatte entnommen und abgetragen, was er mit seinem Werkzeug bewerkstelligen konnte. Der Rest des Knochens war der Mazeration und Bleichung vorbehalten.

Als Eckhart seine Hände am Toilettentisch wusch, stand ihm noch der Schweiß auf der Stirn. „Eine beeindruckend umfängliche Gehirnmasse", stellte er dabei fest. „Eines Geistesmenschen wahrhaft würdig!"

Peter betrachtete unterdessen die Schale mit den Gehirnteilen. „Was passiert damit?", fragte er mit kritischem Ton.

Eckhart trocknete seine Hände. „In einem großen Haus fallen vielerlei menschliche Überreste an."

„Aber was geschieht damit?"

„Da machen wir keine Umstände. Die werden verbrannt", antwortete Eckhart.

„Das ist gut!" Peter musste das glauben. Doch er fügte gleichsam warnend hinzu: „Ich hoffe sehr, Sie überlassen es nicht den Würmern!"

„Nein, keine Sorge, Herr Peter, wir wissen, was wir tun."

Der Konflikt zwischen Eckhart und Peter, der für diesen Vormittag überraschend durchgängig geruht hatte, drohte wieder aufzubrechen. Rosenbaum ging daher forsch dazwischen. „Dann, lieber Leopold, denke ich, können wir uns jetzt auf den Weg zum Totenträger machen."

„Ja, er wohnt nur ein paar Gassen weiter."

Rosenbaum und Jungmann schlugen die Schüssel mit Haydns Schädel in den Leinenstoff, während Eckhart die zweite Schüssel in einen Nebenraum brachte.

Kreiper betrieb im Hinterhof seines Häuschens eine kleine Werkstatt, eine Manufaktur, in der er Knochenpräparate herstellte – nebenbei zu seinem Dienst als Vorsteher der Totenträger des Spitals.

Er nahm seine Besucher mit größter Freundlichkeit, aber auch ausgeprägtem Selbstbewusstsein in Empfang und gab ihnen bereitwillig Einblick in seine Arbeit. Er wollte Vertrauen in sein Können wecken, zudem Interesse an seinen Produkten und Dienstleistungen.

In den Regalen an den Wänden des Barackenraumes reihte sich Schädel an Schädel. Ihre Oberflächen glänzten allesamt in tadellosem, milchigem Weiß. Darunter lagerten Säcke mit Kalk. Der Boden war beinahe vollkommen verstellt mit Holzschaffen, in denen im Bad weitere Schädel lagen. Angeheftete Zettel mit den Namen sorgten dafür, dass sie bei der Bearbeitung nicht verwechselt wurden. „Baron Silberstein", „Landstreicher aus Linz", „Madame Heizer" oder „Anton Schäfer, zweifacher Mörder" hieß es darauf. Soeben arbeitete Kreiper an einem vollständigen weiblichen Skelett. Die Knochen hatte er einzeln ausgelöst, mazeriert und gebleicht. Nun setzte er die Teile entlang einer senkrechten Metallstange wieder zusammen, indem er sie mit Drähten und Schnüren aneinander befestigte.

Die Besucher staunten.

„Das ist eine junge Dame, die an der Bauchwassersucht gestorben ist", erklärte Kreiper stolz. „Ihr Liebhaber hat die Arbeit in Auftrag gegeben. Der Name ist selbstverständlich geheim. Die Herrschaften müssen wissen, ich bin im höchsten Maße diskret. Doktor Eckhart wird das bestätigen!"

Eckhart nickte zustimmend.

„Euer Gnaden können mir alles und jeden bringen! Im Gegenzug erwarte ich, dass auch Euer Gnaden Stillschweigen bewahren!"

Rosenbaum stellte den Packen auf einen Werktisch. „Dann freue ich mich, Seine Bekanntschaft gemacht zu haben." Er zog das Tuch herab, sodass nun die Schüssel mit Haydns Schädel vor Kreiper stand. „Das hier ist der erhabene Kopf von Joseph Haydn!"

Kreiper beugte sich darüber und prüfte ihn mit fachmännischem Blick.

„Gute Vorarbeit von Doktor Eckhart!"

„Eben geschehen", erklärte Rosenbaum.

„Ein älterer Herr, die Zähne nicht mehr vollständig."

„Beinahe achtundsiebzig Jahre. Gestorben an der Auszehrung."

Kreiper klopfte auf den Scheitel. „Der Klang zeugt von einer ausgewogenen Lebensführung. Der Knochen ist in gutem Zustand." Er richtete sich auf. „Nun, ich denke, ich kann das Cranium ganz zu Eurer Zufriedenheit herstellen. Wir haben zehn Gulden vereinbart. Fünf sofort, der Rest bei Abholung."

Rosenbaum zog seinen Geldbeutel hervor und zahlte.

„Und wann?"

„In etwa acht Wochen."

Peter hatte unterdessen einen Schädel aus dem Regal genommen. „Ist das wirklich der Abt Pankratius von Kloster Neumooshaupt?"

„Ja", antwortete Kreiper. „Man beachte die Beule am Scheitel. Er besaß einen hervorragenden Sinn für die Theologie! Vor einem Jahr verstarb er hier im Spital."

Peter standen vor Rührung die Tränen in den Augen. „Er hat Clara und mich getraut!"

Der Zufall bewegte die Umstehenden.

Kreiper witterte ein Geschäft. „Der Herr kann ihn gerne kaufen."

Während Peter seinen Beutel hervorholte, fragte er: „Wie viel?"

„Fünf Gulden, weil Ihr es seid!"

Peter legte das Geld auf den Werktisch. „Eine Frage habe ich noch!" Er verkniff plötzlich skeptisch die Augen. „Wie schafft Er es, dass alle Reste von Fleisch, Sehnen und Fett vom Knochen gehen?"

Kreiper blieb gelassen. „Verzeiht, mein Herr, aber ein Meister seines Fachs lässt sich nicht in die Karten schauen."

„Er schickt Speckkäfer darüber!", sagte Peter scharf.

„Das muss meine Sache bleiben, mein Herr!"

„Also doch: Speckkäfer!"

Rosenbaum packte Peter am Arm und zog ihn zum Ausgang. „Johann, bitte, hab Vertrauen! Hauptsache, unser Haydn wird ein schöner Schädel!"

Auch Jungmann mischte sich ein, um Peter zu beruhigen. „Selbst wenn es so wäre, dann wird das unser Haydn überstehen!"

Kreiper verabschiedete mit einem geschmeidigen Lächeln seine Gäste und Kunden.

Rosenbaum überkam, als sie auf der Gasse standen, eine seltsame Stimmung. Seine Erleichterung, dass die Unternehmung vollkommen nach Plan verlaufen war, wurde getrübt von einem Gefühl, mit leeren Händen dazustehen, ja selbst in eine Leere geraten zu sein. Obwohl er wusste, dass sich der Kopf im Gewahrsam einer vertrauenswürdigen Person befand und die acht Wochen des Wartens vorübergehen würden.

Eckhart, der Rosenbaums Stimmung bemerkte, klopfte ihm auf die Schulter. „Das haben wir gut gemacht!"

Rosenbaum lächelte ihm dankbar zu, und sein Herz wurde leichter.

Auf dem Weg zum Spital, wo sie einen Fiaker für die Heimfahrt besteigen wollten, ließ Peter nicht davon ab, über Kreiper und die Speckkäfer zu schimpfen. „Der Kopf von der Roose ist ja nur deshalb so scheußlich geworden, weil wir ihr die Speckkäfer ersparen wollten! Wenn das für dich keine Rolle mehr spielt, dann hätten wir den Haydn auch selber mazerieren können!"

Noch vor einigen Wochen wären Peters Flüche für Rosenbaum schmerzhafte Peitschenhiebe gewesen. Jetzt zuckte er unberührt mit den Schultern und dachte: Soll er doch herumnörgeln.

Am 15. Juni fand in der Schottenkirche doch noch eine feierliche Messe zu Ehren von Joseph Haydn statt. Sein Ableben war inzwischen in den Zeitungen gemeldet worden. Ausführlich wurden sein Lebenswerk und sein Wirken gewürdigt. Zur Aufführung kam das Requiem von Wolfgang Amadeus Mozart. Das Orchester war auf das Doppelte vergrößert, die Sängerinnen und Sänger, allesamt hochkarätige Solisten, gaben ihr Bestes. Vizehofkapellmeister Joseph von Eybler dirigierte. In Wien verbliebene Adelige sowie Musikerkollegen, Bürger, französische Stabs- und Oberoffiziere – alle kamen sie, um Joseph Haydn diese letzte Ehre zu erweisen.

Rosenbaum besuchte mit Therese und Josephine die Messe. Klimbke, der kurz vor Beginn in die Kirche eilte, entdeckte noch einen Platz neben Rosenbaum. Am Ende, als sich die Kirchengemeinde auflöste, neigte er sich zu seinem Nachbarn. „Und, waren Sie bei der Beerdigung?"

„Ja. Eine kleine, stille Feier", antwortete Rosenbaum.

„Und danach?" Klimbke zog die rechte Augenbraue nach oben. „Nochmal auf dem Leichenhof gewesen?"

„Nur, um Blumen auf das Grab zu legen."

Klimbke nickte zufrieden.

# 29

Die Festlichkeit, wie sie nach der Inbesitznahme des Kopfes von Betty Roose entstanden war, blieb aus. Es herrschten andere Umstände, und es war eine andere Zeit. Es gab keinen Kopf, der in Eigenarbeit zurechtgemacht werden musste, es gab keine Gehirnmasse, die gesondert bestattet werden konnte. Und das gemeinsame Wohlgefühl, das den *Zirkel* immer wieder zusammengeholt hatte, war verblasst. Werlen hatte sich andere Freunde gesucht, Peter versuchte seine Position als Mittelpunkt zu verteidigen, konnte jedoch nichts aufbieten, was ihm eine natürliche Anziehungskraft verliehen hätte. Rosenbaum war mit sich zufrieden, weil Haydns Kopf nach seinen Vorstellungen und Wünschen in Sicherheit gebracht worden war und nun eine fachmännische Behandlung erfuhr. Aber er hatte keinen Elan, eine erneute Aufbruchsstimmung zu erzeugen. Man traf sich, man unterhielt sich, ja, man schätzte sich – aber es hatte sich viel verändert.

Es war auch nicht mehr möglich, ein schwereres Gegengewicht zur politischen Situation zu bilden, ein Gegengewicht, das durch Spiel und Feierlaune Sorgen und Ängste vertreiben konnte. Auf der anderen Seite der Waage lag ein Fels, der nicht zu hieven war: der unentschiedene Krieg.

Napoleon hatte aus der Schlacht bei Aspern gelernt. Ein wiederum übereiltes Vorgehen würde zu militärischen Nachteilen führen. Er wartete geduldig auf Verstärkung. Truppen aus Italien trafen ein, zudem aus Bayern. Die Streitmacht sammelte sich auf der Donauinsel Lobau in einem Lager mit hundertachtzigtausend Soldaten und sechshundert Geschützen. Die Armee von Erzherzog Carl auf der anderen Seite des Flusses umfasste hundertzehntausend Soldaten mit vierhundertfünfzig Geschützen.

Am 5. Juli überquerten die französischen Truppen die Donau und zogen auf das Marchfeld, das zur Stätte der bis dahin größten Schlacht der Napoleonischen Kriege werden sollte. Die Kampfhandlungen, die bis zum Nachmittag des folgenden Tages andauerten, konzentrierten sich bei dem Dorf Wagram, das dieser Schlacht den Namen geben sollte.

Die Österreicher fügten den Franzosen erhebliche Verluste zu, solange sie sich darauf beschränkten, ihre Stellungen zu verteidigen. Beim Gegenangriff verloren sie an Stärke und gerieten zunehmend in die Defensive.

Erzherzog Carl befahl schließlich den geordneten Rückzug. Er führte seine Armee Richtung Mähren. Napoleons Truppen verfolgten die Österreicher.

Die Schlacht vor den Toren Wiens war zu Ende, aber der Krieg war noch nicht entschieden.

Rosenbaum hatte die Schlacht über einige Stunden hinweg bei sengender Hitze beobachtet. Er stand auf einem Linienwall bei Schloss Belvedere, sah das Brennen der Dörfer, hörte das Schlagen der Kanonen. Die folgenden Nächte brachten keine Abkühlung. Er verbrachte sie schlaflos. Das Gemetzel wütete in seinem Kopf, folterte und lähmte ihn.

In der Schlacht waren dreizehntausend Soldaten ums Leben gekommen. Die Bürger von Wien liefen hinaus auf das Schlachtfeld, um Tote zu bergen, Verletzte zu versorgen und schließlich in die Spitäler und Notspitäler zu bringen. Wieder war die Stadt zur Herberge der Qualen, der Verzweiflung und des Todes geworden.

Seit dem Besuch bei Kreiper überlegte Rosenbaum, wie das Cranium Haydns würdevoll ausgestellt werden konnte. Er dachte an ein schrankartiges, tragbares Kästchen, in dem der Schädel auf einem Kissen ruhen würde. Um sich vom Schrecken des Krieges abzulenken, fertigte er Skizzen an, verwarf sie, zeichnete neue Entwürfe.

Endlich war er zufrieden. Er besuchte Peter, um seine Vorstellungen mit ihm abzusprechen. Haydns Schädel sollte in Peters Grotte untergebracht werden. Darin waren sich beide einig.

Er fand Peter in seinem Quartier. Lenerl, deren Bauch inzwischen beträchtlich angewachsen war, hatte gerade einen Guglhupf gebacken, der nun gleich angeschnitten wurde. Rosenbaum entrollte seinen Bauplan. Peter war insgesamt einverstanden, wollte aber noch Veränderungen, was Rosenbaum nicht anders erwartet hatte. Er war müde und ausgezehrt, hatte keine Kraft für Überzeugungsdispute. Dass er in einigen Details nachgeben musste, im Grunde jedoch seine Vorstellung verwirklichen konnte, genügte ihm. Er war froh, mit Peter in Eintracht zu sein.

Peter hatte, wie er erzählte, in den vergangenen Tagen beidseits des Roose-Monuments Zypressen gepflanzt. Das war immer sein Plan gewesen, und nun war er verwirklicht. Rosenbaum musste sie unbedingt bewundern, also wechselten sie in den Garten.

„Noch sind sie klein, aber in wenigen Jahren werden sie das Monument schützend einrahmen!", erklärte er stolz.

Auch Rosenbaum war angetan. Das Monument zeigte sich als harmonisches Bild. Die Statue der Melpomene erhob sich über einem Sockel, auf dem ein Bildnis von Betty Roose in einem schwarzen Rahmen montiert war. Ein kleiner Plattenweg führte darauf zu. Rechts und links vom Monument standen nun die Zypressen, als organischer Gegenpol zur steinernen Gedächtnisstätte.

Sie verharrten eine Weile, versunken in die Betrachtung.

„Es wird Zeit, dass Koch und Roose das Monument kennenlernen!", sagte Peter endlich.

„Meinst du wirklich?", fragte Rosenbaum zögernd.

Peter war überzeugt von seinem Vorschlag: „Es ist eine Schande, wie wenig sie sich um ihre Würdigung kümmern! Sie sollen sehen, was *wir* dafür tun!"

„Das ist richtig", meinte Rosenbaum.

„Bitte lade sie ein!"

Rosenbaum übernahm ohne Bedenken die Aufgabe. Er musste ohnehin zurück in die Stadt. Nachdem der Bauplan für das Kästchen mit Peter besprochen war, konnte er nun den Tischler Nagl mit der Ausführung beauftragen.

In den Straßen der Stadt herrschte Gedränge. Sämtliche Fiaker waren dazu abgestellt, französische und österreichische Verwundete heranzubringen. Mit leeren Augen starrten sie aus den Fenstern der Wägen. Andere lagen auf Karren, in zerrissenen Uniformen. Notdürftig verbunden, mit zerschossenen Gliedmaßen und blutverschmierten Köpfen. Elende Gestalten, vom Krieg aus ihren Lebenshoffnungen gerissen.

Rosenbaum ertrug diesen Anblick nicht. So rasch es ging, bog er in Seitengassen, in denen sich der übliche Alltag abspielte. Dienstpersonal machte sich auf den Weg zu Einkäufen auf den Märkten oder kam gerade zurück. Kinder jagten sich gegenseitig, ein Maler strich stoisch eine Hausmauer. Rosenbaum atmete auf. Hier lebte der Tischler Nagl.

Beide kannten sich. Der Handwerker hatte schon oft für den Grafen Esterházy Möbel gebaut und repariert. Er war geübt in feinen Holzarbeiten. Rosenbaum vertraute darauf, dass er das Kästchen kunstvoll fertigen würde. Er habe, so log er, die Perücke von Joseph Haydn aus dem Nachlass erstanden und wolle sie nun auf einem Gipskopf ausstellen und gebührend einfassen.

Nagl riet ihm zu hartem Nussholz, das er schwarz beizen wollte. Das Innere war gemäß dem Bauplan mit dunkelrotem Samt auszuschlagen. Der obere Abschluss sollte als Giebel ausgeführt werden, für dessen Spitze war ein handtellergroßes Bildnis einer römischen Lyra vorgesehen. Spätestens Ende Juli, also in drei Wochen, musste es fertig sein. Rosenbaum zählte im Geist die Tage, an dem er das Cranium von Kreiper abholen durfte.

Dann lief Rosenbaum zum Kärntnertortheater. Er konnte es nicht vermeiden, wieder dem Kriegselend zu begegnen. Überall waren französische Soldaten unterwegs. Nervosität lag in der Luft. In der Ferne, Richtung Mähren, wurde vermutlich noch gekämpft.

An der Oper hingen Aushänge, die zur *Schweizer Familie* einluden. Das Singspiel von Theaterkapellmeister Joseph Weigl war noch kurz vor Kriegsbeginn uraufgeführt worden. Es entwickelte sich zum Publikumsliebling, der Ablenkung verschaffte. Das Schauspielensemble probte eifrig französische Komödien, um die Wünsche der Besatzer zu befriedigen. Rosenbaum hatte daher berechtigte Hoffnung, Friedrich Roose und den alten Siegfried Koch anzutreffen.

Rasch fand er Roose im Kaffeehaus neben dem Theater. Dort erholte er sich gerade von einer nervenaufreibenden Probe und las Zeitung.

Rosenbaum klopfte an den Tisch. Überrascht senkte Roose die Blätter und freute sich, den Theaterfreund und Craniologie-Kollegen zu sehen. Er bat ihn, sich zu setzen.

Rosenbaum bestellte Kaffee und kam nach einleitendem Geplauder zum Thema.

„Du weißt, Friedrich, unser Freund Johann war ein begeisterter Anhänger der Kunst deiner lieben Gattin", begann er.

In Rooses Augen sammelten sich Tränen. Er war noch immer gerührt wie am ersten Tag nach dem Ableben seiner Frau, wenn jemand schmeichelhafte Worte über sie verlor.

„Er hat es bislang vor dir verschwiegen, wohl aus Bescheidenheit, aber er hat in seinem Garten in der Leopoldstadt ein Monument zu Ehren deiner Gattin errichtet. Zum ewigen Angedenken!"

„Wirklich?" Die Anspannung, die er aus der Probe mitgebracht hatte, löste sich nun vollkommen, und er musste sein Taschentuch ziehen, so reichlich flossen die Tränen der Rührung. „Das ist ja ..." Er konnte nicht weitersprechen.

„Er hat mir aufgetragen, dich und deinen lieben Schwiegerpapa einzuladen, um die Stätte zu besuchen."

Er rang um Worte. „Natürlich ... natürlich wollen wir es sehen!"

Schon am folgenden Nachmittag kamen beide mit einem Fiaker an das Gartentor gefahren. Lenerl hatte am Terrassentisch aufgedeckt und Kaffee gebracht, dann musste sie zurück ins Haus. Peter wollte nicht, dass sie mit ihrem gewölbten Bauch vor anderen Leuten herumlief. Gerede sollte vermieden werden.

Koch, kaum fünfundfünfzig Jahre alt, war durch den Tod seiner Tochter zu einem alten Mann geworden. Er stand wie versteinert vor dem Monument und konnte das Glück nicht fassen, dass seine Betty eine solche Verehrung erfuhr. Friedrich Roose, noch immer gerührt, umrundete die Statue der Melpomene mehrmals, um den Anblick vollständig in sich aufzunehmen. Er war begeistert von Konzeption und Ausführung.

„Johann, du weißt gar nicht, welche Freude du mir damit bereitest", sagte er unablässig.

Peter und Rosenbaum warteten verständnisvoll und geduldig am Rande, bis sich die beiden Gäste sattgesehen hatten. Dann ließ Peter seine übliche Gartenbesichtigung folgen. Er führte sie zum Tempel und zum Gartenteich, zeigte eine Kostprobe seiner Wasserkünste. Dann schritten sie die Beete ab, beginnend mit der Anpflanzung beim Gartentor an der Mauer zum Militärdepot, an der Seitenwand der Gartenhütte und schließlich an deren Rückwand, nahe der Grotte.

Rosenbaum begann zu fürchten, Peter könnte die drohende Grenze überschreiten. Dieser war nämlich inzwischen so arg in Selbstdarstellung geraten, dass ihm alles zugetraut werden musste. In einem günstigen Moment, als sich Roose und Koch gerade über die Schönheit einer tiefblauen Schwertlilie freuten, flüsterte er ihm zu: „Zeig ihnen nicht die Roose!"

„Warum nicht?" Er sah nichts Verwerfliches darin.

„Du weißt nicht, wie sie es aufnehmen."

„Sie werden sich freuen!"

„Das wird zu viel sein für sie! Der Anblick, Johann, begreif doch!" Rosenbaum wurde energisch.

„Friedrich kennt gebleichte Schädel zur Genüge!"

„Aber nicht den Schädel seiner Gattin!"

„Eben!"

„Und Koch? Ich wette, er geht zur Polizei!"

Endlich stutzte Peter.

„Du bist Beamter, Peter! Eine Anzeige ist amtlich! Da ist die Polizei gezwungen, etwas zu unternehmen!"

Die beiden Herren gingen weiter zu Rosenbaum und Peter.

„Johann", sagte Roose, „du hast im *Zirkel* schon so oft von deiner Schädelsammlung erzählt!"

Rosenbaum schluckte, Peter merkte freudig auf.

Roose fuhr fort, mit Blick auf seinen Schwiegervater: „Er ist eingeweiht, interessiert sich neuerdings ebenfalls für die Schädellehre."

„Dieser Doktor Gall ist ein Phänomen!", schob Koch ein.

Peter wies auf die Grotte: „Gerne! Hier ist sie!"

Rosenbaum fixierte Peter scharf, aber dieser reagierte nicht. Vielmehr öffnete er die Tür und führte seine Gäste in den Raum.

Koch blieb an der Tür. Der Anblick der etwa zwei Dutzend Schädel schlug ihm auf den Magen. Roose hingegen glühte vor Begeisterung.

„Beeindruckend! Wirklich beeindruckend!", schwärmte er.

„Es befinden sich außergewöhnliche Stücke in meiner Bibliothek", erklärte Peter. Er holte Fallhuber vom Regal, deutete auf die Beule seiner Eitelkeit, dann die Prostituierte, deren Geschlechtstrieb Roose zutiefst beeindruckte. Der Schädel des Abtes, seine jüngste Errungenschaft, und der Bezug zu Peters verunglückter Frau zog Roose in Erinnerungen an seine Betty.

„Und hier habe ich den Schädel einer Bühnenkünstlerin." Peter hob den Schädel von Betty Roose vom Kissen und zeigte ihn. „Wort- und Sprachsinn liegen ja hinter den Augen, darum sind sie nicht ersichtlich. Aber sie muss eine große Mimin gewesen sein, denn sie verfügte offenbar über die Gabe, sich anderen Charakteren anzuverwandeln. Man sieht es hier!" Peter strich über die obere Stirn. „Witz und vergleichender Scharfsinn. Der Kopf war nahe am Bersten!"

„Wer war die Schauspielerin?", fragte Roose leise. Er fuhr vorsichtig mit einem Finger über den Scheitel.

„Das weiß ich leider nicht", antwortete Peter. „Ein Geschenk aus unbekannter Quelle." Er klang nun milde und gütig.

Rosenbaum fiel ein Stein vom Herzen.

„Sie erinnert mich an Betty", flüsterte Roose und zog den Finger zurück. „Bitte nimm ihn weg."

Peter legte den Schädel zurück in das Regal und zeigte anschließend noch weitere. Einen Mörder, eine Wahnsinnige, einen geköpften Adeligen aus Frankreich, einen russischen Soldaten, der in der Schlacht bei Austerlitz gefallen war.

Endlich bat Peter zu Kaffee und Erdbeertorte auf die Terrasse. Auf dem Weg raunte er Rosenbaum zu: „Im Wesentlichen ist die Polizei ja auf unserer Seite, aber man weiß nie, auf wen man trifft."

„Glaub mir, das war besser so!"

Peter knurrte zustimmend.

Beinahe gleichzeitig wurde hundert Kilometer nördlich von Wien, in der kleinen mährischen Stadt Znaim, der Krieg entschieden.

Die österreichische Armee besetzte den Ort sowie die umliegenden Weinberge. Ein französisches Korps hatte ihren weiteren Rückzug abgeschnitten und versuchte nun, die Armee vollständig aufzulösen. Es kam zu ersten Gefechten. Als die Ausweitung zu einer erneuten, verlustreichen Schlacht drohte, bat Erzherzog Carl um einen Waffenstillstand. Napoleon war ebenfalls dazu bereit, und so konnte er am 12. Juli 1809 in Kraft treten.

Die Kämpfe zwischen Frankreich und Österreich waren damit beendet. Erzherzog Carl hatte gegen den Willen seines Kaisers gehandelt und wurde wenige Tage später von seiner Position als Generalissimus suspendiert. Doch dem Kaiser blieb keine Wahl, er musste die Niederlage akzeptieren und in Friedensverhandlungen mit Napoleon eintreten.

Doch die Besetzung von Wien dauerte an, und Napoleon residierte weiter in Schloss Schönbrunn.

Am 30. Juli durfte Rosenbaums Warten ein Ende finden. Er suchte den Totenträger Kreiper im Spital auf und erhielt den fertigen Schädel Haydns, sorgfältig verpackt in einer strohgefüllten Kiste. Angespannt hob Rosenbaum das Cranium in das Licht einer Fackel. Es war ihm nicht zu viel versprochen worden: Alle Reste waren säuberlichst entfernt, die Knochenoberfläche glänzte, der Unterkiefer war mit Draht am unteren Rand des Schläfenbeins befestigt. Eine Meisterarbeit!

Rosenbaum bedankte sich bei Kreiper mit einem kräftigen, herzlichen Handschlag und bezahlte die restlichen fünf Gulden.

Nachmittags und abends wurde in Peters Garten Ignaz Ullmanns Namenstag gefeiert. Therese, Josephine und Jungmann waren ganz selbstverständlich mit dabei, auch Lenerl durfte sich dazugesellen. Leichtigkeit, wie schon lange nicht, kehrte ein. Die Runde stieß mit Champagner auf Ullmanns Namensfest an, mehr noch auf den Frieden, der in greifbarer Nähe war.

Als Rosenbaum Haydns Cranium zeigte, applaudierten sie – dem Meister, der gelungenen Rettung, der meisterhaften Präparation.

Peters prüfender Blick war der schärfste. Natürlich fand er Mängel. Aber von Josephine erhielt er sofort einen Schuss: „Dann vergleich mal mit der Roose!" Und er schwieg.

Das Kästchen mit dem Giebel samt Seidenkissen stand in der Grotte bereit. Haydns Schädel wurde weich gebettet.

# 30

Je weniger Lenerls Schwangerschaft verheimlicht werden konnte, desto unleidlicher wurde Peter. Sie durfte nur noch aus der Wohnung, wenn es unbedingt nötig war – und dann musste sie ein Korsett umschnüren. Einkäufe am Markt erledigte Peter meist selbst. Zum Bäcker und Fleischer hatte sie nur früh am Tag zu laufen, wenn sie sich wegen der Morgenkühle in einen weitgeschnittenen Mantel hüllen konnte. Allenfalls der Weg in den Garten war ihr gestattet. Hier durfte sie abgeschirmt arbeiten und auch einen Tee auf der Terrasse trinken. Auf den wenigen Metern zwischen Haustür und Gartentor musste sie einen Stoß Wäsche tragen und vor den Bauch halten, als wäre sie gerade bei der Hausarbeit.

Wenn Peter Gäste in den Garten führte, musste sie sich weit im Voraus um die Bewirtung kümmern und Geschirr, Kuchen und Getränke in der Gartenhütte deponieren. Kaffee konnte Peter ja auf dem kleinen Ofen kochen. Ausschließlich bei Besuchen von Rosenbaum, Josephine, Jungmann und Ullmann durfte sie sich sehen lassen. Und natürlich in Gegenwart von Therese.

Die Vorfreude auf das Kind gab Lenerl die Zuversicht, dass Peter irgendwann, spätestens wenn er es in seinen Armen wiegen konnte, an seiner Vaterschaft Gefallen finden würde. Sie wusste von anderen Frauen, wie stolz Männer Neugeborene herumzeigten, wie unwichtig ihnen Moral und Standesunterschiede waren, wenn sie die Gelegenheit erhielten, sich als Erzeuger zu präsentieren. Und Peter war ja ein Anhänger der Aufklärung, der sich nicht um Konventionen scherte. Doch kannte sie auch andere Geschichten. Geschichten, die traurig und böse geendet hatten.

Sie vertraute auf Therese, die sie fürsorglich begleitete und zur Vermittlerin zwischen ihr und Peter wurde. Aufmerksam beobachtete Therese die Entwicklung, kam häufiger als gewöhnlich vorbei, schickte Sepherl zur Unterstützung, schirmte Peter ab, wenn er unerträglich wurde, und hielt sich bereit, bei der Geburt zu helfen oder nötigenfalls Hilfe herbeizuholen.

Peter war seinerseits froh, nicht alleine mit Lenerl zu sein. So sehr ihn Thereses Einflussnahme gelegentlich ärgerte, so sehr war ihm bewusst, dass ihm das zu Erwartende über den Kopf wachsen würde. Zudem missfiel ihm die Tatsache, durch ein Kind für sein weiteres Leben an Lenerl gebunden zu sein. So sehr er sie auch schätzte und liebgewonnen hatte, er wollte sich seine Zukunft offen halten. Aus dieser Haltung heraus verbot er, Vorbereitungen für die Pflege eines Kindes zu treffen. Keine Wickeltücher durften ins Haus, schon gar keine Wiege.

Ab Mitte August wurde Lenerl von heftigen Schmerzen geplagt. Einige Tage quälte sie sich noch durch die Hausarbeit, übergab sich häufig und kam schließlich nicht mehr aus dem Bett. Peter sah nach längerem Zureden von Therese ein, dass er sie vom Dienst freistellen musste. In seiner Not holte er eine Magd aus der Strafhausküche ins Haus, verpflichtete sie zum Stillschweigen und übertrug ihr die nötigste Hausarbeit.

Peter führte gerade den Apotheker Schwinner und seine Frau durch den Garten und zeigte stolz seine Schädelbibliothek, nannte ohne Scheu die Namen Roose und Haydn, als die Magd aufgeregt in den Garten stürmte.

„Die Magdalena!", rief sie.

Peter durchfuhr ein Blitz aus Schweiß und Kälte. Jetzt würde also der Augenblick kommen, den er so fürchtete und nie vollständig hatte verdrängen können.

„Hol Sie die Madame Rosenbaum!", befahl er. Die Magd wusste, wo Therese wohnte, hatte sie ihr doch vor wenigen Tagen geholfen, frisch geerntete Zwetschgen heimzutragen.

„Ja!" Sie lief davon.

Herr und Frau Schwinner, ältere Eheleute, die erfüllt in sich ruhten, verstanden sofort, dass etwas Außergewöhnliches vor sich ging. Sie waren höflich genug, um nicht nachzufragen. Sie verabschiedeten sich unverzüglich und ohne einen Hauch von Groll.

Peter begleitete sie noch auf die Gasse und eilte dann hinauf zu Lenerl. Der Alarm der Magd hatte so ernst geklungen, dass ihn Angst um sie erfasst hatte. In diesem Augenblick wusste er nicht, ob er sich ein Leben ohne sie noch vorstellen konnte. Doch als er sie schweißgebadet im Bett fand und sah, wie sie sich krümmte und den entblößten Bauch in die Höhe stemmte, da wurde ihm sofort wieder deutlich, dass ihre Gegenwart zu einem Problem geworden war.

Er brachte ihr ein Glas mit frischem Wasser, setzte sich neben das Bett und wartete auf Hilfe.

Als die Wehen für einen Moment nachließen, fragte Lenerl leise: „Freust du dich denn gar nicht auf das Kind, Johann?"

Peter wusste nicht, was er antworten sollte. Längst hatte er einen Plan. Schließlich sagte er: „Es gibt im St. Marxer Spital ein Findelhaus. Da bringen wir es hin. Niemand weiß dann, woher es kommt."

Lenerl kamen die Tränen: „Aber das ist mein Kind!"

„Es kann hier nicht bleiben!", gab Peter grob zurück. „Das musst du doch einsehen!"

Mit leeren Augen blickte sie an die Decke.

„Das ist ein lediges Kind und wird es immer sein! Das kann hier nicht aufwachsen! Was würden die Leute sagen! Das Gered! – Und du musst eben künftig besser aufpassen!"

Lenerl atmete schwer. Neue Wehen machten es ihr unmöglich, mit Peter weiter zu sprechen. Er tätschelte ihre Hand, als sie sich vor Schmerzen aufbäumte, und legte ein nasses Tuch auf ihre Stirn.

Endlich kamen Therese und die Magd. Auch Rosenbaum war dabei. Therese hatte ihn damit beauftragt, sich um Peter zu kümmern und ihn Lenerl vom Leib zu halten.

„Ich hab Sepherl zur Rivolla geschickt", verkündete Therese. „Neben ihr wohnt eine Kindbetterin. Die kennt sich aus und wird uns helfen!"

Dass so viele Leute, überdies Unbekannte, hier in der Wohnung zusammenkommen sollten, missfiel Peter, nicht zuletzt, weil er zunehmend an Einfluss verlor und schließlich sogar von Therese aus Lenerls Stube gedrängt wurde.

Rosenbaum hatte vorausschauend eine Flasche Wein mitgebracht.

Die beiden zogen sich in die Wohnstube zurück, und Rosenbaum versuchte, Peter in ein ablenkendes Gespräch zu verwickeln.

Wenig später erreichte Sepherl mit der Frau aus Hernals die Wohnung.

Rosenbaum mühte sich, Themen zu finden, die Peter davon abhielten, unentwegt im Kreis um den Tisch zu laufen oder an der Tür zu Lenerls Stube zu stehen. Er erzählte vom Theater, dass das Publikum Joseph Weigl wegen seiner *Schweizer Familie* feierte, er knüpfte an eine Diskussion an, die beim letzten Treffen des *Craniologischen Zirkels* geführt worden war. Sie betraf Galls Beschäftigung mit dem Traumgeschehen. Werde im Traum nur ein einzelnes Gehirnorgan in Tätigkeit versetzt, so habe der Traum einen einfachen Verlauf. Anders sähe es aus, wenn mehrere oder gar alle Organe beteiligt seien. Dann würde er verwickelt und verworren. Aber Peter, der bei der Sitzung noch das Animalische von Träumen hervorgehoben hatte und nicht an die Einbeziehung der Stirn-Organe glauben wollte, war heute nicht fähig, diesen Disput fortzuführen.

Lenerls Schreie drangen aus der Stube. Es musste dort eine schwere, schmerzhafte Geburt vonstattengehen. Dann endlich wurden die Schreie weniger, und stattdessen war das Weinen eines Kindes zu hören. Therese sah aus der Stube und verkündete: „Ein Mäderl ist es geworden!"

Jetzt durften die beiden Männer zu Lenerl und dem Kind. Es lag, faltig und rot von der Anstrengung, auf der Brust der Mutter. Die Kindbetterin wischte mit einem nassen Tuch das Blut von der Haut. Lenerl streichelte den kleinen Kopf und vermied es, Peter anzusehen. Peter verharrte vor dem Bett und zeigte keine Regung.

Plötzlich packte Therese ihn am Arm und sagte mit gepresster Stimme: „Gehen wir nach draußen!"

Peter ließ sich in die Wohnstube schieben. Rosenbaum folgte.

Das Geschehene hatte Therese aufgewühlt und stark gemacht. „Johann, Lenerl hat mir erzählt, dass du das Kind in ein Findelhaus geben willst!"

Seine Augen wurden groß. Er hatte nicht damit gerechnet, dass eine Front gegen sein Vorhaben entstehen würde. „Wie stellt sie sich das vor!", stammelte er. Er suchte Hilfe in Rosenbaums Gesicht, aber dort war keine Unterstützung zu finden.

„Das Kind gehört zu Lenerl wie ein Küken zur Henne! Und es gehört auch zu dir! Herr Papa!"

„Aber ..."

Peter hatte auch mit diesem, inzwischen kläglichen Versuch keine Chance, gegenüber Therese zu bestehen. „Also gut ...", sagte er kleinlaut.

Auch das Folgende bestimmte und regelte Therese im Einklang mit Lenerl. Therese übernahm die Patenschaft, das kleine Mädchen sollte auch ihren Namen bekommen. Die Kindbetterin aus Hernals beschaffte einen Taufpfarrer, von dem sie wusste, dass er keine Fragen stellte. So konnte die kleine Therese bereits am nächsten Tag getauft werden. Die schlichte Zeremonie fand in Lenerls Stube statt. Peter lud im Anschluss zu Kaffee und Torte ein. Auch Jungmann wurde dazu aus seiner Wohnung geklopft. Peter gab sich als besonnener Gastgeber, bemühte sich um Feierlichkeit. Doch die Stimmung blieb gedrückt, denn alle hatten Angst. Lenerl, die sich für eine knappe Stunde mit an den Tisch setzte, brachte kaum ein Wort hervor und konnte nichts von der Torte essen. Sie war abgemagert und noch immer kreidebleich. Ihr hellblondes Haar hing wie strömender Regen herab. Auch der kleinen Therese ging es schlecht. Die Verdauung wollte nicht in Gang kommen. Sie schien Schmerzen in den Därmen zu haben, denn sie schrie oder jammerte unentwegt und ließ sich nur schwer in den Schlaf wiegen. Schlimme Vorzeichen. Die Kindbetterin aus Hernals wollte Kräuter beschaffen, um das Möglichste zu tun. Doch alle wussten, die Möglichkeiten der Heilmittel waren so klein wie die Hände des Mädchens.

Rosenbaum hatte Therese in die Leopoldstadt begleitet. Sie wollte auch heute nach Lenerl und ihrem Taufkind sehen. Auf dem Rückweg, kaum hatte er das Stadttor durchschritten, beobachtete er, wie ein etwa fünfzigjähriger Mann, schlank und hochgewachsen, aus einer Kutsche stieg. War das Karner? Ja, er hatte sich nicht getäuscht! Sein Freund Johann Karner, Direktor der Zentraldirektionskanzlei beim Fürsten Esterházy, war zurück in Wien. Zuletzt hatte er ihm geholfen, seinen Bruder Jean aus der Landwehr zu holen.

Rosenbaum ging eilig auf ihn zu: „Johann! Das kann doch nicht wahr sein!"

„Joseph!" Karner freute sich ebenfalls über das Wiedersehen. „Wie geht es dir und Therese?"

„Wir hatten viel Glück! Es ist uns nichts geschehen. Auch nicht in der grässlichen Nacht, in der der Napoleon auf Wien hereingeschossen hat. Und dir? Was machst du in Wien?"

„Der Fürst hat mich beauftragt, hier nach dem Rechten zu schauen. Es ist vieles durcheinander gekommen. Überall sind Einquartierungen. Auch in Eisenstadt."

„Und der Fürst? Hat ihm der Napoleon nicht den Kopf heruntergerissen?"

„Ganz im Gegenteil, Joseph! Man sagt, Napoleon habe ihm die ungarische Krone angeboten."

„Na, ein Königreich Ungarn, das wär doch was für ihn!", spottete Rosenbaum.

„Er hat abgelehnt. Er will es sich nicht mit dem Kaiser und den Habsburgern verderben."

Rosenbaum lachte süffisant. „Oh! So viel Charakter hab ich ihm gar nicht zugetraut!"

„Und weißt du schon?" Karner schlug einen ernsteren Ton an. „Unser guter alter Haydn ist gestorben."

„Ja, das hab ich gehört." Er machte eine kurze Gedankenpause. „Im Theater haben sie es erzählt. So rechtzeitig, dass ich sogar zur Beerdigung konnte."

„Ah ja! Das ist schön! Es soll alles eher kläglich gewesen sein. Zu einem ungünstigeren Zeitpunkt hätte er nicht sterben können. Aber sie sollen ihm ein schönes Requiem aufgeführt haben, nachträglich. Der Fürst ist natürlich nicht nach Wien gefahren, aber einige andere vom fürstlichen Hof waren da. Auf diese Weise ist der Haydn gottlob noch zu seiner verdienten Ehre gekommen. Soweit es halt möglich war, unter diesen Umständen."

„Du weißt, dass ich den Haydn sehr verehrt hab!" Rosenbaum

stockte und überlegte abermals. „Ich hab mich geradezu verpflichtet gesehen, mich dem Gedenken anzunehmen."

Karner legte die Stirn in Falten und rätselte: „Ich weiß nicht, was du meinst."

In Rosenbaum fiel ein Entschluss. „Hast du ein bisserl Zeit? Dann zeig ich dir was."

„Na ja, ich werd erst zu Mittag in der Kanzlei erwartet."

„Dann musst du mit mir hinüber in die Leopoldstadt."

„Also gut."

Der Kutscher hatte unterdessen geduldig im Hintergrund gestanden.

Karner rief ihm zu: „Bring Er meinen Koffer ins Palais."

Der Mann nickte und bestieg den Bock.

Rosenbaum und Karner machten sich auf den Weg. Rosenbaum verriet vorab nur, dass sie den Garten eines Freundes aufsuchen würden, des Verwalters des Strafhauses. Alles Weitere behielt er für sich, um die Überraschung nicht zu schmälern. Rosenbaum wusste, dass Peter im Strafhaus beschäftigt war, und eine Erlaubnis, eigenständig Besucher in den Garten zu führen, brauchte er ja nicht. Der Garten war sein erweitertes Zuhause, und die Schädel von Haydn und Roose waren anteilsmäßig sein Eigentum.

„Ein wunderschöner Garten." Karner war begeistert. „Ein kleines Paradies in der Leopoldstadt!"

„Ja, Peter ist ein Schöngeist. Er liebt die Wissenschaft, aber noch mehr liebt er die Künste. Dieser Tempel ist den Musen geweiht. Und dieses Monument der Schauspielerin Betty Roose." Rosenbaum wies auf Tempel und Melpomene-Statue.

Karner nickte wissend. „Die große Hofschauspielerin!"

„Genau die!"

Rosenbaum holte den Schlüssel aus dem Versteck und führte Karner vor die Grotte.

Die Geheimnistuerei hatte Karner in Spannung versetzt. Er sah gebannt auf die Tür.

Rosenbaum öffnete, und das Sonnenlicht beschien die Schädel im vorderen Teil des Regals.

Karner erschrak. Er sagte nichts und folgte Rosenbaum. Bis vor das Schrankkästchen, in dem Haydns Cranium auf dem Seidenkissen lag.

„Das ist er!", verkündete Rosenbaum.

„Haydn?!" Karner hatte Mühe, den Namen auszusprechen.

„Unser guter Papa Haydn!", bestätigte Rosenbaum.

Karner schwieg. Er stand vor dem Schädel und schwieg. Endlich blickte er schockiert in Rosenbaums Gesicht. Dann betrachtete er weiter den Schädel und schwieg.

Rosenbaum wurde unsicher. Er hatte Begeisterung, zumindest Anerkennung erwartet, doch beim Freund hatte die Enthüllung nur Irritation ausgelöst. Offenbar sogar Befremden.

Um irgendwas zu sagen, um die Stille zu beenden, zeigte er auf den Schädel von Betty Roose. „Und das ist die Hofschauspielerin."

Karner wandte sich abrupt um und ging hinaus ins Freie. Dort atmete er tief durch. Rosenbaum verließ ebenfalls die Grotte.

„Wir haben den Kopf davor bewahrt, dass er von Maden zerfressen wird ... Das konnten wir nicht zulassen ...", erklärte er mit brüchiger Stimme.

„Wollen wir irgendwo einen Kaffee trinken?", schlug Karner schließlich vor.

„Ja, gerne." Rosenbaum war zu allem bereit. „Wir können auch hier auf der Terrasse ... Ich kann Peters Magd bitten, dass sie uns ..."

„Nein, ich will raus aus diesem teuflischen Paradies!"

Das Wort „teuflisch" erschütterte Rosenbaum. „Drüben, der *Strobelkopf* hat einen schönen Garten mit großen Kastanien."

„Bitte!"

Rosenbaum verschloss die Grotte. Wortlos gingen sie hinüber zu dem kleinen Gasthaus und suchten einen schattigen Platz. Der Wirt brachte zwei Tassen Kaffee.

Endlich war die Atmosphäre geschaffen, in der Karner wieder sprechen wollte.

„Erstens!", so begann Karner.

Die vehemente Reaktion seines Freundes hatte Rosenbaum zwar überrascht und verunsichert, aber er wollte dennoch nicht akzeptieren, dass er etwas Falsches getan haben sollte. Er richtete sich vor Karner auf und hörte mit kritischer Distanz zu.

„Der Fürst hat den Güterdirektor, den Herrn von Szentgály, angewiesen, sich um die Überführung von Haydn zu kümmern. Er soll die Gruft der Bergkirche in Eisenstadt ausräumen und herrichten, sodass man dort den Haydn an einem ordentlichen Platz beisetzen kann. Dort, wo er hingehört!"

Der Plan machte Rosenbaum wütend: „Der Haydn gehört dem Esterházy nicht! Sein Vater, der Fürst Anton, hat ihn rausgeworfen!"

„Er ist weiter Hofkapellmeister geblieben! Er hat ihn nur von seinen Dienstpflichten freigestellt. Immerhin hat Haydn sich später noch um die Oper gekümmert."

„Trotzdem! Der Haydn war kein Leibeigener! Jetzt, wo der Haydn als Berühmtheit gestorben ist, will sich der Fürst mit ihm schmücken! Es geht ihm nicht um den Haydn, es geht ihm nur darum, dass man das Fürstenhaus in der Zukunft nicht für dumm anschaut! Er will ungeschehen machen, dass sein Vater den Haydn nicht mehr haben wollte! Nur das führt er im Schild!"

Karner war ruhig geblieben. „Darum geht es nicht!"

„Natürlich geht es darum! *Ich* hab den Haydn immer in Ehren gehalten! Ohne Unterbrechung!"

„Ja, Joseph, das mag ja sein! Aber zwangsläufig wird man bei der Überführung feststellen, dass der Kopf fehlt!"

„Das stimmt!", entgegnete Rosenbaum mutig. „Die Überführung kann ich nicht verhindern, aber den Kopf kriegt er nicht! Der gehört mir und dem Peter!" Mit glühenden Augen sah er zu Karner. „Du kannst mich jetzt verraten! Aber der Kopf bleibt, wo er ist!"

Karner trank vom Kaffee und lächelte einträchtig. „Joseph! Natürlich verrate ich dich nicht! Ich verrate keinen Freund! Ich meine nur: Es können polizeiliche Ermittlungen ausgelöst werden."

„Der Totengräber weiß nicht, wer wir sind."

„Das ist gut!"

Die Haltung Karners besänftigte Rosenbaum. Der Freund stand ihm, trotz seines Entsetzens, wohlwollend gegenüber. Und so lächelte er sogar vorsichtig zurück. „Und zweitens?", fragte er.

„Ich kenn den Besitzer des Gartens nicht. Peter, hast du gesagt?"

„Ja, Johann Nepomuk Peter. Dem sag ich von der Umbettung besser nichts. Sonst regt er sich nur unnötig auf."

„Und wo hast du ihn kennengelernt?"

„Ich kenne ihn aus meiner Schulzeit. Wir haben uns vor ein paar Jahren wiedergetroffen."

„Und er hat dich zum Anhänger der Schädellehre von Doktor Gall gemacht!"

„Ja, eine bedeutende Wissenschaft!"

„Und so seid ihr auf den Plan gekommen, die Schädel von Haydn und Madame Roose zu stehlen und zu untersuchen."

„Und zu retten!" Diese Feststellung war Rosenbaum wichtig.

Karner rollte mit den Augen.

„Wir verschaffen Haydn und Roose die Ehrung, die ihnen gebührt!"

„Nein, lieber Joseph, so ist das nicht!", platzte es aus Karner. „Das ist keine Verehrung, das ist Theater! Ihr feiert euch selbst als edelmütige Kunstfreunde, und Madame Roose und den armen Haydn macht ihr zu euren Requisiten!"

„Hat je eine Schauspielerin ein solches Monument bekommen? Der Vitrinenschrank für Haydn war teuer!"

„Sie gehören euch nicht!"

„Richtig, eine Leiche gehört niemand! Aber es waren große Geister. Sie gehören nicht mal sich selbst! Sie gehören der Allgemeinheit!"

„Aha, und ihr seid die Allgemeinheit?"

„Wir repräsentieren sie. Wir haben die Schädel vor dem Zerfall gerettet, weil es sonst niemand getan hat! Was kann es für einen Künstler Schöneres geben, als von denen in Ehren gehalten zu werden, die sie zeitlebens verehrt haben?"

„Ihr habt nicht das Recht, über sie zu bestimmen!"

„Hätte man sie ihrer natürlichen Bestimmung überlassen, ihrer gesetzlichen und kirchlichen, dann wären sie längst von Würmern und Maden zerfressen worden. Wir haben bewirkt, dass ihre Schädel ewig bestehen bleiben."

„Nochmal: Ihr Schicksal geht euch nichts an!"

„Das Recht der Verehrung steht über Gesetz und Kirche! Und das Recht der Wissenschaft sowieso!"

Sie führten ihren Disput mit höchster Leidenschaft, ohne einander herabsetzen und verletzen zu wollen. Und das Nachgeben des einen oder anderen war ebenso wenig in Sicht, wie ein Konsens. Erst recht nicht, seit Rosenbaum die Schädellehre ins Spiel gebracht hatte.

Karner gab sich größte Mühe, gegen diesen zusätzlichen Aspekt mit Sachlichkeit zu argumentieren. „Joseph, es ist doch nicht glaubhaft, dass sich die Fähigkeiten eines Menschen an der Größe von Gehirnorganen ablesen lassen. Dieser Gall mag ein bedeutender Arzt und Anatom sein, aber seine Lehre ist doch ... Unsinn!"

Rosenbaum erinnerte: „Doktor Gall hat überall in der Welt Anhänger! Paris feiert ihn!"

„Ptolemäus hat man auch für sein Weltbild gefeiert! Und es wurde widerlegt! Auch Doktor Gall wird man widerlegen. – Ich glaube nicht, dass sich ein Mensch wie ein Bauplan für eine Maschine erklären lässt. Das, was einen Menschen ausmacht, steckt doch tiefer."

„Die Seele hat Doktor Gall nie in Abrede gestellt! Im Gegenteil! Die Gesamtheit der Organfunktionen ist Gottes Werk, ist Ausdruck der Seele des Menschen!"

Karner meinte: „Ich verstehe seine Motivation. Wir alle haben den Wunsch, die Menschen unserer Umgebung zu durchschauen. Aber wie sollten wir das? Indem wir vom Äußeren aufs Innere schließen? Verzeih mir die Offenheit, Joseph, aber Doktor Gall gibt euch so schlichte Schlüssel in die Hände, dass man sie mit Leidenschaft anwenden mag, aber dabei die Frage aus den Augen verliert, ob diese Schlüssel tatsächlich die Tore zur Wahrheit öffnen. Das Einfache entfaltet eine magische Wirkung. Und der Erfinder des Einfachen wird rasch zum Götzen. Seine Jünger werden zu Auserkorenen, die sich mit ihrem vorgeblichen Wissen über die anderen erheben. Sie saugen aus dieser Stellung eine Lebenskraft, die sie jenseits dieses Kreises nicht aufbringen könnten. Joseph, das macht mich traurig! Du hast diesen Peter, und ihr habt gemeinsam Doktor Gall zu eurem Götzen gemacht! Und weißt du, warum mich das traurig macht: Weil du es nicht nötig hast!"

Rosenbaum war in sich zusammengesunken. Lange hatte er dagegen angekämpft, hatte sich immer wieder aufgerichtet, um mit einer kräftigen Erwiderung diese Vorhaltungen auszuhöhlen. Aber der letzte Satz von Karner traf tief: „Weil du es nicht nötig hast!" Der Satz war grausam und wundervoll zugleich.

Karner fuhr fort: „Du bist ein gebildeter Mann. Du bist ein Kenner der Literatur und der Musik. Der Fürst hat dich immer als hervorragenden Verwalter seiner Stallungen geschätzt. Du hast eine wundervolle Frau, eine berühmte Sängerin errungen, um die dich alle beneiden und – weißt du noch! – die man dir nicht gönnen wollte! Joseph, du brauchst diesen Peter und diesen Gall nicht, um ein achtungswürdiger Mann zu sein! Es ist bequem und erleichternd, das eigene Denken fremden Sichtweisen unterzuordnen, aber nicht sehr schlau!"

„Aber Peter ist mein Freund!", entgegnete Rosenbaum verhalten.

„Einem Dummen kann man etwas beibringen, einen Bösartigen kann man einsperren, aber gegen einen Selbstgerechten ist man machtlos. Vor dem kann man nur davonrennen!"

Rosenbaum waren die Tränen in die Augen getreten. Eckhart hatte ihm vor etlichen Jahren etwas Ähnliches gesagt, damals, im Tiergarten in Schönbrunn. Doch die Worte von Karner klangen noch ehrlicher, überzeugender.

„Ich muss hinüber in die Stadt", sagte Karner und holte seine Börse hervor. „Ich lade dich ein! Das Gespräch war mir wichtig."

Rosenbaum nickte und winkte den Wirt heran.

Er begleitete Karner bis vor das Palais des Fürsten Esterházy in der Wallnerstraße. Sie redeten über Belangloses. Das tat beiden gut nach dieser aufwühlenden Stunde im Wirtsgarten.

Bei der Verabschiedung drängte es Rosenbaum, auf Haydn zurückzukommen. Er musste noch etwas Wesentliches aussprechen.

„Weißt du, Johannes, warum mir der Haydn so wichtig ist? Und warum ich seinen Schädel haben wollte und nicht hergeben kann?"

Karner war gespannt.

„Weil in seinem Kopf Thereses Liebe zu mir geboren worden ist. Es war vor zwölf Jahren in einem Konzert auf Esterházy. Da hat die Therese in den *Sieben letzten Worten* gesungen. Und während sie gesungen hat, haben ihre Augen mich gesucht. Ich hab immer nur sie angeschaut, drum weiß ich es ganz genau. Und wie mich ihre Augen gefunden haben, wie sich unsere Blicke für einen kurzen Moment getroffen haben, da hat sie sich in mich verliebt. Das hab ich gespürt. Ohne dem Haydn seine Musik wär das nicht geschehen!"

Karner musste lachen, aber ohne Rosenbaum dabei anzugreifen. „Der Haydn hat mit seiner wunderschönen Musik eine schöne Stimmung gemacht, das kann ich mir sehr gut vorstellen, aber verliebt hat sich die Therese nur in dich, weil *du* dagesessen hast. Genau du, und niemand anderer."

Rosenbaum erwiderte: „Warum hätte sie wegen mir ..."

„Weil *du* es gewesen bist! Ausgerechnet *du!*" Er klopfte ihm auf die Schulter. „Jetzt muss ich mich um dem Fürsten seine Angelegenheiten kümmern. Wäre schön, wenn wir bald miteinander ins Theater gehen. Von der *Schweizer Familie* schwärmen alle. Die möchte ich auch mal sehen."

Rosenbaum ging nachhause. Es war kein Schlendern, vielmehr ein Schleichen oder Kriechen. Er sah nicht zur Seite, er zog geradeaus dahin. Plötzlich fühlte er sich schlecht. Es war ihm, als würde eine verlorene Zeit auf ihr Ende zusteuern, die aber trotzdem nicht nur Wertloses enthalten hatte. Er glaubte, in den letzten Jahren so viel erlebt zu haben, dass es nicht in seinen Kopf passte. Die neuen Freundschaften. Peter, Jungmann, Ullmann, der *Craniologische Zirkel*. Der Tod von Roose und die Rettung ihres Kopfes. Der Kampf mit Peter um das Bleichen. Dann der entsetzliche Krieg mit der Besetzung von Wien. Die Rettung von Haydns Kopf. Und nun dieses Gespräch mit Karner. Alles drängte sich in seinem Kopf. Es gärte.

Er war nicht krank, aber plötzlich unendlich müde.

Zuhause traf er Sepherl, die gerade eine kräftige Gemüsesuppe gekocht hatte. Er aß zwei Teller davon. Dann warf er sich ins Bett, schlief und träumte ohne Sinn und Inhalt.

Am späten Nachmittag kam Therese heim. Sie setzte sich an sein Bett. Ihre Augen waren verweint, und Rosenbaum wusste sofort, was geschehen war.

„Die kleine Therese?", fragte er zärtlich.

Sie nickte und brach erneut in Tränen aus. „Und Lenerl ist es danach so schlecht gegangen, dass sie der Peter ins Spital zum Leopold gefahren hat. Keiner weiß, was sie hat. Aber wenn du mich fragst, Joseph, dann sag ich dir eins: Die haben beide den Johann nicht mehr ausgehalten! Lenerl und die kleine Therese. Die haben ihn nicht mehr ausgehalten! So einfach ist das! Wer hält so einen Menschen aus? Einen Narren, der die Hauptrolle in seiner eigenen Tragikomödie spielt!"

# 31

Durch die Tore des Männertraktes strömten die Gefangenen in den Hof. Auch das Tor zum Frauentrakt öffnete sich, und die weiblichen Gefangenen kamen heraus. Es war ein kalter Sonntagvormittag Anfang Dezember 1809. Die Sonne war verdeckt von dunklen Wolken. Einige Gefangene hatten Decken umgelegt, denn sie wussten, sie würden einige Zeit unbewegt in der eisigen Luft ausharren und den Worten des Strafhausverwalters zuhören müssen. Insassen sollten entlassen werden, also waren ausführliche Erklärungen und Ermahnungen zu befürchten. Zudem war seit langem wieder eine Darbietung angekündigt, die zusätzliche Zeit in Anspruch nehmen würde.

Vor den zwei Ledersesseln, die für Peter sowie den Gefängnisseelsorger Hieronymus aufgestellt waren, standen vier Stühle mit Notenständern. Die Wärter lotsten die Gefangenen an die improvisierte Bühne, sodass sie zu dreiviertel umschlossen wurde.

Nun musste gewartet werden, denn Peter ließ sich Zeit. Er spähte aus einem Fenster des Verwaltungsbaus, bis auch der Letzte der Gefangenen seinen Platz gefunden hatte und völlige Ruhe eingekehrt war.

Endlich kamen die Musiker heraus. Sie hatten ebenfalls im Verwaltungsbau ausgeharrt. Es waren zwei Frauen und zwei Männer. Cäcilie Kern und Karoline Weber trugen Violinen, die beiden Männer ihre Instrumente Viola und Violoncello. Ihr Auftritt wurde von zögerndem Applaus begleitet. Als erste Geigerin fungierte Cäcilie Kern. Die vier Musiker stellten sich in Streichquartett-Formation vor die Stühle und warteten mit den übrigen Gefangenen.

Schließlich trat Peter in den Hof, auch der Geistliche kam hinzu. Sie gingen zu ihren Sesseln. Peter richtete sich an die Menge: „Guten Morgen!"

Die Gefangenen antworteten in geübtem Einklang: „Guten Morgen, Euer Gnaden!"

„Ich habe euch etwas Erhebendes mitzuteilen", fuhr Peter fort. „Vor zwei Wochen haben die Franzosen Wien verlassen. Unsere geliebte Stadt ist wieder unser! Der Kaiser ist zurück in Wien." Er hob die Hand und forderte damit die Gefangenen auf, in Jubel auszubrechen.

„Hoch dem Kaiser!", riefen sie mit gewissenhaftem Bemühen.

„Euch ist bekannt, unserem Vaterland war das Kriegsglück nicht hold. Nach zähen Verhandlungen wurde in Schloss Schönbrunn ein Friedensvertrag geschlossen, der beiden Parteien Sicherheit verleiht, unserem geliebten Vaterland aber einiges abverlangt. Wir verlieren Gebiete im Süden, sodass uns der Zugang zum Meer verwehrt ist. Salzburg, Berchtesgaden und das Innviertel werden bairisch. Wir wurden zudem verpflichtet, uns Napoleon als Bündnispartner anzuschließen, haben also künftig an seiner Seite in Kriege einzutreten. Wir verlieren etliches Volk und wir haben Zahlungen zur Wiedergutmachung in erheblicher Höhe zu leisten, was die Staatsfinanzen über viele Jahre schwer belasten wird. Die Lage unseres Vaterlandes ist noch schwieriger geworden, in vielerlei Hinsicht. Aber dank meiner Fürsprache wird sich dies nicht auf die Haftbedingungen auswirken."

Die Gefangenen applaudierten. Sie fühlten sich aufgefordert, dies zu tun.

Peter lächelte gnädig und genoss die Bekundung.

„Der Kaiser war ferner genötigt, Veränderungen an der Spitze des Staates vorzunehmen. Es beliebte ihm, unseren bisherigen Außenminister Graf von Stadion abzusetzen, von dem er sich in den Krieg gegen Frankreich getrieben sah. Graf von Metternich ist neuer Außenminister. Er hat unser Vaterland bereits erfolgreich als Botschafter in Paris vertreten. Erzherzog Carl ist nicht mehr Generalissimus. Ihm folgte Johann Fürst von und zu Liechtenstein." Er wies auf die Musiker. „Wir wollen unseren Kaiser mit dem Kaiserlied begrüßen, komponiert von unserem hochgeschätzten Haydn, der uns im Laufe dieses Schicksalsjahres verlassen hat. Ich bitte die Musiker." Er trat zurück und setzte sich in seinen Sessel.

Auch Pater Hieronymus nahm Platz. Ebenso die Musiker, die sich kurz einstimmten und dann mit dem langsamen Variationssatz aus Haydns *Kaiser-Quartett* begannen.

Cäcilie Kern und die beiden Männer, allesamt versierte Musiker, bewältigten ihre Parts mit Präzision. Karoline Weber mühte sich gewissenhaft durch den Notentext. Völlige Fehlerfreiheit wurde hier nicht erwartet, Brillanz im Gesamtklang nicht einmal gesucht. Also geriet die knapp zehnminütige Aufführung des durchsichtigen und feingewobenen Satzes zu einem respektablen Erfolg.

Peter, einer der wenigen in diesem Hof, der über ein sensibles Gehör verfügte, hatte bereitwillig all jenes ignoriert, was von Karoline Weber gespielt wurde und nicht von Haydn stammte. Er lächelte durchweg und war auch nun der Erste, der applaudierte.

Auf die instrumentale Darbietung folgte der Gesang der Insassen. Noch einmal erklang die Kaisermelodie: „Gott erhalte Franz, den Kaiser, Unsern guten Kaiser Franz!" Peter ließ seine Bassstimme mit Inbrunst erschallen. Er fühlte sich nicht nur als Verwalter dieser Anstalt, sondern auch als Vorsänger, denn es galt, die Gefangenen aus ihrer Zögerlichkeit zu holen und zu einem patriotischen Chorgesang zu animieren. Es gelang. Nach einem verhaltenen Anfang steigerte sich das Huldigungslied zu einem Hymnus, der dem Kaiser, wäre er zu Gast gewesen, gewiss Tränen der Rührung in die Augen getrieben hätte.

Bei diesen Versammlungen an Sonntagvormittagen wurden auch Insassen, die am nächsten Werktag die Anstalt verlassen durften, offiziell verabschiedet. Peter nützte die Gelegenheit, deren Fortschritte während der Haftzeit vor den übrigen Gefangenen herauszuheben oder Ermahnungen zu vermitteln.

Ein Verwaltungssekretär brachte Peter eine Liste: „Folgende Personen mögen vor mich treten: Karel Trefil, Karoline Weber, Christoph Uttenberger und Cäcilie Kern."

Die beiden Männer traten mit freudigen Gesichtern aus der Menge. Die Musikerinnen legten ihre Instrumente auf die Stühle und stellten sich zu den Männern.

„Eine bedeutende Stunde naht!", sprach Peter mit gewichtigem

Tonfall. „Das Ende der Strafzeit ist nicht nur die Rückkehr in die Freiheit, es ist auch die Rückkehr in die Verantwortung für den weiteren Verlauf des eigenen Lebens." Er wandte sich direkt an die vier. „Euch muss dank meiner Worte und der Gespräche mit unserem geschätzten Pater Hieronymus nun deutlich geworden sein, welche Begabungen euch Gott und die Natur mitgegeben hat, aber auch, welche gefährlichen Neigungen ihr in euch tragt. Es gilt also künftig, das Gute in euch zu pflegen und zu stärken, das Böse aber zu unterdrücken und mit euren guten Seiten zu überlagern. Herauszuheben ist die Willensstärke von Karoline Weber und Cäcilie Kern, die durch das Geigenspiel die bedrohlichen Kräfte des Geschlechts- und Diebessinns bis zu deren Ohnmacht zurückgedrängt haben. Anträge bei der Strafhauskommission und eine Beratung der Fälle führten dazu, dass das jeweilige Strafmaß erheblich vermindert werden konnte." Dann sprach er zu den beiden Männern. Der eine, Karel Trefil, hatte sich auch während der Haft bei Prügeleien hervorgetan, weshalb Peter seine Bemühungen, den Raufsinn einzudämmen, als gescheitert ansehen musste. Im Gegenteil, seine Strafe war sogar verlängert worden. Für seine Zukunft sah Peter schwarz. Er prophezeite ihm eine baldige Rückkehr. Sein trauriges Vorbild, so schloss er, solle allen Anwesenden eine Lehre sein. Trefil nahm die Schelte unberührt entgegen. Über Uttenberger gab es sehr viel weniger zu sagen. Seine Beleidigung des Kaisers hatte er vor dem Gericht als Dummheit bezeichnet und seine Strafe geduldig abgesessen.

Auch Pater Hieronymus ließ es nicht an Belobigungen und Ermahnungen fehlen. Als er geendet hatte, warf ihm Peter, wie am Ende jeder derartigen Versammlung, einen gnädigen, aber höflichen Blick zu und rief in die Menge: „Wir kehren nun zurück zum üblichen sonntäglichen Tagesablauf."

Kern, Trefil und Uttenberger verneigten sich dankend vor Peter und Pater Hieronymus und traten ab, mischten sich unter die übrigen Gefangenen, die zum Teil noch im Hof bleiben durften, zum Teil zurück in die Zellen mussten.

Karoline blieb stehen. Sein Bemühen um ihren Tonsinn, ihr Aufstreben, die Haftverkürzung war doch mehr als bloßes pädagogisches und wissenschaftliches Interesse gewesen! Wie zum Greifen stand die Spannung zwischen ihnen in der Luft, bislang nur abgedrängt wegen der Unvereinbarkeit ihrer Lebensumstände. Jetzt in diesem Moment musste zutage treten, ob er sich zu dieser Spannung bekennen würde.

Aufmerksam hatte Peter jede Bewegung von Karoline beobachtet. Dass sie den übrigen Gefangenen nicht folgte, schärfte seine Entschlossenheit. Auch sie spürte offenbar, dass ihre Verbindung nicht mit dieser offiziellen Verabschiedung beendet sein sollte. Pater Hieronymus hatte sich inzwischen abgewandt. Das war günstig. Peter behielt eine strenge, ernste Miene. „Kann Sie auch kochen?", fragte er knapp.

Karoline bejahte die Frage mit einem hintergründigen Lächeln.

„Meine Hausmagd kann ihren Dienst nicht mehr verrichten. Wenn Sie nicht weiß, wo Sie hinsoll, dann kann Sie bei mir anfangen."

Sie nickte.

„Im Garten und auch sonst ist viel zu tun!"

Am folgenden Tag legte Karoline ihre Anstaltskleidung ab, um wieder ihr einfaches Leinenkleid zu tragen, das seit dem Tag ihrer Verhaftung in einem Karton aufbewahrt worden war. Als freier Mensch wurde sie von einer Wärterin zur Amtsstube von Peter begleitet. In der einen Hand trug sie einen Sack mit ihren Habseligkeiten, in der anderen den Geigenkoffer.

Peter wartete bereits auf sie. Im nächsten Moment würde sich sein Leben grundlegend verändern, das wusste er.

Karoline trat ein. Vor ihm stand nun keine Gefangene, sondern eine ungebundene junge Frau. Ihr Beispiel hatte ihn in seiner Überzeugung von Galls Schädellehre bestärkt, ihre Ratschläge waren in die Gestaltung seines Gartens eingeflossen, ihr Lächeln hatte oftmals seine Laune gehoben und ihre Aura das innere Bild seiner Zukunft erhellt. Nun endlich würde sie Teil seines Lebens werden. Seiner Wohnung, seines Gartens, seiner Nächte.

Peter hatte zur Begrüßung große Worte vorbereitet. Aber er konnte plötzlich keines davon aussprechen. Als habe er die Fähigkeit verloren, einen vollständigen Satz zu formulieren. Karoline hingegen zeigte sich gelassen und fröhlich, freute sich offenbar auf das Kommende. Dadurch wirkte sie selbstbewusst und eigenständig. Das verwirrte Peter und trieb ihn hinter eine gläserne Wand. Er bewegte sich mechanisch wie ein Automat. Aus Angst zu stottern, sagte er knapp und ernst: „Wir gehen hinüber, und ich zeige Ihr alles."

„Gerne", antwortete Karoline freundlich. Sie hob den Geigenkoffer. „Was ist damit?"

„Die Geige kann Sie behalten. Sie ist Ihre geworden."

Sie verließen das Strafhaus durch die kleine Eisentür zur Gasse. Zunächst führte er sie hinauf in seine Wohnung. Er zeigte ihr die Wohnstube mit der Kuchel, seine Schlafstube, die Kammer mit ihrem Bett, den Keller. Anschließend besichtigten sie den Garten. Der späte Herbst hatte ihn kahl und dunkel werden lassen. Die Zwetschgenbäume hatten sich geleert. Ihre Blätter bedeckten den feuchten Rasen. Lenerl hatte den Garten seit Mitte August nicht mehr gepflegt. Die Aushilfsmagd, die nun wieder in der Anstalt arbeitete, hatte nur das Nötigste getan.

Karoline wusste aus Beschreibungen ja bereits einiges über den Garten. Aber nun sah sie ihn erstmals. Peter zeigte ihr die Hütte und den Gartenteich, beschrieb die Funktionsweise der Fontäne, erklärte die Bedeutung des Tempels und des Roose-Monuments. Zur Grotte sagte er nichts. Aufmerksam folgte sie seinen Erklärungen, fügte sich in Rolle der neuen Dienstmagd, wissend, dass Dinge ihre Zeit benötigen und ihre Stellung nicht so bleiben würde.

Vor dem Wintereinbruch war hier noch vieles zu erledigen. Karoline, Gärtnerin aus Leidenschaft, hatte lange auf diese Arbeit verzichten müssen. Sie wollte sofort damit beginnen. So ließ Peter sie im Garten zurück, während er ins Strafhaus ging. Es zog ihn fort. Er hatte das Bedürfnis, sich zu sammeln, um möglichst rasch wieder sein eigener Herr zu werden. Die erste Stunde alleine mit ihr hatte ihn gefordert.

Nach dem Ende seines Dienstes fand er sie in der Wohnstube. Die Tage waren kurz, so war es bereits dunkel geworden. Öllampen brannten am Tisch und im Arbeitsbereich der Kuchel. Sie hatte einiges verändert: die Töpfe und Porzellandosen anders aufgereiht, die

Gewürze vom Regal genommen und in einer Schublade verstaut, für die Lampe einen neuen Platz gefunden.

Peter gefiel ihre Eigenmächtigkeit, denn sie zeigte damit, dass sie ihr Leben gestalten, dass sie hierbleiben wollte.

Sie hatte Erdäpfelsterz gekocht. Dazu gab es Würste. Peter setzte sich an den Tisch und ließ sich bedienen.

„Setze Sie sich auch an den Tisch!" Er sprach so freundlich, dass es wie eine Bitte klang.

„Ist das üblich beim gnädigen Herrn?"

„Ja, ich wünsche Tischgesellschaft!"

Sie brachte einen Teller für sich selbst und nahm auf der gegenüberliegenden Seite des Tisches Platz. Wortlos aßen sie.

„Hat Sie sich umgesehen?", fragte Peter nach einer Weile.

„Ja. Ich hab lang im Garten gearbeitet. Ein sehr schöner Garten, man kann aber noch vieles besser machen."

„Darum hab ich Sie ins Haus geholt!"

„Was ist hinter der Tür, auf der Rückseite von der Gartenhütte?"

Peter zögerte. Schließlich antwortete er: „Sie weiß, ich bin ein Wissenschaftler. Ich forsche nicht nur an lebenden Köpfen."

„Der gnädige Herr besitzt eine Sammlung von Schädeln?"

„Da hat Sie recht!" Er beobachtete sie genau. Wie reagierte sie?

Karoline zeigte keine Reaktion, wollte keine zeigen, um Zeit für eine Festlegung zu gewinnen. „Wenn ich hier meinen Dienst zur Zufriedenheit tun soll, muss ich alles kennen und gesehen haben", sagte sie bestimmt.

Es gab hier keine Geheimnisse mehr! Mit dem Wortwechsel war Erregtheit entstanden. Beide kannten diese Stimmung aus den Augenblicken, wenn er sie berührte, um ihre Schädelformen zu erforschen oder ihre Bezwingung des Geschlechtstriebes zu kontrollieren.

„Da hat Sie Recht!", gab er zurück. „Dann werde ich Ihr nach dem Essen die Grotte zeigen."

Peter ging mit einer Laterne voraus und führte Karoline vor die Grotte.

„Sie darf nicht erschrecken! Sie wird meine Schädelsammlung sehen!"

„Ich hab fünf Jahre im Strafhaus zugebracht, gnädiger Herr, da ist man abgehärtet."

„Das ist gewiss von Vorteil."

Peter schloss auf und öffnete die Tür. Sie bewegte sich nicht, sah zu, wie er ins Innere trat und die Laterne in das Regal stellte. Einige Schädel wurden sichtbar. Der Kastenschrank mit Haydns Cranium, der sich unmittelbar hinter der Laterne befand, erleuchtete wie ein kleiner Altar. Da sich Karoline nicht hereinwagte, kam Peter in Freie und schob sie mit sanftem Druck über die Schwelle. Sie ließ den gespenstischen Anblick auf sich wirken. Ihr Blick wanderte von Schädel zu Schädel. Von der Prostituierten, mit der Peter die Sammlung eröffnet hatte, über den Abt Pankratius von Kloster Neumooshaupt, den Lehrer Fallhuber, Betty Roose und zurück zu Joseph Haydn und die vielen weiteren Stücke dazwischen.

Peter war unterdessen an ihren Rücken getreten. Diese Nähe war Vertrautheit.

„Hält Sie es aus?", fragte er zärtlich.

Sie schwieg und bewegte sich nicht.

Das machte Peter Mut, deutete dies als Einverständnis.

„Hältst – *du* das aus?"

Er atmete ihren Geruch, versenkte seine Nase in ihre roten Locken. Gleichzeitig drängte er sich an sie heran. Sein Schwanz erigierte, und er begann ihn an ihrem Rücken zu reiben.

Sie drehte sich um, einträchtig und ruhig. Lange sah sie ihn an, zwang ihn zu einem konstanten Blick.

Der Strahl aus ihren blauen Augen lähmte ihn.

„Johann", flüsterte sie endlich, „wenn es mir bei dir gutgeht, dann geht es uns beiden gut, hörst! Ich mach dein Leben zu einem Himmelreich. Deinen Garten, deine Kuchel, alles. Auch unser gemeinsames Bett."

Peter schluckte erwartungsvoll.

„Aber ich hab drei Wünsche. Bedingungen. Ich spiel nur noch Geige, wenn ich das will!"

Peter unterdrückte sein Entsetzen und nickte.

„Du versprichst mir, dass du mich heiratest. Ich will keine Nebenfrau sein!"

Diese Bedingung konnte er akzeptieren. Auch wenn er es anders geplant hatte. Er nickte nochmals. „Und drittens?"

„Die Schädel kommen weg!"

Es flackerte hilflos in seinen Augen: „Karoline! Das geht nicht! Ich bin ein Wissenschaftler!"

Sie sprach zärtlich, aber energisch: „Die Wissenschaft muss ihre Grenzen haben!"

„Bitte!", hauchte Peter.

Karoline überlegte. „Also gut!", sagte sie endlich. „Zwei kannst du behalten! Such dir zwei aus, die können hinten in der Ecke bleiben."

Peter schluckte. Er wusste nicht, was er tun sollte. Es war unmöglich, darauf zu hoffen, dass die Erektion abklingen würde.

Er fügte sich schließlich in die Vorgabe, die Karoline und seine Begierde von ihm verlangten: „Also gut – zwei!"

„Schwör! Beim allmächtigen Gott, der die Erde erschaffen hat!"

„Ich schwöre beim allmächtigen Gott, der die Erde erschaffen hat!"

Karoline lächelte und gab ihm den ersten Kuss. „Dann gehen wir jetzt hinauf!"

Am folgenden Tag begann Peter emsig damit, das Geschworene auf den Weg zu bringen, um Karolines Gunst nicht aufs Spiel zu setzen. Zwei Schädel durfte er behalten. Die Auswahl fiel ihm leicht: Den Schädel von Betty Roose, das Herzstück seiner Sammlung, konnte er unmöglich aus der Hand geben. Auch nicht den Schädel von Abt Pankratius. Zu viele Erinnerungen an seine verstorbene Frau knüpfte er daran. Das Cranium von Haydn sollte Rosenbaum weiter verwahren! Er hatte ja die Aneignung initiiert, und nach seinem Willen war die Mazeration und Bleichung vorgenommen worden. Und er sollte zudem den Fallhuber-Schädel zu sich nehmen. Immerhin war Fallhuber auch sein Lehrer! So überlegte Peter.

Die restlichen Exemplare wollte er verkaufen. Er hoffte auf einen Handel mit dem Schädelfachmann Kreiper. Also fuhr Peter zum Allgemeinen Spital, um ihn dort in der Totenkammer aufzusuchen. Doch er wurde schwer enttäuscht: Kreiper hatte kein Interesse. Der Krieg hatte sein Lager gefüllt.

Auf dem Rückweg zum Ausgang klopfte er bei Eckhart an, um sich nach Lenerl zu erkundigen, und erfuhr, dass sie das Haus verlassen hatte. Mit unbekanntem Ziel. „Zu Verwandten", habe sie gesagt. Peter war erleichtert und fragte nicht weiter.

Am Nachmittag besuchte er Rosenbaum. Dieser prüfte gerade an seinem Schreibpult Abrechnungen des Grafen. Therese saß am Tisch und sortierte Notenblätter für eine Chorprobe. Sie baten ihn an den Tisch, Sepherl brachte ihm ein Glas Punsch.

Peter wusste, er konnte vor Therese offen über seine Schädel-Angelegenheiten sprechen. Sie war in das Allermeiste eingeweiht und hatte stets für alle Komplikationen Verständnis gezeigt.

Bevor er allerdings sein Anliegen vorbringen konnte, erkundigte sie sich nach Lenerl. „Sepherl wollte sie im Spital besuchen, aber sie war nicht mehr da. Weißt du, wo sie ist?"

Peter schwadronierte, als habe er sie tatsächlich gesprochen: „Die Ärzte sind sich jetzt sicher, sie verträgt das Stadtleben nicht! Der entsetzliche Staub, der höllische Lärm! Wien wird von Tag zu Tag unerträglicher! Sie hat mich gebeten, nicht böse auf sie zu sein, wenn sie den Dienst quittiert und hinaus aufs Land zieht. Zu irgendwelchen Verwandten."

„Sie ist weg aus Wien?" Die Nachricht betrübte Therese. Auch Sepherl, die in der Tür zur Kuchel stand.

„Ja, leider", log Peter. „Wohin, weiß ich nicht."

„Und du behältst die Magd aus dem Strafhaus?", wollte Rosenbaum wissen.

Peter wand sich ein wenig, suchte nach einer glaubwürdigen Formulierung. „Nun, die konnte ich nur vorübergehend in Anspruch nehmen. Aber die Situation erfordert selbstverständlich eine rasche

Neuregelung meiner Haushaltsführung. Und so haben sich diesbezüglich bereits erhebliche Veränderungen ergeben."

Rosenbaum und Therese fixierten ihn. Er sprach so merkwürdig, erklärte zu umständlich, dass sie sich amüsierten.

„Und welche?", fragte Rosenbaum.

„Wie soll ich sagen ... Gestern wurde eine Frau aus der Anstalt entlassen ..."

Therese stutzte: „Ach so!"

„Sie saß nur wegen einer Geringfügigkeit. Aber das Auge des Gesetzes übersieht auch solche Lappalien nicht! Nun, die Frau ist eine Gärtnerin."

„Oh! Das ist ja ein Vorteil!", meinte Therese. Und sie fügte hinzu: „Für dich!"

Peter ignorierte die Bemerkung und fuhr hastig fort: „Weshalb ich sie sogleich in meinen Dienst nahm. Es wäre eine Dummheit gewesen, sie in eine ungewisse Zukunft zu schicken. Ich kann von ihren Fertigkeiten profitieren und zugleich werde ich mich weiter um ihre charakterliche Verbesserung kümmern. Nebenbei: Der craniologische Befund ist außerordentlich erfreulich!"

„Und sie heißt?", fragte Rosenbaum.

„Karoline Weber. Aus Nussdorf. Der Vater Gastwirt, bei dem sie das Kochen gelernt hat."

Therese sah ihm in die Augen. „Ist das die nächste Frau, die du ins Unglück bringst?"

Peter protestierte: „So etwas tue ich nicht! Die Clara ist verunglückt, und die Magdalena ..."

„Ist freiwillig abgehaun", ergänzte Therese spitz.

Jetzt warf Rosenbaum einen drohenden Blick auf den Freund: „Wir passen auf dich auf!"

„Lasst mich endlich weiterreden!", knurrte Peter ungeduldig. Es war für ihn ohnehin schwer, sein Anliegen leicht verdaulich zu begründen. Er stockte und ging schließlich voran: „Und es ist so, dass sie durch die anstehende Ausweitung der Gartenpflege mehr Platz beansprucht. Für Gerätschaften, Saatgut und Ähnliches."

„Eine weitere Hütte?", warf Rosenbaum ein.

„Das gäbe ein unschönes Gedränge! Nein, ich habe mich entschlossen, meine Schädelbibliothek erheblich zu verkleinern!"

Das überraschte Rosenbaum: „Deine Köpfe?"

„Machen wir uns nichts vor, Joseph, unser Interesse am wissenschaftlichen Diskurs ist abgeflaut. Baron Moser wird gebrechlich, die Sitzungen werden seltener, die Streichers haben kaum noch Zeit, neue Erkenntnisse bleiben aus. Und so habe ich mich zu einer Verkleinerung der Sammlung auf die wesentlichen Schädel durchgerungen."

Die Nachricht elektrisierte Rosenbaum: „Und die wären?"

„Natürlich die Roose. Und der Abt Pankratius!"

„Und der Haydn?"

„Den, Joseph, den müsstest du zu dir nehmen. Der gehört ja eher dir! Und am Fallhuber wär mir ebenfalls gelegen! Der war ja auch dein Lehrer!"

Rosenbaum und Therese stutzten. Sie sahen sich an, und sie wussten beide, was jeweils der andere dachte.

Therese antwortete: „Na ja, für den Haydn hätten wir auf der Kommode in der Schlafstube Platz. Wir könnten die Vase von Mama ein bisserl nach links rücken. Und die Kälte in deiner Grotte täte ihm eh nicht gut."

„Aber den Fallhuber", sagte Rosenbaum, „den mag ich nicht in der Wohnung haben."

„Den können wir ja solang in den Keller tun", meinte Therese.

Das Wort „solang" ließ Peter aufmerken: „Habt ihr was vor?"

„Na ja", erklärte Therese, „irgendwann wollen wir raus aus der engen Wohnung und was Eigenes haben. Und wenn das Geld passt, wäre natürlich ein Garten mein größter Wunsch."

„Mit einer Grotte für den Haydn. Und da könnte der Fallhuber auch mit hinein."

„Aber sowas ist teuer!", meinte Peter.

„Na ja, der Joseph kennt sich aus mit den Geldangelegenheiten. Ein bisserl wird es aber schon noch dauern."

„Ah, ja!"

Rosenbaum wollte das Thema wechseln und fragte: „Und deine anderen Schädel?"

„Du kannst davon haben, was du willst!"

„Danke! Zwei reichen mir! Ich war ja nie ein so großer Sammler und Wissenschaftler wie du!"

Die Aussage quälte Peter. Er spürte das Opfer, das er für sein Himmelreich zu bringen hatte. „Dann müssen wir sie wegschaffen."

„Wohin?"

„Der Jakob Demuth soll sie nehmen. Der hat bestimmt eine Gruft oder eine Grube, in die er sie hineinwerfen kann. Notfalls zahl ich ihm was. – Du musst mitkommen, Joseph!"

„Ich?!"

„Jawohl, Joseph!" Peter sah zum Boden. „Du musst beim Tragen helfen. Und mit dem Demuth haben wir immer zu zweit verhandelt."

Therese lächelte. Er erregte ihr Mitleid.

„Also gut!", sagte Rosenbaum. „Dann fahren wir deine Schädel zum Demuth!"

Der Garten lag unter einer dichten Schneedecke. Und noch immer fiel Schnee. Peter stapfte zwischen der Grotte und einer Kutsche, die er sich vom Strafhaus geborgt hatte, hin und her, trug einen Schädel nach dem anderen in die geschlossene Karosserie. Zuletzt verstaute er den Schädel von Fallhuber und das Kästchen mit Haydns Cranium. Beides stapelte er obenauf, denn sie sollten als Erstes wieder ausgeladen werden.

Dann fuhr er zu Rosenbaum. Er lenkte die Kutsche selbst. Niemand außer ihm und Rosenbaum durfte Zeuge dieser Unternehmung werden. Rosenbaum erwartete ihn bereits. Der Schädel Fallhubers kam in den Keller, das Kästchen mit Haydns Cranium erhielt seinen Ehrenplatz.

Sie hielten mit dem Wagen vorm Friedhofstor und machten sich auf die Suche nach Demuth. Er war nirgends zu finden. Das Gräberfeld schien wie verwaist. Auf den Steinen saßen hohe Schneehauben, die Bäume ächzten unter ihrer weißen Last. Vögel flatterten umher, in der Hoffnung, etwas Nahrung zu entdecken.

„Schauen wir zum Grab der Roose", schlug Peter vor. „Notfalls klopfen wir bei ihm an."

Rosenbaum war einverstanden. Auch er wollte die Grabstätten von Roose, Löschenkohl und vor allem Haydn sehen. Karners Information, Fürst Esterházy beabsichtige, Haydn umzubetten, hatte ihn zwar nicht beunruhigt, schließlich führten seiner Meinung nach keine Spuren zu ihm oder Peter, dennoch trieb ihn die Neugier um, ob ihre Tat inzwischen entdeckt worden war.

Aber die drei Gräber lagen still und unberührt. Auch Haydns Grab existierte noch. In ein schlichtes Kreuz aus Holz war sein Name graviert. Rosenbaum prüfte die Ränder und scharrte ein wenig im Schnee. Eine Grabung in jüngster Zeit hätte Anzeichen hinterlassen.

Der Fürst hat sich wieder viel vorgenommen und nichts davon verwirklicht, dachte Rosenbaum spöttisch.

Peter betrachtete unterdessen das Grab von Betty Roose. „Wir müssen uns endlich um den Grabstein kümmern", rief Peter. „Schau!" Er wies auf eine kleine Fläche in unmittelbarer Nähe des Grabes. „Dort ist Platz für ein Monument! Ich will morgen mit dem Verwalter sprechen. Es ist eine Schande, wie wenig sich Koch und Friedrich um ihr Andenken bemühen!"

Rosenbaum entdeckte einen hinkenden Mann, der einen riesigen Bund Zweige durch die Gräberlandschaft trug. „He!", schrie Rosenbaum.

Der Mann blieb stehen und blickte herüber. „Ja?"

„Weiß Er, wo wir den Totengräber Demuth finden?"

Er legte das Bündel ab und humpelte heran. „Der Jakob Demuth?"

„Ja, wir sind mit ihm bekannt."

„Den Jakob Demuth gibt es nicht mehr, gnädige Herren. Dem haben die Franzosen so übel mitgespielt, dass er den Schlagfluss gekriegt hat. Im September ist er gestorben. Gott hab ihn selig! Ich bin sein Nachfolger!"

Rosenbaum und Peter warfen sich Blicke zu. Was sollten sie nun tun?

Peter übernahm das Gespräch: „Hör Er zu: Unser guter Vater ist vor einer Woche ebenfalls verstorben."

„Mein Mitgefühl, die Herren!"

„Er war ein Anhänger der Schädellehre! Und er hat in seinem

Weinkeller einige Schädel aufbewahrt, die wir gerne einem geweihten Ort übergeben wollen."

Der Totengräber verzog den Mund. „Und ich soll die jetzt nehmen?"

„Es gibt doch hier bestimmt eine Gruft oder ein Grab für die Armen."

„Aber nicht für alte Schädel!"

„Wir würden Ihm auch ein paar Gulden zahlen."

Der Totengräber blieb ablehnend, stur geradezu.

„Mein Verwalter mag solche krummen Geschäfte nicht."

„Das ist kein krummes Geschäft!", empörte sich Peter.

„Vielleicht in Hietzing", riet der Mann und wandte sich ab.

„Ich will auch wegen eines Monumentes mit jemand sprechen!"

Der Mann drehte sich um. „Da ist der Verwalter zuständig. Aber der ist heute nicht da." Er ging davon.

Peter sah zu Rosenbaum: „So ein unverschämter Idiot!"

„Dann müssen wir jetzt nach Hietzing."

„Unsinn!", schimpfte Peter.

Der Totengräber verschwand im Haus, in dem einst Demuth gewohnt hatte. Sie blieben alleine auf dem Gelände. Zurück an der Kutsche holten sie die Schädel aus der Karosserie und warfen sie neben einen Komposthaufen hinter der Kirche. Die Ansammlung überdeckten sie mit Schnee. Weiterer fiel darauf. Vor dem Frühling würden sie nicht mehr zutage treten.

Der Schauspieler, Dramatiker und Regisseur Joseph Weidmann starb. Achtundsechzigjährig. Er hatte viele Wiener mit seiner Kunst begeistert und so wurde er im geschlossenen Sarg im Stephansdom aufgebahrt. Es roch allerdings so heftig aus dem Sarg, dass er in die Totenkammer gebracht werden musste.

Die Stadt verabschiedete sich von dem Künstler mit einem feierlichen Requiem. Auch Peter und Rosenbaum waren unter den Trauergästen.

Nach der Messe holte man den Sarg aus der Totenkammer und trug ihn einmal um die Kirche. Er musste verschnürt werden, weil sich im Korpus Gase gebildet hatten, die ihn anschwellen ließen. Der Pfarrer sprach den Segen, dann wurde der Sarg rasch fortgebracht.

Rosenbaum und Peter verließen den heiligen Ort und schlenderten durch die Stadt.

Peter räsonierte: „Er muss bedeutende Organe haben. Wort- und Sprachsinn. Sprachgedächtnis. Und gewiss auch Scharfsinn und Schlauheit."

Es flackerte in ihren Augen.

Rosenbaum meinte: „Man käme sicher mit dem Totengräber ins Geschäft!"

Peter überlegte. „Aber es ist schwierig geworden. Die Grotte steht voller Gerätschaften. Die Magd gärt dort Früchte. Und sie ist sehr empfindlich, was solche Angelegenheiten betrifft ... Wir müssten wieder zu Eckhart gehen. Oder es in deiner Kuchel machen. Ich könnte wieder Doktor Weiß fragen."

Ihre Euphorie ließ nach.

„Ich versteh schon", grinste Rosenbaum. „Die Magd!" Dann sprach er in ernsterem Ton weiter: „Nein, Johann, lassen wir es! Der Sarg hat sich aufgebläht! Stell dir den Gestank vor!"

„Du hast recht."

„Die Zeit, wo wir sowas hingenommen haben, ist vorbei."

„Ja", sagte Peter kurz.

„Und insgesamt ...", ergänzte Rosenbaum. „Insgesamt ist die Zeit vorbei."

## 32

Das Schicksal von Haydns Cranium blieb während der folgenden zehn Jahre unverändert. Es lag auf seinem Seidenkissen im Kästchen. Es lag und lag. Das Kästchen erhielt neue Standorte, aber ansonsten geschah nichts mit ihm.

Der Schwung von Fürst Nikolaus II. Esterházy war verebbt. Den Überführungssarg, mit dem die sterblichen Reste Haydns nach Eisenstadt gebracht werden sollten, lieferte der Sargmacher ins Wiener Palais; dort stand er bereit, über Jahre hinweg, geriet beim Fürsten in Vergessenheit, wurde zu einem Hindernis für das Hauspersonal. Andere Themen überwucherten den Alltag des Fürsten.

Napoleon hielt Europa weiterhin in Atem. Die Beziehungen zwischen Frankreich und Österreich entspannten sich, nicht zuletzt, weil sich Napoleon mit dem Haus Habsburg verheiratete. Die Ehe mit der achtzehnjährigen Marie-Louise, einer Tochter von Kaiser Franz, wurde am 11. März 1810 in Wien geschlossen. Da Napoleon zur Zeremonie nicht anreisen konnte, musste ihn Erzherzog Carl vertreten.

Österreich litt an den Auswirkungen des Krieges. Die Staatsfinanzen waren ruiniert. 1811 wurde der Staatsbankrott erklärt. Wie im Friedensvertrag vereinbart, hatte Österreich fortan Napoleon auf den Feldzügen zu folgen. Dreißigtausend österreichische Soldaten wurden auf dem Russlandfeldzug in die tödliche Kälte geschickt. Als sich endlich eine starke Koalition gegen Frankreich fügte, wechselte Österreich die Seite. Die Völkerschlacht bei Leipzig, im Oktober 1813, leitete das Ende von Napoleons Herrschaft ein. Nach der Eroberung von Paris durch alliierte Truppen verkündete der französische Senat am 2. April 1814 seine Absetzung.

Die Sieger trafen sich in Wien, um die Nachkriegszeit zu ordnen. Sie wurden noch einmal von Napoleon provoziert. Dieser verließ

Elba, den Ort seiner Verbannung, sammelte seine Anhänger zu einer neuen Armee, erlitt aber schließlich in der Schlacht bei Waterloo seine endgültige Niederlage. Der *Wiener Kongress* tagte fort. Die Stadt bot den Gästen nebenher so viel Angenehmes, dass die Politik in den Hintergrund trat. Stattdessen genossen die ausländischen Gäste das Leben auf den Bällen, in den Parks, Caféhäusern, Weinstuben und Theatern.

Der Mut, die Verwirklichung der Ideen der Französischen Revolution zu fordern, flammte wieder auf. Die deutschen Burschenschaften feierten ein provokatives Fest auf der Wartburg. Der Bühnenautor August von Kotzebue, der einst die *Organe des Gehirns* geschrieben hatte und nun öffentlich diese freiheitliche Entwicklung verspottete, wurde von Karl Ludwig Sand, einem Mitglied einer Burschenschaft, ermordet. Österreich trotzte diesen liberalen Bestrebungen. Mit starker Hand kämpfte Fürst von Metternich als leitender Minister des Kaiserreiches gegen die revolutionäre Stimmung.

Die Hoftheater spielten weiter *Die Schweizer Familie* von Joseph Weigl und *Das unterbrochene Opferfest* von Peter von Winter. *Die Zauberflöte* kehrte auf den Spielplan zurück. Therese Rosenbaum, mittlerweile selten in großen Rollen zu erleben, konnte noch einmal als Königin der Nacht brillieren. Ludwig van Beethoven überarbeitete seine Oper *Leonore,* die nur mäßig aufgenommen worden war, und zeigte sie mit dem Titel *Fidelio.* Bei der einen Hälfte des Publikums blieb er umstritten, die andere kürte ihn als neuen Protagonisten der Musikstadt Wien. Gleichzeitig übersprang das Rossini-Fieber die Alpen. *Tancredi*, *L'italiana in Algeri*, *Elisabetta*, *Otello* und *La gazza ladra* brachten die Opernbesucher in Euphorie. Rossinis Melodien wurden in den Gassen gesungen und gepfiffen. *Die Zwillingsbrüder* des nahezu unbekannten Franz Schubert hingegen wurden kaum wahrgenommen. Dabei kündete sich mit ihnen die „Romantik" an, die nur wenig später mit Webers *Freischütz* in Berlin explodieren sollte. Auch in den Buchhandlungen fanden sich immer häufiger Neuerscheinungen, in denen vergangene Zeiten zum Leben erweckt wurden oder unergründliche Erscheinungen in das bürgerliche Leben brachen. Die Gebrüder Grimm legten ihre *Kinder- und Hausmärchen* sowie *Deutsche Sagen* vor, E.T.A. Hoffmann erzählte von *Klein Zaches*, von *Elexieren des Teufels* oder vom Kampf zwischen *Nussknacker und Mausekönig*.

In den Lebenswelten von Rosenbaum und Peter geriet die Lehre von Franz Joseph Gall immer weiter in den Hintergrund. Peters Schädelbibliothek war zusammengeschrumpft, der *Zirkel* im Palais von Baron Moser löste sich auf.

Rosenbaum und Peter blieben Freunde, wenn auch mit verminderter Intensität und veränderten Rollen. Peter hatte seine Vormachtstellung unwiederbringlich eingebüßt, und Rosenbaum hätte sich auch nicht mehr vereinnahmen lassen. Sie trafen sich seltener, feierten gelegentlich Feste, besuchten Theateraufführungen, genossen laue Abende in Peters Garten.

Georg Werlen kam in den Kreis nie mehr zurück. Im Jahr 1818 starb er mit erst vierunddreißig Jahren an Schwindsucht. Er hatte sich bis zum Registrationsakzessisten emporgearbeitet. Wenig später erlag Friedrich Roose mit zweiundfünfzig Jahren der Bauchwassersucht.

Peter vermisste weder Gall noch seine Schädelsammlung noch seine einstige Führerschaft. Denn Karoline hatte ihm nicht zu viel versprochen: Sie machte ihn glücklich. Und so heirateten sie im März 1812.

Selbstverständlich musste ihm Karoline schwören, im Fall seines Todes alle erdenklichen Prüfungen zu veranlassen, um ihn gegebenenfalls aus einem Scheintod zurückzuholen. Die Methoden sollten von heftigen Trompetenstößen bis zum Aufträufeln von heißen Wachstropfen und Auflegen von Lappen, getränkt in Rautenkraut-Essig, reichen. Je mehr Peter die Schädellehre aus den Augen verlor, desto intensiver widmete er sich Plänen, wie sich die Verbreitung und Konstruktion von Rettungsweckern verbessern ließe.

Rosenbaum wurde zum wohlhabenden Mann. Er kaufte für sich und Therese in der Nähe der Favoritenlinie eine Villa, zudem ein Wohnhaus für mehrere Parteien, das er vermietete. Und schließlich verwirklichte er seinen Traum: ein Gartengrundstück auf der Wieden, am Schaumburgerhof. Die Größe des Anwesens und seine finanzielle Lage ermöglichten es ihm, den kaiserlichen Hofgärtner Franz

Antoine mit der Gestaltung zu beauftragen. So entstanden großzügig angelegte Anpflanzungen und repräsentative Bauten.

Fragte man Rosenbaum nach den Quellen seines Reichtums, so verwies er auf seine Ausbildung und Erfahrung. Er habe als einstiger Stallrechnungsführer den Umgang mit Geld von Grund auf gelernt und wisse als Sekretär des Grafen und als Institutskassenwart alles Nötige, um seine Mittel geschickt anzulegen und zu vermehren. Er habe eben einen Sinn dafür entwickelt, zur rechten Zeit, das Richtige zu tun. – Er selbst wusste natürlich, dass er damit nicht die vollständige Wahrheit sagte.

Schmerzhafte Verluste blieben ihm indes nicht erspart. Seine Mutter, die in Eisenstadt lebte, starb mit siebzig; und auch Leopold Eckhart mit nur sechsundvierzig Jahren an einer Lungen-, Nieren- und Leberentzündung, am 10. April 1811. Ein dritter Verlust verschaffte ihm Erleichterung, und er tat sich schwer, tiefempfundene Trauer zur Schau zu stellen: Im September 1813 verschied die Mama, Thereses Mutter. Endlich war ihr Bevormunden und Hineinreden verstummt und das leibhaftige Symbol, das immerzu an seine unstandesgemäße Herkunft erinnerte, aus der Welt genommen.

Die Zeit, in der ausschließlich ein Adelstitel den gesellschaftlichen Rang bestimmte, ging unaufhaltsam vorüber. Das Bürgertum übernahm selbstbewusst die Aufgabe, Kunst und Wissenschaft zu fördern und zu vermitteln. Rosenbaum gehörte dazu.

Sein Garten wurde zu einem Ort, an dem man sich traf, um sich als Mitglied einer neuen Oberschicht zu zeigen. Anlass waren Kirchenfeste, Jubiläen, Geburts- und Namenstage oder schlicht herrliches Wetter.

Wichtige Ereignisse, bei denen sich bis zu fünfzig Besucher im abgedunkelten Salon der Gartenvilla versammelten, wurden zudem sogenannte *Optische Vorführungen*. Das Interesse an den Naturwissenschaften führte Rosenbaum nämlich dazu, sich eingehend mit jenen Techniken zu befassen, mit denen sich künstliche Bilder erzeugen und an eine weiße Wand projizieren ließen. In Zusammenarbeit mit einigen Freunden, die sich ebenfalls für diese Möglichkeiten begeisterten, konstruierte er einen ausgeklügelten Apparat;

eine Weiterentwicklung der *Laterna magica*, mit der auch Bewegungsabläufe, flackernde Lichteffekte und Schattenrisse von Figuren gezeigt werden konnten. Die einzelnen Bilder wurden von unterschiedlichen Künstlern angefertigt. Sechsundsiebzig Szenerien waren es mit dem Lauf der Jahre geworden. Besondere Beliebtheit errangen sich die *Fahrt des Kaisers nach St. Stephan*, die *Schlittenfahrt nach Schönbrunn*, der *Brand von Moskau* und *London mit Brücke*.

Den Mittelpunkt von Rosenbaums Garten bildete der sogenannte Gesellschaftsplatz. Man betrat ihn durch einen Torbogen, auf dem ein hölzernes Schild mit der Aufschrift „Willkommen!" prangte. Die Gartenvilla begrenzte den Platz in südlicher Richtung. Hier wohnten Rosenbaum und Therese, wenn sie mehrere Tage im Grünen verbrachten, hier traf man sich außerdem bei schlechtem Wetter. Auf der gegenüberliegenden Seite stand das Gesellschaftszelt. Der offene Pavillon mit Zeltdach bot einer großen Zahl an Gästen Platz zum Feiern und schützte vor Regengüssen. Der Blick in östlicher Richtung wurde von einem turmartigen Gebäude mit Säulenvordach angezogen, das sich über wuchtige Gruppen von Hänge-Eschen und Pappeln erhob. Unterhalb des Daches war eine Schweizerhütte mit vorgelagertem Balkon eingerichtet. Eine Plattform, die auf dem Giebel saß und über eine Treppe im Inneren erstiegen werden konnte, ermöglichte einen weiten Ausblick auf Wien und seine Umgebung. In den Parkanlagen, die den Gesellschaftsplatz und den Turm umgaben, waren Plätze mit Attraktionen, Statuen und Monumenten angelegt. Eine dieser Statuen stellte Flora dar, die römische Göttin der Blüten. Zu ihren Füßen wuchsen wunderbar duftende Rosen. Mit dem *Gewey-Monument* erinnerte Rosenbaum an einen engen Freund, den Komiker und Verfasser von Volkskomödien Franz Xaver Karl Gewey, der im Oktober 1819 gestorben war. Auf weiteren Plätzen wurden die Besucher zum Schaukeln und Vogelschießen eingeladen. Ruhe fand man in einer Kapelle, eingerahmt von Akazien, sowie in einer Einsiedelei in einem Eiben-Wäldchen. Auf einem Hügel saß eine Windmühle, auf einem anderen ein Tempel. Dazwischen lag der Gemüsegarten, in dem Therese Spargel, Erdbeeren, Bohnen und Kräuter anbaute. Ein Bach durchzog das Gelände, überspannt von zwei

Kettenbrücken. Er entsprang einer künstlichen Quelle auf einem Felsplateau, rauschte als Wasserfall drei Meter in die Tiefe und sammelte sich am Ende seines Laufes in einem idyllischen Teich. Auf den Blättern der Seerosen sonnten sich Frösche.

Am 5. Juli 1820 feierte Rosenbaum seinen fünfzigsten Geburtstag. Am folgenden Tag kamen bei bestem Wetter über zweihundert Gäste zu einem der größten Festlichkeiten, die in diesem Garten stattfinden sollten. Unter ihnen waren Antonio Salieri, seit Jahren Witwer, mit zwei seiner Töchter, Rosenbaums Dienstherr, der Graf Károly Esterházy de Galántha, Johannes Karner, Thereses Schwester Ninna, gemeinsam mit ihrem Ehemann, dem Hofmusiker Peter Fux, sowie Rosenbaums Bruder Jean, der sich von Nanette getrennt hatte und nun mit einer Charlotte verlobt war. Jungmann durfte nicht fehlen. Auch nicht Ullmann. An seiner Seite Josephine. Lange hatte es gedauert, bis sie füreinander entflammt waren, dann aber umso heftiger.

Peter und Karoline waren selbstverständlich gleichfalls unter den Gästen. Karoline und Therese verband inzwischen eine enge Freundschaft. Die Liebe zum Gärtnern hatte sie angenähert, und gemeinsam waren sie unentwegt mit Ideen zur Stelle, als das grüne Paradies angelegt worden war.

Die Bewirtung lag in den Händen von Sepherl und Lenerl, unterstützt von zusätzlich angeworbenem Personal. Lenerl hatte sich nach jahrelangem Aufenthalt in einem Arbeitshaus eines Tages bei Sepherl gemeldet, um die Freundschaft, die zwischen beiden entstanden war, wieder aufzunehmen. Rosenbaum und Therese hatten sie schließlich in Dienst genommen, da in einem mondänen Haushalt natürlich sehr viel mehr zu tun war.

Lenerl und Peter taten jeweils so, als würden sie sich nur flüchtig kennen.

Das Geburtstagsfest klang aus mit einer Illumination des Gartens und einem Feuerwerk. Dazu erschallte festlicher Chorgesang.

Einige Wochen später, Mitte August 1820, erlebte der Garten eine weitere Attraktion. Rosenbaum hatte bei einer Ausstellung im Redoutensaal die erste deutsche Ballonfahrerin, Wilhelmine Reichard, kennengelernt und zu einem Besuch im Garten eingeladen. Gemeinsam mit ihrem Ehemann kam sie einige Tage später zu Kaffee und Kuchen sowie zu einer Abendgesellschaft.

Ihre Ballonfahrt, die sie bald darauf unternahm, geriet zu einem dramatischen Ereignis. Nach dem Start im Prater zog der Ballon Richtung Schloss Belvedere, unweit von Rosenbaums Garten. Rosenbaum, der den Flug am Boden mit einem Fiaker begleitete, hatte Madame Reichard vorgeschlagen, das Fluggerät anschließend zum Entleeren und Falten auf sein Grundstück zu bringen. Nach der Landung bildete sich jedoch eine begeisterte Volksmenge um den Ballon, die Madame Reichard zum Schloss drängte. Erzherzog Carl höchstpersönlich erlaubte den Zutritt zum Garten. Die Menge wurde indes immer zudringlicher, und es kam zu Rangeleien. Polizei und Soldaten der Artillerie eskortierten die Luftkünstlerin schließlich in Rosenbaums Garten. Hier war sie samt ihrem Fluggerät sicher. Sie konnte sich ausruhen und ihren Ballon verpacken. Für einen weiteren Abend wurde sie zum Mittelpunkt einer kleinen, erlesenen Gesellschaft.

Die Temperaturen blieben bis weit in den Oktober hinein so mild, dass Rosenbaum und Therese alle Festivitäten im Freien abhielten. So luden sie an einem Sonntagnachmittag etwa dreißig Gäste zu einer Kaffeetafel mit Torten und Kuchen der besten Konditoren der Stadt. Bis in den späten Nachmittag hinein wurde im Gesellschaftszelt geplaudert und über Mode, Musik, Literatur, Malerei und Theater diskutiert. Dann wechselte die Gesellschaft in den Salon der Gartenvilla zu einer *Optischen Vorführung*.

Über den Sommer hinweg hatte Rosenbaum mit seinen Kompagnons drei neue Bilder geschaffen, die heute ihre Uraufführung erlebten: *Die Ballonfahrt der Madame Reichard, Herbststurm im Prater* und *Schifffahrt nach Amerika*. Davor und danach zeigte er Szenerien, die schon lange nicht mehr zu sehen gewesen waren. Beeindruckt starrten die Gäste auf die Projektionen, ließen sich hineinziehen, als würden sie die Geschehnisse in diesem Augenblick miterleben. Sie fühlten sich leicht, als Reichards Ballon über die weiße Wand schwebte, zogen an ihren Krägen, als der Herbststurm brauste, bekamen Fernweh, als Amerika in Sichtweite kam. Rosenbaums *Optik* war auch an diesem Nachmittag ein riesiger Erfolg.

Nach einer Stunde kamen sie mit dem Bild *Schneefall auf die Hofburg* zum Ende. Die Szene war gleichsam ein Ausblick auf die anstehende, kalte Jahreszeit. Aber alle waren dankbar, dass sie den Spätsommer so angenehm und anregend hatten ausklingen lassen können, als Gäste von Joseph Carl Rosenbaum und seiner Therese.

Der Großteil machte sich nun auf den Heimweg. Therese begleitete sie zum Gartentor. Draußen war es längst dunkel geworden. Sepherl und Lenerl waren noch damit beschäftigt, die Nachmittagstafel abzutragen und die Möbel in eine Seitenhütte zu bringen.

Unter den Gästen befanden sich auch Peter und Karoline sowie Johann Karner. Als sich Peter mit seiner verabschieden wollte, bat ihn Karner, noch einen Moment zu bleiben. Karners Stirn legte sich dabei in Falten. Die Jahre hatten sein Haar weiß gefärbt, und er trug nun eine Brille.

„Ich würde eine nicht unbedeutende Kleinigkeit mitteilen wollen", verkündete er mit diplomatischer Zurückhaltung gegenüber Rosenbaum und Peter.

Karoline trat einen Schritt zurück. „Dann lasse ich die Herren alleine und spaziere mit Therese noch durch den Garten. Es ist ein so wundervoller Abend!"

„Ja, tu das", sagte Peter. Die Worte von Karner hatten ihn aufgewühlt.

Während Karoline loslief, um Therese zu suchen, bat Rosenbaum die beiden Freunde zu einer Gruppe von Ledersesseln. „Setzen wir uns doch!"

Nachdem die Herren Platz genommen hatten, bot Rosenbaum Zigarren an. Sie begannen zu rauchen.

„Es geht um eine nicht unbedenkliche Angelegenheit." Karner rückte seine Brille zurecht. „Bei Fürst Esterházy war unlängst Herzog Adolph Friedrich von Cambridge zu Gast, ein Sohn von König Georg III. Ihm zu Ehren ließ Fürst Nikolaus auf Betreiben von Fürstin Hermenegild die *Schöpfung* aufführen. Ich stand in unmittelbarer Nähe des Fürsten, als Herzog Adolph Friedrich nach Joseph Haydn fragte.

Nun, erklärte der Fürst, er sei verstorben. Während der Besatzung von Wien sei dies geschehen, vor elf Jahren. Ich beobachtete, wie der Fürst dabei ein wenig errötete. Er schien sich in diesem Augenblick daran zu erinnern, dass er seinen ehemaligen Hofkapellmeister gleich nach dessen Tod nach Eisenstadt holen wollte!"

Peter zog nervös an seiner Zigarre. „Er wird doch nicht ..."

„Doch, Herr Peter, er wird!" Er blickte ernst zu Peter und Rosenbaum. „Ich hoffe, es ist dir, Joseph, und Ihnen, Herr Peter, klar, dass es für mich nicht unproblematisch ist, wenn ich euch über dieses Gespräch in Kenntnis setze – vertraulich! Das möchte ich betonen!"

Rosenbaum nahm die Angelegenheit sehr viel gelassener und schmunzelte: „Der Fürst will den Haydn umbetten lassen! Da wird er eine Überraschung erleben!"

Peter warf ein: „Wir kriegen die Polizei auf den Hals!"

„Wenn niemand etwas weiß, wird die Polizei auch keinen Schädel finden!", meinte Rosenbaum.

Peter ließ sich davon nicht beruhigen. „Bist du so sicher, dass niemand etwas weiß?"

„Meine Freunde wissen, wie sie sich bei Ermittlungen verhalten müssen."

„Da wäre ich mir nicht so sicher!"

„Jedenfalls bekommt der Fürst den Haydn nicht! Er ist nicht sein Eigentum!"

Karner ergriff wieder das Wort: „Aber auch nicht *euer* Eigentum! – Lasst mich zu Ende erzählen: Zunächst habe ich das Erröten des Fürsten nicht so ernst genommen. Doch als Herzog Adolph Friedrich nachfragte, wo er denn begraben sei, und der Fürst zugeben musste, dass er in einem unscheinbaren, ja würdelosen Grab am Hundsturmer Leichenhof liegt, da schien sich im Fürsten ein Wille zur Tat gemeldet zu haben. Jedenfalls hat er kürzlich bei der niederösterreichischen Regierung um Genehmigung der Umbettung ersucht."

„Und?", fragte Peter.

„Die Exhumierung wurde für den 30. Oktober angesetzt! Der Fürst will höchstpersönlich daran teilnehmen!"

Peter starrte auf Rosenbaum: „Das ist in zwei Wochen!"

Rosenbaum versuchte zu verbergen, dass auch er nun in Bewegung geraten war. „Also tatsächlich!"

„Joseph, wir müssen dabei sein! Wir müssen wissen, was geschieht!"

„Ich kann nicht dabei sein! Der Fürst kennt mich!", erinnerte Rosenbaum. „Was sollte ich auf dem Leichenhof? Du musst hin, Peter! Dich kennt er nicht!"

Peter schluckte. „Ich?"

„Ja! Gleich daneben ist das Grab der Roose! Du musst so tun, als ob du das Monument putzt! Nimm dir einen Eimer mit!" Rosenbaum lachte bei der Vorstellung.

„Mach dich nur lustig, Joseph! Es geht auch dich was an!"

Karner drückte unterdessen die Zigarre in den Aschenbecher. „Ich kann euch nur viel Glück wünschen! Und mein Name bleibt ungenannt – egal, wie eure Schädel-Geschichte weitergeht!"

„Versprochen!", sagte Rosenbaum.

Und auch Peter nickte. „Mein Ehrenwort!"

Peter hatte über den Totengräber herausbekommen, dass die Exhumierung um zwei Uhr stattfinden sollte. So konnte er rechtzeitig vor Ort sein.

Der Totengräber war noch derjenige, der Jakob Demuth im Amt beerbt hatte. Das heimliche Abladen der Schädelsammlung hinter der Kirche lag zehn Jahre zurück und hatte wenig später zu großem Ärger mit dem Totengräber geführt, denn natürlich kamen nur er, Peter, und Rosenbaum dafür in Betracht. Die Wogen waren längst geglättet, beide ausgesöhnt. Denn Peter war es ja wegen der Errichtung seines zweiten Roose-Monuments auch nicht möglich gewesen, den Leichenhof zu meiden.

Das Grab von Joseph Haydn hatte sich unterdessen ebenfalls verändert. Da es über Jahre hinweg so schien, als würde der Meister hier verbleiben, hatte Haydns Schüler Sigismund Ritter von Neukomm, tief betroffen vom erbärmlichen Zustand der Stätte, an der Friedhofsmauer eine Gedenkplatte aus gelbem Schiefer anbringen lassen.

Peter begann, wie von Rosenbaum vorgeschlagen, das Roose-

Monument an diesem frühen Nachmittag zu pflegen. Er zupfte Unkraut und scheuerte mit einer Bürste über den Stein. Unentwegt spähte er zum Eingangstor.

Endlich kamen zwei Kutschen heran, kurz darauf ein Pferdefuhrwerk mit dem Überführungssarg, ein riesiges Metallgehäuse, in den der Eichensarg Haydns gehoben werden sollte. Der Totengräber humpelte aus dem Beinhaus, um die Besucher zu empfangen. Aus den Kutschen stiegen Herren in dicken, schwarzen Mänteln: der Sanitätsrat der Stadt Wien, ein schmächtiger, älterer Herr mit weißgepuderter Perücke, mit seinem Assessor sowie Fürst Nikolaus II. von Esterházy mit einem Sekretär. Der Totengräber pfiff einen Gehilfen herbei. Man begrüßte sich, wechselte ein paar Worte. Der Kutscher des Fuhrwerkes lud mit drei Gehilfen den Sarg vom Wagen.

All das beobachtete Peter, während er so tat, als sei ihm die Pflege des Roose-Monuments besonders wichtig.

Die Männer gingen zu Haydns Grab. Der Totengräber leitete den kleinen Zug. Der Fürst wirkte orientierungslos, was zeigte, dass er noch nie die letzte Ruhestätte des ehemaligen Hofkapellmeisters besucht hatte. Der Fürst und der Sanitätsrat führten auf dem Weg ein lebhaftes, offenbar freundliches Gespräch voll gegenseitiger Wertschätzung. Darauf folgten die beiden Sekretäre und der Friedhofsgehilfe, in einiger Entfernung die Träger mit dem Metallsarg.

Die Gruppe umringte die Grabstätte, der Sarg wurde wenige Meter davor abgestellt. Niemand nahm von Peter Notiz. Der Sanitätsrat gab dem Totengräber und seinem Gehilfen Anweisungen, dann griffen die beiden zu ihren Schaufeln und gingen ans Werk. Es kehrte Schweigen ein – aus Pietät, aber auch, weil mit jedem Schaufelstich die Anspannung der Beteiligten zunahm. Die Begegnung mit einem Toten stand bevor, die Wiederbegegnung mit einem Körper, der einst Teil des täglichen Lebens gewesen war. Und die Wiederbegegnung mit einem Genie – zumindest mit dem, was die Natur von ihm übriggelassen hatte.

Auch Peter war es nicht mehr möglich, sein Putzen fortzuführen. Selbst, wenn jemand zu ihm herübergeblickt hätte, wäre dieses Innehalten nichts Ungewöhnliches oder Verdächtiges gewesen. Jeder andere Zaungast hätte in diesem Augenblick ebenfalls auf ein solch außergewöhnliches Geschehen gestarrt.

Die beiden Totengräber verschwanden immer tiefer im Erdreich. Inzwischen waren nur noch ihre Köpfe und Schultern zu sehen. In kurzen Abständen flog Erde aus dem Loch.

Dann endlich kam die Meldung: „Wir sind am Holz!"

Der Fürst und der Sanitätsrat traten nach vorne und blickten in die Grube.

„Merkwürdig!", rief schließlich der Totengräber, „der Sarg ist am oberen Ende aufgebrochen worden."

Fürst und Sanitätsrat hielten ihre Köpfe über die Stelle. Die Sekretäre und Sargträger drängten sich neugierig von hinten heran. Der Fürst drohte abzurutschen, der Sanitätsrat stützte ihn und verhinderte ein fatales Unglück.

„Hebe Er den Deckel empor!", befahl der Sanitätsrat.

Es wurde noch ein wenig geschaufelt, geschabt und gekratzt.

Peter sah auf einen dichten Ring von schwarzgekleideten Männern. Einzelheiten konnte er nicht erkennen. Plötzlich entstand Bewegung, und endlich erstarrten alle. Ausnahmslos.

Der Ring löste sich, und Fürst und Sanitätsrat entfernten sich, um sich abseits zu beraten. Das Gesicht des Fürsten war rot vor Zorn. „Verbrecher! Nur noch die Perücke!" Er drohte zu zerplatzen. Der Sanitätsrat gestikulierte heftig.

Da nun wieder erhöhte Gefahr bestand, ins Visier zu geraten, begann Peter erneut mit eifrigen Putzbewegungen. Doch seine Ohren sogen alles auf, was gesagt und geflucht wurde.

„Sorgen Sie dafür, dass diese Grabschänder gefasst werden! Ich will, dass Sie Staub zu meinen Füßen fressen!", schrie der Fürst.

Der Sanitätsrat versuchte, ihn zu beruhigen, was aber nicht gelang. „Das müssen Craniologen gewesen sein!"

„Anhänger von diesem vermaledeiten Doktor Gall!?"

„Solche Leute stehlen Schädel!"

„Alle ausrotten!"

„Ich werde unverzüglich die Polizei einschalten", versprach der Sanitätsrat.

„Polizei? Ich informiere den Sedlnitzky! Hier hilft nur der Polizeipräsident in Person! Der hat bis jetzt noch jeden zur Strecke gebracht!"

Der Sanitätsrat nickte beifällig.

„Es muss alles schnell geschehen! Der gute alte Haydn kommt nur mit Kopf nach Eisenstadt! Ich habe die Genehmigung, den Haydn als Ganzes zu überführen, also will ich ihn mitsamt seinem Kopf! Sorgen Sie dafür!"

Mit diesen Worten brach der Fürst auf. Er winkte seinen Sekretär herbei, dann verließen die beiden mit eiligen Schritten den Friedhof.

Peter beobachtete, wie der brüchige Sarg samt aufgebrochenem Deckel emporgehievt und in den Metallsarg gehoben wurde. Diesen brachten die Totengräber und Helfer in das Beinhaus, wo er bis zum Wiedererlangen des Schädels bleiben sollte. Danach löste sich die Zusammenkunft auf.

Peter polierte geistesabwesend noch eine Weile das Roose-Monument. Düstere Gedanken zogen durch seinen Kopf. Jeder, der ihn kannte, wusste, dass er zum Kreis der Gall-Anhänger gehörte. Es war nur eine Frage der Zeit, bis ihn die Ermittlungen erreichen würden.

Was sich am Hundsturmer Friedhof ereignet hatte, sprach sich natürlich rasch in den Kaffee- und Bierhäusern, auf den Straßen, Plätzen, in den Theaterfluren und Salons herum. Man riss schadenfrohe Witze über den Fürsten. „Der Fürst will den Haydn holen, aber ein anderer war schneller." Eine Blamage! Und es herrschte einhellig die Meinung: Wenn sich die Esterházys sofort um den toten Haydn gekümmert hätten, dann wäre dem Armen der Kopf nicht geklaut worden!

Der Fürst ließ eine Woche später den unvollständigen Leichnam nach Eisenstadt fahren, sicherlich, um ihn in Obhut zu wissen. Am 7. November wurde er in der Gruft der Bergkirche unter großer Anteilnahme der Bevölkerung beigesetzt. Dazu erklang das Requiem von Mozart.

Peter verbrachte Tage voller Anspannung, Angst und auch Verstellung. Denn er versuchte, die Angelegenheit vor Karoline geheim zu halten. Sie war streng zu ihm, achtete auf ein gutes Ansehen und wäre, hätte sie von dem heraufziehenden Gewitter und der drohenden Schande erfahren, wohl zur Polizei gelaufen, um durch eine Aufdeckung eine milde Strafe für ihren Ehemann zu erreichen.

Die Lage verschärfte sich, als Rosenbaum über einen vertrauten Kollegen von Karner den Hinweis erhielt, dass bei der Polizei der Name „Johann Nepomuk Peter" gefallen sei.

Am Vormittag des 11. Novembers klopfte es an der Tür von Peters Amtsstube. Er diktierte gerade einem Sekretär, der am Seitentisch saß, eine interne Anweisung. Jedes Geräusch schreckte ihn in diesen Tagen auf, also auch dieses Anklopfen.

„Ja?"

Ein Wachsoldat öffnete die Tür. „Ein Besucher möchte vorgelassen werden."

„Wer?"

„Ein Herr von der k. und k. Polizeioberdirektion Wien."

„Ich lasse bitten." Peter wusste sofort, dass der Besuch ihm als Privatperson galt. Er war froh, dass er im Dienst aufgesucht wurde, also abseits seines Haushaltes.

Oberkommissar Franz de Paula Dumbacher trat ein. Der Herr von der Polizei stand kurz vor der Pensionierung. Seine Dienstjahre hatten ihn erfahren, seine Lebensjahre behäbig gemacht. Er stellte sich vor. „Herr Peter, ich möchte Sie unter vier Augen in einer delikaten Angelegenheit sprechen."

„Selbstverständlich." Mit einer Handbewegung befahl er Sekretär und Wachsoldat, den Raum zu verlassen. „Setzen Sie sich."

Dumbacher nahm Platz und wartete, bis die Tür von außen zugezogen war. Dann holte er ein Papierstück aus einer Ledertasche.

„Nun, Herr Peter, ich habe Sie hier im Amt aufgesucht, obwohl es sich um keine dienstliche Sache handelt. Aber ich war sicher, Sie hier anzutreffen, und ich denke, dass mein Erscheinen hier weniger Aufsehen erregt. Diese Sache ist auch nicht wirklich schwerwiegend, trotzdem muss sie vorangebracht werden."

„Ich höre!", warf Peter ein, um Dumbacher endlich zu einer aussagekräftigen Äußerung zu bringen.

„Nun, es handelt sich um den Verdacht, dass Sie sich unrechtmäßig den Schädel des Kompositeurs Joseph Haydn angeeignet haben."

Peter bot all seine Schauspielerfahrung auf, um arglos zu wirken. „Wieso denn das?"

„Nun, es ist so, dass vor einigen Tagen das Grab des Kompositeurs Joseph Haydn geöffnet wurde, um seinen Leichnam nach Eisenstadt zu überführen. Dabei hat der Sanitätsrat der Stadt Wien festgestellt, dass er seines Kopfes beraubt worden ist. Die Tat muss mit großer Sicherheit bereits unmittelbar nach seinem Tod Anno Domini 1809 geschehen sein."

„Das ist ja schändlich! – Und mit welcher Begründung fällt der Verdacht auf mich?"

„Nun, es ist so, dass es Erkenntnisse gibt, dass Sie zu den Anhängern der sogenannten Schädellehre gehören und als solcher auch hervorgetreten sind, also Vorlesungen von jenem Doktor Gall besucht und mutmaßlich auch konspirativen Zirkeln angehört haben."

Peter nahm erleichtert zur Kenntnis, dass offenbar nichts Belastbares gegen ihn vorlag. Mutig entgegnete er: „Herr Oberkommissar Dumbacher, das mag richtig sein, aber das ist keine Straftat und erst recht kein Beweis dafür, dass ich ein Dieb bin!"

„Dann gestatten Sie die Frage, ob Sie Schädel besitzen."

„Gut, ich hab welche besessen! Ich hab keine gestohlen, allenfalls über Freunde wissenschaftliche Studienobjekte erworben. Was ja nicht verboten sein kann!"

„Und wo sind diese Schädel jetzt?"

„Ich habe sie zurückgegeben."

„Wohin?"

„Das weiß ich nicht mehr. Zurück zu den Freunden. Oder auf den Leichenhof gebracht, damit sie ihre ewige Ruhe finden."

Der Oberkommissar dachte nach, kratzte sich dabei an seinem dürftigen Haarkranz. „Herr Peter, ich muss offen sagen, ich hatte in dieser leidigen Angelegenheit auf Ihr Geständnis gehofft."

Peter erschrak: „Auf mein Geständnis? Wieso sollte ich etwas gestehen, was ich nicht getan habe?"

„Nun, Herr Peter, es gibt eine Zeugenaussage, aus der hervorgeht, dass der fragliche Schädel des Kompositeurs Joseph Haydn in Ihrer Gartengrotte besichtigt wurde."

„Eine Zeugenaussage?"

„Sie ist ganz eindeutig."

„Das kann nicht sein!", log Peter. Er spürte, dass sein Kopf rot angelaufen war.

„Dann muss ich Sie bitten, mich zu dieser Gartengrotte zu führen."

Glücklicherweise stand Haydns Cranium ja schon seit Jahren bei Rosenbaum. Nur die Schädel von Roose und Abt Pankratius lagen noch dort. Es war also in der Grotte nichts zu finden, was ihm ernsthaft hätte schaden können.

„Bitte!", sagte Peter. „Gehen wir hinüber in meinen Garten."

Vor dem Strafhaus hatte eine Kutsche mit einer Polizeiwache gewartet. Oberkommissar Dumbacher rief den jungen Mann herbei, er sollte ihn zur Ortsbesichtigung begleiten.

Im Garten war herbstliche Ruhe eingekehrt. Karoline hatte ihn bereits winterfest gemacht, denn es waren Herbststürme, wenn nicht gar Schneeschauer zu erwarten. Karoline hatte offenbar in der Wohnung zu tun. Peter atmete auf.

Dumbacher sah sich gemeinsam mit seinem Begleiter das Grundstück genau an. Seine besondere Aufmerksamkeit erregten der Tempel und das Monument. Dann ließ er Peter die Grotte aufsperren. Sie trafen zunächst auf Karolines Gartengeräte. Aber Dumbacher, der inzwischen in seinem Element als Oberkommissar aufgegangen war, forschte tiefer in den Raum und fand die beiden Schädel.

„Was haben wir denn da?!" Er schnalzte mit der Zunge, so sehr freute ihn sein Ermittlungserfolg.

„Oh, die hatte ich ganz vergessen", verteidigte sich Peter.

„Ist denn einer der beiden der Kompositeur Joseph Haydn?"

„Nein! Das sind ganz unbedeutende Köpfe."

„Und der Kompositeur Joseph Haydn steht nicht zufällig hier noch irgendwo herum? Vielleicht ebenfalls vergessen?", fragte Dumbacher süffisant.

„Nein, das müsste ich doch wissen."

„Na ja! Bei Dieben ist das mit dem Wissen und Vergessen so eine Sache!" Es blitzte in Dumbachers Augen. „Die Zeugin hat anderes behauptet!"

„Die Zeugin? Eine Frau?"

Peter schoss durch den Kopf, dass ihn Karoline verraten haben könnte. Aber wieso jetzt? Hatte sie von der Exhumierung erfahren? Doch sie wusste ja, dass er Haydn nicht mehr besaß.

„Jawohl, eine Dame aus höheren Kreisen!"

Die Aussage beruhigte Peter, und er schöpfte einen Verdacht: Frau Ohms musste es gewesen sein, die Gattin von Anton Ritter von Ohms, Hofrat bei der Wiener Polizeihofstelle! Peter hatte vor Jahren diese Schwatztante durch den Garten geführt.

„Mehr darf ich nicht sagen, um die Ermittlungen nicht zu gefährden."

„Es mag sein, dass der Haydn kurzzeitig bei mir war!", antwortete Peter.

„Sie haben ihn also besessen?"

„Allenfalls kurz."

„Und woher?"

Er zuckte mit den Schultern. „Das liegt Jahre zurück."

„Und dann?"

„Auf den Leichenhof gebracht."

„Aha!" Dumbacher lachte auf. „Und Sie haben den Schädel des berühmten Kompositeurs Joseph Haydn einfach so auf einen Leichenhof geworfen – einfach so! Das soll ich glauben?"

„Der Totengräber wollte ihn zurück ins Grab legen."

„Der Totengräber weiß nichts von derartigen Aktivitäten."

„Vielleicht war es ein Aushilfstotengräber."

„Ist das Ihr letztes Wort?"

„Ja!" Peter hoffte, dass das Wort fest und glaubwürdig geklungen hatte.

Dumbacher zog eine Augenbraue nach oben: „Das nehmen wir zu Protokoll, Herr Peter! Mein Kollege ist Zeuge!" Er deutete auf den Polizeiwachtmeister. „Ich erinnere Sie daran, dass Sie Beamter sind – und damit der Wahrheit verpflichtet. Wir wollen diese Geschichte nicht höher aufhängen als nötig, aber eine Lüge kann Sie Ihre Stellung kosten!"

Peter schluckte.

„Das wollte ich Ihnen gesagt haben!" Er befahl seinem Begleiter. „Packen Sie die beiden Schädel ein!"

„Ich protestiere!", rief Peter.

„Sie sind konfisziert! Wenn sich herausstellt, dass keiner davon dem Kompositeur Joseph Haydn gehört, können wir über eine Rückgabe reden!" Er wandte sich zum Gehen. „Die Geschichte beginnt, mich zu interessieren! Die Möglichkeiten der Polizei sind noch nicht ausgeschöpft, lieber Herr Peter. Wir werden weitere Zeugen einbestellen. Ich kann Ihnen nur raten, mit uns zusammenzuarbeiten. Geständnisse machen sich beim Kriminalgericht besser als erdrückende Beweise – das ist Ihnen ja sicherlich bekannt!"

Peter schluckte und versuchte, unschuldig zu wirken.

Der Wachmann nahm die beiden Schädel unter die Arme, dann verließen die Polizisten das Grundstück.

Kaum war die Polizeikutsche hinter der nächsten Ecke verschwunden, da machte sich Peter eilig auf den Weg zu Rosenbaum. Er sei gerade losgegangen, zum Palais des Grafen, sagte Sepherl. Peter rannte ihm hinterher und erblickte ihn in der Ferne, einen Straßenzug vor seinem Ziel.

„Joseph!", schrie er über zwei Fuhrwerke hinweg.

Rosenbaum drehte sich um, und im Nu stand Peter bei ihm.

„Joseph, die Polizei war bei mir! Oberkommissar Dumbacher!"

Rosenbaum kannte ihn. Als Sekretär des Grafen Esterházy hatte er ja öfter mit der Polizei zu tun. „Was hast du? Das ist doch ein gutmütiger Mensch!"

„Von wegen! Die Sache macht ihn scharf wie einen Wachhund!"

„Du hast doch wohl nicht zugegeben ..."

„Nein, natürlich nicht! Aber er glaubt nicht, dass ich den Haydn nicht hab!"

„Du hast ihn nicht, und aus! Er kann glauben, was er will!"

Peter stiegen Tränen in die Augen: „Joseph, hör doch! So einfach ist das nicht! Wir sind verraten worden!"

„Was heißt das?"

„Wir haben den Schädel viel zu vielen Leuten gezeigt! Der Dumbacher hat von einer ‚Zeugin' gesprochen, aus ‚höheren Kreisen'! Das kann nur die Ohms gewesen sein!"

„Da bist du aber selber schuld! Weil du mit deiner Schädelbibliothek vor allen möglichen geschwätzigen Leuten hast angeben müssen!"

„Du hast auch den Eckhart gebracht! Und dem Klimbke hast du es auch verraten!"

„Nein, mein Lieber! Der Klimbke weiß nur von der Roose, nicht vom Haydn! Und der Eckhart ist tot – der kann uns nicht verraten haben!"

„Und der Karner?"

„Der wird uns kaum Informationen zutragen und uns dann hinhängen! Außerdem ist er keine ‚Zeugin aus höheren Kreisen'!"

Peter schwieg. Er wusste nichts mehr zu sagen. Ratlos und ausgeleert sah er in Rosenbaums Augen. „Was sollen wir tun?", jammerte er.

Rosenbaum legte eine Hand auf die Schulter des Verzweifelten. „Gar nichts, Johann! Wir machen gar nichts! Und auf keinen Fall geben wir den Schädel raus! Der gehört uns! Der Dumbacher kann sich auf den Kopf stellen! Wenn der Schädel nicht da ist, ist er nicht da!"

„Und die Ohms?", fragte Peter leise.

„Die hat sich getäuscht. Solche dummen Weiber haben oft irgendwelche Fantasien. Das ist polizeibekannt!"

Peter nickte.

„Geh jetzt nachhause, trink einen Becher Wein und lass die Sache gutsein! – Sei mir nicht bös, ich muss zum Grafen." Er klopfte Peter auf die Schulter.

„Mache ich", sagte Peter. Er wandte sich um und trottete gedankenverloren zurück in die Leopoldstadt.

Die folgende Nacht lag Peter wach. Sätze aus dem Verhör und dem Gespräch mit Rosenbaum purzelten durch seinen Kopf. „Eine Lüge kann Sie Ihre Stellung kosten!" – „Wir geben auf keinen Fall den

Schädel heraus!" – „Die Geschichte beginnt mich zu interessieren." – „Die Ohms hat sich getäuscht!" – „Geständnisse machen sich beim Kriminalgericht besser als erdrückende Beweise!"

Für einen kurzen Moment versank er in Schlaf, dann schrie er auf und fuhr empor.

„Was ist denn los mit dir?" Karoline war aufgewacht.

„Nichts! Nur ein dummer Traum." Er wischte sich den Schweiß von der Stirn.

Karolines Blick durchstach ihn wie ein Bajonett, und Peter wusste, dass er nichts mehr verschweigen konnte.

Karoline zog ihn zu sich, legte seinen Kopf auf ihren Busen und strich sanft durch sein Haar. Sie hörte aufmerksam und liebevoll zu. Und Peter redete und redete. Er erzählte vom Polizeibesuch und Rosenbaums Weisung, den Schädel keinesfalls herauszurücken.

„Joseph muss den Schädel hergeben!", resümierte sie schließlich. „Ihr habt keine andere Wahl! Der Dumbacher wird vom Polizeipräsidenten streng überwacht, und der Polizeipräsident vom Esterházy. Und wenn der Esterházy den Schädel nicht kriegt, dann geht er zum Kaiser. Und ihr beide, du und der Joseph, ihr seid nur zwei Läuse! Die zerdrücken euch, wenn ihr nicht spurt!"

Peter nickte. Ja, sie hatte recht! Es blieb keine andere Wahl: Rosenbaum musste den Schädel herausrücken.

Am folgenden Morgen stand Peter in Rosenbaums Wohnstube. Er war müde und blass. Sein schwarzes Haar klebte wie ein nasser Lappen auf seinem Kopf. Strähnen hatten sich über Nacht grau gefärbt. Er schien, als sei er um ein Jahrzehnt gealtert.

Rosenbaum war dienstlich unterwegs. Sepherl wusste nur, dass er mit dem Grafen nach Laxenburg gefahren sei. „Die Hausfrau weiß vielleicht mehr, aber die gibt noch Unterricht", sagte sie. Im Musikzimmer wurde gesungen. Sepherl kochte ihm Tee. Essen konnte er nichts.

Endlich hatte Therese Zeit für ihn. Sie wusste bereits, dass die Polizei ermittelte, und meinte, Rosenbaum würde im Laufe des Nachmittags zurückkehren.

„Er soll dann sofort zu mir kommen! Ich bin nach dem Dienst im Garten!"

Therese versprach, ihm alles auszurichten.

„Wir müssen den Haydn der Polizei übergeben!", forderte Peter, in der Hoffnung, diese Überzeugung würde über Therese auf Rosenbaum überspringen. „Wir müssen den Haydn der Polizei ausliefern!"

Therese war anderer Meinung, doch sie hielt sich zurück, um Peter nicht zusätzlich zu plagen. Das mussten die beiden untereinander ausmachen!

Dann schüttete Peter den Rest des Tees in sich hinein und lief davon.

Peter zog auch Jungmann in die Angelegenheit. Schon mehrfach hatte Peter an seiner Tür geklopft, aber Jungmann war außer Haus gewesen oder hatte tief geschlafen. Er war betrunken heimgekommen und danach hörte er über Stunden hinweg kein Klopfen. Am Nachmittag ließ sich Jungmann endlich ansprechen. Peter bat ihn zu einem Gespräch in die Gartenhütte, hoffte er doch, Rosenbaum würde dazustoßen.

Peter kochte für Jungmann Kaffee, um seine Aufmerksamkeit zu erhöhen. Dann erzählte und erläuterte er dem einstigen Mittäter und Komplizen die Lage. „Du bist mitgefangen, Michael!", erklärte er eindringlich. „Du bist Beamter im Magistratsamt! Da sind Zusammenstöße mit der Justiz fatal!"

Jungmann lag nichts an Haydns Schädel. „Von mir aus geben wir den gern zurück. Aber wir müssen klug vorgehen, damit wir nicht als Verbrecher dastehen! Herausgeben und gleichzeitig Unschuldslämmer sein, wie soll das gehen?", gab er zu bedenken.

„Wir müssen so tun, als wären wir mehr oder weniger unfreiwillig in den Besitz gekommen. Ein aufgedrängtes Erbe, eine Schenkung, die arglose Übernahme einer wissenschaftlichen Sammlung!"

Jungmann war einverstanden. Er vertraute darauf, dass Peter bei der Polizei die richtigen Worte finden würde.

Endlich kam Rosenbaum. Draußen dunkelte es bereits, ein kurzer Tag im Herbst. Gelassen spazierte er in den Garten, als sei er zu einem Kaffeekränzchen eingeladen worden. Er trat in die Hütte und setzte sich an den kleinen Tisch.

„Was gibt es denn schon wieder?", fragte er. „Wir wissen nichts vom Schädel!", wiederholte er.

„So einfach ist das nicht!", begann Peter. „Joseph, du bist der Sekretär eines Grafen, der auf dich angewiesen ist! Michael und ich sind Beamte! Man wird uns entlassen, wenn wir uns eine Verfehlung leisten!"

Das Thema war Rosenbaum inzwischen mehr als lästig. „Mein Graf gehört ebenfalls zu den Esterházys! Aber ich mache mir deshalb nicht in die Hosen!"

Peter hielt dagegen: „Dein Graf freut sich doch, wenn es gegen den Fürsten geht!"

Rosenbaum lehnte sich zurück und sah auf die beiden Freunde. Peter war zu einem durchscheinenden Gespenst geworden, Jungmann hing an seiner Kaffeetasse und schien, als wolle er mit ihr im nächsten Moment in eine Welt fliehen, in der seine Vergangenheit als Anhänger der Schädellehre nicht existierte.

„Und was meinst *du*, Michael?", fragte Rosenbaum endlich.

„Ich finde, wir sollten den Haydn zurückgeben, wo er hingehört: zu seinem Rest."

Rosenbaum sah seine Freunde lange an. Schließlich atmete er tief ein und aus. „Also gut!"

Peter fiel ein Stein vom Herzen, Jungmann lächelte sanft.

„Ich hole ihn jetzt aus meinem Garten. Mögt ihr mich begleiten?"

„Ich bleibe da", sagte Peter. „Ich falle um vor Müdigkeit."

Jungmann nickte: „Ich komme mit!"

Das beruhigte Peter. „Dann treffen wir uns morgen nach dem Dienst wieder hier in der Hütte."

# 33

„Da drüben steht der Haydn!" Rosenbaum deutete ins Dunkle. „Du kannst ihn nicht richtig sehen. Ich zünde uns eine Laterne an."

Rosenbaum hatte Jungmann bei schwachem Mondlicht in den gotischen Turm geführt. Sie mussten ein schmales Treppenhaus durchqueren, um durch eine niedrige Tür in einen kleinen, fensterlosen Raum zu gelangen, in dem Rosenbaum eine Sammlung von Kuriositäten und Erinnerungsstücken aufbewahrte. Eine Holzpuppe trug eine Dienstuniform, in einer Ecke stand ein verschlissenes Sofa, das aus der Wohnung seiner Mutter in Eisenstadt stammte. Entlang der hinteren Breitseite befand sich ein Regal mit altem Geschirr, einem Elchgeweih, Fernrohren, einem Jagdhorn, Uhren, Knochen, auch dem Schädel Fallhubers, Stoffresten eines Ballons und so fort. Und auch das kunstvoll gestaltete Schaukästchen mit Haydns Cranium, das weich auf seinem Kissen ruhte.

Rosenbaum holte von einem Tisch mit Mineralsteinen, die er noch bestimmen und ordnen wollte, eine Laterne und entzündete die Kerze. Er hielt sie vor das Kästchen.

„Unser Haydn", sagte Jungmann leise. „Ich hab ihn lange nicht gesehen. – Das war ein Abenteuer!"

Sie lachten.

Doch Rosenbaum wurde rasch missmutig: „Und den sollen wir jetzt dem Fürsten geben?"

„Na ja, das müssen wir wohl!" Die Stimmung von Jungmann hatte sich ebenfalls eingetrübt. „Wir haben es Johann versprochen."

Sie schwiegen und betrachteten den Schädel. Das Kerzenlicht spiegelte sich auf dem cremeweißen Schädelknochen.

„Weißt du eigentlich, warum ich den Fürsten so hasse und den Haydn so verehre?", fragte Rosenbaum plötzlich.

„Ich glaub, ich weiß es. Aber Joseph, wir sind nicht gekommen, damit du alte Geschichten aufwärmst! Wir müssen den Haydn mitnehmen – und sonst nichts!" Er forderte Rosenbaum mit einer Geste auf, das Kästchen vom Regal zu heben. Diese Aufgabe und Ehre sollte ihm vorbehalten bleiben.

Rosenbaum bewegte sich nicht. „Ich muss die ganze Geschichte erzählen! Einer muss sie anhören! Anders verkrafte ich es nicht, dass ich den Haydn dem Fürsten ausliefere!"

„Komm, lass uns gehen!"

„Magst ein Glaserl Wein?", fragte Rosenbaum plötzlich.

Jungmann kämpfte mit sich.

„Ein Glaserl und eine Geschichte! Anders halt ich das nicht aus!"

Jungmann nickte beinahe unmerklich: „Also gut! Wenn es sein muss!"

Rosenbaum verließ kurz den Raum, stieg über die Wendeltreppe hinab in seinen Weinkeller und brachte eine Flasche Rotwein mit zwei Gläsern. Dann schob er die Mineralsteine auf dem Tisch ein wenig zur Seite und zog Stühle heran, sodass er seinem Gast einen Platz bieten konnte. Es war kühl im Raum, es roch modrig, aber die Kerze in der Laterne verbreitete warmes Licht. Schatten tanzten auf den Wänden und Ausstellungsstücken, und so entstand melancholische Gemütlichkeit.

„War das deine Uniform beim Fürsten?", fragte Jungmann mit Blick auf die Holzpuppe.

„Nein, die gehörte meinem Papa, der hat noch beim Nikolaus I. als Oberpfleger gedient. Er ist früh gestorben, hab ihn sehr geliebt. Er war es auch, der mich zu den Esterházys gebracht hat. Zu diesen Verbrechern!"

Rosenbaum schenkte ein.

„Na gut, der Fürst Anton, der Nachfolger vom Nikolaus I., war gar nicht so übel. Mich hat er gut behandelt. Er hat Schulden geerbt und den Haydn entlassen, samt Kapelle, weil ihm das Militär und die Reiterei wichtiger waren. Aber mich hat er gemocht, hat mich zum Kanzlisten in der Hofbuchhalterei befördert. Er ist leider bald gestorben. Nur vier Jahre ist er Fürst gewesen! Und dann kam der jetzige, der zweite Nikolaus. Der hat sofort angefangen, das Geld wieder aus dem Fenster zu werfen. Das Haushalten hat er bis heute nicht gelernt! Immer ist von Bankrott die Rede – seit er regiert! Für einen Bediensteten die Hölle, weil unentwegt emsig irgendwo und irgendwie etwas reformiert werden muss. Mal war mein Dienstort in Eisenstadt, mal in Wien. Und er hat den Haydn an den Hof zurückgeholt, damit ihm der berühmt gewordene Meister Opern und Messen schreibt. Seinem Vater, dem Anton, war der Haydn zu teuer, aber er, nachdem die Engländer Haydn in den Himmel gehoben haben, wollte ihn wiederhaben! Nicht, weil ihm der gute Mann etwas bedeutet hätte, nein, weil man mit ihm Staat machen hat können! Der Haydn als Mensch war im wurscht! Nur schmücken hat er sich mit ihm wollen!"

Rosenbaum trank. Seine Augen wurden glasig.

Jungmann schenkte sich nach. Der Wein schmeckte ihm.

„Gut, auch der zweite Nikolaus hat mich anständig behandelt – über viele Jahre hinweg. Er war manchmal ruppig und überheblich – aber das sind die Aristokraten alle!" Plötzlich hob er das Glas und sprach feierlich: „Aber dann habe ich Therese kennengelernt!" Er trank. „Wir wollten heiraten, und schließlich hat der Fürst seinen wahren Charakter gezeigt! Und er hat mir gezeigt, dass seine Freundlichkeiten nur Gerede waren! Er hat mir gezeigt, dass ich nur ein kleiner Buchhalter bin, ein Stallrechnungsführer, der zum Buckeln taugt, aber doch eigentlich kein Mensch ist! Das hat er mir gezeigt! Wie Dreck hat er mich behandelt! Und die alte Hexe auch! Die Mutter von Therese! Die alte Hexe Witwe Gassmann! Drei Jahre lang haben sie es mir gezeigt! – Bis *ich* es ihnen gezeigt hab!"

Er schüttete den Rest aus dem Glas in sich hinein, wollte es erneut füllen, doch Jungmann hatte sich bereits so freigiebig bedient, dass nur noch wenig übrig war. „Ich hole noch eine Flasche, und dann erzähle ich dir, Michael, wie schäbig sich der Fürst aufgeführt hat!"

Jungmann konnte gut nachvollziehen, was der Freund meinte. Da der Wein vorzüglich schmeckte, nahm er stillschweigend hin, dass aus dem „einen Glaserl" mehrere werden würden. Er wollte aufmerksam zuhören.

Rosenbaum kam mit zwei Flaschen zurück. Jungmann hatte unterdessen vorsorglich sein Glas geleert, um Platz für den Nachschub zu bieten. Sie stießen an: auf Haydn, auf die Gesundheit und diesen Abend. Dann fuhr Rosenbaum fort.

„Es war der 27. Oktober 1797, also vor dreiundzwanzig Jahren. Ich weiß das noch genau, weil an diesem Tag alles begann. Mein Glück, aber auch eine dreijährige Qual. Der Fürst hat in Eisenstadt Jagden abgehalten und ein großes Fest veranstaltet, mit einem Ball, einer festlichen Illumination des Schlosses, einem Festmahl, Theateraufführungen und Konzerten. Und einer Aufführung von den *Sieben letzten Worten*, von ihm!" Rosenbaum prostete Haydn zu. „Mitgesungen haben die Therese und die Ninna. Gesichtsweise hab ich beide gekannt, vom Kärntnertortheater. Therese war damals dreiundzwanzig und hat mir immer schon gefallen. Und während der Aufführung, während der wunderschönen Musik von Haydn ist es passiert: Die Liebe ist aufgesprungen. Ich muss es so ausdrücken, denn hinterher war ich verliebt, und sie war mir äußerst zugetan, als ich sie nach dem Konzert angesprochen hab. Ich durfte sie mit ihrer Schwester noch am gleichen Abend heimbegleiten. Sie waren in Eisenstadt einquartiert." Seine Stimme verdüsterte sich. „Und noch eine Dame habe ich heimbegleiten dürfen: die Mama, die Witwe Gassmann. Aus adeligem Haus. Einen Freiherrn und eine Gräfin hat sie als Vorfahren gehabt, und einen Hofkapellmeister als Mann, den Leopold Gassmann. Auf all das hat sie sich viel eingebildet! – Na ja, am Anfang war sie freundlich zu mir. Da war ich ein netter Herr, der sich für das Theater und die Musik begeistert, hat mich sogar in ihre Wohnung in Wien eingeladen, hat sich geschmeichelt gefühlt, hat mir angeboten, dass ich als Kostgänger mittags zum Essen kommen kann. Allmählich hat sie gemerkt, dass ich nicht wegen ihr, sondern wegen der Therese gekommen bin, und dass die Therese in mich verliebt war. Als wir von Heirat gesprochen haben, ist es losgegangen! Die Gemeinheiten, die Verleumdungen, das Dreckschmeißen. Da war ich dann plötzlich wieder der niedrige Stallrechnungsführer, ein Möchtegern, der sich an ein edles Fräulein heranwanzen will. Alles hat die alte Hexe unternommen, um der Therese und mir das Leben schwer zu machen, um unsere Heiratspläne zu hintertreiben!"

Rosenbaum schenkte nach. Jungmann hielt ihm sein Glas entgegen, und Rosenbaum füllte es. Hass und Zorn glühten in Rosenbaum, der Wein brachte sie zum Kochen.

„Wir haben drei Vermählungserlaubnisse gebraucht: Therese von der Mama und Salieri als ihr Vormund. Nach dem frühen Tod vom Vater Leopold hat er sich für die Töchter seines Ziehvaters verantwortlich gefühlt und die Vormundschaft übernommen. Und ich brauchte die Erlaubnis vom Fürsten Esterházy, meinem Dienstherrn. Der gute Salieri hat sie sofort erteilt, weil er gespürt hat, dass ich die Therese ehrlich liebe! Der Salieri ist ein Künstler, der hat ein Herz, das weiß, was zusammengehört. Dass sich die alte Hexe querstellen würde, war abzusehen. Aber dann hat auch noch das elende Drama mit dem Fürsten angefangen! Vorn herum, wenn er mir ins Gesicht hat schauen müssen, hat er getan, als wenn er zu mir halten würde. Er war gnädig, hat gesagt, ich bräuchte nur eine Bittschrift bringen. Aber hinten herum hat er gegen mich gearbeitet, hat die Erlaubnis immer wieder hinausgeschoben. Er hat mich eine Zeitlang nur noch in Eisenstadt eingesetzt, damit ich die Therese nicht sehen habe können. Ich bin krank geworden. Drei Wochen hab ich mich im Fieber dahingequält. Man hat mir Medizin verordnet, hat mich zur Ader gelassen, hat Blutegel gesetzt. Meine Mutter und meine Schwester haben mich versorgt. Als ich wieder gesund war, hat es geheißen, ich sei gesundheitlich nicht in der Lage, eine Ehe einzugehen. Mein Doktor hat zu mir gehalten und ein gegenteiliges Attest geschrieben. Als ich wieder in Wien hab meinen Dienst tun dürfen, hat der Fürst behauptet, ich hätte Stallabrechnungen gefälscht und sei unehrlich. In Wirklichkeit ist es ein anderer gewesen! – Ich weiß bis heute nicht, was er gegen mich gehabt hat! Vielleicht war ich ihm ebenfalls zu niedrig für die Therese. Hat er wollen, dass sie ein anderer heiratet? Einmal hat die Mama einen anonymen Brief gekriegt, in dem ich als ausschweifender und elender Mensch bezeichnet worden bin. War der von einem Nebenbuhler, den der Fürst durchsetzen hat wollen? Oder war der Fürst sogar eifersüchtig und hat deshalb verhindern wollen, dass ich die Therese heirate? Ich weiß es nicht! Jedenfalls waren es fürchterliche Qualen, die mir die alte Hexe und der Fürst beschert haben." Rührung überkam ihn. „Die Therese hat das alles mit mir durchgestanden! Sie hat mich geliebt, ohne Wenn und Aber! Sie war manchmal feig gegenüber der Mama, hat gelitten an dem Zwiespalt. Aber sie hat immer zu mir gehalten! Und dass wir eines Tages heiraten würden, war nie außer Frage. Und sogar der gute Papa Haydn wollte ein Wort für uns einlegen!" Wieder prostete er ihm zu. „Das vergesse ich dir nie, Papa!"

Jungmann, der inzwischen große Mühe hatte, dem Freund zu folgen, wollte die Erzählung abkürzen und fragte: „Aber irgendwie muss ja dann Rettung gekommen sein!"

„Ja! Dann ist Rettung gekommen!" Rosenbaum nickte und trank einen kräftigen Schluck. „Bei der Bewirtschaftung der Stallung der Esterházys in Wien hab ich auch mit meinem jetzigen Dienstherrn zu tun bekommen, mit dem Grafen Esterházy de Galántha. Der hat mich von Anfang an gemocht. Und er hat erkannt, dass ich gescheit und zuverlässig bin!" Rosenbaum richtete sich auf. „Und der hat den Fürsten auch nicht leiden können. Damals nicht und noch immer nicht! Und der hat gesehen, dass so ein guter und fähiger Mensch wie ich am Fürsten zugrunde gehen muss. Er hat mir angeboten, in seinen Dienst zu wechseln, als Privatsekretär. Der Fürst, der mich inzwischen loshaben wollte, hat mich gehen lassen – und damit die Kontrolle über mich verloren. Denn der Graf hat sofort die Vermählungserlaubnis erteilt." Rosenbaum stand auf. Mühsam. Aber er wollte nun aufrecht stehen und sich in seiner vollen Körpergröße zeigen. Er gab sich Haltung. „Seinen Ärger hat mich der Fürst gleich darauf spüren lassen. Als ich dank meiner Fähigkeiten als Hofbuchhalter zum Kassier und Ausschussmann der Fürstlichen Pensionsanstalt gewählt wurde, war die Zustimmung des Fürsten nötig. Der hatte sich einen anderen Kassier gewünscht und sein Veto eingelegt. Aber viele waren auf meiner Seite, und so hat er sich zu einer mündlichen Zustimmung überreden lassen, und ich habe die Kasse übernehmen können. Der Fürst hatte endgültig gegen mich verloren!"

„Und die Erlaubnis von der Mama?", fragte Jungmann.

„Ja, die hat noch gefehlt. Jetzt war ich ein gemachter Mann! Meine Integrität bewiesen! Mein Graf hat die Hexe eingeladen, von meinen Fähigkeiten überzeugt und mit Schmeicheleien weich gemacht. Danach hat sie die Erlaubnis unterschrieben. Und nichts war mehr im Weg! Wir haben heiraten können, am 11. Juni 1800 im Stephansdom! Gekommen sind die alte Hexe, die Ninna, ein Baron Seitenhof und der Salieri als Trauzeuge. Und der Graf Esterházy hat den zweiten Trauzeugen gemacht. Die alte Hexe ist in Tränen ausgebrochen. Angeblich aus Rührung, aber ich glaub eher aus Verzweiflung, weil sie den Kampf verloren hat." Rosenbaum legte seine Rechte auf Haydns Schädel. „Und diesem Verbrecher, der mich über Jahre hinweg wie einen Hund behandelt hat, dem soll ich jetzt den Haydn geben? Den Großteil vom Haydn hat er sich schon geholt. Das hab ich nicht verhindern können! Aber den Schädel, den wir vor Maden und Würmern in Sicherheit gebracht haben, müssen wir vor dem Fürsten retten!" Rosenbaum war vor den Schädel getreten und sprach auf ihn ein: „Du gehörst ihm nicht, Papa Haydn! Du bist nicht sein Eigentum!"

Damit war Jungmann nicht einverstanden. Mühsam protestierte er: „Joseph! Wir müssen das tun, sonst ... du weißt ... der Johann ... die Polizei!"

Rosenbaum tappte zurück zum Tisch, setzte sich, trank und hielt Jungmann seinen rechten Zeigefinger entgegen: „Michael, ja, das stimmt. Aber jetzt sage ich dir was: In dem Haydn seinem Kopf ist die Liebe zwischen Therese und mir entstanden, also die Musik, die diese Liebe hervorgebracht hat. Hätte der Haydn keine so wundervolle Musik geschrieben, wäre ich heute ein völlig unglücklicher Mensch! Ich wollte immer diese Fähigkeit besitzen, mit irgendwas Liebe zu erwecken. Zum Beispiel, solche Musik zu schreiben. Stattdessen bin ich nur ein Theatergänger geworden. Und ein Gartenbauherr. Was mir zumindest gelungen ist: Ich hab mit meinem Garten meine Therese glücklich gemacht! Aber die Liebe erwecken, das hat nur der Haydn können!"

„Nein, Joseph", entgegnete Jungmann, „die Liebe, die habt ihr zwei schon selber gemacht! Die Musik vom Haydn hat vielleicht geholfen, aber die Liebe müssen zwei Menschen schon selber machen!"

„Du meinst, die Therese hat sich wegen *mir* in mich verliebt?"

„Ja, eindeutig. Stell dir vor, ihr beide wärt ganz entsetzliche Menschen. Meinst du, die Musik vom Haydn hätte das richten können? Niemals!"

Rosenbaum versuchte, sich zu erinnern. „Das hat schon mal jemand gesagt. Das ist lange her, und ich habe es nie glauben können. Aber vielleicht ..."

„Ganz sicher!" Jungmann hielt das Glas Rosenbaum entgegen. „Stoßen wir auf eure Liebe an!"

Rosenbaum hob ebenfalls das Glas. Beide stießen an und tranken. Dann prostete er Haydns Cranium zu. „Trotzdem! Trotzdem! Ich hab gegen den Fürst gewonnen, und dabei muss es bleiben! Der Fürst kriegt Sie nicht, Herr Haydn! Das halte ich nicht aus!"

Peter schreckte in diesen Tagen regelmäßig auf, wenn an der Tür geklopft wurde. Auch jetzt. Er kontrollierte gerade die Abrechnung der Anstaltsküche. „Ja! Bitte!"

Der Wachsoldat meldete einen Doktor Guldner.

Peter kannte keinen Doktor dieses Namens. „Ich lasse bitten!", befahl er.

Ein älterer, schmächtiger Mann mit weißem Lippen- und Kinnbart trat herein. Eine Brille mit goldfarbenem Rahmen machte seine müden Augen noch kleiner. Aber durch sein Auftreten gab er zu erkennen, dass ihn ein mächtiger Auftraggeber sandte, dass er in einer wichtigen Angelegenheit gekommen war.

Peter bat ihn, vor seinem Schreibtisch Platz zu nehmen, und schickte den Wachsoldaten hinaus.

„Ich darf mich vorstellen, Herr Peter: Mein Name ist Doktor Edmund Vinzenz Guldner. Ich habe die Ehre, Leibarzt von Fürst Esterházy zu sein."

Peter zuckte zusammen.

„Ich denke, Sie wissen, weswegen mich der Fürst anhielt, mit Ihnen zu sprechen."

Peter nickte. „Ich weiß, aber ich habe dem, was ich vor Oberkommissar Dumbacher ausgesagt habe, nichts hinzuzufügen. Kurz: Ich weiß nicht, wo der Kopf geblieben ist."

Guldner lehnte sich entspannt zurück, als wolle er damit seine Überlegenheit demonstrieren. „Nun, Herr Peter, ich komme gerade von Oberkommissar Dumbacher. Es haben ja inzwischen eine Reihe von Verhören stattgefunden, zum Beispiel mit dem Apotheker Schwinner. Die Zeugen bestätigen allesamt, dass sich der gesuchte Schädel in Ihrem Besitz befindet."

„Befunden hat! Möglicherweise befunden hat! Ich besitze keinen einzigen Schädel mehr, seit Herr Dumbacher die letzten beiden, ehrlich erworbenen konfisziert hat."

„Auch der Name Rosenbaum ist übrigens gefallen." Den Namen sprach Guldner aus wie eine Drohung. „Ich will damit andeuten, dass Herr Rosenbaum ja über viele Jahre hinweg im Dienst des Fürsten stand und auch Herrn Haydn sehr gut kannte."

„Wer kannte Haydn nicht! Und welche Schar von Beamten beschäftigt Fürst Esterházy! Doktor Guldner, das sind doch alles keine Argumente!" Dass er so schlagfertig antworten konnte, drängte seine Nervosität zurück.

„Aber das Zusammentreffen all dieser Tatsachen legt doch nahe, dass Sie mehr wissen, als sie zugeben wollen, Herr Peter!"

„Ich sagte bereits, dass es möglich ist, dass ich den Schädel mehr oder weniger unwissend besessen haben könnte. Und selbstverständlich gebe ich der Polizei bekannt, wenn mir ein Hinweis auf den Verbleib einfällt."

„Man besitzt nichts ‚mehr oder weniger unwissend'. Entweder man weiß es, oder man weiß es nicht! – Aber kommen wir zum Kern meines Besuches. Ich bin nicht hier, um die Ermittlungen der Polizei zu übernehmen. Ich will Ihnen nur verdeutlichen, dass sich die Schlinge, die um Sie und Herrn Rosenbaum gelegt wurde, in Kürze zusammengezogen wird. Doch dem Fürsten Esterházy geht es nicht um die kriminalistische Seite der Angelegenheit, es geht ihm ausschließlich darum, den Schädel von Haydn zurückzuerhalten, um den ehrwürdigen Meister vollständig zur Ruhe betten zu können. Der Fürst bietet Ihnen daher eine erkleckliche Summe, wenn Sie den Schädel herausrücken!"

„Man kann nur herausrücken, was man hat!"

„Dann nennen wir es: beschaffen!"

Peter überlegte. War das eine hinterhältige Methode, ein Geständnis herauszulocken?

„Der Fürst will alle Auslagen ersetzen, die durch die Aneignung, das Präparieren und die Aufbewahrung des Craniums entstanden sind."

„Wie viel?", entglitt es Peter.

„Ich freue mich, dass wir nun vernünftig miteinander reden können. Niemand, weder die Polizei noch der Fürst, haben das Interesse, die leidige Geschichte auszuweiten. Auch Ihnen sollte nicht daran gelegen sein! Fünfzig Gulden!"

„Sagen wir hundert!" Und Peter fügte rasch hinzu: „Dann will ich gerne meine Forschungen nach dem Schädel verstärken."

„Ich denke, an dieser Summe würde eine Übereinkunft unter Ehrenmännern nicht scheitern. Bringen Sie ihn baldmöglichst zu Dumbacher – und die Sache findet einen einvernehmlichen Abschluss."

„Straffrei?"

„Auch das. Der Fürst ist im besten Einvernehmen mit dem Polizeipräsidenten. Hauptsache, das Cranium gelangt zum Fürsten Esterházy!"

Wie verabredet kamen Rosenbaum und Jungmann wenige Stunden später in Peters Garten. Das Besäufnis der vergangenen Nacht und der unbequeme Schlaf in der kalten Turmkammer war den beiden ins Gesicht geschrieben. Kleidungswechsel und eisige Kopfbäder hatten sie so gut wie möglich aufgefrischt.

Peter wartete im Zimmer der Gartenhütte und forschte ungeduldig durch das Fenster. Als er sah, dass die beiden ohne Schädeltasche durch das Tor traten, fesselte ihn verzweifelte Wut. Statt einer Auflösung der unerträglichen Situation war neuer Ärger abzusehen. Er riss die Tür auf und schrie Rosenbaum entgegen: „Warum hast du ihn nicht dabei!?"

„Ganz ruhig, Peter! Wir müssen mit dir reden!", antwortete Rosenbaum.

„Ich will nicht reden, ich will den Haydn!"

„Wir haben einen Plan."

Peter drohte: „Dein Name ist bei der Polizei und beim Fürsten genannt worden!"

Rosenbaum schob Peter zurück in die Gartenhütte. „Setz dich!"

Peter fügte sich, und die Männer setzten sich um den Tisch.

„Der Leibarzt des Fürsten war heute bei mir!", quoll es unterdessen aus Peter. „Der Fürst bietet hundert Gulden, wenn wir den Schädel ausliefern. Und wir bleiben ohne Strafe!"

Rosenbaum lachte zufrieden. „Umso besser! Dann machen wir auch noch ein Geschäft!"

Jungmann grinste dazu wissend.

„Joseph, lass deine Späße! Wir müssen den Schädel herausgeben!"

„Johann, hör mir endlich zu!" Er machte mit einer Geste deutlich, dass sich Peter beruhigen sollte.

Peter atmete schwer. „Also gut: rede!"

„Ich glaube nicht, dass wir straffrei bleiben, wenn wir zugeben, dass wir die Diebe sind. Wir brauchen eine glaubwürdige Geschichte! Und einen Dieb, dem man nichts mehr anhaben kann."

„Der Eckhart!", schoss es aus Peter – selbst verblüfft über den Einfall!

„Ja, genau! Unser lieber, guter Eckhart – Gott hab ihn selig – muss uns einen letzten Dienst erweisen. Er war Arzt, Anhänger vom Doktor Gall. Darum wird man uns abnehmen, dass er eine Schädelsammlung besaß und sich um die Beschaffung von neuen Stücken bemüht hat. Er hat den Haydn besorgt, wie auch immer, und hat ihn dir irgendwann geschenkt. Ja, du hast ihn irgendwann gehabt und dann mir gegeben, darum war er bei dir nicht mehr zu finden. Da gibt es keinen Widerspruch zwischen den Ermittlungen, den Zeugenaussagen und unserer Geschichte!"

Peter war zufrieden. „Das klingt gut!"

„Und weil uns die Polizei und der Fürst danach fragen, haben wir jetzt nochmal nachgeschaut, ob unter den Reststücken der Haydn sein könnte. Und siehe da! Wir haben ihn gefunden!"

„Also, her mit ihm!", forderte Peter hitzig.

„So, aber nun kommen wir zu einem Problem!"

„Was!", fuhr Peter auf. „Du hast ihn nicht mehr?"

„Doch, ich hab ihn schon – und er bleibt auch bei mir!"

Peter wollte Rosenbaum an den Kragen, aber dieser wehrte ihn ab und drückte ihn zurück auf seinen Stuhl.

„Ich hab eine bessere Idee!" Er warf Jungmann ein Blick zu. „Hol ihn jetzt bitte!"

Jungmann stand auf und verließ die Hütte, ging über den Weg zum Tor und verschwand für einen Moment aus dem Blickfeld von Peter und Rosenbaum.

„Ihr habts einen anderen mitgebracht!" Peter begann, den Plan zu durchschauen.

„Wir sind mit einem Fiaker da. Und kein Mensch weiß, wie der Schädel vom Haydn nach elf Jahren ausschaut."

„Und stattdessen ..."

„Wieso denn nicht? Wie oft hat uns der Fallhuber geärgert?! Jetzt kriegt er die Gelegenheit, uns aus der Patsche zu helfen!"

Peter fing an zu lachen. „Und das glaubt uns die Polizei?"

„Die sind froh, wenn wir einen Schädel bringen!"

„Und der Doktor Guldner?"

„Der kann den Haydn vom Fallhuber nicht unterscheiden. Beide waren ungefähr gleich alt, als sie gestorben sind."

„Und der Fürst?"

„Der ist dumm genug!"

Jungmann kam durch das Gartentor. Er trug eine große Ledertasche.

„Und damit ist dann alles ausgestanden?", fragte Peter skeptisch.

Am folgenden Morgen brachte Peter den Schädel von Fallhuber in die Polizeiwache. Er gab zu Protokoll, dass er etwa im Jahr 1810 von dem verstorbenen Arzt Dr. Eckhart einen Schädel erhalten habe, der angeblich der Schädel Haydns sei. Dieser Schädel sei mehreren Personen gezeigt worden. Sein Freund und ehemaliger Schulkamerad Rosenbaum habe Zweifel an der Echtheit gehabt. Er kannte ja Haydn zu Lebzeiten. Als er, Peter, seine Schädelsammlung auflöste, seien die meisten Stücke auf einen Leichenhof gebracht worden, Rosenbaum habe diesen Schädel trotz seiner Zweifel zu sich genommen. Nachdem die Polizei an ihn, Peter, herangetreten sei, habe er sich nun an diesen Ablauf erinnert, bei Rosenbaum nachgefragt und diesen Schädel hier erhalten, den er nunmehr der Polizei übergebe. Er bekräftigte, dass dies der Schädel sei, den er damals von Eckhart bekommen habe.

Oberkommissar Dumbacher war fürs Erste zufrieden.

Peter erbat die konfiszierten Schädel zurück, von Betty Roose und Abt Pankratius. Dumbacher hatte sie sorgfältig in einem Schrank aufbewahrt und übergab sie nun dem Eigentümer.

Die Behauptungen mussten aber überprüft werden.

Oberpolizeidirektor Franz Freiherr von Sieber bestellte Rosenbaum ein. Er wurde mit Peters Aussage konfrontiert und bestätigte sie. Das entsprechende Protokoll sollte Rosenbaum morgen unterzeichnen.

Auch Jungmann hatte für diesen Tag, es war der 16. November 1820, eine Ladung erhalten. Peter trieb die Unruhe, und so versammelten sich die Freunde eine Stunde vorher in einem Kaffeehaus unweit der Polizeiwache, um sich nochmals abzustimmen.

Als Erster musste sich Jungmann bei der Polizei einfinden. Er traf auf den äußerst freundlichen Oberkommissar Dumbacher. Die Hoffnung, den Fall noch an diesem Tag abschließen zu können, leuchtete aus seinen Augen. Er führte Jungmann in ein Hinterzimmer, in dem er von Doktor Guldner erwartet wurde. Auf einem Tisch lag der Schädel. Jungmann betrachtete ihn ausgiebig und erklärte, es handle sich um den Schädel, den ihm vor vielen Jahren Johann Nepomuk Peter als Schädel von Joseph Haydn gezeigt hatte. Doktor Guldner und Dumbacher bedankten sich, und Jungmann wurde entlassen.

„Alles gut gegangen", berichtete er seinen Freunden im Kaffeehaus.

Wenig später brach Rosenbaum auf. Unmittelbar vor der Polizeiwache begegnete er dem Apotheker Schwinner. Das Alter hatte ihn hinfällig werden lassen. Und er sah inzwischen so schlecht, dass er an

Rosenbaum vorbeigegangen wäre, hätte ihn dieser nicht angesprochen.

„Die Polizei war froh, als ich ihnen gesagt habe, dass das der Kopf von Haydn sein muss. Das ist die Hauptsache! Mehr wollten sie nicht!" Er lächelte verschmitzt und verabschiedete sich von Rosenbaum.

Auch Rosenbaum wurde zu Doktor Guldner und Dumbacher gebracht. Er unterzeichnete das Protokoll mit seiner Aussage.

„Es ist sehr klug von Ihnen, dass Sie zur Aufklärung der Angelegenheit beigetragen haben", meinte Dumbacher.

„Sehr gerne!", antwortete Rosenbaum. „Es war mir ein ehrliches Bedürfnis."

Doktor Guldner stand auf und packte den Schädel in eine Kiste. Dabei raunte er: „Und es war klug, den Fürsten nicht weiter aufzubringen!"

„Das war nie meine Absicht!"

Rosenbaum wollte gehen, aber kurz vorm Verlassen des Raumes wandte er sich nochmals an Doktor Guldner: „Ich habe gehört, der Fürst will für unsere Aufwendungen hundert Gulden zahlen."

Doktor Guldner rückte an seiner Brille. „Das Geld lässt er dem Herrn Peter auf schnellstem Weg zukommen."

Im Kaffeehaus wurde Rosenbaum mit größter Neugier empfangen.

„Der Dumbacher und der Doktor Guldner haben mir alles geglaubt!"

„Wunderbar!" Jungmann applaudierte.

Peter seufzte: „Hoffentlich merkt keiner den Schwindel!"

Rosenbaum tönte: „Der Fallhuber spielt seine Rolle großartig! Und er wird zuletzt doch noch zu einer Berühmtheit!"

Dann bestellte er eine Flasche Champagner. Es wurde angestoßen, getrunken, der Sieg gefeiert.

„Schauts mal!" Jungmann deutete aus dem Fenster.

Doktor Guldner schlurfte soeben über die Straße. Hinter ihm ging ein junger Mann, der die Kiste mit dem Schädel trug. Sie bestiegen beide eine Kutsche. Die Türen wurden geschlossen, der Kutscher trieb die Pferde an, und das Gefährt verschwand an der nächsten Straßenbiegung.

Rosenbaum grinste. Jungmann wurde rot, trank vom Champagner und lachte über das ganze Gesicht, und sogar Peter entkam ein schmales Schmunzeln. Rosenbaums Grinsen wurde zu ausgelassenem Gelächter. Jungmann klopfte ihm fröhlich auf die Schulter und stimmte ein. Peter ließ sich anstecken. Sie lachten, lachten, lachten.

Die Belohnung, die Fürst Esterházy versprochen hatte, haben Peter und Rosenbaum nie erhalten.

## 34

Vor dem Tor des Währinger Friedhofs hielt ein Fiaker. Die Tür öffnete sich, Peter stieg heraus. Er holte aus dem Wagen eine Kiste, stellte sie auf den Boden und bezahlte den Fahrer. Der Fiaker fuhr davon. Peter hob die Kiste auf und machte sich damit auf den Weg zur Friedhofskapelle.

Auf halber Strecke erwartete ihn ein freundlicher, älterer Herr im Gehrock, der Friedhofsverwalter. „Ich bin so gespannt!", rief er Peter entgegen.

Sie begrüßten sich kurz und gingen sofort zur Seitenwand der Kapelle.

„Das ist die Ostseite. Sie ist wind- und wettergeschützt, und das Dach steht ein wenig über", erklärte der Friedhofsverwalter. „Wenn wir ihn hier aufhängen, höre ich das Läuten nachts in meinem Haus, und der Totengräber und der Herr Pfarrer auch!"

„Gut! Das ist gut!", sagte Peter. „Und die Schnur kann geradewegs zum jeweiligen Grab verlaufen. Das ist wichtig! Abbiegungen sind immer eine Gefahr, dass sich die Schnur im Laufrad verklemmt und der Alarm nicht weitergeleitet wird!"

„Ich verstehe! Ich finde es großartig, dass Sie uns mit dieser Spende beehren, Herr Peter!"

„Es liegt mir am Herzen! Niemand weiß, wie viele schon nach ihrer Bestattung um ihr Leben gekämpft haben – und letztlich sterben mussten. Endgültig. Und ich tue es aus Eigeninteresse, Herr Verwalter, aus purem Eigeninteresse."

„Ich schwöre, Herr Peter, ich persönlich werde dafür Sorge tragen, dass Ihre Konstruktion auch bei Ihrer Bestattung Anwendung findet – die unser gütiger Herr so lange wie möglich hinauszögern möge! Aber als Erfinder sollen Sie zuallererst davon profitieren!"

Peter rang sich durch, die Titulierung zu korrigieren. „Nun,

Erfinder des Rettungsweckers bin ich nicht, aber in meiner Konstruktion sind die neuesten Erkenntnisse der Technik verwirklicht!"

„Meisterhaft, Herr Peter!", schwärmte der Verwalter. „Meisterhaft!"

Sie waren an der Kapellenwand angekommen, Peter hatte die Kiste abgestellt.

„Nun machen Sie auf!", drängte der Verwalter. „Ich habe schon einen Nagel eingeschlagen."

Peter hob den Deckel ab und holte den Rettungswecker heraus. Er war sorgfältig in Wollstoffe eingeschlagen. „Das ist er!"

Der Rettungswecker bestand aus einem hölzernen Kästchen, an dessen Oberseite eine Glocke montiert war. Aus dem Boden ragten zwei Metallstangen, außerdem die untere Hälfte eines Schlingenrades. Über dieses Rad war eine Schnur gelegt, an deren einem Zug ein Pfundgewicht hing; der andere Zug war nötig, um das Werk, das sich im Innern befand, aufzuziehen, ähnlich einem Uhrwerk.

„Lassen Sie mich die Konstruktion sehen!", bat der Verwalter.

Peter freute sich über das Interesse, legte den Wecker vorsichtig auf den Stoff und öffnete die Abdeckung des Kästchens.

Hauptelement der Konstruktion war eine zweite Rolle, über die eine weitere Schlinge der Schnur verlief. Sie wurde durch das Gewicht in Spannung versetzt. Am äußeren Umkreis der Spule waren Zacken angebracht. Eine Leiste unterhalb der Spule mit einem einzelnen Zacken hakte in dieses Zackenrad ein, wodurch das Drehen der Spule und das Abrollen der Schnur verhindert wurden. Zog man diese Leiste mithilfe eines der beiden Metallstangen herab, lösten sich die Zacken voneinander, die Spule bekam freies Spiel und begann zu rotieren, angetrieben vom Gewicht. Die Drehung wurde auf eine senkrecht verlaufende Stange übertragen, die einen Klöppel in Bewegung setzte, der schließlich die Glocke ertönen ließ. Wollte man das Werk stoppen und für einen neuen Einsatz vorbereiten, musste die zweite Metallstange, die aus der Bodenplatte ragte, nach oben geschoben werden; dadurch wurde auch die Leiste mit dem einzelnen Zacken wieder an das Zackenrad gedrückt und der freie Lauf der Spule blockiert.

Der Verwalter war beeindruckt und begeistert. „Genial!"

Peter wusste, dass er etwas Großartiges geschaffen hatte. Dass dies erkannt wurde, befriedigte ihn.

Er hob den Rettungswecker empor und hängte ihn an die Kapellenwand. Dann knüpfte er eine Schnur an die Stange, die im Korpus mit der Leiste verbunden war. „Das andere Ende wird über Laufräder und ein Rohr bis hinab zum Begrabenen geführt und an dessen Beinen und Händen befestigt. Das haben wir ja schon besprochen." Peter ging rückwärts mit der Schnur Richtung Gräberfeld. „Ich bin jetzt die lebendige Leiche!" Nach einer Weile hielt er an, postierte sich neben einem Grabmal und zog so lange vorsichtig an der Schnur, bis sie sich spannte.

Der Mund des Verwalters stand offen. Die Vorfreude war unerträglich.

„Jetzt werde ich wach!", rief Peter. Und er riss an der Schnur. Die Stange schnellte zurück. Es rumpelte und ratterte im Gehäuse, und während das Gewicht nach unten sauste, rasselte die Glocke.

Der Verwalter applaudierte. Peter lächelte glücklich.

Salieri schabte den Rest der Mandeltorte vom Teller und vernaschte ihn. „Wundervoll, liebe Therese, wundervoll!", schwärmte er.

„Das muss schon sein!", meinte Therese.

Rosenbaum ergänzte: „Es ist uns immer eine besondere Ehre, wenn Sie uns besuchen, lieber Herr Salieri!"

„Viel zu selten!" Salieri lehnte sich zurück und blickte in den Garten. „Es blüht und gedeiht! Es ist eine Pracht!"

Am Tisch vor der Gartenvilla saßen auch zwei Töchter Salieris, Franziska und Catharina, inzwischen weit über vierzig beziehungsweise über dreißig. Sie begleiteten ihren Vater bei diesem Besuch. Der hochbetagte Salieri war nach wie vor Hofkapellmeister. Doch die vielen körperlichen Beschwerden, die seinen Arbeitseifer behinderten, zwangen ihn zu der Einsicht, das ehrenvolle Amt baldmöglichst abzugeben.

„Therese, du wolltest uns noch die Rosen zeigen", erinnerte Franziska.

„Ja, und dann lassen wir uns Schokolade in die Einsiedelei bringen", schlug Therese vor. „Da plaudert es sich ungestört. Und die Herren können sich hier über die Oper unterhalten."

„Oh, nein! Nicht über die Oper!", lachte Salieri. „Die besteht nur aus Rossini, Rossini und nochmal Rossini! Nichts gegen den Landsmann, aber es gäbe auch andere Opern!"

„Nur der Weigl mit seiner *Schweizer Familie* kommt dagegen an!", meinte Rosenbaum.

„Auch nichts gegen Weigl, aber dem könnte auch mal was Neues einfallen!"

Therese erhob sich. „Na, da seid ihr ja schon bei eurem Lieblingsthema!"

Salieri entgegnete: „Nein, wir hören schon wieder auf!"

Sie rief in die Villa. „Lenerl, wo ist Sepherl?"

Lenerl erschien am Eingang. „Die schneidet Kräuter fürs Souper."

„Dann räum bitte du den Tisch ab. Und bring dann bitte Schokolade in die Eremitage."

„Mach ich!"

Während Lenerl die Torte davontrug, verabschiedeten sich Therese und die beiden Salieri-Schwestern. Nach wenigen Metern verschwanden sie hinter mächtigem Gebüsch.

Rosenbaum zog ein Buch sowie einen Bleistift heran, die am anderen Tischende lagen, und schlug eine leere Seite auf. „Sie müssen sich noch ins Gartenbuch eintragen", sagte Rosenbaum und wies auf zwei handschriftliche Zeilen. „Hier, unter Ihre Töchter."

„Was soll ich schreiben?"

„Was Sie wollen. Das ist Ihr Platz."

Salieri nahm den Stift. „Gesundheit wünsche ich Ihnen. Und ich sage Danke, dass Sie die Therese so glücklich gemacht haben." Er schrieb.

Rosenbaums Augen leuchteten. Das waren die schönsten Worte, die es für ihn gab.

Dann mühte sich Salieri auf. „Meinen Sie, ich schaffe es noch hinauf zum Aussichtsplateau? Ich würde noch einmal gerne die Aussicht genießen, bevor mich meine Beine endgültig im Stich lassen."

„Das schaffen Sie! Und ich helfe Ihnen!"

Salieri griff nach seinem Stock, und die beiden machten sich auf den Weg zum gotischen Turm. Salieri ging langsam, pausierte, wenn ihm der Atem ausging oder die Gelenke schmerzten. Über die schmale Treppe gelangten sie zur sogenannten Schweizerhütte, die das oberste Stockwerk des Turmes bildete. Von dort aus führte eine Holztreppe zur Galerie, dem Aussichtsplateau. Der Tag war klar, der Horizont wie ausgekehrt, und so bot sich den beiden Männern ein herrlicher Ausblick. In der Ferne ruhten die Alpen, im näheren Umkreis waren die Ortschaften Brühl, Radaun, Mauer, St. Veit, Hütteldorf, Haimburg und Pressburg zu sehen. Im Norden lag das Marchfeld, auf dem die Schlachten von Aspern und Wagram stattgefunden hatten. Wien zeigte sich als schier unüberschaubares steinernes Meer. Die Stadt war aus ihren Mauern gebrochen, und die Siedlungen strömten in die Landschaft. Im Zentrum erhob sich der Stephansdom, gleichsam als Symbol der Unendlichkeit von Vergangenheit und Zukunft.

Salieri stand wortlos am Geländer. Er versuchte, das Panorama mit den Augen aufzusaugen, um es für den Rest seines Lebens zu bewahren. Rosenbaum war noch immer gerührt vom Dank des alten Mannes für das Glück, das er Therese gebracht hatte. Salieri war damals, vor einem Vierteljahrhundert, der Einzige gewesen, der seine Erlaubnis zur Hochzeit bereitwillig erteilt hatte. Er hatte an ihn, Rosenbaum, den einfachen Stallrechnungsführer geglaubt! Rosenbaum wünschte, dass in diesem Moment auch die Gassmann-Mama bei ihnen stünde. Dann hätte er ihr zeigen können, welchen Ausblick er sich leisten konnte, hier, auf seinem eigenen gotischen Turm, als angesehener Bürger Wiens.

Rosenbaum legte die Rechte auf seinen Bauch und war kurz davor, sie zwischen zwei Knöpfe seines Rockes zu schieben. Aber sofort ließ er ab von dieser Geste. Das Zeitalter von Napoleon und seinen kriegerischen Eroberungen war vorüber.

Salieri sagte plötzlich, als sei ein Gedanke auf ihn übergesprungen: „Es ist so schön, dass wir Frieden haben!"

„Hätt sich der Napoleon ein paar Jahre früher mit unserem Kaiser arrangiert und die Erzherzogin Marie-Louise geheiratet, dann hätten viele nicht sterben müssen."

„Ja, das ist wahr. Man hängt als Einzelner hilflos am Faden der Geschichte."

Sie schwiegen und betrachteten die Landschaft.

„Herr Salieri, darf ich Sie was fragen?"

„Ja, bitte, fragen Sie!"

„Ich wollte nur wissen, wie Sie darüber denken."

„Was?"

„In den Zeitungen stand die Behauptung, dass Sie den Mozart umgebracht haben sollen. Vergiftet."

Salieris Gesicht schwoll an. „Weil ich ihn am Totenbett besucht habe! Das ist der Dank! Leute, die eine solche bodenlose Unverschämtheit verbreiten, ignorieren, was ich alles für Mozart getan habe und noch immer tue. Ich habe seinen Sohn Franz Xaver unterrichtet! Und wie oft habe ich seine Opern und sein Requiem aufgeführt! Kollegialität führt immer zu einem gegenseitigen Beäugen, auch zu Eifersucht und Neid – selbstverständlich. Aber nicht zu Mord! Jedenfalls nicht bei mir! Bitte, Rosenbaum, glauben Sie diesen Unsinn nicht!"

„Das tue ich nicht! Ganz sicher nicht!"

Die Aussage beruhigte Salieri. „Darf ich Sie auch was fragen?"

Rosenbaum schluckte. „Gerne!"

„Ich habe das Gerücht gehört, Sie hätten zusammen mit anderen den Kopf von Haydn aus dem Grab gestohlen."

„Das stimmt nicht!", schoss es aus Rosenbaum. „Es ist richtig, dass mir vor vielen Jahren ein Schädel geschenkt wurde, von dem es hieß, es sei der Schädel Haydns. Aber ich habe nie daran geglaubt! Und wenn er es gewesen sein sollte, dann liegt er jetzt in der Bergkirche in Eisenstadt."

„Gott sei Dank haben Sie mit dem Gerücht also nichts zu tun."

„Nein, bestimmt nicht!"

„Wissen Sie, ich habe die Umtriebe der Anhänger dieses Doktor Gall aufmerksam mitverfolgt. Doktor Gall ist ein begabter Wissenschaftler, ein Anatom mit einem scharfen Blick. Und er hat sich auch kluge Gedanken über das Wesen des Menschen gemacht. Aber was seine Lehre von der Gehirnorganisation betrifft, da hatte ich immer den Eindruck, er forsche so lange, bis er das findet, was er bewiesen haben möchte." Salieri lachte auf. „So ist der Mensch nun mal: Er sucht in dem, was er tut und forscht lediglich eine Bestätigung für seine vorgefasste Meinung. Mehr nicht. Der dumme Mensch zumindest. Und die Steigerung, das sind die Selbstgefälligen. Die sind gefährlich, denn sie nehmen dabei fremde Opfer in Kauf."

„Da haben Sie Recht, Maestro Salieri." Mit heißem Kopf ergänzte er: „Da gehören wir gottlob nicht dazu." Salieris Anmerkung hatte ihn an den Disput mit Karner erinnert. Der war zwar lange her, haftete aber noch immer in Rosenbaums Kopf. Um das Thema, das unangenehm geworden war, zu wechseln, fragte er: „Ist Ihnen kalt? Sollen wir nach unten gehen?"

„Nein. Betrachten wir noch die Landschaft."

Wenige Stockwerke darunter verharrte das Cranium von Joseph Haydn auf seinem Samtkissen, umrahmt vom Schmuckkästchen. Einsam. Ungefragt, ob es hier in Ehren gehalten oder bei seinen zugehörigen Knochen liegen wollte. Es lag und lag und wartete ... wartete ... wartete ...

# Die Fortsetzung

Der Schädel fand viele Jahre später zurück zu Haydns Körperskelett, um genau zu sein: 145 Jahre nach seinem Raub.

Im Dezember 1829 lag Rosenbaum auf dem Sterbebett. Er rief Peter zu sich und sprach (wie Peter es übermittelt hat) Folgendes: „Freund, ich will nun den Kopf des Haydn, den wir alle so verehren, wieder in deine Hand geben, nimm ihn aus jenem Kasten und verwahr ihn indessen gut und geheim. Du hast erfahren, wie man auf Fürstenwort vertrauen kann. Denn du hast nichts von den Versprechungen für die Abgabe des Kopfes erhalten und vermache denselben seiner Zeit dahin, wohin wir schon oft gesprochen, dem hiesigen Musikkonservatorium. Dort wird er seiner würdig verehrt und im Gedächtnis erhalten werden. Denn zu den übrigen Gebeinen in die Truhe gelegt, welche in irgendeinem Winkel der Gruft steht, geht er bald in die gänzliche Vernichtung über. Da Haydn kein Leibeigener des Fürsten war, so hat er keine rechtlichen Ansprüche auf seine Gebeine, die er frei und sorglos gleich nach seinem Tode der Erde übergeben hatte. Das hohe Musikkonservatorium kann ihn also vor gewaltiger Abnahme verwahren, welcher Gewalt du als einzelner Mensch nicht entgegenwirken könntest."

Am 26. Dezember 1829 starb Joseph Carl Rosenbaum mit 59 Jahren.

Zehn Jahre später, am 9. August 1839, schloss Johann Nepomuk Peter für immer die Augen. Er bestimmte, im Gleichklang mit Rosenbaum, dass der Schädel an die *Gesellschaft der Musikfreunde Wien* überstellt werden sollte. So stand es in einem Schriftstück, das der Reliquie beilag.

Es vergingen Jahre, bis die Witwe den Hausarzt Dr. Carl Haller damit beauftragte, die Angelegenheit zu regeln. Dieser geriet in Zweifel, ob er den Willen der Verstorbenen in die Tat umsetzen durfte, und trat an Professor Rokitansky von der Pathologischen

Abteilung der Wiener Universität heran. Rokitansky wollte zunächst die Echtheit des Schädels prüfen. Eine Übereignung des Schädels an den Musikverein hielt er aus Gründen der Pietät nicht für angezeigt, vielmehr wollte er ihn nach Eisenstadt zu Haydns Grabstätte bringen. Doch der Professor verlor die Angelegenheit aus den Augen, und so blieb der Schädel mehr oder weniger unbeachtet in seinem Arbeitszimmer stehen. Bis er starb.

Rokitanskys Witwe bat schließlich ihre Söhne, den Schädel aus dem Haus zu schaffen. Hans Rokitansky studierte das beigefügte Schriftstück und brachte den Kopf zum Musikverein. Hier erhielt Haydns Kopf einen Ehrenplatz in der Bibliothek. Gleichzeitig wurde die Echtheit untersucht. Der beauftragte Professor Tandler bestätigte, dass es sich um den Schädel des Komponisten handelte. Als Hauptindiz verwies er auf die festgestellten Nasenpolypen, an denen Haydn bekanntermaßen litt.

Nun meldete sich das fürstliche Haus Esterházy. Der mittlerweile amtierende Fürst Paul betrieb die Zusammenführung von Kopf und Restleichnam. Inzwischen nahte der 200. Geburtstag von Haydn, also das Jahr 1932. Bis dahin sollte alles geregelt sein.

Aber die rechtliche Klärung forderte abermals Jahre. Es folgte der Zweite Weltkrieg, der solche Bestrebungen weiter verzögerte.

1954 war es dann endlich so weit. Mit einer feierlichen Zeremonie im Rahmen der Wiener Festwochen wurde der Schädel nach Eisenstadt überführt und zur Restleiche gelegt.

Eine schaurig-kuriose Geschichte, die beinahe eineinhalb Jahrhunderte in Anspruch nahm, fand damit ihren Abschluss.

# Personenverzeichnis

Joseph Haydn und sein Umfeld
Joseph Haydn, hochverehrter Komponist
Johann Elßler, sein Privatsekretär
Nannerl, seine Haushälterin
Ernestine, seine Großnichte

Rosenbaum und sein Umfeld
Joseph Carl Rosenbaum,
    Privatsekretär des Grafen Károly Esterházy de Galántha
Therese, seine Frau, Sängerin an den Hoftheatern
Ninna (Anna), deren Schwester, Sängerin an den Hoftheatern
Anna Barbara, „Mama", Gassmann, beider Mutter
Sepherl, Dienstmagd im Hause Rosenbaum
Graf Károly Esterházy de Galántha, Rosenbaums Dienstherr
Leopold Eckhart, Rosenbaums Arzt
Johann Karner,
    hoher Beamter beim Fürsten Esterházy und Freund Rosenbaums

Peter und sein Umfeld
Johann Nepomuk Peter,
    Strafhausverwalter und Gall-Anhänger
Clara, seine verstorbene Frau
Lenerl (Magdalena Stockinger), seine Dienstmagd
Maria Kreidler, Dienstmagd-Bewerberin
Sollberger, Nachbar

Ihre Freunde
Michael Jungmann,
    Gall-Anhänger und Beamter beim Magistratsamt
Ignaz Ullmann,
    Gall-Anhänger und Amtsoffizier im Unterkammeramt
Georg Werlen, Kunstfreund und politisch Interessierter

Weitere Mitglieder der Hoftheater
Peter Freiherr von Braun / Baron Braun, Pächter der Hoftheater
Antonio Salieri, Hofkapellmeister und Vormund Thereses
Josephine Goldmann, Schauspielerin und Freundin Thereses
Friedrich Roose, Schauspieler
Betty Roose, Schauspielerin, seine Frau
Henriette Koch, Schauspielerin, deren Schwester
Siegfried Gotthelf Koch, Schauspieler, Vater von Betty und Henriette
Klimbke, Theatersekretär
Wilhelmine Rivolla, Schauspielerin und Wirtin

Weitere Mitglieder des Craniologischen Zirkels
Baron Moser, Gastgeber
Andreas Streicher, Klavierbauer
Nannette Streicher, seine Frau
Dr. Weiß, Arzt des Strafhauses
Ortner, Dekorationsarchitekt
außerdem unfreiwillig: Marianne, Mosers Haushälterin

Beschäftigte und Insassen im Strafhaus
Karoline Weber, eine Insassin mit vermeintlichem „Tonsinn"
Cäcilie Kern, ihre Violinlehrerin
Jakob Traunfärber, ein „Mutiger" mit schmalem Schädel
Christian Ochsenberger, ein „Mutiger" mit breitem Schädel
Pater Hieronymus, Geistlicher

Weitere Personen und Schädel
Erzherzog Carl, Bruder des Kaisers
Fürst Nikolaus II. Esterházy, ungarischer Adeliger
Fürstin Hermenegild, seine Frau
Baron, Baronin und Baronesse Sophie von Eilenbach,
  Besuch aus Bayern
Fräulein Magdalena von Kurzböck, eine Kunstliebhaberin
Willibald Fallhuber, ehemaliger Lehrer von Rosenbaum und Peter
Jakob Demuth, Totengräber am Hundsturmer Leichenhof
Kreiper, Leichenverwalter am Allgemeinen Spital
Strobelkopf-Wirt
Andreas Göllinger, ein Pensionär
Frau Scholler, eine Witwe
Baron von Hagenbach, ein Opernliebhaber
Stefan Kaspar Robertson, ein Flugpionier
Monsieur Michaud, dessen Zögling
Franz Mayer, ein Flugpionier
Jakob Degen, ein Flugpionier
Kriminalkommissar Müller
Franz de Paula Dumbacher, Oberkommissar bei der Wiener Polizei
Doktor Edmund Vinzenz Guldner, Leibarzt von Fürst Esterházy

# Glossar medizinischer Begriffe

Auszehrung: Schwindsucht
Brand: Wundbrand infolge von Blutunterversorgung
Brustwassersucht: Flüssigkeitsansammlung im Brustfellraum, z.B. durch Brustfellentzündung
Gehirnwassersucht: Hydrocephalus, „Wasserkopf"
Gliederschwamm: Gelenkschmerzen
Nervenfieber: Typhus
rheumatischer Rotlauf: Wundrose, Hautausschlag
Schlagfluss: Schlaganfall
Schleimfieber: gastrisches Fieber, Typhus
Spanisches Fliegenpflaster: Pflaster, bestrichen mit einer Salbe aus getrockneten spanischen Käfern, durchblutungsfördernd
Schwindsucht: Tuberkulose
Trepanation: Schädelöffnung
Veitstanz: Chorea Huntington, Muskelzuckungen, die mit einer Nervenkrankheit einhergehen
Wassersucht: Ansammlung von Flüssigkeit im Bauchraum

# Nachwort

Ein historischer Roman vereint bekanntermaßen Vorgänge, die tatsächlich so stattgefunden haben, und erfundene Ausschmückungen. Auch dieser Roman über Joseph Haydns Kopf und dessen Diebe.

Das Tatsächliche erfuhr ich ausführlich in den umfangreichen Tagebüchern von Joseph Carl Rosenbaum. Seine Aufzeichnungen beginnen, als er sich in Therese verliebte (also 1797), und sie enden mit seinen letzten Lebenstagen (1829). Ich halte sie für sehr glaubwürdig, da die Eintragungen unmittelbar nach den Geschehnissen gemacht wurden und auch viel Intimes, ja Peinliches enthalten, das niemand niederschreibt, der ein geschöntes und verfälschtes Bild wiedergeben möchte. Unverhohlen erzählt er vom Diebstahl des Kopfes, die Geschichte seiner vielschichtigen Freundschaft mit Johann Nepomuk Peter und des *Zirkels*, der rund um diese Verbindung entstand. Wir lernen in den Tageseinträgen aber auch Rosenbaums Lebensumstände kennen, einschließlich das Wiener Theater- und Stadtleben sowie die Auswirkungen der Napoleonischen Kriege. Später wird sein Garten zum Mittelpunkt. Beschrieben sind auch unzählige Anekdoten und Geschehnisse, die ohne diese Tagebücher nicht erhalten geblieben wären.

Neben diesen Tagebüchern gibt es nur wenig weitere Original-Quellen, die über den Fall Auskunft geben: Polizeiprotokolle sowie eine Erklärung von Johann Nepomuk Peter, die aber erst viele Jahre nach den Ereignissen niedergeschrieben wurde. Sie enthält einige Widersprüche zu den Rosenbaum-Tagebüchern. Im Zweifel wirken die Notizen Rosenbaums (allein schon wegen ihrer zeitlichen Nähe zum Vorgefallenen) glaubwürdiger.

Es war mir beim Schreiben des Romans wichtig, die Vorfälle rund um die Diebstähle der Köpfe von Betty Roose und Joseph Haydn so wahrheitsgetreu wie möglich nachzuerzählen. Dazu gehören die umständlichen Verhandlungen mit Jakob Demuth genauso wie die Huldigungsrituale in Peters Garten. Auch scheute ich mich nicht vor unappetitlichen Details aus dem Tagebuch.

Die Präparation des Roose-Schädels misslang tatsächlich vollkommen. Rosenbaum beschreibt ausführlich, wie dilettantisch Peter mit ihm verfuhr. So mokierte sich auch Rosenbaums Arzt-Freund Leopold Eckhart darüber. Er bot seine Hilfe an, die Peter aber ablehnte. Am 23. April 1809 schrieb Rosenbaum in sein Tagebuch: „Ich sage Peter, dass Eckhart sich anbot, den Kopf der Roose ausbleichen zu lassen; sein Eigensinn will ihn selbst bleichen und sicher verderben."

Die Absicht, die Geschehnisse wahrheitsgetreu zu erzählen, verfolgte ich ferner bei der Darstellung der politischen Lage, der Kriegsvorkommnisse und der letzten Lebensjahre von Joseph Haydn. Dass sich die Witwe von Michael Haydn den Kopf ihres Gatten neben das Bett gelegt hat, ist übrigens tatsächlich überliefert!

Bei der Ausschmückung stand eine andere Prämisse im Vordergrund: meine Leser auf die Hauptgeschichte mit ihren vielfältigen Aspekten vorzubereiten. Grundlage waren auch hier die Tagebuchaufzeichnungen. Im Fokus hatte ich folgende Aspekte: die Lebenssituationen von Rosenbaum und Peter und einiger weiterer Personen, die Gall'sche Schädellehre, das zeitgeschichtliche Umfeld mit den Schwerpunkten Politik, Gesellschaft (insbesondere die Aufklärung), Wissenschaft sowie Musik.

Um eine Roman-Handlung übersichtlich zu halten und mit vertieften Personenbildern und psychologisch schlüssigen Beziehungsentwicklungen erzählen zu können, musste ich viele Lücken eigenmächtig schließen und mir manche Freiheit erlauben. So war beispielsweise noch eine Schwester von Josephine Goldmann sowie eine Frau Hocheder und eine Frau Geissler in die Vorfälle involviert. Ich habe sie in Josephine Goldmann zusammengefasst.

Die Lebenssituation von Rosenbaum ist aus den Tagebüchern plastisch herauszulesen. Interessiert haben mich vornehmlich seine psychische Entwicklung, seine Verletzlichkeit und Unzufriedenheit sowie der Drang, seine untergeordnete gesellschaftliche Stellung durch Fleiß und Gesetzesübertretungen auszugleichen. Dies (gepaart mit der Sehnsucht nach einem Garten) führte schließlich zum Anschluss an Peter und seine Gesinnungsgenossen.

Rosenbaum hat Haydn sehr gut gekannt und verehrt. Dass er in seinem Schädel den Ursprung seiner Liebe sieht, ist meine Interpretation. Nichtsdestotrotz will er ihn vor einer unfachmännischen Präparation bewahren, nimmt dafür den Bruch mit Peter in Kauf und befreit sich damit. Diese Entwicklung meine ich aus den Tagebüchern herauszulesen, denn ab diesem Zeitpunkt fallen auffällig oft negative Bemerkungen über Peter, und ihre Verbindung tritt in den Hintergrund.

Bei Peter liegen die Dinge anders. Die Quellenlage ist dürftig. Das eröffnete mir aber die Möglichkeit, seine Lebenssituation zu „erfinden". Aus Rosenbaums Tagebüchern ist zu lesen, dass er Witwer war und später eine Karoline Weber heiratete. Dazwischen schwängerte er seine Dienstmagd Lenerl, die nach dem Tod ihres Kindes im Allgemeinen Wiener Krankenhaus verschwand, später aber wieder als Bekannte von Sepherl genannt wird. Sehr detailliert informieren die Tagebücher über seinen Garten, die Gartenfeste sowie das Roose-Monument. Er konstruierte für das Strafhaus in der Leopoldstadt eine Feuerlöscheinrichtung und später einen Rettungswecker für Scheintote, der noch heute im Wiener Bestattungsmuseum zu besichtigen ist. Seine Stellung als Verwalter des Strafhauses trat er allerdings erst nach den Vorfällen um Haydns Schädel an. Bis dahin war er Verwalter der Unschlitt, also zuständig für Fette aus Schlachtabfällen. Dass er aber bereits über Verbindungen zum Strafhaus verfügte, beweist eine Führung, die er für Rosenbaum organisierte. Die Möglichkeit, die Gall'sche Schädellehre anhand von Versuchen im Strafhaus dazustellen, war für mich jedoch so verlockend, dass ich Peters beruflichen Wechsel vorverlegt habe.

Völlig frei erfunden sind die Handlungsstränge von Lehrer Fallhuber und dem „mutigen" Traunfärber. Das Gleiche gilt für den *Craniologischen Zirkel*. Das Ehepaar Streicher gab es aber tatsächlich, und es unterhielt auch enge Kontakte zu Gall. Peter hat, wie erwähnt, 1813 eine Karoline Weber geheiratet, mit der sich Therese offenbar gut verstanden hat. Ihre Vorgeschichte als Gefängnisinsassin hingegen ist erfunden.

Das Eruieren der Vorgänge und das Recherchieren der Hintergründe sowie das anschließende Erzählen hat mich begeistert und gefangen genommen. Viele Facetten waren zu vereinen – von historischen Tatsachen bis hin zu Tragik, Komik und Gruseleffekten. Ich freue und bedanke mich, dass Sie mir bis hierher gefolgt sind.

Für wertvolle Hinweise bedanke ich mich in alphabetischer Reihenfolge bei: Benedikt Dreher, Rainer Götz, Erik Grun, Sophia Hainz, Cordula Hess, Ute Hubauer, Theresa Klinz, Julia Kathrin Knoll, Angela Kreuz, Gabi und Jan Reinhardt, Martina Weger und Dr. Hansjörg Wunderer.

Regensburg, August 2024

# Literatur

Wer weiterlesen möchte, dem empfehle ich meine Recherche-Literatur (Auswahl):

* Rosenbaum-Tagebuch, Online-Datenbank der Heraldisch-Genealogischen Gesellschaft „Adler", Wien (aufgerufen 2020 – 2024)

* Gerhard Ammerer/Alfred Stefan Weiß (Hrsg.): Strafe, Disziplin und Besserung, Österreichische Zucht- und Arbeitshäuser von 1750 bis 1850, Verlag Peter Lang, 2006
* I. Clever: Das k. k. Niederösterreichische Provinzial-Strafhaus in Wien, dargestellt von Franz Joseph Kolb, Wien 1823
* Hans R. Degen: Jakob Degen, Einwohnergemeinde Liedertswil BL 1999
* Anna Ehrlich: Joseph Haydn – Stationen seines Lebens, Sutton Verlag 2009
* Die Fürsten Esterházy, Katalog der Ausstellung der Republik Österreich, des Landes Burgenland und der Freistadt Eisenstadt, Eisenstadt 1995
* Werner Hanak-Lettner, Alexandra Hönigmann-Tempelmayr, Wien Museen Haydnhaus (Hg.): Joseph Haydns letzte Jahre, Wien 2009
* Franz Herre: Napoleon Bonaparte, Pustet-Verlag, Regensburg 2003
* Hans Jancik: Michael Haydn, Amalthea-Verlag, Wien 1952
* Marcus Junkelmann: Napoleon und Bayern, Pustet-Verlag, Regensburg 2014
* Karl Kobald: Klassische Musikstätten, Amalthea-Verlag 1929
* Peter Kolecko / Peter Dachgruber: 200 Jahre Marchfeldschlachten Aspern und Wagram, Weishaupt-Verlag, Graz 2009

* Claudia Maria Knispel: Joseph Haydn, Rowohlt Taschenbuch Verlag 2003
* Martin Krenn: Drumm schaff' den Schädel mir, den braven ..., burgenländische Forschung 2012
* Karl Binder von Krieglstein: Der Krieg Napoleons gegen Österreich 1809, Band 2 Aspern und Wagram, Berlin 1906
* Erna Lesky: Franz Joseph Gall, Texte und Kommentare, Verlag Hans Huber, Wien 1979
* Dr. Franz Heinrich Martens: Leichtfassliche Darstellung der Theorie des Gehirn- und Schädelbaus und der daraus entspringenden physiognomischen und psychologischen Folgerungen des Herrn Dr. Gall in Wien, Leipzig 1803
* Scheintot – über die Ungewissheit des Todes; Katalog zur Ausstellung des deutschen Medizinmuseums Ingolstadt, h neun Berlin – Büro für Wissensarchitekturen 2019
* Sachslehner, Johannes: Napoleon in Wien, Wien-Graz-Klagenfurt 2008
* Karl August Schimmer: Die französischen Invasionen in Österreich, Wien 1846
* Otto Schneider: Musik im Augarten; österreichische Musikzeitschrift, 1966, Heft 1, S. 15
* Charles R. E. de Saint-Maurice: Die Feldzüge in Teuschland, Darmstadt 1830
* Monika Sommer (Hg.): Hieronymus Löschenkohl, Wien Museum 2009

# Über den Autor

Rolf Stemmle ist gebürtiger Regensburger. Zunächst konzentrierte sich sein Interesse auf das Theater. Er leitete viele Jahre eine Theatergruppe und begann mit Verlagen und anderen Theatern zusammenzuarbeiten. Später kam das Interesse für andere Gattungen hinzu. So entstanden bisher neben dem Lyrikband "Der Mensch im Tier" Romane und eine ganze Reihe von Kurzgeschichten sowie Erzählungen nach Werken des Musiktheaters, insbesondere von Richard Wagner und Giuseppe Verdi. Zudem komponiert er Kammermusik.
www.rolf-stemmle.de